有爱的青春陪伴者

朝夕不倦

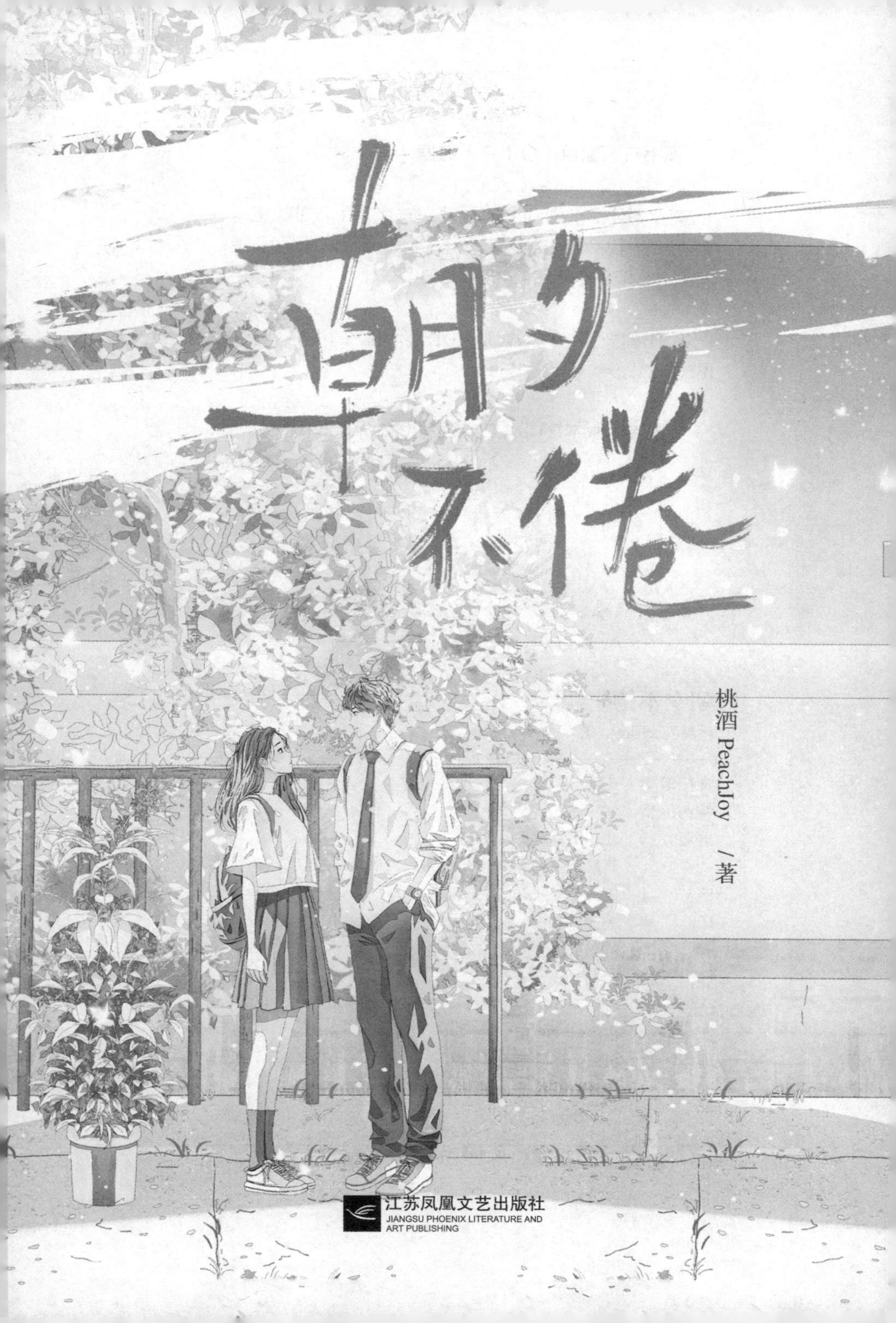

桃酒 PeachJoy / 著

江苏凤凰文艺出版社
JIANGSU PHOENIX LITERATURE AND ART PUBLISHING

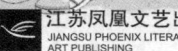

图书在版编目（CIP）数据

朝夕不倦 / 桃酒PeachJoy著. -- 南京：江苏凤凰文艺出版社，2024.6
ISBN 978-7-5594-8516-8

Ⅰ.①朝… Ⅱ.①桃… Ⅲ.①长篇小说-中国-当代 Ⅳ.①I247.5

中国国家版本馆CIP数据核字(2024)第053919号

朝夕不倦
桃酒PeachJoy 著

责任编辑	王昕宁
特约编辑	雪 人　听 听
出版发行	江苏凤凰文艺出版社
	南京市中央路165号，邮编：210009
网　　址	http://www.jswenyi.com
印　　刷	天津睿和印艺科技有限公司
开　　本	880mm×1230mm　1/32
印　　张	11
字　　数	456千字
版　　次	2024年6月第1版
印　　次	2024年6月第1次印刷
书　　号	ISBN 978-7-5594-8516-8
定　　价	42.80元

江苏凤凰文艺版图书凡印刷、装订错误，可向出版社调换，联系电话025-83280257

目 录

第一章　/ 胡说八道爱好者　001

第二章　/ 加个联系方式　034

第三章　/ 早出晚归高三生　051

第四章　/ 朝夕不倦，日月不疲　068

第五章　/ 没补过作业的人生是不完整的　088

第六章　/ 今日被怼目标达成　102

第七章　/ 他的世界开了花　121

第八章　/ 开场于暑秋，落幕在初夏　139

第九章　/ 他们的关系　163

目录

第十章　　　/ "仅粉丝可见"的内容　186

第十一章　　/ "我们能在一起吗？"　203

第十二章　　/ 第一次约会　226

第十三章　　/ 恋爱中的旁观者　248

第十四章　　/ 最聪明的小狗　265

第十五章　　/ 蝉声和乐，又至盛夏　286

番外一　　　/ 好喜欢那个夏天，好喜欢你　310

番外二　　　/ 换个身份吧　321

番外三　　　/ 冬日暖阳，难得温柔　329

番外四　　　/ 致五年后的我们　335

第一章
/胡说八道爱好者

1

盛夏的阳光太过炙热,将空气都烧得扭曲。树上的蝉叫得撕心裂肺,也不知道是因为热还是因为阳光过于刺眼。

西北地区的夏季给人的感觉就像是直接蹲在火炉旁一样,偶尔扬起的风都带着热浪,令人窒息。

像这样高温不断突破纪录的天气就该待在空调房里,可学校偏偏留了一项参观博物馆并拍照打卡写观后感的作业,让这群学生连个暑假都不能过得安生。

名为"高二(3)班(无老师版)"的群里——

罗慧玲:明天博物馆最后一天开放,谁还没去,在群里扣1。

李牧赫:1。

赵希:1。

陆永阳:1。

成树:1。

纪佳颖:1。

…………

罗慧玲:还有二十多个人没去?

成树:老大,今天才放假第二天。

罗慧玲:行吧。

罗慧玲:博物馆上午十点开门,明天上午十点前必须准时出现在博物馆门口。

班长发话结束后,后面跟了一片"收到"。

赵希看了一眼群消息,忍住闷气,打开微信在兼职群里报备了一声。

赵希:@呈阳区李明12388904406 哥,我明天有事,没法去兼职了,麻烦重新找一个人。

李明哥:OK!

李明哥:要干吗去?

赵希:学校要求参观博物馆。

李明哥:这学校怎么几十年不变啊?年年暑假让学生去博物馆,我们当年也是,真服了。

推掉兼职后,赵希打开微信钱包看了一眼,里面的余额还有一千多元。这余额对还在上高中的普通学生来说算是很不错了，可对赵希来说远远不够。

超市的奶制品导购兼职虽然有一百二十块钱一天，但实在是太累了，而且这个名额也不是次次都落到她头上，昨晚好不容易抢到这个机会，结果钱还没到手就飞了。

赵希打开手机的计算器，预估了一下可能会进账的金额，又减去要支出的金额，最后发现等到开学前她手里可能就只剩七八百块钱了。

"橙子，妈妈不养你的话，一定会成为富婆。"赵希说完后看了一眼在她腿旁晾着肚皮睡觉的猫。

橘色的长毛猫对着风扇躺在床尾，风扇每转动一下，这间房子里的猫毛都要跟着振奋一下，飘得到处都是。

赵希挥了挥眼前的猫毛，起身去把风扇关掉。结果刚一关橙子就叫了一声，赵希立马训它："哪有小猫咪成天对着风扇吹的？小心把嘴吹歪！"

话是这么说，但她起身把房间的门打开了，然后走到客厅，把大空调打开。橙子立着大尾巴跟了出来，赵希见了立马把它抱起："你的毛掉一地！"橙子像个婴儿一样被抱在怀里，也不闹。

回到房间后，赵希把橙子放到床上，还叮嘱它："不要往外跑，毛飘外面了，你就得被赶走。"

重新躺回床上的赵希感受着从客厅吹来的冷气，然后拿起手机在本月预估支出上加上了一笔电费。

结果还没感受多久这股凉意，客厅的空调忽然"嘀"一声，关机了。

赵希起身去开床头的台灯，也不亮了。

"啊……这破小区。"她重新躺回床上，嘴里还咒骂着。

这个小区是回迁安置房，大问题没有，可小毛病一堆，尤其是夏季的时候，每周都会停电。

这会儿快到晚饭点了，赵希起身去厨房开了下水龙头，果然停水了。

她直接打电话给她爸："爸，小区停电了，水也停了，不知道啥时候来。你晚上别做饭了，随便买点啥吧。"

"停电了？哦……好，知道了，你想吃啥？"

赵希热得没什么胃口："随便。"

"去楼下吃烧烤咋样？"

"也行。"

"行，我快到了给你打电话啊。"

"好。"

赵希挂了电话就看到了乖巧蹲坐在房间门口的橙子，她脸上的厌烦一下就消失殆尽，立马换上了笑容，连声音都变得细软起来："哎呀，橙子好乖啊，知道不能出来就坐在门口等妈妈啊，真乖。谁家小猫咪这么乖，让妈妈亲一口！"

被抱住的橙子也不反抗，时不时还回应一声，像个会发出"喵呜喵呜"声音的玩具一样。

"不打了！不打了！"
即使室内的篮球场里有空调，也抵挡不住外面四十三摄氏度的高温。
打了许久的球，几个男生弓着身子喘着粗气，衣服都湿了，汗水顺着发丝往下滴。
其中一个更是体力不支，直接瘫在地上："不行了……跑不动了。"
十个人里，也就还有一个堪堪能直起身子的。那人踱步到一旁，拿起毛巾将脖子上的汗水擦掉，然后顺手拿起放在地上的手机看了一眼，已经快到饭点了："陆永阳，咱该回了！"
瘫在地上的人支起头："几点了？"
"快六点了。"
"啊？打了一下午啊！"
坐在地上的球场老板撑着起身，也跟着走到了一旁："来来来，加个联系方式。我们球场有个群，下回大家想打球直接在群里可以互相约一下啊！"说着就把手机递给旁边的人。
还在地上躺着的陆永阳喊了一句："李牧赫，你加一下，然后把我拉进去！"
加完联系方式的李牧赫把手机一收："你赶紧起来吧，再晚点地铁就更挤了。"
旁边的球场老板顺口问了一句："你们家住哪边啊？"
"东二环那边。"
"哟！顺路啊。刚好，你们俩也别赶地铁了，我送你们俩，我家就在永鑫府。"球场老板直接拍板决定，说完还看向其他几个，"你们还有谁住东二环那边的啊？一起！"
在球场来回跑了好几个小时，大家早就累得不行了，只想快点回家躺着。李牧赫和陆永阳洗完澡都没吹头发，在球场外面吹了会儿风就干得差不多了。
球场老板开车送两人，陆永阳直接瘫在车后座睡着了，李牧赫还得一路看着，省得他的口水流到人家车上。
快到的时候，李牧赫一路注意着外面的街道："哥，在这儿把我们放下就行。"
"那我停路边了啊，你们俩下车小心点儿。"球场老板把车停好后，还说了句，"下回还来玩啊，有认识的朋友帮忙多宣传宣传！"
陆永阳一秒精神，眼睛都还没睁开呢，嘴就先启动了："好嘞！谢谢哥！我们下周还去，到时候把我们同学都叫上！"
李牧赫也跟着说了句："谢谢哥。"

"好了，回去吧啊！"车里的人挥挥手。

正值下班高峰期，路上的车多，路边的商铺里也有不少吃饭的人。

李牧赫拿出手机看了眼，直接问："吃烧烤吗？"

原本还蔫蔫的陆永阳立刻振奋起来："你请客啊？"

"我姐请。"

"牧语姐也在啊？"

"你觉得这天气她会出门吗？"

"懂了。"

东二环这边的几条街都很繁华，商圈成熟，尤其是跟南边交界处的几个安置房小区门口，更是繁华到连街上都摆满了桌子。

李牧赫和陆永阳两人走了十几分钟才到达李牧语指定的烧烤店，这还没到烧烤店红火的时间点呢，外面桌子就已经坐满了人。

"老板，这儿再支个桌子呗！"陆永阳朝店门口拿着菜单的人喊道。

那人指了指旁边，扯着嗓子高声道："旁边！旁边也是我家的店，就那个炒虾尾！"

"走走走，那边！"陆永阳赶紧推着人过去。

两个大高个还是挺惹人注意的，尤其是李牧赫那张脸，光是高鼻梁这一点就已经将颜值分数拉到了八十分。

他挎着球包走过时，有一桌的女生还互相推搡起来，示意其他人看刚刚走过去的那个男生。

"快看！男高中生！"

"这你都看出来了？"

"我就是随口一猜。"

几个女生聊天时刻意压低了声音，但赵希就坐在邻桌，还是听见了。她回头看了一下，结果就看到了非常熟悉又很陌生的面孔——

同班，但是从没说过话的两位同学。

她收回视线，刚想拿起手机问爸爸什么时候到，结果就看到爸爸发来的语音。

赵希点开后，将手机放到了耳边："我看电来了，冰箱里还有一些菜，你阿姨她们也不在，咱俩凑合做点吃好了。"

赵希：那不用做我的了，我在楼下吃碗排骨面。

爸爸：行，那我就不做了，我去睡会儿。

在赵希低头回消息的时候，那两个已经走过去的人不知道为什么又折返回来。

陆永阳捏住桌板晃了晃："这张桌子是好的，坐这里吧，让老板把桌子收拾一下。"

李牧赫点点头，直接放下包坐了下来。

"老板！帮忙把这张桌子收拾一下。"陆永阳冲店门口站着的人招手，还指了指桌子上未被收走的垃圾。

这两人一落座，原本还低声讨论的几个女生一下子矜持了起来，都默不作声地在那儿吃东西，只有眼珠滴溜溜地忙碌着。

这边回完信息的赵希一抬头，看到的就是那两个不熟的同学坐到了她前桌。

她这辈子最讨厌的事情就是在校外遇见同班同学了，令她有种打了招呼尴尬，不打招呼又生怕对方看见她的窒息感。

"你的排骨面是吧？"店员穿着围裙，将一大碗排骨面放到赵希面前。

这句话直接打消了赵希想要起身走人的念头，平时磨蹭半天才能上来的排骨面今天也不知道为什么这么快。

听到"排骨面"这几个字，前面的李牧赫回头看了一眼，他来这儿就是为了这个——他姐也不知道又在手机上刷到什么探店视频了，非要吃这个。

看了一眼后，他回过头跟陆永阳说："点个排骨面吧，我姐想吃，说让我先试一试，好吃的话再给她带。"

被扫了一眼的赵希原本有些僵直，但是发现李牧赫的注意力似乎只放到了排骨面上，没有注意到她，这让她松了口气的同时，心也跟着沉了两秒。

但她很快就将那股复杂的情绪抛之脑后，拿起筷子开始大口吃排骨面。

排骨面很辣，赵希吃两口就得喝一口冰果啤来缓解一下嘴中的火辣。眼见果啤就要见底了，而面还剩一大碗，赵希立马抬手示意——

"老板，来瓶冰果啤！"

两道声音同时响起。

赵希看向前面举起手的背影，发现他们甚至连举手的姿势都一样，只不过不同的是那人并没有看过来。

烧烤店的几个店员都忙得团团转，有忙着收桌子的，有忙着点餐的，还有端着烤盘到处上菜的。

陆永阳见没人应，于是对同桌的人说："我去拿！我去拿！"

他穿过桌子间的小道，到冰柜里拿了三瓶果啤，回来后在他们的桌子上放了两瓶，然后抬脚向后走去，把另一瓶放到了赵希的桌子上，并打招呼道："巧啊！"

看他这样子，应该是一早就注意到了赵希。也是，他坐的方向是正对着赵希的。

被注意到的赵希立刻换上客气的面孔："好巧啊，谢谢！"

他们确实没怎么交流过，所以客套完这一句后陆永阳就回他们的桌子了，只不过他的这个动作倒是引起了李牧赫的注意。

他跟着回头看了一眼，这才注意到身后坐着的人是他们班同学。他没说什么，只是点了下头就当作打招呼了。

闹了半天还是被打了招呼，赵希现在恨不得切了自己的手指，早知道她就不要那瓶果啤了。

这种后悔下楼的怨念一直持续到她回到单元楼，注意到玻璃上映着的人影，她想着只是下楼吃个饭，所以直接穿睡衣下楼了，早知道就换身衣服了。

回到家，赵希感受到扑面而来的冷气，那点沮丧立刻消失，再加上看到安静坐在她房间门口等她的橙子，她的心立刻被融化。

她软着声音，还特意把音量放低："我们橙子好乖啊，太乖啦，又乖乖坐在门口没有出来！"

被夸的橙子见到赵希走过来，原本垂着的尾巴立刻竖起，连带着屁股都抬了起来，一直用头蹭赵希的腿，就这样还不忘回应赵希的话，"喵喵"地叫着。

暑热是这个世界上最令人烦躁的存在，那种一呼吸鼻腔就会因为干燥而产生刺痛感的感受让赵希怎么都无法喜欢夏天。

还没出门呢，赵希就开始焦虑了。

她一会儿出门要带的东西都已经准备好了，但因为还要送橙子去洗澡，所以她现在正在准备橙子出门要用的东西。

赵希往猫包塞了一张尿垫，还在尿袋下面铺了一张冰垫，一边铺一边说："橙子，妈妈给你铺了冰垫，这样出门你会舒服一点。你的小兜兜里有猫条，表现乖的话，接你的时候给你吃，听懂了吗？"

"喵呜！"橙子站在床上，仰着脖子冲着赵希叫了一声。

他们家距离宠物店大概有一公里左右，所以赵希是骑自行车过去的。她刚一推门进去，就有一只灰头土脸的小家伙冲过来在她脚边闻来闻去。

"咦——"赵希看到那一坨又脏又臭的褐色东西，实在是没忍住，反应过来后又说了声，"抱歉抱歉！"不该嫌弃小狗的。

这时，宠物店的老板听到声音后出来："来啦？"

赵希努力将视线从那只丑东西身上扯开，但仍旧无法控制表情，连带着走路都得东躲西窜，生怕那丑东西把泥蹭她身上："啊……嗯，云云姐，这是什么狗啊？"

"比熊！它主人早上带它出去遛弯，结果这狗直接冲进了花坛里，那花坛正浇水呢，它在泥水里滚了好几圈。这刚送来，我也是刚来，设备都还没开呢。"宠物店老板一边说，一边系围裙。

赵希躲着那只狗。

老板系好围裙后，将那只狗抱起重新放回它的航空箱，转过身跟赵希说："行了，给我吧，我去放到楼上。你不是还有事吗？快去吧！"

"谢谢云云姐，那我先走啦。橙子，妈妈走啦！"赵希离开的时候又看了一眼那只被泥巴糊得只剩下眼睛的小可怜，"你也拜拜！"

2

此时博物馆门口非常热闹,全是穿着校服的二十六中的学生,大家有的靠墙站,有的站树荫下,全在等博物馆开门。

陆永阳正跟隔壁班的人聊得热火朝天,就看到街边停下一辆出租车,他随意瞥了一眼,发现下车的人竟然是李牧赫。

就是——

"天啊,哥们儿,你这是去泥潭滚了一圈啊?"陆永阳走过去时还上下打量了好几下,李牧赫的裤脚上全是泥渍,就连校服衣角也有一些。

隔壁班的几个男生也跟着凑过来:"李牧赫,你这是……洁癖突然痊愈了?"

还有人重点不在李牧赫的衣服上,而是恍然大悟道:"我说今天怎么这么多女生呢,原来是李牧赫要来!我就说,我们班明明有几个说自己已经来过博物馆了,怎么今天还来!"

有个叫柯安宇的男生说:"我不管,我是李牧赫唯一官方宝贝!"

"滚吧你,恶心死了!"李牧赫因为衣服上沾了泥点,表情不太好,下了车后也一直在摆弄他的衣服。

周围几个男生打趣完后,终于把重点又放回到李牧赫身上:"咋办,要不去旁边买瓶水先大概洗一下?"

"这咋洗,让他当街脱裤子吗?"

"也不是不行。"

"滚滚滚!"

这其中也就陆永阳靠谱了,他跟着一起笑完后出主意:"先用水把裤腿擦一下吧。"

那个说自己是李牧赫唯一官方宝贝的柯安宇也收了打闹的心,指了下斜对面的那条街:"还有二十多分钟才能进博物馆,先去那边麦当劳的卫生间处理一下吧!走走走,刚好我要去买吃的,早上还没吃饭呢,饿死了!"

他这句话一出,其他几个男生也纷纷应和。

那些站在墙边一直注意着这群人的女生就见他们几个人过了马路,去了街对面的麦当劳,但她们依旧站在这里叽叽喳喳,并没人跟过去。

赵希来的时候,他们班班长已经在群里催了好几次了,她在公交车上回复完消息后还往上翻了翻,看了眼聊天记录。

罗慧玲:到了的来博物馆大门左边这块树荫,我查一下人,等会儿集体行动啊,别走丢了。

赵芷涵:我来了!

罗慧玲:你不是昨天来过了吗?

赵芷涵:昨天我就在门口转了转,后面家里有事就提前回去了。

黄璃明：是面对街道的左手边，还是面对大门的左手边？
罗慧玲：你看还有几个树荫？
罗慧玲：不对，你不是观后感都写完了吗？怎么还来？
黄璃明：我妈说我写得不够有诚意，叫我再来一趟。

赵希大概翻了翻，还没看几眼呢，公交车的广播就提醒她已经到了。赵希下车时再次确认了一下刚刚班长说的集合地点，一抬头就看到一条胳膊从她眼前晃过。

那人手里拿着二十六中的校服外套，手腕上还戴着一块电子表，但最令人瞩目的还是他的小臂线条。

赵希刚想抬头看一下那人是谁，就听见有人说："李牧赫，等会儿结束后去打球吗？"

"不了，太热，而且我一会儿还有事。"李牧赫手里拿着校服外套，走的时候还小幅度地甩了甩，试图让湿着的衣角快点干。

赵希无语，得，又是李牧赫。

下车的地方和博物馆就隔了一条马路，赵希走在那群男生后面，保持着一定的距离，但前面红灯亮起，几个男生都站在树荫下没急着过去。

赵希顿了一下，路过几人，直接站在马路边。

走出阴凉地儿的那一刻她就后悔了，没事瞎给自己加什么戏，晒死了。

红灯还剩五秒的时候，李牧赫看了一眼，开口道："走。"

他刚好到路口的时候信号灯变成了绿灯。

李牧赫大步往前走，身后那一群人也跟上。

赵希就像是一条因为步履太慢而被鲨鱼群包裹住的小鱼一样，因为太过渺小，压根就没人注意到她。

因为要升高三了，所以暑假放得晚，他们因此一直拖到了博物馆快要闭馆修整了才来。这点能让人理解，就是不知道高一那群人为什么也拖到这个时候。

赵希找了一个拐角靠墙站着，任凭讲解员的声音萦绕在耳旁，就是不抬头看。她搜着自己刚看到的文物，在网上找资料，然后打开备忘录，用自己的语言拼拼凑凑了一些，又复制粘贴了一些文物资料，观后感就这么写完了。

把作业搞定后她才重新抬起头，打算找人帮她拍张打卡照就走人，一眼看见他们班物化课代表刚好经过，她直接开口："黄璃明……"

但她的声音在这嘈杂的博物馆内显得有些微弱，对方没听见。

黄璃明径直走过，一副刚巧的样子，出声道："巧了！李牧赫，帮我拍个照，拍完我帮你们拍，然后我就走了！"

李牧赫还没出声，旁边的陆永阳就直接掏出手机："来来来，我帮你拍，我们几个刚刚进来就拍完了。站好站好，OK！我传你啊！"

整件事发生也就不到几秒钟，黄璃明都还没反应过来呢，陆永阳就拍完了。

她拿起手机一看："你个瓜皮，我眼睛都没睁开呢！"她气得直接当着陆永阳的面翻了个白眼。

一直看着那边的赵希忽然听见身后传来"啧"的一声，她转过去，发现是自己班的同学……坐教室左上角的那个，叫啥来着？

那个女生明显也注意到了赵希，直接走过来说："赵希，你打卡照拍了吗？"

"还没。"赵希讷讷道。

"来吧，我帮你拍，刚好，我也还没拍呢。你要写哪个？"赵希想起来了，她叫纪佳颖，班主任的"不孝女"。

因为学校要求跟观后感里写到的文物合影才算完成作业，两人互相帮忙，按照学校的要求拍了照。纪佳颖因为还没定具体写哪个，还拍了好几张。拍完后赵希就想走，纪佳颖也是一副迫不及待要回家的样子，两人在群里跟班长报备过后就准备离开。

"你坐公交车还是地铁？"本以为拍完照就没啥可交流的了，结果赵希刚收好手机，对面的纪佳颖就提问了。

她顿了一下，反问道："你呢？"

"我坐地铁，我家是地铁直达。"纪佳颖随口回道。

赵希听完后松了口气："我坐公交车，公交站刚好就在我家小区门口。"

"那行，拜拜。"

"嗯，拜拜。"

在博物馆门口告别纪佳颖后，赵希没有像说的那样走向公交站，而是打算戴着耳机在路上闲逛一会儿。

她刚抬脚，兜里的手机忽然振动了一下。

陈荷娜阿姨：希希，猫今天是不是又跑出来了？把沙发上弄得全都是毛，家里也飘得到处都是毛，沙发旁边的地上还有它的屎。你实在不行问问你同学，看有谁想养猫。

赵希停下脚步，就这么站在路旁，耳机里的音乐还在响着，纵使音乐再柔和，也难以抚平她心中的烦躁。

她把耳机一扯，现实世界的广播频道被调了回来。

赵希没有回这条微信，而是转身走向公交站台，打算去接猫。

等车的时候，那种烦躁与无力感将她包裹住，更多的还是委屈。她努力平复着呼吸，低头在手机上搜索着什么。

搜索：未成年人可以自己去医院精神科吗？

回答：您好，未成年人最好在家长陪同下就诊，正规的医院……

她还没看完后面的话，就直接关了页面，然后又开始打字。

搜索：心理咨询的价格。

回答：您好，一般心理咨询是按小时计费，费用较高……

赵希看到"费用较高"那几个字后就没再继续往下看了，她皱着眉，鼻尖上冒了些细汗，心也因搜索出来的答案笼上了一层灰。

这个时间点地铁站里没什么人，李牧赫出了地铁口后，看了眼时间，然后拨了一通电话："……喂，吃啥？我去接哥布林，差不多还有二十分钟到家。"

马上就到正午了，阳光也越来越强烈，李牧赫站到树荫下躲了会儿。

电话那头停顿了几秒："……我要吃冰的，凉皮吧，再帮我买一瓶可乐，要冰的。"

"知道了，你再去问奶奶要吃什么。"

"奶——你吃啥？等会儿让李牧赫带回来！"

"哎呀，带什么啊，奶奶给你们做！"

"奶奶说她要吃砂锅莼菜，不要辣子，再要一杯四季春纯茶，不加糖不加冰。"

李牧赫还没来得及说什么呢，那边就把电话挂了。

与此同时，他正前方突然响起一阵手机铃声，因为路上很安静，这声音便有些震耳欲聋，引得他看了过去。

"吓我一跳！"那个女生说着，慌忙拿起手机接通，"喂？"

李牧赫侧头看了一眼，发现挺眼熟的，是他们班同学，那个叫……赵希的。

因为不熟，再加上她正在打电话，李牧赫也就没打招呼，打算直接走。

蝉在树上放声叫着，但这也没压过身后人接电话时的声音。

"……我是本人，不需要补课……因为我保送清华了。"

李牧赫迈出去的脚一顿，连眉头都微微跟着皱了一下。

他疑惑地回头确认了一下，确实是他们班同学，叫赵希，但她后面那句应该是假话，因为她成绩没那么好，反正年级前二十名里没见过她的名字。

李牧赫迟疑了一阵后准备走人，不打算听墙脚，但下一秒手机铃声又响起来了，声音依旧很大。

赵希看了一眼屏幕上显示的陌生号码，虽然知道有可能是骚扰电话，但以防万一还是接了："喂？"

"喂，您好，请问是赵希同学吗？"

听完这句，赵希立马变脸："不是本人，手机刚从路边捡来的。"说完，她就挂了电话，脸上烦躁的情绪已经快抑制不住了。

李牧赫这会儿已经完全转了过来，他看着赵希，脸上仿佛贴着"震惊"两个字，开始思考她话里的真实性。

下一秒，赵希的手机又响了起来，可她没有挂断，仍旧接了起来，只不过这回她眉头皱得都快能把树上的蝉给夹死了。

赵希接通电话后，那边的人说的内容还是跟刚才差不多，问她有没有补习的意向。

她的脸上写满了"烦"字，说出来的话也有一种不顾他人死活的感觉："……我娃刚毕业，要不下辈子再去您那儿补习吧。"

李牧赫这下确定了，她就是在胡说八道。

把手机调成静音模式后，赵希打算赶快离开这个鬼地方，结果刚一转身就跟对面站着的李牧赫对上了视线。

巧了，是他们班的"万人迷"。

她脸上没什么表情，但李牧赫的脸上写明了几个大字"我的脑子有点转不过来"。

"看什么？"赵希脸上带着不耐烦，但反应了一下后明白过来了，估计刚刚自己说的话都被他听到了，她微微皱眉问他，"三生三世没听说过吗？"

又是一句不过脑子的话。

这个时候李牧赫的脑子才重新启动，他看着赵希，表情真挚且认真地说："厉害……"

赵希懒得理他，直接就转身走了，就跟以前在学校里看到他一样。

而此时转过身的赵希在心里咒骂那个让她填微信问卷的人，刚刚在公交车上有个姐姐拉着赵希搭讪，说希望赵希能帮她填个微信问卷。看她的样子应该是大学生出来兼职赚点小钱，而且填的内容也大多是与他们高中生补习有关的，赵希一心软，就答应了。

心软的后果就是她不久便接到了好几个推销补习学校的电话。

因为心里带着怒气，赵希也越走越快，没过一会儿后面的李牧赫就和她拉开了距离。

拐过前面那道弯后更是看不见赵希，李牧赫还挑了下眉，没想到她个子不高，走得倒挺快。

李牧赫推门进宠物店，刚一进去就看见了眼熟的校服。

那人蹲在地上，而他家哥布林则甩着尾巴坐在她面前。

那人说："本以为你洗完澡能好看点，没想到还是这么丑。"

她说完还抬手捂住狗的耳朵，歉意地说："不应该这样说你丑，抱歉抱歉。"

李牧赫沉默，这道歉它也听不到啊。

"哥布林。"他低声唤了一句。

赵希和那只狗闻声看过去。

赵希看到又是李牧赫，有点意外。

她站起来，问道："是买东西还是宠物美容？"

"我来接狗。"李牧赫说完看向那只蹲在赵希腿旁一动不动的比熊，"哥布林，过来。"

赵希跟着一起看过去，见这只狗一点也没有要挪屁股的意思。
"你认识他吗？"赵希低头看向那只狗，像是在询问迷路的儿童。
坐在那儿的比熊别说是有反应了，连原本还摇着的尾巴现在都不动了。
赵希抱臂看向李牧赫，脸上带着欠欠的表情："证明一下，这是你的狗。"
李牧赫无奈，感觉今天令他无语的事格外多。

3

炎热的天气本就使人烦躁，李牧赫还在赵希那儿狠狠地落下面子，回家的一路上都心气不顺，甚至越想越气。
他回头看了一眼屁颠屁颠跟在他后面散步的哥布林，不死心地叫了一句："哥布林？"
原本还在闻草坪的哥布林突然抬头看向李牧赫。
"你这不是能听懂吗？刚刚在那儿为什么装听不懂？"
刚才在宠物店里，赵希抱臂看着他，要他证明一下。
李牧赫第一反应就是："这怎么证明？它就是我家的狗啊，名字叫哥布林，品种是比熊，是我两年前在东五路动保那边领养的。"
"哥布林？"赵希学着李牧赫的样子低头叫了一声。
坐在那儿的哥布林不出声，不仅没应，甚至还歪了一下头。
赵希直接将地上的狗抱进怀里，还一副公事公办的样子："不好意思，你不能证明这是你的狗的话，我不能让你把它带走。"
就在李牧赫打算给宠物店的老板打电话时，老板刚好提着饭从门口进来了。李牧赫闻声回头："老板，你快跟她说，哥布林真是我家的狗。"
宠物店老板刚进来，脑子都没反应过来呢，就先处理起"小学生告状"这件事了。
在宠物店发生的事怎么想都觉得很离谱，而引发这件事的元凶就是这只傻狗，偏偏他还打不得骂不得。

"我回来了。"李牧赫泄了气，提着给姐姐和奶奶买的饭进家门。
坐在沙发上的李奶奶一听声音就赶紧起身："哎哟，乖孙回来啦！"
李牧赫抬头看去，没发现他姐的身影，于是喊了一句："姐！下来吃饭！"
"给我端上来！"声音是从楼上传来的。
李奶奶走过来后，视线都在哥布林身上："乖孙，奶奶的乖孙，哎呀，洗澡了啊，奶奶闻闻香不香？"
哥布林甩着尾巴坐在脚垫上，明明急到都开始哼哼唧唧了，也没离开脚垫。
"哦，没擦脚脚，来，奶奶给乖孙擦脚！"李奶奶说着就要去拿宠物湿巾。
"我来吧，奶，你去把这个拿到厨房，找个碗装一下，注意点，别烫到。"

李牧赫刚在换鞋，还要注意手里的袋子，以防它洒了，所以根本就没注意到奶奶跟哥布林之间的对话。

给哥布林擦好脚后，李牧赫又到厨房把他姐的那一份端了出来："奶，我上楼了啊。"

李奶奶抱着哥布林坐在餐桌前，听到李牧赫说话，这才抽空回了句："哦，好好，上去吧。"

"咚咚——"李牧赫敲了两下门。

"进进进。"

闻言，李牧赫把门一开，里面漆黑一片："凉皮和零度可乐。"说着，他就把灯打开。

床上的人裹着被子起身，因为不适应灯光，连脸都是皱着的："你猜我现在是睡醒了还是还没睡？"

李牧赫把饭放到李牧语的桌子上，根本没回答她。这句话成了她每天都要问的，她没问烦，他已经开始烦了。

"实在不行你就去医院看一下，开点药什么的。"走之前，李牧赫还是关心了一句。

李牧语脸上带着说不出的无语，用下巴示意他看书桌旁边的架子。

李牧赫看过去，上面全是药盒。

"……吃完饭赶紧睡。"

"知道了，Thank you（谢了）."

因为不想回家，赵希一直在宠物店待着给云云姐帮忙，中间还借着伤心的由头去楼上跟三个多月的小猫们玩了会儿。

在这儿被治愈了一下午，赵希的心情才算好点。

七月份正是日照最长的时候，都快八点了天还是亮着的。赵希背着猫包，踩着自己的影子在街上走着。猫包被背在了前面，赵希还拉开了一点拉链，把手伸进去安抚橙子。

平时话就很多的橙子出了门后更是如此，它的"喵呜喵呜"声密集到赵希都来不及回答。

"你不想回家？"赵希捏着橙子的耳朵，因为天气热，趴在里面的橙子更热，连耳尖都是温温的。

她虽然看不见，但能感觉到橙子正努力地回答她，因为它在叫之前肚子还鼓了鼓劲。

赵希脸上带着愁容："我也不想回去。"

刚刚她爸还打电话问她回不回去吃饭，她直接找借口搪塞掉了，说自己晚点回去。

从下午一直拖到了现在，现在不回都不行了。

她继续捏着橙子的耳朵："要是没有你的话，我就直接去我妈那儿了啊，可惜她怕猫，而且她那里太小了，住不下咱们俩。"

夕阳洒在她的侧身，灰尘在金色的阳光下飘浮着，像极了仙女教母撒下的金粉，那金粉就在赵希的脸庞徘徊，引得人总想把视线投过去，尤其是她那堪称艺术品的鼻梁。

赵希背着包，过了马路，来到了他们这片区域房价最贵的地方。

东郊这边教育资源比较优越，房价也跟着水涨船高，连赵希他们家的拆迁安置房都跟着涨价，就算没被划进学区，也因为交通方便，周围生活设施完备和房价低成为热点，不少附近学校的高三生都会选择在他们小区租房子。

与他们小区隔着两条街的地方有个洋房小区，里面都是低楼层的洋房和独栋别墅，赵希有时候散步就会走到这边看看，来看一下人与人之间的差距，好让自己清醒清醒。

每次赵希都是在外面看，今天走到这边时，她忽然想进去看看。

"橙子，以后妈妈暴富了，就在这儿买套房，然后专门给你准备一间房，里面满墙都是猫爬架，也不给你设禁区，随便你在家怎么跑！"赵希说着，还把猫包打开，给橙子看看它以后要住的小区。

橙子从包里挤出头来，也跟着望了望。

赵希说完后看了看周围，她想进去，但是这小区管得太严了，得刷门禁卡，就连门口的保安都是正值青壮年的男人。

就在她想走的时候，旁边跑过来几个女生，看样子像初中生，她们几个一路打打闹闹向小区大门走去。赵希看了一眼，跟了上去。

当她成功进来时，评价就变成了："这也太不严了吧。"

"喵——"橙子又开始叫。

赵希摸了摸橙子的头，对它说："走吧，我们去逛逛我们未来住的小区！"

现在阳光已经没有那么强烈了，就连余晖都消失了，只剩下日落后的淡蓝色。

微风拂过，带来了一丝丝凉意。过了饭点，小区里到处都是出来遛弯闲逛的人，小区大门的右手边就有一个小广场，里面全是玩耍的小孩。

赵希看了一眼，然后朝相反的方向走去。

与此同时，李牧赫正准备带哥布林出去遛弯，他检查了一下粪便袋和卫生纸，又看了一眼已经站到大门口等着他的哥布林，忽然想起中午赵希说的话："……她说得没错，你是挺丑的。"

说完后他又觉得很抱歉，上手捂住哥布林的耳朵："抱歉抱歉，不应该这么说你丑。"

就在他准备带着哥布林出门时，楼上忽然下来一个人："走吧！"

李牧赫抬头看见李牧语,又看了一眼她这身打扮。

正做热身运动的李牧语不解地看向他:"走啊,不走吗?"

起身的李牧赫又看了看他姐从头到脚的行头:导汗带、骨传导耳机、运动背心、瑜伽裤、防尴尬裙帘、腰包、跑鞋。

"……真是差生文具多,也不知道你能不能跑二百米。"李牧赫转身时小声吐槽了一下。

"什么?"李牧语戴着耳机,里面正放着歌,所以根本没听清他说了什么。

李牧赫摇摇头:"没什么,走吧。"

"赵希!"

就在赵希幻想着自己该怎么装修那四室一厅的豪宅时,一声呼唤直接将她拉回现实。

她没急着转过头去,而是摸着橙子的头,深深地叹了口气:"来辆车把我接走吧。"

叫赵希的是上午帮她拍照的纪佳颖,她手里拿着相机,脸上满是见到赵希后的惊喜:"你也住这里吗?"

"不住这儿,我来找朋友。"赵希转过身,脸上没什么表情,但心里已经开始碎碎念了:讨厌一些没有边界感的人类。

还没回家的赵希穿着校服,而纪佳颖则穿着一条粉色的裙子,看到她这副模样,赵希想起来一些她在学校时的场景。

二十六中要求学生每天都得穿校服,所有人都照做,只有校服里面的穿着能自己选择,但大多数人都是白色短袖,只有纪佳颖不一样,她校服里面的衣服永远都是五彩斑斓的,尤其是那些糖果色系的,很是扎眼。

"那你现在是要走了吗?"纪佳颖又问,还往前走了一步,拉近了两人之间的距离。

她的问题一直往外抛,惹得赵希又回想了一下她平时在学校时的样子。

在赵希的印象里,纪佳颖虽然是班主任的女儿,但很低调,不是因为她爸是班主任刻意低调,而是因为她稍稍有点不合群,没什么朋友,再加上她两个月前才转过来,并且座位离赵希有点远,所以赵希平时没怎么注意过她。

而赵希对她有印象,除了她是班主任女儿这一点,还因为她每次上体育课都不在,早操也从来没见过她的身影。

赵希扯回思绪:"对。"回答的时候,她脸上还带着客气的笑容。

"啊……好吧,那我们一起吧,我刚好也要出去。"纪佳颖收了相机装回她的包里,说完又偷瞄了一眼赵希怀里的猫包,"这是你的猫吗?好可爱。"

听她夸起了橙子,赵希的态度一改之前的冷淡,挺了一下肚子,让她看清楚一点:"它叫橙子。"

纪佳颖蠢蠢欲动，很想上手摸一下："可以摸吗？"

"可以。"赵希打开猫包，里面的橙子也非常配合地探出头，还叫了一声。

两个人的心瞬间就被小猫咪给融化了。

这个时间点全是出来玩的小孩儿，没过一会儿就有几个小孩往这边凑，赵希看了一眼："走吧，人有点多，橙子不适应人多的地方。"

她这句话是胡诌的，实际上是她不喜欢小孩，所以让不会说话的橙子背了这个锅。

"走走走！"纪佳颖比赵希还急，因为她也不喜欢小孩儿。

牵着哥布林的李牧赫大老远就注意到这边了，但不是他先看见的，而是他那爱凑热闹的姐姐。

中间那人的二十六中校服比较显眼，他那没跑两步就开始喘的姐姐趁机停下，并扯开话题："哎？你看那校服，是不是你们学校的？"

李牧赫不想理她，但瞥了一眼后，他挑了下眉，脸上的表情也变得玩味起来："是，还是我们班的。"

正弯腰喘气的李牧语听到这话抬起头："你不过去打个招呼？"她嘴上虽是询问，但步子已经往前迈了。

李牧赫赶紧出声止住他姐的脚步："不熟，别去了。"

"咋可能不熟？你们不都是一个班的吗？"李牧语直接小跑了起来。

她一跑，直接带动了哥布林。哥布林虽然只有抹布大小，劲儿倒是挺大，扯着牵引绳去追李牧语，连带着李牧赫都被迫快走起来。

抱着包的赵希注意到旁边跑过来的身影，还看见了后面跟着的李牧赫，她下意识地停了下来，因为感觉那两人貌似是冲她来的。

"好像是李牧赫。"纪佳颖也注意到了，"李牧赫也住这个小区。"

纪佳颖说完后，忽然提问了一句："你说的那个朋友是李牧赫吗？"

"不是。"

他们俩同班两年了，说过的话有超过三句吗？

看着对方越来越近，赵希的手心发热，甚至还出了一点汗。她手掌下的橙子似乎是感觉到了她的异样，还用脑袋顶了一下她的手。

赵希忽然回神，收回视线，对身后的纪佳颖说："走吧。"

两人刚要走，跑过来的那个女生就先出声制止："等等！"

她们只能闻声停下，尤其是赵希，停下的动作最迅速。

"你们俩是三班的啊？"跑过来的人非常自来熟地问了一句。

李牧语见她们俩都带着不明所以的表情，还特意解释了一下："啊！我弟！李牧赫，是你们班的吧？"说着，她还指了指自己身后的人。

"李牧赫！你快点！"李牧语催促道。

被问到的两人还带着搞不清楚状况的表情，但还是顺着那个姐姐手指的方向看过去，只不过一个看的是地上那只被剃了毛的狗，一个看的是牵狗的人。

赵希下一秒就听见身后的人非常小声地嘀咕了一句："这是什么狗啊？"

她回头，同样用很小的声音回道："说是比熊。"

"咦……"纪佳颖理解不了，网上的比熊不都毛茸茸的吗？这只怎么跟个白老鼠一样？

哥布林扯着绳子，用百米冲刺的速度往前跑，只可惜身后牵着绳子的人不提速，它都要把水泥地蹬出火花了也就移动了几米。

李牧赫走近后，看了一眼赵希，又看了一眼她怀里的猫包："这是你的猫吗？"

"嗯。"

"挺可爱。"

"谢谢。"

纪佳颖的视线在两人之间来回跳了两下，倒没注意到李牧赫没跟她搭话这件事，她又看了一眼李牧赫旁边的女生，那个女生的眼睛都要黏到猫包上了。

赵希也注意到了，于是转过来："你要摸摸吗？"

"可以吗？"李牧语的眼睛一下就亮了。

李牧赫心想，果然是冲着人家的猫来的。

橙子适时叫了一声："喵呜！"

"啊啊啊，救命，它太可爱了吧！"李牧语小心翼翼地伸手去摸，橙子非常给面子地在她手上来回蹭。

所有人的视线都在会撒娇的橙子身上，唯独赵希的视线转了一下，看了一眼李牧赫。

"你住哪栋楼啊？"李牧语边摸边问，大有熟了后攻进对方家里的意思。

被点到的赵希抬头："我不住这儿。"

"那你住这附近吗？"李牧语不死心。

李牧语刚刚之所以跑过来就是因为看见了猫，她真的很喜欢猫，但因为猫咪爱掉毛，家里不让养。平时她都是下楼喂流浪猫或者去猫咖撸猫，现在逮到一个家里养猫的，她就有点上头了。

听她这么问，李牧赫还用胳膊碰了一下她，提醒她理智点。

似乎是察觉到对方的意思了，赵希答道："我家离得远，在西郊那边。"

其实她家离这儿也就步行十分钟的距离。

"啊……西郊啊，是挺远。"李牧语脸上写满了可惜。

旁边的纪佳颖听了后惊叹："天啊，西郊？这儿可是东边，你再不回去就晚了。"

其实现在天就黑得差不多了，小区内的路灯全部亮起，夜幕也不知何时变成

017

了深蓝色。

已经快九点了。

相较于其他人的反应，赵希明显就要淡定得多。

李牧语也不摸猫了，赶紧跟赵希说："那你快回吧，天都黑了。李牧赫，你送一下人家。"

被点到的李牧赫愣了愣。

也不知道他姐还记不记得他说过的与对方不熟。

"不用了。"最先出口拒绝的是赵希，她主要是怕一会儿会露馅。

李牧赫虽然跟对方不太熟，但也知道这个时间点确实有些晚了，他也没听赵希的，把牵引绳递给他姐后，直接对两个女生说："走吧，我送你们俩。"

"真不用。"赵希现在有点慌，早知道她刚刚就不乱说了。

纪佳颖则是摆手道："我就算了，我本来是打算出去拍点夕阳的，但现在天都黑了，我也该回了。"

"那我送你。"李牧语说道。

"不用了，姐姐，我就住前面这栋楼。"

这几个人你一言我一语就把赵希给安排好了。

跟李牧赫一起走出小区大门的时候，赵希还有些蒙，不知道事情怎么就发展到这个地步了。

小区外面的路灯全部亮起，暖黄色的光照亮四周，脚下的水泥地还嵌了地线灯，只不过因为周围没有什么商店，显得这里极为荒凉。

赵希抱着猫包，脑子里乱成一团。她看了一眼走在她旁边的李牧赫，刚想开口说让他不用送了，结果对方却先靠过来。

在那一瞬间，赵希的呼吸都跟着一窒。

"我帮你提着吧。"李牧赫伸手，将赵希怀里的包提了起来。

赵希都没反应过来呢，肩上的带子就先滑了下来。

"不用了。"赵希抬手去拦，但她拦得不及时，包已经被李牧赫提走了。

李牧赫开口："还挺重的，我帮你提吧，等会儿到车站再给你。"

赵希沉默，她就是因为不去车站才不让他提的，这下更没办法找借口溜了。

赵希的情绪一般情况下没什么波澜，就算有，也都是无止境地下沉。这世界上能让赵希高兴起来的就只有橙子，还有她追更的文突然爆更十万字。

前者能让她失控的情绪恢复平稳，后者她还没遇到，但想遇一下。

今天有点特殊，一整天她的情绪变化都比较大，发生的事情也很多，多到她想赶紧过个生日许个愿望。

赵希的房间就开了一盏台灯，她躺在床上抱着枕头，也不知道在想些什么，外面的电视机在这个深夜仍旧努力工作着，期间还能听见小陈阿姨打电话的内容。

昏暗的灯光让赵希再次陷入到情绪循环当中，她戴上耳机，转了个身，努力屏蔽掉客厅的声音。

屏蔽掉外面声音的后果就是，刚刚在车站的丢人画面又挤进了她的脑子。

赵希胡说八道惯了，因为胡说八道真能让她减少许多不必要的交流，结果没想到今晚就"在河边湿鞋"了。

敌没怎么伤到，自损就先把自己干挂了。当赵希坐上开往西郊的那辆公交车时，人是想死的。

从李牧赫的小区走到公交站也就几步路，赵希在那几步路的时间里，脑子里闪过了许多借口。正当她准备找借口开溜时，"热心市民"李牧赫忽然发现开往西郊的720路公交车正好就停在站台前，并且其他乘客都已经上去了。

"车！"李牧赫第一反应就是上前拦住，他提着猫包跑了几步，招手让司机把车门打开，然后回头叫赵希，"快，上车！"然后又转过来跟司机说，"我不上去，麻烦您等一下。"

赵希当时真的很想死，但事情都已经发展到这个地步了，她现在不上去就有点对不起李牧赫这么努力地帮她拦车了。

说白了还是要面子。

"拜拜，路上小心。"李牧赫在说这句话的时候还帮赵希把猫包背好。

见赵希上去了，司机也关了车门，他才重新回到公交站台。

赵希有点怕生，刚刚一路上都没怎么抬眼看他。

赵希安静了下来，发现有一种东西叫心虚。

当赵希抱着猫包坐上开往西郊的车时，已经在开始忏悔了。这辆车不仅往相反的方向开，而且下一站在两公里开外，别说路上小心了，今晚能不能回到家都是个问题。

在赵希发愁一会儿下车后是打车回家还是过个天桥再坐公交车回去时，李牧赫正捧着手机捣鼓什么。

他在他们班企鹅群的列表里翻了一下，找到了赵希，就在他打算添加好友时忽然顿住："现在是不是都没人用这个了？"说着，他又翻出他们班的微信群，结果在申请好友时弹出一条提示：无法通过群聊添加对方为好友。

李牧赫装作什么事都没发生的样子，默默地又把手机塞回了兜里。

为自己胡说八道而买单的赵希在下了公交车后拦了辆出租车，这下更巧了，出租车司机是她爸爸。

坐在副驾驶的赵希抱着猫包，视线一直看着窗外，外面的车尾灯闪着红光，橙黄色的路灯笼罩着一切，偶尔响起的喇叭声和呼啸而过的摩托车引擎声都是这夜晚的一道风景线。

她爸跟她都是寡言的人，上车后问了她一句"去干吗了"后就没再开口了。

赵希的回答一如既往，乱编。

夜里的温度降下来了一点，当车子开起来时，那微凉的风才能让人感叹一句"夏天真好"。赵希闭眼靠在座位上，感受着这短暂的平静。

"暑假打算干吗？"

赵希闻声睁开眼，这回倒没有胡诌，而是如实说："去游泳馆兼职。"

"多少钱？"

"一百二十块一天，上午十点到晚上八点。"

"去那儿干什么？教小孩儿游泳？"

"去游泳馆的商店给人家看店。"

"卖烤肠的那种？"

"嗯。"

"……行，那你先去，累的话就跟人家说不干了，夏天热，别老往外跑，容易中暑。"

"知道了。"

车内再次变得安静，但不知为何，赵希的眼眶有些温热，她觉得可能是风吹的，所以坐直了身子，把车窗重新合上。

快到小区门口时，赵希忽然开口问了句："你今天跑大班？"

"嗯。"

"几点回来？"

"晚上十一点多吧，咋了？"

"没咋。"

下了车后，赵希朝着小区大门走去，身后的出租车在这狭小的车道上掉了个头。

可能是这几天城管没来这边转悠，他们小区门口热闹极了，卖什么的都有，赵希原本打算直接回家的，但一想家里肯定没有吃的，所以转身到小摊上买了份炒面。

橙子可能是习惯这种环境了，一路上没有吵闹，也没有表现出恐慌的样子，甚至还在猫包里蹭来蹭去，试图顶出一个出口。

就在赵希吃着晚饭时，揣在兜里的手机忽然开始振动，她拿出来看了一眼，是妈妈打过来的视频。

"干吗？"赵希把手机摆在前面，一边吃面，一边看手机。

画面中的人一副疲惫样，就这样还不忘关心赵希："在哪儿呢？"

"在小区外面，买了个炒面吃。"

"这都几点了，你爸没做饭？"

赵希低着头："我爸今天跑大班，没时间做饭。"

视频那头的人听到这话气不打一处来，翻了个白眼后，又问："那个姓陈的呢？她不给你做饭？"

听到这话的赵希深深地呼出一口气："……我才回来，刚好走到小区门口了就买份炒面吃。"

"那个姓陈的对你咋样？对你不好你就跟妈妈说，妈妈飞过去也得把她教训一顿。"视频里的人越说越上头，脸都跟着红了。

赵希不想聊这个，于是打岔道："你才到家吗？"

"我才到家，哎哟，累死了，今天在外面跑了一天，这年头保险根本就卖不出去，累得我饭都没吃。"

手机里的画面闪了好几下，能看出对面的人此时正躺在床上，身上的衣服都没来得及换。

见赵希穿着校服，她问了句："你们还没放暑假啊？"

"放了，今天有个参观博物馆的活动，要穿校服。"

"那你放假了来不来我这里住啊？"

"算了吧，你那儿哪有地方，而且大热天的，我也不想跑来跑去。"

妈妈其实就住在西郊，那边有她离婚后打拼几年买下的房子，只不过是东拼西凑齐的首付，还有三十年房贷。

那房子一室一厅，按道理住她们母女俩没多大问题，但妈妈有囤积癖，买东西永远趁便宜和活动一囤囤一箱，导致家里几乎没有下脚的地方。

住两人都成问题，更别提赵希还有一只猫。

"真是见你一面都难，妈妈上次见你还是过年的时候呢，平时也不打个电话。"那边说到一半突然转了个话题，"你零花钱够花吗？妈妈给你转点？"

一提零花钱，赵希也不一直低着头了，脸上甚至还带上了笑容："好呀。"

"喊！一说给你转钱看你乐的。"

一整天都没什么笑容的赵希总算是笑了一下："嘿嘿。"

"行了，不说了，我也要去做饭了，你吃吧。"

赵希语气都不一样了："谢谢妈妈！"

"嗯，拜拜。"

视频挂断后，赵希看了一眼妈妈转过来的两百元："橙子，你这个月的猫粮钱有了。"

收完钱的赵希看了眼时间："该回了，要不然明天兼职就该起不来了。走吧，橙子，进牢笼了。"

赵希收拾好桌面，之后背起猫包就往小区的方向走，越走心情就越复杂。

她真是宁愿去网吧通宵兼职都不想回家。

回去的时候，客厅的灯还亮着，小陈阿姨在卫生间里，赵希快速换好鞋，然后提着橙子回了房间。当她把卧室门关上，那颗提着的心才放下。

"今晚洗漱暂缓吧。"

4

暑假这个词自带一种夏季的炎热与惬意，当然，还有早上被热醒的烦躁。

外面的暑意隔着窗帘加热着室内，李牧赫热得眯着眼爬起来去找空调遥控器，在"嘀嘀"两声过后，他才有一种松了口气的感觉。

就在他准备继续睡时，门外忽然响起脚步声。

百分之百是他姐。

"咚咚！"

门外的人也不等里面的人开口，在敲完门后直接开门："我饿了，给我买个早饭。"李牧语穿着睡衣，精神抖擞得根本不像是个刚起床的人。

似乎是感受到床上那人的烦躁，李牧语下一句就说："跑腿费五十。"

"吃什么？"李牧赫直接从床上起身。

"就是上回让你去买排骨面的地方，旁边有家胡辣汤，我刚看直播他们家才熬好一锅，我想吃那个。再买几根油条吧，我转钱给你，去吧。"李牧语说完就走，也不管李牧赫愿不愿意。

李牧赫的困意还没消退就得被迫起床给他姐买早餐，这一天真是……美好极了。

他眯着眼看了一眼手机，发现昨晚开了勿扰模式后挡掉了许多消息。

△兄弟们兄弟们！游泳去吗？夏天就是要游泳！我刚刷到一家，团购的话一个人只要十九块九！

△老板这是打算干一票就走吗？

△新店开业活动吧，我好像也刷到了。

△我好像知道你们说的哪个了，我们班几个女生也要去，她们刚还在班群里聊呢。

△冲冲冲，这个必须冲！

△啥时候去？

△明天，我们班女生明天去！

△行吧，那就明天去！谁来都是明天去！

△明天几点？

△游泳馆上午十点开门。

△兄弟们冲！

△我没泳裤。

△到那儿再买！

这几个人不仅安排好了自己，还把李牧赫给安排好了，甚至还给女生那边放出消息，说李牧赫也去。

学校里要是有个长得稍微帅点的男生，那么他的名字就会传遍整个学校，大家即使不知道对方长什么样，也会对这个人有所耳闻。

即使现在已经没人再用"校草"这种称呼了，但只要一问"你们学校谁是校草"，二十六中的人都会回答是李牧赫。

李牧赫就是在一众寸头和戴眼镜的男生中耀眼得突出。

赵希给游泳馆的小商店摆完货后就坐在柜台前，休息的同时继续回复着纪佳颖的微信。

昨天产生交集后，纪佳颖马不停蹄地就加了赵希的微信。当时赵希看到通讯录里的好友申请时还非常诧异，因为她记得自己设置成了无法通过群聊加她。只不过纪佳颖多走了一步，无法通过群聊加，就复制粘贴了赵希的微信号，搜索后申请了添加好友。

一向不喜欢跟班里同学建立什么关系的赵希在看到后犹豫了一下，最后还是通过了申请。

今早赵希兼职差点迟到就是拜纪佳颖所赐，她实在是太能说了。

从昨晚到现在，从她自己又聊到班上的其他同学，纪佳颖也不管赵希想不想听，一股脑地全塞过来。

现在她的聊天内容就是昨晚出现的李牧赫。

纪佳颖：我转过来前就听说了李牧赫的大名，我朋友说他长得贼帅，我进班第一天就感受到了，确实跟班上那群戴副眼镜又都留着寸头的男生不同，感觉其他人都很模糊，就他那里是画面聚焦。

纪佳颖：咱班好多女生都在关注他，我每天的乐趣就是观察这个！

一直没回复的赵希看到这句话忽然一顿。

赵希：都有谁？

躺在床上盖着被子吹着空调的纪佳颖一看对面的人也燃起了八卦之心，她更加兴奋了，腿在被子里连蹬好几下，感觉找到了灵魂伴侣。

她换了个舒服的躺法，把自己猜测的都说了。

赵希看到纪佳颖发过来的内容，嘴角淡淡地勾起，她对纪佳颖说的那些场景也都有印象。

李牧赫人缘好，在班上更是如此，有时候女生们让他帮忙，他基本上都会爽快答应，像是趁他要去小商店时让他帮忙捎瓶水或者买个零食都是常有的事，而这些情愫，就藏在这中间。

课间赵希趴在桌子上休息的时候，最常听见的就是"李牧赫"这三个字。

"李牧赫，你要去小商店吗？帮我买个香蕉酥吧，谢谢！"

"李牧赫，你要是路过商店能不能帮我捎瓶水？要常温的。"

"李牧赫，吃吗？"

"李牧赫，涂护手霜吗？"

"李牧赫，数学卷子的答案借我对一下。"

"李牧赫，借我支笔。"

又或者是女生们围在一起嬉笑打闹的场地永远都离李牧赫的座位很近。

翻看纪佳颖发的这些内容时，赵希又想起了昨天去博物馆拍照打卡这件事，昨天可有不少来了两趟的人。

赵希又笑了一下，觉得班上这些女生的行为都非常可爱。笑完又被现实打倒，她对着自己翻了个白眼："果然只有不为生活发愁的人才会有时间做这些。"

像她，满脑子都是攒钱，别的事在她脑子里根本就存活不了多久。

纪佳颖：但是李牧赫我觉得是合理的，个子高，长得帅，学习成绩好，对女生还很礼貌，光是不开低俗玩笑这点我就觉得他已经赢了百分之九十的男生。

赵希：你也欣赏这种男生？

纪佳颖：哦不，我只喜欢二次元纸片人，就连追星都得追隔着墙的，距离越远我越爱。

从昨晚聊到现在，赵希基本上已经摸清纪佳颖的性格和喜好了，其实光看她朋友圈就能看出来，她是一个二次元加追星族。

赵希看完后又翻到上面那一条，稍稍皱眉："个子高，长得帅，学习成绩又好，对女生还很礼貌，真是能占的都让他占了，好家伙。"

"你好，拿顶泳帽。"

"要哪个？"

赵希赶紧把手机一收，进入到工作状态，可哪想到一抬头就看到了刚刚在微信里被她跟纪佳颖讨论了好久的人。

她的大脑暂时短路了，游泳馆内的水流声与人声都被屏蔽。

站在她面前的李牧赫光着上身，穿着一条海蓝色的沙滩裤，手里还拿着泳镜和破损的泳帽。

许是刚刚还存在她聊天记录里的人突然光着身子出现在她眼前让她有些不适应，赵希的大脑在很长一段时间里都没有上线。

而李牧赫的视线则在墙上挂着的一排排泳帽上，没注意到店员，他扫了一圈，最后看上了右边墙上的黑色泳帽。

"帮我拿一下右边那顶黑色的，谢谢。"说完他才重新收回视线。

赵希戴着帽子，又低着头，再加上身高差，李牧赫完全没注意到面前站着的人是昨天偶遇过好几次的赵希。

而赵希则是在李牧赫开口后，脑子才重新开机："黑色的是吗？"不知为何，她说话时下意识地压了一下声音。

"多少钱？"李牧赫接过泳帽后，问了一句，还拿起手机准备扫码。

赵希虽然是第一天来，但已经兼职过很多工作了，不太可能出现手忙脚乱的情况,可今天她的两条胳膊就是不太受她的脑子控制:"呃……我扫一下,四十五块,我扫您。"

付完款后,李牧赫直接收了手机,还来了一句:"谢谢。"

他拿着泳帽,重新向泳池的方向走去。

赵希这个时候才注意到,泳池里面已经下了不少"饺子"了。

"这才几点?"赵希抬眼看了一下挂着的电子表,上面显示还不到上午十点,也就是说还没到严格意义上的营业时间。

打工人赵希看了一眼泳池,又看了一眼时间,随即摆出一副臭脸:"我讨厌夏天。"

本想着也就中午到下午那儿会忙一点,结果这还没到营业时间呢就来了不少人,赵希顿时觉得有点亏,早知道她去问一下卖出的东西给不给她算提成了。

李牧赫戴着泳帽重新回到泳池时,在水里泡着的陆永阳扒着岸边,看了一眼他来的方向,似乎是在确认什么,歪头又扫了一眼:"我看那个好像是赵希,咱班那个。"

"跟你有什么关系?"李牧赫坐下,舀了些水拍在身上,回答陆永阳的时候甚至都没看他。

"不是,咱可以去打个招呼啊!你这人真是,没礼貌!"陆永阳气得直瞪眼。

一直没看陆永阳的李牧赫这个时候他才睨了一眼:"没看到她戴着帽子吗?"说完,他便滑下水,溅起的水花拍了陆永阳一脸。

陆永阳把脸上的水擦掉,表情中还带着疑惑:"戴帽子怎么了?不能戴帽子吗?"

从水中探出头换气的李牧赫听到这句话,又抬手往陆永阳脸上泼了点水:"把你脑子里的水倒倒。"

陆永阳脑袋里的问号都要钻出来了:"不是,她戴帽子跟我去打招呼有什么关系?"

十点后,来游泳馆的人越来越多了,泳池分成人区和儿童区,儿童区那边就跟下"彩虹饺子"一样,颜色五花八门,各种样式的泳圈都有。

赵希也越来越忙,偶尔过来一些没带泳帽和泳镜的人,但大部分都是游饿了的小孩子拉着家长过来买烤肠。

一上午她光忙着翻烤肠了,扦子都被她用完了一包,手机在一旁振动她都没时间去看,连李牧赫他们什么时候走的都不知道。等饭点那会儿人少了后,她再抬头去看,池子里已经没有李牧赫的身影了。

忙了两个小时,灵魂仿佛都快被吸走的赵希终于闲了下来,她坐在靠椅上拿起手机,想给自己的灵魂充充电,结果一打开就是纪佳颖发的几十条未读消息。

"啧。"她真的很讨厌没有边界感的人类。

话虽是这么说，但赵希还是点开看了。

纪佳颖：我朋友说在游泳馆看到李牧赫了，怎么这两天我的世界里全是李牧赫？

纪佳颖：我朋友说她去要微信被拒绝了。

纪佳颖：没想到啊，看他平时在班上对女生有求必应的，还以为他是"中央空调"。

纪佳颖：我朋友说李牧赫身材一般，没有肌肉，跟白竹竿一样。

赵希：那她应该是在造谣。

纪佳颖：？

赵希：我在现场。

纪佳颖：我朋友还说他游泳超帅。

纪佳颖：所以，帅吗？

赵希有些头疼。

如果赵希是个喜欢垒墙把自己与外界隔开的人，那么纪佳颖就是个拳击手，不打人，只打墙，还专拆赵希的墙。即使赵希已经转过身做冷处理了，她一样能跟上来，压根不需要什么回应。

赵希的微信更是成了她的备忘录，即使赵希每次只简短地回复几个字，她也依旧热衷于跟赵希聊天。

纪佳颖：我"爱豆"演唱会的门票被炒到了三万块一张，黄牛去死吧，我爱豆累死累活巡演几十场成给黄牛打工了。

纪佳颖：气死我了！前两天收卡遇见跑单的，今天收卡收到一个有瑕疵的！

纪佳颖：你卷子写多少了，能让我抄抄吗？

纪佳颖：我明天上午十点约了复查。

赵希一般都是晚上才回复，并且都是拣着回复。

赵希：卷子还没写呢。

纪佳颖就好像住在互联网上一样，无论何时给她发消息，她都能第一时间回复。

纪佳颖：我就知道！这才是正常人！

纪佳颖：我听班上的人说李牧赫卷子都写完了，放十多天假，发了三十多张卷子，他是怎么这么快写完的？他才是那个有病的，作业不拖到最后一刻写算什么青春。

坐在书桌前的赵希抱着橙子，盯着手机，还歪了下头："嗯……"

也是奇怪，纪佳颖在班上没什么存在感，话也不多，看起来没什么朋友的样子，但不知道为什么，班上发生什么事她都知道。

被赵希念叨的纪佳颖此时忽然打了一个喷嚏:"阿嚏——"

5

赵希超级讨厌晒太阳,更讨厌热,一到夏天,她的情绪就敏感到随时都可能爆炸。橙子在猫包里叫得跟赵希要把它带出去扔了一样,撕心裂肺的。

伞下那点阴凉地也没多凉快,吹到她脸上的热气像有人拿着火炉对着她烤似的,鼻腔内的干燥更是让她觉得烦躁。

"要到了,马上就到,不要那么娇气,橙子,马上就能吹到空调了。"赵希再不耐烦,对橙子说话时都是轻声细语的。

她抱着猫包走了差不多一公里,终于到达宠物医院。感受到空调凉风的那一刻,橙子立马安静,重新摆出淑女架子。

医院前台没人,赵希冲里面看了一眼,也没看到人:"有人吗?"

"来了来了!"出来的人没穿白大褂,也没穿蓝工服,而是白色短袖加花裤衩的搭配,比赵希还像病患家长。

但赵希的注意力没在那儿,而是在他的脸上。

这年头,路人的长相要求都这么高了吗?

出来的人个子很高,是赵希需要抬头看的程度,更令人瞩目的是他的长相,非常像日本的一个男演员,具体叫什么忘了,但她记得貌似是纪佳颖的"老公"之一。

这人脸真小。

"紧急吗?"那个男生出来后第一句话问的就是这个。

他看了一眼赵希,又看了一眼她怀里的猫,再次问了一遍:"紧急吗?"

"呃……体检。"卡壳的赵希回过神,抱着橙子走到前台。

听到这个回答后,那人长舒一口气:"不急就好,啊……我们的医生和员工因为食物中毒,昨晚都进了医院,现在只有一个医生和护士,这会儿都在里面给一只出车祸的小猫做手术,你要体检的话可能得等一会儿。"

那人说话的时候是看着赵希的,这让赵希很不适应,她的视线飘在空中,看桌子看灯看地板,就是不看那人。

"我不着急,请问需要等多久?"赵希的视线转移到他握着鼠标的手上。

他的手非常白皙,并且因为瘦,节骨分明,甚至可以用纤纤玉手来形容。

另一个重点就是,他的指甲看起来非常适合做美甲。

坐在电脑前的人顿了一下:"大概还得半个小时。"

"好吧,那我等一会儿。"赵希说完便收回视线,抱着橙子坐到了一旁的长椅上。

她一坐下来就拿出了手机,装作很忙的样子翻看着,最后甚至点开了与纪佳颖的对话框。

赵希：我带橙子来体检，遇到了一个医生，跟你的某个"老公"长得很像。

发过去的那一瞬间赵希就想撤回，但纪佳颖"住"在互联网上，赵希都没来得及点撤回，那边的回复就先过来了。

是一张照片。

她就知道。

"咳咳……"赵希小声清了下嗓子，然后悄悄竖起手机拍了一张。

刚复查完的纪佳颖跟着爸妈来到停车场，刚坐进后排，手机就振动了一下。

是一张图片。

纪佳颖看完后挑眉，然后扒上前面的车椅："妈，时阿姨家的儿子回来了？"

"什么时阿姨的儿子，叫哥哥好吗？而且你咋知道，我都是昨天才知道的。"坐在副驾驶的纪母回头看向她，还帮她整理了一下凌乱的额前碎发。

纪佳颖没回妈妈的话，而是重新坐回去，赶紧给好姐妹回复。

纪佳颖：熟人，我妈朋友的儿子，姓时，具体叫啥我忘了，但时阿姨的老公确实是开宠物医院的。

这世界可真小。

这么想的同时，赵希又抬头看了一眼坐在前台后面的那个男生。

纪佳颖：但我记得我妈说他考上国外的大学了，去国外上学了，他咋回来了呢？不是才去几个月吗？

纪佳颖：问完了，叫时朝裕，十八岁，在美国读导演专业，现在申请了休学，打算Gap（休学）一年，身高185厘米，单身，跟我们住同一小区，同一栋楼，同一户型，就在我家楼上。

赵希有些惊讶。

赵希：你蛮适合去干人口普查的。

纪佳颖：我要真能考进去，我爸妈晚上睡觉都能乐醒。

看完这些信息后，赵希再次抬头看过去，发现那人也正好在看她，她赶紧转移视线，看向他头上的各种锦旗。

时朝裕看了一眼那个稍显心虚的女生，轻笑了一下后，问她："你是第一次来这家医院吗？"

"啊……不是。"被提问的赵希突然挺直后背，老实地抱住猫包。

"那报一下手机号吧，我看一下小朋友的信息，然后我们在各个平台上都有团购券，你可以看一下，能便宜不少。"

相较于赵希的不自然，时朝裕要健谈不少。他看完小朋友的信息后，起身说道："橙子是吧，来吧，我们先去诊疗室，上次来才七斤多，看看这回多少斤了。"

时朝裕走出前台后就伸手去接猫包。

橙子看到有人靠近，立刻呼噜呼噜起来。

"哎哟，橙子啊，这么会撒娇啊？"时朝裕将手指伸进去逗了逗橙子。

橙子立刻蹭上去。

后面跟着的赵希也开了口："它比较喜欢撒娇，越夸撒得越厉害。"

"是这样啊，橙子？橙子是不是最乖的小猫咪？"

时朝裕把猫包放到桌子上，后面跟进来的赵希关了门，随意找了个地方坐下。

坐下的同时，她的手机振了一下。

纪佳颖：但我还是得说一下，我那老公身高才174厘米，说他俩长得像，实属是抬举了。

赵希关上手机，闭眼长呼一口气。

她到底要哪一天才能适应纪佳颖的嘴？

就如纪佳颖说的那样，时朝裕就是临时被拉过来救场的，那边医生做完手术后马上赶过来，时朝裕也随之退出了诊疗室。

他离开时，赵希的视线还追随了一下。

她的这个动作被对面的医生捕捉到，医生还轻笑了笑。

赵希闻声回过头，还愣了一下，不理解对方为什么笑。

"这么爱撒娇的小猫，一看就是橙子。"医生摸着橙子的头。

橙子也不露怯，趴在桌子上就开始踩奶。

闻言，赵希也跟着露出笑容。

体检的过程不复杂，主要是等待结果花了点时间，总结起来就是赵希花钱买了份安心。

橙子的各项指标都在正常范围内，不仅是身体，就连心理状态都非常好，很少有小猫咪在出门后还这么放松，更别提是在医院了。橙子不仅在这里又是撒娇又是踩奶的，甚至还在等结果的时候趴在赵希怀里睡着了。

如果作为主人的赵希没有给足橙子安全感，它的状态是不可能这么好的。

关上诊疗室的门后，赵希抱着猫包来到前台结账。

跟着一起出来的还有刚刚给橙子做检查的医生和护士，他们嘴上还不停地夸着橙子，说没见过这么乖的小猫咪。

橙子在猫包里，看不清它的反应，但赵希的心情是写在脸上的——少见的笑容浮在她脸上，连平时冷漠的眉眼都变得柔和起来。

时朝裕看到走廊那边走来一行人，颇有眼色地起身："看你们的表情就知道橙子是只非常健康的小猫咪了。"

听到这话的众人还没做反应，橙子就先叫了一声表示赞同。

大家都被这一声猫叫给逗笑，赵希更是乐得眼睛都弯成了月牙。时朝裕看向她，也跟着笑了起来。

时朝裕核验完团购券后，看了一眼过往的消费记录："哦！已经累积消费一万了，我们店有累积消费一万就送一次体检的活动，明年这个时候再来体检就可以不用团券了。"

原本表情还很明朗的赵希一下子晴转多云："一万啊……"

时朝裕看向电脑再次确认了一下："对，一万。"

赵希低下头，情绪也被遮掩住。她也没多说什么，只是应声说了句"好"，又说了句"明年见"，之后便带着橙子出去了。

医院里闲下来的几个人看了一眼离开的赵希，异口同声道："路上注意啊。"

刚出医院门，赵希就感叹起来了："橙子，你看妈妈说什么，妈妈要是不养你，就是个富婆。"说完她又摇头，"不能对孩子说这些。"

赵希拉开拉链，摸了摸橙子的头："幸好你是个小猫咪，听不懂我在说什么。"

西北地区的夏季就像是把空气中的所有水分都抽干了一样，又热又干，兜里有点钱的都不会在这种天气到外面乱跑。

赵希更是一天感叹八百回，幸好自己今年暑期的兼职选在了游泳馆，要不然她得被热中暑。

天气越热，游泳馆的生意就越好，再加上他们游泳馆做活动，每天池子里都是"下饺子"的程度。

这种人流量就导致赵希不止一次接待到了自己的同班同学，大部分的人都会稍显意外，然后尴尬地跟赵希客套两句就离开，但偏偏有极个别的和不长眼的，即使看到了赵希那张臭脸，也想凑上去聊几句。

极个别的那人是陆永阳，不长眼的那人是李牧赫。

他们回回来都是游泳馆刚开门的时候，这个时候人还不是太多，能独占一下大泳池。等人多的时候，这两人就会收拾收拾东西准备走。只不过今天不一样，陆永阳走之前叫住李牧赫来了小商店一趟。

"麻烦来两根烤肠！"陆永阳说完，抬手亮出自己的泳牌。

赵希看了他一眼，表情略显无语："还没烤好，需要等三分钟，您要等吗？"

"没事，不急！"陆永阳说完就把胳膊伸到她面前。

赵希对谁都是不冷不热的，不可能单独针对谁，但是陆永阳实在是令人无语，一早上烤的这些香肠全让他给买了，就这还要吃，也不知道他是来游泳还是来给她增加工作量的。

一旁的李牧赫也不拦着，他摘下泳帽，用毛巾擦了擦湿发。陆永阳问了句："你吃烤肠吗？"

正在擦头发的李牧赫一顿："合着你要了两根，结果没我的份啊？"

陆永阳转过来，伸出手后，正色道："赵希，再来两根！"

赵希叹气，更加不想上班了。

在等待的途中，陆永阳开始发挥他自来熟的本领，手撑在台子上，问赵希：

"这游泳馆是你家的吗?"

拿着毛巾擦头发的李牧赫刚想出口阻拦,就听赵希淡定地回答道:"嗯,我大伯昨天过世了,遗嘱里写了把这个游泳馆送给我。"

小商店外面站着的两人都沉默了。

这招确实很管用不是吗?至少赵希现在清静了。

李牧赫噤声是因为他在感叹赵希这张口就胡说八道的本事,而陆永阳沉默则是因为他在用他那小脑袋瓜想这件事的可能性以及他该怎么开口。

是问真假还是要对她说节哀啊?

纠结半天后,陆永阳直接闭嘴。

"你们的四根烤肠好了,慢走。"赵希麻利地把烤肠交到陆永阳手上,随后看向下一位,"你好,你需要些什么?"

陆永阳适时地把位置让开,但看他表情就知道,他的脑子还在处理赵希刚刚那句话,连李牧赫没跟上来都没注意到。

李牧赫看了一眼摸不着头脑的陆永阳,又看了一眼赵希,在那位小朋友拿着烤肠走后,他问她了一句:"你为什么总是这样说话?"

赵希斜眼看他:"哪样?"

"哦,因为得了绝症活不久了,所以打算不顾别人的想法活一次。"赵希回道。

这下轮到李牧赫摸不着头脑了。

她说的话到底是真的还是假的?

赵希的表情太过于淡定,再加上她与生俱来的忧伤与丧气感,理智告诉李牧赫,她又在胡说八道,但她身上的那股气息又混淆了李牧赫的视听,万一她说的是真的怎么办?

思来想去,李牧赫还是选择了不伤人的回答:"……一切、一切都会好起来的,那什么……我先走了,不打扰你工作了。啊!还有,对不起。"

手里的毛巾被他紧了又紧。

李牧赫见赵希不理他,犹豫半晌后还是走了。

只不过他那个背影像极了被训的萨摩耶,既悲惨又委屈的,好笑程度拉满。

李牧赫的背影带着不小心戳到别人痛处的自责,这种感觉配上他的身材,原本应该是一部韩剧才对,但他头上的毛巾絮毁了一切。

现在他就是个落魄的萨摩耶,还是挑染了的黑毛版。

赵希盯着李牧赫的背影,眼里还带着怜惜:"到底有没有人提醒他那条毛巾掉毛啊?"

睡到了下午才醒的李牧语看了一眼时间,估摸着出去感受暑假的弟弟该回来了,眼屎都还没擦她就挣扎着起身去找手机。

她直接发过去一条语音:"我要吃肉蟹煲家的仔排煲,加年糕和鸡爪……再加一份虾吧，要微辣，然后单独打包一份辣酱。"

李牧语发完后，看了一眼对话框，还确认了一遍自己有没有发错人。

还没等她放下手机呢，她那"忠实的仆人"就回消息了。

李牧赫：喝的要什么？

李牧语：零度可乐！

搞定晚餐后，李牧语便起身洗漱。等李牧赫提着晚饭回来时，李牧语已经把今日的存稿份额完成了。

李牧赫上楼叫李牧语时，她刚好合上电脑，他就多嘴问了一句："今天的存稿写完了？"

"嗯！"李牧语看起来心情好极了。

"写了多少？"

"一百二十一个字！"

李牧赫突然很可怜他姐的那些书粉，她这本书光是存稿就存了有两年了，初期还能全速前进一下，现在每天就写几句话，今天写了一百多个字，确实超常发挥了。

跟表情复杂的李牧赫不同，李牧语在前面兴奋到哼起了歌："已经在写结尾了好吗，并且我掐指一算，下个月，哦不，下下个月，就能全文存稿结束了！"她补充道，"等开文了姐姐就送你个礼物。说吧，你想要什么？"

李牧语平时作息基本上是颠倒的，除了偶尔去一趟图书馆和发神经说自己要减肥外几乎不出门，因此很多事情就落到了李牧赫身上，前两天还在半夜的时候被他姐叫醒让他去两条街外的夜市给她买些吃的回来。

跟在后面下楼的李牧赫哼哼两声，不以为意："你把作息改回来就行，我不缺什么。"

前面的李牧语突然停下，回头后她脸上的笑容也消失殆尽："你这跟让我一天完结小说有什么区别？强人所难！"

"行行行，我要鞋，给我买双球鞋吧。"

"这才对！以后请麻烦提一些能用钱解决的要求。奶奶和爸爸妈妈什么时候回来？"

"后天吧。"李牧赫回道。

"希望他们没有被导游忽悠着买些什么。"

另一边，还没下班的赵希在柜台后面站起身活动了一下身体，虽然到饭点了，但人一点也没有少的意思。

只不过好在这个时候走的人都赶着去吃饭，来的人都吃过了饭，所以她的小卖铺这里并不忙。

赵希活动好了身子后重新坐下，继续看自己的小说。

纪佳颖的信息就跟闹钟似的，每次到了饭点必有它的身影。

纪佳颖：牧场物语说国庆后开文，预收链接开了，快来收藏！

纪佳颖：就这么两分钟收藏已经过千了？

纪佳颖：末世类哎！

纪佳颖：很好！只要她脑子不抽抽，不写什么感情线，大爆文的位置就坐稳了。

赵希都来不及反应，手机突然跟得了帕金森一样抖个不停，微信的通知更是一直往外弹。

她点进纪佳颖发的链接看了一眼，仔细阅读了一下简介，然后退出来回复纪佳颖。

赵希：放弃吧，她依旧想不开要写感情线。

纪佳颖：啊，弃了。

纪佳颖：算了，她老人家还记得开文就已经很不错了，我收藏夹里的另一位作者已经三年没开新文了。人不能太挑。

第二章
/ 加个联系方式

1

高三生的暑假就跟用玻璃瓶装着的口服液一样，掺了糖也掩盖不住留了几十张卷子作业的苦，以及吸一口就没了的无奈。

在赵希看来她的暑假才刚开始，下一秒班群里的老师就发了开学通知，唯一能让赵希感觉到暑假确实过完的就是她微信钱包里日益增多的余额。

打了小半个暑假的工，赵希又往小金猪里塞了不少钱。

赵希正躺在床上算着之后的开销，她爸爸就进来了，手上还拿着手机："明天报到是吧？"

"嗯。"赵希也没起来，就这样躺在床上歪头看着她爸。外面还有小陈阿姨和她那个弟弟的嬉笑聊天声，衬得她这间房更安静了。

赵于国看了一眼手机里的余额，又看了一眼赵希，问道："你妈给你学费了没？"

"没。"

"多少钱，我给你转过去。"

"通知发你手机上了。"

听到这话，赵于国举起手机往上翻了翻，看到了那条通知："好了啊，学费发给你了，早点睡，明天还要去学校呢。"

"哦。"听到这话，赵希将一旁的夏凉被拉开盖到身上。

随着房间门被合上，赵希也将被子拉到头顶。

外面依旧热闹，甚至还在讨论这周末要去哪个公园放风筝，只是这份热闹与她无关。

她爸妈在她还在上幼儿园的时候就离婚了，因为她爸搞外遇。

自爸妈离婚以后，赵希就跟爷爷奶奶住在一起，因为时间太长，以至于这段记忆已经覆盖在了跟爸妈住在一起时的记忆上，说白了就是她脑海中现在已经没有跟爸妈一起生活过的记忆了。

这样没什么不好，赵希甚至觉得她可以跟爷爷奶奶住一辈子，但一切的变化发生在去年寒假的时候。

年龄越来越大的奶奶比以前更偏执了，成天在家骂骂咧咧。因为神经衰弱，一直睡到中午才起床的赵希就成了奶奶的撒气对象，她被奶奶又是推搡又是骂的，无论怎么解释奶奶都不听，各种脏话钻进她的耳朵，她的情绪直接崩溃，身体在短暂的僵硬了一下后，立刻就做出了反应——冲向卧室想要打开窗户。

后面的一些过程赵希记得不是很清楚了，但她没有看到态度软化的奶奶，反而奶奶更像是被刺激到一样，说出的话更加过分了。

在外跑出租车的爸爸、住在西郊的叔叔婶婶全都被叫了过来，奶奶发了疯似的告状："她骂我滚啊！我平时好吃好喝地伺候她，地不让她扫，碗不让她洗，饭也没让她做过，她现在这样对我！"

听到这话的赵希不受控制地笑了一下，那一刻她明白了，除了离开这个家，她别无选择。

卧室外面的大人都在跟奶奶争执，只剩体力不支的爷爷还拉着赵希。

"于国，于国快来！"爷爷操着方言叫外面的爸爸。

赵于国听到声音后，冷着脸进来："咋这么不懂事呢？她说你，你就当没听见，把门一关不就行了？"

赵希这种行为在大人们看来就像是小孩子愤怒的威胁，只有不吭声的赵希才清楚地知道自己的心理变化。

后面就是赵希收拾自己的衣服，搬到了爸爸那里住，只不过因为那里没有她的房间，她住了几个月那个男孩的房间——那个孩子去跟他妈妈睡，而赵于国则是睡客厅。

等到暑假的时候才有时间把书房收拾出来，买了床塞进去，到此赵希也算是有一个自己的空间了。

当然，那个床是她自己攒钱买的，因为她知道这个家的钱在谁手上管着，也知道什么叫亲疏有别。

说实话，他们家不算穷，赵希问爸爸妈妈要钱的话他们也都会给，只不过赵希不喜欢那种手心向上的感觉，而且每次问他们要钱，他们都会问一句另一个人为什么不给。明明她也是他们的孩子，可她就像个皮球一样被踢来踢去。

那种被当作皮球一样踢的感觉今天再次袭来，就像是祸不单行，同样到访的还有明明是住在自己家，却有寄人篱下的感觉。

夏凉被压在头上，被子下的氧气随着时间推移变得稀薄，赵希也慢慢陷入昏睡。

原本趴在椅子上的橙子跳上床，踩着小步子停在赵希枕边，找了一个位置重新趴下。

教室里没有开空调，几扇窗子倒是全都大开着，连走廊的窗户都被打开了，说是通风，能凉快点。

暑假不到两周，高三这群人却聊出了十年不见的感觉。

赵希趴在自己的位置上，眉头紧皱，她正努力压制自己的情绪，要不然她怕自己会忍不住给那几个大喊大叫的男生一人一巴掌。

"收卷子收卷子！各科课代表收卷子！"班长罗慧玲站在讲台上招呼着，喊完这句后，又冲着后排几个男生喊，"体育委员带几个人去教务处旁边的库房搬书，多叫几个人！"

被点名的男生站起来活动了一下身体："得嘞！"他往四周看了一圈，然后说，"所有男生！走！"

"我就知道你要这么喊！"

"哪里要得了这么多人？"

"班长，你看他！"

班长罗慧玲根本就没理那些男生的呼唤，继续看着自己的备忘录："等发完书我们就收学费，拿现金的记得找铅笔在钱上写好自己的名字，别拿擦不掉的黑笔啊，写的时候轻一点！"

班上的吵闹程度不亚于即将放学的幼儿园，罗慧玲说话都得扯着嗓子喊，几个课代表一会儿来找她一下，其他人也不停地叫她名字。

"班长，还有几个人没来，是现在把卷子交给老师还是等收齐再送去？"

"班长！卫生是现在打扫还是下午啊？咱下午有开学典礼吗？"

"班长班长！我们回来了，搬书用不了那么多人！"

罗慧玲翻了个白眼并长呼了一口气："上辈子倒大霉这辈子当班长！"

其他人都跟开了二倍速一样，连语速都变快了，再加上周围几个班的声音，整栋楼就跟在开演唱会一样吵闹。

而赵希就是那个仿佛被按了暂停键的，她趴在桌子上，用校服盖着头，不跟周围人搭话，也不回答。

要交的卷子她都放到了同桌的桌子上，至于她的同桌——今天不来。

跟着一起去搬书的陆永阳抱着一沓书进来："班长，书放哪儿？"

"放哪儿？放我脸上！"罗慧玲盯着他，眼珠子都要瞪出来了。

后面跟着的李牧赫把人撞开，然后吐槽道："你到底是怎么通过中考的？"

"当然是过线通过的！"陆永阳为自己发声。

站在讲台上的罗慧玲听完，又翻了一个大白眼。

等书都搬回来后，罗慧玲核对了一下书单，又确认了一下现在的人数，然后敲了敲讲桌："好了，安静啊！发书了，要是因为太吵导致谁没听清或者漏拿，大家自己负责啊！"

罗慧玲在班上颇有威严，她一开口，班上就安静了下来。

"发书之前，班主任说了，座位要重排。"她说完拿出上学期期末的成绩单拍了一张照片发到了没老师的那个群里，"大家拿着手机对照着排名，在外面排队。李敏今天请假没来，但是她的位置根据赵希的选择来，还坐赵希旁边。学习委员和课代表们留下，来这儿，一人负责发两本，依次往门口这边传，我来核对数量，其他人从门口进来后到我这里拿书，然后去选座位，听懂了吗？"

"听——懂——了——"

下一秒，罗慧玲就露出凶狠的模样："谁再这样给我回答我就把谁的嘴撕开！"

台下有个男生立刻回应道："了！"

罗慧玲一记眼刀飞过去，被瞄准的男生立刻尿了。

排队可是个大工程，几十个人堵在走廊，嘴上还说个不停，没一会儿就有其他班的人出来凑热闹，原本快要排好的队伍立刻乱了起来。

罗慧玲正数书呢，听见外面吵起来，她直接探出头，喊道："李牧赫，帮忙管一下纪律！"

有几个学人精立刻尖着声音喊：

"李牧赫，帮忙管一下纪律！"

"李牧赫！"

"李牧赫！"

被叫了好几下的李牧赫带着无语的表情，在那几个男生的脖子上一人来了一"手刀"。

"站好站好，隔壁班的先回教室，我们五分钟解决完，然后让你们进班围观行不行？"李牧赫拿着手机对照着成绩表查看了一下队伍，在走到赵希跟前时，目光在她身上多停留了几秒。

李牧赫看到了她微肿的眼皮，但来不及问什么，走到队伍后面核对完后又返回来，在经过赵希时又转头看了一眼。

感应到他视线的赵希也在此刻抬起头。

刚想问一句她眼睛怎么了的李牧赫还没来得及开口，赵希就先出声了。她张了嘴，但声音很小，李牧赫只能从口型辨认，那个口型貌似是——

"你爱上我了吗，不停地看？"

赵希的嘴就像冬季在高速路上溜冰的车，回回都能把李牧赫撞个稀巴烂。这回他倒是没有回应了，只是简单地回了她一个看神经病的眼神后就继续忙自己的。

他们俩这个小插曲倒是没有人发现，因为大家都在忙着跟自己的好姐妹和好兄弟约定一会儿一起坐哪儿。纪佳颖跟赵希隔得不远，她们俩的成绩一个中等偏下，一个中等偏上，中间也就隔了几个人。

纪佳颖在注意到赵希离她不远后就探出头叫了赵希一声："赵希，赵希！你等会儿坐哪里？"

赵希恹恹地向后看去："老位置吧。"

因为心情不佳，连带着她的声音都很小。

也不知道纪佳颖听没听清，只见她比了一个"OK"的手势。

李敏妈妈：希希，这回也要麻烦你了，我们大概一周后才能去学校报到。

037

赵希：没事的，不麻烦，那发票我就先收着，等李敏之后来了我再给她。
李敏妈妈：好的，谢谢，阿姨回来会给你带特产的！
赵希：那就谢谢阿姨了！

"赵希，赵希！"李牧赫拿着手机在那儿叫了半天，结果看见赵希就跟没听见似的，一直低着头。

被叫到名字的赵希也没抬头，甚至都没看声音的来源，直接快步进了教室。领了书后，她就往自己的位置上走，结果刚走两步就停下了。

"哈……"她泄了口气，"怎么这种破位置都有人选？"

赵希原来的位置上已经摆了一摞书，但位置上没人，所以选这个位置的只可能是现在在讲台上忙活的几个人。

犹豫了几秒后，她还是继续向那个位置前进。站到原来的座位前时，她看了一眼前后的位置，往前坐就是第三排，往后坐就是第五排。

她倒是无所谓，但李敏是个爱学习的，所以……

赵希将书放到了第三排的座位上，还是靠窗的位置，只不过外面那个靠近走廊视野比较好的留给了她同桌。

"赵希选了没？"罗慧玲自言自语了一句，在班上找了一下赵希的身影，在看到赵希的身影后，立刻抱起面前的一摞书，那书是李敏的。

就在她刚想开口时，有人代她发声了。

"赵希！"

大家都看向那个开口的人，连带着赵希都朝声源处看了过去。

门口的李牧赫举手示意着，在看到赵希看过来后，指了指班长跟前那一沓书："李敏的书在这儿，麻烦你拿到她位置上。"

在班里一向是透明人的赵希今天倒是被提及了许多次，连带着大家看向赵希的次数都变多了。

"……哦。"赵希原本正在发呆，突然被叫名字时，愣了一下。

她刚想起身，门口的李牧赫就放下手："算了，我来吧。"

李牧赫说完就把手机收起来，然后到班长那儿把那摞书抱进怀里，走到赵希身边："李敏坐你旁边是吧？"

赵希看着那个走过来的人，又扫了下那些把视线落在他身上的女生，在李牧赫走近后，她低声问了句："你故意的是吧？"

李牧赫笑眯眯的，眉眼弯成了月牙："说什么呢，赵希同学。"他把书放下后还补充了一句，"书太沉了，我只是帮个忙而已。"

赵希确定了，李牧赫就是故意的。她估计李牧赫也看出来了，她很讨厌受到瞩目和关心。

明知道她喜欢一个人安静地待着，却还是要大声地叫她的名字，弄得所有人都看过来，这不是故意的是什么？

对此，赵希给李牧赫送上了最诚挚的感谢——她露出自己的白牙，笑着说："滚蛋吧。"

赵希说完后就扭过头，继续趴在桌子上闭眼休息。

李牧赫乐呵呵地回来，显然对自己气到赵希这一点很满意，毕竟赵希气了他那么多回，这回可算是让他赢了。

罗慧玲看了一眼脸上带着笑意的李牧赫，又看了一眼趴在那儿的赵希，在他从身后经过时，感叹了一句："没想到啊，你的社交圈现在都扩到赵希那儿了！"

"说什么呢，都是一个班的。"李牧赫不以为意。

罗慧玲苦着脸，摇摇头："我高一申请的好友，她到现在都没通过，全班所有人的微信我都加了，只有赵希的我没加上。"

她拽住要下讲台的李牧赫，悄声来了句："我之前当面问她要，你知道她回了我什么吗？"

李牧赫闻言把头压低了点。

罗慧玲开口道："她说，'不用了，班长，班群就够了'。那时候我就知道她是个冰碴子，你竟然能跟她说上话，佩服，今年的班长你来当吧。"

"一边儿去！"李牧赫扯回衣袖赶紧逃。

赵希突然睁眼，看了看讲台上靠得很近的两人，翻了个白眼，然后继续睡觉。

2

又是排座位又是发书，见班里的人越来越多，越来越吵闹，罗慧玲把最后一摞书送出去后，赶紧拍桌子："安静安静！又不是不让你们说，但是咱声音能不能小点？等会儿班主任来了又得拖堂把你们臭骂一顿。咋，你们想最后一个出校门？"

台下的陆永阳立刻举手追捧："听见没，声音小点！"

罗慧玲立刻指着他骂："你给我出去。"

刚洗完手回来的李牧赫听见这话，直接问："谁惹班长了，不想活了？"

台下的好哥们儿们立刻左右扭头装作不是自己说的一样："陆永阳，陆永阳！"

"嘁！出卖兄弟！"陆永阳义愤填膺。

李牧赫走过来，把手上的水甩到陆永阳脸上："人家也没说错。"

他没有在陆永阳旁边的空位坐下，而是绕到了最后一排，走到了窗边那个小组，最后站定在赵希身后的那个空位上。

李牧赫看了一眼仍旧趴着的赵希，什么也没说，就这么坐到了自己的位置上。

讲台上站着的罗慧玲看了一眼终于不那么吵闹的班级，于是清了清嗓子，说道："好了，现在开始收学费，有交现金的吗？"她问了几遍都没人回答，于是又说，"手机拿好，现在开始收学费啊，跟着我的步骤来。"

"打开你们的蓝色支付软件,在最上面的搜索框里输入咱们学校的名字,全称啊!"罗慧玲在上面一步步地教着,下面的同学都埋着头。

除了赵希,因为她是趴着的。

李牧赫动作快,缴费成功后,他就放下了手机,结果发现前面的赵希还在那儿趴着,他伸手戳了戳:"赵希,交学费了!"

睡梦中的赵希被叫醒,眉头紧皱,看起来起床气很重的样子。她回头看了一眼,结果就看到了李牧赫,不由得愣了下。

李牧赫见状又重复了一遍:"交学费了。"

"刚刚是你戳我的吗?"赵希开口后第一句话问的就是这个。

"……嗯。"

"小心我告你骚扰。"

"不是,我就戳了一下你的肩。"

"任何让女生感到心理不适的触碰都是骚扰。"

赵希脸上没表情,李牧赫也看不出她这句话是跟以前一样开玩笑还是认真的,但他还是道了歉:"抱歉。"

她这才重新转回去。

台上的罗慧玲似乎也注意到了赵希刚睡醒,于是又重复了一遍步骤。赵希交完钱后又去找李敏妈妈,把她转过来的学费又转了回去,然后教她怎么缴费。

"交完学费就可以先去吃饭了,下午一点半集合啊,还得打扫卫生呢!中午东西别放教室啊,门锁坏了,我下午再去领一个,大家先把东西都带走。"罗慧玲说完后也下了讲台去了自己位置上,准备收拾东西走人。

坐在赵希前面的纪佳颖回过头,颇有怨念地看着赵希:"你为什么选第三排啊?弄得我坐到了第二排。"

"再往后李敏就看不见了,她有点近视。"赵希把书包拿出来,准备走人。

"李敏是哪个,我还没见过呢。"

"年级第一。"

"不是,我的意思是说,我转过来也有几个月了吧,都没见过她。"

"考试的时候她来了啊,哦,对了,你跟她不可能一个考场。"

李牧赫扫了一眼周围,班上剩的人还挺多的,他又看向楼下的操场,刚好看见赵希的身影,于是笑着开口道:"行啊,都一起吧,今天开学,全班一起吃顿饭,我请客!"

"哦哦哦——"

"不愧是李牧赫!"

"那我要吃满汉全席。"

"去哪儿吃?哪里坐得下咱们这么多人?"

"海底捞吧！"

"你是真没良心啊！"

赵希跟纪佳颖走在一起，手上还举着伞。就在两人快要踏出校门时，手机忽然振动起来，还是不停的那种。

"谁又在群里刷屏？"纪佳颖皱着眉，想把群消息屏蔽掉，结果就看到了班长发的通知，她抬眸，"李牧赫说要请全班吃饭！"

也在看手机的赵希当然也看到了这条通知，但她没什么太大的反应，把手机又塞回了兜里："不感兴趣。"

"啧，我也不想去，吵得很。"纪佳颖空有"社交悍匪症"，却不喜欢人多的地方。

两人到校门口时，纪佳颖看了一眼其他学生走的方向，又看了一眼赵希："你去哪儿吃？"

"随便去便利店买点吃的就好了。"赵希不太饿，也不想走到后面的小吃街。

纪佳颖提议道："那去我家吃好了，我爸做饭！"

"你爸……"

赵希差点忘了纪佳颖的爸爸是班主任。她面色复杂，一看就是不太想去的样子："算了吧。"

"行吧，那你先走，我等会儿我爸。"纪佳颖也不强求，在把伞递给赵希后，跟她挥手，"拜拜！"

"嗯，下午见。"

今天的天气最适合用艳阳高照来形容，正午的太阳挂在上空注视着万物的一举一动，所有的影子为了躲避阳光，都缩到了极限。

赵希低着头，一边走，一边克制自己不要走出遮阳伞投下的阴影，就这样一边听音乐，一边跟自己玩游戏。

她不太饿，就去便利店买了一根玉米和一瓶乌龙茶，一边吃，一边在路上闲逛。

他们学校不远处有一条颇有文艺气息的步行街，她家之前就在这里，只不过后来拆迁了，就搬到了现在住的地方。

赵希站在步行街门口，看了一眼里面刚好被各种建筑和植物护住的阴凉地，脚尖稍稍拐了一下，打算去里面逛逛。

"赵希！"

被叫名字的赵希脚步一顿，她把伞往下压了点，遮住了自己的脸，然后继续往里面走。

而叫赵希的李牧赫则露出一个顽劣的笑容："我记得里面有个海底捞。"说着，他看了一眼赵希刚刚进去的步行街。

当时通知那个消息的时候就有点晚，大部分人早就走了，还有些人不想来，所以他们这一拨人没有多少，也就二十来个。

李牧赫看了一眼远处赵希的背影，说道："走吧，去吃海底捞！"
　　这里原来是个棉花厂，拆了后就建成了商业步行街，但因为这附近都是些大超市或者公园，居民较少，导致这个步行街没什么人来，也就是开漫展或者有什么活动时才会热闹些。
　　里面的布置就像是一组一组的小模块一样，七拐八拐的，很容易就迷路了。
　　赵希也不急，随便在一处阴凉地的长椅上躺了下来，用书包带遮着眼睛，就这么休息着。因为人少，所以这里非常安静，没一会儿困意就袭了上来。
　　偶尔响起的汽笛声会将她吵醒，但困意始终笼罩在她的眼皮上，她虽然一直处在半梦半醒状态，但感觉比在家睡还要舒服。

　　另一边，二十几个人到海底捞吃饭，一下子占了好几桌，幸好不是用餐高峰期，要不然他们还得等。
　　李牧赫就跟平时在班上关系比较好的坐一桌，在那几个男生猴急着点菜时，他就一直四处看，像是在找什么，也像是在犹豫着什么。
　　"我出去一下。"他把校服外套放在一旁，起身把围裙解了下来。
　　陆永阳抽空看了他一眼："去哪儿啊？"
　　"马上回来。"
　　"哎！所以是去哪儿啊？"陆永阳还没等来他的回答呢，他人就已经走远了。
　　不知为何，李牧赫觉得赵希就在这附近。
　　李牧赫和赵希的社交圈完全是八竿子打不着的关系，甚至赵希还特别讨厌他的靠近。换作别人的话，李牧赫才不会这样一而再再而三地去注意一个人，但赵希给他的感觉特别像第一次见到哥布林的时候。
　　哥布林是他领养的，在领养之前，也是他救助的。
　　李牧赫以前常去打球的那个户外球场，经常有狗在那边流窜，时间长了后，李牧赫就喜欢带一些吃的过去，还帮那边的几只狗做了绝育，送到了流浪狗救助站。唯独有一只狗一直避着人，甚至要是有人站在食物旁边的话，它根本就不来吃。
　　那只狗就是哥布林，当时的哥布林不信任人类，身上更是没一处好的地方，因为皮肤病的缘故，有的地方毛都没了。
　　当时冬天马上就要来了，要是放任它在外面的话，它一定活不过那个冬天，所以李牧赫锲而不舍地在那个球场外面找了好久，连去了一个多月才取得哥布林的信任，就这还只是能在哥布林吃饭的时候靠近几米。
　　他跟救助站的人一起把哥布林送去医院治疗了很久，之后因为性格不友好，哥布林就只能一直在救助站住着。后面天气变冷，加上救助站实在是住不下了，李牧赫就把它领回了家。
　　现在的哥布林已经不是当初那个不信任人类的小狗了，它现在也是只有着快乐小尾巴的狗狗。

李牧赫也不知道现在自己是什么心理，点菜点到一半，脑子突然一热，就这么下来了。他突然清醒了两秒，质问自己为什么要出来找赵希，就连因为赵希走进这里他就带着人来吃海底捞的行为都觉得好笑。

他歪了下头，但脚步没有停，仍旧在这个小巷子转着。

李牧赫转了个弯，就看到了那个引着他下来的人。

但赵希不是一个人。

李牧赫长呼了一口气，脑子彻底清醒过来，他因自己这个行为尴尬地笑了两下，然后搓搓手就走了。

3

"你去哪儿了，咋现在才来？"

纪佳颖想着赵希一个人在班里孤苦伶仃的怪可怜，所以吃完饭后催着爸爸赶紧来了学校，结果没想到赵希没在班里，给她发信息她也不回，快到一点半了，她才姗姗来迟。

赵希不以为意："怎么了？这不是还没到一点半。"

"是没到，但是——算了！"纪佳颖话锋一转，"刚刚班长说，高一高二报到那天要办跳蚤市场，让大家到时候带点东西！"

坐在那儿的赵希叹了口气："垃圾学校屁事多。"

"你说得对。"虽然才来这个学校几个月，但纪佳颖已经深刻地感受到这一点了，这学校真是隔三岔五就要折腾一回。

跳蚤市场这个活动基本上每年九月份开学都有，说起这个，赵希看了一眼刚进教室的李牧赫。

她第一次见到李牧赫就是在高一报到那天的跳蚤市场上。

那一年他们这儿的雨季出奇的长，前一周一直在淅淅沥沥地下小雨，但报到那天却意外的雨停了，甚至气温也不是很高。

报到那天爷爷跟着赵希一起来的，本来她说要自己一个人来，但爷爷从她小时候起就负责她开学和家长会之类的事，即使她已经上高中了，他还是不太放心，所以跟着一起来了。

一进校门就是各种小摊，每个摊位上都摆着一些小玩意儿，有手工艺品、玩具，还有一些书。跟在爷爷身后的赵希脚步就这么慢了下来，她停在一个摊位前，看着那个用毛毡做的小猫咪。

那个摊位的姐姐热心给赵希讲解着，说这是他们班谁做的，还说了价格。

赵希挺心动，甚至都打算掏手机准备扫码了，结果忽然有个人站到她旁边，拿起那个小猫咪问了价钱。

可能那位姐姐在看到李牧赫的脸后大脑短暂地卡壳了一下。忘了还有一个先来的客人，直接就说了价格。

不怪她，赵希当时看到李牧赫的侧脸后也短暂地愣怔了一下，他俊美的侧脸线条让赵希觉得好似有一束光打在他身上，而自己是台下的观众，他身上的光太亮了，以至于根本就看不清台下。

一直到李牧赫结完账走人，摊位上的几个女生才回过神。

最先开口的还是周围的女生，一点动静就直接让这一小块儿地炸开锅。没过一会儿，学校里很多人就知道了这届高一有一个长得特别帅的男生。

最直观的感受就是跳蚤市场这儿不知不觉中挤来了许多人，赵希第一次来这学校，就因为这人流差点走丢。

再一次见到李牧赫是交学费的时候，当时她去班上报到，李牧赫刚好交完学费正往外走，两个人擦肩而过。

赵希当时也没看清，不敢确定那人是不是刚刚在校门口见到的男生，但从教室门口那些家长的议论里，应该没错，因为他们一直在说——

"刚刚那小孩儿好看，是不是你们班的？"

"我咋知道？妈，今天是我第一天到这学校好吗？"

"应该是，他刚刚不是在前面交学费嘛！"

"小伙儿长那么帅，他们班主任该头疼了。"

李牧赫确实长得好看，从开学第一天就在学校出名了这件事可以看出，他的帅是高出及格线一大截的。

连下午开班会的时候班主任都在打趣李牧赫，说在办公室听老师们讨论了一中午，问到底是哪个小孩儿那么帅，还让李牧赫没事就去办公室转转，满足一下老师们的好奇心。

至于让老师头疼的问题，倒是没有出现过。

这也奇怪，李牧赫人缘非常好，跟班上的女生们聊得有来有往，甚至其他班的同学在见到李牧赫后也能跟他说几句。

可在人缘这么好，还长得这么帅的情况下，他没有做任何违反校规的行为，也没有跟哪个女生走得特别近，至少明面上是没有的。

这让那些女生更疯狂了，看看他们今早才重新排的座位就知道，李牧赫周围的位子都被女生们占完了，也就零星几个男生留在这里陪李牧赫一起当绿叶。当然，李牧赫是那个长得最标致的绿叶。

赵希将思绪扯回来，看了一眼讲台上的罗慧玲。

今天班主任一整天都没有露面，一直是班长在通知各种事情，好处就是麻溜打扫完麻溜滚蛋，当其他班还在听班主任念经时，他们班已经在班长的大手一挥之下开始收拾东西准备回家。

纪佳颖对寡言的赵希总是充满好奇，见她背起了书包就问了一句："你回家后干吗啊？"

"嗯……跟橙子玩。"赵希倒是认真回答了。

"我也想跟橙子一起玩。"纪佳颖摆出一副可怜兮兮的模样。

已经起身的赵希看了她两秒:"等我以后买房了吧。"

"好家伙,那还得十几年吧?"

"嗯?现在月薪三千……能攒得起钱买房?"

"……不玩就不玩。"

高三生的日常非常简单,用四个字就能概括——早出晚归。

他们早上六点半之前得到校,要是家离得远点的,只能打车或者家长送。赵希家到学校的距离就刚刚好,六点十分坐上公交车,六点半到校,就是苦了她,得五点半起床。

晚自习的话则是上到九点半,赵希还是一个人坐公交车回去,只不过坐上车都十点了,到家已经将近十一点了。

刚开始上课那两天她是真不适应,每天到家都是倒头大睡,根本没有什么压力带来的入睡困难,连神经衰弱这玩意儿都好了大半。

等适应后她又开始晚上睡不着了,每天困得在课上睡觉。

今早一到班里,赵希就趴那儿了,校服往头上一盖,也不管老师会不会发现,直接睡。教室后面那几排也有跟赵希一样的,每天来学校就是睡觉,只不过赵希比他们强点,还是会听几节课的。

"希希,给你的早餐。"久违的声音出现在赵希的耳中,她挣扎着坐起身,掀起头上的校服看了一眼,是李敏。

"谢谢。"赵希看了一眼放到她面前的早餐,罕见地露出一个笑容。

坐在前面的纪佳颖慢慢转了过来,满眼的不敢置信。

她又看了看坐在赵希旁边的那个女生,小声问了句:"你是李敏吧?"

"啊……我是。"李敏短暂地迟疑了一下,也没见过这个生面孔。

"我是今年六月初才转学过来的,叫纪佳颖。"纪佳颖对李敏露出大白牙。

李敏性格比较内向,比起赵希的厌人式社恐,她才是真社恐:"你好,我叫李敏。"虽然是自我介绍,但看李敏的表情,好像她不太能理解自己为什么要做自我介绍。

赵希也是个懒得当中间人的狠角色,就在那儿安静地吃三明治和豆浆,也不看她们俩。

纪佳颖的同桌是数学课代表,叫赵芷涵,平时跟李敏的交流算多的,也是一直坐在赵希和李敏周围的人。见李敏回来了,她还转过来问了句:"你请假去干吗了啊?好几个月都没见你了。"

"去看病了,做了一个小手术。"李敏说话温温柔柔的,就连声音都偏小,不凑近点根本就听不清,一副怯生生的样子,像兔子一样。

原本都转回去的纪佳颖听到她请了几个月的假是因为生病又转了回来,像是忽然发现了什么一样，眼睛都跟着亮了起来。

一直不吭声的赵希见前面这两人还有继续问下去的意思，于是赶紧把嘴里的东西咽了："坐好，老师来了。"

一个怕老师，一个怕老爸，两人就这么乖乖地转了回去。

李敏小声对赵希说了句"谢谢"，见她已经把早餐吃完了，于是问了句："好吃吗？我妈最近热衷于做饭，还打算当个美食博主。"

"我也觉得阿姨应该去当美食博主，做的饭好吃又好看，不去展示一下实在是可惜。"赵希说完还悄悄地竖起了大拇指。

看到那个大拇指的李敏悄悄说："那中午你再期待一下吧。"

"那真是谢谢了，我有口福了。"赵希侧着脸，露出的笑容惹人忍不住将视线停驻在她身上。

李牧赫就是那个偷偷看赵希的人，他忽然发现她长得还挺漂亮的。

她的皮肤非常白，是近乎透明的那种，有时天气太热了，她的脸都会跟着变得像个粉色冰皮月饼。一白遮百丑这句话是对的，但是她的五官好像并没有拖后腿，她的鼻子非常好看，尤其是鼻梁中间微微顶起，非常像她略微叛逆的性格。

许是李牧赫的视线在她身上停留的时间太长了，赵希一下子就发现了。她带着少许厌烦的表情看过去，嘴唇动了动，什么都没说，但她眼里露出的那下三白好像又什么都说了。

进班后就一直在讲台上忙活的班主任突然抬起头："好了，书都先放下，后天咱不是有那个跳蚤市场吗？老规矩啊，抽四个人去管摊子，其余人留在班里上课。"

班主任这话一出，台下立即号叫一片。

升入高三后就是这种待遇，所有学校举办的活动都是能不参加就不参加，实在是没法推托的话就派几个人去。

班主任背着手站在上面，让前排的同学把他刚刚做好的小字条全部分了出去。有的人心急，拿到手后直接就打开看了。

"没我。"

"空的……累了。"

"让我看看谁是那个幸运儿。"

赵希看了一眼手中画了钩的字条，然后又悄悄折起来，随便留了一张其他的，把剩余的全传到后面了。

接到字条的李牧赫随便抽了一张，剩下的则是交给了后面的人，就在他要打开自己那张字条时，在他前面坐着的赵希突然烦躁地来了句："啧……"

不用看就知道她应该是抽中了。

李牧赫低头看了一眼自己手里的字条，脸上的笑容露得更大了。

4

高一高二开学报到当天,从校门口开始就有许多小摊摆在两旁,前面的牌子上还写明了是哪个班级的。

三班因为来晚了,所以被排到了最后一个,就在操场边上,但在绝对的流量面前,位置在哪儿都无所谓。

毕竟李牧赫这个大招牌就在这儿摆着。

"抽奖抽奖啊!三块钱一次!"陆永阳站在摊子前吆喝着,旁边的成树还在低头努力写着什么。

陆永阳见到有人过来就会大声揽客,尤其是看到那些穿着校服的,他喊得更卖力。

"一会儿李牧赫知道不会把咱俩灭了吧?"成树写到一半,忽然抬头看了一眼旁边的陆永阳。说实话,他真的很怕一会儿李牧赫知道他们俩干的事后把他们俩撕碎。

见成树这小心翼翼的模样,陆永阳忽然也有点怂,但他嘴硬道:"不会的!想啥呢!"

赵希过来时看到的就是这两人凑在一起嘀嘀咕咕的模样,她出声打断道:"还有什么需要我帮忙的吗?"

"没有没有,坐吧!"成树说完还挪了挪,给赵希腾出一个位置。

这回抽到字条的就是他们四个人,早上李牧赫有点事,请了一节课的假,所以这个小摊都是他们三个整理出来的。

其中赵希功劳最大,因为那两人光在那儿讨论点子了,东西都是赵希一个人摆的。

她刚去洗手了,这个时候才回来,但也赶巧,陆续有学生进校门了。

赵希搬着凳子坐到树荫下,也没拿出手机,就这么静静地坐着发呆。但没过几秒,她就听陆永阳咋呼道:"走过路过别错过啊!三班跳蚤市场的扭扭蛋!三块钱抽一次!一等奖里有李牧赫的微信啊!"

成树也跟着喊起来:"各位妹妹们!一等奖里有李牧赫的联系方式啊!"

"当然!我们其他的奖也物超所值!看看我们摊上的其他东西,一等奖中还有我们年级第一李敏的笔记复印件!"

"这错过可就吃大亏了啊!"

"是啊!您说得对!"

见两人一唱一和赵希再次无语。

合着刚刚他们俩凑在一起嘀嘀咕咕半天,就是把李牧赫给卖了啊?

现场倒也没有像偶像剧里那样一群人蜂拥而至,而是大家装作其他物品的样子凑到摊前来,这儿摸摸,那儿看看,然后悄悄扫码。

能听懂"李牧赫"这三个字含义的都是刚升到高二的那群人,还有些凑热闹的人则是带着猎奇心理买了扭扭蛋。

没过一会儿，他们摊前就站满了人，连赵希都得站起来帮忙。

但过了这么长时间，没有一个人抽中李牧赫的微信，唯一一个被抽走的一等奖还是李敏的笔记。

隔壁摊位有认识陆永阳和成树的人，他们笑着捣乱："陆永阳，你们俩该不会是压根就没把李牧赫的联系方式放进去吧？"

"滚滚滚！少造谣，我们俩可是冒着被暴揍的风险把字条塞进去了！"陆永阳说着就撸起袖子。

摊前还有女生嬉笑着，问成树他们："那要是抽到后加了，但是李牧赫没通过咋办？"

"他不加你找我，我按着他的头加！"陆永阳真是仗着李牧赫不在，在这儿大胆发言。

他们俩会说，摊子前围了不少人，还有女生跟他们俩讨价还价，说买五抽让他们附带他俩联系方式的。

当然，还有其他的——

"我买十抽，你能不能把你的联系方式给我啊，姐姐？"

有问赵希要联系方式的。

还不等赵希开口，就有其他男生开口了："那我也要！我买二十抽！"

"你癞蛤蟆想吃天鹅肉，照镜子看看你那样！"

"滚！"

"哈哈哈，我还把这些全买光呢！"

那几个男生带着开玩笑的意思，说的时候还有意无意地看向赵希。

陆永阳虽然跟赵希不太熟，但好歹也是暑假见过几面的人，知道她不喜欢跟人打交道，就出声替她拒绝："哎——打住啊！这可是我们班的吉祥物，不行啊！"

"就是！"成树也跟着振臂高呼。

"吉祥物"赵希不吭声。

"吉祥物？"这个时候才出现的李牧赫就听到了这一个词。

他是跑着进校门的，额前出了一些细汗。

李牧赫站到摊位后，立马把校服外套脱下，回头看了一眼，随手把校服递给赵希："帮我放一下。"

"吉祥物"赵希被迫接下。

有些女生就是跟着凑热闹，才来这学校，压根不知道李牧赫长什么样，现在看到了，掏钱的心更坚定了。

也有听到刚刚陆永阳和成树对话的女生，笑着在那儿拱火："这两个学长说一等奖是你的联系方式，等会儿真有人抽到了，你记得通过啊！"

048

正在卷袖子的李牧赫一停,挑起一边眉毛,看向陆永阳:"是吗?"

李牧赫嘴角还带着意味不明的笑意,但陆永阳看懂了,那是让他死的意思。

刚刚还很坚定的陆永阳忽然有点腿软,坐下来缓了口气:"加!肯定加!是吧!"说完,他捏了捏李牧赫的腿,祈求对方给个面子。

李牧赫笑了下:"行,抽到就加。"

这下他们的摊子更热闹了。

赵希坐在后面,三个男生在那儿忙活,把她直接给挡住了,但是她也不无聊,光是看那些小女生偷拍李牧赫就很有意思。

三两个女生聚在一起,跟小姐妹窃窃私语,偷偷拿出手机对着帅哥拍下一张照片,之后又一起笑个不停。

这个世界上没有什么比跟小姐妹一起看帅哥更有意思的事情了。

赵希也喜欢。

跳蚤市场快结束时,他们这条街上就没多少人了,因为那些高一高二的学生报完名还得进班开班会领书,所以这条街上也就热闹了半个多小时。

结束的时候,他们摊位上还剩下四个东西,其中三个是陆永阳从网上买的小玩意儿,也就是三等奖的奖品,还有一个应该是他们班谁做的。

陆永阳回头看了一眼:"赵希,刚好还有四张字条,咱们四个一人抽一个吧。"

成树还在那儿疑惑:"抽了半天愣是没有一个人抽到李牧赫的微信,也是神奇。"

"你们真放进去了?"李牧赫这时候才反应过来。

陆永阳回话之前离李牧赫远了点:"当然是真放,被发现是假的就惨了,咱班口碑就没了!"说着,他把扭蛋机里的四张字条掏出来,将其中一张递给了赵希。

赵希原本不想参与的,刚想摆手,陆永阳就把字条塞到了她手里。

"我的是二等奖……铃兰花灯?"李牧赫看了一眼字条上写的,又看了一眼桌子上摆着的那束花,是用线编织的铃兰,上面还罩了个玻璃罩。

陆永阳看了眼:"刚刚好多女生说想要那个呢,抽了半天都没抽到,结果被你给抽到了。"

"你的是啥?"成树凑上来看了一眼陆永阳的。

巧了,他们俩都是一板花花发卡。

"哈哈哈,你也是抽的发卡!"

"我要这个草莓的!"

"我要草莓的!"

"我的!"

"谁拿到就是谁的!"

后面坐着的赵希看了一眼手里的字条，上面写了一串数字，是她非常熟悉的一串数字。

这时，眼前出现了一个二维码，赵希抬头看去，是李牧赫。

"我刚试了，无法通过聊天群申请添加你为好友。"

这时陆永阳跟成树搭着肩过来了："天啊，竟然是赵希抽到了！"

赵希看了他俩一眼，又看了眼李牧赫，起身说道："算了吧。"

两人的视线在空中交织了一下，很快赵希就把视线移开了。

李牧赫低头看了一眼仍旧举着的手机，无奈地撇了撇嘴。

各个摊位都在收东西，赵希率先过去把桌布掀开，后面的陆永阳和成树赶紧过来："我们来，我们来！"

成树拍了下陆永阳："说什么呢，是李牧赫来！刚刚都是咱布置的！"

陆永阳连连点头："你说得对！李牧赫，快来收拾！"

赵希也没坚持，拿着凳子往旁边坐了点。

这时李牧赫又靠了过来，像个在演唱会外面卖票的黄牛一样，再次对赵希展示他的二维码。

赵希装没看见，转了个头，结果这人直接把手机怼到她脸上。

她的耐心要被磨完了。

"给给给。"赵希直接把自己的手机给他。

李牧赫扫完后，还给自己改了备注，之后才把手机还给赵希。虽然他什么都没说，但脸上的表情出卖了他——

笑得有些过于灿烂了。

第三章
/ 早出晚归高三生

1

李牧赫昨晚睡得不安稳，导致他今天上课一直在打哈欠。

他揉了揉太阳穴，看了一眼课表，下节是体育课，于是他起身到讲台拿手机，准备去操场集合。

许是哈欠容易传染，赵希也在不停打哈欠。

前面的纪佳颖转过头，也跟着打了一个哈欠："昨晚我看小说看到了十二点，被我妈骂到了一点，困死了。"

她看了一眼哈欠打得眼泪都流下来了的赵希，问了句："你昨晚几点睡的？"

"一点吧。"

"我也一点才睡。"李敏也柔柔地说了句。

"你咋也那么晚睡？我俩是看小说，你是为啥？"纪佳颖彻底把身子扭过来。

赵希看了一眼纪佳颖，本想开口澄清，但嘴张了张，什么也没说，跟着一起看向李敏。

"我之前不是一周没来嘛，就把老师上周讲的内容复习了一遍。"李敏说完指了指面前的本子。

纪佳颖看了那个本子一眼："哟——有点眼熟……啊！我也有一个！初中的时候买的，被我用来写小说，写了两百字后写不下去了，一直封存在我的百宝箱里。"

赵希看了眼时间，又看了下课表，起身道："走吧，体育课。"

"讨厌夏天的体育课——"纪佳颖一副赴死的模样。

三个人慢慢悠悠地来到操场，找了一处阴凉地站着。

等会儿要上体育课的班级已经在操场上聚集得差不多了，所有的阴凉地都被占满，有的坐在花坛边，有的站在树下，一个个看着远处被烧得有些扭曲的空间，脸上没有一点开心，这个时候他们更愿意回班里写卷子。

远处拿着哨子走过来的体育老师短暂地受了一下瞩目。

在看到不是自己班的体育老师后，大家又把视线转移开来，继续骂这个破天气。

"三班、四班——集合！"

两个班的人闻声看去，发现是个脸生的体育老师。

"换老师了？"

"张老师骨折了，请了几个月假。"

"这好像是新来的。"

体育老师拿着文件夹和哨子往操场中间走，一边走一边催在阴凉地儿站着的那群人。

纪佳颖话真的很多，自她起身后就开始碎碎念："想不通，为什么一定要在太阳下站队，热死了。"她皱着眉，"更烦了，又得跟老师解释我为什么上不了体育课。"

两个班的人晃晃悠悠地走过去后，又磨磨蹭蹭地站好了队，体育委员整顿着队伍，数着人数。

高三的体育课一周就一节，除非老师同意，否则不能回班。为了不让学生回班，体育老师还给他们开了羽毛球课，说是德智体美劳全面发展。

"大家好啊，我姓何，叫我何老师就行，我是这个学期才来咱们学校的，所以大家可能不认识我。因为你们张老师请了几个月假，所以你们之后的体育课由我来带。

"好了，先跑两圈热热身啊，身体不适的可以出列。全体都有，向左——转！"

一说身体不适的可以出列就有好多女生站出来，何伟还吓了一跳："你们是咋了？"

问就是经期原因，何伟听到一半后，直接大手一挥："行了，跑步不行，打羽毛球总可以吧？你们去器材室根据各班人数拿羽毛球拍。"

赵希她们三个则是停在了原地，何伟转过来后发现这边还站了三个人："你们仨这是？"

"老师，我做过心脏移植和肝脏移植，没有办法运动，如果您需要三甲医院证明的话，我下节课给您带来。"开口的是纪佳颖。

她这平淡几句，直接让在场几个人都愣在了原地。

冲击最大的就是赵希，因为她完全不知道这件事，甚至纪佳颖平时也没有表现出这些，所以在这个场合听到后，赵希愣怔了几秒。

何伟也被吓到了："呃……之前张老师知道这事吗？"

"张老师知道，也看过我的医院证明了。"

"行，那我就不看了。"他说完后，看向另外两个人，"你们俩是？"

赵希看了纪佳颖两眼，听到老师的话才把视线转回来："老师，我是昨晚复习到太晚了，身体有些不舒服，我怕运动后心脏会适应不了。"

"行，你坐阴凉地儿看着吧，羽毛球到时候是要考试的。"何伟说完后，看向最后一个人，那个看起来稍稍有些紧张的女生。

"老师，李敏没有办法运动，如果需要医院证明的话下周会给您。"开口的不是李敏，而是赵希。她揽着李敏，轻轻地捏了捏李敏的胳膊，以示鼓励。站在李敏旁边的纪佳颖注意到了这点。

何伟皱着眉，没太听懂："是什么原因？"

"跑起来啊，别走，不行再加一圈！"何伟高声对着远处的队伍喊了一句。

李敏说了句什么，但声音很小，只有赵希听清了。

何伟重新看向李敏："什么原因？"

因为刚喊过的原因，他这时开口气势略微强硬了一点。

赵希刚想开口，李敏就把声音提高了点："是脑瘫。"

何伟张了下嘴，但不知道怎么说，又闭上了。

赵希推了她们俩一下："你们先回教室吧，老师，她们俩的身体不适合在这种天气下长时间待在户外，所以让她们先回教室吧。"

"哦好，行。"何伟已经尴尬得不行了。

赵希没急着走，而是目送着两人走远后才重新看向体育老师："老师，还需要李敏的医院证明吗？需要的话我跟她说。"

"不用了不用了，之前你们张老师肯定看过了。"

"好，老师，那我就先去一旁待着了。"

"行，去吧。"

赵希走开后，只剩何伟站在原地，他站在那儿，身上的汗直往下流。

被赵希推走后，李敏和纪佳颖就慢悠悠地往教学楼的方向走，边走还边回头，想看赵希会不会跟过来。

她们俩平时的交流不多，仅靠着赵希在中间当那个桥梁，平时没什么感觉，但只要赵希一走，她们俩就会沉默下来。

比起李敏的内向，纪佳颖肯定是要好一些的。她看了李敏一眼，率先开口："其实我是能运动的，只要不是那种高强度的，比如一下子让我跑个八百米，但我就是不想运动。"

李敏看了纪佳颖一眼，也小声说道："其实我也是。"

"哈哈哈，运动真的很讨厌，我自己讨厌是一回事，我爸妈就是另一回事了。我三四岁那会儿做了心脏移植手术，前后在医院待了好几个月，刚上初一的时候又做了肝脏移植手术，是跟我妈匹配的，那个时候也在医院待了好久。我爸妈因为我生病这件事都有了应激反应，一看到我跑跑跳跳或者不好好对自己的身体就心悸。"纪佳颖说这些的时候有些尴尬，不知道自己为什么要说说这些，但总觉得需要解释一下。

她挠挠头又挠挠脖子，好像这样才能缓解她的不自在："我转过来就是因为我在之前的学校里偷偷跑跑跳跳，跟朋友们一起玩，被我妈撞见了，她当场就呼吸不过来了，后来就把我转到了这儿，让我爸看着我，不许我运动。"

纪佳颖说完，看向李敏，李敏转过来看了她一眼，抿了下嘴："我是小时候被确诊为脑性瘫痪，四肢就跟互相不认识似的，一动起来就乱摆。但我一直有做康复训练，所以现在我已经好了很多，只要不跑步的话，甚至都看不出我身体有问题。可只要一跑步或者快走，我的腿就会不听我使唤。之前请假了好久就是我跑步的时候控制不住身体，被车撞了。

"我是高二的时候才转过来的，在之前的学校总是被嘲笑。我其实没什么，但是老师把这事跟我妈说了，她觉得我会受不了，所以给我转学了。"

两个人一路散步回班里，纪佳颖又是开空调又是拉窗帘的，班里一下子就变成了很适合睡觉的氛围。

坐回座位的李敏看了一眼忙碌的纪佳颖，开口道："你别看赵希冷冰冰的，还经常不回信息，对人总是爱搭不理，其实她特别好。"

纪佳颖听得一乐："你这是夸她吗？"

李敏也跟着笑起来："我刚转来的时候，我妈担心我不适应，每天都会来学校偷偷看我。在知道赵希是我同桌后，她还担心了一阵子，觉得她太冷了，看起来不像是乖孩子，还想让老师重新调一下座位。后来是体育课上，老师让体测跑八百米时单独把我排除在外，其他同学都在好奇我怎么了，总是在我周围打转，好奇我为什么不用参加体测，当时是赵希跑去跟老师说让我回班的。"

纪佳颖听完点点头，这确实是赵希会做出来的事。

"后来我妈就找到她，把我的情况跟她说了，希望她在学校能照顾我一点，也帮忙保守秘密。"李敏说着还指了一下桌子上的本子，"这个本子眼熟吧？是赵希的，我没来学校的时候，她都会帮我把课上的笔记写下来，之后再给我。"

纪佳颖笑道："我早就说了，赵希是外表很冷，但内里比谁都还要炽热的人，她还不承认！"

"承认什么？"赵希刚好出现在班门口。

纪佳颖笑了下："真是说曹操，曹操到。"

因为上晚自习，赵希每次到家都快十一点了，她轻手轻脚地洗漱完后就回到自己的房间不再出去。

她把卧室的两盏台灯打开，暖黄色的灯光足以照亮不到十平方米的房间。

赵希穿着睡衣坐在床上，腿间放着橙子，抽了两张湿巾给橙子洗脸擦脚。

因为上学，再加上睡眠不足，赵希每天都很疲惫，但是只要一抱橙子，她的疲惫就能消散大半。

赵希给橙子擦完后又给它刷了牙，确定它嘴巴干净后，抱着它亲了好几下："把你的嘴亲烂！"

橙子是个话痨，赵希每亲一下它就要像个玩具一样发出"咕"的声音，但就这样它也不会推开赵希，甚至在赵希放手后还用头蹭了一下她的膝盖。

重新躺下后，赵希拿起手机，连带着把橙子也一起抱进怀里："来，橙子，和妈咪一起看一下我们的生存基金。"

赵希有两个"篮子",一个是微信,一个是没绑定任何支付软件的银行卡。她打开手机银行看了一眼,那张卡里现在有两万多块钱。

"等高考结束后,我就填一个省外的大学,我们一起搬过去,租一个房子,再养一只小狗,我们三个一起过一辈子。"赵希说完抬起橙子的下巴又亲了一下。

被亲了的橙子又"喵呜喵呜"几声,像是在回应。

临近十二点了,困意渐渐来袭,赵希起身关掉两盏台灯,重新躺下后,又把橙子抱进怀里,听着风扇转动的噪音,就这么进入了睡梦中。

2

医院这边,难得在十二点就有困意的李牧语打了一个哈欠,打完她就捂住伤口:"疼疼疼……"

"哪儿疼?"李牧赫一进来就听到他姐喊疼。

"你咋来了?"李牧语都顾不上伤口了,瞪着眼看向李牧赫。

李牧赫瞥她一眼,把自己的书包放下:"得了,你晚上一会儿要上厕所一会儿要喝水,一个人咋待一晚?"李牧赫说完还把书包里的迷你加湿器拿了出来,放到旁边的窗台上。

李牧语听完后,嘴角稍稍上扬:"姐这么多年没白培养你。"

李牧赫放好东西后又去关灯:"得了,赶紧睡,别玩手机了。"

"OK,OK!"李牧语把手机递给李牧赫,让他拿去充电,还说了句,"我明早想吃馄饨。"

"知道了。"李牧赫也躺到一旁的病床上。

"时间过得真快,我都二十几了,啧……你知道吗,我朋友娃都生了,而我感觉自己还跟个小学刚毕业的小孩儿一样。

"哎!你还记得吗,你小时候有一次过敏,荨麻疹发作,满身都是包,家里就我跟奶奶,吓得我一边哭一边打车送你去医院。

"还有一次,你喉咙卡了鱼刺,也是我带你去的医院。唉……转眼间你都这么大了,都能照顾姐姐了。"

躺在那儿的李牧赫无语:"过敏去医院是因为你不信我真的对冷空气过敏,所以拉着我去遛了一圈;鱼刺卡住也是因为我不吃鱼,你非让我吃。"

李牧语把被子一拉:"睡觉。"

要问学生时期最讨厌什么,赵希一定会回答是晨跑。

之前高一高二的学生还没来,他们的晨跑也就没开始,现在高一的已经开学一周了,晨跑也就被提上了日程。

晨读结束后,广播就会开始播放音乐,班长在讲台上催促着大家穿好校服赶快下去。这个时候赵希就会觉得自己像一头被定点放出去遛弯的猪，不情不愿地随波逐流，到了楼下后还得跟其他同学挤在一起，等待着老师的口令。

尤其是体育课重新排完站队后她更讨厌跑步了，因为她被排到了第一排，旁边就是李牧赫。

赵希讨厌运动，平时能躺着她绝不站着，上体育课热身跑圈时，她永远都是那个远远落在后面的尾巴，因为她跑步的速度跟走路没什么区别。

现在被排到了第一排，她也不能摸鱼了，不仅如此，她还得跟上旁边人的速度。

体育委员赵志围着三班绕了一圈，查了一下人数，嘴上还不忘提醒："活动一下手腕脚踝，以免拉伤。"

广播里的音乐仍在放着，教学楼里还有人正在往外跑，体育老师站在大讲台上看着操场上一圈的人，又看了一眼教学楼："快点，谁还没到队伍里？"

赵希认命般长叹一口气，然后蹲下来重新系了一下鞋带，整理好心情准备迎接一会儿的夺命晨跑。

"全体都有——跑步走！"随着体育老师的一声令下，广播里也播放起了另一首曲子。

李牧赫抬脚往前跑，速度没有太快，但是感觉身旁的人还没跑两步就快不行了，不仅如此，队伍里面也是一片骂声。

"前面能不能慢点？"

"这学校谁爱上谁上，我不行了，我要退学！"

"跑几圈啊？"

"我要不行了，救命啊……"

"让让！让让！我要出去系鞋带！"

跑完两圈后，就能在操场上看到一个非常壮观的场面——在内圈系鞋带的人数比不能跑步的人数还要多。

李牧赫跑的时候刚好路过陆永阳，见他在前方蹲着系鞋带，笑了一下后，喊道："陆永阳，你这鞋带系了有一分钟了吧？"

李牧赫话音刚落，后面的男生就笑成了一片。

被点名的陆永阳站起来，挥了下拳头，然后又挤回了队伍。

赵希根本就理解不了，这跑了四圈了，他们是怎么笑得出来的，她连呼吸都困难了，更别提笑了。跑着跑着，赵希的腿就开始不听使唤了，喘气声更是大到旁边的人都向她看来。

"你还好吗？"李牧赫听到旁边人的粗喘，扭头看了一眼。

换作往常，赵希早就怼回去了，但此时她实在是累得说不出话，脑子也跟着发蒙，只能听到自己心跳加速。

李牧赫看赵希这情况挺严重的，刚想抬手示意一下体育委员，旁边的赵希就发力了一下，跑到了前面，绕到了内圈。

他路过时还听见赵希的两个小姐妹说——

"我俩还在打赌你能坚持几圈。"

"果然四圈就是你的极限。"

"没关系没关系，不丢人啊！"

赵希累得根本说不出话了。

跑过去的李牧赫低头轻咳一下，遮掩住嘴角的笑意。

晨跑持续了二十分钟，每个人都累得够呛，尤其是女生们，操场上叽叽喳喳的全是她们的吐槽。

赵希的症状更严重，她怀疑刚刚跑步的时候把脑子跑掉了，要不然现在为什么她的脑子无法运转，一片空白。

"讨厌死了，跑得一身汗，我真是不理解，大早上的为什么让人跑步，又不能洗澡！"

"我的心脏到现在都还在跳，我该不会是要死了吧？"

"不跳才是要死了呢，宝贝！"

"身上黏糊糊的，好难受。"

"我要去卫生间擦一下身子，太难受了。"

"一起一起。"

黄璃明和几个课代表挽着手往卫生间走去，赵希也受不了身上黏黏糊糊的感觉，跟着往那边走，她还回头看了李敏和纪佳颖一眼："我去一下卫生间，你们先回吧。"

纪佳颖问道："OK！我俩去小卖铺，你喝水吗？"

"要瓶冰水。"

"常温的就好了，刚运动完别喝凉的。"李敏说完也不给赵希反驳的时间，拽着纪佳颖就走了。

赵希累得说不出话，都跑完十分钟了，她还没缓过来，连带着走向卫生间的步子都轻飘飘的。

操场旁边有个很大的卫生间，外面的洗手池边上全是人，大部分都是过来洗脸的男生，赵希过去的时候还绕了一下，她受不了男生身上的汗臭味。

她刚走到前面，就看见黄璃明她们，旁边还有李牧赫。

"谢啦！"

那些女生抽走了好几张李牧赫的洗脸巾，李牧赫也没说什么，瞥到赵希后，还问了句："要吗？"

就在李牧赫以为赵希会无视他直接过去时，赵希走过来后停都没停，直接抽了一张，甚至连声"谢谢"都没有。

李牧赫歪了下头，没明白，但还是笑了。

赵希拿着洗脸巾进了女卫生间，李牧赫则是拿着剩下的去了男卫生间。他把洗脸巾打湿，把身上出汗的地方都擦了一遍，擦完后又去隔间里把里面的短袖脱下，换了件新的。

帮他看着东西的陆永阳佩服地摇摇头："那以后天天晨跑，你是不是每天都得带件衣服？"

"带件衣服而已。"李牧赫不以为意。

他来到洗手台前又洗了遍手，确定身上没有不适的感觉后，才接过陆永阳手里的袋子："走吧。"

隔壁的女卫生间里，那些拿了李牧赫的洗脸巾的女生也在擦着脖子上的汗。

"等会儿进班里又是一股汗臭味，烦死了。"

"都不用进班，楼道里就是。"

"我嘴好干，谁有润唇膏？"

"我的在书包里，等会儿上去涂吧。"

"谁带护手霜了？"

"我带了，在书包。"

她们站在镜子前一边擦汗一边闲聊，赵希看了她们一眼，于是先转身去了隔间上厕所。结果她都出来了，这几个人还站在镜子前。

黄璃明注意到了镜子里的赵希，于是回头道："你要用吗？"说着还把位置让出来。

"谢谢。"赵希过去用水把洗脸巾打湿，冰凉的水让她的指尖短暂地麻痹了一下，连带着肩膀都跟着一瑟缩。

"你是要擦汗吗？那个水太凉了，用这个龙头吧。"纪佳颖的同桌赵芷涵看到赵希打湿了洗脸巾，赶紧出声提醒，"这个能出热水。"

赵希刚想开口说没关系，就被这几个女生接力推了过去。

温水确实让她的指尖舒服了点，但是她们几个的搭讪和关心却让她不适了起来。

黄璃明注意到赵希手上的洗脸巾，又看了一眼赵希，赵希也注意到她投过来的视线。

赵希把洗脸巾打湿后擦了下脸，然后又蘸了下水，转身去了隔间，打算把身上黏糊糊的地方也擦一遍。

等赵希收拾好出来后，黄璃明她们已经不在了。赵希长呼一口气，这才放松下来。

回到班里后，果然跟黄璃明她们说的一样，有一股汗臭味，她一进去就看见班长让坐在窗边的同学把窗帘和窗户都打开。

"给，你的水！"纪佳颖晃了晃手里的冰水。

旁边的李敏跟着说："但是你等会儿再喝，太凉了。"

"夏天就是要喝冰水才够爽！"纪佳颖刚刚跟李敏争论半天才换来了一瓶冰水。

李敏虽说同意买了，但还是强调："要是平时容易痛经的话，还是少喝冰的好。"

赵希听着这两人说话的同时，还能听到身后两人的对话。

黄璃明给周围人分完护手霜后，看了一眼李牧赫："要吗？"

"不用了。"

赵希收回注意力，拧开瓶盖，轻抿了一口，冰水刺得她的太阳穴跟着一跳，她皱起脸，表情不太好。

旁边的李敏笑了下："都说了让你等会儿再喝了。"

咽下那口水的赵希也跟着笑了下，笑得眼睛都弯了。

前面转过来坐的纪佳颖看她一眼："不至于吧，喝个水笑成这样。"

瓶子上的凝珠滴下来，贴着赵希的脖子滑进衣服里，又惹得她瑟缩一下，动静还有点大。

"要纸巾吗？"出声的是三个人。

李敏举着抽纸，看了一眼后桌，黄璃明和李牧赫都举着抽纸。

"谢谢。"赵希对后桌的两人道了声谢，拿的却是李敏的抽纸。

黄璃明收回手后，说："不错，以后咱们几个不会出现没纸的情况了。"

"上课上课啊！"班主任兼物理老师纪忠成拿着书和教具进来。

纪佳颖看了一眼她爸，快速转了回去。

台下一片书本跟桌子碰撞的声音，纪忠成说："啧，不是都给你们讲了，上课前提早把书找出来，咋了，你们不知道这节是物理课？"

"还有啊，你们男生能不能爱干净点，知道学校要晨跑，晨跑要出汗，那么能不能每天冲个澡？"

赵希听到这话后，在心里给班主任鼓了个掌。

纪忠成把书往讲台上一撂："行了，上课！"

3

周二上午的课表非常会安排，两节物理和两节数学，四节课下来，赵希的脑子已经打结了，更可怕的是下午是两节语文外加两节英语。

其他人都收拾东西准备出去吃饭，只有赵希坐在座位上揉太阳穴。

她低声问自己："到底哪里想不开，要选理科啊？"

"什么？"提着外卖回来的李牧赫看了一眼赵希。她刚刚说了句什么，李牧赫还以为是跟自己说的，但没听清。

赵希抬头看了一眼，无语道："走你的路。"

李牧赫已经习惯了赵希的说话方式，他不以为意，提着外卖回到自己的座位后，问："你不去吃饭吗？"
回答他的依旧是无声。
赵希一个人待在座位上，纪佳颖则被妈妈接走出去吃了，李敏则是下午要去医院一趟，请了半天假，刚走。
平时的话，她们三个也不会一起吃，纪佳颖大部分情况下都是去她爸办公室吃饭，原因是她挑食严重，她妈让她爸盯着。李敏则是家住学校后面，平时都是走路上下学，中午基本上都是回家吃。
赵希的话……吃不吃饭要看她想不想下楼。
她今天不想下楼，于是就不吃了，反正少吃一顿也不会饿死。
班上就剩下他们俩了，李牧赫见外面的太阳正烈，于是起身去将所有的窗帘拉上，回来后就发现赵希趴在桌子上看小说。
"你真不去吃饭？"李牧赫又问了一遍。
赵希趴在桌子上，头都没抬起来："谢谢关心，但是能不能别关心我？"
本以为迎来的仍是无声，结果赵希回答了，李牧赫倒有些意外，因为平时跟她说话她都当没听见似的。
"好吧，但是你能不能回答一下你为什么不去吃饭吗？"李牧赫一边拆外卖，一边问。
赵希最讨厌的就是他这打破砂锅问到底的行为，她叹了口气，坐起身子，向后看去："因为我吃过了。你能不能别问了？"
"什么时候？"李牧赫停下动作，还回想了一下。
赵希不想回答他。
李牧赫又问了一遍："什么时候啊？"
前面的赵希直接起身，把李牧赫吓一跳，还以为她要打过来，结果她只是拿了手机后往外走。
在那儿坐着的李牧赫赶紧说："我不问了，真的，我不问了，你回来吧，外面挺热的。"
出了教室的赵希压根就没回头，她也是嫌烦，脑子一热就出来了，但是没想好要去哪里。现在食堂很吵，还很热，她不想去，外面又是大太阳，更烦。
正下楼的赵希一顿，她想到了一个地方。

冷气扑面而来，赵希进入书店后就看到了在吧台后面坐着的时朝裕，吧台前面还围坐了几个小女生。看时朝裕那张脸就知道，这地方压根就不缺宣传。
书店里有很多可以坐的地方，沙发、吧台、凳子、矮椅，全部被坐满了。
"哎？"时朝裕转过来后，看到了进门的赵希，"好久不见。"
赵希扯起嘴角客气地笑了笑。

她见人多，正打算走，就见时朝裕指了指楼上："上面还有位置。"

上面就是小猫咖，但是不对外营业，那里开业前赵希被时朝裕带上去过，他说被丢在宠物医院门口的猫治好后就放在那里，等着人领养。

这里设备齐全，自动猫砂盆、自动喂食器，还有自动饮水机，时朝裕只需要保证猫咖干净整洁，让书店里没有味道就行。

书店是两层，二楼也有一半是书店的位置，猫咖其实就是个十几平方米的地方，里面就养了几只猫。

赵希对时朝裕点点头后就到了楼上，楼上确实还有不少位置，因为上来的其他女生都蹲在玻璃窗前看那些猫。

她找了一个放在角落的沙发，窝在那里继续看她的小说，除了偶尔能听到那几个女生激动的惊呼，都很完美。

时朝裕随便做了两份茶饮，在与旁边的店员交代了声后就端着杯子到了楼上。他找了一下，才看到坐在角落的赵希："送你的。"

赵希赶紧坐正身子："谢谢。"

"谢谢你帮忙宣传书店。"时朝裕放下杯子后，坐到了另一边，还将杯子推了推，"尝尝，店里新出的。"

对面的赵希张了张嘴："……呃，好的，谢谢。"其实她压根就没宣传，所以有些不好意思。

"橙子最近怎么样？"时朝裕问道。

"一如既往的好，每天都很有活力。"说完这句话后，赵希就沉默了，其实她不知道橙子在家怎么样，她每天早上六点就出门了，晚上十点多才到家，也没办法陪橙子玩多久。

时朝裕见她顿了下，问道："怎么了？"

赵希耸了下肩："……没什么。"

时朝裕看了一圈，又看回赵希身上的校服："你们学校没有食堂吗？我看你们学校的学生都出来吃。"

"有食堂，但不好吃，而且没比外面便宜多少，所以大家都出来吃。"

见时朝裕点点头，赵希问："怎么，你要发展午餐业务吗？"

"那倒不是，在书店吃饭味儿有些大了，我就是单纯的好奇，因为一到中午这儿的学生就特多。"时朝裕说完还看了眼窗外，就这还能看见有穿着二十六中校服的学生经过。

赵希说："我们午休有两个小时，这儿又是到前面那条美食街的必经之路，肯定人多。"

说起吃饭，时朝裕看了眼时间："你吃饭了吗？"

"吃过了。"赵希张口就来。

"那行，你在这里看书吧，不打扰你了，我出去吃个饭。"

"好，拜拜。"

目送时朝裕离开后，赵希又回到了瘫着的姿势。她抱着手机继续看小说，看到一半她就退出来了，觉得没啥意思，想找找别的看，结果忽然发现手机书架上有一个标了"更新"字样。

赵希猛地坐起，点进去后发现确实发了一章，她连内容都还没看呢，就评论了一句：看我逮到了什么！

发完评论后她又把自己这个月攒的营养液都送了出去，做完这些，她又来到微信，去"敲"纪佳颖。

赵希："养奶牛的"开文了。

纪佳颖：？

纪佳颖：搞突袭！

纪佳颖：我来了！

纪佳颖：才一章！

赵希又到微博去搜，发现"养奶牛的"那位果然发了条微博。

@牧场物语：哈！偷袭开文！全文存稿结束，不用担心断更，入V后日更六千直到结束！也有可能掉落加更！接下来请多多指教！

赵希点了个赞，并留下一条评论：宝贝你好，宝贝完结见。

就在她要退出微博时，通知那里忽然冒出一个小红点，她点进去一看，发现是"养奶牛的"回复她了。

@牧场物语：宝贝你好狠的心。

坐在沙发上的赵希难得露出一个笑容。

即使"养奶牛的"是她最喜欢的作者，也无法改变她只看完结文的习惯，她重新返回小说APP，继续在已完结的那些榜单里找着遗珠。

找到"遗珠"的后果就是，下午两节语文课赵希都在看小说。

她还算好的，班上已经睡倒一片了，除了最后几排有人敢明目张胆地趴下睡，其他人都是在硬撑，明明眼睛都睁不开了，连脑子都成了一团糨糊，根本就听不进去老师讲的东西，却还要支撑着脑袋。

前面的纪佳颖就睡了两节课。

下课铃一响，纪佳颖就迷迷糊糊地爬起来，还伸了个懒腰："啊——腰疼。"

也幸好老师走了，要不然她这句出来准会被她爸叫到办公室。

纪佳颖准备去上个厕所，她回头看了眼，发现赵希还是那个姿势，把头埋在书中，认真看着什么。

"佩服，佩服！上语文课能够不睡着的我都佩服！"纪佳颖刚说完，就看到赵希用手指点了点什么，她把头探过去，"……我就说，怎么可能有人认真听完语文课。"

赵希看小说看得入迷，都没搭理纪佳颖。

她上完厕所回来后，发现赵希还是那个姿势，就很直接地问了一句："看什么呢？我也要看。"

赵希这才直起身子，把小说界面给她看。

纪佳颖拿起赵希的手机，对照着书名搜了一下，赵希也趁这个时候活动了一下身体。

"牧场物语说入V后日更六千字。"纪佳颖搜完书后把手机还给赵希。

"嗯，我知道，我还给她评论了，我说完结见，她说我好狠的心。"赵希说着说着就露出了笑容。

前面两人正在聊天，后面的李牧赫倒是竖起了耳朵，原本他没想听的，但是她们俩的对话里貌似出现了他非常熟悉的名字。

李牧赫挑了下眉，看了一下讲台，犹豫着要不要上去拿手机跟他姐说他们班有她的书粉。

"姐妹们！填个表啊，表我发微信群里了，大家快速填好，我上课之前要交。互相通知一下好吧，拽着旁边人的领子问一下他填表没。"罗慧玲站在手机袋前，说完后也没走远，就站在讲台上盯着大家填表。

赵希打了个哈欠，根据班长的指示到微信群填了那个表格。

"班长！一次只能二十个人同时操作！"

"那就等等，填完的赶紧退出去。"

"我刚填完，谁把我的删了？"

"我的户籍所在地？我哪儿知道，虽然回回都填，但我回回都忘。"

"家庭住址写到门牌号还是写到小区就行？"

"写到小区就行！"

"班长！我填完了！"

"填完你还得说一声？"

李牧赫拿着手机下来时，已经有好多人在填了，他没法操作，只能看着表格里的信息。他往下翻了翻，看到了赵希的信息。

他皱起眉，舔了一下牙侧。

填完信息的赵希再次趴下来，继续看她的小说。

台上的班长在大家填表格的时候，还说了另一件事："高三了，以后每个月都有模拟考，所以大家上课的时候都认真点。刚刚语文老师在上面讲卷子，我回头一看，后面全趴下了，你们是什么意思，不打算高考了？"

"不是，班长，语文老师的声音实在是太催眠了，撑不住啊。"

"就是，她说话原本就平平淡淡的，再加上又是下午，本来就困，还是语文课，真撑不住。"

罗慧玲一记眼刀飞过去："就你俩理由多，你俩想好报哪个大专了吗？"

她叹了口气:"老师的问题我会跟她反馈,调课的事我也提过,但是其他课更不合适,你们想想,下午更容易困,一二节上数学课,那场面会很壮观,我估计全班都得趴下来。

"都努力克服一下,高三了,又不是高一高二,黑板旁边写着的倒计时你们看不见吗?"

听见班长提起倒计时,趴在桌子上的赵希忽然心悸一下,但又像逃避似的,将耳朵捂住,继续看她的小说。

罗慧玲在台上絮叨了良久,一直到上课铃响起她才下台。

赵希跟着收起手机,找出练习册,准备上英语课。

只能说老师的上课风格真的会影响班上的氛围,同样是被安排到了下午,就没人敢在英语课上睡觉。

英语老师穿着细高跟鞋提着包进来,把包放到凳子上,说了声"上课"后,全班都跟着起立。

她将头发重新扎好,又将"小蜜蜂"调好音量,然后开口道:"赵希,形容词,不幸的,遗憾的。"

"Unfortunate。"赵希快速答上后,又拼写了一遍。

英语老师头都没抬:"好,坐。李牧赫,短语,下决心,决定。"

"Make up one's mind。"

"坐。"

就问这谁敢睡?吓都吓死了。

每节英语课前都有提问,也不给学生思考的时间,只要在第一秒没答上来,那就是站着听完整节课。这还不是结束,站起来的人基本上就等于包揽了整节课的回答,累积三个没答上来,那就得告别这个班,以后上不了英语课了。

就凭英语老师是副校长。

上节课还都是昏睡状态的人,这节课一个个都拿出了十二万分注意力,生怕老师突然提问自己没答上来。

两节英语课过后,神经高度紧绷的赵希直接累趴下,后面的晚自习她趴着发呆了好久才缓过来。

当晚自习的下课铃响起时,大家都如解放般松了口气。

"周二的课也太可怕了,我的心脏大起大落,都要心衰了。"纪佳颖捂着心口站起身,还长叹了一口气。

赵希收拾好书包后,跟着站了起来:"英语老师叫我名字时的后怕到现在都还存在。"

纪佳颖说:"我一直在那儿祈祷千万别问我没背的,幸好老天爷听见了。"

赵希跟着一笑:"那我跟李敏先走了。"

"嗯,拜拜!"纪佳颖对两人挥手

操场上的路灯亮着，高三的学生一个个往校门口走。赵希跟李敏一起出了校门，因为回家的方向不同，她们就在这儿挥别了。

"赵希！"

前面的赵希一顿，每次这么叫她的除了李牧赫还能有谁？

李牧赫见她没有停下来，于是大步上前："一起走吧。"

"我家在西郊，不顺……"

"你家楼下那个排骨面挺好吃的，不知道这个时候还开着没有。"

赵希这才停下来。

她看向李牧赫，眉头微皱："……刚刚填表的时候知道的？"

"嗯。"前面的李牧赫点点头。

校门口都是来接学生的家长，校园里还不停地有人出来，他们俩站的地方有些挡路。赵希回头看了一眼，然后说："这边。"

她把李牧赫带到一旁不碍事的地方，然后好奇地问他："你是不是脑子有病，还是有什么受虐的癖好？我无数次表达了不希望你靠近我的生活，但你还是不厌其烦地靠近，到底是为什么？"

李牧赫看着赵希，她双手环着胸，一副防御的姿态。

"我也好奇，你这么讨厌我的理由是什么？"李牧赫观察过，赵希对班上其他人都是不冷不热的，唯独面对他时像个应激过度的人，他就是好奇这个。

赵希就知道跟他谈不开，刚想作罢赶紧走人，就听见有人喊——

"李牧赫，这儿！"

他们俩一起看过去，是李牧赫的姐姐李牧语。

李牧语降下车窗，看了一眼站在路边的两人，忽然换上揶揄的笑容在那儿怪叫："噢噢噢——你俩干啥呢？"

"什么都没干！"赵希赶紧摆摆手。

李牧赫看了赵希一眼，又看向李牧语："她住咱家附近，顺带一起吧，你不是要吃排骨面那家的烧烤吗？"

"好呀！上车！"李牧语直接招手让两人上车。

赵希刚想开口拒绝，就被李牧赫提起了书包，人差点被吊了起来。

"我自己走，自己走！"赵希不想丢人，赶紧出声。

上车后，赵希还有些坐立不安，她依稀记得之前自己胡说八道住在西郊时，李牧语也在场。

她很怕李牧语等会儿会问为什么又住附近了。

驾驶座的李牧语看了一眼后视镜："你家住哪儿？"

"排骨面那儿，你往那边开就行了。"代替赵希回答的是李牧赫。

赵希还怕李牧语问什么，结果她直接来了句："OK！"

车里放着音乐，还开着空调，李牧语一边哼歌，一边看导航。后排的李牧赫往赵希那边靠了点:"我姐是金鱼脑子,记不住的。"

看样子他是猜出赵希在担心什么了。

但赵希此刻的注意力没在李牧赫说的话上,她的身体僵硬了一下,呼吸也跟着暂停了一瞬间,等再次吸气,闻到的就是李牧赫身上柔顺剂的味道。

具体什么味道她一时间分辨不出来,但很好闻,不是她认知里臭男生的味道。

"你这么晚回去肯定没什么吃的了,跟我们俩一起吃点吧。"李牧语盛情邀请赵希,说完还从后视镜里看了一眼,结果这两人规规矩矩地隔得老远。

赵希赶紧客气道:"不用了,我家里给我留了饭。"

"哎呀,一起吃嘛,人多热闹!就这么决定了啊!"李牧语也不给赵希反驳的机会,直接拍板决定。

赵希叹气,这个世界能不能少一点自来熟?

"那就……谢谢姐姐。"赵希实际上很想逃离。

把她"押"上车的李牧赫这个时候抱着手机也不知道在看些什么,这个车里只有她尴尬得脚趾抠地。

坐车回去比坐公交车快,十分钟左右就到赵希住的小区门口了。

李牧语随便找了个地方停车,然后带两个"萝卜头"走到烧烤店门口。

她在这里吃了好几回了,给李牧赫单独点了份炒面后就等着店员上菜。

等待期间,李牧语跟赵希闲聊:"你们清晨六点半到校的话,得几点起来啊?"

"五点半吧,六点零五分左右坐上车的话就刚刚好。"赵希答道。

"啧,这让我想起了我高中的时候,我高中在市一中,学校要求五点五十进班,我们那个时候都住校,我每次都是五点四十起床,十分钟收拾好,然后冲向教室。"

赵希嘴微微张开:"不愧是重点高中。"

说着,李牧语看了看周围:"你家要是住这儿的话,前面两条街就是我们小区,开车就一分钟吧。"

赵希点点头:"嗯。"

"那干脆早上顺便把你也接上好了,我早晚都要接送李牧赫的。"说着,李牧语指了指李牧赫。

还不等赵希张口拒绝,李牧语就把时间给安排好了:"你每天六点二十下楼就好,这样的话你六点起床,就能多睡半个小时了。"

"我们六点二十出发,你六点二十下楼,刚好!"

赵希无措,事情是怎么发展到现在的?

李牧语直接说:"那我们明早六点二十在这里见。哎?你们小区有几个门?从这个门出来方便吗?"说着,她打量起了周围的环境。

赵希看向李牧赫,发现他也正在看她,嘴角还带着笑。她使了个眼色,让他赶快阻止。

　　哪想到李牧赫直接开口:"好像这个门方便些,那明早就在这儿见。"
　　他拿出手机,低头打了段字发给赵希。
　　李牧赫:不用紧张,她就是想跟你套近乎,然后搞好关系,方便她吸猫。
　　赵希低头看完,刚想抬头,就听李牧语说:"你的猫猫最近怎么样?"
　　一抬头,赵希就跟李牧赫对视上了,对方冲她笑了下。
　　不知为何,赵希紧绷的神经也跟着放松了点。

第四章
/ 朝夕不倦，日月不疲

1

高三是一个会让人有很多负罪感的时期，所有人都无比清楚这是一个多么重要的时期，家长这么说，老师这么说，那些进入社会的人也这么说。

但赵希就是控制不住自己，一想到明年六月份要面对高考她就会没由来地焦虑。为了缓解那份焦虑，她就会玩手机，看小说，刷一些毫无营养的短视频，并安慰自己，时间还早，不是还有努力了半年就考上一本的人吗？

为自己想好逃避借口后，赵希又会很快清醒，对自己失望，可失望过后又是无尽的焦虑，然后又开始玩手机。

"这知识它就是不进脑子，我有什么办法？"纪佳颖看了一眼卷子上的题，揉了揉有些胀痛的额角，再次叹气，"我感觉我的书里面没有黄金屋，只有安眠药，一打开书我就想睡觉。昨晚想着提前预习一下，好家伙，我把桌子擦了一遍，收拾了一下书柜，甚至还铺了床，干什么都很有意思，除了看书。"

赵希想着之后就有模拟考了，怎么都得学起来了，就拜托李敏给自己讲一些题。纪佳颖听了后也要加入，于是三个人就约了周日在李敏家里一起学习。

纪佳颖听不进去，赵希也没好到哪里，前十分钟都还很认真，十分钟过后她每隔一会儿就要点开手机看一下时间，然后把手机解锁划拉两下，具体看什么她也不知道，反正只要不看题就行。

"我这个自制力，只有进了监狱，有人一直盯着我，我才能学得下去。"赵希把手机扔到床上，拨了一下早已乱成鸡窝的头发。

李敏看了眼痛苦的两人，忍俊不禁："学了有半个小时了，休息十分钟吧。"就算她想强制这两人学，她们也听不进去，只能休息会儿。

一听李敏这么说，纪佳颖就跟刑满释放一样，往后一瘫，觉得自己身上的肌肉都没那么紧绷了。赵希则是直接歪倒，躺在地上，就跟魂儿被抽走的人一样，视线都没有焦点。

刚躺下去的纪佳颖突然坐起，还把李敏吓一跳，她探头看了一下赵希，问道："你最近跟李牧赫怎么回事？我听见班上有人讨论你们俩，说看见你俩一起上下学。"

说起这个赵希就头疼，一起上下学的过程，那真是痛并快乐着。她张了张嘴，摆了下手："……一言难尽。"

"那就长话短说！"

"没事。"

"啧，没意思。"纪佳颖再次躺下。

"下周三牧场物语的签售会你去不去？"纪佳颖再次仰卧起坐。

李敏拿了几包零食进来，听到纪佳颖的话后问了句："牧场物语？游戏吗？"

"是个作者。"纪佳颖一边说，一边找活动信息。

赵希躺在地板上，看她表情像是没多大兴趣，对面的纪佳颖找到活动信息后，把手机怼到她脸上："在出版社的小程序里提前抢购，我帮你抢过了，我还算了下时间，活动中午十二点半开始，我们下了课就过去，然后赶在上课前回来就行。"

"你咋抢的？不是一人一本吗？"赵希接过手机，眼神里略带钦佩。

纪佳颖脸上带着得意的笑："我拿了我爸的手机一起抢的，再说了，我追星这么多年，手速可不是白练的。"

"那就去吧。"

"好耶，到时候我们打车去！"

跟纪佳颖的兴奋不同，赵希其实平时不会买这些东西，一是她的房间放不下，二是她很少因为要收藏什么而花钱。虽然她是牧场物语的忠实粉丝，但花的钱也仅限于正版电子书。

纪佳颖就不一样了，她的纸片人老公们出了新周边她都要买。前段时间买了件联名的衬衫，她还穿到了学校，但因为觉得丢人，一整天都把校服拉链拉着，也就上厕所的时候给赵希和李敏展示了一下。

在纪佳颖兴奋地规划着周三出行计划时，李敏看两人精气神恢复得差不多了，于是拍手道："来吧，继续讲题。"

"啊……"两个学不进去的人同时哀叹。

李牧赫：我姐明天有事，咱俩坐公交车吧。

赵希：收到。

李牧赫：明天我上车了给你发信息。

赵希抱着枕头躺在床上，看了一眼李牧赫发的信息，眉头越皱越紧："他是不是有病？"

她实在是想不明白李牧赫为什么总是乐于在她身上耗费时间。

就在她准备返回去时，不小心点到了李牧赫的头像，随后就看到了他朋友圈的小缩影。她犹豫了一下，还是点了进去。

跟大家都喜欢设置的仅多少天可见不同，他的朋友圈应该是全部开放的，赵希先划拉了几下，发现最早的一条是在两年前。

那条朋友圈的内容是摆了一桌子的新书的照片，发布时间是八月三十一日。

赵希在这条朋友圈停留了许久，回过神后才继续往右划。

李牧赫的朋友圈虽然是全部开放的，但经常隔几个月才会发一条，八月三十一日过后的朋友圈就是跨年，之后又跳到了开学。

　　他的朋友圈里大多都是哥布林的照片，朋友圈也没什么配文，基本上就是一张图，赵希没划几下就翻到了近期的朋友圈。

　　李牧赫最新一条朋友圈在八月三十一日，那一天他发了四条朋友圈，都没有配文。

　　一张是他们跳蚤市场的摊子图，一张是跳蚤市场结束后拍的空摊子图，还有一张是他们几个人的偷拍照，陆永阳和成树在收拾桌布，赵希则坐在椅子上看着远处，最后一条朋友圈就是他抽到的那个铃兰灯。

　　看背景，应该是在他的书桌上，铃兰灯被放在桌子的右上角，旁边还放了几个手办。这些手办跟整个桌子的画风都格格不入，却得到了独宠，成了照片的中心。

　　李牧赫应该加了不少人，赵希这一刻有点后悔没加班上其他同学的微信，她还挺好奇这条朋友圈的评论区的。

　　因为——

　　赵希退出微信后打开了淘宝过往订单，找到了在八月二十日下单的手工包。

　　她看着商品图，鬼使神差地又下了个订单。

　　天才蒙蒙亮，各个公交站点就有不少穿着校服的学生在等车，车站周围还有不少卖早餐的。赵希没有在这儿买，而是在小区门口的便利店里买了杯红枣豆浆和饭团，今天她还多买了根花玉米，一边走一边吃。

　　昨天李牧赫说两人一起坐公交车去学校，赵希觉得他脑子有病，并没有按照他的意思来，而是跟以往一样，按照原来的时间下楼，买好早餐去车站等车。

　　就跟她每天在学校和家之间往返一样，她吃的东西也不怎么会有变化，每天早上都是红枣豆浆和奥尔良口味的饭团，偶尔会变个口味，但都大差不差。

　　中午吃不吃饭完全取决于她有没有那个心情，没心情的话就不吃，只不过下午三点的时候"咕噜咕噜"的胃会"教她做人"，那个时候她就要去楼下小商店买些零食回来。

　　晚上的话她通常都是到小区门口后随便买些吃的，大多数情况下她的选择都是麻辣烫。

　　这是她好不容易维持下来的日常，不希望有什么变化，因为一旦有变化她的情绪就会跟着波动。虽然她还没去医院确诊过，但觉得八九不离十了。

　　赵希一边啃玉米，一边往公交车站走，她还看了眼时间，估算着还有七八分钟车才来，所以走的速度并不快。她还在路边看到了一只流浪猫，掰了一半玉米给它。

　　"明早还来好吗？明早我给你带罐罐，我们家橙子的罐罐很多，它也不会数数，少一个它不会知道的。"赵希说完还摸了摸这只流浪猫的头。

早上这种人烟稀少的时刻,是一天中赵希最喜欢的时间段。

她站起来,深吸了一口气:"啊,美好的一天。"

这话用来给自己催眠。

另一边,李牧赫吃完早饭后,又去卫生间刷了个牙,出来后火急火燎地穿校服和拿书包。

在厨房放碗筷的李妈妈江茹出来看了眼墙上的挂钟:"才六点,实在不行让你爸送你。"

"不用了,我坐公交车就行。"李牧赫快速穿好鞋,临出门前,又蹲下来揉了揉哥布林的头,"哥哥走了。妈,等会儿你记得带它出去上厕所!"

江茹探出头道:"知道了!"

出了家门的李牧赫就开始狂奔。按理来说,公交车六点整发车,开到他们小区门口还得一段时间,不用这么急,但李牧赫脚下像是生了火星子,跑出小区后也没往公交站跑,而是继续往前。

赵希在远离人的长椅上坐了会儿,估算着时间差不多后才起身往公交站台的方向走。她到达的时候,公交车刚好来了。

前面排了不少人,赵希站在最后,没跟那些人挤。就在她拿着公交卡准备上车时,忽然听到一个声音:"赵希——"

她回头去看,发现是李牧赫。

他气喘吁吁地跑过来,停到赵希身后说:"我就知道你不会等我。"

说出来的话明明带了丝怨念,但李牧赫脸上的笑容实在是太夺目了,就像是押对宝了一样高兴。

赵希愣怔了几秒,没理他,先上了车。李牧赫也跟在她身后上来,因为车上人多,两人就站在前面门口。

就在李牧赫打算开口说自己昨晚的猜想时,赵希忽然回头,眉头还皱着,压低了声音:"你该不会以为你这样很帅吧?"

李牧赫的表情一下凝固住。

赵希有一千零一种让李牧赫吃瘪的方式,无论他递出去的树枝是出于什么意图,她都能看也不看直接折断。

"往后点,再近就是骚扰了。"赵希感受到李牧赫呼吸间吹向她耳朵的风后,又冷着脸回头说了声。

此刻的李牧赫像个刚被训过的大狗狗,往后挪的那几步都带着丝小心翼翼。就这样,他眼睛还不停地往赵希身上看,带着点询问的意思:"这下宽敞了吗?"

见赵希没应,李牧赫撇了撇嘴,她又开始不理他了。

车上不仅有赶着去学校的学生,还有不少不知道要去哪儿的老头老太太,一个个拉着买菜车,把座位占得满满的。

中间的位置也没有空余,学生算一个位置,书包也算,赵希和李牧赫就站在前门那里，因为这里太窄，即使李牧赫拉开了点距离，也会因为车辆刹车和起步再次发生变化。

当公交车开上一个大转盘后，车上所有人都握紧了扶手，调整起了重心。

李牧赫看了一眼栏杆上赵希捏到近乎发白的拳头，伸手提起她的书包带子，将她的重心又拉回来。

赵希感受到后，还回头看了一眼，却什么也没说。

下了大转盘后，再开几分钟就到学校门口了，一到二十六中的站点，车上就能空一大半。后面几辆公交车上下来的也都是二十六中的学生。

校门口站着老师和值周生，一走近就能听到他们说："跑起来，跑起来！"

赵希一听到这话就开始思考这个学历她非得要吗？然后拖着沉重的步伐在老师面前意思意思地跑了几下。

她跟李牧赫就这样一前一后进了班。

已经在座位上的纪佳颖看到赵希走过来，还打气道："加油，已经星期三了！"

"可是我们周六还要上课。"

"嘘，你别说出来，不说出来我们就可以当作没有。"

现在已经开始自欺欺人了是吗？

2

因为说好了今天要去参加牧场物语的签售会，所以纪佳颖第三节课的时候就有点坐不住了，还时不时地回头看赵希一眼，示意她时间快到了。

转了一整节课笔的赵希在上午的课结束后，打了一个哈欠，就在她还想伸个懒腰时，纪佳颖赶紧起身催魂儿。

"快快快！我跟我爸说中饭跟你们一起吃，咱们得赶紧走，要不然一会儿我爸到食堂一看就露馅了！"纪佳颖在过道原地跑着，试图让赵希也有点紧迫感。

"马上马上。"赵希从书中找出自己的手机，然后起身道，"走吧。"

类似这种瞒着父母参加活动的事，纪佳颖一看就没少干，整个流程下来没有一处磕绊的，出教学楼的时候，她就把车叫好了，到学校门口后直接上车，中途畅通无阻，直接开到图书大厦门口。

其实这里是一家书店，但规模很大，上下一共五层，因为装修很好，一度成为他们这儿的拍照打卡点。

这次的签售活动在这里举办，还没走近呢，就看到外面摆着的周边快闪店，旁边还有各种角色的人形立牌和横幅。

赵希是第一次参加这种活动，惊奇地上下打量了许久。焦急地走在前面的纪佳颖回头催了好几下，生怕进去晚了一会儿排到最后面。

一进去，纪佳颖就放松下来了："幸好，今天是工作日。"

喜欢参加这种活动的大多数人年纪都偏小，一般都是学生。学生都一样，中午放学了才能赶过来。纪佳颖扫视了一圈，发现除了一些看起来是大学生的人，没有比她们早的。

赵希和纪佳颖先去买了书，等着一会儿活动开始。

在书店的办公室里待着的李牧语和活动策划人正聊着天。

"今天活动有多少人？"李牧语才来没多久，许多情况还没来得及问。

"这个不太确定，因为是公开的，所以可能有没抽中的人过来参观一下。"

一般情况下网络作者都不太愿意暴露自己的现实生活情况，所以即使有出版社提议举办签售会，他们也都是拒绝的。

李牧语以前也都是拒绝的，但这回不一样，她要写的题材跟以往不一样，可以说是完全跨了个题材，所以需要借着之前的书为这回连载的新书预热一下。

这个活动是小半年前就定好的，当时因为近两年没有开文了，李牧语确实是有些怕，但开了文后，她又感觉自己这个决定是多余的，因为目前来说，新书的数据都还不错。

签售活动的规模没有很大，就是在主要的几个城市里举办一下，西北地区就他们这座城市举办了。

看时间差不多了，李牧语拿起自己的帽子和口罩戴上。

随着时间推移，外面已经聚集了不少人，赵希和纪佳颖在拿好排名条后还到外面的快闪店打了个卡，主要是赵希帮纪佳颖拍照，帮她提袋子。

纪佳颖基本上把她有好感的几个角色的周边都买了，大包小包的，还获得了一次抽扭蛋的机会。

赵希目瞪口呆，看了一眼手里印着角色的玻璃纸片，实在是不清楚为什么这个可以卖二十八块钱。

就在她犹豫着要不要给工商局打电话时，一旁的纪佳颖惊喜道："我抽到徽章了！"

纪佳颖激动地跑过来，完全不顾赵希胳膊上挂着两个纸袋子，兴奋得在那儿蹦跶了半天。

"天！我赚了，这个五十八块呢！"纪佳颖说的时候眼里还冒着光。

提着袋子的赵希很想跟她共情，但实在是激动不起来，犹豫了一会儿后，还是说："是啊，你赚到了。"

但其实赵希更觉得是商家赚麻了。

就在纪佳颖还想着买点啥时，有店员拿着大喇叭出来通知，签售会马上开始。

"走走走！"纪佳颖拉着赵希就往里跑。

此时的书店一楼大厅已经有不少人了，有工作人员一边在前面组织人排队，一边用喇叭叫号。

纪佳颖和赵希因为来得早，所以排在第十几名。

她们刚刚在外面转悠了会儿，所以她们进来时队伍已经排得差不多了，甚至前面已经开始了。

赵希还是第一次参加签售会，感觉很奇妙，略微有些紧张，但更多的还是在想一会儿轮到她了要说什么。

站在赵希身后的纪佳颖戳了戳她："我看好几个都在催更，你说咱们要不要也催更？"

赵希摇了摇头："她都定好一天两章了，还怎么催更？"

"你说得对，我催一下她也不一定多更一章。"

就在两人凑在一起闲聊时，前面的队伍正慢慢缩短。

签售会除了签名，还有和作者简短交流一两句的机会，赵希前面的那个人问的就是作者下个题材写什么。

"嗯……下一本啊，我这一本才结束没多久，下一本的话大概要过两三个月才开始构思，到时候有消息了我就发微博！"

"好的好的！"

然后就轮到赵希了。

"你好！"李牧语抬起头看向来人。

意想不到的熟人出现在面前，李牧语手中的笔在桌布上画出一道线。

比李牧语还要震惊的是赵希，因为她在上前的第一秒就认出了李牧语。

"呃……姐姐。"

"嗯……你好。"

李牧语前段时间总是接送赵希和李牧赫，但因为她懒得洗头，所以老是戴着帽子，不仅这个帽子赵希见过，连她这身衣服赵希也见过，她昨天就穿的这一身。

相较于赵希，尴尬的还是李牧语，她将出汗的手往裤子上搓了搓，还干笑了两声："没想到啊，你竟然是我的书粉。"说的时候李牧语还在签名，她签完以后看向赵希，"To 签写什么呢？"

"咳咳……"赵希咳了两下，也立马回过神，"就写赵希好了。"

很多人都喜欢在 To 签上用昵称，或者有人是代签的，所以李牧语都得提前问一下。听到赵希说完后，她写上了赵希的名字，然后又在下面留了祝语：

朝夕不倦，日月不疲，努力最后一年，考上好的大学。

跟与其他书粉互动时不同，她们俩几乎没什么交流，但站在那儿的赵希已经开始倾慕了。

有钱，有闲，长得漂亮，这让人怎么能不羡慕？

赵希接过她签好的书后，小声询问了一句："那姐姐……下午的时候？"

李牧语倾身向前，小声说："我去接你们！"

"好的！"这下赵希的眼睛彻底变成星星眼。

因为正在跟作者互动的粉丝和后面等待的粉丝中间有两三米的安全距离，再加上她们俩刚刚交谈的声音很小，所以纪佳颖根本就没听清她们说了什么，甚至连问都来不及问就轮到她了。

纪佳颖拿好亲签书回来后，看到的就是差点立地成佛的赵希——她坐在阶梯上，脸上是从未有过的祥和，尤其是还抱着书，就跟某大热韩剧里一个人物"正峰"一样。

纪佳颖本来想跟赵希说牧场物语本人有多漂亮，身上有多香，看起来有多瘦的，现在好了，看到赵希这个表情后全忘了。

"你们俩刚说啥了？"

"她祝我考上好大学。"

"……就这？"

"嗯。"

赵希说的时候全程带着微笑，身上的戾气也都消失了，乖巧得就跟橙子一样。

她大多数时候都是没什么情绪的，剩下的时间就是陷入内耗当中，把自己弄得很累，但让她高兴起来其实很简单。

就像今天这样，其实仅是发现身边有个人是她很喜欢的作者而已，就会让她觉得这个世界忽然明朗起来。

总算有个人的生活没那么糟糕了。

回学校的路上，赵希坐在车内，把车窗摇下来了点，气温快速下降，挤进来的风吹在脸上都没有了暑气。

旁边坐着的纪佳颖睡了过去，前排的司机也是个寡言的，赵希安静了一路，连带着奔波一中午的疲惫都消散了大半。

到班级的时候上课铃刚好响起，她们俩大包小包的虽然引起了大家的注意，但因为要上课了，谁都没有多问。

就连李敏都是一直等到了下课才问她们俩去签售会的感想。

李敏的生活很简单，除了家和学校就是去康复训练中心，基本没什么兴趣爱好，当然也没什么时间让她去搞兴趣爱好，所以她对这些事情充满了好奇，连带着看向纪佳颖的眼睛都是闪亮亮的："你们跟那个作者说上话了吗？"

纪佳颖中午回来那会儿就渴得要死，但碍于上课了，她没法去买水，于是一直忍到了现在，她一口气喝完一瓶水后仿佛才活了过来："呼……爽。"

赵希见她还沉浸在喝饱水的满足当中，就转过去跟李敏说："说上了，还签了名。"赵希说着就拿出书来，翻开书皮晃了两下，然后给李敏看内页，"上面还写了祝我考上好的大学。"

她们俩中午回来的时候就引起了注意，现在听她们聊起来了，周围几个同学都围了过来,连坐在位置上的李牧赫在看到小说封面后都竖起了耳朵,想判断一下赵希到底认没认出他姐。

黄璃明趴在桌子上,脸上也满是稀奇劲儿:"可以给我看看吗?"

"可以。"

赵希说完后,李敏把书递给黄璃明。

黄璃明拿到书后,看了一眼内页上写的话:"朝夕不倦,日夜不疲,努力最后一年……不愧是作者,真的好会写,字也好好看。如果是我的话,就只会说加油。"她说完还拿起书闻了一下,"好香啊!"

赵芷涵伸手挥了挥,显然对这本书也很有兴趣:"让我闻闻,让我闻闻!"

纪佳颖把自己的书拿出来递给同桌:"给,真的很香,作者本人身上也很香,而且她的手好软!"

李牧赫努力装作不在意的模样,但耳朵一直在往她们那里靠。

他现在不确定赵希看没看出来那是李牧语,所以又得帮他姐捂马甲,又好奇赵希对作者的看法。

因为纪佳颖和赵希去参加了作者的签售会这件事,课间班上还小小地热闹了一阵,但很快就恢复了平静,只剩李牧赫一个人在那儿纠结。

一直纠结到下午。

李牧语:晚自习结束我来接你们,去吃海底捞!

李牧赫:赵希跟我们班一个同学去你的签售会了,你认出来了没?

下午的四节课过后有一个小时让他们吃饭休息,有去吃饭的,也有坐不住去操场上放风的,班上就剩零星几个人。李牧赫看了眼前面趴着的赵希,又看了眼没动静的手机。

但下一秒,它就振了一下。

李牧语:认出来了啊,我还给她写了祝语!现在回想一下,我那句话写得真好,我好有才,我是大文豪吧!

李牧语:我还跟她说了下午去接你们,但是没跟她说去吃饭,你跟她说一下,我们晚上去吃海底捞!

李牧语:我要吃加麻加辣的!证明一下自己!

"哈……"李牧赫无语地笑出声。他把手机往桌子上一扔,人往后一靠,还拨了下额前的碎发,以此缓解自己的心情。

真是好笑又无语,他猜测了一下午,结果赵希早就知道了。

李牧赫歪了下头,想看赵希是在睡觉还是发呆,结果她是闭着眼的,于是又坐回来,拿手机给她发了条信息。

李牧赫:我姐说晚上一起去吃海底捞庆祝一下。

前面趴着的赵希没动,但是手从桌兜里摸出了手机。她睁开眼看了看,大拇指还在上面费力地摁了几下。

赵希：我就不去了。

"不是，就咱仨。"李牧赫心急，直接开口。

他坐直身体，还把椅子往前挪了点："就咱们三个人。"他又强调一遍。

赵希烦躁地坐起身子后，还拨了一下凌乱的头发，转过来看向李牧赫："放学都九点半了，吃完起码十二点了吧？你或许睡五个小时可以，但我会死，明白了吗？"

李牧赫乖巧道："明白了。"

下一秒，就见李牧赫低下头给他姐发信息。

李牧赫：姐，今天周三，明早六点我们就要起床。

李牧语：哦对，你们晚上要睡觉！

李牧语：那就之后再吃吧。

李牧赫：那你晚上还来接我们吗？

李牧语：接啊，我跟希希约定好了。

李牧赫：OK。

他坐在那儿，冲前面的人来了句："我姐说那就改天再吃，但是今晚还是来接咱俩。"

赵希无言，又开始不说话了。

3

高三人的暑假也就两周，开学后更是没怎么休息过，每周唯一一个休息日都是被各科卷子给占满的。眼看着九月份要进入尾声了，大家的心情也有些浮躁，毕竟国庆长假要到了。

这几天班上讨论的内容都是往届高三放了几天假，但是他们学校也是奇怪，每年高三放的假都不太一样，有只放了三天的，有放了五天的，还有正常放假的。

但无论放几天都跟赵希没啥关系，因为这个国庆节她不打算出去兼职，就窝在家里跟橙子玩。

今天周六，晚上没有自习，赵希收拾好书包后就往外走，路上还把手机拿出来查看监控。她的房间不大，摄像头不用转动就能把整个房间一览无余，她打开麦克风喊了声："橙子。"

楼道都是人，她的这声被淹没进噪音当中，但橙子还是听见了，它回头看向发出声音的方向，然后慢悠悠地起来伸了个懒腰，一边叫，一边走向摄像头。

这个摄像头是赵希前两天才买的，最近可能是因为学习压力大，她焦虑的情况有点严重，她唯一能想到的解决办法就是跟橙子多相处，但又不能天天在家待着，所以就买了这个。

出了教学楼后，她在操场旁找了个台阶坐下，任由人流从她旁边经过。

"橙子，妈妈今天可能要晚点才能回去，晚上给你补偿，开个罐罐，下午就先少吃点。"赵希说完就退出监控，点进自动喂食器的APP，更改完晚餐的放餐克数后，又点进自动猫砂盆的APP，看了一下橙子今天上厕所的情况，确认没有什么异常后，她才又回到监控画面。

橙子凑在镜头前动着它的小鼻子一直闻，嗅来嗅去的，明明听到了妈妈的声音，但是看不到也闻不到，它还用爪子扒拉了几下，见还是没有妈妈的声音，就开始"喵喵"叫起来。

橙子的坐姿非常淑女，这样撒起娇来更让人受不了。

就在赵希沉浸在对自家宝贝的愧疚当中时，手机忽然振动一下。

赵希看了一眼，叹了口气。

李牧赫：你人呢？我洗个拖把的时间你人就不见了。

赵希呼吸了好几下才忍住骂人的冲动。

赵希：楼下花坛。

教室里的李牧赫放下拖把，来到外面的走廊，打开窗户往下看，果然看到花坛那里有个人影，于是缩回头，给她回消息。

李牧赫：看到了，我马上结束。

他跑回教室，对着还在扫地的陆永阳来了句："快点儿啊，还想不想吃海底捞了！"

"我在加速了，你没看到吗？"陆永阳直起腰喊了句。

"哎哟，我的腰。"陆永阳活动了一下腰，看了一下四周，发现其他人好像都出去扫公共区了，就趁着现在问了句，"你跟赵希是咋回事啊？"

"啊？"李牧赫抬头，但下一秒开口就是，"哦，她跟我姐是闺蜜。"

他随便说了个理由就把陆永阳糊弄过去了，陆永阳恍然大悟："怪不得。"

周三取消掉的海底捞聚会被放到了今天，不仅有赵希，还加了个陆永阳。

赵希不想在班里待着，所以就先下来了。

她又把画面切回监控，但这回没再说话，而是静静地看着橙子，要不然她越说话，橙子叫得越厉害。

忽然，卧室门的方向传来响声，橙子闻声一起看过去。

画面没有转过去，只能听见声音。

"别叫了，吵死了，再叫把你扔出去。"是那个女人。

赵希的心猛地一沉。

后面又听那女人说："喂，老公，你啥时候回来啊，我的头实在是疼得不行了。"

手机镜头中的橙子看着门的方向，还"喵喵"叫着想过去撒娇，结果门"砰"地一关，把橙子吓一跳，直接跳下桌子钻到了下面。

赵希看着画面，眼泪不知何时砸了下来，将淡蓝色的校服衣领染深了一个色度。她的鼻尖泛酸，开口说的话也带着一丝委屈与内疚："橙子……橙子别怕。"

画面中好久都没有橙子的画面，也没有它的声音，就在赵希起身打算回家时，橙子跳上了椅子，冒出了个头。

赵希再次没出息地哭了。

从教学楼下来的李牧赫和陆永阳迈着大步往前走，李牧赫手上还拿着个篮球，他看到远处花坛旁的赵希后，还喊了声："我去把篮球洗一下，马上，一分钟！"

但站在那儿的赵希没看过来，还抬起胳膊蹭了下脸，李牧赫看着不对，立刻把球抛给陆永阳："帮我洗一下。"

"喂！哎！"陆永阳看向李牧赫，结果李牧赫头也不回地跑向赵希。

陆永阳的直觉告诉他那里有大八卦，但是另一个直觉也告诉他，他要是敢过去就死定了，于是他抱着球乖乖地走向洗手池。

今天周六，放学早，天都还是亮的，赵希的小动作没了夜幕的遮掩，所有的行为都变得非常显眼。

李牧赫跑过去后的第一句就是问她："……怎么了，怎么哭了？"他因为跑得急，气儿还没缓过来。

赵希瞥了一眼来人，转了个身。

李牧赫又问了一遍："出什么事儿了？"

赵希的眼睛还红着，脸上还有没抹去的泪痕，眉头微皱，一看就是刚哭过的样子，但赵希却说："揉个眼睛而已。"

李牧赫不信，但他这回没有追问。

赵希看了他一眼，怕他不信，再次解释："真的，揉个眼睛而已。"她说完后还垂下眼眸，深吸了一口气，像是想把那股闷疼压回去。

李牧赫看了一眼陆永阳所在的方向，又看回赵希："好，那我先去洗球，你等会儿我们。"

"嗯。"说自己没哭的赵希连这句回答都带了一丝哭腔。

但她硬说自己没哭，李牧赫就随她了，没再追问，还把空间留给她，走之前他还强调道："马上过来啊，有事儿叫我们。"

赵希没转身去看他的身影，只是在他离开后，低下头深吸了一口气。她站在这儿缓了几秒，整理好情绪后又重新坐下，只不过依旧没有去看李牧赫。

"她咋了？"陆永阳见李牧赫重新回来，看了眼赵希。

李牧赫过来后，先开了水龙头洗手，听到陆永阳问，也只是淡淡地回了句："没啥，眼睛进砖头了。"

"啥？那玩意儿还能进眼睛里去？你确定是砖头，不是沙子？"陆永阳怀疑了一下自己的耳朵，然后又质疑起了李牧赫。

但李牧赫没再理陆永阳了，甚至还在想，一会儿吃饭一定要带陆永阳吗？

海底捞无论何时去人都很多，总是要排队，赵希一看门口那么多人，就想说要不换一家，结果刚一走近，门口站着的人就认出了李牧语。

"好久不见，欢迎光临！四位是吧？里面请！"服务员说完就按着耳机问了一下里面的情况，然后几个人就在服务员的带领下直接进了海底捞。

赵希正走着，前面的李牧赫突然毫无征兆地停下来，凑到她跟前说："我姐是黑海会员，以后想吃海底捞就叫上她，她有一周连吃七天海底捞的纪录。"

李牧赫说完看向赵希，等着她的反应，结果她依旧面无表情，还来了句："李牧赫，你下回靠近我半米以内的话，能不能提前打个招呼？以免你忘了，所以我再说一遍，任何让女性感到不适的言语和接触都是骚扰。"

"……对不起。"李牧赫道完歉后，往后撤了一步，拉开了跟赵希的距离。

赵希依旧没什么表情，直接走了过去。

已经落座的李牧语看到赵希过来，立刻把 iPad 递给她："来选吧，随便选，我请客！"

"好的。"赵希坐下后，还把校服外套脱了，一旁的李牧语还贴心地帮她套上围裙，给她系腰带。

李牧赫坐在对面看着两人的互动，安静了下来。

赵希的表情明明没有变，但总给人一种她把身上的刺都收起来的感觉。

这到底是为什么呢，为什么她总是对他没有好脸色呢？

四个人轮流点自己想吃的，在陆永阳研究菜单时，这边两个女生就聊了起来。

李牧语的性格跟她笔下连贯的故事不同，非常跳脱，甚至赵希觉得她的年龄比自己还要小。

"我一抬头，发现是你，真是把人吓死了，我还想装一下呢，结果下一秒就发现你已经认出我了。

"说实话，你走了之后我百思不得其解，你到底是怎么认出来的，我明明戴着帽子和口罩。"

赵希看了一眼李牧语穿着的衣服，又看了一眼她放在一旁的帽子。

顺着赵希的视线看过去，李牧语也懂了："打扰了。"

"那你周末干吗啊，周末能出来玩吗？"李牧语看着赵希，似乎她今晚的目标很明确，就是攻下赵希。

对面的李牧赫可算是找到能插话的空当了，他轻笑了下："姐，我们高三，高三哪有什么周末？"

下一秒就听赵希开口："我要去狗狗公园玩。"

真是一点面子都不给李牧赫。

这两人聊得就跟桌上没有其他人一样，李牧赫刚刚的那一句发言直接被无视，李牧语也当没听见。

"狗狗公园？哪里？能带上我吗？"

"可以啊，就是运动公园那儿，那里有个寄养狗狗的店，我没事儿干的话就会去那儿玩。那里有很多大狗，边牧、金毛、萨摩耶、阿拉斯加这些，都非常好摸。"赵希说起动物，脸上就带上了笑容，"那里基本上都是有狗的人才会去，但是我太喜欢狗狗了，家里又不让养，所以就会去那儿解解馋。"

听她这么说，李牧赫忽然想起了家里的哥布林。他坐直了身子，准备提议带上他和哥布林，结果下一秒忽然就听赵希说——

"但是我不建议带哥布林去，那里小狗狗很少，而且它应该没去过这种大狗多的地方，所以去了后它可能会害怕。要是想带去的话，得一步步训练才行。

"我最近因为开学比较忙，很久都没去了。"

赵希脸上带着笑，李牧语比她还开心："那好啊，我们一起去，不带哥布林，哥布林身上都没毛，会被嘲笑的！"

李牧赫在心底为哥布林鸣不平。

聊天间，点的锅底和菜都上齐了，李牧赫看了一眼小料台，然后对几个人说："你们去调料碗吧，我在这儿看着东西。"

那几个人也不客气，直接就走了，没一个人说顺便帮他也调一碗。

感觉今天这场饭局他跟陆永阳就是沾了赵希的光，他姐跟赵希聊了全程，不仅如此，还互相加了联系方式，微信加了，QQ也加了，就连电话号码都互存了。

这让李牧赫又想起了之前加赵希的艰辛过程。

暑假那会儿跟赵希偶遇了几次后，李牧赫就试图加过她微信，结果无法通过群聊添加，一直磨到跳蚤市场那回才加上。

这人和人就不能比，比起来真是把他气死。

他们在海底捞耗了几个小时，吃完的时候外面的天都已经黑了。

李牧语开着车，先把赵希送到了小区门口。

赵希下车时，李牧赫还开口叮嘱："拜拜，到家说一声啊。"

"到家发个消息！"李牧语也说。

坐在里面的陆永阳更是探出头："拜拜，希希！"

李牧赫回头看了他一眼。

"好。"赵希脸上带着笑意，眼底也是少见的柔和，关上门后，还对着车子挥了挥手。

她转身后，车子才启动。

赵希走到小区门口时，手机刚好响起了，她看了一眼，是妈妈打来的。

"喂，妈妈。"赵希举起手机，让视频那头的妈妈看得更清楚些。

视频那头的许爱仁仔细看了下画面，诧异道："你怎么还在外面？周六还上课吗？"

"嗯，我们周六也上课，但是不上晚自习。"赵希可能是心情好，连回答的话都长了些。

许爱仁躺在沙发上，周围堆满了各种未拆封的盒子和快递，沙发上还放了好多件衣服，她也不在意，就这么躺着："马上国庆了，你们放几天假啊，要不要回我这儿住几天？"

赵希叹了口气："放假的具体通知还没出来，大概三天的样子，我就不过去了，还有好多卷子要写。"

其实挤一挤时间还是能过去的，但是妈妈那里实在是没地方下脚，所以赵希不想去。

"行吧，小没良心的，快回家吧，我也要去洗澡了。"

"好，拜拜。"

聊的话不多，挂电话时赵希刚好到楼下。她没急着上去，而是在小广场的长椅上坐着，就这么抬着头发呆。

似乎只要不回家，这份好心情就能多维持一会儿。

4

周日下午，李牧赫躺在床上，一边搜那个狗狗公园的地址，一边听着门外的动静。一听走廊有声响了，他就要起身出去看一眼，有的时候是他姐下楼拿外卖，有的时候是她去厨房倒水。

在李牧赫第一百零一次打开房门时，终于看到了穿戴整齐的李牧语。

李牧语也没抬头，一直整理着自己的包包，但她好像能感应到李牧赫想说什么，于是直接开口道："给你五分钟，没出来就不带你了。"

"走吧。"李牧赫跟在姐姐后面。

压根就不需要五分钟，他早上十点的时候就换好衣服了。

今天天气不错，太阳时不时就跟天上的云来个贴面舞，所以温度不算高，偶尔还能感受到一阵凉风。

李牧赫摇下车窗，看着即将到达的目的地，心情没由来的好。

开着车的李牧语也没问什么，其实看得出李牧赫对赵希好像有那么点好感，但她从来没提过这件事，主要是她觉得不管李牧赫努不努力赵希都看不上他，所以直接避开这个话题。

"给赵希发个信息说我们到了。"李牧语一边说，一边把车开进停车场。

李牧赫：我们到了。

正在跟时朝裕聊天的赵希掏出手机看了一眼，说："我朋友到了，我去接一下。"

时朝裕看了一眼在围栏里跑得欢快的自家狗狗，回过头来对赵希说："一起吧。"

车子刚停好，李牧语和李牧赫就看见大门口出来两人，其中一个他们俩都熟，是赵希，但旁边那个……

那个眼生的男生跟赵希走得很近，两人出来时还说着话，赵希指了下车子的方向，带着那人走过来。

男生穿着一件白底色的休闲衬衫，衬衫上还有大块的类似于咖啡渍的艺术印花，可能是因为热，上面两个扣子他都没扣，但用了个银质的登山挂扣作为装饰扣在了第二个衣扣上，用来遮挡一下过于外露的肌肤。

他下身则是穿了一条宽松的西装裤，但黑色的西装裤似乎暗藏玄机，走在阳光下时偶尔还会闪烁出几个光点，但一到阴凉处就没了。

这身穿搭的分数已经很高了，可他还有加分项——

他长得就是那种会出现在日剧里面的美男子，五官拆分开来看可能会挑出毛病，但整合在一起，就是女生最喜欢的那种自然、阳光、干净的男生。

这非常符合李牧语的审美，简直就像是她下一本言情小说的男主。

车里的李牧语小小惊呼了一声后，又看向旁边脸色黢黑的李牧赫，没良心地笑出了声："哈哈哈，下车吧！"

李牧语都开车门了，结果发现李牧赫还在那儿坐着，于是安慰他："自信点儿，你今天穿得也不差！"

确实，李牧赫因为想着要出来玩，所以一大早就在选衣服。

高中生平时穿校服，男生衣柜里的夏装都大差不差，都是短袖加短裤或者长裤，但李牧赫不一样，他有姐姐。

李牧赫跟李牧语相差六岁，这个年龄差造就了李牧赫只有被姐姐打扮的份儿，从小他就是李牧语的人形芭比，两三岁那会儿经常穿裙子，上幼儿园后就好了点，同意他穿裤子了。

上了初中和高中后，他的衣服基本上都是李牧语一手包办的，主要是他姐要买包，得配货，所以李牧赫有一堆奢牌成衣。偶尔李牧语也会给他买些小众设计师品牌的衣服，让他的脸发挥一下作用。

今天他穿的就是国外设计师品牌的衣服，一件白色的无袖背心Polo衫，再加一条奶白色的直筒西装裤，休闲又慵懒，腰上的装饰皮带和胸前挂着的黑镜框更是点睛之笔。

李牧赫头上还戴着奶白色的水桶帽，除此之外，脖子上的银饰、手腕上的链子和指节上戴着的戒指都给这身穿搭增加了观赏度。

自李牧赫下车后，赵希就一直看着他，还有些微微愣神，但她很快又收回了视线，看向了李牧语："姐姐，这个是我朋友，叫时朝裕，我刚来的时候偶遇到他了。"

李牧语笑着伸出手："你好啊，我是李牧语，帅哥你有点眼熟。"

"学姐，我也是市一中的。"时朝裕这语气，很明显就是认识李牧语。

听他提起市一中，李牧语也马上想起来了："初中部的时朝裕！"

她转过来跟赵希说："我就说怎么这么眼熟，当时我们学校的初中部要整修，所以初中部搬到高中部校区了一段时间，时朝裕就是初中部搬过来后第一个上主席台做国旗下演讲的，结果当天上午他就因为长得帅和声音好听出名了。"

当时李牧语是学生会主席，每周一早上都得负责升国旗的各种事宜，而时朝裕作为代表总是上台演讲或者当主持人，因此他们见过不少次。

时朝裕也不是无趣的人，听李牧语这么说后，直接接下这个梗："确实，年少时我这张脸风靡过一阵子。"

两个女生都被他大方的自恋给逗笑了。

一直没被介绍的李牧赫无言，他笑不出来。

"这个是李牧赫，牧语姐的弟弟。"赵希收起笑容后，又将一直站在那儿的李牧赫介绍给时朝裕。

时朝裕最先伸出手："弟弟好！"

李牧赫也没黑脸，而是礼貌地伸出手，还点了下头："你好。"

互相打过招呼后，时朝裕就转身把路让开："进去吧，我家狗还在里面，不知道它看不见我会不会着急。"

"你也养了狗狗吗？是什么？"李牧语问道。

"是比熊，男孩儿，叫时初一。"

学姐学弟两人率先进去，赵希没急着走，李牧赫看了一眼停在那儿的赵希，还以为她有话要说，于是缓和了脸色后问她："怎么了？"

赵希再次上下打量了一下李牧赫今天这身衣服，然后平静地开口："……虽然你今天穿了一身白，但真的很像个花枝招展的孔雀。"

她说完就走了，压根不给李牧赫留反应时间。

本就残血的李牧赫在这儿被拿了一血后，心里更加难受了。

李牧赫进去后看到的就是在阴凉地儿坐着的几人，除了他们，还有不少家长，有在草坪上陪宠物玩的，也有拿了零食后被狗狗们围住的，还有像他们一样坐在一旁喝咖啡的。

园内确实有不少狗狗，但也是分区域的，有大狗区，也有小狗区，他们几个人坐的位置刚好就在小狗游玩区旁边。

时朝裕在跟李牧语说话的同时还指了一下在远处飞奔的白色毛球，李牧赫过去时就听到时朝裕说："那个就是时初一，它一到狗狗公园就控制不住自己了，不用人陪着也能自娱自乐，满场跑。"

比熊的运动量普遍都不大，平时在家里跑几个来回就行了，但这个运动量分时间段，每次休息好后它们又能满血复活，继续奔跑。

时朝裕是前段时间才找到这里的，也就周末的时候会带着狗狗过来玩。

赵希看了一眼小狗的游玩区，说道："之前还没有单独划分出小狗的区域，看来这个是暑假后新加的。"

"对，老板说是今年八月底的时候加建的，那些大狗喜欢凑到小狗身边，小狗容易被吓到，所以就分开了。"时朝裕说完后，冲着远处喊了一声，"初一——过来！"

原本还在操场上跑的时初一在听到自己的名字后，直接来了个极限掉头，冲着时朝裕的方向跑来，两个白耳朵被甩到后面，像极了小女生的马尾辫，可爱极了。

三个都见过哥布林的人在此时噤了声。

"它是怎么听得懂自己的名字的？不是说比熊智商都不高吗？我们家比熊就听不懂自己的名字，每次叫它都没反应，时灵时不灵的。"李牧语看了一眼在围栏边精准倒车的时初一，露出了羡慕的表情。

她说完后，又皱起眉："但你要说它完全听不懂人话吧又不至于，我奶奶的话它就特别听，说啥它都能听懂。"

时朝裕好奇地问了句："你们家狗狗叫什么名字？"

"叫哥布林。"李牧语回答。

"好酷，应该是音节太多了，狗狗记起来费劲，多叫几次就好了。"时朝裕没见过哥布林，所以也不太好说什么，但他提议道，"下回可以把哥布林带上，这里的小狗们没什么陋习，不用担心会学坏。"

三个都见过哥布林的人看向脚下的时初一，默契地安静了下来。

"过段时间吧，这段时间它感冒了。"为保护哥布林的名誉权，李牧语决定等它的毛长回来了再带它出来玩。

赵希看了会儿，蹲到了地上跟时初一玩，虽然它在草坪上跑得脏脏的，但手感依旧很好，像团棉花似的，摸它的头它还会撒撒娇，把头搭在她手上。

"初一，坐。手，这只手，乖狗狗！"

时朝裕看了眼咖啡吧台的方向，然后问几人："喝什么，我请客，我有会员卡，能打八折。"

"谢谢！那我就……一杯冰美式好了。"李牧语说完看向弟弟妹妹。

"一起去吧，我帮你拿。"李牧赫则是这么说。

时朝裕比了个"OK"的手势："那就是牧语姐的一杯冰美式，希希的无糖纯茶加冰。好的，马上回来。"

本来情绪已经平静下来的李牧赫再次顿住，他看了一眼赵希，结果对方脸上什么表情都没有，好像这事儿很平常似的。

他真的很好奇时朝裕跟赵希是怎么认识的，但是这事儿又不能直接问时朝裕，他就这么当了一路的闷葫芦，跟着时朝裕一起去吧台了。

等他们俩走后，蹲在地上的赵希像是想起什么，抬头看向李牧语："牧语姐，时朝裕他家在我们学校附近的步行街开了个书店，还挺大的，有空咱俩一起去，他们家的茉莉薄荷乌龙茶很好喝。"

"装修怎么样？"李牧语来了兴趣。

"挺多人过去拍照打卡的。"

"去！"

在那儿喝水的时初一听到"去"字，立刻跑开了，耳朵再次甩起来，成了一道亮丽的风景线。

场内的白色小狗就时初一一个，所以非常显眼，再加上长得漂亮，随便到一个人跟前都有人愿意蹲下来跟它玩儿。

有的时候就不能做对比，李牧语看了一眼时初一，又回想了一下家里长得跟白老鼠一样的哥布林，转过来看向赵希，问道："你说小狗有自卑情绪吗？"

"……不知道。"赵希不清楚小狗有没有自卑情绪，但真要是带哥布林出来的话，家长应该会挺自卑的。

因为哥布林真的很丑。

"给，你的无糖纯茶，我看有茉莉乌龙茶，就给你点了这个。"时朝裕将赵希的那份放下后，就坐到了她旁边的空位上。

赵希接下："谢谢。"

后到的李牧赫看了一眼两人，然后坐到了姐姐旁边，他的脸上看不出什么情绪，但也没多高兴就是了。

时朝裕坐下后，草坪上的时初一就跟有感应似的，直接来了个大转弯，兴奋地跑了过来。

他看到时初一过来，于是对它说："把你的包包拿来，你的包包放哪儿了？"

时初一像是听懂了"包包"这个词，退后两步，然后立马跑到一旁，拖着它的背包过来。

李牧赫和李牧语直接惊呆了，感觉今天受到伤害的不止哥布林，还有他们俩。

"你好聪明啊！"赵希先时朝裕一步，弯腰拿起被拖拽的包包。

时朝裕接过包包后，从里面翻出折叠钢梳，然后对着时初一说："过来，你腿上沾东西了，我给你梳下来。"

时初一立刻对这句话做出反应，看着时朝裕，迈着小步伐倒车进他腿间。

李牧语脸上的笑都维持不住了，她稍稍向后靠了点，然后歪头问李牧赫："都是比熊，为什么哥布林那么笨？"

平时非常维护哥布林的李牧赫这个时候也找不出借口了，他动了动嘴唇，最后说出口的却是："……可能是基因突变吧。"

此时在家陪奶奶的哥布林正摇着尾巴，眼巴巴地跟在奶奶后面。

"乖孙！奶奶的乖孙饿了是吧？马上好啊，再等等，这会儿还烫着呢，我们等会儿再吃饭。"奶奶一边逗脚下的哥布林，一边将鸡胸肉汤盛出，将碗放进冰水中隔着降温。

被剃了毛的哥布林就跟白色大耗子一样，尤其是那个尾巴，甩起来极为恐怖。但奶奶也不嫌弃，出了厨房后，看了一眼客厅的温度计："三十二度了，开个空调吧？乖孙去挑个衣服，奶奶给你穿上！"

哥布林听到了迅速跑到楼上，在李牧赫衣帽间的角落里挑了件自己的衣服，拖着下来，走到沙发跟前后，它还知道踩着楼梯上去。

因为有皮肤病，所以它身上的毛都被剃了，平时为了不增加患处的摩擦，它都是不穿衣服的，它的活动区域自然也是不开空调的，但有时实在是热，就会给它穿上衣服，然后把空调打开。

它的衣服都是一次性的，全都是由李牧赫的旧衣服剪成的，穿完就扔，也不用洗。

换好衣服后，奶奶看向厨房："应该凉得差不多了，咱们吃温温的就行。你去挑个零食，挑个你喜欢的，吃完饭奖励！"

一听到零食，哥布林立马冲上楼，在零食架上翻出来一个，一路拖拽到客厅。

"好了，可以吃饭了！"

第五章
/ 没补过作业的人生是不完整的

1

他们这边的天气很奇怪，到了九月底，前一天还热得要死，第二天就可能变天，然后就不停下雨。

在狗狗公园的几个人没待多久，冰饮还没喝几口呢，突然就开始刮风，没过多久天上已经乌云密布了。

赵希抱着时初一，其他几个人拿着东西，跟其他家长一起躲进了室内。

没掌握情况的狗狗们还以为开Party（派对）了，一个个兴奋得根本控制不住，有两只哈士奇还带头嚎叫了起来。它俩一疯，其他的狗就都跟着疯了起来。

李牧语看这天一时半会儿可能晴不了，于是转过来跟其他几个人说："我看是要下雨了，趁现在雨还没下，咱们赶紧走吧，别等会儿淋到了。"

"别——"李牧赫本来想拦住他姐开口的，但已经晚了，外面开始落雨点了。

赵希看了一眼捂着脸的李牧赫，又看了一眼外面如石子一般砸下来的雨点，然后又将视线挪到李牧语身上，好像明白了什么。

"原来学姐是嘴比较灵的那种吗？"时朝裕看了一眼外面的天，笑出了声。

李牧语本人倒是不信这玩意儿："都是巧合。"总之就是不承认她脸黑。

她回头看了一眼三人，又指了下外面的天："咱们是冲出去，还是再等等？"

时朝裕看了眼表："我得先走了，跟人交班。"

李牧语拍拍手，给自己鼓劲儿："行，那就一起冲！"

两人一来一回，就把四个人的生死给决定了。

时朝裕走到赵希跟前，把时初一接进怀里，还把包挡到了它身前，以防它一会儿淋到雨。

李牧语走到门口，李牧赫和时朝裕就跟在她后面，门刚一开就有一阵雨水挤进来。

"冲——"李牧语大笑着，不管不顾，直接跑进了雨里。

时朝裕也紧跟着跑出去。

李牧赫回头看了一眼，刚想拉上赵希，结果发现身后根本就没她的身影。他又向外看去，可外面除了他姐和时朝裕，还有其他人也在跑向停车场，再加上瓢泼大雨，视线直接受阻，一时没发现赵希的身影。

他刚想冲进雨里，就被身后的人拽住，是拿着伞过来的赵希。

赵希看了一眼外面，又看了看四周，没发现李牧语和时朝裕的身影："他们俩该不会是……"

"嗯，已经跑出去了。"

她无语了一下。

今天出来玩的人，好像就赵希带了脑子。

她拍了拍李牧赫，让他把位置让开，然后将伞打开。李牧赫看到后，问了句："问老板借的伞吗？"

"偷的。"

"啊？"

赵希叹了口气，看向李牧赫："您能不能不要总是问一些垃圾问题？这个时候伞还能从哪里来？肯定是借的啊！"

学乖了的李牧赫不再开口，而是往旁边挪了点，给赵希让开位置，方便她出去。

推开门后，又是一阵雨水打进来，赵希用伞挡住，然后看向李牧赫："你不过来是等我请你吗？"

听她这么说，最先反应过来的是李牧赫的嘴角，他还没靠近呢，它就开始上扬。

"拿着。"见他走过来后，赵希直接把伞塞到了他手里，然后不等他做反应，直接撤离一步，开始穿一次性雨衣。

李牧赫愣住，自己好像高兴早了。

穿好雨衣的赵希也没等李牧赫，直接走进了雨幕当中。晚一步出来的李牧赫也迈起步子追赶，将雨伞向她倾斜。可他越是这样，赵希走得越快，后面她直接捂着头上的雨衣帽跑了起来。

看着她往前跑的背影，李牧赫的步伐忽然慢了下来，他的脸上没了表情，好像明白了什么。

"快上车——"李牧语的车就停在门口，见两人出来了，赶紧大声喊了一句。

赵希和李牧赫前后脚上了车，只不过这回李牧赫坐到了副驾驶。

"你俩还有伞，可以啊！"李牧语因为用包挡了下，所以头发没怎么湿，就是裤脚那里溅到的水比较多。

赵希将脱下的雨衣揉成一团，放进刚刚装它的塑料包装里，以免水到处流："我之前有把伞忘在这儿了，所以去找老板取，结果一回来你们都不见了。"

听到这话的李牧赫看向了脚下的伞，依旧没什么情绪。

"时朝裕先走了，咱们去干吗？吃饭吧，我想吃川菜！"李牧语说完就搜起了导航，"有家店的水煮肉片很好吃，你喜欢辣的，应该很符合你的口味！"

"那就去吃吧，这回我来请客。"赵希说道。

"我还能让你请？拜托，你还未成年哎！"

"我还是小有积蓄的。"

"哈哈哈，那就等你成年以后再说，我不吃未成年请的饭！"

"好吧，那就先谢谢姐姐了。"

车子启动后，李牧语看了一眼李牧赫，用手碰了碰他露在外面的胳膊："等会儿先去给你买个外套套上？"

"不用，不冷。"李牧赫的语气里听不出什么不快，他说完后清了下嗓子，还转过头去对赵希说，"帮我从后面拿瓶水。"

"给。"

"谢谢。"

李牧语眼珠子转了几下，她虽然是个感情线废物选手，但当下的氛围她还是能感觉得到的，这两人上车之前一定发生了什么不愉快。

但是这两人没表露出来，李牧语也就当不知道，继续开她的车。

到了商场后，外面虽然还下着雨，但小了许多。车子停到地下停车场以后，李牧语带着两人先上了一楼。

可能是避雨，也可能是因为周末，今天商场里的人还挺多的，尤其是相约着出来玩的小女生们，一个个都打扮得很漂亮。

"哇哦！"李牧语上来后看到那些时尚店铺就走不动路了，她回头看向两人，"我们可以先在一楼到处转转吗？"

两个人都默契地点了点头。下一秒，李牧语就背着包冲进了店里。赵希不想跟李牧赫独处，于是也快步跟上，只剩下李牧赫在后面慢慢悠悠地走着。

"咳咳。"

"嗯哼。"

"那边那边。"

正随便看着的赵希突然发现周围有动静，于是回头看了一眼，然后就看见几个女生互相打掩护，嘴里还嘀嘀咕咕着什么。

赵希不用顺着她们的视线看去就知道她们在讨论什么。

那只白孔雀呗。

"你昨天坐地铁爱上四个男大学生，今天逛商场遇见八个Crush（心动对象），真是服了你了。"

"咋了，看看都不行？"

"不是，你们俩声音小点，你俩干脆去他面前喊得了！"

在旁边翻着衣架的赵希一字不落地把那几个女生的话听进耳朵里。说来也是好笑，这种场面她已经碰到过好多次了，李牧赫很像小说里才会出现的那种男主，但更鲜活一些，也更接地气一些。

他不至于是全部女生的心动对象，但他这张脸，最起码也是让那些喜欢美丽事物的人短暂心动一下的存在。

每年新生入学，李牧赫的照片和名字都得上一下校园墙，这个更是他们班每年的乐子。每次班上男生看到校园墙上有人发李牧赫的照片，他们都要截图发到群里打趣一下李牧赫。女生们也会跟着开玩笑，直到把李牧赫逗得耳尖都泛红了才会停下来。

这学期开学，李牧赫自然是又上校园墙了，经历过两次这种事情的李牧赫今年成熟了不少，面对同班损友们的打趣，他已经能云淡风轻了，但最后败在其他班的损友上。

刚开学那两天，李牧赫都是跟朋友一起去食堂吃，结果一到食堂，二班那个柯安宇就会大声叫李牧赫的名字，弄得李牧赫恨不得杀了他，最后的解决办法就是他给这群人买了皮肤才让他们闭嘴。

像那种始于皮相的瞬间心动，一般保持不了太久，过上两周就冷静得差不多了，毕竟世界上又不是只有李牧赫一个帅哥，也不是所有人都是同一种审美。

但有了接触，了解了他之后，这种瞬间就会被延长。

高一的时候，班上有个女生因为地包天有点严重，所以要戴前方牵引器，医生要求一天要戴十个小时以上。晚上戴着的话，她实在是难受得没法睡觉，就只能白天戴。

第一天戴着牵引器到班上的时候，这个女生就被几个讨厌的男生围观了，他们还给她起了外号，叫她食铁兽，就因为她姓熊。课间的时候她就趴着，尽量遮着。

李牧赫那个时候是临时班长，他知道后直接压着那三个男生过来给那个女生道歉，还怂恿那个女生别原谅他们三个。

这种在别人看来是多管闲事的举动，李牧赫还做过不少次。

有次班上一个女生在寒假的时候生病了，因为打的针里含有激素类药物，所以开学时胖了好几圈，原本刚好合身的校服连拉链都拉不上了，那个时候也没办法重新订校服，所以李牧赫就把自己的校服跟她换了一下。

而且他为了照顾那个女生的面子，还是在体育课后提前回班，将自己的校服跟那个女生放在桌兜里的校服交换的。

当时班上就赵希一个人，她因为不舒服所以没去上体育课，因此也就只有她看见了。

李牧赫平时跟班上的女生几乎没什么交流，那个和他交换校服的女生更是没跟他说过几句话，他其实完全可以不管这些事儿的。

想到这儿，赵希再次抬头看向李牧赫，结果发现他恰好也在看着她。

帽檐遮去了他大半的情绪，赵希无法读取他当下的心情，原以为他很快就会将视线转移，可他没有。

李牧赫稍稍抬了下头，眉眼也没了遮挡，一片纯良，他清澈明亮的眼里只有一个人。

他也不像刚进来时那样情绪紧绷了，他看着赵希，稍稍扯起一边的嘴角，像是在笑，也像是在示好。

在这一瞬间，赵希有些理不清自己的感受，也或许是想不到李牧赫会对着她缓和神情。

赵希看着李牧赫愣怔了几秒，嘴微张，像是想说什么的样子。

"希希！这件怎么样？"

李牧语的声音打断了赵希的思绪，她转头看过去，李牧语拿了件牛仔长裙过来，还在她身上比画了一下："会不会显得腿短？"

"有点，那我再去换一件，一起去！"

李牧赫还以为赵希要跟他说什么呢，结果突然被他姐打断，赵希也跟着走了。

2

自那次下雨赵希刻意拉开距离的事情过后，李牧赫和赵希的交流就少了很多，但这事儿没几个人发现，因为他们俩本身在班上就没什么交流。

好像两人又重新找到出口，继续走各自的路。

就跟之前一样。

但赵希跟李牧语的关系还是很好，甚至更好了，副驾驶成了赵希的位置。她们俩偶尔也会撇下李牧赫，让他一个人坐公交车回去。

有时出去玩，她们俩甚至还会叫上时朝裕，请他帮忙拍照。

似乎所有人都能进入赵希的世界，除了李牧赫。

国庆收假之后的那天早上，班里真是壮观，老师们去开早会了，早读只有班委在盯着，于是这些人早读起来那是相当凑合——

手和笔都在卷子上飞驰着，眼睛要看卷子，还要看早读的课本，嘴还不能停，得读出声，脑子同时处理这么多信息，朗读声就更不可能整齐了。

罗慧玲站在讲台上，无语地看着台下一大片补作业的人，用书砸了几下讲台，将这个场面喊停："停停停！"

现在这个情况，不让他们补作业是不可能的，罗慧玲只能说："作业交了的人安静看书，补作业的安静补作业，下早读之前必须交到各个组长那儿，要不然我直接给老师说大家没写。"

她说完后又叹了口气，还揉了下额头："不是我想管啊，但是你们看看你们这个态度，像是明年六月份要高考的人吗？到底还学不学了？不想学的就往后排坐，上课别影响其他人。"

罗慧玲又像个老妈子一样在讲台上教育着大家，但台下没人认真听，因为大家都在补作业。

赵希也在补，但她要补的不多，因为会写的她都已经写上了，不会的她是真没办法。她一边抄，一边将自己不会的题用红笔画出来，等着上课听老师讲。

她们这一圈基本上坐的都是班委或者课代表，作业大都写完了，就赵希和纪佳颖在这儿低着头奋笔疾书。

纪佳颖一边写还要一边嘀咕:"补作业怎么了?谁上学没补过作业啊?没有补过作业的人生是不完整的。"

这话不是对着罗慧玲说的,是吐槽她爸的,因为她早上四点起来补作业被她爸逮到了,还被说了一顿,来学校的路上还被不停念叨,以至于她怨念深到作业都快补完了还在吐槽她爸。

赵希写得手都酸了,叹了口气,说道:"这题步骤怎么这么多?"

"哪个?"李敏听闻后,抬头看过来。

赵希指了一下,李敏忽然顿住,不好意思地说道:"……我写了两种解题方式上去。"

赵希看着卷子沉默了一下。

前面的纪佳颖还要抽空转过来笑她:"不是,你看着点儿抄啊!"

赵芷涵也跟着扭过来,安慰赵希:"没关系,谁抄作业的时候没抄错过呢?我上回抄黄璃明的化学卷子,把2写成了Z,那堂课老师还拿的是我的卷子讲题,直接'社死'。"

黄璃明就坐在赵希后面,听到前面几个人的对话中有她名字时,还抬头看了过去,笑骂道:"我的2写得很工整好吗,少赖我!"

这两人隔着赵希直接聊了起来,班上各处也传来了细细碎碎的闲聊声,台上的罗慧玲听见又敲了敲桌子:"哎哎哎!安静点儿好吧,补作业就安静补!"

赵希没剩多少题了,写完后她立刻整合好各科的卷子,交给她这组的组长纪佳颖。

纪佳颖还有不少题要写,但整个组的卷子都在她桌子上,直接将她掩埋,弄得她写两笔就要整理一下滑落的卷子。

"烦死了烦死了,臭老头!"她又在骂她爸,因为这个组长是她爸在这学期给她安排上的。

"动作停止——"也不知道什么时候,班主任纪忠成端着杯子出现在了教室门口,他看着里面那些补作业的人,笑道:"让我逮到了吧,哈!"

以往在老师出现前,班上早就是一片收卷子藏卷子的声音了,但今天有点突然,大家的卷子都没来得及收,但不要紧,他们会悄悄地藏起来。

纪忠成就站在门口,看着里面那些学生用书挡,用胳膊挡,还有直接将卷子塞回桌兜的小动作,再次轻笑两声:"来,课代表收卷子,只收写完了的,没写完的下早读后搬着凳子去楼道补,让你们去丢丢人。"

他一边说,一边端着杯子往讲台上走,罗慧玲也顺势回到了自己的座位上。

"高三了,一个个的脑子还不清醒,看不见黑板旁边的倒计时吗?"纪忠成站到讲台上,眼睛扫视着下面,"第一次月考的成绩已经出来了啊,一会儿我就让班长贴到班上的公告栏,让你们清醒清醒。

"咱们班的本科上线率才百分之九十,这意味着什么?吊车尾的那几个连三本都别想了。

"过了本科线的也别笑，咱们班一本上线率不到百分之七十，看看隔壁四班，一本上线率百分之九十二啊！九十二！两个班老师都一样，你们到底是缺在哪里了？"

"这个时候玩什么，高一高二的时候还没玩够吗？等你们考上大学，随便你们怎么玩都没人管，大学老师才不会像我们这样跟在你们后面嘟囔。"

纪忠成说完后，扶了下眼镜，然后就看到纪佳颖还在那儿低着头写着什么："纪佳颖，你早上四点就开始补作业，还没补完呢？"

纪佳颖在心底愤愤道：臭老头臭老头臭老头！

国庆过后，他们这里就一直是瑟瑟的秋风，天气也一直不明朗，像是所有图层被加了一层灰色一样，带着残败感。

中午过后，不愿意在食堂吃饭的学生将学校周围的小餐馆全部占满，无论走到哪里都能看到二十六中的校服。

平时懒得下楼吃饭的赵希今天稀奇地出现在了街上，她跟随着其他学生的脚步，随着大流，漫无目的地走着。

她抬头转移了一下视线，恰好看见走在前面的李牧赫，他正跟一群朋友走在一起，几个人在路上说笑着，偶尔还伴随着打闹。

李牧赫的出现，让街边的小店热闹了一下，倒也没有惊呼或者窃窃私语，但他走过的地方都会引起女生回头。

他手上拎着校服外套，身上只有一件简单的白色Polo衫，衬得他清冷且干练。他手腕上的白色机械表引人注目，但大家的目光更多是在他的小臂上。即使没有光影的衬托，他小臂上的肌肉线条也让人忍不住多看几眼。

少年唇边绽开的笑容更是夺目，说话间，他还推搡了一下旁边的人，似乎是在聊什么有意思的话题。他轮廓分明的侧颜带着只属于这个年纪的温润，笑意在他眉梢洋溢，带着少年意气。

赵希在此刻停下脚步，在原地顿了良久后，最终还是转身离开了这个地方。

似是有感应，前面正走着的李牧赫在说话间向后看了一眼，刚好看见转身离开的赵希。

他收了脸上的笑意，没有多言，只是跟着朋友们继续向前走着。

收假后的第一天难熬，更难熬的是他们下一次周末放假要在两周后。纪佳颖趴在桌子上，感觉人生失去了方向，一想到这次要连上十四天课，她就特别想死。

更想死的是——

"我刚想去学校后面的炸串店买鸡柳，结果老板没开门，我打电话问他什么时候开门，他说起码过了国庆。"

"连炸串店老板都有国庆假期，我却没有。

"再一次问自己，我真的非得上大学吗？"纪佳颖说完后如失了魂儿般转过来，祈求后面两人能对她的话有点反应。

可赵希在发呆，李敏在写卷子，没一个人回应她。

纪佳颖彻底把身子转过来，趴在赵希的桌子上问："你打算学什么专业啊？"

"嗯？"赵希抬起头，似乎这个时候魂儿才归位，"专业啊……口腔医学吧。"

"这么精准？"纪佳颖一直以为赵希是那种走一步算一步的性格，没想到她连想要报考的专业都想好了。

纪佳颖又歪头看向李敏："你呢？"

"就……物理学专业吧。"李敏抬头看向她。

"好嘛，又剩我这个没理想没志愿的。"她往后一靠，彻底摆烂。

赵希倒是来了兴趣，转过去看纪佳颖："你爸是高中老师，你妈是开艺考机构的，按理说你爸妈对你的学习应该会很上心才对。"

纪佳颖举起手指晃了晃："你才错了，我们家关心我学习的只有我自己，我爸妈只要求我健健康康。没看我早上四点起来补作业还被骂了吗？我爸骂我不是因为我作业没写完，而是骂我为什么不睡够八个小时。

"我爸妈给我转到这边来就是为了方便我不写作业，我爸甚至还跟各科老师打过了招呼，不收我作业，所以我其实不写都可以。

"说实话，我初中时因为要做肝脏移植手术，在医院前前后后待了小半年，当时因为九年义务教育所以我有初中上，但至于我学习情况怎么样，我爸妈压根就不知道，他们甚至就没想过我会考上高中。"

纪佳颖说着叹了口气，像是在压制自己快要涌上来的情感。她垂下视线，用略微平淡的语气继续说道："我爸妈对我没有任何要求，就希望我健健康康的，所以他们俩非常拼命，我爸照顾我的日常，我妈就负责赚钱。还没进入社会呢，我名下就已经有三套房产了，我妈现在正在努力赚第四套，就为了以后即使他们老了，不在了，留下的钱也能够让我好好生活。"

她的话音落了后，几人忽然安静了一阵。

纪佳颖抬头仰叹："我真是负重前行，我们家就我一个人希望自己能考上大学。"

虽然现在笑很不合时宜，但赵希觉得她这个语气实在是有趣，忍不住弯唇："你有什么好担心的，去你妈妈的机构上课不就好了？以你的成绩再配上艺考，考个211应该是没问题。"

"对啊，文化课过线对你来说不是轻轻松松？"李敏也跟着放下了手中的笔。

纪佳颖重新坐直身体，神情严肃且认真："现在的问题不是我考不考得上，而是我想干什么。"

"实在不行你学表演进娱乐圈吧，更方便你吃瓜了。"赵希随口来了一句。

纪佳颖眼睛一亮："好主意！"

她追星不追内娱的，因为觉得离得太近，没有信息差，追国外的还能掩耳盗铃一下，但她非常喜欢吃内娱的瓜，那种不是自家正主吃得非常放心快乐且没有语言障碍的感觉，让她很着迷。

"等等，我去通知一下我爸！"纪佳颖想一出是一出，直接起身，打算去办公室找她爸。

赵希还来不及开口，她人就跑没影了。

"你想说什么？"李敏看向赵希。

"我就是随口一说……"赵希讪讪道。

上课铃也在这个时候响起，外面的走廊一下子嘈杂起来，楼道间都是大家快速上楼的脚步声，没过一会儿就看到几个原本在操场上打球的男生冲进班里。

李牧赫最后进来，他额前还有一些细汗，手里的篮球因为有灰，所以离身子很远。他快速地回到座位，然后到桌兜抽了两张洗脸巾后就从后门走了。

赵希在前面开关着笔盖，但注意力却在身后。

这节课是英语，刚李牧赫上来时看见英语老师还在停车，所以他在卫生间洗脸换衣服的时候也不急。他将身上沾了汗的上衣脱掉，因为没有衣服换了，所以他就只穿了一件校服外套，拉链拉得高点就看不出什么了。

李牧赫将下巴上的水珠抹掉后，又冲了下手，这才拿着刚脱下的衣服回去。

他刚回到座位上，英语老师就踩着高跟鞋进来了。

"OK, Class begin（开始上课），不用起来了，不好意思，刚刚在路上堵了会儿，今天就不抽查单词了，直接讲卷子，就讲上周刚考完的那张。好，大家现在抬头看屏幕，完形填空，左边是文章，右边是题，五分钟时间大家快速选好答案，我叫人回答。"

前面听到不抽查单词了，大家提着的心瞬间放下，结果后面又说要叫人起来答题，大家的神经又跟着紧绷起来。

许是因为刚刚是跑着回来的，所以李牧赫有些喘，他就坐在赵希正后方，赵希听着他的喘息声，没由来地又分神了。

"好，赵希，第一个空。"

被叫到名字的赵希在心底暗骂一声，然后站起来："选……"

她都忘记自己当时选的啥了，刚刚因为分神，也没看文章，完全不知道这个该选哪个。

"C，引导宾语从句。"

李牧赫的声音在她身后响起，很轻，几乎只有他前后左右的人能听见。

赵希稳定住心神："选C，宾语从句，表感慨，感慨的中心词是动词lack（缺少），所以用how（多么）。"

"好，坐。"英语老师说完后直接叫下一个人的名字，"李牧赫，下一个空。"

身后的凳子擦地的声音响起,李牧赫看了眼屏幕,然后说道:"选A,此处指的是前文中的jewels(珠宝),是复数,所以用them(它们)。"

老师是根据高二分班后的表格来叫名字的,他们没有按成绩分班,都是随机生成的。

高二的分班结果出来,是开学报到当天。

教学楼旁边摆了一长排的白板,有高一的分班情况,也有高二的分班情况,那里人山人海,根本就挤不进去。

赵希原先所在的高一班群里已经有人发了照片,但因为网卡,加载了半天照片都还在转圈圈,赵希没办法,只能等着前面的人散了点儿再进去看。

"让我看看,让我看看,姐妹们,别挤我!"陆永阳好不容易挤了进去,结果后面还有人要挤进来,他差点没站稳。

陆永阳凑到白板前,顺着班级顺序看了起来,很快就看到三班:"陆永阳、成树、黄璃明、罗慧玲……呀,都是老熟人啊!我看看后面,刘佳茹、赵志、温昕、赵希、李牧赫!"

"李牧赫!咱俩还是一个班的!哈哈哈,牛啊,从幼儿园一直到高中,咱俩都是同班!"陆永阳兴冲冲地挤出人群,出来后还拍了下李牧赫。

"烦死了。"话是这么说,但李牧赫的脸上是带着笑意的。

"你竟然说我烦?"陆永阳说着就伸手给李牧赫来了个锁喉。

两人在打闹间往教学楼的方向走,中间还不小心撞到了人。

"不好意思,不好意思!"李牧赫都没来得及回头看,就被陆永阳又压了下来。

被撞到的赵希也没张口,甚至都没回头。

3

入了秋后,天黑得越来越早了,但下午的课只提前了半个小时,晚自习结束的时候已经九点了,这对高三学生来说,其实跟以前没啥差别。

在车里跟姐姐一起等着赵希出来的李牧赫坐在后排。李牧语看了下后视镜,发现李牧赫在背单词,于是开口问了句:"你……还跟赵希冷战着呢?"

"嗯?没有。"李牧赫抬头看了一下,很快又收回视线。

李牧语八卦地转过来:"你们为啥吵架?"

"没有吵架。"

"……我不信。"

李牧赫拒绝回答。

李牧语拿起手机看了一下,又看了下已经快没人的校门口:"怎么还没出来?你们今天大扫除吗?"

背着单词的李牧赫看了眼手机上方的时间,然后又歪头看向窗外:"还没出来吗？"

"肯定没有啊，她要出来了能不上车？我真服了你了，天天问一些废话，怪不得希希不喜欢回答你。"李牧语说着说着还把自己给说急眼了，气得她靠在车椅上平复了半天情绪。

李牧赫这回是害怕开口了，再把姐姐给惹急了，可能就要上手收拾他了。

他把手机一收，然后开门下车："我去看看。"

因为入了秋，气温骤降，国庆前又一直在下雨，所以最近到了晚上风刮起来的时候，衣服要是穿薄了点，根本受不住。

李牧赫校服里面没穿别的，所以这风一刮起来，他就瑟缩了一下。

教学楼里大部分班级的灯都关了，学生和老师也都走得七七八八，李牧赫上到他们那个楼层的时候，也就他们班的灯还亮着。

他走进去看了一下，赵希没在，但纪佳颖在。

"纪佳颖，你见到赵希没？"李牧赫对里面的人喊了一声。

"妈啊，吓我一跳。"纪佳颖正追剧呢，结果门口突然有人出声，她的心脏差点作废。

纪佳颖缓了一下，还清了下嗓子："她在老师办公室，咋了？"

"没什么。"李牧赫说完后又出去了，但没走远，就在墙边站着，等赵希回来。

今天是收假后的第一天，之前月考的成绩都在晚自习前出来了，表格就贴在黑板旁的公告栏里。晚自习开始前，班上还热闹了一阵，大家都在关心自己的成绩，还有人在那儿查以自己的月考成绩能上哪所大学。

上课铃响了后，就陆续有人被叫出去，被叫走的，都是那些成绩徘徊在一本线外的，大家也不难想出这个面谈的内容是什么。

赵希就是那个打扫卫生打扫到一半被班主任逮住的。

"今天卷子都发下来了，你有看过你的卷子吗？"纪忠成带了赵希两年多了，对她的学习情况很熟悉，最好的时候过了一本线二三十分，最差的时候就是现在，离一本线还有十几分。

赵希这个学生，平时非常安静，捣乱的没她，评优的也没她，也没怎么从班委的口中听到过她的名字。

她成绩中等，没有特别擅长的科目，也没有特别偏科的，不仅在班上跟个透明人一样，在老师那里也没什么存在感，挺安静的一个孩子。

纪忠成回想了一下，甚至对赵希的家长也没什么印象，但可以肯定的是，她的家长没有缺席过。

被提问到的赵希点点头："看过了。"

"你对你以后有什么想法？我今天中午听纪佳颖说，你想报考口腔医学专业？"纪忠成平时从纪佳颖嘴里听到最多的就是赵希的名字了，自纪佳颖转到这个学校后，连带着赵希在他跟前的存在感都跟着上升。

问一句答一句的赵希再次点头："对。"

纪忠成找出自己下午搜的资料："这些都是我找的你跳一跳应该能够得上的学校，离高考还有大半年，咬咬牙肯定是能够上的，你拿回去看看，跟家里人商讨一下。"

赵希的表情依旧平淡："谢谢老师。"

纪忠成还等着她说些什么呢，结果她说完谢谢就没了。他咂咂嘴，拿起成绩排名表给她看："表你应该看过了吧？你看你的各科成绩，其实有非常大的进步空间。你的卷子我也看过了，很多题就不应该错，考试的时候太粗心，上一步还是'X1'，下一步就写成了'X'，'1'直接丢了，这都是不应该出现的错误。"

顿了顿，他又问了句："家里没出什么事儿吧？"

"没有。"

纪忠成在心底疑惑了一下，纪佳颖到底为什么喜欢跟赵希玩？

他喝了口水，还长舒了口气："总之，现在这个时候非常关键，老师希望你能把注意力都放到学习上。你别学纪佳颖，还有啊，要是纪佳颖影响到你学习，你就跟我说。"

"好，谢谢老师。"

"没啥事了，走吧，早点回啊，别在路上瞎溜达。"

"知道了，老师再见。"

赵希起身离开后，纪忠成还挠了下头，更想不通纪佳颖为什么喜欢跟她玩了。门刚关上就又被打开了，他以为是赵希还有什么事，结果抬头一看，是纪佳颖。

"能走了吗？我的流量快用完了，但我电视剧还没看完呢！"纪佳颖已经背好了自己的小书包，就等爸爸了。

纪忠成叹了口气："马上。"他起身拿外套的时候，还顺口问了一句，"你跟赵希平时交流的时候，她的回答也都很简短吗？"

"……这得看这个话题是关于什么的，赵希对别人的生活不关心，你要是想通过赵希了解班上的情况，那你真是找错人了。但要是关于她感兴趣的话题，她的话就挺多的，刚好我俩爱好差不多，所以还挺聊得来。"纪佳颖说完后又催促了一遍，"……快点，再晚我就该睡觉了，电视剧还咋看！"

"走走走。"纪忠成收拾好东西赶紧往门口走，省得纪佳颖再催。

另一边，刚拐过弯的赵希一眼就看到了在走廊上站着的李牧赫，她顿了一下，又继续向前。

她回班拿了书包，出来后就没看见李牧赫了，结果刚走到楼梯口，就看见他站在那儿。

"小心点儿，楼梯上水有点多。"

也不知道是谁拖的地，楼梯上全是水，下楼的劲儿要是再大点，还能踩起水花。

赵希看了一眼，抓住了扶手。李牧赫也转身准备下楼，结果下一秒，那个提醒赵希要小心的人滑了一下。

"小心！"赵希伸手抓了一下，结果只拽住了李牧赫的校服。校服拉链不经扯，一下子就滑开了。

半截校服在赵希的手上，半截校服在李牧赫的胳膊上，两个人看着现状，都安静了下来。

因为李牧赫里面没穿衣服。

最先出声的是赵希，她轻笑出声，看着李牧赫，说道："没想到，你还有这种癖好。"赵希说完松开手，把校服外套还给了他。

屁股再痛都没有李牧赫现在的脸痛，实在是太丢人了，他现在恨不得冲向窗户直接跳下去，感觉这个世界已经没有他的容身之地了。

李牧赫倒吸一口气，穿好衣服后，挣扎着起身："不是，是下午那会儿……下午衣服上有汗，打篮球的时候流了好多汗。"

他现在脑子里闪过的东西太多，嘴已经开始不经过脑子的同意自行运转了。

"知道，你爱干净。"赵希扶着楼梯扶手往下走，并没有在这个问题上多纠缠。

后面跟上的李牧赫再一次做出解释："今天我就带了一件短袖，早操后就换上了，下午就没得换了。"

"嗯嗯嗯，知道了。"赵希像哄孩子一样，敷衍了一下。

到学校门口时，李牧赫看见了他姐的车，像是又想起什么，舔了舔唇，犹豫着开口："那个……"

"我不会跟你姐说的。"

"谢谢。"

等两人上了车后，李牧语做的第一件事就是问他们俩怎么出来这么晚，赵希就把被老师叫去面谈的事情说了下。

"李牧赫，你考了多少？"听到成绩出来了，李牧语的注意力一下子转变。

李牧赫正忙着找衣服垫到屁股下面，以免把车弄脏，听到这个问题，他还僵直了一下，生怕被人发现屁股下的衣服。

"呃……班级第三，年级第十三。"

"你们班成绩不大行啊。"

"嗯，班主任已经骂过了。"这句是赵希回答的。

李牧语一边说，一边启动车子，在开到车道上后，又问旁边的赵希："周末你打算干什么？"

"这周末我们不放假，下周末的话，时朝裕说请我吃饭。"自这学期开学后，赵希的每个周末都被安排得很满。

李牧语听了后，看了眼后视镜，然后才看向赵希："你们俩什么情况？"

"嗯？什么情况都没有。"

前面那两人聊着，后面那个又渐渐没了声音。
　　李牧赫看着窗外的车流，很努力地让自己不要在意她们俩的谈话，但还是听清了她们说的内容。
　　"感觉他平时有在刻意照顾你。"
　　"没有。"
　　"你平时中午是去他那个书店待着吗？"
　　"大部分时间是。"
　　"你看！我就说他对你不一样，我每次去他都没在，我还想蹭个饮料呢。"
　　"我有时候去他也不在。"
　　李牧赫也说不清自己现在是什么想法，只感觉心脏就像是被人扭紧了阀门一样，每一下跳动都是沉重且缓慢的，就像是快要死掉一样。
　　不回应就是不喜欢。
　　赵希的每一句都在否定，可她却应下了邀约，这个行为在李牧赫看来，她至少是对时朝裕有点关心的。
　　而他，甚至连被纳入她的圈子都难。

第六章
/ 今日被怼目标达成

1

"哎,你也开始当吸血鬼了?"

李牧语一推开李牧赫的房间门就惊呆了,一片漆黑,不知道的还以为她打开了自己的房间门。

跟李牧语不同,李牧赫的房间平时永远充满光亮,早上是透过窗帘的晨光,中午是窗帘拉开后的大太阳,下午是远处的夕阳,晚上就是一起工作的几盏台灯。

但今天他的房间看不到一丁点光……也不对,还是有光的,手机屏幕光。

往常李牧赫早就起床了,这会儿不是在写卷子就是出去打球,但今天他侧躺在床上,一副没人疼的小白菜模样。

李牧语才不管他抑郁的原因,直接说道:"我饿了,给我做饭。"

"小白菜"李牧赫心里更难受了。

这两天他一直陷在交友无疾而终的难过当中,连带着看手机刷出来的内容都是各种失败的酸涩与悲伤。他昨晚看到了凌晨两点,现在他已点过赞的视频收藏夹里,全是那些视频。

他原本打算今天什么也不做,就这么一直躺着时,李牧语又来了。

"怎么回事?我说我饿了,要吃饭!"李牧语凶狠地站在门口,没有一点体贴样。

李牧赫很想喊回去,但是他没那个胆,诅咒姐姐的话在嘴里转了好几圈,最后出口的却是:"……知道了。"

只不过充满怨念。

门口的李牧语没有马上离开,而是一直站在那儿,等着李牧赫起床。看着李牧赫从床上磨蹭地起身,懒懒散散地穿好拖鞋,李牧语的火气再次冒上来:"你再给我磨叽。"

李牧赫无言,不服,但又不敢反抗。

被骂过后,李牧赫的动作果然快了点。他到楼下厨房旁的储藏间挑了些食材,然后又探出头征询姐姐和奶奶的意见:"中午吃黄焖鸡可以吗?"

"奶奶都行,看你姐姐想吃啥。"奶奶坐在沙发上抱着哥布林,正津津有味地看电视。

楼上的李牧语探出个头:"我要吃中辣的。"

李牧赫:"……知道了。"

下一秒,李牧语又补充:"我还叫了希希过来,你再做一份,少放点辣子。"

还在储藏间门口站着的李牧赫立马大步迈到客厅,抬头看上去:"赵希要来?她不是跟那谁出去吃饭了吗?"

趴在二楼的李牧语脸上带着玩味的笑意:"他们俩约的是下午。"

李牧赫顿了下,心情直线下降。

李牧语往下看去,就见李牧赫耷拉着脑袋,重新回了厨房。

她笑了下,然后对奶奶说:"奶奶,我叫了朋友过来玩,等会儿我们就在楼上玩,不打扰你睡午觉。"

"没事儿,家里还有水果没?等会儿切点水果上去。"

"李牧赫,看看冰箱还有水果没!"

厨房里的李牧赫听到这话又走到冰箱前,打开看了看:"……还剩一小盒蓝莓,储藏间还有两根香蕉。"

李牧语闻言举起手机:"那我点个外卖,你等会儿记得听门口的声音。"

"知道了。"楼下的李牧赫懒散道。

他们小区外面就有一家做高端线的水果店,李牧语下单后没多久门铃就响了。李牧赫把水果提到厨房,能放冰箱的放冰箱,可以常温储存的就放在储藏间。

黄焖鸡的材料已经备好了,现在就等米饭开锅,到时候黄焖鸡直接放进高压锅一压就好。

李牧赫做完这些,又将厨房收拾了一下,洗完手后回到楼上,敲了敲他姐的门。

"进。"

他推开门:"赵希没说几点来吗?"

"快到小区门口了。"

躺在床上的李牧语说完后没听到回应,转过头看了一眼,发现门口已经没人了:"呀!你走了倒是给我把门关上啊!"

回到房间的李牧赫来到衣帽间,站在衣柜前翻找着,挑了好几件衣服都觉得不太行。

"李牧赫——希希到小区门口了!你去接一下!"李牧语的叫喊声再次传来。

李牧赫听到后,随便拿了件衣服套上:"知道了!"

赵希站在小区门口,大老远就看到了李牧赫,他小跑着过来。

好巧不巧,他今天这身衣服跟之前被称为白孔雀的那天类似,依旧是米白色中筒西装裤配上黑色复古皮带,只不过这回衣服换成了稍微宽松一点的白色中短袖,也没了那些花里胡哨的配饰。

只属于这个年纪的意气风发,以及李牧赫独有的少年感都随着风吹向赵希。

她双手插兜,看着逐渐靠近的李牧赫,弯了下唇。

"……等了很久吗？"李牧赫停下后喘了两口气，然后看向赵希，他还歪了下头，看到了她身后的猫包，"给我吧。"

　　赵希收回视线，扭头看向猫包："没事，我背着就好。"

　　她拿着遮阳伞，伞面向李牧赫所在的方向靠了点："走吧。"

　　李牧赫还以为赵希是让他打伞，顺手接过她手中的伞后，说："你能陪我去旁边超市买点东西吗？"接过伞时，他不小心触碰到了赵希的手指，与这回涨的气温不同，她的指尖微凉，甚至可以用冰来形容。

　　他低头看了眼，本想关心一下，但又想起赵希不喜欢别人触碰她，于是赶紧说道："对不起。"

　　"没关系，走吧。"赵希似乎是没在意那个触碰，她搓了下微凉的指尖，重新把手插回兜里。

　　超市就在小区旁边，他们这里虽然住户不多，但该有的高端建设却一点也没少。这个超市主要是做进口产品的，国产的一些高端线和日常家用也有，因为是宠物友好超市，所以能看到不少推着车但里面坐的是小狗的家长。

　　赵希进来后视线就没落在产品上，而是一直随着那些推车来回转动。

　　李牧赫推着购物车站在奶制品区挑选东西，猫包放在购物车上，上面拉开了一个小口，橙子就这么探头看着，也没出来。

　　至于赵希——

　　她正被旁边推车里几个月的萨摩耶迷得魂儿都快飞了。

　　"真可爱，太可爱了，而且你好乖啊！"赵希一边说，一边摸它的头。

　　萨摩耶的主人笑了笑："它才四个月，正是可爱的时候，等过段时间到了尴尬期就不可爱了。"

　　赵希的笑容也很明显，眼里毫不掩饰对狗狗的喜欢："怎么会，尴尬期的小狗也可爱！"

　　她跟小狗只玩了一小会儿，看到小狗主人把选好的奶放下后就非常有眼色地起身了。等回到李牧赫身边后，就听他说："你这么明目张胆，就不怕橙子吃醋吗？"

　　"没关系，它好哄。"赵希看向橙子，"橙子。"

　　"喵呜！"

　　李牧赫沉默，这场面有点眼熟。

　　两个人在超市转了会儿，李牧赫买了桶酸奶，又挑了些零食，零零散散的加在一起有五百多块钱。赵希看了眼计价器，又看了眼没几件商品的购物车，默不作声。

　　李牧赫都快结完账了，才发现赵希手里提了两个礼盒："你这该不会是给我家买的吧？"

　　赵希睨了他一眼："礼貌还是要有的。"

"真不用。"

"你别管。"赵希直接堵死李牧赫的话。

快出超市的时候，赵希又看到了旁边的宠物区。她看了一眼摆在门口的宠物推车，停下了脚步。

走在前面的李牧赫不经意回头，就发现赵希停在那儿不动了，就跟个在橱窗前看到蛋糕的小孩一样。

赵希也没跟李牧赫打招呼，直接进了宠物区，她走进来后看到了宠物推车上的价格。

"……竟然比我想的要便宜。"她刚看超市里其他物品的价格，动辄上百，就已经做好了这个推车小一千的准备，结果转过来一看才二百五十八块。

赵希转了两下，看向四周："你好，可以帮我拿个新的吗？"

李牧赫提着袋子，都来不及阻止："你这也太冲动了吧？"

"橙子喜欢出门转，总是待在猫包里会不舒服的。"面对橙子，赵希就是毫无原则。

闻言，李牧赫看了眼赵希背后的猫包，橙子窝在里面，眼睛却往外看着，确实是只好奇心很强的小猫。

"直接拆开安装好吧。"李牧赫对营业员说，然后又看向赵希，"直接拆了用，要是哪里有问题可以直接换。"

又增加一个没原则的人。

2

出了超市后，就成了赵希推着推车，旁边的李牧赫帮忙拿礼盒。

因为李牧赫买的东西重，就放在了推车下面，赵希买的坚果礼盒则是李牧赫提着。

换好衣服躺在床上的李牧语正刷着视频，就收到了李牧赫发来的消息。

李牧赫：开门。

李牧语来到楼下时，奶奶和哥布林还在沙发上坐着，哥布林像是听到了外面的声音，站在沙发上向门口看去。

"欢迎——"李牧语开门时，他们俩正好走上来。

看到两人这样子，李牧语一下子没忍住，笑道："你俩跟新婚夫妇回门一样，怎么还推了婴儿车？"说完后，李牧语就发现了车子里坐着的橙子，"哎哟，橙子！"

"喵呜——喵——"橙子在里面乱叫着，使劲蹭着围栏，疯狂撒娇。

而被叫作"新婚夫妇"的两人都红了耳尖。

赵希跟着李牧语进来，看了一眼室内的装修。不是那种华丽的宫廷风，也不是中式风，房间内大多都是白色的家具，只有偶尔一两件褐木色的家具作为点缀，偏一点点复古，但更多的还是简约。

赵希很快收回视线，换好鞋后跟着往前走，看到了里面坐在沙发上的奶奶："奶奶好。"

"奶奶，这是我朋友，叫赵希。"李牧语直接将赵希称呼为自己的朋友，一点也没提李牧赫。

奶奶抱着哥布林坐在沙发上，哥布林因为家里热闹起来，也跟着兴奋起来，站在奶奶旁边，大有要开口叫的意思。

"你好啊，家里没其他大人了，你们随便玩。"奶奶看上去很和蔼，她把激动的哥布林抱进怀里，还向后看了一眼，"米饭好了吧，赫赫快去做黄焖鸡，都到饭点了，你姐姐的朋友估计还没吃饭呢。"

站在中间的赵希提起礼盒："我还买了坚果。"

"好耶！等会儿我们吃完饭吃这个，我喜欢吃腰果！"李牧语也没客气，直接接下了坚果礼盒。

奶奶听见了这话，才看见被沙发挡住的礼盒："哎哟，来就来，还带什么东西，你们都是小朋友，别学那些大人啊。"

"快快快，快来坐！"奶奶让出了个位置，还松开了抱住哥布林的手。

没了阻拦，哥布林一下跳下沙发，冲到门口，对着那个推车就开始闻。

"哥布林，不行，会吓到小朋友！"李牧赫赶紧用脚把它挡开。

但车子里的橙子还是被吓到了，对着哥布林就开始哈气，就是声音有点小，还没哥布林嗅嗅时的声音大。

坐在沙发上的奶奶听见"小朋友"这三个字，耳朵一下子竖了起来："你还带了妹妹来啊！"她看向赵希，眼睛似乎比刚刚亮了些。

"不是，是她的猫，叫橙子。"李牧语先一步解释，"她的猫特别可爱，毛可长了！"

"是吗！"一老一少你来我往，一人一句，很明显对门口的推车来了兴趣。

还在门口的李牧赫换好鞋，把车轮子擦了擦才推进来。哥布林就跟在车旁，还试图爬上去，但每次它伸腿都会被李牧赫挡开。

一次两次还好，被挡开的次数多了，哥布林就开始对着李牧赫叫。

奶奶见了立刻说："安静点，不要叫嘛。算了，赫赫，你把它关到我房间，要不然老叫。"

"安静点！"李牧赫松开推车，直接抱起哥布林，将它放到了一楼奶奶的卧室。

坐在沙发上的赵希就跟被施了咒一样，僵坐在这里。

她从小到大就没怎么去过别人家里，他们家也没什么亲戚，再加上她性格稍微内向一些，所以不太懂得怎么跟长辈打交道。每次一遇见比自己大一辈的人，她的嘴就跟抹了胶水似的，不知道该怎么开口。

往常看到橙子哈气，她早上去安慰了，但她现在也是泥菩萨过河，自身难保。

更窒息的是她身边坐了两个健谈的，她不仅要想怎么回答，还要一次处理两个人的问题，她的大脑都快烧起来了。

奶奶："你看起来比我们牧语小很多呢，跟赫赫差不多大的样子，你们怎么认识的啊？是不是就是那种网友，在网上认识的？"

赵希："啊……对。"

李牧语："我可以拆这个吗？里面有腰果呢，还有夏威夷果。奶奶，你看你吃哪个？希希你吃什么？"

赵希："我都可以。"

"我也都可以，你拆开放那儿吧，谁想吃谁拿。"奶奶说着又看向赵希，"那你现在还在上学吧？几年级了？"

"我现在高三了，奶奶。"

"我想吃水果，切点水果吧。李牧赫，切点水果！"李牧语又看向赵希，"你吃什么？我刚买了好多水果。"

"都可以，不是马上要吃饭了吗？"

赵希现在算是知道李牧赫的问题为什么那么多了，原来他们一家子都是这样，李牧赫甚至可能是家里那个寡言的。

不停被呼唤的李牧赫此时正在厨房，他把黄焖鸡的食材都放进高压锅，然后又听姐姐的话洗了点草莓和葡萄。他一个人在厨房忙前忙后，同时还不忘仍被关在推车里的橙子。

"我先把橙子放上楼吧？让她熟悉一下环境。"李牧赫站在推车旁，征求赵希和李牧语的同意。

"好，你放我房间吧！"李牧语吩咐完，又转过来说，"等会儿我们上楼吃。"

她又看向奶奶："奶奶，等会儿我们上楼吃，你的那份是放你房间还是放餐桌上？"

"放我房间吧，吃完我就睡啊，你们在楼上玩吧。"

"好。"

大脑一直飞速运转的赵希连眨眼的频率都增加了，就在她还在想着怎么开口显得自己健谈一些时，李牧赫从楼上下来了，还问："你们要到楼上吃？"

"嗯，你也到楼上吃吧，吃完刚好顺便收拾一下桌子。"李牧语说道。

工具人李牧赫沉默了下来。

厨房那边准备得差不多了，李牧语闻见味道了，就对奶奶说："奶奶，那我们先上去了。"

赵希也跟着起身："奶奶，我们先上去了。"

"好好好，上去玩吧。"奶奶说完又对厨房说，"赫赫，奶奶的那份也端到房间吃。"

勤劳的仆人李牧赫："知道了。"

李牧语家很大，有个地下室，上面还有三层，李牧赫和李牧语的房间都在二楼，他们父母的则是在三楼。
　　二楼还有一个户外花园通向外面，从花园下去就到了一楼室外的草坪。
　　他们吃午饭的地方就在二楼的户外花园，这里平时还能用来聚会或者烧烤，设备挺齐的，是刚装修好时顺带置办的，只不过一次都没有用过。
　　"我跟李牧赫的房间都在二楼，我的房间在那头，他的房间在这头，中间还有一个空房间，本来是做书房的，但我想了一下，这个书房大概建好后都不会有人进去，就改成客卧了，改完我就后悔了，差点忘了根本就没人来我家留宿。"
　　李牧语说完指了一下楼上："三楼就是我爸妈的房间，还有他们的工作室，我爸妈是搞航天工程的，比较忙，基本上都住在单位，也就偶尔回来。
　　"地下室的话有影音室，还有会客区，很多玩乐的地方，但基本上都是李牧赫跟他那群朋友在地下室玩。"
　　两人正聊着，李牧赫就端着餐盘进来，上面还放了三个小珐琅锅，他放下后还说："等等，还有米饭，我下楼去拿。"
　　李牧语趁机说道："再拿几瓶饮料上来，要冰的！"
　　跟刚刚的局促不安相比，赵希现在的情绪要安定多了，她向后一靠，长舒了一口气。
　　李牧语看到她这样子，笑道："你是不是不太适应跟别人打交道？"
　　"稍微有点，我从小独来独往惯了。"赵希说话的时候还露出了些疲态，看得出刚刚在楼下精神紧绷了很久。
　　"其实我也差不多，我稍微有点社恐。"李牧语自我剖析道。
　　赵希都不知道该怎么回这句了。
　　楼下的李牧赫端着米饭和果盘再次上楼，还给两人带了饮料。
　　李牧赫把米饭分给两人，最少的那碗给了赵希，还把刚刚在超市买的乌龙茶也给了她。
　　赵希看了眼放在她手边的茶饮，思绪跟着转了下，而一旁准备开吃的李牧语完全没注意到这一点。
　　刚刚她的脑子一直混乱，直到现在才反应过来，饭是李牧赫做的。她夹起一筷子尝了下，稍稍挑眉。
　　"是不是很好吃？"李牧语表情自豪，就跟这饭是她做的一样，"李牧赫做饭超好吃，特别适合当厨师。"
　　李牧赫低着头，但余光能瞥到赵希，只见她点点头："确实不错，有点意外。"
　　他压了下嘴角，不想让自己高兴的情绪表现得太明显。
　　李牧语那份是中辣，赵希那份是微辣，只有李牧赫的那份没有一点辣味，里面只放了些青椒做点缀。

好奇心强的李牧语舀了点他的菜汤尝了尝："……真是一点辣味都没有。"

她又将自己的菜汤往他碗里舀了点："你尝尝我的。"

"……不吃了。"李牧赫看了眼被"污染"的黄焖鸡，脸上嫌弃的表情说不清是在嫌弃李牧语还是嫌弃那个中辣菜汤。

李牧语咬牙切齿地瞪他。

到最后，李牧赫还是没吃被"污染"的那份，他只把自己碗里的米饭吃完了。而李牧语就惨了，不仅要吃完自己的还要吃完李牧赫的那份，吃到最后她都是扶着椅子起身的。

"不行了，我要去趟卫生间……"李牧语颤颤巍巍地扶着墙出去。

李牧赫直接喊："你又找借口逃！"

"是真的上厕所！"

"鬼信。"

就算不信，李牧赫也不敢把他姐拽回来。

留在这里的两个人收拾着桌子，李牧赫看了眼赵希："你去我姐房间找橙子玩吧，我来收拾就好，她房间就是最边上的那个。"

赵希神情淡然，手上动作没停："没事，我帮你一起收拾。"

"行吧，那放到厨房就好，有洗碗机。"

"好。"

擦桌子的时候，李牧赫的视线总是会忍不住移到赵希身上，他又回想起刚刚进门时他姐打趣的那句话，觉得现在他们俩就像是办完乔迁宴的夫妇在一起收拾残局。

李牧赫没忍住，轻笑出声。

听见这声笑的赵希抬起头，眉头微皱："……你的癖好永远让人惊叹，擦个桌子都能笑出声。"

李牧赫抿了下嘴，今日被怼目标达成。

3

李牧赫房间内。

房子隔音太好，再加上他跟他姐的房间隔得太远，所以根本就听不见那边的声音。他坐在书桌前，手机界面被他来回切换，想问点什么，但又觉得这样打探隐私显得很没礼貌。

要是李牧语拿起手机看一眼，就能看到李牧赫的微信对话框一直显示的是"对方正在输入中"。

你们聊什么呢？

赵希什么时候走？

吃水果吗？

我刚买了酸奶，吃水果捞吗？

这些全是李牧赫打完字后又全部删除的。

"哈……"他叹了口气，把手机往桌子上一扔，整个人向后靠去。

而另一边，李牧语和赵希都躺在床上，橙子就在两人中间，任由她们乱摸，只不过甩来甩去的尾巴似乎稍显出了它的烦躁。

"那你之后打算咋办，考到省外后就不再回来了吗？"

"……嗯。"

跟李牧赫那边的情况不同，李牧语和赵希互加微信后每天都在聊，有的时候聊小说剧情，有的时候聊电视剧，有的时候是李牧语充当大姐姐的角色，听赵希吐槽家里事，当然，李牧语也会吐槽一下李牧赫和爸妈。

赵希家里的情况，李牧语基本上都了解了。赵希的爸爸搞外遇，之后父母就离婚了，自打她上小学起就是住在爷爷奶奶家里，但前几年她跟奶奶发生了矛盾，后来就搬到了爸爸那儿。

爸爸是扶不上墙的烂泥，没什么上进心，但是对赵希还算可以，至少没让她少钱花。至于后妈和弟弟就不多说了，赵希跟他们的交谈不多。

妈妈比较忙，且住得远，也接受不了橙子，所以赵希没法过去住。

那些所谓的父母离婚后会有两个家庭爱你的鬼话只存在童话中，现实是，只要父母离婚，那基本上就只能靠自己了。

赵希很少跟父母表达自己的需求，因为无论她说什么，都会被像踢皮球一样踢来踢去，要个班费都费劲。后来她就不再向他们索取什么，也尽量不麻烦他们，因为长时间不联系，被说没良心她也不解释。

时间长了，就造就了她现在的性格，不喜欢麻烦别人，也讨厌别人麻烦自己。

李牧语也跟赵希说了些自己家里的情况，他们的父母算是重事业的类型，平时还好，但遇上任务比较重或者面临难题的时候，基本上在家就看不见人。

李牧赫现在又会做饭又会打扫卫生，也跟这个家有关。李牧语上初中和高中时都是寄宿的，李牧赫也是，但总有假期留在家的时候，李牧语课业重，根本就没办法做饭照顾家里人，他们家就请了保姆，结果换了三个保姆，把李牧赫吃成了肠胃炎。

后面就是奶奶做饭，但奶奶年龄大了，再加上有关节炎，腿脚不太好，顶多照顾一下两个小孩的早饭。也不知道从什么时候起，李牧赫就自己学起了做饭。

等李牧语反应过来时，还在上小学的李牧赫已经学会怎么做鱼了。

后面就一直是李牧赫做饭，当然，有的时候来不及也会叫外卖。

李牧语躺在床上，跟赵希讲李牧赫小时候的趣事："特搞笑的是，我当时高三马上高考了嘛，基本上就不回家，我爸妈那个时候还跑到戈壁滩去了，再加上是保密工作，基本上联系不到，有一天中午放学，我就收到李牧赫发的短信，让我到校门口去。"

她还没说呢，就先笑了起来："我还以为家里出什么事了，一下课就飞奔到校门口，结果看见李牧赫提着饭盒在外面，说给我做了饭。他给我后什么话也没说，直接跑了。"

本是个温馨感人的场面，但是李牧语愣是收不住声，笑得都快岔气了："你要知道，李牧赫当时还在上小学，男生都发育晚，他那个时候一米五都没有，真的特好笑，跑的时候生怕被我喊回去，嗖的一下就没影了。"

赵希在李牧语的描述下想象了一下不足一米五的李牧赫，那画面好像确实挺好笑的。

说到一半，李牧语开始揭李牧赫的短："你别看李牧赫人高马大好像无所不能的，但其实……他怕鬼。"

她说到一半爬起来，脸上带着兴奋："你知道李牧赫的噩梦是什么吗？到现在他都还怕。"

赵希没吭声，但眼神里写满了好奇。

"是《名侦探柯南》里面的黑影人。他最害怕的就是绷带怪人和古堡那一期，到现在都没勇气看第二遍。"

这真是令人意外的答案。

赵希也没忍住，笑出了声："这个恐惧点是我没想到的，我还以为会是什么贞子。"

"那些他也怕，他看不了恐怖片，他最喜欢自己脑补，然后把自己吓死。"李牧语挥挥手后，重新躺回来，"哪天带你俩去真人鬼屋玩。哎，你怕这些吗？"

赵希顿了下："不怕。"

"哈哈哈，好！我这就去看票！"

她们在房间待了一下午，李牧赫中间还刷了套卷子，她们这才聊完。

他听着门外有动静，估摸着是两人出来了，于是开门出去看，正好看见她们俩坐电梯准备下楼。

电梯里的赵希推着推车，看到了李牧赫，但没出声打招呼。

李牧赫走到围栏边，向下看去，李牧语正跟赵希说着什么，看那样子，赵希是真的要走了。

李牧语把赵希送出门后，一转身就看到了楼上的李牧赫："看什么看？写你的卷子去，都没进年级前五，好意思玩？"

本来就心情不好，现在又被说，李牧赫更加难过了。

4

星期一永远是最煎熬的一天，因为这意味着他们离下一次放假还有五天。

开学快两个多月了，也经历了一次月考，大家学得都有些疲惫了，班上的早读也没了以前的朝气，感觉大家都是吊着一口气。

老师在上面按照卷子的顺序讲着题，至于底下的人听得怎么样，就只有他们自己知道。

以前下课铃响了，班里能空一半；现在下课铃响了，班上的人都是齐刷刷地趴下补觉，连走廊都安静了许多。

赵希趴在自己的位置上，侧头看着窗外的远景，困意渐渐袭来。

前面的纪佳颖像是不知疲倦似的，转过来跟赵希闲聊："我听我妈说昨天时朝裕跟一个女生在商场逛街被他妈妈撞见了，那个女生是不是你？"

大脑本已经关机的赵希被迫重启："什么？"

班上现在很安静，随便谁说个话，声音都很清晰，纪佳颖的这一句直接让其他趴着的人竖起了耳朵。

"时朝裕……是不是步行街书店的那个？"赵芷涵看了眼同桌，也跟着转了过来，甚至还把桌兜里的小零食拿了出来，大有一起聊八卦的意思。

过道那边的刘佳茹也坐了起来："时朝裕是谁？"

"哎呀，就是步行街书店长得很帅的那个，温昕最近捕捉到的帅哥。"赵芷涵这个回答一下子把很多人都扯了进来。

温昕也坐在过道那边，跟赵希是一排的，她们是一个值日小组的，所以总能碰见。

她听到纪佳颖那么说，赶紧撇清关系："姐妹们，长得帅的我都欣赏，别误会。"

果然一聊八卦，大家就都不困了。

只有纪佳颖还关心赵希为什么跟时朝裕出去吃饭了。

"不是，你俩什么时候这么熟了，还一起单独出去吃饭？我妈说他妈妈看见那个女生推着婴儿车还吓一跳，结果里面是只猫，是橙子吗？"

赵希神色大方，只不过回答的话没回答到李牧赫关心的点上："嗯，我给橙子买了辆推车，还挺方便。那个商场还是宠物友好商场，我俩原本打算吃完饭去狗咖转转，结果逛商场的时候遇见了好多狗，直接省下一笔钱。"

"你们俩啥关系？"

李牧赫竖起了耳朵。

"没啥关系，普通朋友。"

李牧赫又收回了耳朵。

"没别的吗？"

李牧赫再次竖起耳朵。

"你……看你的小说不行吗？让我睡会儿。"

都开学这么长时间了，学校周围有些什么，都被这群中午没事干的学生摸得一清二楚，尤其是那家暑假才开的书店，直接成了 hot place（热门场所），每天中午那里都有很多人，即使是周末都会有学生相约着一起过去写作业。

再加上它最近开放了第三层，增加了不少座位，去的人更多了。

李牧赫也总是从其他人口中听到这个书店的名字，但从没去过，再加上知道那是时朝裕家开的后，他更不会去了。

虽然他也不知道在跟谁较劲，但总感觉自己要是去了的话就输了。

又到中午，前面的赵希简单收拾了一下东西，提了个纸袋子往外走，李牧赫瞥了一眼，不用猜就知道她要去那家书店。

秋末了，最近的气温越来越低，一直在十几度徘徊，稍微放松点警惕就会再降几度。原本大家校服里穿的都是短袖，最近也都换上了长款卫衣，赵希动作更是迅速，已经穿上了秋裤。

随着寒意一起来的还有第三次月考。第一次月考在国庆前，考完后大家都有一种解放的心态，结果还没过几天呢就迎来了第二次月考，好不容易熬过第二次月考，现在老师又通知第三次月考即将来临。

到了书店后，赵希径直走向三楼，来到了她固定的座位——四人席小会议室。

"来得挺早啊。"时朝裕推门进来，手里还端着一个托盘，上面放着一小碗汤面和两杯饮品。

时朝裕将东西放下后顺势坐下，然后将汤面端到赵希面前："先吃，吃完再学。"

汤面还冒着热气，里面有个荷包蛋，还放了葱花作点缀。

赵希将碗拉近了点："谢谢。"她吹了一下，葱花像是坐着游艇快速漂走。

对面的时朝裕翻起了赵希带来的纸袋子，从里面找出几张英语卷子："昨天让你背的你都背了吗？"

赵希喝了口汤，听到他提问，又赶紧放下："背了。"

碗太烫了，她松开碗后，又去摸了一下加冰的饮料，给指尖降降温。

时朝裕抬眼看了她一下："先吃，我给你圈几道题，然后你做一下，我就知道你知识点记得怎么样了。"

"好。"

小会议室与外面隔了一层，所以听不到什么声音。赵希吃完后，将桌子收拾好，端着盘子起身说："我去把碗放一下。"

"好，放到隔壁就好。"时朝裕基本上每天都在这儿待着，所以就在隔壁弄了个小的茶饮间，中午不想点外卖的话就用小锅煮个面。

赵希推门出去，她这个举动还引得外面的人抬头看了一下，或许是没想到里面也能坐，还有人侧头看了下，结果就看到里面的书店老板。

窸窸窣窣的声音在三楼响起，大家都忍不住向那间小会议室投去目光。

在茶饮间洗着碗的赵希也听到了一些讨论，都在问她是谁，为什么跟书店老板坐在里面。

有人"啧"了一声:"果然放着好好的教室不待,来这儿的,都是冲着老板的。"

赵希洗完手后,从茶饮间出来,那些人一看到她,讨论声顿时就小了些,直至她走进小会议室。

下午的上课铃响起,还在楼梯间的赵希加快了脚步,小跑进了教室。

座位上的纪佳颖一看到赵希,眼睛就亮了,脖子还伸得老长,像是有什么话要跟她说。

同学们找卷子翻卷子的稀稀拉拉声音响起,李牧赫看了一下前面正说着什么的两个人,在心里叹了口气,怎么关键时刻就听不清了?

中午他就在班上待着,还趴在桌子上小睡了一会儿,快上课的时候就听到班上人提起在书店看到了赵希,还说她跟那个书店老板单独坐在一起。

说起来也好笑,这些人明明就没跟赵希说过几句话,也不太熟,却对她的八卦这么感兴趣,李牧赫觉得她们是作业太少了。

吐槽归吐槽,他也很好奇。

李牧赫的这个好奇一直维持到了下课,憋了一节课,这下他实在是忍不住了,就算被赵希骂,他也一定要问。

李牧赫刚想伸出手拍赵希,就想起她总是提起的骚扰,于是改了口:"喂,赵希。"

似乎是没见过李牧赫跟赵希有过什么交流,周围坐着的几个人都将注意力放到了他们后面的对话上。

前面趴着的赵希转了下头,露出一个耳朵。

李牧赫见了后立刻明白,这是搭理他的意思。

"最近中午都没见你在班里,你去干吗了?"他歪着头问道。

原本趴着的赵希转过来,脸上还带着疑问,低声道:"我们什么时候成了可以互问对方行程的关系了?"

李牧赫被噎住,赵希这么回答,他真是毫不意外。

坐在周围的几个人隐匿着自己,视线不停在两人身上转悠。坐在李牧赫旁边的黄璃明还看了下两人,回忆着他们俩什么时候变这么熟了。

"我姐问你中午有空没,请你去吃饭。"这个是李牧赫刚刚编的,但他觉得姐姐应该会原谅他拿她当借口的。

听他提起李牧语,刚转过去的赵希又转了回来:"你姐没有我的微信吗?"

李牧赫噎了下,她真的是油盐不进。

他们俩这对话让其他听墙脚的人听得云里雾里,怎么就扯到李牧赫姐姐的身上了?

赵希重新趴回去,李牧赫也不再吭声了。

后面两个人就没了交流，一直到晚上李牧语来接两个人，他们俩才重新有了交谈。

这次不同以往，下了晚自习后大家都在收拾东西准备回家，这时班主任纪忠成却在门口叫了下李牧赫的名字，他旁边还站着李牧语。

大家都注意到了班主任旁边的女人。

"我的天，李牧赫，那是你妈？"

"那是李牧赫他姐。"

"李牧赫你最近犯啥事了，要被叫家长？"

"啊，我不会也被叫家长吧？"

"你犯啥事了？"

"上周一没穿校服算不算？"

李牧赫起身前对赵希说："在班里等会儿。"

他的这句话自然又被周围人听了去，包括赵希前桌的纪佳颖。

没几分钟，班上的人就走得差不多了，值日生也拿起扫把来到了最后一排。今天的值日生里有黄璃明，也有李牧赫。

黄璃明站在讲台上擦着黑板，耳朵却在赵希和纪佳颖的对话上。

"周末吗？我也要去！"

"……你这心脏，能进鬼屋？"

"我的心脏没问题，而且我不怕鬼，不是密室逃脱吗，我 OK 的！"

"那一会儿我把地址发你手机上。"

"好耶！我还没去过密室逃脱呢！"

——聊的内容不是她想听的。

而此时的教师办公室里，纪忠成和李牧赫姐弟俩坐在一起，办公室里的其他老师都走了。纪忠成看了一眼空荡荡的办公室，说："李牧赫，去把门关上。"

坐在位置上的李牧语这才开口："老师，是这样的，我们父母比较忙，所以平时李牧赫的学习都是我在管，他这两次的月考我都看了，跟之前比没有进步多少，当然也没退步，但是以李牧赫现在的水平看，他还能往上走不少，所以我的想法是晚上的两节自习我想给他请假，然后给他请家教，在家学，针对他的弱点提高一下。"

二十六中因为周围文化公园的扩建，原本的宿舍区域被划分出去，所以现在没了宿舍，学生们都是走读，但课表还是按照以前的进行，晚自习要上到九点。

下午四节课，留了一个小时吃饭，晚自习则是七点半开始，但要是不上晚自习的话，不到六点半就能放学了。

往年高三的时候，也有不少家长会给自家孩子请家教，让孩子下午六点半就回家，然后在家学习。现在也快到时候了，过来找班主任的家长也慢慢变多，李牧语就是找来的第三位家长。

"这个没问题,我给他开假条就行。"纪忠成说着就开始找假条本,"之后你们去给这个假条弄个塑封,放学后拿着这个出去就行。"

为了避免有学生趁着下午放学的时候出校逃掉晚自习,晚餐是必须在食堂吃的,实在不想吃食堂的饭就请家长送或者点外卖,总之不能出校门。那个时候老师们也会在操场和校门口晃悠,以防有学生跑出去。

纪忠成边写边说:"还有就是,我们每周三下午的晚自习都有测验,这个是需要参加的,每周考哪个科目不定,主要是为了方便学生自己查漏补缺。"

李牧语听了后,点点头:"好,那周三我会让他留在学校。"她说完后看了眼假条本,再次出声道,"那老师,能不能再帮我开一个人的,叫赵希。"

旁边的李牧赫闻言抬头。

纪忠成在听到那句话后就停下了笔。

"赵希是……"他想问的是为什么还要给赵希请假,如果是这样的话,那么李牧赫姐姐的这个请假可就存疑了,毕竟以前也不是没有过学生找人代请假,每天放了学去网吧,结果父母不知道的。

纪忠成将假条本挡到胳膊后面,审视起了李牧语。

一看老师这个模样,就知道他稍微有点误会,李牧语解释道:"我个人跟赵希关系比较好,您是她老师,也清楚她现在的成绩情况,赵希想考一个好一点的学校,刚好我给弟弟请了老师,所以就想让赵希跟着一起上课。"

听她说完,纪忠成还是有些存疑,毕竟李牧赫的姐姐他这是第一次见,之前开家长会都是李牧赫的妈妈来,他不太确定这个是不是李牧赫的姐姐。

纪忠成收了笔,换了个说法:"这样吧,赵希那边要是想请假的话就让她父母来,你这边的我先给你们写好,回去记得让父母在家长群里发个消息,确认知道这件事了就行。"

李牧语一听,就知道纪忠成把她想成了李牧赫花钱请来的人:"那好,我回去跟赵希说。"

全程都没说话的李牧赫看了一眼李牧语,又看了一眼班主任,心情复杂。

5

出了办公室后,李牧语甩了甩那张假条:"等会儿回家把这个塑封一下,从明天开始就不上晚自习了。"

"那赵希那边……"李牧赫比他姐还操心。

李牧语听见后,瞥了他一眼:"大人的事小孩少管。"

"小孩"李牧赫安静了下来。

"去叫希希下楼,我先去车上,要不然一会儿要被贴条了。"

"知道了。"

天气越冷，天黑得越早，车灯被道路串联在一起，连带着旁边那些路灯都跟着一起看热闹，就看这挤在路上的车什么时候能散开。

周围的车子都亮着红色尾灯，停滞不前，李牧语也跟着松开方向盘。她看了眼赵希，发现对方正在背英语。

赵希自上次月考过后就格外用功，无论什么时候看向她，她都捧着什么东西在背。

"我给李牧赫请了家教，你跟着一块儿上课吧，以后我傍晚六点半去接你俩。"李牧语直接说，还跟赵希说了刚刚在办公室里的事，"刚刚我去给李牧赫开假条，想顺便给你的也开了，结果你们班主任非得让你父母去说才行。你到时候拿你爸的手机在家长群发一下请假的事，明天我再去一趟。"

李牧语的这番话让赵希的思绪从英语单词上抽离开来，她稍微愣了下神，反应了一下："……我在学校学就可以了。"

听她这么说，李牧语直接摇头："你们学校那晚自习大多都是写卷子，没点自制力很难控制住自己，而且就算老师在前面看着，允许你们上去问问题，你又能问到多少？"

"有时候也上课的，老师会统一讲卷子。"

"在那儿耗时间，不如回来上一对一。我其实帮不到你什么，就是请了个老师回来，学多少主要还是看你。你不是想考到省外吗？分再高一些，就能多一些选择。"

赵希听完，握紧了手里的手机，李牧语也在此时重新启动车子，两个人都没再吭声。

坐在后面的李牧赫看了一眼两人，小心地开口："一起上课还能多个伴儿。"

"我是不是跟你说了大人的事小孩少管？背你的单词去，希希都知道抓紧时间背点东西，你还在那儿玩手机，你这样玩下去考个三本回来我都不意外。"李牧语直接把他怼了回去。

李牧赫重新靠了回去，长叹一口气，感觉这个城市也没他的容身之地了。

车子快行驶到赵希家时，李牧语又重新强调了一遍："你记得回去用你爸的手机在家长群发请假的事啊，明天傍晚六点半我来接你俩的时候顺便给你请假。"

"好……谢谢姐姐。"

"你真的如愿考上了省外的大学，那才真是报答。"李牧语说完，将车停到小区门口，看了眼赵希，再次对她说，"希希，要加油，一定要好好学。"

"我会的。谢谢姐姐。"赵希说完抱起自己的书包下了车。

"那就明早见！"

"姐姐拜拜。"

车子开离小区门口,赵希这次却没急着转身,而是看着那橘色的尾灯在原地停了良久,冷风蹭过她的耳尖都没能让她回过神。

　　赵希看着远处的夜色,眼眶渐渐变得温热。她长呼了一口气,背好书包转身走进小区。

　　她默不作声,低着头回到了家,从书包里翻出钥匙,插进钥匙孔转了一下,发现门还是锁着的,她又转动了两下,门这才打开。

　　家里漆黑一片,这对赵希来说就是日常,但今天的漆黑还缺少了点烟火气。

　　她先把灯打开,然后又掏出手机看有没有没接收到的消息,结果等微信刷新完,还是没有。

　　赵希:爸,你们人呢?

　　赵希发完消息,又提着书包回到了自己的房间。房间门一推开,橙子就从床上跳了下来,还伸了个懒腰。

　　她将橙子从地上捞起,抱进怀里蹭了蹭。

　　在她爸爸没回消息的这几分钟里,赵希猜测着,或许是他们一家出去吃饭了,所以到现在还没回来。想到这儿,赵希又看了下日期,没看出今天是什么纪念日。

　　就在她放下橙子准备换衣服时,放在桌子上的手机振动了一下。

　　爸爸:你阿姨生病住院了,得做手术,我这几天都在医院,你弟在爷爷奶奶那儿,不行你也去你爷爷奶奶那儿住几天。

　　赵希拿着睡衣的手垂在空中,她看着这条消息,心里有些道不清的情绪。

　　赵希:阿姨怎么了?

　　爸爸:医生说是三叉神经有点问题,还有,脑子里长了个肿瘤,良性的,要做手术取出来。

　　她看着那段文字出神,又忍不住吸了口气,在吸气时嘴角却止不住上扬。

　　赵希:知道了,你不用管我,我会照顾好自己。

　　发完这条消息后,她轻笑一声,将手机甩到了身后的床上。

　　"橙子,妈妈的愿望实现了一半呢!"赵希蹲下,将沉迷于舔毛的橙子抱进怀中,捏捏它的脸,又捏捏它的爪垫,看起来心情好极了。

　　躺下后她也没忘刚刚李牧语说的话,拿过自己的手机,登录上了微信小号,往群里发了一段话。

　　赵希家长:@班主任老师 我这边知道赵希请假的事,但我家里这几天有事走不开,明天还是让李牧赫的姐姐帮忙代领一下。

　　纪忠成那边很快就在下面回了消息。

　　纪忠成:好的,明天让赵希来我办公室取就行。

　　看完消息后,赵希又把手机撇一旁,捞过橙子继续"摧残"它:"橙子,妈咪一直觉得自己不是幸运儿,但是怎么办,我现在有点开始幸运的感觉!"

　　橙子也听不懂妈妈说了什么,只知道她出声了,于是它也学着样子在那里叽叽咕咕，努力地回应着。

月亮爬上顶楼，拨开挡住自己的云，清了清嗓子，正式预告夜晚的来临。

而躺在床上准备睡觉的赵希，也是第一次带着轻松的心情入睡。

像这样天还没黑多久就走出学校的日子真是久违了，他们自高一起就有晚自习，每次下午放学外面的天早就黑透了。

"怎么回事，感觉你今天心情很好的样子？"李牧语坐好后，看了眼旁边的赵希，虽然她的表情没有变，但总觉得给人的感觉不一样了。

坐在后座的李牧赫同样有这个感受，今天问赵希借笔，她竟然什么都没说就给他了，真是吓死他了。

坐在副驾驶的赵希眯起眼睛一笑："有好事发生啊。"

"什么好事？"

"要上家教课了。"

"这就是好事？"

"对啊。"

李牧语觉得这样的赵希真是太可爱了，也忍不住弯了眉眼："今天先不上课，我们去吃大餐，犒劳一下自己！"

"明天开始上课，先见老师，让老师了解一下你们的情况，之后再针对性地上课。"

李牧语清了清嗓子："马上就要到终点了，再坚持一下！"

赵希也跟着笑起来："好！"

"噢耶，吃大餐！"后面捧着手机的李牧赫也来凑了个热闹。

"你能不能保持安静，玩手机都堵不住你的嘴。"

李牧赫张了张嘴，最后选择闭上它。

"这周出去玩的事，我们就暂缓，等你们放寒假了再去，现在还是以学习为主，你们这周五是不是要月考？"

"对。"赵希回道。

"那好，好好考，考完还请你们吃大餐。"

李牧赫从手机上移开视线，看了眼前面："什么出去玩？这周要出去玩吗？"

前面两人对视一眼，都抿了抿嘴，压住了嘴角的笑。

李牧语清了下嗓子："大人说话，小孩不要插嘴！"

"小孩"李牧赫再次被夺走发言权。

拿到了假条的赵希每天下午六点半准时跟李牧赫一起出现在校门口，跟着一起出来的还有不少高三学生，都是拿了假条出去上补习班的。

家长排在外面，争分夺秒地接到自己的孩子，又挤着下班高峰期将孩子送到上课的地方。

这天，李牧赫在书桌前写了一晚上的卷子，搞得他脖子都有些僵硬，他站起来活动了下身体，下一秒房门就被推开。

"我给你发信息你为啥不回？"门口的李牧语凶狠地看了一眼站在那里的李牧赫，又看了一眼床头的手机，"哦，充电。"

她站直身子，吩咐道："我要吃排骨面，中辣。"

李牧赫皱起眉头，看了眼时间："这都马上十二点了。"

"那又怎样，反正我早上九点才睡。去吧去吧，跑腿费五十块，顺便带哥布林出去上个厕所。"

李牧赫不太想出去，他写了一晚上卷子，已经很疲惫了，打算洗漱完直接睡："我明天还要上学。"

站在门口的李牧语压着嘴角道："你不差这一个小时好吗？别以为我不知道你中午吃完饭后睡了一下午。"

"好啦，跑腿费再加五十块，去吧。"李牧语说。

"老板大气。"

第七章
/ 他的世界开了花

1

在床上摊开肚子睡觉的橙子动了下耳朵，下一秒自动喂食器就发出"哗啦啦"的响声，还在睡梦中的橙子立刻跳下床，甩了甩身子抖擞一下精神，之后便迈着步子冲到喂食器前。

躺在被窝里的赵希听到橙子嚼猫粮的声音后，将被子拉过头顶，盖住了那些声音。

这段时间她实在是太用功了，每天睡眠时间不到五个小时，白天在学校困得要死，只能靠浓茶强撑着，也就只有周日能让她休息一下。

赵希自早上背完单词后就一直睡到了现在，连饭都没有吃，恨不得就这样睡到天荒地老。

等到橙子吃得差不多的时候，赵希才从被窝里伸出手去开台灯。

明晃晃的灯太刺眼，赵希闭着眼睛适应了一阵，被窝里的她哈欠连天，俨然一副还没睡醒的样子。

赵希揉了揉眼睛坐起，看了下在那儿回味的橙子："……真好，希望我下辈子也能当个家猫。"

看到赵希醒了，橙子甩着尾巴跑了过来，嘴里还"喵啊喵呜"地叫着。赵希顺势抱起它："带你到外面转转吧？"

橙子沉迷于蹭赵希的下巴，没听见她说了些什么，但不要紧，只要赵希说话，它就会"喵喵"叫。

赵希到阳台找出推车，刚把它支开，就听见客厅传来了响动。她探出头去看，发现是爸爸回来了。赵希这段时间忙着上学，每天累得倒头就睡，她爸白天得开出租车赚钱，晚上还得去医院陪着陈阿姨，她差不多有快一个月没见到她爸了。

陈阿姨的病情应该挺严重的，妈妈跟婶婶还有联络，有空还会一起吃饭，估计妈妈就是从婶婶那儿得知了那个女人生病住院的消息。

妈妈知道后还给赵希打了电话，咒骂了几十分钟，又幸灾乐祸了几十分钟。

"活该！叫她破坏别人家庭，最好死在医院。赵希，要不是她，我跟你爸也不会离婚！"

爸妈之间的事，赵希也知道不少，大多是妈妈愤诉给她的，而且她当时已经四五岁了，还记得一些事。

记得有次爸妈吵架，在家里摔东西，之后爸爸拿着手机就走，也不管坐在地上哭得喘不上气的妈妈。

记得妈妈在一个凌晨将她叫起，让她给爸爸打电话催他回来，还带着她在深夜一起到各种地方找人。

也记得她爸妈离婚后，妈妈搬出家里的那天，她在地上哭闹，被爷爷奶奶拽住不让找妈妈。

后面就是赵于国搬出去住，而赵希留下来跟爷爷奶奶住。

赵希跟那个女人来往不多，即便他们就住在隔壁楼，赵希也很少过去。

后面赵希跟爷爷奶奶有了矛盾才搬过来，只不过那时因为她已经上高中了，每天早出晚归，在家待的时间不长，跟他们就更没什么交流了。

爸爸烂泥扶不上墙，没什么上进心，妈妈事业心强，脾气火暴，就算那个时候不离，现在也会离。当然，这些都是赵希长这么大后才明白的。只不过明白后她的心境也没发生什么变化，依旧怨恨爸爸和那个女人。

因为妈妈在离婚过后性格更激进了，再加上一个人住，没有安全感，渐渐就有了囤积癖，这些原本可以不会发生的。

抛开那些不谈，赵于国对赵希还是挺好的，要钱会给，学费也会想办法借，也不会让赵希做家务。赵希有时候也会心疼爸爸，但这些心疼只是一瞬间，因为这些生活是他自己选择的。

站在阳台的赵希叹了口气，刚想开口问问阿姨在医院怎么样了，就听见爸爸在门口喊她："赵希！"

"在阳台。"赵希说着，把推车搬了出来。

"吃饭没？"

"没呢。"

"炸酱面吃吗？我煮点面条。"

"都行。"

赵希费力地将推车抬了出来，还在腹诽，早知道这么费劲就推出来再支开了。在沙发上换衣服的赵于国看了一眼推车，又看了眼赵希："这是啥？"

听他问起，赵希给他展示了一下："我给橙子买的推车，要不然每次下楼遛我都得背着包，太沉了，橙子现在都快十一斤了。"

说的时候，赵希脸上还带着些分享的喜悦。家里好久都没人了，平时跟她聊橙子的就她爸，现在他一个多月没在家，赵希还是积攒了一些想要分享的内容的。

正脱袜子的赵于国看了一眼在赵希房门口探头的橙子，又看了一眼赵希："你阿姨下周三回来。"

在一旁摆弄推车的赵希抬头看过去："……哦。"

"你去问问你同学，看谁想养猫，先把猫送出去，等你以后工作了，怎么养都行。"赵于国一边说一边整理脱下的外衣，回头看了眼蹲在地上的赵希，还补充道,"你阿姨刚做完手术,伤口还没好,而且她有鼻炎,猫毛会让她一直打喷嚏。"

赵于国说完就抱着衣服到了卫生间,他在那儿忙碌着,一点也没注意到僵在客厅中央的赵希。

"喵呜喵呜!"橙子一颠一颠地跑出来,在赵希周围打转。

蹲在那儿的赵希因为力气一下子被抽离,现在瘫坐在地上,连带着大脑都跟着一起空白。

她想说些反驳的话,愤怒的情绪就在她胸腔里打转,但晕眩感阻止了她的动作,所有的感官与肢体都脱离了大脑的控制。

还不等赵希挣扎着起身,眼泪就先砸了下来,这滴眼泪来得太莫名其妙,却像个领头军一样,后面紧跟着就是一串自由降落的泪珠。

赵希撑起身,顾不上空白的大脑,身体的第一反应就是先带着橙子出去,逃离这个令她窒息的地方。

在卫生间研究洗衣机的赵于国探出头看了一眼:"你不吃炸酱面了?"

回应他的只有"砰"的关门声。

赵希连鞋都没换,穿着睡衣和拖鞋出了门,甚至连推车都没带,就这么抱着橙子。

赵希就像是坠海的人,唯一的救生圈就是怀里的这只猫。

电梯下降带来的失落感加重了赵希的不适,鼻尖泛酸让她忍不住皱眉,眼泪更是顺着脸颊往下滑落,落到她的手臂上,落到橙子的毛上。

电梯一路畅通无阻来到了一楼,赵希抱着橙子就往外走,她也不知道自己要去哪儿,就这么往外走着。

寒冬的冷风击破单薄的睡衣,很快就引起一片战栗,赵希的大脑这个时候才开始重新启动。她瑟缩了一下,依旧抱着橙子向前走。

橙子没反抗,也没挣扎着要跳下来,它抱着赵希的脖子,"喵呜喵呜"地叫着,像是感受到了不安,又像是在安慰不安的赵希。

赵希漫无目的地走着,就这么走到了小区外面。外面不少摊子都收了,只剩孤零零的路灯还在坚守,昏黄的灯光打在赵希身上,没有温暖,衬得她更显落魄。

她像个流浪者一样,抱着橙子坐在路边,冰凉的水泥地和吹在她身上冷冽的风都帮助她回忆着刚刚发生的事。

没了大脑的保护,绝望的情绪彻底席卷而来,滑落的泪珠仿佛也有了意识,下降的速度更快了。赵希皱着脸,吸了几下鼻子,本想忍住,但打在手背上的泪珠带着温热,直接让她的情绪决堤。

"橙子……橙子……"她像个刚学会说话的孩子一样,一遍又一遍地呼唤着橙子的名字。

爸爸刚才明明只是说让她把橙子送走,但那话听在她耳里,就像是让她也一起离开这个家一样。

赵希早就在被父母来回踢皮球之间知道了自己没有家的事实，但真当有人撕破那层布后，她还是难以面对。

她一直觉得自己起码还有住的地方，不用担心冷暖，不用担心花销，但她错了。

坐在路边的赵希将头埋在橙子怀中，努力压制着哭声，但决堤的情绪没放过她，她越哭越喘不上气，已经没有办法控制自己的音量了。

忽然，她感到后背传来一阵温暖。

赵希挂着泪抬头去看，看到了提着塑料袋的李牧赫。

清冷的街边都是正在收拾摊位的小贩，今天有寒流袭来，夜晚温度降了许多，吹得垃圾都在地上翻滚找着栖息地。

唯一透着暖意的就是街边那两列路灯，只可惜，它们也就是颜色暖，在温度上起不到任何作用。

在烧烤店外等待的李牧赫缩了下肩膀，将棒球服的拉链往上拉了拉。烧烤店里人还是挺多的，但油烟味和香烟味刺鼻，他不想进去，于是就在外面等着。

他抱着臂，站在路边发呆，突然，一个衣着单薄的人闯入他的视线。

"穿这点出门不冷吗？"李牧赫话才说完就认出了远处那人。

是赵希。

因为距离有点远，李牧赫就想拿出手机直接给她发信息，结果微信还没点到，就看到她抱着橙子坐在了路边，还把头埋在臂弯中。

"给，你的排骨面。"这个时候老板刚好把面提出来。

李牧赫正想跑过去，见状先接过袋子，然后牵着哥布林大步跑过去。随着距离越来越近，他听到了赵希压抑的哭声。

他平时很少见赵希笑，更别提其他情绪了，她的脸上好像就只有一个表情，对任何事物的反应都很淡，好像她的世界没有喜怒哀乐，只有烦躁。

赵希就像路边那即将凋零的野玫瑰一样，带着残败感，将自己隐匿在花丛中，即使花瓣已经开始枯萎，刺却依旧尖锐。

同班快三年了，即使这个学期他们俩多了许多交集，但李牧赫对赵希的了解依旧很少，依旧不知道什么事会让她哭成这样。

李牧赫在距离赵希还有几步远的地方停下，他听着那哭声，眉头微皱，眼里带着心疼。

外套被他脱下来，上面还带着他的体温，他什么也没说，就这样将衣服披到了她身上。

他觉得，赵希这个时候应该不会想说话的。

刺骨的冷风被阻断，背上传来的温热让赵希一愣，她警惕地回头，连哭声都停了一下。

看到是李牧赫后，她又放松下来，继续趴在橙子怀里哭。

温暖且幼小的橙子紧紧抱着赵希的脖子，这个时候它也不叫了，即使哥布林在它周围打转，它也没哈气，就这么搂着赵希的脖子，好像知道她现在非常需要它一样。

哥布林围着赵希转了一圈，见她不理人，于是又回到李牧赫脚边，看看站着的李牧赫，又看看哭得泣不成声的赵希。

李牧赫怕她一直哭会脱水，于是到旁边的便利店买了瓶热饮，还买了包纸巾出来。出来时，她果然还在原地哭，只不过声音小了些。

他将打包的排骨面放在赵希旁边，然后蹲在地面前："喝点热的。"

已经没有力气的赵希就这么将头埋着，听见了李牧赫拧开瓶子的声音，还听见了他打开纸巾包装的声音。

李牧赫看了眼赵希露在外面的手和脚脖，在风中吹了这么久，估计都没知觉了。他将热饮和纸巾都塞到赵希手里，然后站起身，走到赵希身后，给她留空间让她擦眼泪擤鼻涕。

趴在那儿的赵希确实是没力气了，她一整天都没吃东西，刚刚又哭了那么久，估计连站起来的力气都没了。她手脚冰凉，甚至脚趾都感觉到了刺骨的冷。但赵希还是强撑着抬起了头，她擤了下鼻涕，又将脸上的泪擦干，以免一会儿被风吹得生疼。

最惨的还是橙子，它脖子上的围巾已经被泪水打湿了，不太好看。赵希沉着脸，给橙子清理的同时还在小声给它道歉："对不起……"

被她这样抱了这么久，橙子估计身子都僵了。

听到声儿的李牧赫看了眼这个小区的大楼，然后转了回来："我姐一会儿就到。"

他什么也没问，但赵希这样出来肯定是跟家里有关。家里的事她跟李牧语聊得比较多，所以李牧赫就给李牧语发了信息，李牧语收到后说马上过来。

冷冽的风蹭过裸露在外的皮肤，激起一片战栗，赵希瑟缩了一下，又想到李牧赫还穿着短袖，于是想把衣服还给他："谢谢……"

她扯下棒球服外套，刚想起身，就被李牧赫压了回去："坐好，穿上。"

李牧赫这回倒是冷了脸，没顺着赵希，他重新蹲到赵希面前。

他这动作让赵希毫无防备，她赶紧移开视线，低头挡住有些红肿的眼睛，不想被他看到这副憔悴样。

刚想开口的李牧赫忽然被远处的车灯扰乱视线，他起身看去，是李牧语来了。

李牧语把车开过来后连火都没来得及熄，就拿着衣服下了车。李牧赫见了刚想接过，就看见李牧语直接打开羽绒服，披到了赵希身上。

李牧赫尴尬地收回手，搓了搓微凉的指尖。

"你还有力气起来吗？"李牧语用羽绒服将赵希包裹住，低头看了她一眼。

125

见赵希点头，李牧语便搂着她，把她扶起来。

猛地起身，四肢有些僵硬，再加上低血糖，赵希眼前突然一黑，差点没站稳。

"小心。"李牧赫上前拽了一下，将人稳住，跟着李牧语一起扶着赵希的胳膊。

哥布林就在两人脚边打转，想跟着一起上车。

两人把赵希扶上车后，哥布林自己跳了上去，李牧赫又转身去提刚买的排骨面。等所有人都上车了，李牧语才驱车离开。

开了暖风的车内使人放松，但也加重了赵希的不适感，旁边穿着短袖的李牧赫也打了个喷嚏。

赵希见状，将身上的羽绒服脱下递给李牧赫："穿上吧。"

"不用。"李牧赫揉了揉鼻子，挡了回去。

"穿上吧，你不是对冷空气过敏吗？"赵希道。

李牧赫无语，他姐怎么什么都往外说？

对冷空气过敏的李牧赫现在已经有点症状了，他的后背有些痒，估计已经开始起荨麻疹了。他清了下嗓子，接过羽绒服后盖在了身上。

这是他最后的坚持。

前面的李牧语看了眼后视镜，叮嘱道："你们俩一会儿回到家，一个赶紧吃氯雷他定，一个赶紧吃感冒灵。"

"家里还有感冒灵吗？"李牧赫歪头问了句。

"应该有，我记得上回买了一盒。"

"行，要是没有的话我再去买。"

两个人谁也没有提赵希的事，就连橙子也乖巧地趴在赵希的腿上，不再"喵喵"叫。

2

过了一会儿，车内安静了下来，赵希的身子也暖了起来，就在困意渐渐袭来时，她手上的手机忽然振动起来。

是她爸。

她表情漠然，没有犹豫多久，直接接起了电话。

"喂。"

"你去哪儿了？都几点了？"

"去我妈那儿。"

"……大晚上的去你妈那儿干吗？赶紧回来。"赵于国这句话也不知道是怕许爱仁知道他让赵希把猫送走，还是真的关心赵希，担心她晚上出事。

但赵希觉得，应该是前者。

"你别管了。"她说完就挂了电话。

赵希挂完电话后，看了眼前面的路："姐姐，等会儿把我放到你们小区门口就好，我打车去我妈那儿。"

前面的李牧语挑起眉："大晚上你去你妈那儿干吗？你妈住在西郊呢，你明早还上不上学了？还睡不睡了？"

同样的话，不同的意思。赵希再次安静下来。

刚好到他们小区门口，李牧语直接把车开进地下车库。

"李牧赫，等会儿你去给你隔壁那个房间换个床单被套。"李牧语把车子停进车库后，又对身后的人吩咐道。

她收拾好车上的东西，看了眼赵希："下车吧，别担心，我爸妈下午被叫回单位了，今晚估计不回来了。奶奶在一楼，早睡了。"

李牧赫提着李牧语的排骨面，怀里抱着哥布林，下车后还顾着赵希："这边。"然后又看向李牧语，"是不是得买个猫砂盆，橙子晚上上厕所怎么办？"

"那你等会儿买一下，我给你转钱。"

"不用，我有钱。"赵希听他们说完，立刻出声，"我来买就好。"

可惜那两人压根没搭理她这句话。

几个人从车库直接进了别墅的地下一层，李牧语搂着赵希，以免被风吹到，身后的李牧赫则是在手机上找着还有哪家宠物店现在还开着门。

"明天给你请个假吧，感觉你身上有些烫，而且你今晚吹了风，情绪还激动，后半夜一定会发烧的。"李牧语对赵希说。

"喂，老板，我现在下单，你那边能叫个闪送给送过来吗？要一袋猫砂、一个猫砂盆，再要两个碗，然后一袋猫粮。行，我加你微信。"李牧赫打着电话。

不知为何，赵希的鼻尖又开始泛酸，眼眶也跟着湿润起来。

几个人乘电梯上了二楼，先到了李牧语的房间，李牧赫没进来，而是转身去找药。

忍了一路，到没人的地方后，李牧赫才伸手摸了下后背，果然起荨麻疹了。

他在药箱里翻找着，又到楼下接了热水，这才重新回到二楼。

刚一推门进去，就看到李牧语示意他小点声："嘘——睡着了。"

地暖向上输送着热气，房间一直保持着温暖，柔软的被子带着洗涤剂的香味，盖在身上，连鼻间都是淡淡的香气。

黑暗中的赵希睁开眼看了一下，感受到了熟悉又陌生的气味，她反应了一下才意识到这里是李牧赫家。

赵希撑着坐起身，低血糖带来的晕眩感像是海水浸润了她的身体，每一个动作都显得很沉重。她刚一有动作，睡在枕头上的橙子就"喵"了一声。

她缓了下呼吸，在床头摸了一下，她记得这里有个台灯。

当灯亮起的那一瞬间，赵希闭上了眼睛，等适应后才睁开。她转过来，摸了摸橙子的头："……适应吗？"

橙子眯着眼睛，连胡须都翘了起来，一边呼噜一边歪头，让赵希摸它的下巴。它的爪子在枕头上一踩一个坑，粉色的爪垫也在白毛中若隐若现。

赵希摸了摸橙子的下巴，这才把情绪稳定好。她松开手，摸了下橙子的头："妈妈去上个厕所，你在这里等着。"

橙子听见后甩了甩身子，还打了个哈欠。

只不过它没有乖乖听话，而是竖着大尾巴跟在赵希后面，跳下床，又跟到了门口。赵希拒绝不了橙子，只能放它出来。

它也很配合，声音没有很大，只是像个玩具一样跟在赵希后面叽叽咕咕地叫着。

或许是听到了这个动静，李牧赫房间的哥布林忽然跳下床，小跑到了门口。而床上的李牧赫还没睡，他看了一眼下床的哥布林，放下了手机。

"过来。"他叫了一声，但哥布林还在门口，扒在门缝那里闻着什么。

李牧赫看它这动作，也安静下来听了一下，门口好像是有点声音，像是橙子发出的。

他来到门口将哥布林抱起，然后开门探头出去看，就看到了从卫生间出来的赵希，以及她身后的橙子。

"喵呜——"橙子听到响声，认出了这是刚刚给它喂罐罐的人，对着李牧赫非常标准地叫了一声，尾巴还跟着甩了一下。

李牧赫看着橙子这模样，笑了一下，然后又看向赵希。

赵希问他："怎么还不睡？"

他站在门后，只露了个头出来，听见赵希这问题，指了下身上："荨麻疹还没下去。"说完他又催促赵希，"快去睡吧。"

结果他话音刚落，就有一道非常响的咕噜声在过道响起。

声音的主人握紧了拳头。

门口的李牧赫轻笑，舔了下唇，嘴角仍带着笑意，然后问赵希："鸡蛋面可以吗？"

一天没吃饭的赵希咽了下口水，犹豫了一下，最后还是说道："……谢谢。"

李牧赫听完，直接低下身子，将哥布林抱了回去，然后又出来。只不过他出来时还换了身衣服，长袖长裤遮住了他露在外面的皮肤，将荨麻疹掩盖住了。

他走到赵希身边时，还示意了一下："下来吧。"

最先跟过去的是橙子，它以为李牧赫在叫它，所以步伐轻快，甩着尾巴跟李牧赫下了楼。赵希看了一眼李牧赫的背影，又看了一眼橙子，脸上没什么表情，也不知道在想什么。

怕打扰到其他人，所以李牧赫没有开客厅灯，只靠着厨房的灯光在里面忙活着。他在冰箱里找了颗鸡蛋，等水开后关掉火，将鸡蛋打了进去。

赵希就坐在门口，视线一直随着李牧赫的背影在移动，橙子也乖乖坐在门口，非常淑女地等着被投喂。

里面的人穿着件白色的长袖薄衫，厨房的光打在他身上，将他的身体线条勾勒了出来。他肩膀很宽，与宽松廓形的薄衫不同，在光影的照映下，看得出他的腰离薄衫还有一段距离。

他偶尔侧身取东西时，还能看到白光为他的侧脸勾画的线条，有了对比，暗部就像是用炭笔精心勾勒出的一样，鼻梁挺拔，线条清冷，眉目冷淡，好看得不像话。

赵希这么看着，忽然想起刚刚在被窝里闻到的那股香气为什么这么熟悉了，原来是李牧赫身上的味道。

早上跑操的时候他在她旁边，上课的时候他在她后面坐着，就连他的东西都带着这股木质香，所以她才会觉得那个味道很熟悉。

她垂下眼眸，等眼中的情绪消散才重新抬起头。

"好了。"李牧赫端着碗出来。

门口的橙子抬头看着他，跟在后面走过来。

赵希起身想要接过，却被他挡开了："烫。"

李牧赫将碗放下，又将筷子递给她，然后返回厨房，到厨房找了包榨菜出来。

赵希一直垂着眼眸，拿着筷子搅动汤面，看见他又拿来了一小碟榨菜后，她又道了声谢："你不吃吗？"

"不太饿。"李牧赫说完后，在她对面坐下，还提醒道，"有些烫，吹一下再吃。"

她拿着筷子，指尖明显地用了下力，长呼一口气后，才夹起一筷子面条送进嘴里："好吃。"

赵希难得对李牧赫说了句好话，听到这话的李牧赫露出了笑容，眉眼全是喜悦，也全是赵希："好吃就行。"

看到她吃面的动作缓慢，李牧赫觉得估计是自己在这里，她不太自在，于是又起身道："你在这里吃吧，吃完将碗放到水池里就好，明早一起用洗碗机洗，记得早点睡。"

"好，你也早点睡。"

"晚安。"

又是一句不带刺的软话，李牧赫听到后心情更加雀跃了。他上楼后飞扑到床上，然后开始发小狗绕圈表情包和小狗舞狮表情包轰炸陆永阳。

李牧赫：哈哈哈！

而楼下的赵希则低头看着碗里的面，泪水砸进汤里。

她咽下情绪，将脸上的泪擦干，然后默默地拿起筷子继续吃面。

吃完后她到厨房洗了碗，等把厨房收拾好，这才抱着橙子上了楼。此时是凌晨三点，还有很久才到天亮，但也快了，至少夜不再继续黑下去了。

躺回床上的赵希抱着手机，登上了微博，翻了一下自己以前发的内容，又看了下李牧语最近发的微博，就这么漫无目的地逛着。

3

陆永阳早上起来，一边刷牙，一边抢时间刷短视频，刚坐到马桶上，才看见昨晚被勿扰模式拦截下来的信息。

陆永阳：？

陆永阳：哥布林，是你吗？

李牧赫：滚。

陆永阳：果然是你，哥布林，快去，叫你哥起床。

李牧赫：我今天请假。

陆永阳：你又咋了？

李牧赫：荨麻疹。

陆永阳：啊……冬天果然是来了。

陆永阳：行吧，睡吧，我会帮你把卷子收好的。

"陆永阳！你掉里面了，都几点了还不出来？"陆妈妈在外面扯着大嗓门喊着，"你不急我还急呢，今早八点我有课好吗？过去就得一个小时呢，你别给我磨叽！"

卫生间里的陆永阳赶紧把嘴里的泡沫吐了："来了！"

又是一个平常的周一早上，陆永阳踩着点到班上，班里基本已经到齐，他看了眼李牧赫的座位，那里果然空着。

落座后，陆永阳看了一眼班长同桌："班长，今天李牧赫请假。"

"他咋了？"罗慧玲扭过头看他一眼。

"荨麻疹。"

"啊……冬天来了啊。"

罗慧玲拿出登记表，在李牧赫那一行画了圈，表示他请假："今天赵希也没来，也不知道是迟到还是请假了。"

她刚嘟囔完，远处的纪佳颖就高声喊了一句："班长！今天赵希请假，她发烧了，跟班主任说过了。"

"好！"罗慧玲低下头，又在赵希的名字后面画了个圈。

纪佳颖喊完后又坐回来，继续给赵希发消息。

纪佳颖：所以你现在咋弄？要住到你妈那里吗？

赵希：她那里太远了，而且根本就没我住的地方，屋子里已经被各种快递占满了。

赵希：我在想要不在学校附近租房子，我身上还有点钱。

纪佳颖：未成年人能自己租房子吗？

赵希：……你问到我了。

纪佳颖：李敏说她帮你问问，他们小区有很多出租房。

赵希：好。

纪佳颖收了手机后，叹了口气，看向后方的李敏："咱们三个人里，怎么就没一个过得一帆风顺的？"

"所以她现在住哪里？"李敏的手机交了，只能靠纪佳颖知道消息。

"说是住在一个认识的姐姐家里，具体的她明天来了再说。"

"唉……这都高三了。"

今天李牧赫和赵希都没去学校，李牧赫是因为荨麻疹，赵希则是因为发烧了。

早上那会儿李牧语过来看她，见她还在睡着，就摸了一下她的额头，发现她果然开始烧了，于是把她叫起来量了下体温，三十九度，是高烧。

李牧语让赵希喝了药再睡，可赵希喝完药后，因为身上痛，怎么也睡不着了。

李牧语就躺在旁边陪赵希聊天，可她这颠倒的作息，一到早上八点多就开始犯困，没说几句呢，眼皮就坚持不住了。

李牧语躺在那儿，眼睛眯着，也看不清是睡着了还是在发呆。

赵希怕打扰到李牧语，还将手机的亮度调低了点。

"你找房子干什么？"李牧语忽然出声问道。

或许是没想到身边人还醒着，赵希的下意识反应就是收起手机，稍微有点心虚的感觉。

李牧语打了一个大大的哈欠，然后撑着坐起来："找房子干什么？你要搬出来住吗？"

从昨晚把赵希接来，到现在为止，李牧语都没有问过赵希跟家里人发生了什么事，本以为只是小吵架，但看赵希现在的动作，应该还有其他问题。

赵希垂下眸，犹豫着该怎么解释昨晚发生的事情。立场不一样，感受也就不一样，抛开那些跟他们的矛盾不谈，其实送走一只猫是很容易的事情，她有存款，让猫去寄养，一直到她高考完，或者那女人康复，就好。

可那只猫有名字，叫橙子，是她征得所有人的同意后养的，不是她一意孤行带回来的。一直以来，橙子的所有开销都是她来负责，当初承诺的所有事情她都做到了。

但那些人还是容不下它，那个家也容不下她。

靠在那儿的赵希深吸一口气，看向李牧语，这才缓缓开口："橙子是我捡来的，我应该是有抑郁症……但我没去医院看过，所以不太确定，不过症状应该是相符的。我上网查了，养一只猫会缓解不少，事实也确实如此，我养了橙子后情绪好多了。

"我其实有钱去治疗买药的，但我也清楚，那些对我没用，只要我一天不离开那个家，我就一天也不会好。我迟早是要离开的，与其等到高考结束，不如现在就远离那个地方，好让自己专心准备高考。"

她说这些话的时候语气很平淡，就像她一直以来对外展示的那样。

门外准备推门的李牧赫端着果盘站在门口，握着门把的手也松了下来，他没有离开，就这样站着。

从今年八月份到现在，从有赵希的联系方式到她跟姐姐成为朋友，已经过去好几个月了，但李牧赫对她仍旧一无所知。

她的身上就像是有一团雾一样，她用这种方式将自己隐匿起来，很少谈论自己的事情。

在李牧赫眼里，赵希就像那入冬后的河面，上面结了一层冰，站在岸上看时，无法估计出那层冰有多厚，只有靠近了，站了上去，才知道那层冰面不过薄薄一层，用手指轻轻一按就会碎掉，露出里面冰冷的河水，非常脆弱。

"其实我有不少存款的。"赵希翻出银行APP，笑着展示给李牧语看。

上面显示的余额是三万多。

"暑假和寒假的时候我都会去找一些兼职，以前有双休的时候我也会去兼职。"

里面有一大半的钱是赵希兼职和节省下来的生活费，还有一小部分是之前李敏请假，李敏的妈妈请她帮忙抄写笔记，一节课五块钱，她抄了几个月呢。

起初攒钱她只是为了不再为小钱向父母伸手，每次父母因为钱的事将她踢来踢去的，她的内心非常煎熬，后来就是攒钱准备考到省外，然后租房子住。之后，她也不会因为父母踢皮球而煎熬了，反正这是他们该掏的钱，管他们说什么，只要钱到手就行。

她收起手机，给李牧语说着自己的计划："攒到现在也有三万多了，用一小部分租个房子应该是可以的。我刚看了一下，咱们学校后面那块儿是老小区，一个月一千五左右，我租半年也才不到一万，反正我也不在家吃饭。"

赵希说的时候，李牧语就看着她，眼神里满是怜惜。

李牧语是真的把赵希当作自己的朋友看待的，而不是弟弟的同学，也不是书粉这么简单的身份。这一段时间相处下来，她觉得赵希有着很多成年人都没有的通透，甚至可能比自己还要成熟。

李牧语喜欢跟赵希聊天，从赵希身上获得过不少灵感，也正因为如此，所以她在知道这些事后才更心疼。

在如今这个竞争激烈的大环境里，大部分的人青少年时期都没有很顺遂，李牧语当时也是，完全就是一个人在作战。

她的青春就是写不完的卷子，是时隔一个月才放一天的假，是一下课就趴在桌子上补觉的课间，是写到手抽筋的文综题，是只有体育课才能见得到的阳光。

也正是因为她经历过这些，所以才更加心疼赵希，面对学业上的事就已经很痛苦了，赵希甚至还要自己操心生活费和住宿问题。

李牧语低头，缓和了一下有些哽咽的嗓子，还眨了眨眼，将模糊视线的泪水擦掉，这才抬头看向赵希："就住在这儿吧，反正我早晚都要接送你们的。你这个房间什么都有，卫生间就在隔壁。"

她看出赵希想拒绝，于是赶紧说："不收你钱你肯定不同意，所以咱们这么算，水电给你算一个月十块，因为你们上学基本上都不在家，也就晚上用一用，但很快就睡了。吃饭的话，你们俩中午都是在学校吃，也就早晚，早饭我们都是一起吃，基本上都是李牧赫做，也都是很简单的豆浆、烧卖什么的。晚餐的话我一般都是点外卖，你来的话，顶多是多点一份米饭。水电再加上吃饭和住宿，一个月算你五百怎么样？"

赵希看李牧语那坚定的眼神就知道自己没办法拒绝，于是犹豫道："不如一千五吧。"

"啧！我差你那点钱？而且你们基本上就是晚上回来睡一觉，你出去住多不划算，又是房租又是水电的，还有押金，到时候要是遇到难搞的房东，不退你押金才麻烦，而且安全还没保障！你跟我见外是不是？"李牧语直接坐了起来。

看出赵希还是有些犹豫，李牧语直接指着她的手机说："来吧，把你手机拿出来，转钱！这个月只剩几天了，就不给你算了，直接从下一个一号开始。你不是有三万吗，给我转三千，直接一次性交齐！"

"快快快！"李牧语趁赵希还没反应过来，赶紧催促道。

就在李牧语的催促下，赵希给她转了三千块钱，她也是趁热打铁，收了钱后马上说："走，趁着你家这会儿没人，去你家把东西搬过来！哎，你家这个时候应该没人吧？"

"……没人。"

"好！走！"

李牧赫正好在这个时候敲门进来，他看到他姐雄赳赳气昂昂的，欲言又止："……要不要吃水果？"他想说的是，赵希烧还没退呢，现在出去又得冻到了。

可哪想李牧语已经冲到衣帽间开始找衣服了："希希！过来看看你穿什么！"

床上的赵希看了一眼李牧赫，又看了一眼李牧语，有些无奈。

李牧赫终究还是没能阻止，因为赵希又测了一下体温，已经不烧了，而他姐给的解决办法就是多穿点，别被风吹到就行。

不仅如此，他姐还搬出好几个行李箱，生怕一会儿不够装，走的时候还把李牧赫叫上了。

三个人就这么去了，去的时候赵希想起来自己出门的时候没带钥匙，但是他们家门口的脚垫下面有把备用钥匙。

东西倒是没搬空，赵希只把常用的东西带走了。她的房间小，所以看上去东西很多，除了一些书和衣服，就是橙子的东西了，它的自动猫砂盆和喂食器都得带走，还有它的玩具和罐罐们，这些都是李牧赫搬下楼的。

走的时候赵希还给爸爸发了条短信，说自己搬到妈妈那儿去住了。

这个谎大概不会被戳破，因为她爸妈不怎么联系，不清楚对方的情况，只要她不说，他们就不会知道。

上车的时候，赵希还收到了爸爸发来的语音："知道了。"

果然。

她垂眸看着，眼里没什么情绪。

车子驶离这个小区，冬季特有的灰色天空为车子铺路，冷冽的风绕开车子，窗外的景色迅速划过。

赵希看着外面，指尖贴着冰冷的车窗，长呼出一口气。

后座的李牧赫透过后视镜看到她的表情，察觉到她的情绪有些低落，于是清了下嗓子，问道："中午吃什么？"

"点外卖吧，我想吃湘菜。"

"行。"

副驾驶的赵希也在这个时候下定了决心，她一定要考到省外，不仅如此，她还要考到好学校，找到好工作，永远留在外面，不再回来了。

她回过头问李牧语："今天下午的家教课还上吗？"

"上！你们俩等会儿吃完饭休息会儿，下午记得上课。"

"好。"

4

回到家后，李牧赫在楼上帮忙整理东西，李牧语则是带着赵希到楼下找奶奶："奶奶，这是赵希，你见过的，之后要住在咱们家一段时间！她还有一只小猫咪，叫橙子，超可爱！"

李牧语把赵希又给奶奶介绍了下，还介绍给了爸妈，说赵希是她的朋友。

第二天纪佳颖就知道了赵希住进李牧语家的事，她中午甚至都没去办公室跟她爸一起吃饭，而是把饭端到了教室。

"所以，你现在跟李牧赫……同吃同住？"纪佳颖往嘴里塞了块薯片，眼睛亮亮的，一副对这个话题很有兴趣的样子。

她说完后还瞟了眼坐在赵希身后的李牧赫，李牧赫也正在吃饭。

李牧赫和成树、陆永阳他们坐在一起，吃的时候还在讨论着什么，很是热烈。

班上就赵希没有吃饭，她趴在桌子上，打了个哈欠，一副兴致缺缺的样子，听见纪佳颖的提问后，她不咸不淡地"嗯"了一声。

赵希很少说自己的事，所以纪佳颖并不知道她之前就是跟李牧赫一起上下学的。早上那会儿大家都赶着进学校，谁会去关心那些车上下来的是谁，晚上大家都忙着找自家的车，赶着过马路，又有谁会去东张西望看一下都有谁上车了。

高三生很忙的。

纪佳颖并没有因为赵希的冷淡而失去兴趣，反倒在得到证实后还兴奋了起来。

她趴下来，悄悄对赵希说话，说的时候还不停地观察后面的李牧赫："根据我十几年看小说的经验，接下来应该是李牧赫反对你住进去，跟你针锋相对，然后你被欺负，紧接着高考后你们俩暗生情愫，最后不是你突然消失，就是他突然消失，然后你们再重逢，破镜重圆。"

赵希起身活动了一下身体，对纪佳颖说："你不去写小说真是网文界一大损失。"

纪佳颖眨眨眼睛，停下手中的动作，一脸认真地说道："我试了，坐在电脑前三个小时，就写了四十七个字。"

听到这话的赵希轻笑一声："行了，吃你的饭吧，我睡会儿。"说完，她又坐回去，披上了自己的小毯子。

"好吧，你睡吧。"

他们一周就放一天假，连法定节假日都要打个对折，对于这些高三生来说，没有什么比怎么放假更令人值得讨论的了。

眼前最近的一个节日就是元旦，在下周，学校虽然不会放三天假，但是加上原本的周日，放个两天应该是可以的，所以陆永阳和成树在讨论要去哪儿玩。他们一致的决定就是去桌游室放纵一下午，至于去哪个桌游室还有待商量。

李牧赫在旁边听着，在他们统计要去的人数时，淡淡地来了句："我就不去了。"

"为啥？"

"你元旦要干吗？"

"不是，咱们各掏各的钱，不用你请客！"

"干吗啊，好不容易放假，换换脑子，要不然学傻了！"

班上的其他男生纷纷问道。

李牧赫刚好吃完了，正收拾着桌面："有家教课，请不了假。"

"可悲的高三生……"

"替你心痛。"

"行吧，那你上课去吧，我们会给你发视频的。"

提着垃圾出来的李牧赫笑着看向那人："滚。"

趴在桌子上的赵希自然也听到了他们的对话，她回忆了一下，那天好像没安排家教课。但李牧赫那么说，应该是不想去桌游室，所以找借口推掉。

扔完垃圾回来的李牧赫看了一眼前面趴着的赵希，嘴角扬了一下。

下午六点二十的下课铃响起，班上全是舒展身体的怪叫，有商量着去食堂吃饭的，也有赶着到校门口取外卖的。

也不知道是谁在外面喊了一声,引得大家都向窗外看去。

"下雪了!"

"真的下雪了,好大!"

他们这儿每年都会下雪,但都是小雪,在地面薄薄地落一层,有时还不等人反应过来呢,就被清理掉了。

像今天这样下这么大的雪,真是很久都没见到了。

赵希也拉开窗帘向外看去,雪确实很大,让远处的景色都变得朦胧了起来。

白色的雪在空中互相碰撞着,有黏连在一起的,也有被撞碎的,冷风似乎也在这其中玩得不亦乐乎,和雪花一起飞舞,然后载着它们降落。

她的视线随着雪花落到窗台上,在上面停了许久。

"走吧。"收拾好东西的李牧赫提起书包,对前面的人说。

还在座位上的黄璃明看了两人一眼,视线在他们俩身上打转。

赵希放下窗帘,也跟着提起书包:"嗯。"

外面在车里等着的李牧语也兴奋极了,一边拍视频,一边往群里发语音:"下雪了!雪好大啊!今晚可以打雪仗了!"

书店里的时朝裕也看了一眼外面的雪,然后转头对店员说:"我们烧些热茶喝吧。"

久违的大雪让所有人都惊喜不已,也增加了不少工作量。

接到两人的李牧语还没褪去刚刚那股兴奋,对赵希说:"我都好几年没看到雪了,今年下这么大,晚上不出来堆个雪球都对不起这么大的雪!"

跟在后面的李牧赫直接吐槽:"每年都有下雪好吗?只是小,落到地上就化了。"

"那不就等于没下?"

李牧赫知道自己说不过姐姐,于是不再开口。

李牧语一边说一边启动车子,看了眼前方的路,这才想起来她刚准备要说的话:"老师今晚有事,所以今天的课改到周日。刚好,今晚咱们出去吃,爸妈也下班了,我让他们先过去了。"说完,她又看向赵希,"你还没见过我爸妈吧?刚好,今天可以见一下,不过你不用拘谨,今天见过后一直到年前你都见不到,他们要去海江市出差,年前才能回来。"她知道赵希在跟长辈相处时会感到不自在,于是提前宽慰赵希。

后面的李牧赫听到后直接问:"吃啥?"

"海底捞。"

"怎么又是海底捞?"

"你不愿吃就回家。"

李牧赫生起闷气。

"我把你放路口?"

"吃。"

赵希听他们俩这一来一往地斗嘴,嘴角也微微上扬。

李牧语昨天就将赵希要住在家里的事跟父母说了,多余的原因没说,只说赵希是自己的朋友,要在家住半年。

他们家大小事都是李牧语说了算,爸妈基本也都听李牧语的,听李牧语这么说,他们也没多问,倒是对李牧语交了个朋友感到新奇。她从小到大都没往家里带过朋友,网友倒是一堆,所以李爸李妈还挺好奇这个叫赵希的小朋友的。

到达海底捞的包间后,赵希就见到了李牧语和李牧赫的爸爸妈妈,跟姐弟俩比较外向的性格不同,他们倒是很内向,并且身上学术气息满满。

姐弟俩倒是跟父母很像,尤其是李牧赫,跟妈妈简直是一个模子里刻出来的。

李爸李妈都戴着眼镜,见到赵希时也都很和善。不知道为何,赵希身上的那种不自在感一下就消失了。

她不知道该说些什么,但是好像看两位长辈……似乎比她还社恐。

"坐吧坐吧,是叫赵希吧?赵希坐。"

"对对对,坐,你们看你们还要吃啥。"

赵希就被这姐弟俩一左一右地夹在中间,奶奶坐在旁边,乐呵呵地看着几个小孩儿。

李牧语带着人跟爸妈打过招呼后就拿起平板开始选菜,为了不让赵希落单,还特意把平板拿到她们俩中间,一起选。

而另一个落单的李牧赫就比较惨了,被家长问起了成绩。

"你们是不是马上月考了?"

"对,下周考完就放元旦假了。"

"放几天?"

"两天,周六周日,周一正常上课。"

"好好学,马上高考了。"

"知道。"

然后就没话了。

赵希不由自主地露出一个笑容,觉得他们俩的父母也很可爱。

跟赵希来之前预想的不同,整场下来,她没感觉到多少不适,大家都安静地吃自己的饭,偶尔交流一下哪个菜煮好了。桌子上说话最多的估计就是李牧语了,做事最多的就是李牧赫。

吃饭的时候,赵希还发现了包间角落的行李箱,估计吃完饭李爸李妈就得走了。

"外面这么大雪,你们等会儿还能走吗?"李牧语看了一眼天气预报,貌似雪还没停。

对面的李爸爸擦擦嘴,看了眼时间:"不碍事,我们坐高铁。"

"下雪天也就是会降点时速,还是能正常运行的。"李爸爸李振民说着起身穿外套,旁边的李妈妈还将围巾递了过来。

李牧语也跟着看了眼时间:"行,那奶奶跟我们回去,你们俩就直接打车去高铁站。"

"行,你们回吧,年前我跟你爸就回来了。"李妈妈江茹戴上帽子、手套,催促他们往外走。

他们一行人,李牧赫陪着爸妈提行李,到外面打车,李牧语则带着赵希和奶奶先到商场的地下车库去取车,开出来时刚好把李牧赫接上。

车门一开,冷风和雪花也跟着钻进来,坐在副驾驶的奶奶回头看了一眼:"外面冷吧?"

李牧赫拍了拍身上的雪,呼出一口气,回道:"还好,不是很冷。"

他们还都穿着校服,要不是校服里面带棉绒,他外面还穿着羽绒服,倒可能真的会冻到。

他浑身上下都包得很严实,除了耳朵,被冷风吹过的耳朵泛红,还生疼。李牧赫捂了一下耳朵,试图给它回回温。

旁边坐着的赵希见了,将兜里的暖宝宝递给他。

李牧赫还愣了一下,接过后说了声"谢谢",只不过那上扬的嘴角怎么也止不住。

车子开离商场,李牧赫就这么看着窗外,努力地不让自己高兴的表情表现得太明显,可映在车窗上的面孔怎么都骗不了人。

外面冰天雪地,他的世界却开了花。

只不过赵希也看着窗外,没有注意到。

第八章
/ 开场于暑秋，落幕在初夏

1

今天是赵希正式住进李牧语家的第一晚。

她正收拾着书包，把写完的卷子全都拿了出来，放进了文件夹里。收拾到一半，她看了一下房间稍显空旷的一角，稍稍比画了一下，犹豫着要不要买个书桌回来。

忽然，有人来敲门。

她的房间门没关，李牧赫就站在门口，手里拿着一张卷子，身上的校服已被换下，发梢微润，应该是刚洗完澡。

"你这个房间没有书桌，我姐刚刚下单，不知道什么时候才能送到，你要是写作业的话可以到我房间。"李牧赫说完后，回头看了一下，"门会开着的。"

他这没有附加说明的一句，赵希却听懂了，她侧了下头："好，等我把这儿收拾好就过去。"

赵希的语气很平淡，几乎没什么情绪起伏，这倒是出乎李牧赫的预料，他还以为赵希会拒绝的。

"好。"李牧赫说完，松开拳头，在裤子上蹭了蹭。

赵希不是没有去过李牧赫房间，他们上家教课时就在他房间，有老师，房间门也会一直开着，但就他跟赵希两个人，倒是第一次。

回到房间的李牧赫看了眼整洁的书桌，又看了眼平整的床铺，满意地点了点头。

过了一会儿，赵希就抱着卷子和书过来了。跟着一起过来的还有橙子，它进来后小心翼翼地到处闻了闻，还跳上床蹭了几下床铺，这才冲着那个陌生的高大物种叫了一声。

李牧赫看到橙子，直接抬手摸了下它的头。它的头很小，毛也非常柔软。橙子的性格就跟它的外表一样，一摸就开始瘫倒撒娇，展示自己稍微有点脂肪的肚子。

李牧赫将橙子抱起，脸上的悦色怎么都掩饰不住。他一边摸它的下巴，一边问赵希："你平常写作业时，它在旁边吗？"

"嗯。"赵希坐在那儿整理着卷子，视线都没移开过桌面。

橙子在李牧赫的怀里乱蹭，发出"咕噜咕噜"的叫声，一直用头顶那处软毛顶李牧赫的下巴。李牧赫算是体会到了什么叫养猫的快乐,太黏人了,太可爱了。

反观赵希,她已经开始写起了卷子,对这边发生的事一点也不关心。

书桌非常长,还配备了两把椅子,一边是李牧赫的电脑桌,是他平时打游戏用的,另一边则是写作业的区域。现在写作业的那片区域是赵希在用,李牧赫则是在电脑桌这一边。

可怎么办,有橙子在,他根本无心写作业,把它放下后它就会跑到脚边使劲蹭,还会"喵呜喵呜"地叫,声音细软,听得人忍不住挂上笑容。

李牧赫再一次破功,弯腰把橙子抱起来:"你想干什么啊?陪你玩吗?"

听到这个动静,赵希的笔尖一顿,看过去:"要不把橙子抱出去吧,太打扰了,你要是理它的话它就知道自己一叫你就会跟它玩了,它很聪明的。"

李牧赫看着在他腿上摊开肚子的橙子,又捏了捏它的两个爪垫,在听到赵希的话后,稍显犹豫。

这谁想放手啊?

"给我吧。"赵希起身,走到李牧赫跟前,弯腰抱起橙子。

她松散的碎发扫过李牧赫的鼻间,上面还有一阵阵香味,这个味道他非常熟悉,是他的洗发水的味道。

梨花与木质香结合在一起,沁人心脾的同时还能让人平静下来,若有似无的味道更是让人沉迷,总是引人想深吸一口,再仔细品鉴一下这个香气。

她昨天把东西都搬了过来,但洗澡的一些东西不方便拿,所以李牧语就去洗衣房给她找了一套出来。李牧语很喜欢这个品牌,所以这个系列的几个味道都囤了一些。

好巧不巧,赵希的这一套也是李牧赫现在正在用的。

赵希微弱的呼吸声在李牧赫耳旁响起,不知怎的,他忽然握紧拳头,身子都跟着稍显僵直。

"我把它抱回去。"赵希抱着橙子起身时,还看了一眼李牧赫。他垂着眸,动作稍显僵硬,像是屏住了呼吸。

她奇怪地看了眼,随后抱着橙子走了。

等赵希再次回来,李牧赫已经在桌前坐好了,认真地写着自己的卷子。赵希的视线在他身上停留了一下后又回到了卷子上,也继续写自己的作业。

本学期最后一次月考结束后,就迎来了元旦假期,二十六中的高三学生一号放一天,二号放一天,在这种紧张的时刻,也有相约着一起跨年的同学。

纪佳颖是个宅女,跨年夜那天不想出门;李敏则是要准备接下来的自主招生考试,没有时间;至于赵希,任何节日在她这里都只有今天和明天的区别。

考完试后,过道上有吐槽考题的,还有确认着放假去哪儿玩的。

赵希她们三个互看一眼,最后什么都没商量,互道了再见后就各回各家了。

李牧语因为跟朋友约定今天去雪场，所以没接送赵希和李牧赫。早上来的时候他们俩都是坐的公交车，下午自然也是如此。

只不过……

赵希站在教室门口，一边等李牧赫，一边低头看手机，指尖一直在屏幕上敲打着。

在里面摆桌子的李牧赫从窗口探头看了一眼外面站着的赵希，动作更迅速了。

外面的赵希翻着微博，看着自己之前发的各种条文。

"我好了，走吧！"李牧赫背着书包冲出来，他身上淡淡的香味夹着凛冽的风，冲着赵希扑来。

没做防备的赵希下意识扣住手机，然后眨了眨眼睛，驱散风带来的不适后才说："走吧。"

考完试才五点多，外面晴空万里，前两天的雨雪带走了不少雾霾和尘土，天空更是露出冬季少见的青色。

赵希和李牧赫两人跟着其他出校的学生一起走到校门口，后面的李牧赫看了一眼手表，叫住赵希："晚饭吃什么？"

闻言，赵希回过头，下意识地想回答"都行"，最后想了想，回道："看奶奶想吃什么吧。"

"问我奶的话，她的回答绝对是都行。"李牧赫看了眼外面的车流，提议，"去超市买点食材吧，然后回家做。"

"也行。"

听到赵希的这个回答，李牧赫的嘴角再次失去控制。

他觉得他们俩现在的相处模式很好，每天下午都会商量着做什么饭，一起去超市，一起选食材。

他们俩没坐公交车，而是打车到了生鲜超市。

李牧赫推着购物车，赵希则跟在一旁，目不斜视的，像是对那些货架上的东西都没兴趣。李牧赫就不一样了，才走进去，就往购物车里放了好几个东西，一边放还要一边给赵希讲这个东西有多好吃。

"这个，菠萝麻薯包，还有这个菠萝牛角包，我看你之前很喜欢吃这个菠萝包。"李牧赫说完又往购物车里放了两盒。

转到另一边，还没走几步，李牧赫就停了下来："车厘子蛋糕吃吗？还是你要吃草莓的？"

"我不喜欢吃蛋糕……奶奶吃的话，你给她买个小的吧。"赵希眉头微皱，看了一眼那个蛋糕，上面有一层厚厚的奶油，这个世界上她最讨厌的就是蛋糕上面的那层奶油了。

李牧赫本想放进去的，但他又看了下赵希的表情，稍显厌恶的样子，可对其他面包她又没表达出这样的情绪，所以他猜测赵希是觉得这个太贵。

"拿一个吧，拿个车厘子的。"李牧赫最后还是放了一盒蛋糕进购物车。

水果区被他扫荡了个遍，看到好吃的想买，看到新奇的也想买，一辆购物车根本就不够他塞的。

到了鲜肉区，他又拿了几盒牛肉。赵希不会做饭，也看不懂他买这些是打算回去做什么，所以也没阻止。

旁边的乳制品他也没放过，拿了好几盒奶，还拉住一旁的工作人员问："请问，有没有喷灌式奶油？"

赵希低头看了一眼购物车里的牛奶、芝士、酸奶，轻笑了声："你很喜欢奶制品吗？"

"嗯，你不喜欢吗？"李牧赫回过头看她，还顺手帮她整理了一下粘到嘴边的头发。

赵希一愣，连原本要回答的话都忘了。

见她眨了两下眼睛，李牧赫立马反应过来，赵希很讨厌未经她允许的触碰。

"抱歉。"李牧赫赶紧道歉。

赵希吸了一口气，将头发挽到耳后："没关系。"

等工作人员拿来李牧赫要的东西，他们俩又逛到一旁，选了些预制菜。李牧赫还到后面的熟食区买了点卤味，还买了盘蒜蓉小龙虾。

满满一购物车的东西，最后结算下来有一千多块钱。

赵希本来想付钱的，但被李牧赫拦了下来，原因他没说，赵希也没坚持。

两人提着大包小包回去的时候已经六点多了，奶奶看到两人回来，还笑道："这个点还没回来，我就知道你们俩逛超市去了。花了多少钱啊？奶奶报销。"

"没多少，奶，你去看电视吧，我来做饭。"李牧赫把东西放到厨房。

赵希也跟着把袋子放过去，哥布林在两人脚边转着，她弯腰把哥布林抱进怀中。

哥布林的毛养了小半年，总算是长出来了不少，前几天去宠物店修了个型，已经是一只漂亮的比熊了。

它被赵希抱在怀里，疯狂地舔她的脸，尾巴更是用力甩动，都甩出风了。

"哎哟，这么喜欢姐姐啊。"奶奶看着哥布林那样，再次逗笑起来。

在这个家里，哥布林最喜欢的是奶奶，然后就是赵希。奶奶要是在，它就会窝在奶奶身边，奶奶要是不在，它就跟在赵希身后。

赵希抱着哥布林来到客厅，跟奶奶一起坐在沙发上。

李牧赫则提着两人的书包上去了，赵希见了也要起身："奶奶，我去楼上换个衣服，等会儿来陪你看电视。"

"好好，去吧。"奶奶摸着哥布林的头，哥布林则是一直看着赵希，直到她上楼。

赵希赶上去，将书包抱回怀里："给我吧。"

"哦对了，我姐说买的桌子到了，已经安装好了，你去看看。"李牧赫进房间之前忽然想起这回事，跟赵希说了一声。

进房间后，赵希果然在床旁看到了那个书桌，书桌不宽，但上面有书架，能放不少东西。赵希的书已经全部在上面摆好了，估计是李牧语帮忙给收拾的。

床上的橙子见她进来后，伸了个懒腰，然后来到床边开始"喵喵"叫。

赵希这回没有去抱它，而是拿出手机对着桌子拍了张照，告诉李牧语自己已经看到桌子了，表示了感谢。

家里少了李牧语这个活跃气氛的，确实会显得冷清不少，赵希不爱说话，就这么静静地陪奶奶看电视，为了让橙子出来活动，哥布林被隔离到了李牧赫的卧室。

厨房里的大厨前前后后忙碌着，看他那架势，应该是想做出一桌子菜来。

今天是一年中的最后一天，过了今晚就到一月一日了，也是赵希的生日。

今天中午她妈妈还发来信息，问她明天要不要一起吃饭，她以作业多为由拒绝了。爸爸那边没什么消息，估计明天也就是发两百块钱红包。

小的时候，赵希一年还有一次生日照，但自小学毕业后，她就没怎么过生日了，因为一月一日那天都是一大家子一起吃饭，与其说是过生日，不如说是家庭聚餐。

等上了高中后，她就再也没过过生日了，她本身就对节日不感兴趣，没什么仪式感，生日就更是如此，躺一天就过去了。

今晚这顿饭，李牧赫做了六菜一汤，有肉有鱼，看奶奶那个反应，应该是平时过节也是这个水准。赵希没吃多少，她没什么胃口，奶奶和李牧赫倒是胃口大开。

结束后赵希帮着收拾了厨房，之后便回了房间。

不知为何，赵希今天格外丧气，觉得身子沉重。她抱着橙子躺在床上，连灯都没有开，就这么任由自己沉浸在黑暗中。

而另一边的李牧赫则是在收拾好厨房后便上楼换了外出的衣服，他出来时还看了一眼赵希的房门，她的房间门紧闭，也没什么声音。

他下到一楼后，给哥布林戴好背带，然后对奶奶说："奶，我出去转了啊。"

"好，去吧。"奶奶依旧沉迷在电视剧情当中。

每天晚上都要遛弯的哥布林已经熟悉了路程，一出门就要往左拐，李牧赫直接把它拉回来："先去取快递。"

哥布林倔了几下，见力气比不过，就直接跟着走了。

外面的天越来越暗，赵希的房间也跟着没了光，她躺在床上睡了一会儿，等再醒来，就是十一点半了。

也不知道谁大着胆子在外面放起了烟花，还有放鞭炮的，"噼里啪啦"各种声音夹在一起，吵得不行。

她打开一旁的台灯，拿起手机，眯着眼看了起来。

赵希没有开通朋友圈，连那个朋友圈的入口都关闭了，平时上网基本都在微博上。她刚一上去，就有消息提示她的特别关注发了微博。

李牧语发了一张远山雪景的照片，说自己跟朋友出来跨年。

下面都是催问实体书进度的，还有提前祝她新年快乐的。

赵希也留了一条，祝她新年快乐。

赵希经常跟李牧语在微博上互动，但没告诉过李牧语自己的微博账号。当然，李牧语就算点进来了也认不出来这个账号是赵希的，因为赵希发的微博都是仅粉丝可见，而她的账号没有粉丝。

翻完李牧语最近几天的微博后，赵希看了眼时间，还有一分钟就要十二点了，所以打算去洗漱准备睡觉。她拿了换洗的衣服走到门口，嘴上还打了个哈欠，结果一开门……

"生日快乐！"

门外的李牧赫举着蛋糕，胳膊下还夹着一个礼物盒，过道昏暗没有开灯，只有蛋糕上那幽幽的烛火在晃动。

李牧赫的眼底带着笑意，也带着烛火气，他看着微微愣神的赵希，再次重复道："生日快乐，赵希。"

明明是他在说话，可赵希还听见了另一种声音——

"扑通，扑通……"

像是赵希的，也像是李牧赫的。

烛光在两人之间闪动，连带着他们的瞳孔中都映着摇摆的火光，明明不是密闭的空间，却安静到连对方的呼吸声都能听到。

李牧赫的眼底更是比那烛火还要炽热，仿佛能把赵希点燃一般。

在这昏暗之中，涌动着不一样的气氛。

李牧赫举着蛋糕的手紧了紧，嗓子莫名发紧，心跳的速度也越来越快，就像是火车一样，推着他向前。李牧赫往前了一小步，再次举起蛋糕："生日快乐。"

这道声音响起，赵希的理智也跟着一起回来，视线都变得清晰了一些。

她的眉心微微动了动："你怎么知道今天是我的生日？"

或许是没想到她开口的第一句话是这个，李牧赫抬着蛋糕的手往下垂了点："之前填表的时候……"

按照赵希的性格，肯定又要说他侵犯她的隐私了，他有些沮丧："对不起。"

"谢谢。"赵希的声音也一道响起。

她抬起手，将蛋糕接下，视线也停在上面，再次重复了一遍："谢谢。"

赵希的身上永远带着刺，像这种说好话的时候实在是太少了，李牧赫听见后还愣了一下，但随即嘴角就挂上了弧度："我还准备了一份礼物。"他说着，就将礼物拿出来。

礼物外面包着带图案的纸张，还贴了一个蝴蝶结。这样的礼物，赵希只在影视剧中看到过，平常大家送礼物，都是直接将东西给对方。

当然，赵希也没怎么收到过礼物。

她的视线停在那礼物盒上，收下的意愿不强。

或许是看出这一点了，李牧赫还强调了一下："……专门给你选的。"

赵希压下眼底的温热，说道："谢谢。"她收下了这份礼物，也收下了蛋糕。

"能麻烦你切一下吗？"她又将蛋糕递了过去，直视着李牧赫。

赵希其实不太喜欢吃这些，她不喜欢甜食，但这是李牧赫买的。

"好。"李牧赫脸上的欢喜实在是太明显了，他接过蛋糕后，表情都不一样了，紧张感似乎也卸了一些。

蛋糕被李牧赫拿到楼下去切分，赵希也拿着衣物走到了卫生间。

但关上门后她并没有走进去，而是贴着墙长叹了一口气。

李牧赫在楼下等了一会儿才看到赵希下来。赵希刚洗完澡，头发半干，身上的衣服倒是厚实了一些。

她下来后，发现蛋糕上那根蜡烛还亮着，也不知道是李牧赫换了一根还是这根蜡烛真就这么耐烧。

"刚忘了，你还没许愿吹蜡烛呢。"李牧赫说完，把蛋糕又向着赵希要落座的方向推了下。

赵希顺势坐在那个位置，就在他对面。

"来吧，许愿，愿望要说出来，说出来才会有人帮你实现。"李牧赫脸上带着真挚，非常认真地忽悠对方。

赵希抬头看了他一眼，倒是第一次听到这种说法，但她也照做了。

她闭着眼，两只手合在一起，轻声说："我的第一个愿望是……"

对面的李牧赫眼神里带着期许，注意力非常集中。

"希望世界毁灭。"

李牧赫怀疑了一下自己的耳朵。

"第二个愿望是我讨厌的人都消失在我的世界。"

"第三个愿望是……橙子永远健康。"

赵希说完便睁开眼睛，吹灭了蜡烛，嘴里还调笑着："会有人替我实现愿望吗？"

原本想帮她实现些什么愿望的李牧赫安静了下来。

赵希拆下蜡烛，拿过蛋糕刀，分了一大块给李牧赫，还把自己那一份上的奶油和车厘子拨给了他："给。"

"谢谢。"李牧赫接过后，乖乖地说了句。

两个人就这么坐着安静地吃蛋糕，对面的李牧赫一边吃，一边瞟她："……我的生日在七月二十三。"

对面的赵希顿住:"那你比我小半岁。"

李牧赫顿住,他不是为了这个。

他还想说些什么,但对面的赵希却快速吃完蛋糕:"早点睡吧,我先回去休息了,弟弟。"

李牧赫看着她的背影,感觉自己搬起石头砸了自己的脚。

2

赵希今年的生日过得比以往要丰富得多。

纪佳颖也通过班上的信息表知道了赵希的生日,卡着点给她送了生日祝福,还发了八十八块钱的红包,只可惜她当时在跟李牧赫一起吃蛋糕,没注意。

李敏也给她发了生日祝福,准备的生日礼物是一本习题册。

李牧语是回来后才知道一月一日是赵希生日的,于是又带着两人去了趟海底捞,还叫工作人员唱了生日歌,只不过赵希在座位上尴尬得很。

她的圈子逐渐扩大,收到的生日祝福也不再是妈妈责备她不跟自己一起吃晚饭和爸爸敷衍的两百块钱了。

两天的假期很短,睡一觉就没了,等再回到学校,就该准备期末考了。

"月考成绩出来了啊,表格发群里了,自己看。"

罗慧玲在月考成绩出来后的第一时间就在班里通知了,原本趴在桌子上补觉的人都坐了起来,有上讲台拿手机的,也有跟着同桌一起看的。

赵希实在是太困了,换了个姿势继续睡。

前面的纪佳颖倒是咋呼了起来:"天啊,赵希,你总分六百四呢!"

听到这话,赵希才抬起头:"我看看。"

表格上各科成绩都很清楚,班级排名和年级排名也都一目了然。

赵希班级排第五,年级第十七名,英语满分,总分六百四十一分,比她第一次月考上涨了有一百多分。

当然,第一次月考时她没发挥好。

李敏也凑过来一起看,脸上还带着笑:"照这个势头下去,希希上个顶尖一点的985大学都没问题了。加油希希,冲刺全国前十!"

赵希脸上也难得露出了笑容,她的视线上移,看到李敏考了七百三十多分,排第一,后面紧跟的就是李牧赫,七百零七分,班级排第二,年级排第三。

李敏本就是名校抢着要的学生,她学习不靠老师,主要靠自己,为了方便上下学和照顾她,她妈妈才把她转到这儿的。

李牧赫则是成绩自小都不错,就中考的时候失误了,考试当天荨麻疹犯了,弄得他在考场上没法专心写题。

现在上了两个月的家教课,他们俩的成绩上涨了非常多,当然,钱也流出去不少。

按照赵希现在的成绩，能考个全国前十五的大学，但那是人家的最低录取分数。纪忠成要求学生不能拿着当前的分数找学校，也不能对着当前的分数自满，要为到时候的高考做最坏打算，所以他说将模拟考的分数减去五十分后才是他们稳扎稳打能够得上的分数。

这回月考成绩出来，班上的分级就很明显了，好的那是一直往上走，即使只涨了几分，那也是向上的趋势，至于那小部分被班主任骂的，别说停滞不前了，连不往下掉都难。

今天不止月考成绩出来了，纪佳颖的艺考成绩也出来了，她是十二月初去参加的考试，刚好今天出成绩。她查的时候没多紧张，反正她现在的文化课分数上个二本大学是没啥问题的。

帮忙查成绩的李敏和赵希就显得激动多了，看到"合格"那两个字，李敏差点叫出声。

"过了过了！好了，你可以肆无忌惮地玩了。"

"我一直在玩，好吗！"

纪佳颖家就是开艺考机构的，主要方向是表演、播音、编导这一类，她就在艺考机构长大，课程早就滚瓜烂熟了，也就考前冲刺了一下，提前两周去京陆市的其他机构上课感受了一下。

她坐在前面，淡定地拨了一下自己的头发："以后娱乐圈见。"

但她考的不是表演，是编导。

她们三个人的群叫"三个小幸运蛋"，这名字还是纪佳颖给取的，说是因为她们三个太倒霉，什么不幸的事都会发生在她们身上，所以就这么叫，时间长了幸运就会被吸过来了。

现在看来，好像是那么回事。

元旦假后没多久，高一高二就相继放寒假了，高三的就惨了，过年前两天才放，而且寒假只有十天。

今年过年早，元旦假结束后没多久学生就开始准备期末考了。

期末考的题较简单，估计是为了让学生们重拾信心，不少人考得都还不错，赵希的成绩更是往前进步了一大截。

要是继续保持下去，赵希觉得自己上个985大学也没问题。

赵希和李牧赫的十天假期已经全部安排好了，除了保证每天八个小时的睡眠，其余时间全在上课和写卷子。

就连大年三十那天也是，赵希上课上到下午四点才回家，跟家里人一起吃年夜饭，第二天又继续上课，晚上还得抽空跟妈妈一起吃个饭。

上了十天家教课，无缝衔接开学，继续上课，继续写卷子，好像没放假一样。

但开学后还是有不同，李敏去京陆市准备自主招生考试了，纪佳颖则是寒假十天里跟爸妈出去旅游了，开学第一天就跟个小鸟似的，趴在赵希桌前，一直叽叽喳喳地讲她在外面玩到的和吃到的。

赵希低着头写卷子，也没嫌她烦，就这么一直听着。

很快，冬天就过去了，百日誓师大会也来了。

"所有人，给高考后的自己写封信，八百字，一会儿交啊！"罗慧玲刚从办公室回来，站在讲台上转达着刚刚接到的通知。

"哎呀……烦死了。"

"怎么这也要写八百字，我写两句不行吗？"

"说是到时候校长要随机抽几个念。"

"还要写想要考上哪所大学，这我咋知道，不得看我成绩？"

班上怨声载道，他们离高考就剩下一百天了。

大家哄闹着，都在抱怨突如其来的任务，只有赵希依旧趴在桌子上，纪佳颖看了眼回完话就继续睡的人，又看了眼在台上催促的班长，咂了咂嘴："那我也不写好了。"

中午布置下去的任务，晚自习前就要收，可赵希淡定得就跟个没事人一样，即使班长在座位上数信的数量，她也能视若无睹地背着书包走出去。

周一那天的百日誓师大会除了高三的学生，还有不少家长到现场，高一高二的学生更是充当表演嘉宾，又是舞旗又是摆队形。

校长在讲台上带头喊口号，台下的声音震耳欲聋，少年意气也在这个时候发散，感觉所有人都受到了鼓舞，热血沸腾。

除了赵希。

当校长让所有人伸出手跟着一起挥舞拳头为自己加油打气时，赵希恨不得用脚趾挖个坑，把自己就此埋进去。

周围人都在高声跟念时，只有她默不作声。

旁边的李牧赫瞥了她一眼，发现她脸上除了疲惫还是疲惫。

誓师大会这两个多小时，让赵希煎熬得恨不得回去写一百张物理卷子，她感觉干什么都比待在这儿好受。

最后结束时，其他人都受到了激励，下了要努力拼搏的决心，只有赵希松了一口气，这活动终于结束了。

誓师大会结束时已经是中午了，家长来了的学生刚好就跟家长一起出去吃饭。李牧语今天来了，还带了摄像机，全程对着李牧赫和赵希拍，也是巧了，他们俩刚好站在一起。

除了李牧语，还有时朝裕，他算是赵希邀请来的。

大会结束时，李牧语还对时朝裕发出了邀请，但被拒绝了。

"下回吧，今天中午约了希希，请她帮个忙。"时朝裕很早之前就跟赵希约好了，只不过没想到跟誓师大会撞上了。

李牧语倒是没什么："好吧，你们去吧。哎，我听希希说你马上就要回美国了？"

"对，八月份。"

"行，走之前说一声，大家一起吃个饭，给你送行。"

"哈哈哈，好。"

李牧赫来时听到的就是这个，他对时朝裕点头问好，等时朝裕走后才问李牧语："他要回美国了？"

"嗯，说是八月份。"李牧语一边说，一边把相机收回包里，等合上包扣后才说，"走吧。"

下一秒，她就被李牧赫拽住："还有赵希呢。"

李牧语睨了他一眼，想说的似乎很多，最后还是忍住了，只说了句："她跟时朝裕约好了一起吃饭。"

李牧赫安静下来。

每当李牧赫觉得赵希似乎对他有那么一点感觉时，时朝裕都会冒出来打破他的猜想。

在他看来，像赵希这种性格的人，如果不是对对方有好感，她是不会答应对方任何邀约的。时朝裕也是如此，不然怎么可能抽时间给她补英语。

甚至有时在晚上李牧赫还能听见两人打电话，似乎还为了不让别人听懂，特意说的英语。

李牧赫的情绪一下子低落下来，眼尾耷拉着，连动作都变得缓慢不少。

他抬眼看去，刚好看到赵希出来，她迈着大步跑向时朝裕，被解下的头发随着她的步伐在肩后晃动着。

这个角度看不到她脸上的表情，但能感受到她脚步的轻快。

李牧赫沉默了很久，情绪被压在心头，苦涩且浓烈。

而那边两位主人公，嘴里说的则是——

"其实等你高考完再拍也是可以的，我八月底才走。"时朝裕替赵希担忧，现在正是关键的时候，她却在这个时候抽出时间帮他，让他有点过意不去。

赵希却摇头，说道："我高考结束后还有别的安排，没关系。"

时朝裕一开始的待遇跟李牧赫差不多，赵希明白李牧赫为什么总是找她说话，因为他一路顺风顺水，没被人刺过，所以想从她身上找到她针对他的原因，而时朝裕的接近就有些刻意了。

后面她直接问了时朝裕，就是当时在狗狗公园那次，李牧语姐弟俩还没来，她又恰好在狗狗公园看到了时朝裕，就直截了当地问了。

赵希这才知道时朝裕是学导演的，也知道他的刻意接近是想请她参演他的短片，还说了报酬，她答应了。

只不过钱拖到最后她还是没有要，只是请了时朝裕帮忙补习一下英语，一直到现在，她都还会找时朝裕练口语，锻炼一下语感。

赵希高考后想去旅游，或者是去打工，所以没时间帮时朝裕拍短片，只能压缩中午或者周日的时间。好在他要拍的镜头不多，要不然赵希也不会答应。

忙了一中午，等回到学校时，赵希脸上的困意已经掩不住了。她吸了吸鼻子，似乎还有点感冒。

她坐到座位上，揉了几下额角，然后又从桌兜中掏出风油精，往太阳穴上涂了点，提神。

现在班上到处都是风油精和咖啡的味道，大家似乎就靠这两个活着，当然，哈欠也是一个接着一个，有的同学实在是忍不住困意了，就会跟老师说一声，出去洗个脸。

就这样，天越来越热，从寒春到了初夏，今年热得早，树上的蝉也比往年出来得早，只要听见蝉叫声，就意味着六月来了，高考也要来了。

3

考前一周，学校给高三生放了假，让大家回去调整作息和心态，准备迎接高考。

互联网上都是各种为高考加油的视频，各种往年的高考新闻也都被翻了出来，一点一点地给这个夏季加柴，点燃这个夏天。

今年夏天确实很热，才六月初，气温就突破三十度，有的时候中午甚至能达到三十五度，不少家长在考场附近订好了酒店。

空调的"嗡嗡"声响着，赵希疲惫地瘫在酒店的床上，一想到明天要高考了，她就有一种说不出的焦虑，四肢都跟着发软。

许爱仁拿着旗袍比画："希希啊，妈妈明天穿这个咋样？"

"都行。"赵希没什么力气，扫了一眼后，随口答道。

她这有气无力的回答引起了许爱仁的注意，许爱仁转过来看向赵希，眼里带着关心："咋了，中暑了？"

"没有，就是想睡会儿。"

"行，那你睡吧，妈妈不吵你了……给你把窗帘拉上？"说着，许爱仁放下手中的旗袍，到窗边把窗帘拉上，还过来给赵希盖上了被子，"盖一点，要不然该吹感冒了。"

也是巧，李牧赫跟赵希同一个考场，不仅如此，连订的酒店都是同一家，而且房间相邻，中午来时他俩还碰见了，李牧赫是李牧语和爸妈陪着一起来的。

此时李牧赫也在被各种嘱咐着，尤其是李牧赫那个荨麻疹，生怕他考试的时候会犯，所以还准备了抗过敏药，打算明天考前吃半片，以作防备。

有的时候紧张很可能都是被周围人烘托出来的，所有人都在强调高考的重要性，说得就跟没考好的话这辈子直接完蛋了一样，各种忘拿准考证和答题卡填错的新闻被翻出来，让那些原本不紧张的人都开始紧张了。

第二天，六月八日。

四十六中考点门口全是人，赵希跟妈妈一起站在角落，因为紧张，她不停地检查着手中的东西，生怕哪个东西忘带了。

许爱仁也紧张，但她怕自己多说什么会影响赵希的情绪，于是安静地待在一旁，将女儿搂在怀里。

快要开考了，学校大门被推开，门口的老师通知可以进场了。

这时许爱仁才说："希希，记得检查答题卡啊，别着急。"

赵希回头看了一眼："知道了。"还对妈妈挥了挥手，"回酒店吧，别在这儿待着。"

"知道了，你进去我就走。"

赵希这才往里走。

教学楼前有考场位置图标，赵希正在白板上找自己考场的信息，突然闻到了一股熟悉的味道。

她扭头向后看去，是李牧赫。

"不好意思。"李牧赫以为是自己离得太近，让她不舒服了，于是往后退了点。

她垂下眼，轻声道："二楼左边第一个教室。"

他们俩在一个考场。

"那走吧。"李牧赫收回视线，看了一眼教学楼。

到考场门口后还要过一次安检，进去后赵希找到了自己的座位，在第一排，讲台下面，李牧赫则是这个考场的最后一个，在最角落的位置。

考场里几乎都是陌生的面孔，前面还站着两个老师，大家到位置上后都默不作声。空调开着，是二十六度，虽然感觉不到什么凉意，但以防有人感冒，就设定到了这个温度。

赵希坐在位置上，再次检查了一下自己的东西。

朝夕不倦，日月不疲了一年，就看这两天了。

开考后，考场里都是笔尖在纸面上摩擦的声音，唯一有存在感的就是时不时运作起来的空调，凉风被输送出来，缓解了夏日的燥热。

赵希坐在第一排，紧张的情绪在考试过半时才消散不少，她缓了好几口气才稳定下心绪。

她平时做题速度不算快，今天更是仔细再仔细，速度慢了不少，当她停笔时，前面的监考老师进行了倒计时通报。

"还剩十分钟。"

赵希放下笔，这才长呼一口气，擦了下鼻间冒出的细汗。

第一场考试结束后，她更是感觉身上的骨头被卸了似的，浑身绵软。出了考场，她先在过道的墙上靠了会儿。

最后一个出来的李牧赫收着自己的笔袋,看到赵希时还以为她在等自己,在压下心中的喜悦后上前,说道:"走吧!"

靠在墙上的赵希费力地抬起眼皮看了他一眼:"……你先走吧。"

这时李牧赫才发现赵希的不对,他也顾不得会被赵希说,上前扶住了她:"怎么了?不舒服吗?发烧了?"

他握住了赵希的胳膊,而她比他想象的还要瘦小,胳膊上的肉绵软,骨头细小,感觉他把手再张开点就能全部握住一样。

有了这个力,赵希也支撑不住了,半边身子顺着墙滑了下去。

李牧赫见状赶紧将人拉起,揽入怀中,到这时他还不忘赵希不喜欢别人触碰她这一点,于是马上说了声:"抱歉。"

赵希用力眨了两下眼睛,这才缓过神来:"谢谢。"但她没有推开李牧赫,而是说,"我好像有点低血糖。"说着还把另一只手搭到了李牧赫的小臂上。

她的指尖微凉,在触及李牧赫的那一瞬间,他的瞳孔跟着放大,呼吸都停了一瞬间,但理智很快就占了上风,他腾出手将赵希稳住:"我扶你下去。"

刚刚考试的时候,赵希的心跳就跟打鼓一样,扰得她连静下心思考都不行,后背还一阵热一阵冷。可越是这样,赵希做题的时候就越是仔细,弄到最后心率一直下不来,就跟做了一个多小时有氧运动一样,直接低血糖了。

李牧赫揽着赵希往楼下走,两人的动作引起周围不少人注意,连老师都被惊动了。但赵希不想麻烦人,只是挥了挥手说没事。

快到校门口的时候,赵希才松开了握住李牧赫小臂的手,再次道了一声谢:"我一会儿自己出去就行,谢谢。"

李牧赫松开她,往后退了点,她还是那么客气,一点也不像是和他朝夕相处了大半年的样子。他舔了下唇,心里有些道不清的情绪。

校门口围了不少人,当大门打开的那一瞬间,考生都往外走。赵希也没有例外,她拖着疲惫的身子向外走去,而李牧赫则停在原地,看着赵希的背影。

出了校门后就看不到赵希了,外面的人太多,连找自家的人都有些困难。

纪佳颖:考完了考完了,我解放了,哈哈哈!

李敏:恭喜!

纪佳颖:我要熬夜!我要通宵!我要看电视剧!我要旅游!我要去看演出!

赵希:考了两天,瘦了四斤。

赵希发完这条信息后,就放下手机,叹了口气,一到考场她就因为担心失误而紧张,然后心跳加速,出了考场后她也吃不好,不停回忆自己写过的题,害怕自己写错,焦虑情绪达到了顶峰。

刚刚路过药店,门口有个体重秤,她上去称了一下,比考前轻了两公斤。

许爱仁从药店出来,手里还拿着刚买的消食片:"给,吃点这个。"说完,她便从赵希手里接过遮阳伞。

这时赵希才反应过来,她刚刚称体重时还拿着伞。

"下午想吃什么?"许爱仁见她把消食片吃下去了,于是问了句。

赵希摇头:"吃不下,不想吃。"

"你不吃饭我还要吃呢,你少吃点嘛,就当陪我吃了。"许爱仁把女儿揽进怀里,还把伞往她那个方向偏了点,"咋感觉你又瘦了呢?"

赵希兴致不高,她刚考完,累得不行,只想回去睡一觉,所以回答都特别简短:"没有吧。"

"晚上住我那儿吗?"

"不了,你晚上太吵了,又是看电视剧又是听书,我没法睡。"

"喊……"

李牧语和李牧赫站在一起,看着马路对面的两人。李牧语忽然来了句:"希希妈妈好高好漂亮哦!"

旁边的李牧赫也来了句:"赵希也很漂亮啊。"

李牧语看向他,这才想起这儿还有一个对赵希虎视眈眈的人。

李牧赫对赵希的关注很明显,李牧语又不瞎,早就看出来了,尤其是今年年初赵希生日过后,李牧赫对赵希的关注度明显上升。她问了李牧赫才知道,他还给赵希过了个生日。

那天晚上从海底捞回来后,李牧语就把李牧赫叫到了房间谈话。

李牧语一直昼夜颠倒,晚上十一点多她的房间里还放着音乐,几盏台灯在各处坚守着,代替着太阳认真工作。

李牧赫敲门进去的时候,李牧语正躺在床上一边吃薯片一边刷手机。

"进来吧,你先去把音乐关了。"李牧语用脚指了下书桌上的音响,这才坐起来擦了擦手。

关完音响的李牧赫从旁边拉来一把椅子,他屁股都还没坐稳呢,李牧语的话就袭来了。

她扫了一眼李牧赫,认真地端详了一下:"你知道你现在是个什么情况吧?是高三。"

"你看看你,再看看人家赵希。"李牧语忍不住拿两个人对比起来。

赵希要比李牧赫成熟太多,也可能跟她从小的生活环境有关,造成了她喜欢忧思的性格,在李牧赫忙着学习和玩乐的时候,赵希已经把未来的一切都规划好了。

"她现在的目标是考到省外,然后是留在省外,她清楚自己的目标,知道自己想要什么。你再看看你,脑子里不是今晚吃什么,就是明早吃什么。"

在她看来,李牧赫完全就是个弟弟,思想还不够成熟,赵希愿意跟他玩,他应该感激涕零。

在李牧语说教的这段时间，李牧赫一直低着头，发丝遮挡住他的眉眼，让李牧语无法看清他眼中的情绪。

就在她还想张口说些什么时，李牧赫忽然抬头，也跟着长叹一口气："……姐，我知道我现在的首要目标是什么，所以这不是没有去打扰她吗？"

"还有，我并没有一直玩，我有计划，也有存款。"李牧赫为自己解释。

李牧语翻了个白眼："喊，你那仨瓜俩枣算什么存款，有五千吗？真是……"

"有三十七万。"

李牧语一下就傻在那儿了，还有些怀疑自己的耳朵："多少？"

"三十七万多。"李牧赫的表情淡然，像是本该如此。

这回轮到李牧语坐不住了，她直起身子，表情都变得夸张起来："你哪儿来的那么多钱？"

她发誓，她虽然平时给李牧赫跑腿费，但那就是他的生活费，没有给过其他钱，她也是看着金额给的，一个月给够三千，刚好够他花，他根本不可能攒得下钱，更何况是这么多。

"炒股。"李牧赫呼口气，换了姿势，开始解释，"我用的是奶奶的账户，本金就是你平时给我的跑腿费攒下来的。"

炒股知识大多是他自己看书学来的，但很大一部分其实跟他姐有关，因为李牧语也炒股。

李牧语无言，觉得自己受到了很大的伤害。

"等等……"李牧语按了下太阳穴，脑子也跟着停摆了一下。

她再次看向李牧赫："赚了多少？"

"三十七万多。"李牧赫再次给出肯定的答案。

李牧语再次无言，脑子也断了连接。

在她面前坐着的弟弟第一次抹开带着水雾的玻璃，展露出了他最真实的模样。不知何时，李牧赫稚嫩的面孔已经变得棱角分明，与她极为相似的眉眼带着锐利，收不住锋芒，鼻梁高挺，带了几分淡漠与清冷。

他不再是李牧语印象中的小孩子了。

李牧赫的表情里带着真挚，向李牧语剖析着自己。

"我的目标也很清晰，我对其他的兴趣不高，在接触这块儿后产生了很大的兴趣，所以未来的目标就是朝着这个方向前进。"

"本科的话我想选理工科，考研选金融，之后想去中后台工作，做证券分析。"

李牧赫能说出这些，肯定是下了功夫去查的。

李牧语文科出身，不太懂这些，但也知道金融专业需要有点家底学的，原本因为三十七万而受到冲击的李牧语在此时冷静了下来，眉心蹙了蹙，向李牧赫确认道："你知道金融专业跟你在校成绩好不好是没有关系的吗？这个说白了，最初就是拼家底的。咱们家什么情况啊,你敢选金融专业?"

李牧赫靠在椅背上,旁边的台灯光线将他半边脸照亮,精致的五官下有着令李牧语陌生的沉稳。

李牧语说的这些,他自然也考虑过了。

"因为害怕失败就选择平庸,不是我的性格,但我也有退路不是?"他慢条斯理地向李牧语看来,眼里隐约含着一丝笑意,"我要是赚不到钱,不是还有姐姐吗?"

李牧语听到这话,身子跟着一松,无奈地笑道:"原来你的底气就是这个。"

她向后靠去,重新抱回枕头,仔细地看了几眼对面的人:"你自己心里有数就好。"意思就是她不再劝阻了。

李牧赫自己心里有主意,且规划得很好,她不应该干涉过多,所以……

"既然你自己都安排好了,并且还有那么多存款,那姐姐之后就不给你零花钱了,你自己看着花吧。"李牧语将抱枕拿开,重新拿起手机躺下,还做出了赶人的手势。

她这个决定绝对不是在报复李牧赫。

真的。

李牧赫腹诽:我就知道。

见李牧赫起身离开,李牧语还提醒了一句:"记住啊,一切等高考完再说。"

"知道了。"

4

门"啪嗒"一声关上了,再打开就是高考结束后的那个下午。

太阳都有要落山的意思了,温度却没降多少,下午下了一阵雨,天晴后没几分钟地就被烤干了,又湿又闷的环境让人仿佛置身桑拿房。

树上的蝉鸣刺耳,偶尔在耳旁划过的"嗡嗡"声彰显了蚊子的嚣张,独属于夏季的黏腻感只有洗完澡后开启的空调和刚从冰箱里拿出来的西瓜能够冲掉。

李牧赫刚冲完凉,拿着毛巾正在房间里擦头发,他脱下来的衣服正在洗衣机里转动着,现在身上就穿了件及膝的短裤。

空调对准天花板吹着冷风,冷气随之扩散到全屋,李牧赫没急着吹头发,而是就这么躺到了床上,给身体降降温。

而另一个房间里是刚刚从外面回来的赵希,她因为不舒服,陪妈妈吃了个饭后就回来了。感冒的症状排山倒海般袭来,脑袋重得就像是泡进海里似的,怎么都抬不起来。

她吸了好几下鼻子,通气后才有力气翻了个身,找出手机给李牧语发消息。

赵希:*姐姐,家里有没有感冒药?我好像有点感冒。*

李牧语送爸爸妈妈去高铁站了,因为李牧赫高考的事,爸妈特地从戈壁滩请假回来，现在又得马上赶过去，所以她把李牧赫送到家后就去送爸妈了。

估计李牧语这个时候还在路上，没空看手机，赵希等了半天都没等来她的回信。

头实在是疼得快要炸裂的赵希忍不住抬手揉了揉，又找出李牧赫的微信，给他发了条语音："李牧赫，你那儿有感冒药没？"

感冒的症状越来越明显，连带着她的声音都变了样。

正看手机的李牧赫在看到上方弹出来的窗口时还愣了一下，因为他们俩几乎没有用微信聊过什么，更别提赵希主动给他发消息了。

听完语音，李牧赫也给她回了条："你感冒了？"

躺在床上的赵希听完后，翻了个白眼，她已经不怼人很久了，但李牧赫总是能轻易地挑起她的怒火。

她按住语音条："……橙子感冒了。"

那边在翻找衣服和药箱的李牧赫忽然站定，将手机靠近耳边，听完后赶紧回了一条："啊？没有吧？下午看它还挺活泼的。倒是你，声音怪怪的。"

听完语音的赵希闭上眼，真快被气死了。

她叹了口气，拖着沉重的身体从床上起来，然后开门走到李牧赫房间门口。她忘了敲门，就这么直接拧开了门。

在门打开的一瞬间，刚找到药箱的李牧赫就僵住了身子。

因为他上衣还没来得及穿。

赵希明显也愣了一下，但那也只是一眨眼的瞬间，都不等李牧赫回过神，她直接开口问："有感冒药吗？没有的话我买一点，刚好给家里囤上。"

"……有。"

她伸出手："给我。"

李牧赫的思绪回归后，下意识地吸了一口气，给腹肌加深了纹路，然后将药箱放下，在里面翻找感冒药。

"给。"李牧赫走过去，将找出的感冒冲剂递给赵希。

赵希拿到后，说了声"谢谢"，然后头也没回地走了。

李牧赫有些疑惑，她这个反应到底是因为感冒了不舒服，还是因为他的身材不够吸引人，为什么没反应呢？

他这么想着，还去了趟卫生间照了下镜子。

"……她为什么没反应啊？"

他百思不得其解。

吃了感冒药的赵希一直窝在被窝里睡觉，连空调都没有开。橙子躺在枕边，不困，却乖乖地在这里安静地陪着她。

楼下已经做好饭的李牧赫关掉油烟机，将奶奶的那份端进卧室，又给赵希盛了份，端上了楼。

家里没有新鲜菜了，他也不太想出门去超市，再加上天气热，他就煮了点凉面当晚饭。李牧语还没回来，说是去找朋友玩，晚饭不在家吃了。她还特地打电话回来关心赵希的情况，但赵希没接电话，她就打到了李牧赫这里。

他去看了，赵希一直在睡觉，也不知道这个时候醒了没。

"咚咚——"他站在门口敲了下门，里面却没有回响。

他又敲了两下，还叫了一下赵希的名字，里面依旧没有声音。

李牧赫端着碗，犹豫了下："……我进来了啊。"这才拧动门把手。

房间里依旧漆黑一片，但床上的人似乎有了动静。

因为一直密闭着，空气不流通，也没开空调，房间里的热气扑面而来。李牧赫进去后没有打开门旁的卧室灯，而是将碗放到书桌上后，打开了台灯。

他弯着腰，在灯亮的那一瞬间，跟躺在床上的赵希对视上。她眼里还带着未睡醒的迷茫，眼睛微眯，找不到焦点。

"喵——"橙子最先起身，它来到床边，在李牧赫的脚边蹭了蹭。或许是他身上微凉的触感让橙子感到舒适，蹭了几下后直接赖上他，躺下摊开肚子给他摸。

李牧赫揉了揉橙子的肚子，又看了眼赵希，轻声说道："起来吃点东西吧，要不然又要低血糖。"

床上的赵希仍旧看着他，脸颊红扑扑的。

李牧赫见状后伸出手，想摸一下她的额头，看她这样子应该是有点发烧。

在触到她额头的那一瞬间，明显滚烫的触感让李牧赫断定了自己的想法。他刚想撤离手，床上的赵希就眯起眼睛，转了个头，把脸颊贴上了他微凉的手背。

这个动作和表情，跟撒娇时的橙子一模一样。

就在这时，橙子也站起身，走了两步后又瘫倒在李牧赫胳膊前，贴着赵希，对他亮出了肚子。

喜欢的人和可爱的猫，这两个放在一起，李牧赫压根就没有抵抗力，连收回手这件事都忘了，视线一直停留在赵希的脸上。

就在他的思考能力重新回归时，一股滚烫的触感固定住了他的手腕。

赵希因为发烧，连手心都是烫的，她握住李牧赫的手腕，让他没法收回去，然后又转了一下头，将他微凉的手贴上了她的脖子。

嗯……

两个人不约而同地在心底发出这声感叹。

李牧赫觉得赵希可能是烧糊涂了。

当然也有可能发烧的是他，这一切都是他的梦，是他的肖想。

李牧赫的身子紧绷起来，呼吸也跟着乱了，身子就这么弯着，僵在那里。她炙热的呼吸喷洒在他的手心，就像是羽毛扫过一样，引起全身的战栗，酥麻感蔓延全身。

她的指尖又动了一下，往上挪了点，握住了他的手心。似乎是不满冰凉触感的面积太小，她还用指尖抵住他的手指，将它撑开，这下连他的指背都贴到了她的脖子上。

要疯了。

欲望下的条件反射就是贪婪。

在接触的那一瞬间，他浑身的血液在沸腾，所有的注意力都集中在被她抵开的指尖，脑袋开始发昏，各种念头在脑海里肆意生长，如迅速成长起来的大树一般，控制了他的身体。

想要继续触碰的念头在这一刻达到顶峰，但李牧赫忍住了。

一滴汗顺着眉梢滑下，砸到床上，李牧赫也在此时收回了手。他深吸一口气，隔着被子晃了晃她："赵希。"

"赵希……"他又叫了一声。

被窝里的人闻声睁开眼，眼中的焦点也在慢慢聚集。

看到她醒过来，李牧赫又直起身子，再次拉开跟她的距离："你先别睡，我去给你拿体温计。"

他快速转身，就像是做了什么亏心事一样，步履还稍显不稳。他走得很快，出去的时候没有关门，走廊昏暗的光钻进来，想要窥探些什么。

赵希在李牧赫出去后也清醒了一点，但脑子依旧有些混沌，她的记忆里有一些画面，但是她不确定那是她的梦，还是刚刚真实发生过的。

她的眼眸接连闪烁了几下，然后撑着坐了起来，这时肌肉的酸痛感才传来，身体的不适感让她拧起了眉。

李牧赫提着药箱从外面进来，进门时又将房间的灯按开了。赵希眯了下眼，用手遮挡灯光。李牧赫大步过来后，也伸出了手，帮她将这刺眼的灯光挡了去。

赵希适应了些后才重新睁开眼睛，睁开眼的那一瞬间，看到的就是弯着腰帮她挡光的李牧赫。

"给，量一下体温。"李牧赫将体温计递给她。

赵希现在还有点浑浑噩噩的，就像只提线木偶一样，李牧赫说什么，她便做什么。在她夹好体温计后，李牧赫还看了眼手表："等七八分钟，如果超过三十八度的话我们就去医院。"

她没张口，却点了点头，算是将李牧赫的话听进去了。

李牧赫没坐下，甚至离床还有一点距离，他站在那儿，看了眼桌上的凉面，转头问道："要不要吃点东西？"

赵希这回倒是改成摇头了，她不舒服，吃不下。

等待期间，李牧赫一直在看手表，见已经过了七分钟了，他才出声让赵希把体温计拿出来。

赵希将体温计拿到眼下转了转，上面温热的触感提醒着她体温一定不会低。她看着上面的横条数了数："……三十九度七。"说完，她抬头去看李牧赫。

或许是发烧的缘故，赵希的脸像是打了腮红一样，连眼尾都被扫了点红，稍显湿润的眼睛透着迷茫与疲惫，让李牧赫毫无抵抗力。

"我们去医院吧。"他的眉头皱着，表情看上去不太好。

以前，赵希一定是待在床上硬抗，可今天不知道怎么了，一点痛都能让她感到烦躁。

"走吧。"赵希掀开被子，撑着坐到了床边。

李牧赫刚想后退给赵希把位置让出来，就见她向他伸出了手："可以扶我一下吗？"

"……可以。"

打针确实有效，赵希第二天就没有再烧了，就是坐了一晚上，腰有点不太舒服。回来后天都亮了，赵希直接一觉睡到了下午。

李牧赫更是忙前忙后照顾了好久，她在那儿打吊瓶，李牧赫就在一旁陪着，赵希劝了几次他也没有走。

两个人就清醒地坐了一夜。

考完试后没几天就是二十六中的毕业典礼，没了高考这个枷锁，大家的精气神都不一样了。

就是八点到校的时候还有点不适应。

"毕业了就开始换操场草坪了。"

"气死我了，广播和音响他们也换！"

"无语了，说暑假要重新粉刷各个教室，还要换黑板。"

"我不能接受，他们说学校食堂换公司了，还说比以前的好吃一百倍，啊——"

早上走进学校时的那种自得在知道这些消息后消失得干干净净，甚至还生出了一股怨气。

教室里到处都是闲聊的声音，平时玩得好的同学都聚在一起，各自说着不同的话题，还有几个在黑板上留下自己签名的人，写完后还要呼唤其他人上去留点痕迹。

走廊上有人来回奔跑，不久，听见隔壁班爆发出一阵惊呼，然后就看三班的人冲回来，扒着门分享消息——

"快来！隔壁有人在表白！"

"哦哦哦，谁啊？等等我！"

"我就说他们班怎么那么吵！"

热闹极了。

李牧赫没在教室，他进班没多久就被其他班的男生叫走了。

赵希还是一如既往地趴在桌子上，纪佳颖看了后睨了她一眼，把棒棒糖拿开后才说："你等会儿走的时候不会把桌子背上吧？"

趴在桌子上的赵希在听到这句话后没忍住,笑了下。她坐直,扫了眼班上:"老师怎么还不来?"

纪佳颖也跟着一起看向门口:"谁知道呢。"

下一秒,刚刚冲出去看八卦的几个男生勾肩搭背地回来了,进门后还放大嗓门,分享他们的见闻,只不过不是隔壁班的,而是有关李牧赫的。

"李牧赫都快被其他班女生给淹了,咱们班怎么一点动静都没有?"

"啥意思?"

"嘻!也不知道是谁起的头,要李牧赫的微信,然后就乱了起来,全在那儿要李牧赫的微信。陆永阳他们几个还煽风点火,让她们往李牧赫校服上签名。"

"在哪儿呢?"

"就楼下操场。"

班上的人听见了,就想下去看热闹,还有人趴在外面走廊的栏杆上往下看。

李牧赫确实被一群人围着,四周全是女生,身上的校服已经被扯走了,在楼上听不太清他们在说什么,但一阵阵的欢呼绝对不仅仅是要个微信这么简单。

过了一会儿,三班又回来了一个男生,激动地跟大家分享刚刚在楼下听到的:"有人跟李牧赫表白!"

这下班上直接空了,有下楼的,也有趴在走廊上往下看的。

纪佳颖原本不感兴趣的,但听到这话她可就不困了啊,她扯起赵希:"走走走!我们去看看!"

"哎,你去吧——"赵希拒绝的话都来不及说完,直接被纪佳颖拽了起来,她力气大到让赵希怀疑了一下自己。

纪佳颖推着赵希来到窗边,学着其他人的样子趴在窗台上往下看。

操场边有一堆人,被围起来的那个也很明显,是李牧赫,他身上没了校服,只剩下一件纯白色的短袖,站在那儿稍显尴尬,不停地用手捂着嘴,遮挡着表情。不仅是他的脸,连带着身上都透着粉意。

李牧赫想走有些困难,因为陆永阳那一群男生把他的路堵着,不让走,这更是给了那些女生机会,一个个带着开玩笑的意思在那儿喊:

"李牧赫,你当我男朋友吧!"

"这声老公我先叫了啊!"

"咱俩不熟,但是咱们可以先婚后爱啊!"

"哈哈哈,你这句绝了!"

"让我看看有多少人趁机表白!"

"别喊了,没看见我老公害羞了吗?"

赵希在楼上看着这个场面,也不由自主地笑了起来。她旁边的女生有商有量的,说不能输,也打算喊几句逗逗李牧赫。

下一秒就听见旁边有人倒数:"三二一!

"李牧赫——我喜欢你!"

几个女生一起喊出声,但喊完后立马蹲下来,躲在墙后嘻嘻哈哈。

楼下的人闻声看去,李牧赫也抬头,随着声音的方向找寻了一下,然后就看到了站在栏杆边的赵希。

楼下的陆永阳还问:"谁喊的?"

站在赵希旁边的纪佳颖立马凑热闹:"是赵希!"

赵希一愣。

那群闹事的女生也立马站起来回应楼下:"是赵希喊的!"

班上其他人立马起哄,明明知道不是赵希,也要把这个热闹凑了。

李牧赫抬头看着赵希,脸上带着笑意,看她这淡然的表情就知道不是她喊的。

但那又怎样,李牧赫就这么认下了。

或许是肾上腺素飙升的缘故,也或许是他心底早有预谋,他当着所有人的面,带着玩笑喊了一句:"那——你当我女朋友吧——"

他眼角含笑,视线中只有赵希。

"啊啊啊!"

"这成真的了!"

"哦哦哦,李牧赫!"

"看不出来啊!"

"好刺激好刺激!"

走廊上的热闹程度也不遑多让,所有人都看向了赵希。

"他们俩啥时候的事?"

"啊?这不是开玩笑的吗?"

"当然是开玩笑的啊,刚刚是那几个喊的!"

"赵希快答应下来,我们不能便宜其他班的!"

"我就说李牧赫绝对喜欢赵希,他天天眼睛跟黏她身上一样!"

夏季燥热的风混杂着清晨的微凉,将赵希的发丝带起,扰乱她的视线,也扰乱了她的心。

她的嘴微张了下,最后什么也没说,但她也没离开,就这么看着李牧赫。

李牧赫带着期许的眼神渐渐暗了下去,他扯起嘴角,看着楼上,也没多说什么,最后挥开周围打趣的人,笑骂道:"开玩笑呢!"

肆意张扬的青春比天上的太阳还要耀眼,滚烫的岁月也在此落下帷幕。

晨曦爬过脸颊,晃着眼,远处的鸟鸣和蝉声为这嬉笑声伴奏。

蓝天、白云,红绿相间的塑胶操场,伫立在一起的教学楼,贴着"禁止奔跑"字样的走廊,照映在课桌上的暖阳,堆叠在教室后面的卷子,写在黑板上的名字,以及最后一次响起的下课铃声——

窗户开着,蓝色的窗帘被风吹起,扫在课桌上,又缓缓地蹭回去,夕阳在这一呼一吸间偷偷溜进来,看着这空无一人的教室,肆意享受着。

开场于暑秋,落幕在初夏。

我们如被风吹散的蒲公英,各自奔向远方。

第九章
/ 他们的关系

1

电动车驶过学校的马路,正赶上下课高峰期,来往都得按几声喇叭,来提醒那些刚从宿舍楼出来准备去上课的学生。几个女生背着包走在一起,笑闹着,避让着,电动车稳稳停到宿舍楼下,钥匙一拧,就这么结束了今天的工作。

赵希从电动车的挂钩上取下刚从食堂买回来的饭,走向宿舍楼,回民食堂的牛肉饼还冒着热气儿,袋子跟一旁的豆浆贴在一起晃动着,连它的杯盖上都蹭上了油酥,香酥味儿抓住风的把手,跟着一起飘散起来,钻进周围人的鼻子里。

她大步走进宿舍楼,上了电梯,回了宿舍。

"给,你的牛肉饼和豆浆。"赵希进门后直接抬起胳膊,将东西递给了靠门口的人。

那人从电脑前抬起头,露出一个疲惫的笑容:"谢谢宝贝。"

她身后那个床位上还躺着一个人,见她这个时候才吃饭,坐起来后,夸张地问了句:"不是吧,黄璃明,你现在才吃午饭?"

黄璃明抬了下镜框,回过头,再次露出一个命不久矣的笑容:"这是今天第一顿。"

"你还活不活了……"

赵希回到自己的桌子前,她的床位就在黄璃明旁边,卸下书包后,她又赶紧脱去厚重的外套。薄汗没了厚衣服的庇护,猛地降下温来,激得她打了个哆嗦。

她换上薄马甲后也没上床,就这么坐在书桌前,打开了书包。

床上那个人见了大呼救命:"不是,你们俩这也太卷了吧!让我还怎么继续心安理得地玩消消乐!"

黄璃明回道:"那你就赶紧下来复习,下周就开始期末考了,我都替你慌。"

"……别提别提,让我再玩一天。"她赶紧又戴上耳机躺下。

写小论文写到头疼的黄璃明现在正一边啃牛肉饼,一边读着自己刚刚写上去的"狗屁":"……挂吧,大不了明年再来一遍。"她吐槽完自己,又看向赵希,"赵希,你回去的票买了没?"

"还没。"

"你咋还没买?再不买就买不到了。"

"没事,我到时候坐朋友的车回去。"

听到这话的黄璃明手一顿,回头看了眼床上那个,然后又看看赵希,小声问了句:"……李牧赫?"

赵希扭头看过来,眼神微闪,顿了下:"嗯?不是。"

"哦……"收回视线的黄璃明则是捧着牛肉饼,拿出手机翻找了一下今天在江交大校园墙上看到的:墙墙,海底捞一下,如果有女朋友就算了。

配图是一个男生站在他们学校的大槐树下,拿着手机也不知道在跟谁打电话,就这样也挡不住来往的人回头看他。他歪斜着身子靠在树上,姿势慵懒且随意,唯一的缺点就是看不见脸,但即便如此,传递出来的氛围就是他貌似长得很帅。

不少人来投稿回答那个女生,说那人是李牧赫,数学专业的。

这还是个连续剧,后面还有人投稿吐槽,问怎么又是李牧赫,让大家换个人捞行不行。这种说话口吻的,一看就是跟李牧赫很熟的人,所以还带着开玩笑的意思。

但李牧赫确实经常上校园墙,隔三岔五被其他院的女生"海底捞"一下,还有直接到校园墙上问谁能把李牧赫的微信发出来的。

其实有关李牧赫的投稿,最初是黄璃明第一个回复的。

报到当天,她收拾完宿舍后跟舍友去吃饭,吃完饭逛了一下社团纳新,然后就在那里加上了校园墙,而她刷出来的第一个内容就是关于李牧赫的。

照片中的他拉着行李箱,脖子上挂了副头戴式耳机,穿着蓝白粗条纹的Polo衫,和白色的工装裤,跟其他一众穿着棉短袖的男生一下子就拉开了距离。他不仅穿得好看,长得也好看。他虽低着头,但那高挺的鼻梁却是无法遮挡的。

以往九月开学,校园墙上全是出旧物或者让学弟学妹中午吃饭的时候跑慢点,但这天却全是这个穿蓝白条纹衫的男生,中间偶尔加了一条社团纳新,都显得它清新脱俗。

大家都在问这是谁,却没一个人答得上来。

黄璃明回答了。

[投稿回复]貌似是我高中同学,叫李牧赫,应该是数学与应用数学专业的。

刚刚见到赵希后,她忽然回忆起了毕业典礼那天在学校操场上的热闹场景,也连带着回忆起了自己高中时期对李牧赫的心情。

那天她也趁乱对李牧赫喊了声"我喜欢你",李牧赫回班后,她还开玩笑地打趣了几次,重复了好几遍。

当然,那天令她印象最深刻的就是李牧赫那句藏在玩笑中的真心,只不过不是对她说的,而是对赵希。

黄璃明想到这儿,忽然长叹一声,毕业典礼那天晚上,她哭了好久呢。

这条校园墙投稿也让黄璃明想起了当初在高中时李牧赫的受欢迎程度，那时大家都还是高中生，平时都会有所收敛，但现在不一样，大学生们可没这个顾忌，所以李牧赫一个月总要上那么一两次校园墙。

她把这条校园墙截图下来，发到小群里。

黄璃明：李牧赫第八百次被"海底捞"。

罗慧玲：@李牧赫

罗慧玲：我也刷到了。

陆永阳：真想把李牧赫的二维码发出去卖钱。

成树：@李牧赫 给我转五块，我就不把你的二维码发出去。

陆永阳：@李牧赫 那我也要五块！

他们班考上江交大的有六个，就是他们六个，这个群还是罗慧玲拉的，他们时不时在群里闲聊，倒也没空屏过。

黄璃明、李牧赫、成树都是数学与应用数学专业，之后也都是要考金融专业的研究生，罗慧玲是临床医学，赵希是口腔医学，而陆永阳则是儿科。

而另一边宿舍里，成树在群里艾特完李牧赫，然后又掀开帘子看了一眼，浴室里的水声还在响着。

成树：李牧赫又又又去洗澡了。

隔壁床的陆永阳哼笑一声："早上一次，晚上一次……啊！下午了？"反应过来的陆永阳惊坐起，随即就开始骂道："啊啊啊！我小论文还没写！"

下了床的陆永阳赶紧穿衣服开电脑，另一边的成树也下来了，陆永阳看他一眼："你下来干吗？"

"你说我干吗？"成树的脸上也没了笑容，看他伸向电脑的手就知道，他也有作业还没写。

洗完澡出来的李牧赫正擦着头发，他刚走两步，就被坐在桌子前的两人给吓了一跳。

另一个刚进门的同学也惊叹了一声："稀客啊，上次见你俩坐桌子前还是一个月前吧？"进来的人两只手里都提着饭，一看就是给全宿舍带的。

李牧赫给他让了路，继续站在门口擦头发。

成树阴恻恻地转过来看他，压着声音问道："你分析学作业交了？"

"……没。"他脸上的笑容这下也没了。

临近期末，不少老师都在补自己的任务，作业布置少了的，现在抓紧时间布置，导致马上快要到考试周了，他们还有一堆作业要写。

李牧赫则没这个困扰，他高中的时候，连寒暑假作业都是放假前几天就写完的，大学的作业自然不可能拖到最后一天才交。

所以在他们仨连饭都顾不上吃，忙着赶作业时，李牧赫一边吃汉堡，一边看金融学的网课。

但看了没几分钟,他的手机就响了,是李牧语打来的视频。

"干吗?"李牧赫把手机立在那里,继续看自己的网课。

"你们啥时候放假?"

李牧语这声响起后,原本正在低头赶作业的几个人立马扭过来,七嘴八舌道:"牧语姐姐!姐姐!"

"哈哈哈,你们好呀!"李牧语被这几个人逗笑。

李牧赫拧着眉,"啧"了几声,用胳膊挡开他们的视线,然后戴上耳机:"我们下个月五号就考完了,六号回。"

"希希呢?你们俩坐一趟高铁列车吗?"

听到赵希的名字后,李牧赫脸上的表情黯了下来,他垂下眼眸,不想让李牧语察觉到:"……不知道。"

"我这两天给她发信息,她都要隔上好几个小时才回,前天跟她打视频的时候感觉她又瘦了好多。"李牧语也在忙自己的事,没注意到李牧赫的表情。

她涂好护甲油,然后吹了吹,又看向手机,说道:"虽然不知道你们因为什么吵架,但是这时间也太长了,都有两三个月了吧?"

"……没吵架。"李牧赫顿了半天,就说出这句话。

李牧语撇着嘴,看镜头:"行吧,你们自己看着和解。"

临挂电话时,李牧语又说了一遍:"不管谁的错,你都要先道歉,知道吗?"

"……都说了我们没吵架。"

他们俩确实没吵架,要是吵架的话,事情还好办,就像他姐说的那样,他先道歉就好。

可不是吵架……

是他表白被拒绝了。

2

寒冬萧瑟,海江市的气温也一降再降,在书桌前写了会儿作业,指尖都会被冻得僵硬,晚上没有热水袋的话几乎很难入睡。

刚洗完澡的黄璃明抖着身子出来:"呃呃呃,冷死了……"

空调才刚开,宿舍里的温度还没升起来,黄璃明赶紧把羽绒马甲穿上,给自己回回温,然后又看了一眼赵希的床位,回头问了一句:"赵希还没回来吗?"

床上的两人都在看书,听到这话也看过去一眼:"没呢,应该还在兼职。"

"这都马上考试了。"黄璃明说着拿起手机,给赵希发了条信息,问她什么时候回来。

床上缩在被窝里的葛宣说:"我给赵希发过消息了,她还没回呢。"

"这都马上十二点了。"黄璃明看了眼时间。

李雅婷打了个哈欠,把怀里的热水袋紧了紧:"应该快了,她基本上都是十二点多回来。"

哈欠传染人，这边打完，另外两个也立马跟着张开了嘴。

黄璃明吸了下鼻子，难受地说道："不行不行，我今天得早点睡，好像有点感冒。"

"我那儿有感冒药，你冲一包喝了再睡。"葛宣说。

"行，谢了。"

听到黄璃明说今天想早点睡，床上的两人就把小台灯打开了。李雅婷还探出头，说："你把灯关了吧，我俩开小台灯就行。"

正护肤的黄璃明回了句："行，我等会儿留一盏，赵希还没回来呢。"

被念叨了一个小时的赵希在此时推开宿舍的门，看到比以往要暗的宿舍，她推开门后还迟疑了一下，以为自己走错了："嗯？今天睡这么早吗？"

床上的两人又把床帘拉开，葛宣回了句："黄璃明说有点感冒，想早些睡。"

赵希卸下书包，听到后，看了眼隔壁桌的黄璃明："我那儿有感冒冲剂。"

"喝了喝了，谢谢！"

另一个趴在床边的李雅婷则看向赵希："希希，马上期末考了，你还要兼职吗？"

"这周上完就不去了。"赵希一边说，一边换衣服，准备洗漱。

葛宣也跟着好奇起来："这个月赚了多少？"

见三个人都把目光投了过来，赵希看到后一笑，满足了她们的好奇心："这个月大概有一万多吧。"

"哇——"几个人的眼睛都跟着亮了。

别人是享受美好的大学生活，她们是重返高三，早八到晚八，天天满课，在这种情况下赵希还要去兼职，她们三个确实很佩服。

她每天不仅兼职到晚上十二点多，还能按时完成作业，实属是她们宿舍的神人。

赵希换好衣服后，将头发绑起来，准备去洗漱。

"有的人大一已经月入过万了，有的人还在为自己写不完的作业哭唧唧，是谁我不说。"

"你再说下去我可要对号入座了啊！"

"真的很痛，为什么大学了还有这么多课，我看网上其他人不都是一周就几节课吗？"

"看来咱们俩上的是同一个互联网。"

"知足吧，隔壁生物信息和临床医学的周六还有课呢。"

"幸好当时我没选那个，我本来还想本科学生物信息之后考研再转金融呢！"

赵希在卫生间刷着牙，听着她们三个在外面的闲聊。

她们三个都是数学与应用数学专业的，赵希则是最后一个录入口腔医学专业的，女生里刚好单个她出来，于是她就跟她们合到了一个宿舍。

江交大是国内 Top5 的院校，也是赵希这辈子都没敢想过的学校，高考时，她接连两天的状态都不佳，所以后续估分的时候能有多保守就有多保守，结果最后成绩出来，她考了六百七十八分，不仅比她预估的分数高，甚至还是她高中生涯里考得最好的一次。

最后填志愿的时候，赵希赌了一次，希望幸运之神再眷顾她一下。也不知道老天爷是不是见她倒霉太久，最后还真让她录上了，赶了末班车。

赵希努力了一整年，如愿以偿地考上了省外的学校，不仅如此，还是非常好的学校。她家里人都非常高兴，爸爸连接连跑了一周的大班，攒了点钱，给她办了一个升学宴，妈妈也给她转了好多钱，让她去置办新的电脑和手机。

那一周真的是赵希这辈子过得最梦幻且不真实的一周。

她没买新电脑和手机，而是用那笔钱去旅游了，没跟任何人说，一直到快开学了才回来。

去海江市时她还想把橙子带上，养在宿舍里，但最后因为时间来不及，橙子还是暂时养在李牧语家，等她收拾好宿舍再把橙子接过去。

可好巧不巧，李雅婷虽然非常喜欢猫猫狗狗，但她对猫狗过敏，所以将橙子养在宿舍的想法只能就此作罢。

接下来就是赵希兼职攒钱，打算自大一第二学期起就住在外面，顺便把橙子接过来。

江交大后面有个购物中心，旁边就是商业街，周围有几个学校，所以这里的生意非常好，只要不是长假，基本上都是人挤人的程度。

赵希就在那边的一家剧本杀店兼职，当主持人，一场收入有三百到五百。

她基本上都是晚上八点下了课过去，平日里就一场，周末的话可能会多几场，一个月下来有四十五场。

像这种学生聚集的地方，剧本杀的价格都不会太高，一个人玩一场下来也就九十来块钱，但要是城市限定本的话，价格就会高上许多，一个人就得二百三四。

因为价格太高，一开始没多少学生会选择城市限定本，但赵希来了以后，选择城市限定本的人就多了不少，她也就被老板调成了专门负责城市限定本的人，每天晚上八点半固定一场，由赵希负责，其他主持人负责的城市限定本就没有固定时间，人凑齐了就开。

偏偏大家宁愿等赵希那场也不愿另开一间，时间长了老板也就明白了，他离了赵希不行。

今晚开始前，赵希还跟老板说了这件事，她因为马上要期末考了，这周上完就得专心复习。

老板：行行行，好好复习！

老板：下学期来了我给你涨提成。先说好啊，你可不许去其他家。
老板：开始了吗？
老板：好好好，你专心上班，我不打扰你了。
赵希是结束后才看到这些消息的，等客人收拾东西都出去后，她才拿起手机回复消息。
赵希：谢谢老板。
赵希：但是涨多少啊，老板？
老板：给你涨成25%怎么样，很高了哦！
赵希：好，谢谢老板。
老板：嘿嘿，那说好了啊，你不要去其他家！
赵希：好。
洗漱完的赵希抱起了笔记本电脑，站到顶灯开关前："我关掉了啊。"
"好——"
"关吧！"李雅婷特地拉开床帘用手机手电筒给赵希打光。
赵希将宿舍灯关了，借着李雅婷的手机光上了床。在进被窝前，她已经做好了被冰一下的准备，谁承想，下一秒隔壁床的黄璃明就开口道："刚刚帮你把电热毯打开了，暖和吧？"
"谢谢！"赵希躺进被窝，果然很暖和。
上了大学后确实很忙，但赵希非常满足，至少她精神状态好了很多，不再郁郁寡欢了。
如果橙子来了，那就更好了。
"嗡——"赵希拿起振动的手机看了一眼，是李牧语发来的视频。
她戴上耳机，这才点开视频。
"橙子，来跟你妈妈打个招呼！哎哟，你太爱撒娇了吧！好可爱好可爱好可爱！橙子是最可爱的小猫咪！"李牧语从头碎碎念到尾。
赵希：好想我的宝贝橙子，半年不见，也不知道它还记不记得我。
赵希：我从没跟橙子分开这么长时间。
李牧语没有及时回复，因为她正在回李牧赫的消息。
李牧语：干吗搬出宿舍住？
李牧赫：你来听听陆永阳晚上的呼噜声就知道了。
李牧语：……
李牧赫：最好笑的是晚上只有我会被吵醒，其他两人睡得跟猪一样。要不是我录下来了，他们俩还不知道。
李牧语：行吧，你住姑姑那个房子吧，我之前就住那儿，离你们学校西门比较近，骑电动车的话也就十分钟。
李牧赫：我跟姑姑说过了，下学期直接住过去。

李牧语：记得给姑姑房租！

李牧赫：给过了。

"哈！你果然还没睡！"

李牧赫闻声看过去，还摘下了耳机。

陆永阳凑到他床边，问道："明天出去玩吧，咱学校后面有个剧本杀店很火，成树已经订好了，十人本！"

对这不感兴趣的李牧赫收回视线："不去。"

"啧！"成树也来掀他的床帘，"必须去！我已经跟人家说了李牧赫会去！你忍心看你三年的好兄弟继续单身吗？"

"你忍心看你十八年的好兄弟继续单身吗？"

"你忍心看你半年的好兄弟继续单身吗？"

三个人一人一句，大有李牧赫不去他们就死在这里的意思。

话虽是这么说，但李牧赫还是回了句："忍心。"

陆永阳见他油盐不进，歪头道："左致彬！把你的臭袜子扔过来！"直接上大招。

"去去去！"李牧赫赶紧说。

"这不就完了。"陆永阳松开床帘，转身回了自己的床。

3

深冬时节，江交大也被覆上了灰蓝色的滤镜，仰头看到的是灰蒙蒙的天，周围泛着绿意的树木也显得萧瑟，一阵一阵的风驱赶着地上的落叶，看得周围的人也紧了紧衣领。

清晨还是冷，温度没升起来，而且一直刮风，但这样的天气会让人更有睡意，3204宿舍的几个人到现在都还缩在被窝里，即使有人的肚子已经开始响了，也没人起床。

赵希的床上有电热毯，温热的被窝让她流连忘返，即使睡意已经褪去也不想掀开被子，但她晚上还有兼职要做，所以复习这种事只能放到现在。

她掀开被子，感受了一下外面的温度，然后低声抱怨了句："为什么南方没有暖气？"

宿舍里的其他人也醒了，听见赵希这话还有人回应："是咱们不配罢了，我听其他人说，咱们学校的研究生和博士宿舍都有地暖。"

"……我们是交不起这个钱吗？为什么不给我们弄？"

"真的好冷，完全不想出被窝。"

她们一屋子的北方人，第一次离开家来到南方，也是第一次感受没有暖气的冬天。虽说宿舍有空调，但那空调就不能关，只要一关，不出二十分钟，温度就又降回去了。

正说着呢，就听见下面一阵响动，几个人探出头去看，发现赵希正在拿洗澡要用的东西。

黄璃明佩服道："……是个狠人。"

"大早上洗澡不好吧？心脏会受不了的。"

"希希，你缓缓啊，你刚起床。隔壁临床医学的还都是大一，跟咱们没什么区别。"

赵希拿起东西，回头看了下几个探出头的人，扯出一个笑："没事，我已经醒来很久了。"

她一边往浴室走，一边说："你们要吃啥，发我手机上吧，我一会儿去买早餐。"

"噢耶！"

"……我想吃酸辣粉。"

"那玩意儿中午才有。"

"那就豆浆和鸡蛋好了。"

几个人有商有量，赵希也进去洗澡了。

在健身房跑着步的李牧赫看了眼时间，已经快上午九点了。他按了几下按键，跑步机渐渐慢下来，然后他拿起摆在上面的手机在宿舍群里发了条语音："吃啥？"

他喘着气，汗水跟着砸向地面。他捡起地上的水瓶，然后向浴室走去。

还没走几步呢，手机就跟着振动起来。

陆永阳：我想吃民族餐厅的羊血粉丝汤。

成树：一杯无糖豆浆，三个鸡蛋。

左致彬：羊血粉丝汤好吃吗？

陆永阳：好吃！

冲完澡的李牧赫这才拿起手机看起来，对于宿舍那几个人的点单，李牧赫表示无语，他又往群里发了条语音："民族餐厅太远了，换一个。"

陆永阳：不嘛！人家就要吃羊血粉丝汤！

陆永阳：你不爱我了。

下一秒就看见李牧赫将陆永阳移除了群聊，群聊的人数变成了三个。

成树：哈哈哈！

左致彬：把我笑醒了！

后面任陆永阳再怎么轰炸，李牧赫也没回，最后还是成树把他拉回去的。

李牧赫话虽是那么说，但最后他出了健身房还是拐向了民族餐厅的方向。

民族餐厅离宿舍楼有些远，他们每次吃饭不是在教学楼前的一食堂就是宿舍旁边的七食堂，所以这里李牧赫也就刚开学那会儿来过一次。

李牧赫穿着件白色的短款羽绒服,戴了顶白色桶帽,把自己捂得严严实实。他环着臂,埋着头,一副拒人千里的样子,走了十几分钟才到达陆永阳嚷嚷的民族餐厅。

掀开厚重的帘子后,里面的热气扑面而来,李牧赫放松肩颈,不再缩着脖子。他活动了一下胳膊,视线一直在各个窗口的价目表上瞟着。

他抬着下巴,清晰的下颌线展露出来,周围几个路过的女生都在经过他后突然聚在一起窃窃私语。

早起吃早饭的没几个,再加上今天是周末,食堂里就更没人了。李牧赫看了一圈,找到了他要买的窗口。

李牧赫来到卖豆浆、鸡蛋的窗口,对着里面的人说:"叔,拿两杯豆浆,六个鸡蛋,再拿一个紫薯。"

站在窗口的大叔麻利地按好价格,李牧赫刷了卡。

"咳咳咳——"旁边的人弯下身子轻咳,李牧赫瞟了一眼,只看见一个穿白色羽绒服的人。他往旁边站了点,与那人拉开了距离。

这时,里面打包好早餐的大姨走过来:"给。"她把东西递向了旁边的女生,给完后还看向李牧赫,"你要什么?"

李牧赫被打岔,没注意到旁边的人,只顾着说:"我要过了。"

这时,那位叔叔也提着豆浆走了过来:"给,还有六个鸡蛋和紫薯包是吧?"

"对。"

等买完这些,李牧赫又来到另一头的窗口,准备买陆永阳要的羊血粉丝汤,结果刚走近,就看到了一个熟悉的身影——

刚刚那个站在他旁边,穿着白色羽绒服的人。

是赵希。

他在距她还有几米的地方站定下来,就这么看着她的背影。

李牧赫忽然回想起她刚刚的咳嗽,不确定她是真的嗓子不舒服,还是为了躲开他才弯下了腰,他觉得应该是后者。

站在窗口跟前的赵希稍显烦躁,她深呼吸了几次,还往周围看了看,结果刚扭头就跟站在两米外的李牧赫对上了视线。

她什么反应都没有,就这么收回了视线。

李牧赫提着袋子的手紧了下,然后抬步上前。

"你好,我要一份羊血粉丝汤,带走。"他站在赵希旁边,也没打招呼,就像是不认识一样。

里面的阿姨拿着大勺,看了一眼外面那个男生,扬声对他说:"这锅还没烧开,得等会儿,等五分钟啊。"

"好。"李牧赫也在一旁站定。

"咳咳咳!"旁边的赵希又咳了起来,她避开李牧赫,冲着另一个方向弯下了腰,等喘过气儿后,她又起身按了按太阳穴,眉蹙着,烦躁的意味更明显了。

"啧。"下一秒李牧赫就摘下了自己头上的帽子,扣到了旁边人的头上,"头疼,出门就记得戴帽子。"

赵希没反应过来,愣了一下,然后就想抬手摘掉帽子,结果李牧赫的手直接按在她头上:"别摘了,省得感冒,过几天还我就行。"

本以为赵希会继续拒绝,结果她却轻声回了一句:"谢了。"

他们俩今天穿得很像,都是短款白色羽绒服加牛仔裤,连鞋子都是统一的白色,现在帽子扣到了赵希头上,她还环着臂,跟刚刚的李牧赫像了个十成。

里面的汤热好了,大姨给打包好提了过来,分给两人:"给,你们的羊血粉丝汤。"

赵希接下后还顿了一下,似乎是在等李牧赫。

李牧赫感受到了这一点,说:"走吧。"

"……我姐让我问问你,买的几号的高铁。"犹豫了下,没忍住,李牧赫还是想跟她说话。

赵希目视前方:"我跟牧语姐说了,晚几天回去,不用管我。"

"……行。"李牧赫还是没忍住,又问,"晚几天?"

"不确定。"

出了餐厅后,一阵冷风吹来,两个人都瑟缩了一下。

赵希看过去:"帽子到时候我让黄璃明给你带过去。"

"好。"

下了台阶后,赵希走得毫不犹豫。李牧赫站在原地看了会儿,这才转身离开。

兜里的手机振动了一下,李牧赫拿出来一看。

陆永阳:什么时候回来?

陆永阳:我要饿死了!

陆永阳:啊!

然后群聊又只剩下了三个人。

回到宿舍的赵希叫三个人下床,那三个这才恋恋不舍地掀开被子。

李雅婷扶着把手下来时,差点被冰晕过去,嘴上还叫唤着:"冷死了!"

另外两个早就在床上穿好了厚睡衣,下来后还穿上了棉拖鞋,把自己全身上下防护到位。

葛宣从赵希手里接过豆浆时,眼睛还扫了一下她戴的帽子:"你刚出去戴帽子了吗?"

"这帽子咋有点眼熟?"李雅婷也上下扫了她一眼。

"这一身都很眼熟,但我想不起来在哪里见过。"黄璃明从卫生间出来后也看了过去,是很眼熟,李牧赫最近上课好像就这么穿。

赵希清了清嗓子，将话题岔开："赶紧吃吧，都快凉了。外面冷死了，今天好像才三度。"

"怪不得，快快快，空调风力再调大点。"葛宣提着自己的东西回了自己的座位。

四个人都坐到了桌前，其他三人还拿出了平板，准备边追剧边吃，只有赵希一个人打开了书，一边喝豆浆，一边背考试范围。

她拨了下散下来的头发，又揉了揉鼻子，结果指尖传来的香味让她想起了李牧赫身上的味道，他身上还是淡淡的梨花与沉木的味道。她之前身上也是这个味道，但她现在换了。

思绪走远了几秒，赵希眨了几下眼睛，又赶紧回过神，继续看自己的书。

但学习的时候总是有许多干扰，一旁的手机振了几下，屏幕也跟着亮了起来。赵希拿起来看了一眼，是剧本馆的老板。

老板：我听"水母"说你要找房子？

老板：我这儿有套一室一厅的，在你们学校后面那块儿。

老板：我租给你，约定好哦，下学期不要走！

赵希看了轻笑一声。

赵希：不走不走，谢谢老板。

外面的太阳给天空补了些光，还驱散了一些雾霾，久违的晴天让室内都跟着亮堂了不少。睡到日上三竿的大学生们渐渐有了响动，宿舍走廊里传来窸窸窣窣的声音，又是关门又是开门，还有人拖着鞋在地上走来走去。

赵希看了一眼时间："都十二点半了。"

怪不得这么吵，看样子大家都醒了。

床上的三个人在吃完早饭后都去睡了回笼觉，这会儿也才醒，她们三个在床上发出怪叫。

"起床——"

"把人饿醒了，好饿啊，饿死了！"

"都十二点半了，现在食堂人肯定很多。"

"不行了，得起床学习了！"

"你别光说，倒是起来啊。"

三个人在床上挣扎着的时候，赵希重新梳理了一下头发，化了个淡妆，又将出门要用的东西装进包里。

她们三个下床的时候，赵希已经准备出门了，她站在门口涂着护手霜，还看了眼时间："马上一点了啊，现在食堂里应该没多少人了，快去吃饭。"

"知道了，你晚上还是十二点回来吗？"李雅婷拿着牙刷，边打哈欠边问。

"应该是，但是明天会早点，明天我就下午一场，五六点应该就回来了，明天我回来时帮你们带晚饭。"

"谢谢宝贝。"葛宣经过赵希时还抱了抱她。

还是很不适应亲密接触的赵希僵了一下,她握紧拳头,想忽视掉那点不适,于是开口转移自己的注意力:"那我就先走了,晚上见。"

"拜拜——"

只要过了中午十二点,商业街和购物中心的人就多了起来,尤其是下午两三点的时候,周边的大学生们都睡醒了,全部跑出来改善伙食,三五成群,热闹极了。

剧本杀店也热闹了起来,但这个时候人不多,还有不少房间空着。

"CC!"前台坐着的"水母"冲着进门的赵希喊了一声。

"水母"名叫刘佳怡,是隔壁学校的大三学生,因为没什么课,她基本上除了上课都在这儿待着,还成了兼职店长,跟赵希的关系比较好。

赵希将手里的纸袋子递给她:"给,你的汉堡。"

"谢谢!"刘佳怡接过后,顺势起了另一个话题,"你不是找房子嘛,我跟老板说了,他说他那儿有套空房子,可以租给你。"

"老板跟我说了,谢谢。"赵希也跟着坐到了前台后面,一起吃午饭。

刘佳怡的视线跟着赵希移动,在赵希坐下来后,还凑近了点:"你今天好漂亮哦,睫毛刷得非常成功。早就跟你说了,你那么长的睫毛不夹翘点实在是太可惜了!"

"刚刚夹的时候差点夹到眼皮。"

"多练练就熟了!"

化妆对赵希来说还是挺麻烦的,有那个时间她真的更想多睡一会儿,但这份兼职需要她化妆,所以她没事的时候就看美妆视频,现在自己化完一个全妆已经不是什么难事了。

但刚刚时间有点紧,她的妆也跟着偏简单,涂了杏色的眼影,存在感不强,主要舞台都留给睫毛了。她今天把睫毛夹翘了点,还用镊子捏了两下,一簇一簇的,像极了太阳花。

她以前没怎么拿着镜子仔细观察过自己,还是上了大学后被很多人夸,她才知道自己长了个令人生羡的鼻子。本就白皙的皮肤配上高挺的鼻梁,怎么也不会难看到哪里去,而且她的脸还很小,大家都觉得她是个美女。

因为瘦,所以她脸部的轮廓线条非常明显,跟她稍显柔弱的名字不同,她长得就是一副清冷美人样,再加上她不爱笑,眼神里总带着烦躁的情绪,那种凌厉更加让人觉得有距离感。

吃到一半,赵希忽然停下来:"等等,有点热,让我先把羽绒服脱了。"

她拉下拉链,然后起身去员工间把衣服挂了起来。

因为店里热,赵希早有准备,羽绒服里面是一件牛仔外套,内搭了一件薄针织衣和衬衫,裤子不是早上那条宽松的,而是修身的深蓝色牛仔,鞋子则是一双挡风的长靴，跟很高，赵希穿上后身高近乎一米七五。

赵希出来后，刘佳怡还对她这身做了点评："很好，你的穿搭和化妆技巧终于配得上你这张脸了。"

"感谢老师的教导。"

"不客气！"刘佳怡谦虚了一下，又打量了一番赵希，然后皱眉犹豫起来，"要不要戴个耳环？"

刘佳怡说完直接将自己的耳挂摘了下来，然后搬着板凳往赵希跟前挪了挪："我给你戴。"

银色的耳挂夹在赵希的耳骨上，给她身上的气质又降了点温度。刘佳怡给她戴好后，浮夸地鼓起掌："女娲炫技之作！"

赵希跟着笑起来："你到底从哪里学来的这么多'彩虹屁'？"

"什么叫'彩虹屁'？明明是我的真心实意！"

"好了，快吃吧，等会儿凉了。"

4

许是出门前特意打扮了一番，陆永阳他们几个自信心爆棚，周围的人不停回头的动作更成了他们的兴奋剂。

走着走着，这几个人的步伐就开始魔幻起来，不是莫名抬头挺胸，就是要扒拉几下自己的头发，要是路过一段有玻璃橱窗的路，短短二十米就能走上几分钟。

一直跟在后面的李牧赫深吸一口气，他真的忍这几个人很久了。

那几个还对着玻璃整理着发型，嘴上还询问着：

"没说几点到？"

"马上了，已经出校门了。"

"要不去买个奶茶？"

"等会儿一起去，你知道人家喝啥？"

"哎？那几个女生是你高中同学还是你初中同学来着？"

"高中同学！"

组今天这个局的就是左致彬，他高中的几个女同学也在江交大，之前吃饭的时候还碰到过几次。起初他也就是随便问问，但几个女同学在知道李牧赫也在他们宿舍后便同意了。虽然很明显就是冲李牧赫来的，但是他们同样有机会，因为李牧赫貌似对女生不感兴趣。

冷风吹过，像寒针扎进头皮，一阵一阵地生疼。李牧赫摸了下头顶，忽然有点后悔刚刚出门没戴帽子了，希望他一会儿别起荨麻疹。

看到李牧赫这个动作，陆永阳就想起来他一到冬天就会反复的毛病，于是叫了李牧赫一声："嘿！你帽子呢？出门咋没戴上？"

"给赵希了。"

"你看见赵希了？"

"嗯，买饭的时候。"

左致彬这还是第一次从李牧赫嘴里听到这个名字，他看了一眼另外两个人，发现他俩似乎对这个名字并不陌生，于是问道："赵希是谁？"

"我们高中同学，她……"成树说着稍稍皱了下眉，随即看向李牧赫，"忽然想起来了，我在毕业典礼那天就想问来着，你跟赵希什么时候这么熟了？"

陆永阳一脸不可置信："不是吧！你不知道？"

成树一头雾水："什么？"

李牧赫刚想出声拦，陆永阳就抢先一步回答了："赵希跟李牧赫是前后桌好吗！"

"你这不是废话？"成树翻了个白眼。

陆永阳说："哦，赵希跟牧语姐关系好。"

李牧赫觉得自己想多了，陆永阳果然看不出来。

但陆永阳的这句话又将李牧赫带回了高中，在他的记忆里，他跟赵希一起上下学，晚上一起吃饭，一起上家教课，周末偶尔还会一起跟着姐姐出去玩。但是在班上其他人看来，他们就是毫无关系的两个人，除了前后桌这一个联系，毫无交集。

连陆永阳这个跟他走得这么近的人都不知道赵希在他们家住的事。

原因就是赵希不想跟他有任何过多的接触，甚至连朋友都不想当。

这么想着，李牧赫的情绪渐渐沉下来，那天晚上向赵希告白的场景也如排山倒海般袭来。

或许是夏日的燥热，又或许是在毕业典礼上开的那句玩笑点燃了李牧赫心底的想法，那句状似玩笑的话就像是肆意生长的藤蔓一样占据着他的思绪，连原本压得很好的心思也隐隐有冒头的趋势。

他喜欢赵希喜欢得满脑子都是她，起床后会想她有没有醒来，买菜时会想挑她喜欢吃的菜，下午在房间时也会想她这个时候在干什么，晚上更是会无数次地上楼和下楼，就想在过道偶遇她。

他连她只有"一道杠"的朋友圈都看了无数遍。

夏日夜晚，空调加班加点地工作着，抵挡住了外面的暑意，飞虫的身影透过窗户映进室内。李牧赫躺在床上，枕着手，借着路灯的光翻看着赵希过往在班群里的聊天记录。

他们班群不是个只通知事情的地方，也有不少人在群里聊天，尤其是每次班长通知完什么事情，群里都会热闹一阵，但回看赵希的聊天记录，她除了必要的回复以外从不出来说话。

李牧赫也明白为什么高三之前自己对赵希都没什么印象了，她实在是太没有存在感了，很少在群里发言，没有朋友，甚至课上都很少被老师叫起来，成绩更没有什么突出的地方。

李牧赫转了个身，又在群里搜了赵希的名字，想看看有没有其他同学在群里聊过她，但除了班长几次催促人快点填表"艾特"了几次赵希，其余就再也没有了。

这种感觉就像是她不想走进任何人的生活，也不想有人去打扰她，所以即使在班上也一直与人保持着距离。

她来了他们家后也一样，只不过维持距离的范围缩小了，缩小到他一个人身上。

李牧赫无论如何也想不明白，为什么他跟赵希始终无法亲近起来。

每次眼看着关系近了点，但马上接下来一段时间赵希都不会再理他，弄得他反思了好几次自己有没有做什么让她讨厌的事。

毕业典礼结束后，他们俩就变成现在这个情况了，虽然赵希还住在这里，但白天不在家，晚上很晚才回来，几乎见不到面，更别提说话了。

李牧赫看着跟赵希的对话框，犹豫着要不要跟赵希表明心意，但又觉得这样很不正式，起码得面对面，这样……

一向很少说脏话的李牧赫也忍不住爆了粗口。

他看着自己刚刚不小心手滑发出去的一条一秒语音，大脑跟着空白了一下。

李牧赫赶紧撤回，但上面还是会留下"对方撤回一条消息"的提示。

焦虑起来的李牧赫没了睡意，坐起来又摆弄了下手机，想去搜一下怎么弄掉这个撤销消息的提示，又觉得赵希肯定没事不会点开他的对话框，注意不到这个。只要刚刚赵希没有拿着手机就不会发现他手抖发了一条空白语音过去，也不会发现他又给撤回了。

李牧赫想完这些，又看了眼时间，发现已经十二点多了。

"呼……"看完时间，他跟着松一口气。

赵希在高考结束后作息就恢复了正常，她睡觉前要去上个厕所，起床后的第一件事也是上厕所，所以李牧赫早就摸清了她的睡觉习惯，因此知道两个小时前就上完厕所的赵希这个时候早睡着了。

他看着没有响动的对话框，心放下去的同时又稍微带了点期望，觉得要是赵希发现就好了。

就这么想着，李牧赫也进入了睡梦当中。

"咚咚咚——"

第二天，李牧赫被敲门声惊醒。

"李牧赫，你醒了吗？"

躺在床上的李牧赫眨了两下眼睛，有些分不清是梦境还是现实，但下一秒响起的声音直接将他喊醒。

"李牧赫？"是赵希。

他赶紧出声应道:"醒了!进来吧,没事!"

李牧赫马上坐起,还看了眼时间,已经上午十一点多了,他睡了十个多小时。

只不过应完他就后悔了,其实还挺有事的,但来不及了,只能扯过一旁的薄被盖到腿上。

"咔嗒"一声,赵希拧开门锁,推开门,但没有进来:"快起来吧,牧语姐让我来叫你,说吃完饭要带咱们去游乐园玩。"

李牧赫睡眼惺忪的,但状态没有多糟糕,依旧清清爽爽。

赵希说完后没有立刻关门,还拿起手机看了眼时间:"马上十二点了,牧语姐点了外卖,差不多十二点半到,你不用急。"

床上的李牧赫拉着床单,坐在那儿不动,只是回了句:"好。"

他回答完后,赵希还是没有走,看样子似乎还有一些话要说。

果不其然,门口的赵希看着李牧赫,肩跟着松了一下,似乎长呼了口气,眉却微皱:"你昨晚发了条什么?"

"嗯?"李牧赫一时没反应过来。

门口的人看着他,又重复了一遍:"你昨晚发了……算了,你快起吧。"

赵希犹豫半晌,最后还是放弃询问。她毫无留恋地转身,把门关上。

从被叫醒到门关上,也就过去了两分钟,李牧赫的脑子还没加载结束,一时间没法处理那么多信息,但他注意到了,赵希应该是想问昨天晚上他手滑的那件事。

幸好是早上才问,要不然昨晚他真不知道怎么解释。

李牧赫起床,到卫生间洗漱完,换了身衣服,出门的时候还在走廊看见了同样从卧室出来的李牧语。

李牧语有些意外,挑了下眉:"我还想去叫你呢,赶快去洗漱,一会儿我们去游乐园玩。之前答应带你俩去,但是你们俩在上学,没时间,现在好了,我们可以玩到晚上再回来!"

她说完后脸上还露出了玩味的表情,斜眼看了李牧赫一眼,"嘿嘿"笑了两声。

李牧赫的注意力则在他姐的前一句上:"我已经洗漱完了。"

似乎话里还有什么意思,但他没捕捉到。

"那就下来吃饭,我点了炒菜和米饭!"

"啥菜?"

"鱼香肉丝……木须肉,还有啥来着?"

"你点的你不知道?"

"忘了。"

两个人一边说一边往楼下走,奶奶和赵希早已在桌子前坐好,连外卖盒子都打开了。

奶奶见两人下来了,便招手让他们赶紧坐下吃饭:"快来,要不然该凉了。"

5

出去玩这件事是大半年前就约定好的,只不过一直没有成行,现下他们都有空了,就可以去了,唯一不好的就是原本还想叫上李牧赫的朋友和赵希的朋友,但人家暑假都出去旅游了,没几个在家待着,所以最后到达游乐场的也就他们三个。

跟预想中又热又没人的情景不同,今天似乎有好多人去游乐场,在高速路上的时候就堵了起来,找停车位又花了二十分钟。

李牧赫倒是没什么,只是觉得今天排队可能要很久,他怕他姐和赵希吃不消,因为今天很热。

"怎么这么多人?"李牧赫看着现场已经停满的车位,皱起眉,不解地问了一句。

李牧语神色有些不自然,抠了抠鼻子,噘着嘴:"今天好像有什么活动。"

听她这么说,李牧赫就以为是什么游园或者烟花活动。

实际上是什么活动,另外两个人都清楚。

昨晚李牧语刷到了游乐园的推广,说现在有纳凉鬼屋限定活动,再想参加这个活动就是万圣节了,她原本不心动的,但是又忽然想起自己之前答应过要让赵希看一下怕鬼的李牧赫是什么样子,于是兴冲冲地买了票,还发信息给赵希说这件事。

一提起这个,李牧语又给赵希说了好多李牧赫小时候的糗事,一直说到快十二点才打住。

今天烈阳高照,天格外蓝,好在还有些风,不至于那么闷热。

两个女生打着遮阳伞,手里还有小风扇,李牧赫则是戴着一顶棒球帽,身上还背着包,里面都是她们要用的东西。

说是一起出来玩,但李牧赫很清楚自己的定位,他就是个背包的。

中午吃完饭的时候已一点多了,后来又休息了会儿,出门的时候就已经三点多了,到这儿便五点了。

但进场的人反而多了,甚至还都是年轻人,三三两两地往里走。

这个时候李牧赫还不知道迎接他的是什么,但等他们到了人稍微多点的地方后,他就知道了。

"加藤鬼屋跟乐遥园联合举办活动,那你说是找个地方搭个场子,还是整个园子都是鬼屋啊?"

"啊啊啊,还没进去我就开始紧张了。"

"还有 Cosplay(角色扮演)!"

"我看网上的人说贼恐怖!"

李牧赫看向李牧语,用眼神问她这是什么意思。

李牧语回看过去，拿赵希当挡箭牌："嘿嘿，是希希想玩。"
　　果然，一提赵希，李牧赫脸上的表情就变了。他看向赵希，似是有些犹豫："你不害怕这些吗？"
　　赵希犹豫了一下，身后的李牧语碰了碰她，她出口的话就变成了："害怕。"
　　李牧赫怕这些，加上怕在赵希面前失了形象，是不可能进去的。所以唯一的办法就是赵希说自己怕，然后李牧语找个借口退出，让李牧赫陪着赵希进去，这样赵希就能看到李牧赫的糗样了。
　　李牧语觉得自己这个主意很绝，在内心赞叹自己简直太聪明了。
　　今天的游客都是冲着鬼屋来的，不少人都精心装扮了一番，连门口卖的小周边都变成了各种恐怖的小挂件，又是骷髅又是眼珠子的。
　　赵希一路上很努力地维持人设，见一个怕一个。
　　他们在园子里逛了会儿，玩了几个不排队的项目后，天就黑了，鬼屋那边也排起了长队。
　　不出李牧赫的意料，李牧语果然非要过去排队，但是倒没让李牧赫跟着一起进去，而是让他在旁边等着，她跟赵希进去。
　　李牧语慢慢跟着队伍往前挪，眼看下一组就是他们这队时，李牧语突然捂住了肚子，演了起来："哎哟……等等，我去下厕所。"
　　"马上到了！"李牧赫不理解，他姐这拙劣的演技是想干什么。
　　李牧语见李牧赫拦自己，于是赶紧推开他："你跟希希在这儿排着，我要是没回来，你俩就进去，好不容易排了这么久呢！"说完就捂着肚子撤了。
　　李牧赫看了一眼捂着肚子走也不忘从他手里拿走书包和伞，给他跟赵希制造机会的姐姐，虽然很想感谢，但能不能别是鬼屋。
　　一想到等会儿要进去，李牧赫的手心出了些汗，他低头看了眼赵希，想起姐姐刚刚说赵希怕这些。
　　赵希这时也回过头看向他："要不……"
　　原本还想带着赵希出去的李牧赫立刻拉住她的胳膊："走，到我们了！"
　　到他展现的时候了！
　　李牧赫想象过他对赵希的告白是怎样的，或许是在微信上，或许是某个夜深人静的晚上，又或者是请她看完电影后回家的路上。
　　但他怎么也没想过会是在鬼屋。
　　还没进去时，对未知事物的脑补与恐惧就占据了李牧赫的思绪，他的呼吸变得很急促。
　　旁边的赵希将这些全看进眼里，忽然抬起手，拉住了李牧赫的衣袖："……要不，不进去吧？"她感觉李牧赫的脸色跟白墙没什么区别了。
　　赵希的这句话在李牧赫听来，就是她有点害怕了，但这是个向她展示自己的好机会，李牧赫又深呼吸一次，将她的手拿下了，让她改为抓他腰间的衣服："没事，你站我后面，害怕就闭上眼睛。"

赵希无奈，感觉李牧赫才是需要站在后面的那个。

他们这组的人都已经进去了，偶尔还能听见几声从那厚重的帘子后面传出的惊呼。他们俩拿好工作人员发的手电筒，也掀开帘子进去了。

李牧赫进来后的第一感受就是——真冷啊！

里面的冷气十足，跟外面形成了强烈的对比，一进来众人就打了个哆嗦，随后便是惊慌。

里面一片漆黑，大家都不敢轻举妄动，还是有人找到了手电筒的开关后才带着人继续往前走。

李牧赫和赵希因为手电筒换电池而晚进来了几分钟，他们进来时，同组的人早已散开了，只能偶尔听见几声惊呼与尖叫。

他们进来时手电筒同样也是关着的，在这漆黑当中，两个人摸着手电筒，想要找到开关，但怎么都摸不到。

这时，身后的铁门被关上，寂静中突然响起"咚"的一声，把李牧赫吓了一跳。

他赶紧回身去安慰后面的赵希："别怕别……赵希？"

李牧赫摸了一下，身后没有赵希。

"我在这儿。"声音是在李牧赫前面出现的，不知何时，赵希已经走到了他前面。

李牧赫听到声音后，忽然松了一大口气。

赵希又重新回到他身边，拽住了他的衣袖，还叹了口气，感觉接下来的半个小时她不会太轻松了。

鬼屋本身就是游乐场的废弃办公楼，再稍加装修后它就是个完美的"纳凉场所"，里面没有一丝灯光，伸手不见五指，行走只能靠手中的手电筒，可偏偏手电筒的灯也没有多亮堂。

本身楼内的布置就恐怖，还要配上这么昏暗的手电筒，心脏不强大点根本不行。

听楼上那刺耳的尖叫就知道了，楼上的内容绝对不简单。

"好了！"李牧赫研究了半天，终于在手电筒的底部找到开关，他按了一下后，终于亮起了微弱的灯光。

他没抬头，而是贴心地帮身旁人打开手电筒。

而目视前方的赵希看了一眼站在楼梯上的那个白裙子，不知道是该提醒李牧赫还是维持自己的人设，想不到解决办法的赵希直接低下头，当没看见。

站在楼梯上的"白衣鬼"就是进门后的第一个大"惊喜"，人刚进来，眼睛还没适应黑暗，进来后什么都看不见，再加上手电筒的开关有些隐蔽，想要打开还得等一会儿，所以在大家放松警惕的时候，手电筒一亮，刚好照到站在楼梯上的那个人。

李牧赫给赵希也打开手电筒后，现场立马亮了许多，他都来不及说什么，抬头就看到了被手电筒扫到的裙角。

"啊啊啊！"

他就看到了一只小腿，那小腿发紫，不像是正常人才有的肤色，上面还有一块血肉模糊的地方，很像是死了很久的人，白裙子上面全是灰，还有不少血迹。

也不知道是哪里来的风，将那裙摆一吹，更吓人了。

李牧赫没忍住，直接喊出了声。但他还记得有赵希，在出声的第一秒就转过来挡住了赵希的视线，还提醒她："闭上眼睛！快！闭上眼睛！别怕，我给你挡着！"

赵希无语了一下，她一分钟前就看见了。

"进门大礼包"完成自己的任务后就消失了。李牧赫一边捂眼，一边眯眼让自己的视线范围保持在一个缝隙内，就这样转过去看了一眼后，发现楼梯上已经没有那个生物的身影了。

他不放心，还用手电筒往四周照了照，确认真的没有了才放下手："……走了。"

这才刚进门，他后背就冒汗了。

"你要是害怕的话，我们还是出去吧？"赵希还是没忍住，趁着还在门口，赶紧劝了句。

"害怕？我会害怕？我才不怕呢，刚刚那是没做准备，吓了一跳，等会儿就不这样了。"说着，李牧赫转过来看她。

虽然看不清他的表情，但赵希能从他的语气中想象出他此时此刻的表情。

赵希再次沉默下来。

她可劝过了啊。

赵希没忘自己的人设，又装作害怕的样子拉起了他的衣角，问："那我们现在是上楼，还是先看一楼？"

这栋楼是开放式的，没有一条到头的路，只有完成任务，拿到了门禁卡才能出去，所以得到处探索，并且刚刚抽中的只是最开始的任务，完成了才能进行下一个。

当然，中途要是害怕，随时可以喊停，工作人员会来接人。

楼上鬼哭狼嚎的，感觉场面很刺激，一楼没什么人探索，都是几个空的场地，他们也上到了二楼。

跟空旷的一楼不同，二楼一上去就有很多书架，横竖摆了许多，很挡视线，也很能藏人。

他们俩一上去就听见有人尖叫。

李牧赫下意识地向后抓去，抓到了赵希的手，他刚想回头说抱歉，没想到赵希也回握了过来。她微凉的指尖让他紧绷的思绪短暂转移了一下。

恐怖的气氛中似乎挤进来一丝不一样的，如冰窖般的鬼屋也没那么瘆人了，李牧赫甚至觉得都没那么冷了。

就在他想回头看一下赵希时，赵希忽然上了一级台阶，一只手扶住了他敏感的后腰："别回头。"

李牧赫的身子一僵，但不是因为她的话，而是他手中的指尖，以及她搭在他腰上的手。

"怎么了？"他来不及分析赵希那句话的意思，本能驱使着他回了头。他不回头还好，一回头直接跟那个面目恐怖的女人对上视线。大到吓人的眼睛和被疤痕布满的面孔，以及她身上的鲜血，都使得李牧赫的心脏跟着一紧。

人在剧烈的冲击下是无法叫出声的，李牧赫感觉浑身都被定住了似的，他屏着气，脸上露出痛苦的表情，但还是下意识地揽住了赵希，抬手遮挡住了她的视线。

在被抱住的那一瞬间，赵希的嘴微张，愣了一下。

明明他吓得要死，却还是第一时间护住她。

在李牧赫怀中的赵希甚至都能感受到他紧绷的身体，他的心跳得更是如砸门一般，声音大到快要突破胸腔，连呼吸都是急促的。

李牧赫抓着赵希的手臂，努力压制着声音中的颤抖："你一步一……步上来，别回……头。"

说话的时候，他也在慢慢地往二楼退，因为不敢睁开眼，所以只能带着赵希慢慢摸索。

李牧赫身体的战栗通过他的手传到了赵希身上，但她的心跳反而变慢了，或许这种东西就叫安全感。

"嗡——"振动声忽然在两人之间响起。

赵希扭头看了一眼胳膊旁亮起的地方，是李牧赫的手表。

上面提示，他的心跳已经过190了。

看到这个，赵希再次抬头："我们出去吧？"她还将他的手拉下来，握在手心。

她的表情隐匿在黑暗中，但看向李牧赫的视线是从未有过的真挚。

李牧赫没有睁眼，但他不想扫兴，刚刚在园里赵希跟姐姐讨论了好久，她应该是很想玩。

"没关系，我陪你走完，你别怕。"李牧赫说着，又将她的身子往怀里摁了摁，想要保护她。

黑暗中的赵希低下头，吸了口气，然后抬手擦了擦眼角，随即转头对跟在他们身后的NPC（非玩家角色）说："不好意思，我们想出去了。"说罢，她便牵着李牧赫往楼下走。

被扯了一下的李牧赫下意识地睁开眼，然后就跟给他们让路的女鬼对上了视线："啊啊啊——"

李牧赫本能地往前赶，直接将赵希抱了个满怀。这里刚好是拐角，李牧赫抬手撑了一下墙，不至于让两人摔倒。

赵希的发丝蹭到了他的脖子，熟悉的味道也随之钻进鼻间，是他熟悉的洗发水味道，也是他身上的味道。

因为夏季的衣服薄，连带着对方的体温都能感受得到，赵希清晰地感受到身后的滚烫与他的心跳。

"……抱歉。"因为恐惧，李牧赫话都说得有些慢了，理智回来了一些后，他赶紧拉开距离。

赵希搓了搓已经没有温度的胳膊，稍微感受到了一些寒意。她垂下眸子，打起手电筒："我们出去吧。"说罢，她便继续往楼下走。

余光扫到"女鬼"小腿的李牧赫不敢抬眼，就这么一直低着头跟在赵希后面，快到门口时，还缩短了一下跟赵希的距离。

当门打开，外面的路灯光再次闯进眼睛里时，李牧赫才觉得自己活了过来。只不过今晚大概要睡不好了。

"嗯？你们怎么出来了？"李牧语站在一旁，一手拿着一个吃的，吃得正欢呢。

赵希指了下后面："感觉他快不行了。"

努力不喘粗气的李牧赫："哈……哈……"

在排队的其他人都看向这两个从正门出来的人，有人还仔细观察了下李牧赫的脸色，犹豫着要不要不排队了。

李牧语凑近关心了一下："没事儿吧？"毕竟是亲弟弟。

被问到的李牧赫直起身子，深吸了一口气，缓和了表情："没事儿啊，我能有什么事？我又不怕鬼！"他还拍了拍自己的胸口，以示证明。

赵希也不给李牧赫留面子，直接说："他刚刚心跳到了190，挺吓人的。"

李牧语这时看向他的眼神才带上了真挚："你确定没事儿？"

"没事儿！"李牧赫确定地点了点头。

东西也不吃了的李牧语看了看两人，又看了眼天色："行，那咱们回吧，出来玩了一天了。"

"不玩了？不是，姐，你要想进去的话，我再陪你进去一趟，赵希怕那个，我俩都没走完。"李牧赫见姐姐说要回了，也开始逗能。

前面两人都不搭理他，李牧赫更来劲儿了。

"真的，里面其实不吓人，就是太黑了，看不清路，我被绊了好几次！那咱下回还来玩啊！"

李牧赫平时话不多的，只有在他紧张和慌乱的时候话才会变多，现在就是个很好的例子。

一直到上车，他的嘴都没停下来过，到了车上后还是赵希困了，想睡觉，他才安静。

第十章
/ "仅粉丝可见"的内容

1

月挂树梢，今天的月亮格外亮，原本在郊外还能看到一些的碎星在今夜都消失不见了。车子在高速路上飞速行驶着，风撞击着车壁，发出阵阵响声。

车上开了空调，温度不算太低，赵希坐在副驾驶上，披了件薄外套，靠在椅背上睡觉。

音乐也都是轻缓的爵士乐，听得李牧赫都有了困意，但看他姐那跟着音乐五音不全地哼着的架势，她应该是还不困。

就这样，李牧赫也没敢睡，一直陪着姐姐，直到车子快开到小区了，李牧赫的后背才重新贴上车椅。

路上的车还挺多的，他们的城市是旅游热门地点，一到放假人就特别多，尤其是寒暑假。

李牧语握着方向盘，最后三公里开得走走停停，愣是走了半个小时。

"我都饿了。"李牧语一边吐槽，一边将车子掉头，准备开进小区地下车库。

赵希也在这个时候醒来，后面的李牧赫见她醒了，于是戳了戳她："饿吗？"

赵希的脑子还没开机，只是在听到问题后下意识点了点头。

李牧赫拿起自己的手机，对姐姐说："把我放路边吧，我去买点吃的。"

"行！"李牧语说着就把方向盘一转。

赵希见了，也拿起自己的手机，解开了安全带："我也去，醒醒脑子，睡了一路，腰有点疼。"

李牧语将两人放到路边，还摇下车窗对两人喊："那我就先回去了啊！"

李牧赫回头看了眼活动腰身的赵希，语调也恢复了正常，变成了他一贯对赵希说话的模样，压抑且热切："走吧。"

车辆川流不息，高耸的路灯发出的昏黄光芒仅仅照亮了车道，人行道这边仍旧有些昏暗，但这正适合散步。

路上有牵着狗的小夫妻，也有出来慢跑的人，还有遛弯的老人。

李牧赫在前面走着，跟他轻松的模样不同，赵希跟在后面情绪是前所未有的低落。

他走了会儿，见赵希没有跟上来，还停下来等她，视线一直停在她身上。

夏日夜晚，跟喜欢的人一起在街上散步。只是这几个字眼，就足以让人心情好起来。

两个人走到小吃车摊密集的地方，李牧赫先点了姐姐爱吃的，然后回过头来问赵希："你吃什么？"

"一样吧。"赵希垂着视线，脸上的表情看不出什么情绪。

不知为何，李牧赫在听到赵希的这句话后心反而沉了一下，他觉得赵希应该有话要说，并且不是什么他期望的话。

接下来的等待时间里，两个人都没有再交流，连视线都没有碰撞到一起。

回去时的路一样，风景也一样，但他的心情却发生了变化。

李牧赫提着东西，脑子里不停地在猜想赵希想要说些什么，该不会是……

"急着回去吗？"李牧赫先开了口。

他在前面站定，灯光扫在他侧脸，像是用金色颜料勾了个边。

李牧赫看向赵希的眼神也跟着沉了下来，充满了真挚。

赵希咬了咬下唇："不着急。"

李牧赫指了下远处的长椅："那到那里坐会儿吧。"

后面的赵希跟着李牧赫的脚步过去，视线落在长椅上，她没有故意跟李牧赫拉开距离。

两人都看着前方，车子在前面来回穿梭，奔向各自的目的地。

灯光透过树叶投下来，赵希低头看到了映在她手背上的那一块光影。

而旁边的李牧赫，则是长呼了一口气。

他原本想着，赵希许是不曾感受到过他的好感，所以从没有什么表示，但今天他知道了，她其实是知道的，但一直在冷处理。

因为赵希从来都不会主动提出要跟他独处，但今天却跟他一起来买夜宵。

他像是下了决心一般，目视前方，努力地压下那份紧张，开口道："我喜欢你，赵希。"

李牧赫说完又转过来看她，俊朗的面容再配上这句话，很少有人能不心动。

他又重复了一遍："我喜欢你。"

那个夏天的晚上发生的一切李牧赫都清晰地记得，连是坐在第几盏路灯下他都还能回忆起来。

微风拂过，独属于仲夏的燥热也温煮着两人的情绪，鼻尖冒出的细汗彰显了他们俩内心的紧张。

李牧赫还记得，那晚一辆车在前面的车道上疾驰而过，还按响了喇叭，在那声喇叭过后，他说了第三遍："赵希，我喜欢你。"

滚动的喉结、紧握的拳头、"怦怦"跳的心脏，都是李牧赫对那晚的印象。

"能不能……"他稍稍犹豫了一下，想了一下后面的措辞，但就是这个犹豫，让赵希打断了他。

"李牧赫，咱们俩不合适。"赵希看着前方，在说完这句话后，肩膀跟着沉了一下，像是松了口气。

斜前方的路灯晃着赵希的脸，明明有光打在她脸上，但她眼底是暗的。

她都没有看李牧赫，像是清楚他心中的不解一般，开口道："我们本就是不相关的两条直线，只是在这段时间短暂地交织了一下，以后注定会越来越远。"

停顿了好一会儿，赵希转头，仔仔细细地看着他的侧脸："……别再关注我了，也别在我身上浪费时间了。"

李牧赫心中带了郁气，他拧着眉，歪头看向赵希，寻找着最后的机会："不试试怎么知道……"

"不是试不试的原因。"她大声打断他。

她的唇微动，在深吸一口气后又吐掉，像是连带着灵魂一起扔开："是我的人生计划里没有这个。"

她轻哼一声，似是自嘲般笑了下："我有接下来半年的计划，有明年的计划，有五年的计划，有十年的计划，在所有的计划里，唯独没有谈恋爱这一项。"

在说完这句后，赵希站了起来，转过来看着还坐在那里的李牧赫，忍着眼里的温热，像是劝说一样，也像是给自己洗脑："我的人生规划里没有这一项。

"以及……

"我们也别做朋友了，就像以前那样吧。"

说完后，赵希拨了下被风吹乱的发丝，眨眼看了看远方，视线也重新变得清晰："我先回去了。"说完就走，毫不留恋。

比起赵希，李牧赫更像是那个灵魂被抽离的人。

他现在脑子里很乱，心也跟着闷疼，想后悔，却不知道从哪一步开始后悔。视线中的地砖变得模糊，连嘈杂的车流声都被隔离开来。

他选择告白，完全是因为刚刚在鬼屋的时候感受到了赵希与平时不一样的情感，她没有拒绝，甚至主动伸出了手握住他。在那种受到惊吓的情况下，李牧赫想的还是她是不是终于对他有了点好感。

结果是他贸然了。

他像个被抽走骨头的人一样垂着头，缩着肩，坐在长椅上，良久都没有起身。

原本应该燥热的晚风不知为何忽然凉了下来，连来来往往的车辆都仿佛有了眼色，安静了许多，只剩下树梢还在摆动着，沙沙作响。

这个藏匿在夜晚的告白就这么随着月亮一起落下。

2

第二天，根本就不需要李牧赫去想该怎么面对赵希，因为赵希天还没亮的时候就提着行李箱走了，还是李牧语送她去的机场。

她要去旅游，要去很多地方，归期不定，这些都是下午李牧赫起床后从李牧语那儿听来的。

　　结果就真的像赵希说的那样，暑假都结束了他们也没见上面，只不过偶尔从姐姐那里听到她的消息。

　　李牧赫原以为自己很快就能振作起来，但他低估了自己对赵希的喜欢，整整一个暑假他都是一种沉重的状态。

　　开学后他以为能见到赵希，结果报到那天他姐没有跟着一起来，因此也没有其他理由见到赵希，再次见到她，就是今早在民族食堂。

　　或许是赵希的出现，又勾起了他暑假的那段回忆，跟陆永阳他们一起出门时，他的心情都略显低落。

　　南方的冬天带着湿气，风吹在身上，衣服都会变得冰冰凉凉的，几个人缩着脖子，后面的李牧赫则是戴着顶帽子，低头看手机。

　　刺骨的风将他的指节划伤，密密麻麻的红痕跟着显现，尤其是关节处，透着粉意。

　　李牧语：快看我新的微信号！

　　李牧赫：？

　　李牧语将新改的微信号截图发了过来。

　　李牧语：是不是显得我很聪明？希希给我起的！

　　她的新微信号是一堆化学元素的堆叠，正常人看不出是什么意思，叫"limofish"，锂钼鱼。

　　忍着冬季的刺骨寒风给她回信息，结果就是这？李牧赫感觉无语。

　　李牧赫：一边儿玩去。

　　李牧语：你真是皮痒痒了，有本事你寒假别回来！

　　李牧赫搓了搓有些冻僵的指尖，换了只手拿手机。他又看了眼姐姐新发来的那条消息，但是没回复，而是搜了一下赵希的名字，点开了她的微信界面。

　　她果然也换微信号了，叫"zhaoxibujuan"。

　　赵希的主页还是老样子，头像没换，朋友圈没开，唯一变化的就是她的微信号。

　　跟着前面的人走进大楼的李牧赫顿了一下，他忽然想起来，赵希虽然没有朋友圈，但有微博。

　　他依稀记得她跟纪佳颖说过这件事，说李牧语发微博了。

　　那么赵希应该也有微博，并且平时使用微博较多。

　　电梯门也在这时打开，几个人顺势走进去，李牧赫低着头跟上。

　　"她们说已经到了。"

　　"几楼几楼？"

　　"八楼！"

　　"啊，有点紧张。"

　　"不是，都是同班的你紧张什么？"

"啧！我是紧张剧本杀，我第一次玩儿！"

"你真是让人无语。"

李牧赫无心去参与后面的话题，而是等着微博加载结束。

电梯里信号不好，他打开后在主页卡了很久，一直在转圈圈。

"叮——"电梯门打开。

这一整层都是剧本杀的店面，Logo（标志）贴在前面，柜台也在正前方。

李牧赫顺势抬头看过去，结果跟刚好起身的赵希对上视线，与此同时，他手上的动作也停了下来。

赵希化了淡妆，比平时要亮眼许多，甚至还有些许惊艳。她穿着一件牛仔外套，硬挺的板型将她的肩颈线条勾勒出来，给她又增添不少清冷的气质。

最先意外出声的是陆永阳，他一出来就看见一个非常眼熟的人，辨认了半天后发现是赵希："哟！熟人啊！赵希，你也来玩吗？"

四个男生里有三个都跟赵希同班过，即使没怎么说过话，成树也很快认出了赵希。

左致彬扫了两眼，不解地问道："谁啊？哪个？"

"那个穿牛仔衣的，我们高中同学。"成树在后面小声给左致彬解释道。

跟高中时冷漠的赵希不同，被叫了名字的赵希看过来，嘴角还勾着笑："好巧，不过我不是来玩的，我在这儿兼职。"她说完还指了下已经起身的几个女生，"你们一起的吧？"

"我要是知道你在这儿兼职，早来给你捧场了！"陆永阳一副相熟的模样。

李牧赫斜了陆永阳一眼，腹诽：我怎么不知道你俩这么熟了？

四个女生看了一眼李牧赫，背后的小动作又多了些。有个女生还用开玩笑的口气说："我还以为李牧赫的日常就是在图书馆学习呢，没想到也会出来玩。"

几个人都闻声看过去，看完后又把视线转向李牧赫。

李牧赫身子僵直起来，完了，本就无望，现在更没希望了。

他慌张地将视线投向赵希，结果她压根就没看他。

赵希抬起腕表，看了眼时间："既然你们人到齐了，那我们就核销一下券，然后进去吧。"她抬手介绍着，"那边是换衣服的地方，进去后会看到一个纸盒，上面写着角色的名字，里面的服装也是对应的……"

此时的赵希让李牧赫觉得非常陌生，跟他印象中的寡言不同，现在的赵希就像是被太阳烘烤过的状态，跟之前那种从大海中被捞上来的模样不同，就像是变了个人。

在经过赵希时，李牧赫还回头看了她一眼，她也没躲，两个人就这么对上了视线。

进到更衣室后，另外几个男生还在那儿商讨谁拿什么角色，李牧赫则是脑子有些乱，在门后站了一会儿。

他从李牧语那儿知道了赵希这学期都在忙着兼职,但是不知道在哪儿,也不知道是干什么,因为赵希也没跟李牧语说。

或许就是不希望他知道。

门外的赵希站在走廊里,也卸下了镇定,低下头,叹了口气。她是真的没想到李牧赫会在这儿出现,因为她知道李牧赫以后要考金融专业的研究生,所以他除了要上本专业的课,还得上金融专业的,以免到时候专业课考试过不了,所以平时很少出来玩。

她抹了下脖子上冒出的细汗,转身回到前台。

快速换好衣服的李牧赫等着还在磨叽的三个人,等的时候他又拿起手机,解锁后看了眼,微博已经加载好了。

他点击到搜索栏,稍加犹豫了一下,将赵希的微信名打了上去。

　　抱歉,未找到相关结果。

他顿了下,又输了"朝夕不倦"。

李牧赫记得这个,他姐给赵希签名的时候就写了这个,他在帮赵希收拾客房的时候看到了。

页面加载,最上方弹出了几个推荐用户,其中有一个名字叫"朝夕不倦,累死自己",头像是……

橙子。

原本没抱希望的,但李牧赫真的搜出来了。

微博头像是橙子,微博名称也是赵希微信上用的那个,只不过点进去后,还是什么都没有。

没有原创微博,也没有转发微博,只有她过往的点赞记录显示在页面上。

李牧赫扫了眼,那条微博还是他姐发的。

就在他还想继续翻看点什么时,那几个换好衣服的人嚷嚷着过来了。

"走了走了。"

"你看啥呢,一直低着头?"

"我这衣服是不是有点小?"

"滚一边儿去,少显摆你的腿!"

被陆永阳揽住的李牧赫顺势收了手机,不想让其他人扫到手机上的内容。

因为那条微博,李牧赫对赵希的注意又多了些,出了更衣室后,在人群中找她,进了房间后,视线一直在她身上,就连读剧本的时候,脑子里想的都是要不要拿出手机再看一眼。

注意力来回跑,导致他根本看不下去剧本,别人都翻好几页了,他还在那儿看第一页。

站在桌子前方的赵希睨了他一眼，也不提醒他，而是直接开始："欢迎大家回到母校，我是本场的主持人CC……"

听到这个昵称，李牧赫还抬头看了她一眼。

他们这次玩的剧本内容是关于高中校园的，身份有学生有老师，还有校医和校长。

赵希又看了一眼李牧赫手上的剧本封面，上面写了角色名字，叫李烊泽，是一个在高中时期长得很帅，学习很好，非常受女生欢迎的角色。

这可真是巧了。

随着赵希前面的故事背景讲解，几个人也把手里的剧情和大概背景了解得差不多了。赵希推着进度，正式开始游戏："……那么请大家依次自我介绍一下。"

坐在赵希左手边的就是李牧赫，她说话的时候，他的视线扫过来好几次，等她示意大家自我介绍时，他最先开口。

"我叫李烊泽，是18届的毕业生……"

他们手里的都是单线剧情，而赵希已经主持了一个多月这个本子了，早把剧情背得滚瓜烂熟。

几个人依次介绍着，赵希也回忆着整个剧情。

他们手里剧本的内容除了个人经历，整条线的指向都差不多，那就是隐瞒自己是凶手的身份，但其实造成致命性伤害的只有一个人，整场游戏就是找线索，为自己辩解。

真凶的剧本上有一处跟别人不同，那就是允许撒一次谎。

赵希看了眼李牧赫，他正皱着眉翻剧本，看样子是现在才认真看。

此时才看完剧本的李牧赫轻笑了下，然后将剧本合上，撂到了桌子上。他脸上的表情有些耐人寻味，似是有些怒气与自嘲，可表情是带着笑的。

李牧赫舔了下尖牙，像是气不过，又将剧本拿起来翻了翻，找这个剧本的作者是谁。

他这个举动的原因赵希大概知道。

校草李烊泽在学校成绩好，人缘好，长得还帅，从高一到高三就没断过追求者，桌上总是有女生送过来的小零食。

除了小零食那一点，基本跟李牧赫吻合。

李烊泽喜欢上学校里最不起眼的那个女生，但告白失败了……

李牧赫低声骂了句后，再次把剧本甩开。

因为角色设定的原因，李牧赫整场游戏玩下来都没什么太好的语气，完全就是无能狂怒的状态，但他这个状态也恰恰符合角色的性格设定，因为凶手就是李烊泽，是他恼羞成怒把人给杀了。

3

又是推理又是剧情，中间还穿插了几条感情线的故事，整场游戏玩下来花了差不多六个小时，他们下午三点到这儿的，等结束的时候天都黑了。

桌上也从一开始的剧本与矿泉水瓶变成了各种外卖盒堆叠，房间里也充斥着食物的香气。

真相大白后，所有人都在忙着声讨李牧赫，因为他的角色才是那个真凶。

在桌子前方站着的赵希在他们吵闹时，低头按了下太阳穴。站了六个小时，说了半天，她的体力已经耗尽了，不仅如此，现在还有些低血糖的症状，身子都跟着发软。

刚刚他们点外卖的时候，李牧赫也给赵希点了一份，但她硬是没吃。本就因为剧情而生气的李牧赫再次被赵希给气到，即使头都扭过去了，也很像个河豚。

赵希站在前面，长呼了一口气后，又打起了精神，给这一局做了个收尾。

"那各位慢慢收拾，我在外面等大家。"房间里即使开了新风，赵希还是感觉有些闷，她收拾好剧本，率先带着东西出去了。

外面的凉气扑面而来，让她缓了一下。

座位上的李牧赫最先收拾好自己的东西，他把手机一装，拿起身后的羽绒服外套，起身说："我去外面等你们。"

原以为出去后会看不见赵希的人影，结果一开门，他就看到了靠在对面等待的她。

过道的顶灯离这儿有些远，光是斜着照过来的，发丝将她的脸遮了大半，就这样，她脸上的疲惫还是很明显。

看到有人出来，赵希下意识地站直身体，在看到是李牧赫后也没放松身子，而是客气地说："那您先跟我来这边休息一下。"

俨然是陌生人的口吻。

原本有很多话想说的李牧赫泄了气，嘴张了张，最终什么都没说。

另外几个人收拾好东西后也吵吵嚷嚷地走出来，过道里全是他们的声音。前台前站着的两个人望去时，陆永阳他们几个还在激烈地争吵着。

故事虽然真相大白了，但因为今天新人多，好几个线索都被推错了，李牧赫压根都没有撒谎的机会。赵希引导了几次，陆永阳就把车开走几次，偏偏他还一副自己分析得很对的样子，把其他几个人也带偏了。

他们现在吵的就是这个。

赵希头疼得低下头。

或许是听到身后的叹气声了，李牧赫回头看去，还是没忍住，关心地问了一句："头疼？"

"没事。"赵希重新抬起头，挥手拒绝他的关心。

这回李牧赫倒没有打退堂鼓，而是继续问道："一会儿还有工作吗？"

赵希就像是没听见一样，将视线转移。

"那你明天……"

他刚想问赵希明天还上不上班，原本无视他的赵希立刻开口："今天是最后一天，你们是最后一场。"她回答的原因就是怕明天李牧赫还来。

或许是听出她话里的烦躁，李牧赫一下子软下态度，也不顾有些刺痛的心，小声道："你知道的……我从来都不做你讨厌的事。"

听到这句话，赵希握了下拳，她没有看李牧赫，而是直接绕过他，将其他人送出去。

李牧赫跟在人群后面，心情再次低落起来，羽绒服外套还拿在手里，他也顾不上穿。

电梯门打开，被带上来的冷气一拥而入，争抢着挤进这温暖的地方。站在门口的几人打了个寒战，陆永阳还把原本敞开的衣服拉链给拉上了。

"哦！好冷！"

"咱们一会儿去吃啥？"

"一会儿我们请吧，今晚剧本杀都是你们掏的钱。"

"行啊，那就看你们想吃什么。"

已经进了电梯的陆永阳回头："赵希，你要不跟我们一起去吃？"

就在旁边站着的赵希听到了挥挥手，还笑了下："我还没到下班的时候呢，你们去吃吧。"说完这话的赵希还对最后一个进电梯的李牧赫说，"把衣服穿上，外面冷。"这口吻，俨然一副好工作人员的模样。

进到电梯里的李牧赫看了她一眼，或许是没想到她还会关心一下自己，即使是客套的，他也有些意外。

他听话地穿上外套的同时，电梯门也跟着合上。

"原来你们是高中同学啊？"

"对，她医学院的。"

"等会儿吃海底捞吧，马上十点了，我们可以用大学生优惠券！"

"OKOK！我这个月还有一张券。"

"今天是几折？"

后面几个人在各种话题中间来回穿梭，李牧赫则掏出了手机。

手机休息了几个小时，现在打开还是满电的状态，李牧赫刷新界面，赵希的微博还是空无一物。

电梯门打开，李牧赫盖住屏幕，领头出来。

夜里又降了几度，风比白天更大，吹在身上的感觉就跟那利刃划过一样。大家都紧了紧衣领，以防有风钻进去。

李牧赫慢了几步，落到了队伍后面，在拉好拉链后，又下意识地将屏幕划开。页面还是赵希的微博，但这回不一样了。

下面原本亮着黄色的"关注"变白了，账号的粉丝数量也从零变成了一。

李牧赫看着手机屏幕，停在了原地。

前面几个人渐渐走远，嘴里还讨论着刚刚的剧情，没有一个人注意到李牧赫掉队。

停在原地的李牧赫又划了一下屏幕，动作有些僵硬，似是还没反应过来为什么刚刚什么都没有的页面突然多了好多东西。

赵希的微博不再是空白，而是往下划也划不到底的"仅粉丝可见"。

怪不得她的主页明明显示了有几千条微博，但是什么也看不到。

李牧赫划动屏幕的手也在这个时候停下，刚好停在赵希转发的一条微博上。

原微博的内容是女生在加到喜欢的男生后的朋友圈反应，回复无一例外，全部说的是在加了好友后连忙发了好几条朋友圈，有自拍，有感叹天气好，有展示玩偶，有发美食，像是憋了许久的话全留在这一天说了一样。

而赵希说的内容则是：

……李牧赫一个大半年才发一次朋友圈的人，昨天发了四条。

李牧赫看了一眼那条微博的时间，喃喃道："八月……"他眉头微皱，似是在回忆那天是什么日子。

"啊……"他想起来了，发这条微博的前一天是参加跳蚤市场，也是李牧赫加到赵希的日子。

不知为何，明明是寒冬，明明正在刮风，李牧赫的血液却沸腾了起来，连原本没有知觉的指尖都被驱使，不停地划动起来。

△好爱橙子，它现在就窝在我脖子旁边，一呼一吸的，还会叹气！

△他今天发了四条朋友圈，其中有一张照片是那个铃兰灯。

△这破铃兰灯我做了一晚上，其实一个小时就可以解决的，但橙子老是在一旁打扰我，这样蹭来蹭去的谁能不摸啊！

"铃兰灯？"李牧赫立刻就想到了那个他在跳蚤市场上抽中的东西，那盏灯现在还摆在他房间的桌子上。

他站在风口，指尖都快冻僵了也顾不上，继续往下划着。

△破学校事真多，这跳蚤市场什么时候能取消？

△以前对李牧赫滤镜太深了，他话怎么这么多啊？

△烦死了，这学校有病吧，留这么多作业？

△今天报到重新排座位，李牧赫坐我后面，开心占五十，烦躁占三十，复杂占二十。

李牧赫的手指一顿，反复确认了一下，这条微博确实写的是开心。

他此时的心情就像是原本密封的可乐罐子被打开了一样，"咕噜咕噜"地冒泡泡，氧气被挤走，他的呼吸也变得急促起来。

△这个世界到底什么时候毁灭？

△今天在游泳馆看到李牧赫了,他还怪白的。
△……穿睡衣下楼吃饭,结果遇到了他,还有比这更糟糕的事吗?
△这破小区又停电!
△烦死了,感觉这学期什么知识都没学进脑子,就要期末考了。

看到这儿后,李牧赫往上划了划,想看看赵希近期有没有发过什么。

他喘着气,心跳加快,既是因为这些文字,也是因为怕被赵希发现。过速的心跳使得他的身子也跟着发软,他现在只想找个地坐下,快点把这些看完。

△李牧赫好像一直在关注我。

正在划动的手指停在这简短的几个字上,他看了眼上面对应的时间,是十一月份的时候,那个时候他们俩已经开始一起上家教课了。

从这条开始,后面有关他的内容就越来越多了。

△以前只是猜测,但最近越来越确定了……怎么办呢?我没有办法回应。
△我讨厌这个家,他们的存在无时无刻不在提醒我,我是那个没人要的。
△我偶尔会看着李牧赫发呆,以前高一高二的时候离得远,不怕被他发现,可以肆无忌惮地看,但最近不行了,每次我想看他,都会发现他的视线在我身上,炽热且真挚。
△这个世界上令我开心的事有很多,很多词汇只是摆在那里就能让我觉得内心安定。橙子、小猫、小狗、旅游、大海、冰箱、西瓜、床、台灯、毛毯、多云、沿海公路……太多了,但这么多词里唯独没有爱。
△以前关注他,没有什么负担,那种感觉就像是每天去喂一下野猫,心情是愉悦的,他什么也不回应都可以,只要他在那儿就好。
△回忆了一下原因,好像没有别的,就是因为他长得好看,并且很有教养。我起初只是观察,觉得这世界上怎么可能有这种男的,后来发现,教养一词跟性别无关。
△他身上的味道好香,他身上一定很暖和。
△赵希,我对你真的很失望,嘴上说着要逃离那个家,但每天都在看小说,上课也充满了敷衍,醒醒,你要一辈子这样烂下去吗?
△我就像是家门口那袋被提出来的垃圾一样,迟早是要被丢掉的,他们说先送走橙子,以后有工作了再养。真是好笑,我养橙子花他们的钱了吗?真心祝愿他们一家烂在一起。
△打死我也没想过,这辈子还有住进李牧赫家的一天。
△对他的心思又加深了几分,但越这样,我身上的枷锁就越重,他大概不会理解的。

这之后,她的下一条微博就跳到了几个月后,也不知道中间是被删掉了还是她没有发。那段时间刚好是高三最后一学期,并且赵希那几个月确实很努力,经常学习到很晚。

李牧赫扫了一眼后面的那一大段话，往上划的手指也慢了下来。

△今天李牧赫向我表白了，他说了三遍喜欢我，他每说一次，我的呼吸就要停滞一次。拒绝他的话我已经想不起来具体内容了，当时我脑子都是一片空白的，现在回忆起来都只能想起几段模糊的画面。后面往回走时，我的身体就已经支撑不住了，眼泪也往下落，我也不知道自己在哭什么，明明都是我自己决定的。

拒绝的理由也很好笑，因为我太喜欢他了，接受不了热烈后的冷淡，也接受不了他知道我的真实性格。我害怕冬天会来临，也害怕我随时会崩溃的情绪影响到他，甚至，我可能都给不了他想要的情感回应。我对自己没有信心，也对他没有信心。

他该留在夏日的炙热之中，站在阳光之下，倾听蝉鸣与鸟叫，看花开与绿意，感受山林与大海，而不是跟我在一起缩在房子里，日复一日地安慰我这破碎的情绪。

或许我一开始就不该回他的话，这样我们就不会产生交集了。

慢慢忘了吧，还能怎么办？

再来就是跳到了两个月后，大学开学，全是她上了大学后的一些生活吐槽。李牧赫往上划了几条，都没再出现自己的名字，甚至连"他"这个代词都没有。

赵希真的说到做到了。

寒风划过脸颊，像利刃一样刮伤李牧赫的心，滑下的泪水蹭过冰凉的脸，留下滚烫的痕迹。

李牧赫抹了把脸，将眼角的痕迹擦干。

他的大脑现在无法处理情绪了，也无法控制他的身体，他慌乱地朝四周看了看，却不知道自己为什么抬头看去。

四肢驱使着他往前走，漫无目地往前走了几步后，他又忽然停下来，转身向后面的大厦跑去。

他现在迫切地想见到赵希。

电梯显示屏的数字一直在变动，没几秒就到达了他刚出来的楼层，可电梯门打开时，他又迟疑了。

要是让赵希知道他看了这些，那他们俩才是真正完了。

他手撑着电梯壁，最后又缓缓放下，任由电梯门合上。

李牧赫那猛烈跳动的心似乎在这个时候才回到正轨，他放空视线，又举起手机看了一眼，指尖划着那段话，最后还是点了取关。

4

李牧语：希希！你怎么没回来？

李牧语：你们不是考完试了吗？

躺在出租屋里的赵希抱着被子转了个身，她昨天才搬过来，收拾了一整天，累得连晚饭都没吃,直接睡到了现在。

要不是手机在枕头旁振了两下,她估计还能睡。

她眨了两下眼睛,先把台灯打开了,等适应了光亮后才看向手机。

界面上显示了好几条未读消息,都是问她什么时候回去。

赵希先给李牧语回复。

赵希:过几天,我错峰买的票。

回完后她又给妈妈回消息。

赵希:你自己回老家吧,我就不去了,太累了,不想动。

虽然爸爸没问她,但她还是发了一条过去。

赵希:我跟我妈去老家过年,今年就不回来了,我直接坐高铁过去。

如果可以的话,她今年就想待在她的出租屋里,哪儿也不去,但没办法,她得回去接橙子。

微信消息往下翻的话,还有一条未读消息,是时朝裕的。

时朝裕:上飞机了。

赵希看了眼时间,现在已经下午一点了。

"啧……"她活动了一下身体,肌肉的酸痛感让她忍不住皱起眉头。

但再痛她也得起床,要不然时间来不及了。

赵希掀开被子从床上坐起,视线扫过昨天她整理好的家,心里生出一股没由来的满足感,感觉肌肉的酸痛都有所缓解了。

她的出租屋不是那种开间,而是规整的一室一厅一厨一卫,客厅还带了个阳台,只不过装修的时候被纳进了客厅。

房子的装修很简单,就是大白墙加米色地砖,这套房子装修完后晾了几个月,房东正想往外租呢,就被赵希给赶上了,唯一的缺点就是不带家具家电,得赵希自己配,但它也有一个很大的优点,那就是有地暖。

房间里暖烘烘的,晚上睡觉也不冷,等橙子来了也不用担心它会被冻感冒。

买的家具还有很多没到,现在整个房子里就只有床和床垫,外加她从宜家买回来的书桌和衣柜,其余的地方还很空旷,连客厅都是空的。

赵希到外面的厨房拿了瓶水,一边喝一边计算着时间。

她现在洗澡收拾一下然后出门,等到了机场,时朝裕差不多就下飞机了。

"真是多一分钟也不给我留,希望飞机不要提前降落。"她喝完水,转身就走向卫生间,准备洗澡。

而此时的单元楼下,李牧赫拉着行李箱,身后还跟着几个抱着纸箱的人。

"是这儿吗?"陆永阳累得都要喘不过气了,结果这人还拉着箱子在前面慢悠悠的,真想踹他一脚。

李牧赫对了一下楼栋号,又对了一下单元号:"到了到了。"

"可算到了。"

"我就跟你说进小区后往右拐吧，你看，硬生生地绕着小区走了一圈！"

"你等会儿不请我们吃大餐可说不过去啊！"

考试周终于结束，学校里的人都在忙活着准备回家，有考试结束得早的，前两天就收拾东西走了，也有像李牧赫他们这种考到最后一天的。

期末考那几天，李牧赫一边复习，一边收拾东西，打算考完后就将一部分物品先放到房子里，这样到时候放假回来就不用再跑宿舍一趟了。

那几个没来得及跑的苦力就这么被李牧赫抓了过来。

越是接近年关，天气越冷，连这座几十年都不见得飘一次雪的城市也落了些雪花，整个天空都雾蒙蒙的。地上湿漉漉的，路旁的绿化带倒还留了些未化的雪花，那感觉就像是往蔬菜沙拉上撒了些稀稀拉拉的糖霜一样，倒胃口。

这边的城市没有集中供暖，走进单元楼后就感觉到了寒意。几个人抱着箱子走进电梯，谁都没有把东西放到地上歇一会儿，因为大家都知道李牧赫有洁癖。

电梯缓缓上升，红色的数字停在了七楼。

"门牌号多少？"陆永阳第一个出电梯，抱着箱子左右看了看。

后面跟出来的李牧赫看了一眼手机："左边，702。"

"你们这一层六户，三个电梯，还行……就是周边学校挺多，在这边租房买房方便孩子上学的人应该也不少，估计早高峰得堵一会儿，你以后早上得多预留点时间出来。"左致彬一路上都在观察，这个小区是新建成的，但入住率挺高，估计就是跟周围有很多学校有关，不仅有大学，还有那么多中学和小学，这里的房子肯定不愁往外租，并且房价还挺高。

前面的李牧赫也回了个头："希望下学期手气好点。"

"那你想多了，我听学姐说，大一大二的课都挺满的。"

"不是吧，这早八晚八的日子我还得再坚持一年半？"

"大二估计就是满课，不至于晚八。"

"那也够呛。"

这栋楼的走廊格局是 H 形的，右边是两套面积比较大的房子，左边的四套就是面积比较小的。

李牧赫住的这套是两室一厅，他姑当初买这里的时候就是想着这边学校多，方便出租。

他拿钥匙开了门后，招呼着身后几个人："进来吧，不用换鞋，等你们走了我再收拾。"

"真羡慕啊，我也想出来住。"陆永阳还没进去呢，口水就快流下来了。

几个人在外面蹭了蹭，确保鞋底不湿了才踩进房间。

宿舍几个人里，就左致彬没看过李牧赫的家，进来后还被闪了下眼睛："呀，全是白的。"

房子的装修色系偏浅，一眼望去除了白色就是木色，尤其是家具那些，全都是白的。

去过李牧赫家的两人波澜不惊道："毕竟白色耐脏。"说完后，这两人还相视一笑。

李牧赫听到这话无语地瞥了两人一眼，这个梗要被他们玩烂了。

房子里的家具一应俱全，但这些都是李牧赫自己买的，很久之前他就想着要搬出来住了，跟姑姑说好后他就一直在买家具，直到现在才置办齐，今天更是才有时间把宿舍的东西搬过来。

左致彬摸了摸白色的沙发，艳羡道："这一个月得多少钱啊？"

之前李牧赫就说自己下学期要搬出去住，也没说其他的，他们就以为到了下学期他才会找房子，结果考完试后他家具都置办全了。

"五千一个月，但是对外租的话估计得六千五。"李牧赫一边说，一边拆纸箱，把里面的书都拿了出来。

成树走到一个房间门口，摸上门把手后，问了句："能看一下吗？"

"看吧。"

兴奋地把门打开后，成树扫了一眼卧室，床垫什么的已经拆封了，但上面没铺褥子和床单，估计是要等到李牧赫开学来了后再弄。

他刚准备把门关上，另一旁就响起一阵惊呼："我的天！电竞房啊！"

陆永阳这一声，直接把另外两个给招来了。

三个男生挤着进去，在里面又是摸又是看，感觉口水都要流下来了。

李牧赫扫了他们几个一眼，并没有跟过去，而是把自己的一些书收拾出来后搬到了卧室的书架上。

没过一会儿，那仨人排着队走过来，堵在他卧室门口，一个个眼睛亮晶晶的："……我们以后能不能……"

"不行。"李牧赫想也没想直接拒绝。

那几个也没多意外，毕竟李牧赫的爱干净和拒绝干脆都是系里有名的。

"你看我就说他肯定不同意吧。"

"真干脆啊。"

"上回在食堂有个人问他要微信，他想也没想就拒绝了，换我的话还得想想怎么开口。"

"你跟他比？你这辈子被要微信的次数有他一个星期多吗？"

"陆永阳，你死定了！"

李牧赫看了一眼吵闹的几人，又看了眼时间："走吧。"

他订了晚上的票回家，所以出来的时候顺便就把行李箱拉上了，另外三个人要等到明天才回。

说要走，他们一行四个又吵吵嚷嚷开门出去，在楼道还打闹了半天。

此时在房间吹头发的赵希因为吹风机的声音，并没有注意到外面。

确定头发全干了后，赵希才返回卧室去换衣服。等她收拾好准备出门，外面楼道早就没人了。

也不知是不是早上那场雪发到网上被嘲笑说还没雨点大的原因，下午这会儿的雪就忽然大了起来，地面上没被人踩过的地方还留有白色的痕迹。

小区楼下的人多了起来，还有穿着居家服就出来拍照的。

赵希背着包到小区门口时，在手机上叫的车也刚好到了。

车子开了一个多小时，天上的云也压下来不少，上到高速时，感觉那些云都快要压到脸上了。赵希拿出手机拍了一张，想要发到微博上。

她登上许久没打开的微博后，消息通知那块亮起一个小红点，但点进去后又什么都没有。

赵希也就扫了一眼，没多在意，将那张图发到了微博，还配文：今天雪天，橙子最喜欢看下雪了，好想橙子。

"到了。"前面的司机提醒了一句。

赵希抬头时顺势结算了打车费："好的，谢谢！"

这几天的高铁站和机场的人都很多，各大高校都放假了，到处都是要回家的大学生，赵希这一个没拉行李箱的人在一群人中间显得格外另类。

她背着个小包，等待着手机加载结束，结果微信界面一直在转圈圈。就在她打算直接进去时，忽然旁边有人叫住了她："嘿！"

赵希闻声看去，是时朝裕。

她下一秒就露出了笑容："我发誓，我已经很努力地往这边赶了。"

语气熟稔也略显亲昵。

赵希走过去时，还打量了一下时朝裕："你冷不冷啊？"

跟赵希穿了一件厚厚的羽绒服不同，时朝裕穿着一件黑色的长款大衣，里面还有一件烟灰色的厚西装，再往里就是黑色的打底衫。虽说他脖子上挂着的那条黑色围巾能挡不少风，但这一身放在今天来说，还是有些冷的。

被打趣的时朝裕也跟着调侃自己："确实没想到，这个城市不欢迎精心打扮的我。"

赵希把兜里的暖宝宝分给他一个："给。"

"你这往兜里装暖宝宝的习惯还没变啊？"

"变不了，我怕冷。"

"行吧。"

两人一边说一边往外走，准备去打车。

而另一边的高铁上，刚上车的李牧赫正在放自己的行李。他今天安排的时间都比较紧迫，到高铁站的时候这趟列车都快检票结束了，他完全就是卡着点进来的。

　　刚刚快走了一路，喝了些凉风，李牧赫现在有点咳嗽。

　　他将行李放好后，把帽子和围巾紧了紧，安静地坐在自己的座位上，准备看网课。

　　这一列估计都是大学生，有些人不想把行李放在上面的行李架，就堆在走廊里，摆得倒是整齐。一个个在座位上忙着自己的事，谁也不吭声。

　　李牧语：几点到？

　　李牧赫：七个小时后到。你不用出来了，我自己打车回去，你跟奶奶早点睡，不用给我留饭，我到时候点个外卖就行。

　　李牧语：所以跟你说让你买飞机票啊。

　　李牧赫：飞机票早没了，我们考试信息出来得最晚，没来得及买，其他院都考完回去了，我们才考了一半。

　　李牧语：行吧。

　　李牧赫：我房子收拾好了，等走的时候我叫个宠物运输，把橙子带我那儿去，这样还方便赵希看橙子。

　　李牧语：啧，你确定是方便赵希？

　　李牧赫：……

　　李牧语：哪里需要你操心，希希也要把橙子接过去，她也在外面租了房子，好像这回跟朋友一起回来，到时开车走。

　　李牧语：确定了一下，是时朝裕。

　　李牧语：哦吼，美国现在可没什么假期哦！

　　怎么这大半年都过去了，还能听见时朝裕的名字？

　　啧，真烦。

第十一章
/ "我们能在一起吗?"

1

跟海江市那如撒调味料一般的雪天不同,这边的天就像是想要给赵希这个刚从南方回来的人展示一下实力似的,雪大到高速路上都像铺了一层白毯子。马上就要进市区了,他们硬生生地被堵在路上,车辆只能缓缓移动。

时朝裕握着方向盘,看了一眼旁边稍显困倦的赵希,劝道:"你要是困的话就睡吧。"

听到这话,赵希用力挤了两下眼睛,强迫自己打起精神,还吸了下鼻子:"没事……我开会儿窗,太热了就容易困。"说着,她就把车窗摇下来。

掺杂着雪花的风像是终于找到庇护所一样,蹭着那小缝挤进来,雪花落在扶手上,没过几秒就化了。虽说有点冷,但赵希确实清醒了不少。

"嗡——"

她将手里的手机拿起看了一眼。

李牧语:晚上几点到啊?

赵希:不太确定,不用等我啦,我住酒店。

李牧语看到回信后,抬头给李牧赫回了句:"说要住酒店。"说的时候脸上还带着无奈,她早就知道赵希这次回来不会住她这儿了,可李牧赫非得让她再问一次。

再问两次难道结果就会变了吗?

李牧赫看着手机屏幕,不服气地说道:"有房间给她住,干吗花那个钱?"

非常想给他来一拳的李牧语只能照着他的意思又发了一条。

李牧语:家里有房间,干吗花那个钱?

赵希:太打扰了,就不过去了,我房间都已经订好了,明天再跟你约饭!

回复得很快。

"看吧!"李牧语再次将手机屏幕展示给李牧赫看。

气不过的李牧赫深吸了两口气。

他本想着过年的时候赵希回来后,他还能跟她说上几句话,然后跟她商量把橙子带到他那儿去,以后她要是想看橙子了,随时都可以去。这样,他们俩见面的机会就多了。

但没想到那些都只是他的美梦,事情压根就没有按照他规划的发展。

"真烦。"无能狂怒的李牧赫只能对自己的头发撒气，狠狠地拨了两下，将它弄乱。

李牧语见他不再折磨自己，于是赶紧把手机拿去充电，还顺势躺到了床上，做出了赶人的手势："麻溜滚好吧，我都要困死了。"

李牧赫语气里还带着埋怨："你……怎么都不帮一下我？"

李牧语扯着被子，还给自己披了披。听到这话后，她晃了晃头，跟不倒翁似的，只不过语气里多少带了些幸灾乐祸："怎么没帮你？我不是发信息了吗？而且追人这种事你应该自己上啊，啥都让我来，你干脆让赵希跟我交往好了。而且现在希希是躲着你，又不是躲着我，我明天还要跟希希去吃海底捞呢，你见不着她跟我有什么关系？"

李牧赫被噎住。

房间的昏暗也让她的困意很快来袭，她打着哈欠再一次赶人："赶紧走，我好不容易十点有了困意，你赶紧滚蛋。"

她还交代了一句："记得关灯啊。"

从小到大都很听姐姐话的李牧赫这回却叛逆了一次，出门时没关门，也没关灯。

"呀——李牧赫，你想死吗？"

"李牧赫——"

当时间终于指向零时，车子也停到了酒店楼下，赵希看了一眼外面已经停雪的天，再次感谢了一下时朝裕："谢谢，真是麻烦你了，开了十几个小时。"

"不客气，橙子到时候让我玩几天就好。"

"送你了。"

"呵，你也就是说说。"

停稳车子后，时朝裕将后备箱打开，然后解开安全带跟赵希一起下车："到房间后赶紧休息吧，有什么事给我打电话。"

"谢谢谢谢，你也是，赶紧回去休息，明天请你吃饭！"赵希接过行李箱，拧着眉，看了一眼地面的雪，"你到家了记得给我发个信息。"

"好，拜拜，你进去吧。"时朝裕没有送赵希进酒店，而是在门口看着。

两人在酒店门口分别后，赵希拉着行李箱进了酒店。

门口的风依旧呼啸，地垫上还留有进出的雪脚印，湿漉漉的，看样子即使临近年关，也有不少人还在外忙碌着，住在酒店里。

大楼就像是日历礼盒一样，只有被选中的几间亮了起来，黄色的灯珠怂恿着窗帘，试图让它闪开，给自己让让位。

当赵希拉着行李箱走进房间时，这间房子的灯也亮了，日历礼盒的一角被点亮，离过年又近了一天。

这儿虽然是北方城市，但每年下的雪都不太大，一年里可能也就下一次大雪，而且那些雪很快就会被清理掉，只剩下车顶和绿化带还留有它们来过的痕迹。

今年好像有些不同，赵希拉开窗帘后发现外面还在下雪，也就马路上露出了些泥泞，其余地方仍旧是白花花一片。

落地窗冰凉的手感让她的思绪回来一些，也赶走了不少困倦，她转身看了一眼酒店房间，然后满足地泄了口气。

跟妈妈说今年没空回老家过年，跟爸爸说今年要跟妈妈一起过年，就想独处的赵希这次回来给自己订了一个好一点的房间，两千多一晚。

之前努力兼职了大半年，这是她应得的，也算是给自己的奖赏。

房子是套房，卧室旁边是衣帽间和浴室，她昨晚进房间时都已经十二点多了，就这样她还是硬撑着泡了个澡。行李箱还放在外面客厅里，她昨天实在是太累了，脑子都跟着不太清醒，硬是把行李箱放在了外面客厅，晚上找换洗衣服的时候还来回跑。

她来到外面的客厅，瘫坐在沙发上："……点个外卖？"

外卖软件里全是她熟悉的商家，各种连锁品牌挤在一个小屏幕里，上下晃着头，就等着被看到。

赵希选着自己的早午饭，选到最后，花出去了一百多，又是烤鸭又是黄焖鸡米饭，还点了炸鸡和冒菜。

等待的途中她也没有离开过沙发，正值饭点，楼下的送餐机器人也忙碌了起来，一路嘟嘟囔囔地带着东西上了电梯。

沙发上的赵希偏头看着窗外仍在往下落的雪，表情漠然。忽然，电话响起，她接起听了一声，是外卖。

自这之后，赵希来来回回开了好几次门。

桌子上摆满了她点的外卖，她席地而坐，端着个塑料盖子，手里的筷子动个不停。

外面风雪交加，路上的行人都裹着脸，以免被寒风划伤，而酒店房间里的赵希则穿着薄薄的长袖，吃着外卖。

赵希说不清现在的心情，这不是在海江市，也不是那个出租屋，这是她从小生长的城市，她在这里有好几个家，而此时的她却坐在酒店里吃外卖。

本该凄凉的场景赵希却笑出了声，心中那个一直被束缚着的小人挣断了绳子，光着脚来回奔跑着。明明是坐在这里吃饭，赵希却有骑在马背上疾驰草原的感觉。

真是爽极了。

更让赵希开心的是，这只是开始，她的好日子还在后头。

2

赵希给这一桌子的外卖拍了个照，然后发到了微博上，配文：

大餐！

"……嗯？"赵希刚想退出，就看到了一个红点，从没亮起过红点的主页却在此时显示了一个"1"。

她点到个人页面看了一眼，粉丝那一格上显示了一个红标，数量也从原本的"0"变成了现在的"1"。

赵希皱着眉头，点进去查看了一下。

那个新增的粉丝名字叫"河畔月色9948"，头像是朵荷花，点进去后主页的内容都是各种微博投票，看起来就像是机器人。

赵希拧着眉，带着嫌弃，将那个号移除了，嘴里还嘟囔了句："大眼仔干不了趁早倒闭。"

而另一边，原本正在看图片的李牧赫手滑了一下，不小心刷新了一下微博，然后就看见原本还很丰富的界面忽然变成空白的了。

他再低头一看，原本的关注按键又亮起了黄色。

他闭上眼，气道："我这才关注了没两分钟呢。"

早上起来后，李牧赫在微博上研究了半天，终于买了一个小号回来，还关注上了赵希的微博，结果刚关注没几分钟，手机就提示他有关注发了微博。他马上点进去一看，是赵希发了一条新微博，并且还有图。

但他点开那个图片还没看两秒呢，就被手滑给搞没了。

李牧赫看着自己的右手："你真是成事不足，败事有余。"他把责任推给了右手。

现在这个号被移除了，李牧赫又得去买个小号，省得被发现，而且以后关注赵希得挑晚上，要不然被发现后他的号又要废了。

躺在床上的李牧赫翻了个身，注意力又飘了回来："哔……刚刚那张图上那么多外卖盒……总不能是赵希一个人吃的吧？赵希那胃跟麻雀似的，半个饭团都塞不下……"

他说完后又该死地想起了时朝裕这个人，本来熄灭的怀疑又燃了起来。

"他们俩该不会真的在交往吧？"李牧赫觉得这事儿说不准，万一赵希就是在上大学后跟他看对眼了呢？

李牧赫赶紧止住自己的想法："不行！"

然后下一秒——

"姐！你什么时候起床，不是约了赵希吃饭吗？"

陆永阳：网吧开黑去吗？

李牧赫：不去。

成树：柯安宇他们说聚一聚，你来吗？

李牧赫：没空。

柯安宇：李牧赫，你咋回事？怎么叫你，你都不出来呢？

李牧赫：没时间。

发出这句话时，李牧赫就坐在书桌前，充满怨念地听着他姐准备出门时发出的各种声响。

赵希已经回来几天了，基本上每天都是李牧语出去找她玩。李牧语说，有时候时朝裕也会跟着一起，李牧赫还问了，他不是去美国上学了吗，怎么有空回来，结果李牧语说他申请休学了，之后要在海江市住一段时间，找找灵感。

李牧赫在心底骂了那个人几句。

他从小就是一个按时完成任务的人，作业从不拖到最后一天，但这回却体验到了什么叫身边人的作业都写完了，并且在他眼前各种玩闹，而他只能干着急地坐在桌前，一边跺脚一边赶作业。

寒假他计划好的各种事项没一个能落地实现的，所有预测都反着来，比他姐买股票还离谱。

李牧赫也可以推开手中的事，去当姐姐的司机，来回接送，中间看一眼赵希，但他实在是做不到。

酒店里的李牧语躺在床上，一边摸橙子，一边嘲笑李牧赫："你都没见他急成了什么样，嘴上还冒了个泡。"

躺在旁边的赵希在听到这句话后，睫毛微动，但没吭声。

李牧语捏着橙子肚子上的肉，眼睛还扫了一眼赵希，见她表情淡然，于是继续说道："你们年轻人可真卷，他大一就开始参加商赛积累经验，你现在就开始计划着怎么保研，还要攒钱买房，啧，真的太卷了。"

她说完后，就听旁边人轻呵了一声，于是看过去。

见赵希一脸无语地看着自己，李牧语眨眨眼："怎么啦？"

"你有什么资格说话？"赵希说的时候没忍住，笑出了声。

"我怎么没有……哦对，我高中就财富自由，大一就买房了。"李牧语本意是引出李牧赫最近在忙着商赛，结果说的时候忘把自己考虑进去了。

姐弟俩的计划，从来都没有在赵希身上按照他们的想法走过。李牧语见自己原本制定的谈话没法拐着弯引到李牧赫身上，于是破罐子破摔，坐起身子，毫不遮掩地提李牧赫。当然，还是拐了个小弯，挣扎了一下的。

"不一样！我大一的时候真的什么都不懂，每天就是吃吃喝喝写我的小说，考虑过最远的事情就是我周六周日要去哪里玩。我大一的时候连大二该怎么样都没考虑过，也没想过万一哪天我写的小说没人看了该怎么办，反正就只活在当下。

"你俩倒是一个赛一个卷，毕业这么久了，我还是第一次知道有一个东西叫商赛的。你知道吗？"李牧语说完后，用手肘碰了碰赵希，身子还贴近了点。

橙子夹在两人中间，见李牧语挤过来了，赶紧跳到赵希身上，以防自己被压到，跳走的时候还嘀嘀咕咕，像是在念叨着什么。

赵希抱过橙子，捏了捏它的爪垫。对于李牧语的提问，她像是没多大兴趣，只是轻声回答了一句："不知道。"她说完，将视线投到李牧语身上，等着李牧语科普。

李牧语一脸神秘地后退，嘴角勾起，一副胸有成竹的样子："……哼，我也不知道。"

赵希被她这幼稚的语气逗笑了。

下一秒，李牧语拿起手机开始搜："……商赛全名商业模拟挑战赛，是一种模拟商业市场和公司运营决策的比赛活动。"

说白了就是模拟经营小游戏。

如果在比赛期间有比较亮眼的成绩，那么以后毕了业，压根就不愁找工作。这类比赛一向都是商科的同学们参加比较多，李牧赫这个学数学的来参加，就是想给以后走金融这条路的自己增加一些助力。

寒假这么长时间，李牧赫却无法出门的原因就在这里，他开学前有一场商赛的初赛要参加，期末周那么紧迫的时间他都留了两个小时给商赛做准备，想着看看往届的材料，再看看现在一些大公司的年报，就是为了到时候突出重围。

赵希垂着眼眸，视线看似在橙子身上，但思绪已经开始飘远了。她用橙子的爪垫蹭了蹭李牧语带过来的被单，被迫回忆起了高中时期那些有关李牧赫的瞬间。

她跟李牧赫同班了三年，也默默关注了他三年，有关他的事情，可能比陆永阳他们知道的还要多。

甚至她刚刚说的不知道什么是商赛，也是在撒谎。

被"商赛"这个词带动着，赵希也回想起了自己开始关注李牧赫的原因。

青葱校园，光影跟树叶在玩着捉迷藏游戏，打闹的痕迹偶尔会映到高一（4）班的窗户上。赵希在午休期间就这么趴在桌子上，看着那些在窗帘上躲藏的光斑。

下课有几分钟了，教室里早空了，只剩下了不吃饭的赵希和留在座位上的李牧赫。

李牧赫从桌兜里拿出平板，按了下继续播放，炸响的声音在这安静的教室里显得尤为刺耳。他赶紧调小声音，还对着有人的那处说了声："抱歉啊。"

声音调小后，他就在那里安静看着。没过一会儿，陆永阳他们几个男生就提着外卖回来了，一路吵吵嚷嚷。

"给，你的羊肉泡馍！"

李牧赫的声音响起："我要的是小炒。"

陆永阳顿了下，想起李牧赫当时点的确实是小炒："……哎呀，都一样！"

李牧赫没吭声，接下了外卖。

落座到他旁边的陆永阳凑到他跟前看了眼:"这是什么啊?"

"永金杯。"

"……什么?"

"一个商业比赛,就类似于模拟经营小游戏,你去当老板,然后模拟运营一个小公司。"

"这有啥意思,你要是想玩经营游戏,我回去给你搜一下,我记得有个游戏是卖比萨的,前段时间挺火。"

趴着的赵希虽闭着眼,但注意力一直在背后,"商赛"这个词也正式进入她的生活。之后在观察李牧赫时,她就会发现他总是在看一些有关金融的书。到了高二,又是同样的场景,在陆永阳和李牧赫的一来一往中,赵希知道了李牧赫之后前进的方向。

"我想考江交大,到时候本科学数学,研究生学金融,大学期间再参加一些商赛,这样就业时也能多些光环。"

"哒……数学跟金融有什么关系?你要想学金融,你本科不能学吗?还是本科专业里没有金融?"

李牧赫不想再跟陆永阳说话。

到了高三,跟李牧赫一起补课时就会发现他经常看股市,那个时候赵希就知道他炒股了,甚至收益可能还不错,因为她有留意过李牧语给他的跑腿费,一个月也就三千左右的样子,但是他平时在学校的花销完全不止三千。她一开始以为是他爸妈给的,后来又知道了他们家财政大权是李牧语管的,所以那些多出来的钱一定是李牧赫自己赚来的。

当时赵希还想到了李牧语,因为她知道李牧语也炒股,只不过总是在赔,听说已经赔了三十多万了。

赵希本来是想问问李牧语银行的理财产品有哪些比较好的,结果被拉着教育了一下午,让她别碰股票和基金,说会带来不幸。

对于高中生来说,可能大部分人的注意力都在怎么也涨不上去的分数上,赵希也是,她想要逃离那个家,而她唯一知道的办法就是好好学习,对于要逃到哪个城市,怎么养活自己,或者是上什么大学,学什么专业,都没细想过。

口腔医学这个专业还是在李牧赫的影响下确定下来的。

她最迷恋李牧赫的一点就是,他永远清晰地知道自己的路在哪里,也知道自己该怎么做才能走上那条路。

这个对于当时的她有着非常致命的吸引力。

赵希喜欢的就是智商高的,能力比她强的,而在这个基础上,李牧赫还长得好看,有教养。

赵希突然"嗯"了一声。

"怎么了?"正逗橙子的李牧语回头看向赵希,以为她有什么话要说。

"嗯？"抚着脖子的赵希回过神，视线也聚焦到李牧语脸上。

她顺势拿起手机看了眼时间，想要遮掩一下刚刚才回神的情绪："都快下午了，去吃饭吧，有点饿了。"

"好啊！吃海底捞吧，最近海底捞上了些新品！"

"我就知道你要说去吃海底捞。"

"可是它真的很好吃。"

"我没说不吃。走吧！"

两人说着就要起身。

赵希来到行李箱旁翻找衣服，在翻找的同时，还泄了口气。

她还是低估自己对李牧赫的喜欢了。

那段感情就像是刚从微波炉里拿出来的开水一样，玻璃杯里看上去一片平静，但只要投掷点什么东西，它就会沸腾起来。

都不需要李牧赫出现在她面前，只要听到这个名字，她的心底就会有波澜。

3

房门开着，隐约还能听见楼下奶奶看电视的声音。李牧赫坐在转椅上，专心地看着书，没过一会儿，就听到下面传来了响动，声音一阵一阵的，听着不太连贯。

"回来啦？"

"嗯！奶，我买了点卤猪蹄，你吃吗？"

靠在椅子上的李牧赫耳朵微动，听这声音应该是李牧语回来了，他转了下椅子，并没有什么动作。

下一秒，就听见楼下又传来对话。

"哎哟……希啊，你穿这么少不冷吗？"

"不冷的，奶奶。"

李牧赫听到后，将耳朵朝门口的方向转了转，不太确定那个声音是李牧语的还是赵希的。

他将手里的笔放下，起身朝门口走了两步。

楼下的声音也跟着清晰起来。

"那奶——我跟希希上楼了啊！"

"行，你们上去吧。"

李牧赫在确认完楼下那个人就是赵希后，忽然慌乱了起来。他手忙脚乱地在房间门口走了几步，然后又像是想起什么似的，冲到书桌旁边，拉开抽屉就开始翻找，在里面找出了他姐去年借给他的充电宝。

他拿上充电宝，一个跨步后又冲到了房间门口，紧急刹车，还缓了下呼吸。

上到二楼的两人，不约而同地将余光投到了李牧赫的房间门口。

李牧语下午跟赵希在外面吃完饭后就想着把赵希送回酒店，可谁知走到半路，赵希忽然提议要过来。本以为李牧赫又有了希望的李牧语短暂惊喜了两秒，然后就被赵希后面的话赶回了现实。

"我不在这儿久待，回来就是接橙子的，之前给橙子买的自动猫砂盆和喂食器那些都还在你们那儿放着，刚好也快到你们小区了，顺便拿一下好了，省得你下回还得给我带过来。"

李牧语听完后就在心底为李牧赫祈祷了一下：你自己加油吧。

她原本想着到时候要搬东西，就可以以东西太重为借口把李牧赫叫上。现在好了，李牧赫在不在家她都不知道呢，万一被陆永阳他们叫出去了该怎么办？

马上就到小区门口了，她也腾不出手通知，只能看天意了。

上到二楼后，李牧语最先出声，她抬手拨了下头发，还放大了音量，想给自己蹩脚的演技找点遮掩："哒……也不知道李牧赫在不在，东西这么重，让他搬好了。"

"姐——你的充电宝我找到了！"李牧赫也在同一时间从房间里走出来。

赵希看着这两人的小动作，忍了下笑意。

嘴上喊着姐，但李牧赫出来后，视线就一直固定在赵希身上。

自上回在剧本杀店见到赵希后，这还是他第一次见到她，她跟上次见面不太一样了，跟以前更不像。

赵希穿了件烟灰色的大衣，微卷的长发披在身后，气质都柔和了许多。她的眉眼里不再是烦躁和冷漠，直视他的眼神也毫无躲闪，落落大方的同时也充满了疏离和礼貌。

李牧语就知道李牧赫在看赵希，她很想回头看看赵希的表情，但她忍住了，毕竟表演还是得继续下去。

"那个……希希说她要回海江市了，要把猫砂盆这些拿上，你帮忙搬一下吧。"李牧语的手在空中胡乱挥了两下，还回过头跟赵希说了一句，只不过稍显心虚，"那啥，我让李牧赫送你啊，我肚子有点疼。"

都不等赵希开口，对面的李牧赫就先出声了："好，钥匙给我吧。"

李牧语无语了，虽然她在演，但李牧赫好歹关心一下她吧？

姐弟俩的小心思全被赵希看在眼里，她生来就心思敏感，这点小动作根本就骗不了她。但她已经没有以前那种负重感了，只淡淡地看着姐弟俩这一来一往，没有出声反对。

"那什么……我去上厕所了啊。"李牧语把车钥匙递给李牧赫后，飞速撤离现场。

回到房间后，她就趴到了门后，开始偷听。

外面的李牧赫有些无措，一想到赵希在微博上曾经发过的东西，他的心就会"咕嘟咕嘟"冒泡泡，但同时也会想起她之后发的那些，说决定忘了他什么的。

赵希表现得越淡然，李牧赫就越慌，害怕她真的忘了。

211

他伸手指了一下赵希曾经住过的房间:"你……要不先进去休息会儿,我先去把我的书桌收拾了,刚刚在忙。"他说完后又觉得无语,赵希又不进他房间,他为什么要收拾书桌?

赵希淡然地点头:"好。"说完便走向那间房,推门进去。

李牧赫看着她的背影,长呼了口气,虽然对于自己提出的收拾书桌有些无语,但他还是决定先回自己的房间,收拾书桌的同时也顺便整理一下自己的心情。

说实话,李牧赫还没想好该怎么面对赵希,他很害怕自己的表达暴露了他看过她发的那些微博。以赵希的性格,她要是知道了这件事,那可能就是永不来往了,毕竟踏入别人私人领域任谁都不会开心。

这也是李牧赫为什么在那之后没有去找赵希的原因。

回到房间的李牧赫将书桌收拾好,又去衣帽间换了身衣服,这才重新出来。

在客房的赵希也没闲着,橙子一直在这儿住着,也就这两天被李牧语带到了酒店,酒店里的那些猫咪用品都是临时买的,家里的这些它之前还一直用着,没时间清理。

赵希脱了外套,将衣袖挽了上去,然后端着喂食器到卫生间去清洗。李牧赫出来时看到的就是她开着卫生间的门,在里面洗着东西。

"猫砂盆也要洗是吧?"他问了一句,也没等赵希回答,径直走向猫砂盆,将它拆下来,准备拿去清洗。

"我来就好。"赵希没拦住,站在客房门口,看着李牧赫蹲下忙碌的身影有些愣神。

今天赵希愣神的次数好像有些多,总是会莫名地回想起那些喜欢上李牧赫的瞬间。吃饭的时候也是,明明李牧语压根都没提到李牧赫,她还是想起他了。

李牧语喜欢吃海底捞,硬是把自己吃成了黑海会员,所以只要有她的聚餐,基本上都是去海底捞。高三上家教课那段时间,李牧语时不时就会带他们俩出去改善一下伙食,就是吃海底捞。

李牧赫其实不太能吃辣,每次点的猪肚鸡锅底都是独属于他的,但每次吃海底捞他都没吃多少,因为光顾着给李牧语和赵希煮东西和捞东西了。

今天她们依旧点了两个锅底,只不过那个猪肚鸡锅底除了最开始被喝了点汤就没人再宠幸它了。

蹲在那儿拆猫砂盆的李牧赫感受到了眼角处的阴影,抬头看了一眼:"……怎么了?"

见赵希站在门口,他以为她有什么要说的,还停下了动作。

门口的赵希唇瓣微动:"……没什么,谢谢。"说完便转身走人。

但赵希没有回到卫生间,而是靠在了墙上,思绪有些混乱。

说实话,上了大学做兼职赚了一些钱后,赵希一直紧绷的神经就松了不少,不用再在意她爸妈的生活费按不按时给，和家庭的连接彻底被她斩断。

高考落定，她如愿考到了省外，那么她以后一定是要在这里扎根的，以后跟那些人的交集就会少很多，那她还要继续带着焦虑活着吗？

当时在想清这些后，赵希整个人都放松了许多，晚上也没有再出现难以入睡的情况，也不会每隔几个小时就醒一次了。

赵希才意识到，她这是放过自己了。

那么在李牧赫这件事上，她能不能也放过自己？

赵希贴着墙，扭头看了眼旁边。她觉得，现在要给出确切的答案对她来说还是有点困难，但至少她不会在面对李牧赫时有那种自卑涌上来的窒息感了。

里面的李牧赫提着袋子出来，看到赵希在门口还愣了一下。

他抬手示意："我先去把这个扔到外面。"

"我来吧。"赵希眨眨眼，回神。

她刚想伸手去接，李牧赫就把她挡了回来："没事，我去就好。"说罢，他便加快速度往楼下走。

李牧赫的身影消失后，赵希抬起头看了一眼天花板，放松了一下肩颈，也放空了一下脑子。

她小声对自己念叨："放过自己吧……真的，求求了。"

4

这个年赵希是在海江市过的，她那拙劣的谎言到现在都没有被戳破。她也不在意谎言会不会被发现，反正隔了这么远，被发现了爸妈顶多在电话里念叨几句。

因此，今年这个年算是赵希长这么大以来过得最舒心的一次，她不用去应付家里人，也不用在别人家勉强自己。

一个人的生活可太惬意了，这几天赵希每天都是睡到自然醒，然后看会儿书，下午则是带橙子出去逛，晚上去超市买菜，饭后出来遛弯，顺便给小区里的野猫喂一些粮和水。

这样的生活，赵希觉得她可以稳定地过一辈子。

假期时间长，赵希给自己找了份兼职，就在小区附近的牙科诊所。

今天都初十了，街上比过年那几天多了不少人，赵希像往常一样收拾完离开诊所顺路到小区门口的超市去买菜，然后就看到本不该出现在这里的人。

"你怎么在这儿？"赵希看了一眼推着购物车的李牧赫，实在是想不通他为什么会在这里。离开学还有十几天呢，现在返校干什么？

李牧赫比赵希还要惊讶："我住这小区啊……你也住这儿吗？"他知道赵希在外面租了房子，但不知道在哪里。

超市里人来人往的，赵希提着篮子给旁边的人让了下路，还把李牧赫往旁边拽了点："嗯，我住后面那个小区。"她这回倒是没有胡说八道了。

听到这话的李牧赫已经控制不住自己的表情了，嘴角动了好几下，看那样子是想往上扬，但他还是矜持道："……这样的话，你也别买菜了，来我家吃吧。"他想好好露一手！

可谁承想赵希的回答是："不必了。"

这个回答李牧赫也没太意外，她一向都这样。

但下一秒赵希开口来了句："你来我家吧，一直都是吃你做的饭，这次换一下吧。"她直视李牧赫，眼里没了躲闪，像是做了什么决定。

李牧赫的嘴微张，一时半会儿有点反应不过来。

这也太惊喜了吧！

二月底的海江市仍旧有些冷，但每天都是晴天，就像是小火慢烤一样，在太阳下站一会儿还是能感觉到不少温暖的。

回小区的那一路上都是向阳的，小路上穿插着几处枝叶的影子，连带着阳光一起，被经过的行人踩在脚下。

他们俩很少并肩行走，一般都是一前一后，上一次这样走在一起，可能还是在去超市的时候，就是被李牧语调侃像新婚夫妇回门的那次。

想到这儿，李牧赫忍不住勾起嘴角。

回过神后，他看了一眼前面的路，小路被岔开，被分成了好几条，前面还有个亭台。他看了一眼赵希拐向的方向，这跟他回家的路不是一样吗？

但李牧赫没有吱声，而是继续跟在旁边。

接下来就是从李牧赫熟悉的楼栋刷门禁卡进去，走向熟悉的楼梯间，进了电梯后，赵希甚至按下了他熟悉的楼层按键。

李牧赫很想说些什么，他动了动唇，最后还是忍住了，但手指却替他欢呼起来，他提着布袋子，指甲在上面来回摩擦，发出细小的"嗡嗡"声。

在仅有两人的电梯间里，这细小的声音也很明显。

赵希低头看了眼声音的源头，微微蹙眉："安静点。"

"哦。"李牧赫立马停止动作。

电梯门随之打开，他按捺住激动的心跟在赵希身后出了电梯，屏着呼吸看她往哪边拐。

左——

Yes！

李牧赫已经开始在脑海里放礼炮了，等看到赵希就住在他对门时，嘴角怎么也抑制不住了。

他现在很怕赵希转过来看他，因为他的表情真的收不回去。

但偏偏赵希对这种细小的声音很敏感，她找钥匙的时候听到身旁人稍显急促的呼吸声后，又皱眉看去。

李牧赫脸上带着灿烂的笑容,他可能是想忍住的,但是失败了,于是就抿着嘴,但嘴角还是上扬的。

她腹诽:吃个饭有什么好笑的?

赵希没说什么,转过来继续开门。她用脚挡了一下门口,以防等会儿橙子冲出来。果不其然,门一打开,橙子一边叽叽咕咕地叫,一边往门口跑。

或许是注意到了赵希身后还有一个人,它快跑到门口后,忽然又停下来,还警惕地退了两步。

"我给你拿拖鞋。"赵希进来后把从超市买来的东西顺手放到了鞋柜上,弯腰从里面找出一双大码的塑料拖鞋。

李牧赫看着那双拖鞋迟疑了一下,赵希家为什么会有男士拖鞋?

他的这个迟疑在赵希那里就被解读成了另一个意思,她赶紧解释道:"新的,还没人穿过。"

"……谢谢。"李牧赫解释不清自己为什么迟疑,只好闭口不谈。

橙子似乎这个时候才认出李牧赫,它坐在李牧赫脚旁抬着头,"喵喵"叫了两声,叫完后还挺起了胸,昂起了头,一副你快摸我的表情。

赵希提起购物袋,走的时候还顺便把地上的橙子捞走了。

橙子叫了两声以示反抗,但没僵过,直接被扔到了沙发上。

到了厨房的赵希又对门口的李牧赫说了声:"你随便坐。"

李牧赫一边脱外套,一边进来,走向沙发时,还看了眼厨房:"需不需要我帮忙?"

"不用了,不是什么有难度的菜。"赵希将买的东西都摆出来后才洗手回房间换衣服。

李牧赫坐在客厅的沙发上,橙子则是坐在他腿上,享受着头部按摩,它眯着眼睛,舒服得已经开始打呼噜了。

李牧赫给橙子按摩的同时,也观察了一下室内。这间房子的装修很简单,摆设更简单,客厅这里就是一张沙发和一张地毯,沙发上放着条白色的针织毯,旁边垒了两摞书。再多余的就是对面那面墙的角落处放了盆绿植,具体是什么树李牧赫也不清楚。

阳台上的东西倒是多一点,有橙子的窝,有它吃饭的地方,尽头处还放了它的自动猫砂盆。

再看向厨房。厨房是开放式的,一眼望去里面也没有什么瓶瓶罐罐,甚至台面上也见不到什么多余的东西。

之前赵希住在他们家时也是,她的东西永远都是收起来的。

卧室的门动了下,赵希换好衣服从里面出来,边走边扎头发,但她走向的地方不是厨房,而是阳台。

"可能得等一会儿,我先给橙子把饭弄一弄。"说着,她拿起一个小碟,橙子看到后直接从李牧赫腿上跳下去，跟在赵希后面。

李牧赫不想一直这样坐着，于是跟着起身："我来帮忙吧，光在这儿坐着怪无聊的。"

这时赵希才想起来，她这儿没有电视。

"那你来吧。"她回身说了句。

在知道赵希其实也喜欢自己后，李牧赫总会忍不住去猜想赵希跟他在一起时的心情是怎样的，但她总是冷着一张脸，很难猜出什么情绪，要不然他之前也不至于根本感受不到赵希对他到底有没有好感。

"要做什么？"李牧赫洗完手后，看到赵希摆在桌子上的东西，看清后就笑了，确实没什么难度，起码三个预制菜，只要倒锅里一炒就好。

赵希听见了他的闷笑声，明明刚吹过冰箱的冷风，但脸还是烫了起来。

她来到李牧赫旁边，随意地为自己解释了一句："……才学会做饭没多久，怕等会儿出错，这样好歹还有几个撑场面的。"

李牧赫也没收住笑，直接说道："我来做吧，你不是要给橙子弄吃的吗？"他说完看了一眼赵希手里的东西，是一袋生肉。

"改喂生骨肉了？"

养宠物的家庭多少都听过这个词，他们家的哥布林就是不吃狗粮，每天都要吃肉和菜，家里也一直备着，只不过它不吃生的，要吃用热水烫得温温的东西。

"本以为橙子吃惯了猫粮就不吃这个的，结果没想到它更喜欢吃这个，所以就给它换过来了。而且我算了一下，这样喂起来一个月就两百多块钱，就是我稍微麻烦一点，得一次准备一个月的量。"

赵希烧了壶水，准备把生骨肉稍微回温一下。

橙子焦急地在餐桌上走来走去，叫个不停，像是在问为什么还没有给它准备好。

李牧赫扫了眼餐桌上的橙子，眉眼也跟着柔和起来，转过头来对赵希说："那你下次准备的话可以叫上我，我来帮忙。"

这下赵希倒是没有回答了。

水烧好了，热水壶"咔嗒"一声响。赵希转过身去拿，但里面的水实在是太满了，她没拿稳，热水洒出来了点。

"啊！"赵希被烫得喊了一声。

水溅到了她的手背上，地上也有不少，桌子上的橙子都被这一声给吓到了，直接跳下桌子躲了起来。

李牧赫闻声看去，在看到地上的水渍后，一个大步迈过去，将她手里的壶拿下放到一旁。

"过来冲凉水。"他扯着赵希的胳膊，将她拽到了水池前。

赵希刚刚拿水壶的时候分神了一下，平时水壶都能被稳稳地拿下来的，也就今天失误了。

李牧赫一把将赵希拽过去，他都没意识到，赵希现在在他怀里。

两个人现在的姿势实在是太暧昧了。

"下回水不要接那么满，接一半也行，大不了烧两次，把自己烫到就得不偿失了。"李牧赫握着赵希的手，两个人的手一起放在水龙头下，他似乎意识到自己跟她离得有些近了，于是拉开了点距离，"帮我拿一下手机，在我兜里，这边这个。"

李牧赫想搜一下被烫到后要冲水多长时间，顺便再点个外卖，让外卖员送些烧伤药过来。

赵希回头看了一眼，手伸了过去。

"而且这样热也麻烦，你下回直接找个锅煮水，把袋子放到……"李牧赫正说着，声音忽然停下，连身子都变得僵硬起来。

赵希在他的裤兜里摸了一下，什么也没摸到："你的手机没在这边。"

李牧赫现在满脑子都是物理中能量守恒定律果然存在，他这回切身感受到了，赵希的手不烫了，那温度转移到他身上了。

他屏着呼吸，试图缓解一下，但好像没什么用："咳……我想起来了，在沙发上的衣服里。"

李牧赫松开赵希的手，退到了后面，还在赵希转过来看之前将身上的衣服往下拉了点，但他已经忘了自己为什么要找手机了。

"怎么了？"赵希见他一直没走向沙发，于是转过来看了他一眼。

原地站着的李牧赫正在缓着呼吸，祈求自己能放松点。见赵希看过来，他赶紧咳了几下，随便说了句："我忘了我找手机是要干吗了。"

在赵希快要露出无语的表情时，李牧赫赶紧说："哦，我想起来了，我是想搜一下烫伤后要在水下冲多久。"

"半个小时。"不用他搜，赵希直接给回答了。

当然，她脸上无语的表情更明显了。

"您好，外卖到了。"

门被敲响时，李牧赫也恰好帮赵希关掉水龙头。他回头应了声："来了。"然后又转过来嘱咐赵希，"你先到沙发上坐着。"

其实赵希也挺尴尬的，本来是想请李牧赫吃顿饭，结果她又是把自己烫到，又是让李牧赫点外卖买药，感觉今天她的脑子像是被冻结了一样，一下子不会运转了。

她挪着步子来到沙发前，李牧赫也在这时取好了药，他的视线凝固在她的手背上："我看虽然不是很严重，已经不红了，但是以防万一，还是涂一下。"

"谢谢。"赵希说完后，垂下眼眸。

李牧赫走过来后顺势在赵希跟前蹲下，橙子也凑热闹地踩着小碎步过来，就像是玩迷宫一样，在两人的脚边蹭来蹭去。

　　李牧赫打开药膏后，挤了点在指腹，轻柔地涂在了赵希的手背上，怕她疼，他还边吹边涂。

　　房间跟着安静下来，可这温度似乎跟着她手背上被烫伤的部分一起回温了，被摩擦过的地方变得酥酥麻麻。他的鼻息也跟着一起捣乱，蹭过她手背，划过她的耳尖，抓痒她的心底。

　　就这么一瞬间，赵希忽然觉得自己很可悲。

　　之前她因为自卑与自尊心拒绝了李牧赫，发誓不再打扰他，想要忘掉他，可终究还是控制不住，想要靠近。

　　跟李牧语一起吃饭时，李牧语打趣李牧赫是飞蛾扑火，明知道没什么机会还要一次次尝试，李牧语没有明说，但赵希明白李牧语说的是李牧赫和她。

　　只有赵希才知道，她才是飞蛾扑火的那一个。

　　妄想离李牧赫再近点，所以住进了他们家，为了维护自己的自尊心，时刻与李牧赫保持距离，对他的靠近维持正色。

　　她或许就不该住到他们家，不该一次次纵容自己，不该纵容李牧赫的靠近，也不应该在这个寒假回去一趟，更不该主动说要去李牧语家搬橙子的东西。

　　她这么为难自己到底是为什么？

　　赵希奉行人生苦短，及时行乐，所以即使平时在攒钱也从没亏待过自己，吃喝玩乐一样没少，唯独在感情这方面给自己画了圈。

　　在对李牧赫的爱恋肆意增长的同时，赵希对当时拒绝他的自己也产生了疑问——自己当时到底是怎么想的？

　　"李牧赫。"她喊完名字后，长舒了一口气，想要压下那份紧张。

　　"好了……嗯？"李牧赫刚给赵希涂好药膏，就听见她叫了他一声。

　　他抬头看去，赵希的眼里是不曾见过的沉重，他的心也跟着一沉。

　　药膏被挤压了一下，稍显用力的指尖能彰显出他此刻的紧张。不知为何，现在的氛围让李牧赫回想起了表白失败的那个晚上。

　　赵希看向李牧赫，但当他的视线对过来时，她又垂下了眼眸。

　　她能感觉得到，现在的自己就是头脑发热，可能说完这些话后等冷静下来她又会后悔，但是现在不说的话，她还是会后悔，甚至为此纠结郁闷上好几天。

　　赵希已经决定放过自己了。

　　所以——

　　"李牧赫，我们能在一起吗？"赵希说完后又看向李牧赫，好似这句话用尽了她所有的勇气。

　　突如其来的提问冲击了李牧赫的所有思考能力，他现在大脑一片空白，赵希的那句话现在就飘在他的脑海中，每一个字都被他拆解开来，但解读不出正确的意思。

　　他就像是刚浮出水面的人一样,深吸了一大口气,氧气充盈大脑后,他的思绪才跟上,毫不犹豫地答道:"能。"

　　李牧赫的脸上还带着得知巨大惊喜后的愣怔,他想说些什么,将主动权抢过来,但语言体系却在此时崩溃,脑海里的话冲得太快,嘴巴无法挑选出一条拿来输出。

　　对面的赵希也像是劫后余生一样松了口气,她舔了舔唇,补充道:"……可能我们有许多要磨合的,你可能也会发现许多我跟你想象中不太符合的地方,我们可能会吵架,可能会冷战,我原本想修正好我的性格后再向你表白的,但是我好像有些忍不住……"

　　她说着,眼睛跟着湿润起来,泛红的鼻尖显得她无比柔弱,充盈着泪水的眼睛就这么看着李牧赫,轻声说:"我太喜欢你了。"

　　那一刻,李牧赫的脑海里就像是放了烟花一般,连眼前的画面都显得缭乱起来,血液在他身体里沸腾,飙升的肾上腺素让他想冲下楼跑上几圈。

　　但这些他都无法做,那激动之情就此被禁锢在身体里,像个被猛烈晃动过的可乐罐,二氧化碳在里面撑满,感觉随时都会炸开。

　　赵希还在说着:"……可能你都不知道,我喜欢你很多年了,为了不让你发现,我真的过得很压抑。你跟我表白的时候我真的很想答应,但是我的性格很奇怪,也有很多问题,我怕你会觉得我太悲观,我还……"

　　赵希滔滔不绝,眉头越皱越紧,眼看着她就要陷入自己的情绪陷阱当中,李牧赫忽然打开了自己的可乐罐子——

　　他侧头覆上去,堵住了她的嘴。

　　突如其来的靠近和微软的触感都让赵希愣怔出神,但李牧赫鼻息间好闻的味道却让赵希紧绷的神经跟着放松下来。她缓缓闭上眼睛,无措地抓紧了李牧赫的衣袖。

　　李牧赫贴着她的唇,微微离开了一下,又亲了一下:"忘了征得你的同意了。"他说完后看向赵希,赵希也跟着睁开眼睛。

　　他认真且珍重地问道:"可以吗?"

　　虽然现在这个氛围很美好,但是赵希的嘴又开始忍不住了:"我说不可以,你能把前面的还回来吗?"她的情绪明显比先前好多了,眉峰微挑,还带了些无奈。

　　李牧赫听后闷笑出声,低下头缓了下嘴角,随即又看过去:"不能。"

　　赵希也跟着勾起唇。

　　李牧赫见她笑了,又歪头贴近,这回是认真的。

　　微湿的唇带着温热的触感,轻柔的鼻息蹭在唇尖,就像是羽毛划过心尖一样,引起浑身战栗。

　　李牧赫脑海里闪过的想法很多——怎么赵希身上这么香?她的唇怎么这么

软?舌尖怎么是凉的?她时断时续的呼吸声怎么会这么好听?

不知何时,他已经跟赵希一起躺在了沙发上,身上的温度也越升越高。再继续下去,今天这顿饭可能就吃不了了,李牧赫只能凭借着自己强大的意志力撤离身子。

他用指尖擦了下赵希微亮的唇,以免再扰乱他的心绪。见赵希睁眼了,他还解释道:"橙子在看着。"

赵希歪头看去,橙子就站在沙发靠背上,睁大眼睛看着两人,尾巴竖着,尾尖一甩一甩的,看样子对两人充满了兴趣。见他们俩分开,橙子还叫了声:"喵呜——"

5

最后是李牧赫做的饭,因为赵希烫到了手,所以做的饭也清淡,简单的四菜一汤。做完后李牧赫还拍了张照,发了个朋友圈,配文也很简单。

△四菜一汤。

照片里没有露出赵希的脸,但她的身子和手都在画面中,很显眼。

朋友圈里的人都没有大惊小怪,因为大家都知道李牧赫有个姐姐,照片里的人很可能就是他姐。

唯独李牧语在看了李牧赫的朋友圈后从床上惊坐起来。

李牧语:你进度还挺快啊,这就把希希邀请到家里吃上饭了?

李牧语:不错不错,你表现再好点,希希就离当我弟媳更近一步。

李牧赫连回都没回,因为他挺忙的。

因为跟赵希确定了关系,李牧赫雀跃的心情怎么也掩饰不住,吃饭时说了好多话,赵希问什么他答什么,她问他住哪栋楼,他直接坦白就住对门,不仅坦白了这个,还坦白了按照原计划他之后要怎么追她。

"啧……说早了。"赵希挑了下眉,像后悔的样子。

这下轮到李牧赫傻眼:"你该不会是想后悔吧?"

对面的赵希耸了下肩。

"也不是不行……"李牧赫认真地思考了一下,如果按照原计划,他接下来要干些什么,又觉得现在已经提前知道结局了,过程可能会容易些。

对面的赵希看了一眼陷入沉思的李牧赫,咂了咂嘴,这人的智商怎么经常掉线啊?

"赶紧吃,吃完就回去吧,我还想睡会儿呢,太困了。"赵希给李牧赫夹了一筷子菜,打断了他的思绪,说完后还打了个哈欠。

李牧赫还问:"那我还……"

"不用。"

"那就好……嘿。"他又高兴了。

吃完饭后，桌子和碗也都是李牧赫收拾的。赵希吃饭的时候就已经很困了，打了好几个哈欠，没吃多少就匆匆结束了。但她也没回房间，而是坐在饭桌边陪着李牧赫，最后还是李牧赫催促她去睡的。

只不过让她回房间前，李牧赫还问了句："你刚都陪我吃饭了，等会儿我陪你睡觉吧？"

"滚。"

"好。"

诡计没有得逞。

等李牧赫收拾好厨房，赵希已经睡得很熟了。他走之前还打开她的卧室门看了一眼，里面漆黑一片，只有窗帘那儿透过来一点微弱的光。李牧赫借着这光看了一眼床上的人，见她睡得很熟，也就没再进去打扰。

离开赵希家的时候，李牧赫的心情还是有些无法平复，就像是刚看完什么制作精美的电影一样，出了电影院后还在一直回味，甚至想找个人一起讨论一下。

满脑子都是"我跟赵希在一起了""赵希是我女朋友了""我俩刚刚接吻了"的李牧赫提着自己的东西回到了自己家，本想着再看些商赛材料的，结果他什么也看不下去，只能到厨房去整理自己刚刚买回来的东西。

好几次他都想给陆永阳他们发消息炫耀一下，但最后还是忍住了。他觉得自己的毅力实在是惊人，值得嘉奖，于是又打开冰箱，把自己刚买的甜点拿了出来。

软糯的麻薯有一盒子，他拿出来一个，又拿了罐喷嘴奶油，往麻薯上挤了几圈。

吃完甜点他也没有回去学习，而是到卫生间洗漱。虽然现在才七点多，但他想跟赵希同步一下，一起进入梦乡。

今天心情非常不错的李牧赫连在洗澡的时候都是哼着歌的，洗完热水澡后，他的情绪也平复了不少，被冲击了一天的情绪也在平静后使他有了疲惫感。

李牧赫看了一眼镜子里的自己，捏了下脸，再次回想了一下刚刚的事，确定不是他做的梦后又把心放回了原位。

"啊……睡觉睡觉。"李牧赫打了个哈欠，关了卫生间的灯，走回卧室。

许是下午的疲惫感太强，李牧赫很快就睡着了，如愿地进入了梦乡。

睡了两个多小时的赵希逐渐转醒，她坐起来看着漆黑的房间，有些发蒙，不确定自己脑海中模糊的记忆是出自于梦里还是真实发生过的。

她依稀记得李牧赫发了朋友圈，便赶紧闭上眼，打开台灯。还不等眼睛适应，她就眯着眼打开了手机。

李牧赫发的那条朋友圈就在那里，下面还有李牧语的点赞。

赵希松了口气，但也产生了些焦虑，恋爱到底要怎么谈？

"嗡——"手机振动。

她垂下眼看了看，是纪佳颖发来的消息。

纪佳颖：我能去找你玩吗？

赵希换了个坐姿，给她回消息。

赵希：可以啊，刚好我在外面租了房子，你过来不用住酒店了。

纪佳颖：好耶！那我明天到，我现在去买票。

赵希：OK，那你买完跟我说，我明天去接你。

纪佳颖：OK！

就在赵希想放下手机时，大脑驱使着她又去看了一眼李牧赫发的那条朋友圈。

哈……当时她头脑确实有些发热了。

另一边的李牧赫则是在感受到下半身的疼痛后，从睡梦中迷迷糊糊转醒，被窝里的温度高得不正常，但李牧赫可以肯定这不是发烧。

"嘶——"他掀开被子，给身体降降温，刚刚梦到的内容闪现在他的脑海中。

李牧赫也开始不确定了，他眯着眼，摸出了手机，忍着手机的亮光找到了自己刚发的朋友圈后，才重新抛下手机。

下午发生的事是真的，他的梦就是接着下午的事开展的，以至于让他有些难以分辨。

李牧赫开了台灯，低头看了眼睡裤，长叹了一口气："哈……麻薯。"

他觉得自己之所以做梦跟睡前吃的那个麻薯有关。

躺在床上缓了会儿后，李牧赫才起来去卫生间洗澡，还顺便把内裤给洗了。

洗完澡的李牧赫刚吹完头发，拿着手机坐到了书桌前，准备用心学习，然后就听见手机振了一下。

陆永阳：上线五排。

李牧赫：不玩。

"嗡——"手机又振动。

"啧，都说不玩了。"

李牧赫拿起手机之前还以为又是陆永阳，结果是赵希发来的。

赵希：我饿了，想去楼下买点夜宵，你去吗？

李牧赫：去，等我五分钟。

发完这条消息，李牧赫就赶紧起身换衣服。他出门的时候，赵希就在门口站着。

二月底的海江市夜晚还是很冷的，赵希穿着羽绒服，帽子口罩一个也没少，见李牧赫同样也穿着白色羽绒服出来，她还挑了下眉。

她记得之前李牧赫去她兼职的剧本杀店时也是穿的这件，那天她同样也穿的是身上这件白色羽绒服。

"走吧。"赵希把手机一收，手插进自己兜里后，领头往前走。

李牧赫跟在后面，总觉得哪里有些不对，但又说不上来。等电梯的时候，他又看了眼赵希，她两眼放空盯着前面的电梯门，像是在发呆。

两人中间隔了一步的距离，李牧赫凑近了点，跟赵希挨在一起，赵希下一秒就扯远一步。

李牧赫眨了眨眼。

或许是他的眼神太过炽热，赵希抬头看了他一眼，在注意到他稍显幽怨的眼神后，反应了过来："抱歉抱歉，有点没适应新身份。"说完，她又往他跟前走了一步。

李牧赫咧开嘴，还把胳膊弯起来想让赵希挽住，结果赵希见电梯门开了，头也不回地进去了。

李牧赫觉得无奈，她什么时候才能适应？

但李牧赫奉行的是赵希不过来那么他就过去的原则，他进电梯后拉起赵希的手，捏了捏她的指腹，装进了自己的口袋里。

所有的情侣都在最初进行肢体接触的时候充满了不适应，而赵希就是那个特别不适应的，她的注意力都在被包裹住的那只手上，手心慢慢冒出细汗，就像是有一万只蚂蚁在啃咬一样。

她忍不住腹诽：我果然不适合谈恋爱。

两人藏匿在兜里的那双手就像是单独被加热了一样，不断升温，在这接近零度的夜晚显得尤为明显，烫得就像是要着火了一样。

"去西门那边吧。"赵希说着，趁机把手抽出来，指了一下西边。

李牧赫像是感受不到她的不自在一样，见她把手放下来后，又抬手握住，想跟她十指相扣。

"行了，别太黏人。"赵希立马打住，把手塞回了自己的兜里。

李牧赫听了立马摆出受伤的表情："牵个手怎么就黏人了？"

一米八八的大男人说出这句话，赵希听了很想给他两拳。她斜了他一眼，没有多说什么，但还是停了下来，挽住他的胳膊："行了吧？"

"这下可以了。"

现在才晚上九点多，外面街边的小吃店还都开着，两个人从小区门口出来，还看到路边有卖草莓的。

迎着路灯，李牧赫抬了抬下巴，示意赵希看过去："吃不吃草莓？"

"不吃。"

走到路口看见有卖炒面的，他又问："炒面吃不吃？"

"不吃。"

"串串吃不吃？"

"不吃。"

"烧烤吃不吃？"

"你能不能安静会儿？"

赵希就是出来到便利店买个关东煮，李牧赫问了一路，见一个问一个，她都快烦死了。

过了两秒，赵希觉得自己的态度有点恶劣，于是主动握住李牧赫的手，小声地为自己辩解了一下："我就是出来买个关东煮，也特别想见你，所以把你也叫出来了。你看你想吃什么，我们买完就回去。"

整句话输入李牧赫的耳朵里后就只剩"特别想见你"了。

这回他倒是没有笑出声，但嘴角依旧挂得很高。他伸出手将赵希揽入怀里，用鼻尖蹭了蹭她的额头："想见我随时都可以。"

赵希长叹一口气，看他这样子就知道他话没听完。

两个人在便利店里挑挑选选，买了些零食，还买了赵希想吃的关东煮。回去的路上她边走边吃，偶尔还要给李牧赫喂一个。

李牧赫一只手提着袋子，另一只手拿着手机，拍了张零食的照片发到朋友圈。

李牧赫：夜宵。

赵希依旧没出镜，只露了两条穿牛仔裤的腿在照片中。

回去就几分钟的路，李牧赫又是拍路灯又是拍天空，全都发到朋友圈了。这位半年更用户今晚算是刷了屏，朋友圈那一栏全是未读消息，点进去看不是点赞消息就是各种评论。

成树：零食！炫我嘴里！

左致彬：你没学习，赶紧上线五排！

陆永阳：什么情况？牧语姐竟然跟着你出去买零食，稀奇啊！

李牧语：不是我。

陆永阳：哎？牧语姐这意思是？

左致彬：！不是牧语姐！

成树：李牧赫，啊啊啊……怎么回事？

陆永阳：不是……你什么时候？什么时候啊？你怎么有空的啊？谁啊？

这条零食照朋友圈下面有三十多条评论，前面几条还相安无事，后面直接炸开了锅，李牧赫的手机也跟着不停振动起来，全是来找他问情况的人，连他姐都开始狂轰滥炸。

任由消息塞满微信，李牧赫也不管，就这么踏着月色跟赵希漫步回楼下。他的喜悦溢于言表，总是会看着赵希不由自主地露出笑容。

但他这个反应让赵希很难适应，总感觉像是一个言情男主和一个现实题材的女主相遇了，同样的夜空下，他那里星星点点，而她这边则弥漫着雾气。

真的太操之过急了，她应该等自己的心态再好点的……

赵希收回挽着李牧赫的手，但还走在他旁边。

李牧赫回头看了一眼，借着路灯看了眼赵希的表情。赵希的表情一向没什么太大的变化，但李牧赫就是能从她那一成不变的表情中读取一些情绪。

"怎么了？"他问。

赵希歪头向他看去，想说什么，但又不知道该说什么，只好长叹了一口气："……就是，我还是有点不适应。"

赵希就是那种不告白会把自己郁闷死，告白了后更郁闷的人，之前忙着怎么压抑自己的情感，现在则是在想人为什么得谈恋爱，真的好麻烦。

本就不够的时间，她还得分出来一点来维持感情，花了时间又得花钱，并且这样还不一定能维护好。

真烦，人到底为什么要谈恋爱？

她的那句话在李牧赫听来就是另外一个意思了，他转了下眼睛，眉头微皱："哪里不适应？你跟我还不够熟吗？"

赵希又想起李牧赫一个致命的缺点，那就是听不懂人话。

两个人站在小道上，李牧赫低头看赵希，见她身上透出烦躁的情绪，警报立马拉响，连忙岔开话题："你什么时候有空，我们出去约会，你什么都不用准备，我来安排。"

他说完后，赵希的表情微变，那股烦躁的情绪也消失了。

李牧赫恍然大悟，原来她是在烦出去约会的事情啊。

她果然很喜欢我，嘿嘿。

听他问什么时间有空，赵希想了一下："目前没有其他兼职……下午五点后就有空了。"

虽然时间有些晚，但能做的事仍旧很多，李牧赫答应下来："好，那明天五点我去接你。"

明明是互相有好感，但赵希却有一种完成任务的感觉，就像是面对包办婚姻一样，对明天的到来充满了焦虑。

赵希真是烦死这样的自己了。

第十二章
/ 第一次约会

1

情侣约会无非是看电影和吃饭,但真要是这样的话,李牧赫也不至于瞒着,以他处处照顾赵希的性格来讲,他甚至还会来问她想看什么电影,想吃什么菜。

"哟——"赵希更好奇了。

这场只报了个幕的约会就像是吊在前面的胡萝卜,驱使着赵希向前,早上工作时在想,中午工作时在等,下午工作时则是数着时间,终于等来了李牧赫。

诊所已经空了,赵希正在这里规整清点物品,至于清扫的话,她想留到明天早上,这样一会儿就不用让李牧赫等了。

她正想着,李牧赫便来了。

他换了件黑色的羽绒服,手上什么也没拿,就这么站在门口的阳光下。

见赵希看过来,他还微微张开双臂。他知道赵希不会跑过来抱住他,于是又收了手,进了诊所。

"结束了吗?"他问。

李牧赫明显比平时还要兴奋,眼睛都跟着亮起来,脸上的笑容更是没有消失过,嘴角一直向上弯着。

赵希点点头,将抽屉关上。她其实结束好一会儿了,见李牧赫一直没有来,就一直在这儿等着。

他向她伸出手:"那走吧。"

赵希也向他伸出手,握住他。

以前没想过谈恋爱,所以她从来都没有这方面的幻想。昨晚在李牧赫提出要出去约会后,她直接失眠,断断续续地睡了两个多小时。本以为今天会很疲惫的,但她的精神头明显比往常还要好,她觉得跟李牧赫给的那根"胡萝卜"有关。

当她看到李牧赫是开车过来时,心里对那个约会的期待又多了一分,就像之前一直将心脏握着,等待放飞的那一瞬间。

"这辆车是你买的吗?"赵希看了一眼车辆的内饰。

那四个圈赵希认识,看这宽敞程度,应该是辆中型SUV。

李牧赫转头看她一眼,手握着方向盘,开口道:"不是,是我姑的,她定居在这边,偶尔需要车了我就去她那儿借一辆。"

赵希点点头,没有再说什么。

李牧赫的姑姑赵希听李牧语说过,是个炒股能人,赚的钱在这边买了几套房,一套自住,剩下全部租出去,现在靠收租生活,一个月上万块的租金,够她潇洒了。

赵希当时听完,晚上还做起了财富自由的美梦。

车子一直向前开,今天是周五,也即将迎来下班高峰期,好在他们马上就到目的地了,在远离了车流后没几分钟,导航就提示已经到达目的地。

赵希看了一眼窗外,是露营地。

"露营吗?"赵希转过头来问了一句。

开春后天气渐渐热了起来,今天晴空万里,天上的云都像是特意画上去的一样美好,最高气温达二十五度,非常适合露营。

但驾驶座上的李牧赫看了赵希一眼,笑了笑,没有回答。

车子又往前开了一点,到了露营地前的一个集市,道路两旁全是开着后备箱摆摊做生意的,有的人还在后备箱里挂了灯珠,装饰得非常精美。

就在赵希以为他们要继续往前开,到停车场停车时,李牧赫将方向盘打了个转,掉头在这里停了下来。

"到了,下车吧!"李牧赫解开安全带,还贴心地也帮赵希解开。

赵希大脑稍显空白,微微皱眉,转头问他:"我们来干什么?"

李牧赫咧着个大嘴,一副"你肯定会喜欢"的表情对赵希说:"卖烤肠啊!"

什么?谁第一次约会是卖烤肠啊?

因为太过无语,赵希无力地笑出声。她舔了舔唇,带着不解看向李牧赫:"卖烤肠?"

李牧赫还在那儿搬东西,头也没抬,直接回答道:"对啊!"

他并没有解释原因,赵希也没再追问,只是觉得这种场面很好笑。

她看了会儿李牧赫的侧脸,原本因为第一次约会而稍显不安的心也逐渐镇静下来。

也是,她是个怪胎,看上她的李牧赫又能正常到哪儿去?

想通了这一点后,赵希便挽起袖子帮着一起搬东西:"这机器该不会是你今天才买的吧?"

"嗯?嗯,昨晚在二手网站上定的,机器加调料、烤肠再加面包,一共四百块钱。"李牧赫早在来之前就将出摊准备工作做好了,光香肠的塑料皮就剥了两个小时。

他将机器搭好后,又热了烤架,再将烤肠放上去。

赵希看了眼桌子上摆的东西,这看上去应该不是常吃的那种街边烤肠。除了烤肠,还有一塑料收纳箱的面包,桌子前面还摆了沙拉酱,还有李牧赫正在拆解的芝士片。

李牧赫看了眼在旁边稍显无聊的赵希,然后指了下后备箱:"里面还有一个广告板,后备箱隔层下面有胶带,帮我立到车前面吧,这样醒目一点。"说话的时候，他还观察了一下赵希的脸色，并没有不耐烦，反倒还捎带了些感兴趣的意味在里面。

闻言，赵希照办，她走到后备箱前，将平放在台子上的广告板拿了出来。因为是反着放的，一开始她没有看到上面的内容，等翻过来后才看清。

"睡不醒的烤肠君？"赵希看向李牧赫，尾调上扬，眉梢也稍稍飞起，笑道，"你这起名字的功力了得啊！"

说到起名字，赵希又想起了他们家的哥布林，当时第一次知道时她还回去搜了一下"哥布林"是什么意思，没想到是一个游戏角色。

看到广告板了，赵希也知道这个成品长什么样了，就是一片面包上放上一根烤肠，上面再盖一张芝士，挤一些酱料再用火烤一下就行了。只不过广告板上是画出来的，稍显生动。

李牧赫转动着烤肠，抬头看了眼赵希："我绞尽脑汁想了一晚上呢。"

这一整条路上都是后备箱流动摊，赵希大概扫了一眼，大部分都是卖甜品和饮品的，也有卖烧烤材料包的，有时候里面露营的人会出来买点回去烧烤用。相比之下，李牧赫这个能填饱肚子的东西吸引力还挺大。

当然，也可能是因为她滤镜比较深，觉得李牧赫这个比较好。

但事实证明，他们这个确实挺受关注的，李牧赫刚把烤肠放上机器没多久，就有人在跟前停下，但没上前问，只是看了一眼后就走了。后续还有几个女生围观，见广告牌立起来了，还凑到广告牌前看。

"十八？"

"价格还行……"

"这不就是面包加香肠？"

她们凑在一起小声嘀咕完后就走了。

赵希也问："定价是不是太高了？"

李牧赫将吐司机里的面包片取出来放到一次性盒子里，又取了根烤肠，打算先给赵希做一个。听到赵希这么问，他头也没抬，直接说道："你有注意到其他摊位的定价吗？"

赵希还真没注意，她转身扫了一圈，隔壁卖咖啡的二十块一杯，这还只是冰美式，拿铁那些还要往上加个三四块，就连一旁卖果茶的都十八块钱一杯，对面卖提拉米苏的直接三十块起步。

差点都要忘了，这可是海江市，豆浆都要六块钱一杯，他们小区门口卖烤冷面的基础款都是二十块钱一份。

在周围高价的衬托下，十八块钱一份的面包加烤肠也显得实惠起来。

"给，尝尝，沙拉酱是买的，甜辣酱是我自己做的。"李牧赫将盒子递给赵希，上面还插了根扦子，"小心点，手拿着扦子。"

扦子被修剪过，没那么长了，就留了点手指头可以捏住的地方，这样更方便拿。赵希没管扦子，直接捏住了面包，张开嘴尝了一口。

"嗯！好吃。"比她想象的味道要好吃许多，李牧赫果然有做饭的天赋。

面包放进吐司机里烤过，带了点脆脆的感觉，淀粉肠和芝士的咸香与面包的奶香中和得很好，这种咸甜口味很适合海江市的人。

"所以第一次约会为什么要出来摆摊卖东西？"赵希吃完第一口后就放下了，也更想不通李牧赫为什么会这么选择了。

低着头转动烤肠的李牧赫忽然顿了一下，而后微微抬眉，扫了眼赵希："……想让你留下深刻的印象。"

印象确实很深。

赵希听到这个答案后，轻笑一声，虽然这个约会安排得挺稀奇的，但反倒让她松了口气。她昨晚还在想呢，万一是电影院怎么办，万一是吃饭怎么办，中间话题空下来尴尬了又怎么办。

李牧赫忙碌着，赵希也就顾不上尴尬了。

李牧赫忽然想到什么，抬头问了一句："会不会无聊？"

"不会，光是看着你就挺有意思了。"

赵希不经意的一句话，直接撩动了李牧赫的心，他努力压制想要上扬的嘴角。

过了一会儿，那几个女生又转了回来，走近后正想点单，结果在注意到李牧赫的脸后，齐齐往后退了一步。

"我的天……"

"咳咳。"

"不要太明显，不要太明显。"

三个人低声议论，站在旁边的赵希听了个完整。

她往后退了一步，当路人。

那三个女生上前，将注意力努力扯回小吃上："那个……一份多少钱？"

"十八块钱一份。"李牧赫刚好忙完，放下手中的东西看过去。

"那我们要三份……可以再加一份芝士吗？"

"可以，一份芝士五块钱。"

"那三个都加一份芝士。"

"扫哪个？"

李牧赫这时才想起收款二维码没拿出来，他弯腰找了一下，将两个二维码摆在台上。

有个女生先扫了码，付完款后，身后却响起了声音。

"支付宝到账二十三元。"

她们三个整齐划一地转头看去。

赵希站在一旁，背着手，见她们看过来，还笑了一下。

那三人就像是僵住了一样，又慢慢地将头转了回去。

三个女生看起来年纪都不大，应该是高中生的样子。

李牧赫看空气忽然凝固住，还主动活跃气氛："你们是来露营的吗？"

"对——"她们三个异口同声道。

李牧赫开这个口了，那三个女生才敢说些什么。有个人胆子大，直接问："那个姐姐是老板娘吗？"

李牧赫闻声看向赵希，还笑了下："对。"

"噢噢噢——"打趣的声音也随之响起。

两个人的视线在空中碰撞，赵希听见后也勾起嘴角。

这三个人走之后，摊子前的烟火气就被带起来了，十八块钱一份的小吃在这一条街上有着很强的竞争力，后面赵希也在那儿帮忙，一直到晚上九点多他们才结束，李牧赫准备的三百根烤肠全卖完了。

月色下，周边的路灯成了夜间闪耀的星星，因为视野开阔，一眼望去，还能看到远处的夜景。

李牧赫收拾着桌子，赵希则在那儿算钱，准备给李牧赫转过去。她加了一下两边的钱："……卖了五千九百多块，快六千了，可以啊，李牧赫。"

她又说道："钱我给你转过去。"

"不用，就是给你的。别人约会都是花钱，我们约会赚钱，怎样，印象深刻吧！"李牧赫一边收拾，一边自夸，"这是我想了好久的，一直在想你会喜欢什么，思来想去发现你最喜欢钱。"

赵希抿嘴，这倒是没法否认。

她看了眼支付宝里的钱，垂着眸。

晚风徐徐，带着春夜独有的冰凉，周围的灯光透着昏黄，让她的思绪都跟着扩散。

"要不我们用这个钱去打九价吧？"

赵希这冷不丁来一句，把李牧赫吓了一跳。

他停下手里的动作，想了下才开口："……我们吗？"

李牧赫的表情和语句能解读出来很多意思，但赵希就是非常快速地找到了李牧赫想问的那一句。

她眼角带笑，有着逗弄李牧赫的意思："你不想吗？"

赵希这句话直接让李牧赫的心脏停跳一拍。

她果然是那个意思。

还不等李牧赫回答，赵希就又看着手机说道："这笔钱刚好够你的，我的我自己掏，你要OK的话，我现在就预约了啊。"

"我OK！"

李牧赫过于急切的语气让赵希笑出声，她把手机一收："你OK就好。"

这下李牧赫连收东西都无法专心了，总是会不由自主地把视线投到赵希身上。

他觉得这个样子的赵希很陌生，却也更加有吸引力。

自她上了大学后，生命力也越来越强，就像原本藏匿在树林中被水雾环绕的玫瑰迎来了阳光，重新生长起来了一样。

他把东西收拾好后来到驾驶座上，赵希也跟着上来，她一边系安全带一边说："好饿，我们去吃点什么吧。"

李牧赫看了她一眼："吃火锅怎么样？"

"可以。"

2

露营地中，亮着灯光的帐篷里，正在"咕噜咕噜"煮着的火锅散发着香味，诱惑着两人。

"合着你今天是一整个流程都准备好了啊？"赵希坐在垫子上，身下还有一张电热毯。她身上披着外套，帐篷阻挡住了风，所以也不是很冷。

她拿着筷子搅动着，看火锅底料有没有全化开。李牧赫则是拆了盒肥牛，放了一点到锅里。

"那当然啊，怎么可能只是带你出来摆个摊？我原本想着摆摊卖完东西，钱刚好可以拿来露营。"李牧赫是这么回答的。

刚刚上车后，赵希原本以为要走了，结果李牧赫将车子往前开了一点后，拐向了停车场，在里面找了个位置停了下来。

赵希这才反应过来，他们的火锅要在露营地里吃。

刚来的时候她猜是要露营就是因为后座上放着露营用的推车，结果没想到是摆摊，可摆摊都结束了那个推车也没用上，她就以为是他姑姑放在车上的东西。

等李牧赫重新停好车子，把推车搬下来时，赵希才确认今天确实有露营这一环节。

李牧赫没多带东西，帐篷是营地有的，气垫床也是租的，他把气垫床擦干净后铺上了毛毯，还在上面盖了层电热毯，被子是自带的，放在推车里拉过来的，除此之外就没了。

火锅这些都是他现点的外卖，他刚刚到营地口去取回来的。

最近天气好，晚上虽然还有些冷，但只要装备齐全就没关系。

两个人坐在帐篷里，围着火锅，热气一阵阵地往身上扑，吃了几口后，身上就出汗了。

"什么时候去山里露营，还能搭个火堆烤火。"

李牧赫抬头看了赵希一眼："那等我集齐装备，下回我们就去山里露营。"

"我就是说说，我应该没什么空。"

他们俩的筷子有一下没一下地在锅里夹着。李牧赫吃不了辣，特地买了个鸳鸯锅，但偶尔好奇心起来了，他还要尝尝赵希碗里的。

赵希也被辣得够呛，眼尾都冒眼泪了。

她擦了下嘴，说道："其实我也吃不了辣，但就是想吃，用来缓解压力。高中那段时间我脑子一乱就想吃点辣的，吃完就嗓子疼，现在倒不会了。"

李牧赫夹肉的手忽然顿住，突然想起来，李牧语带他俩吃过很多次火锅。

"吃不了就吃我这个。"他说。

"比起吃辣的，吃不辣的更折磨我。"

李牧赫拿着筷子的手一顿。

赵希就是典型的眼大肚子小，还没吃多少就喊饱，剩下的基本上都是李牧赫解决完的。

吃了火锅收拾完就已经深夜十二点多了。

饭后困意渐渐来袭，赵希缩在床上，盖着被子，眼皮都开始打架了。

帐篷里就一张气垫床，还是一米五宽的，今晚要是住这儿的话，肯定就是他们睡一起。

"今晚我们就住这儿吗？"赵希问了一句。

李牧赫坐在床边，抚摸了一下她的头，将凌乱的发丝拨到一旁："你想回去？"

"嗯，住这儿不安全。"

"行，我来收拾。"

一听这话，赵希又有点后悔，太折腾李牧赫了："要不就住这儿吧。"

"不麻烦。"李牧赫直接点破她的担忧。

虽然很困，但赵希还是强撑着起身，穿好衣服后，跟李牧赫一起收拾，只不过哈欠连连。

等将帐篷退掉返回到车上时，已经快两点了。

赵希这下是彻底支撑不住了，车子还没开出几米，她就已经睡着了。

李牧赫一边开车，一边还得注意着她，以免她磕到车窗上。

最后车子停进小区停车场后，趁着赵希还没醒，李牧赫偷拍了一张她睡觉时的照片，拍完就顺手发到朋友圈了。

△小猪，吃完就睡。

照片中的赵希靠在车窗上，发丝挡住了她的脸，只有那高挺的鼻梁逃过一劫，但仔细看的话，会注意到玻璃车窗上映出了她的脸。

"到了？"赵希感觉到车子停下了，睁开一只眼睛问道。

李牧赫听见后赶紧把手机塞兜里："嗯，走吧，回家。"

赵希皱着眉，磨磨蹭蹭地下车。

李牧赫只拿了个赵希的包，其余的都留在了车上。他绕过来后，看到困倦的赵希，很自然地就将她搂进怀里："你明天还上班吗？"

"……上。"

"几点起床？"

"……七点。"

"那赶快，回去还能睡四个小时。"

赵希就像个软体动物一样靠在李牧赫怀里。电梯顺着数字上升，李牧赫见状开始在她包里找钥匙，一边找一边说："我给你买个密码锁吧，方便一些，而且还安全一点。"

"……嗯。"

电梯门打开，李牧赫牵着赵希出来。

强迫自己清醒的赵希接过钥匙，还顺口问了句："你家密码是多少？"

"嗯？是723011。"是他们俩的生日组合。

困到脑子成一团糨糊的赵希只是点了点头，表示自己听到了。

她开了房门，进去后又转过来："晚安。"

李牧赫将包递给她："晚安。"

起床的赵希快速将橙子的早饭温了下，在它吃饭的时候又赶快去洗漱。她早上的准备也就十几分钟，因为在牙科诊所要一直佩戴口罩，所以她一般不化妆。昨天是因为李牧赫要来，所以她中午化了个妆。

收拾好后，赵希又去把橙子的饭碗洗了，然后就开始给它收拾书包："今天去爸爸那里待着，让他陪你玩。"说着，还给它装了几个玩具和磨牙棒。

赵希给橙子装好书包后，还去玄关那儿找了备用钥匙，准备给李牧赫一把。

橙子就跟在她后面，仰着头看着她的一举一动。

正在卫生间洗澡的李牧赫因为水声，没听见大门的密码锁响了。赵希进来后本想说一声的，但听见水声后又把话咽了回去。她把橙子放下，书包则是放到了玄关柜上，临走之前还亲了一下橙子："拜拜，妈咪走了。"

去赶电梯的时候，赵希还不忘给李牧赫发微信嘱咐一声。

打开微信，她才发现她的微信炸锅了。

纪佳颖：我看到李牧赫的朋友圈了。

纪佳颖：这个冲击也太大了吧！

纪佳颖：你睡了没？

纪佳颖：你竟然还睡得着？

纪佳颖：啊啊啊！

李敏：恭喜恭喜！

李敏：但是我真的也吓得不轻。

李敏：纪佳颖给我分析了半个小时，我才看出车窗上映着你的脸。

李牧语：啊啊啊！

李牧语：啊啊啊！

李牧语：别管我啦，别管我啦！

赵希看着手机笑出声，挨个回了个表情包，一直到电梯降落，她才有空给李牧赫发照顾橙子的注意事项。

赵希：我把橙子放你那儿了，它的书包在玄关柜上，里面有它的零食和玩具。上厕所的话可能得麻烦你带过去，它上厕所的时间基本上是十点和四点，快到时间了你带过去就行。

那边的李牧赫还没回消息，估计是还在洗澡。赵希发完后也没顾得上看，出了单元楼就去找自己的电动车。

差不多等她到了诊所了，李牧赫的微信才发过来。

李牧赫：看到了，好好上班。

后面还配了张橙子窝在他腿上的照片。

李牧赫发完后划拉了两下手机，想等等看有没有赵希的回信，结果等了一会儿也没见手机有动静，于是就把手机扔到了一旁，继续擦自己的头发。

橙子趴在李牧赫腿上，眯着眼，享受着他的挠下巴服务，没一会儿就呼噜起来。

李牧赫看着这么可爱的橙子，安静了几秒后，又将手机捞回来，点开了淘宝。

他摸着橙子的后背，给它顺着毛："爸爸给你买些玩具吧？"

身份适应得倒是怪快的。

逛起淘宝的李牧赫先是选起了猫砂盆，他记得橙子一直用的是自动猫砂盆，怕换了它不适应，于是也买了这个，以后橙子过来也不用担心上厕所的问题了。他还给橙子买了不少玩具，想到赵希家那边似乎没有猫爬架，于是他给两边都安排了一个。

除此之外，他还买了个密码锁，赵希一个人住，为了安全着想还是安装一个密码锁比较好。跟他这个不一样，她那个密码锁是带摄像头的。

李牧赫抱着橙子在沙发上坐了几十分钟，小一万就花了出去。直到他的闹铃响起，提醒他该起床了，他才活动了一下身子。

他将橙子挪到一旁，还对它说："爸爸要去学习了，你自己玩吧。"

"喵——"

3

又是一个晴朗日，飞机"轰隆"划过上空，降落在机场。

赵希无聊地靠在栏杆上，玩着手机，等里面的人出来。

今天李牧赫本来是想送赵希的，但知道他今天学习任务比较重，赵希就没让他来，自己打车过来了。

李牧赫：今天是接谁？纪佳颖？

他只知道赵希今天要去接人，但不知道是接谁，只不过他前几天有听赵希说，纪佳颖好像要来找她玩。

赵希：纪佳颖和时朝裕。

李牧赫：……

没想到还能再听见这个人的名字。

李牧赫坐在书桌前，把手机往旁边一甩，什么学习的心思也没有了。他向后靠去，拨乱自己的头发，稍显烦躁。

但烦躁过后他又反应过来，赵希现在是他的女朋友。

李牧赫坐直身体，把手机捡了回来。

李牧赫：行啊，哪天一起吃个饭。

赵希过了一会儿才回消息。

赵希：接到人了。

赵希：时朝裕说OK，纪佳颖想去迪士尼玩。

赵希：时朝裕说一起去玩。

赵希：你什么时候有空？

李牧赫看完这一连串的消息，觉得自己没空都不行了。没空不就他们三个去了吗？这怎么行？

李牧赫：我随时都有空，看你。你不是还有兼职吗？

赵希：这个没关系，我可以请假。

李牧赫心塞了一下。

他们第一次约会的时候赵希都没有请假。

赵希：你学完了吗，我们一会儿去吃火锅，你来吗？

李牧赫：来，你等会儿把地址发我。

赵希：OK.那你等会儿出门记得给橙子喂饭，要不然等回去就太晚了。

李牧赫：好。

这回他真的学不下去了。

李牧赫看了一眼在书桌旁窝着的橙子，摸了一下它的头："你是爸爸这边的对吧？"

"喵呜！"

"好！"他把桌上的书一收，准备去洗澡。都快走到浴室了，他又想起快到橙子吃饭到时候了，于是又拐了一下，去冰箱拿它的晚饭。

一见李牧赫开冰箱，橙子就知道有好吃的了，屁颠屁颠地跑过来。

最近老跟李牧赫待在一起，橙子也越来越黏他了，他一招手就过来了。

李牧赫看了眼橙子，脸上还带着得意的笑。

"哼，橙子才不认什么时朝裕呢。"

赵希：在这儿吃，离咱们小区不远。

附带了一个地址链接。

赵希：但你还是把车开上，时朝裕也住在咱们小区，他们俩还有行李，步行太麻烦了。

李牧赫看完，放下手机，臭着脸来了一句："这时朝裕真烦啊！"

浴室里传来水声，橙子安然地坐在沙发上舔着毛。忽然，水声停止，李牧赫走了出来，腰上围了条浴巾。

橙子闻声看了一眼，视线落在他身上。卧室门没关，它跳下沙发，跟着走了进去。

李牧赫换好衣服，在柜子里翻找着。他记得之前买的一套沐浴用品里还送了身体乳的小样，他家里没香水，涂点这个能香一点。

他就往胳膊上和脖子上擦了点，抹完后还闻了闻："嗯——不错。"

橙子站在桌边，抬着头，见他直起了身子，还"喵"了一声。

这味道他熟悉，就是赵希身上的味道。橙子也熟悉这气味，所以一直仰着头看他。

李牧赫选衣服选了快半个小时，加上洗澡收拾，快一个小时了才准备出门。

橙子一直屁颠屁颠地跟到门口，见他出门又不带它，于是叫了起来。

"喵呜！"它就站在门边，等着李牧赫开门，准备挤出去。

"你不行，今天已经出去过了，明天再出去逛。"李牧赫将橙子抱起，又走回沙发边把它按倒。

橙子还以为是在跟它玩，连蹬带咬，尾巴还甩来甩去。

李牧赫逗了下，然后收回手："好了，晚上回来再跟你玩。"

这时，兜里的手机振了下。

赵希：我们还有十分钟左右就到了，你出门了吗？

李牧赫：现在出门。

赵希：好。

李牧赫收了手机，对橙子说："爸爸真的该走了。"

这回橙子没有跟到门口，立在沙发上看着门口，直到门关了才反应过来李牧赫是真走了，这才跳下沙发，"喵喵"叫地跑向玄关。

车子驶离小区，在路灯下向前疾驰，黄色的马路上留下红色的长条尾灯，虚影跟着时间一起穿梭。不到十分钟，他们就到了火锅店门口。

他刚走到火锅店门口，就有一辆出租车在车道旁停下。他跟着看去，就看到了后座上的赵希。

"我来付。"

"我来付，我来付。"

"付过了。"

三个人争论一番，最后是时朝裕掏了打车钱。

他从副驾驶上下来，先对走过来的李牧赫招了下手："好久不见啊，刚在车上听说了。"说完他还笑了下，"几年前我就看出来了。"

李牧赫脸上也挂着客气的笑，要不是那眼角丝毫未动，可真就让他掩饰过去了："好久不见。"

两个人没来得及继续寒暄，见两个女生下车，赶紧开后备箱帮忙提行李。

李牧赫把几个行李箱搬下来后，还感叹："你们两人，四个箱子啊？"

"你有意见？"纪佳颖斜了他一眼。

"没有没有……但是你不是之后要回学校吗，带这么多行李去学校吗？"

赵希站在两人中间，用胳膊肘撞了一下李牧赫："别说了，这已经是她努力过的了，她回家的时候带了三个行李箱。"

闻言，李牧赫对纪佳颖竖了个大拇指。

时朝裕关上后备箱，把几个箱子都提到了台阶上，问了纪佳颖："你这是都装了些什么东西，来回搬？"

"专辑，小卡，周边。"赵希替纪佳颖回答，因为纪佳颖这个追星人的行李箱里无非就是这几样，尤其是那小卡，她基本上是来回搬的。

纪佳颖耸了耸肩："那些可都是值钱的玩意儿，我那小卡最贵的要几千块钱一张呢。"

她懒得跟这些圈外"麻瓜"解释，于是赶紧摆手："行了行了，快进去吧，我要饿死了。"

"走吧。"赵希也帮纪佳颖拉起一个行李箱。

李牧赫看了眼时朝裕脚边的行李箱，虽不情愿，但还是帮忙拉起一个。

"不用不用，我来就行。"

"没事。"李牧赫违心道。

晚上八点多的火锅店里正是人多的时候，赵希去机场那会儿就提前打了电话预订包厢，这会儿在排长队的人中拉着行李箱进去，很是惹眼。

一进去就是一股扑鼻的火锅香味，纪佳颖闻见了，肚子叫得更响了。

刚进包厢，她就嚷嚷："快快快，点菜点菜，我真的要饿死了！"

时朝裕听见了，直接转身对带他们进来的服务员说："先上锅底吧，鸳鸯锅。"

"再上一碗米饭！"赵希还回头补充道。

见到这个场景，李牧赫终于回想起他为什么讨厌时朝裕了，因为高中时期，赵希跟他并没有走得很近，但跟时朝裕的关系很好，他在座位上经常能听见前面几个人讨论中午在时朝裕那儿看了什么书。

高三整个学期，有大半的中午时间，她们都是跟时朝裕一起度过的，而那段时间是他无法参与的，也不曾知道的。

看他们三个人熟稔的样子，李牧赫有些无法控制表情。他低下头，默默地帮忙把几个行李箱转移到角落。

赵希回头时刚好看向李牧赫，注意到了他耷拉下来的嘴角，她上前挽住了他的手臂，对他一笑。

原本有转阴势头的李牧赫瞬间变成晴天，他也对赵希笑了下。

两人这动作被纪佳颖看在眼里，怎么看怎么奇怪。高中时期就没见他们俩互动过，感觉就跟不熟一样，现在突然在一起了，让她有些难以适应。

"你俩可以了啊。"她出声制止，眼里还发射出了能杀死情侣的激光。

她先落座，然后对赵希招手："快来看你想吃什么。"

赵希闻声松开李牧赫的胳膊，坐在了纪佳颖旁边。

李牧赫原本还没什么表情的，但一反应过来他要跟时朝裕坐在一边，脸立马垮下来。

他们三个选着菜，嘴上还聊着李牧赫不熟悉的话题。

"点份贡菜，这个好吃。"

"哎，对了，我前几天路过咱学校，想着到你那书店看一眼，结果发现它没营业。"

"寒假没什么人，所以下午五点后就不营业了。"

"怪不得，我当时去的时候已经六点多了。"

提起时朝裕那个书店，李牧赫又想起一些事情来。自他那个书店营业后，每天中午留在班上的女生就少了很多，一小半都去他那个书店待着了。听班上女生讨论，大家甚至还要冲出校门去抢座，女生大半都是冲时朝裕去的。

当时连李牧赫都这么以为，觉得赵希也是这个意图，要不然不可能天天去。

后来班上的人讨论得多了，李牧赫也便知道了那个书店的名字，叫"日月不疲"。

这个"日月不疲"算是点燃了李牧赫讨厌时朝裕的那根蜡烛，就算是再好奇，他也没去过一次，甚至连提都不想提起，因为只要一提起他就会想起李牧语给赵希写的那句赠言。对于当时的李牧赫来说，很难相信那是巧合。

再加上李牧语总是跟赵希一起去找时朝裕玩，他就以为姐姐知道些什么，那段时间还总是生闷气。

现在就不一样了，现在赵希是他女朋友。

"吃这个，这个好吃。"李牧赫夹起一筷子火锅牛排，隔着大老远地放进赵希的料碗里，伸胳膊时还露出了他手腕上的表，以前都是一块黑色的机械表，今天却换了一款。

赵希拿碗接下，无语地看向李牧赫。得，孔雀又开屏了。

上一次跟时朝裕见面的时候，李牧赫穿得很用力，这次也不例外，刚刚在门口的时候她就注意到了。李牧赫穿了一件黑色的长款风衣，里面的内搭也是黑色的，脖子上挂了条卡其色的围巾，裤子也是黑色的，连鞋都是亮黑色。

这些都没什么，但他戴了块银色金属表，裤子上还系了皮带，脚上的鞋则是双皮鞋，浑身上下都透着"精心打扮"这几个字。

啧，不知道的还以为时朝裕是他对象呢。

纪佳颖跟李牧赫没多熟，只能将话题扯到时朝裕身上："所以你现在是要在这儿定居了吗？"

"对，休一年，拍摄点东西，上学又不着急，慢慢来，我这儿的房子还是赵希帮忙找的。"时朝裕一边夹菜一边说，旁边的李牧赫都快把他盯穿了。

赵希也来了句："没费什么事，我问了下我兼职那儿的老板，他在这小区还有两套房，也是巧了。主要还是我沾光了，发个微信的事，却从时朝裕那儿换来一个橙子的全套体检。"

提起橙子，时朝裕看过去："体检情况怎么样？"

赵希是年前带橙子去体检的，时朝裕那段时间一直在跟高中同学聚餐，就没跟着一起去。

"很健康，就补了个疫苗，抗体有些弱了。"

"那就好。"

听着他们的对话，默不作声的李牧赫偷偷地用眼神刺了一下时朝裕。

吃饭吃了一个小时，中间李牧赫嘘寒问暖无数次，不是递纸巾就是倒果汁，夹菜夹肉那是基本盘，插空彰显自己的存在感。

时朝裕和李牧赫抢着结账，赵希和纪佳颖则是到门口吹风，觉得里面太闷了。

两人站在一起时，纪佳颖终于说了几句有关李牧赫的话。

"你俩可以啊，不声不响，该不会是你住牧语姐家的时候暗生情愫了吧？"纪佳颖说着还要戳一戳赵希。

见赵希脸上挂着笑，纪佳颖直接道："看来被我说中了，很好。让牧语姐把这写出来，洗刷一下感情线杀手的称号。"

不等赵希接话，纪佳颖又说："你注意到没，他刚在里面活跃得就像是狗在占地盘，非得彰显一下你是他女朋友这件事。"

赵希对这个形容做不出反驳。

纪佳颖的嘴真是宝刀未老。

突然，掀起一阵风，吹起地上的落叶，赵希和纪佳颖两个人抱在一起取暖，时朝裕则是站在四个箱子旁，而最想在这儿站着的李牧赫则去挪车了。

"嘀嘀——"

李牧赫将车子停靠到路边，按喇叭提醒了一下那三个凑在一起说话的人。他将安全带一解，下车去帮忙把箱子装进后备箱。抬箱子的时候，李牧赫才听清楚他们刚刚聊的内容。

"他就住我楼下，我们老板那三套房都是连着的。"赵希挽着纪佳颖站在路边，体力活则是交给了两位男生。

纪佳颖靠在赵希肩头，有些发愣："早知道我就报海江的学校了。"

赵希侧头看去："李敏不是也在你那儿吗？"

"她忙死了，一开学就忙得不见人影，说是因为开学后学习稍微有些跟不上，所以空闲时间全拿来学习了。"纪佳颖直起身子，看到两个男生放完箱子了，准备上车。

赵希下了台阶，将车门打开："这倒是，我回去那几天她都没空出来。"

后面无关的话题李牧赫都没听进去，就听见了一句"时朝裕住赵希楼下"。

他现在连车都不想开了。

4

车上开了暖气，一上去就能感受到一股暖意。赵希和纪佳颖坐在后面，李牧赫上车后看了眼坐在副驾驶的时朝裕，眼里透着说不出的厌烦，他还以为赵希会坐在前面的，所以提前开了座椅加热。

正巧后座的两人将窗户开开了点，李牧赫见状开口："热吗？那我把空调关了，今天风大，别吹感冒了。"

也不等后面的人回答，李牧赫率先将副驾驶的座椅加热关了。

时朝裕看了他一眼，眼里带着意味不明的笑意。

回去的车程就十分钟，大家都吃得很饱，再加上很累，也没什么人说话，连进单元楼时都是一人拉一个行李箱，默不作声。

等电梯的时候，赵希靠在纪佳颖身上打了个哈欠，忽然想起来一件事，马上直起身子，看向时朝裕："你那房子里有家具吗？"

她那套房子里的东西就是自己置办的。

李牧赫闻言转头看过去，在这一瞬间，他在心里祈祷的是：一定要有家具！一定要有家具！一定要有家具！

要不然时朝裕晚上就得过来跟他睡了。

时朝裕看赵希一眼，露出了个放心的笑容："有，我让房东帮忙配的，费用我承担三分之一，之后不带走。"

闻言，赵希又靠回去："那就好。"

电梯门也在这时打开，四个人推着箱子进去。李牧赫离电梯按键最近，他按完自己的楼层后，非常不情愿地又按下时朝裕的那个楼层。

"谢谢。"时朝裕看到后说了一声。

"没事儿。"都这个时候了，李牧赫还在装友好。

三个人看向李牧赫，谁都没戳破。

刚刚李牧赫去挪车的时候，他们三个人就在谈他，先是纪佳颖在那儿说，后面时朝裕听见了也说了几句。

纪佳颖问赵希:"你说他这是展示给谁看啊?"

赵希闷笑了两声,看向时朝裕。

时朝裕举起手:"是我。"

他又补充道:"我第一次见他的时候就被针对了,那次好像是在狗狗公园。"

几个人正要继续往下说,李牧赫就按了两下喇叭。

赵希看了眼站在电梯前方的李牧赫,他背对着她,又因为距离很近,显得他更加高大了。这时,门正好打开,她挽住李牧赫,对时朝裕说:"那你先回去休息吧,明天有空再联系。"

"行,晚安。"

"拜拜!"

李牧赫跟前没有碍事的箱子了,时朝裕也不见了,赵希还挽上了他的胳膊,虽然他脸上的表情没什么变化,但就是感觉比刚刚和颜悦色了许多。

身后的赵希忽然出声:"我换了新床单,晚上要是有什么事的话直接过来敲门,李牧赫家就在对面。"

"行。"纪佳颖点头。

两个人说得自然,电梯门顺势打开,赵希松开李牧赫,带着纪佳颖往外走。

但李牧赫的灵魂好像跟着一起出走了。

什么意思?她今晚要跟他一起睡吗?

赵希回头看了眼李牧赫,想看他有没有跟上,就看见他嘴角又挂上了莫名的笑容,赵希也跟着笑起来。

她只看了他一眼,很快就收回了视线。

"这儿,李牧赫家就在这儿,这个就是我家。"赵希指了下,见纪佳颖看到了才掏钥匙。

开了门后,赵希跟李牧赫一起把箱子搬进去。

"先放这儿吧。"赵希拉着纪佳颖,给她找了双拖鞋。

赵希见她换好了鞋,拉着她给她介绍:"厨房在这儿,算了,你也不用,卫生间在这边,随时都有热水,卧室的柜子里挂了件灰色的浴袍,你说你要来,我特地买的……"

赵希给纪佳颖介绍着屋内的摆设,李牧赫则找来湿巾,将行李箱擦了下,擦干净了才给搬到卧室去。

他把箱子放在了卧室门口,随后就出来了,坐在沙发上等赵希。

"这个漱口水不错,你可以试试。"两个人拆开两条漱口水,漱了口后又吐到垃圾桶里。

赵希忽然想起什么:"等等,我拿两件换洗的衣服和睡衣,顺便把你的浴袍拿出来。"

两个人站在衣柜前，赵希正拿着浴袍，后面的纪佳颖则是从包里掏了什么东西出来，塞到了赵希兜里。

赵希回头看了眼，摸了下兜里，掏出来看了一眼，又赶忙闭上眼。

纪佳颖清了下嗓子，小声道："不知道你家那位需要什么Size（尺码），我就都准备了。"她还靠到赵希耳旁，"要是需要欧美Size的话，我到朋友圈帮你找一下代购。"

赵希脸上带着无奈的笑容："……我谢谢你啊。"

"不客气，不客气。"纪佳颖还摆摆手。

卧室里忽然变安静，李牧赫直起身子，竖起耳朵听了一下，但仍旧听不到什么。

没过一会儿她俩就出来了，赵希从挽着纪佳颖的姿势变成了手插兜的姿势。李牧赫见状也跟着起身。

赵希回头对纪佳颖说："那我们就先回去了，有事打电话，或者直接过来敲门，你刚也看见了，就在对面。"

"行，知道了，你们也早点回去休息吧。"

"OK，你早点睡，晚安。"

"拜拜！"

门关上后，赵希打了一个哈欠，再次挽住李牧赫："好困啊。"

李牧赫正在按密码，见赵希靠过来，便伸出一只手搂着她的腰，让她靠得舒服些："困了就早点睡。"

几声响后，门开了，赵希重新直起身子，然后掏了下兜："给，纪佳颖给的，先放着。"她将东西拍到李牧赫身上。

李牧赫接下后还没来得及看，就听赵希说："说是不知道你的Size，你等会儿去对比一下，不合适的话就扔了吧。"

她脸上带着笑，在玄关灯的微光下也非常耀眼。

李牧赫只觉得今天的赵希特别美，是那种带着魅惑的美。

闻言，李牧赫这才低下头看一眼赵希给他的东西。

把东西收下的赵希没什么太大的反应，反倒是李牧赫红了耳尖，那颜色就像是橙子疯跑过后的爪垫颜色，透着血红，还热热的。

没有亲吻，没有肌肤接触，没有挑逗的语言，李牧赫就像是置身于桑拿房一样，忽然开始发热，手心也跟着变烫，不知道该怎么处理这东西。

"……放起来。"他重复了一下赵希的话。

赵希脱下外套，抱起在脚边打转的橙子亲了一下："嗯，放起来，咱们下周才去打第一针，我看网上说打完三针起码得隔六个月。你看一下日期，别到时候放过期了。"

李牧赫听完后，像是走出了桑拿房，身上也没那么燥热了。

啧，还有六个月呢。

说到打疫苗，赵希拿出手机看了眼日期："下周二，呀！跟纪佳颖返校的日子撞上了。"她说完后又自言自语道，"没事儿，我跟她说一声就行，这疫苗可不好约。"

　　赵希说完，拿着两身衣服到卧室去换。

　　李牧赫这个时候才走出玄关，坐到沙发上冷静。

　　换完衣服出来的赵希站在卧室门口，看向李牧赫："下周二你没事儿吧？"

　　"嗯？没事。"李牧赫回过神来，看了过去。

　　见他有些失落，赵希就指了指自己的外套："我刚拿了几条漱口水出来，是茉莉薄荷的味道，你试试看怎么样，好的话我再囤一点。"

　　说完这句话，她就走进了卫生间，找了几张化妆棉将嘴唇上残留的口红给卸掉了。

　　没过一会儿，外面就传来李牧赫的声音："……我觉得还不错，没那么辣嘴。"

　　赵希也在这个时候出来，走向了李牧赫。

　　"是吗？"说完，她加快脚步，走到李牧赫跟前，动作没带停，直接弯下身子吻住了他。

　　不是蜻蜓点水的那种，也不是亲橙子的那种。

　　她抬起腿，斜坐到李牧赫身上，捧着他的脸。茉莉薄荷的味道瞬间扩散开来，甜滋滋的，让两人难以分离。

　　赵希感受到了身下人的变化。

　　李牧赫在沉陷的同时，也抚上了赵希的腰，突如其来的亲吻就像是幼年时幻想过的糖果雨，砸在他身上，有些疼，却又想将所有糖果都含进嘴里。

　　李牧赫疼惜地亲了下赵希的下巴，祈求她怜悯："还有六个月呢，你这样叫我怎么忍……"

　　赵希却好笑地向后一靠："行，那我六个月后再亲你。"说完就要起身。

　　李牧赫急了，直接将她拉了回来。

　　他抬起下巴凑近，炙热的唇再次贴上去，赵希也笑着捧住他的脸。

5

　　各大高校的开学日期基本都在这周，纪佳颖赶在开学前来赵希这儿玩几天，主要就是去迪士尼，其他的都无所谓。

　　可越是临近开学，李牧赫就越忙，他要参加的商赛就在开学后进行海选，所以他最近压力很大。

　　纪佳颖来了，赵希就得抽空陪她出去逛，而且还不能放着时朝裕不管，所以势必要叫上时朝裕。

　　李牧赫就看不得这个画面，所以他宁愿压缩自己的睡觉时间也要跟着一起去。

尤其是纪佳颖还想去迪士尼，这种地方他会放任赵希跟时朝裕站在一起？

书桌前的李牧赫翻了个白眼，重新将笔拾起，疯狂赶进度，最好把明天要学的部分给提前学完。

赵希刚吹完头发，一边整理身上刚刚被梳落的头发，一边走向李牧赫："……马上十二点了，你不睡吗？"

"我把灯调暗点，你先睡吧。"李牧赫回头看了一眼，说着就要抬手去调台灯。

赵希刚洗过手，指尖微凉。她站在李牧赫身后，捧住他的脸，冰凉的触感缓解了他不少疲惫。

"开亮点，你也不怕近视了。明天又不急着起床，纪佳颖的意思是十点多再起床，然后慢慢收拾，吃了饭再去。她主要是想看花车，其他的都还好。"赵希缓声道。

她又说："你学你的，我也不困，玩会儿手机。"说完她就要转身躺到床上。

李牧赫则是在她要抽离时忽然拉住她："那亲一下。"说完，下巴还抬了起来。

"哼……"赵希冷笑一声，冲着他的脸挥了下手，"等你学完再亲。"

"胡萝卜"到位，李牧赫立马有了力量，开始拉磨："好！"

躺回床上的赵希先是打了个哈欠，随即找出手机看起了微博。

"啧。"屏幕的光照在她脸上，映出她微皱的眉头。

最近这个微博也不知道怎么了，总是有僵尸号关注她，移走一个又来一个。赵希烦躁地将顶着数字昵称的僵尸号移走，又回看了一下自己的微博。

明明都是些日常吐槽，也没有上微博广场，也不知道是哪里把这些僵尸号给触动了。

她随手划了一下。

△昨天跟李牧赫表白了……我后悔了。

赵希看到这儿，忍不住闷笑一声。她笑完后，看了一眼李牧赫，怕他看过来，还转了个身，拒绝与他对上视线。

换了个安全姿势后，她又向上划去。

△这么想来，我好像看过很多次李牧赫的腹肌，当时他一个高中生，到底哪来的时间去锻炼啊？

△第一次约会是摆摊，他是懂约会的。

△本以为跟李牧赫睡在一起我会紧张一晚上，结果没想到我沾到枕头就睡了，反倒是他好像一晚没睡。

她又划了一下，结果个人主页亮起一个小红点。她点过去一看，粉丝加1。

"……烦死了。"说完，她又看向李牧赫，怕影响到他。

他一直低着头，像是在认真学习的样子。

赵希算是明白了，这僵尸粉移一个来一个，这回她不移了。

244

她也没心情玩微博了，便转战到了背单词的APP，开始背英语单词。

还没背两个呢，就听见李牧赫把笔一撂，还把书翻得发出响声。

"学完了！"李牧赫速战速决，快速把桌子一收拾，紧接着移开凳子就转身大步走向床。

赵希连手机都没来得及收就被禁锢住了："你这学了有两分……"

话还没说完，声音就没了。

许是今天要去迪士尼玩儿，连天都应景了起来，蓝天白云就像是从动画片里借的景一样，充满了童趣与浪漫。

今天太阳大，还带了徐徐的微风，再加上中小学生都开学了，今天又是周一，去往迪士尼的路上都少了不少车辆，无论怎么看都是一个非常适合出游的日子。

李牧赫昨晚虽然十二点就睡了，但没睡几个小时，他凌晨五点又起来拿着书到外面去学了。为了防止出现意外，所以今天开车的人是时朝裕。

除了这个变化，纪佳颖也坐到了副驾驶去，这样方便李牧赫在后座休息。虽然不知道那样歪躺着哪里舒服，但李牧赫是这么选的，就由着他去了。

坐在后排的李牧赫闭目靠在赵希身上，呼吸平稳，一副睡着的样子。只有赵希知道，这人正闲得没事干在挠她的手心。

她看过去一眼，但终究是没有戳穿。

车子开了许久，终于到达了目的地。

李牧赫一副刚睡醒的样子，下车后伸了个懒腰，顺势接过赵希肩上的包，将人揽进怀里："冷不冷？"

"这么大太阳，你看谁冷？"赵希白了他一眼。

虽还是二月，但因为接连几日的晴天，气温也跟着升高，今天甚至还有不少人穿着单衣出来玩儿。赵希做不到，还是套了一件薄外套，为了防止晚上冷，李牧赫手里还拿了件长款风衣。

时朝裕看了眼时间，对后面的三个人说："……进去吧，现在才一点多，估计不少人都在吃饭，还可以进去玩一些设施。"

"好耶！"纪佳颖挥散晕车带来的不适感，立马打起了精神。

经过了检票翻包，四个人终于进场了，一进去纪佳颖就要冲向卖纪念品的店铺。赵希跟在后面，慢慢悠悠地走过去。

等他们三个进去时，纪佳颖手里已经拿了五个发箍了。

出来玩儿，当然是要打扮自己，纪佳颖不光给自己打扮，还要给赵希打扮，各种周边玩偶更是选了好几个。

赵希看她这么兴奋，又看了一眼她背的大书包："……原来你背个空包来的目的是在这儿啊？"

"对啊！我要多买几个，回去装饰我的宿舍床！"

身后站着的两个大活人则是查起了攻略，一个看设施的排队情况，一个翻社交软件找必去打卡点。

李牧赫正低头看着微博，忽然头上被戴了个东西。他抬眼看去，赵希脸上挂着笑，满意地点头道："不错，好看。"

"是什么？"他没有摘，只是伸手摸了下，摸到了个蝴蝶结的形状。

他看了眼赵希头上的米老鼠耳朵，大概明白自己头上的这个是什么了。

李牧赫无奈地一笑，还捏了捏她头上的那个耳朵："鬼主意怪多。"

陪纪佳颖选购完，几个人又到了外面开始逛。时朝裕带了相机，一路充当摄影师，给两个女生拍照。

李牧赫的视线就一直在赵希和时朝裕的身上来回转。纪佳颖拍照时，赵希就站在李牧赫旁边，他给她挡着阳光。赵希拍照时，李牧赫恨不得盯穿时朝裕。

见时朝裕给赵希拍完了，李牧赫扯起一个客气的笑容，对时朝裕说："能不能给我们俩拍个合照？"

三个人听到这话，都忍不住笑了。

时朝裕点了点头："好啊。"

李牧赫把手里的东西递给纪佳颖："帮忙拿一下……谢谢。"然后就迫不及待地走过去跟赵希站在一起。

他刚站定，就听赵希来了一句："别整那种要亲一下的姿势啊。"

诡计被戳穿，李牧赫顿住。

被点了一下，李牧赫自然不能那样宣示主权了，只好换个姿势——他搂住赵希的腰，两个人就那么站在那里，因为个子高，反倒还有些利落的感觉。

他们俩一看就是情侣，今天穿的衣服色系是一样的。

李牧赫穿了件褐色的休闲款西装外套，皮带也是同色系的，里面的内搭则是白色的长袖，裤子则是米白色的直筒休闲裤，脚上是一双白色的棒球鞋，头发垂顺地盖在额前，显得他乖顺许多。

赵希穿了件米白色的长袖衬衫，上面还套了件有着暗格纹的棕色马甲背心，裤子则是颜色深一点的牛仔裤。她的胳膊上还搭了件外套，是她刚脱下的白色休闲西装外套。同样是直发的赵希带了些学生气，看上去就是那种学习特别好的乖乖女。

这身穿搭还是早上李牧赫磨了许久才得来的，因为赵希觉得穿情侣装很傻，但碍不住李牧赫一直跟在她身后念叨，最终还是同意了。

"咔嚓——"相机将此刻定格，两人脸上都带着笑。

"好了。"时朝裕示意他们来看。

在走过去时，李牧赫还凑到赵希耳旁，小声问她："今晚能补给我吗？"

"……看心情。"赵希真是服了他了。

最后还是没玩多少项目，他们一路走走停停，倒是买了不少吃的，还拍了不少照片。最后赶着时间来到花车游行的地方占位置，赵希和纪佳颖一人拿着一个公仔，站在了第一排。

李牧赫则是看时间还早，后面拐过去就是卫生间，于是低头对赵希说："帮我拿一下手机和衣服，我去下卫生间。"

赵希看了眼他递过来的手机，屏幕亮了一下，露出了一个微博的标志。

她抬头："好，快点回来，等会儿人就多了。"

迪士尼的花车在下午三点半左右开始，越是靠近这个时间点，周围的人越多。站在原地的赵希看了一眼四周，等得有些无聊，随即便拿出手机对着远处的城堡拍了一张照片，还发到了微博上。

她在文字编辑栏犹豫了很久，最后还是只发了图片。

就在她发完准备把手机装回身前的包里时，另一只手上的手机振了一下。完全是下意识的反应，赵希将它抬起，翻过来看了一下。

人群的嘈杂被屏蔽，她的思绪被揉成了一团，唯一还在接收信息的就只有她的眼睛。

△特别关注"朝夕不倦，累死自己"发表了一张图片。

她将那几个字仔细确认了一遍，思考能力也跟着重新回到岗位。

那几个怎么都移除不掉的僵尸粉……

这时后面也传来声音："不好意思让一下，对不起，刚刚去上厕所了，我女朋友在前面。"

穿过人群过来的李牧赫将第一排的赵希搂住，还对旁边的人证明了一下："真的是我女朋友。"

回过头来的李牧赫低头去看赵希："站得腿……"

他话还没说完，赵希就将他的手机递到他跟前。屏幕还亮着，在背景图哥布林纯白色的毛色衬托下，那条弹出来的消息提醒更加醒目了。

第十三章
/ 恋爱中的旁观者

1

完了。

他死定了。

这是李牧赫在看到手机屏幕和赵希表情的第一反应。

赵希冷着脸，显得更加凶狠和严肃，她就在这么看着李牧赫，不放过他脸上任何的表情变化。

她还没说什么呢，李牧赫就先心虚了起来，不敢看她，却又小心翼翼地往她身边靠。他明显知道自己错了。

"呵。"赵希脸上挂着笑，但眼里没什么笑意，"我说呢，我的微博都是仅粉丝可见，怎么能招惹来僵尸粉，原来真的是人工智能啊。"

她死死盯着李牧赫，见他表情都僵住了，也不再多说些什么，而是懒散地将手机塞回他兜里。

后果就是，什么花车什么灯光秀，李牧赫一个也没看进去。

他想去跟赵希解释，可她一直跟纪佳颖站在一起，避着他。

连时朝裕和纪佳颖都看出不对劲了，回去的路上，车里只有音乐在努力缓和气氛，但毫无作用，四个人谁也不说话。

车子停好后，解开安全带的那一瞬间，赵希摘下耳机，对前面的纪佳颖说："明天你就要走了，今晚我跟你睡。"

纪佳颖透过车内后视镜看了一眼李牧赫，应下来："好。"

时朝裕下车后就去后备箱那边帮忙拿纪佳颖买的各种玩偶，李牧赫则像是被拴在了赵希身上一样，赵希走哪儿，他就走哪儿。

今天天气好，月色也不差，像个新上岗的灯泡一样，努力地发着光亮。在这么亮的月色下，几个人的表情也毫无遮掩。

李牧赫见赵希要转身进单元楼，就快走一步上前，想握住赵希的手。结果在触碰到的那一瞬间，赵希便撤离了手，将手环起来，摆在胸前。

他感觉自己离死不远了。

赵希甚至都没回头，挽着纪佳颖就这么上楼了。在电梯里，她跟时朝裕寒暄也不跟李牧赫说话，就算他开口了，也当没听见。

李牧赫现在恨不得穿越回去抽死自己。

当赵希家大门关上的那一刻，李牧赫站在门口，可怜得像个因为咬坏沙发而被赶出来的狗狗。

换好鞋的纪佳颖回头看了一眼大门的方向，怕外面的人趴门上听，还压低声音问："……你俩这是怎么了？"

边脱外套边往沙发方向走的赵希回头："我有个吐槽日常的微博号，发的都是粉见内容，但是李牧赫关注了，还怕我发现，买的僵尸号。"

"咦——"纪佳颖嫌恶地抖了下。她也有这种账号，每天不是想炸学校就是骂傻舍友，她一想到这种账号偷偷被人关注了……

"活该，冷他两天！"纪佳颖愤愤道。

赵希其实不生气，她的微博里没发什么太过分的内容，只不过李牧赫这种换僵尸号来关注的行为，很明显就是知道她会生气，所以才找个遮掩物的。他明知道却还这么做，那就是找骂了。

"不对。"纪佳颖看了眼赵希，"你俩十八了，又不是八岁，不能用沟通解决？"她觉得好笑，都多大了还用这种沉默不答的方式来解决问题。

赵希见她过来，还给她分了个抱枕，听到她这话，还笑了下："……你养过宠物吗？"

"……没有。"纪佳颖挑了下眉，不知道赵希这话是什么意思。

赵希支起头，看向纪佳颖："纠正宠物的行为，那就是对它的错误行为不做任何反应，等它自己冷静下来。"

"话是这么说没错，但他是人啊。"

"对啊，他跟动物本质的区别是动物不知道什么是错的，只是觉得好玩。李牧赫明知道这是错的还要做，他甚至很清楚我非常讨厌被侵犯隐私，还要这么做。"

赵希倒向另一边，躺在沙发上："只要晾他一段时间他才知道严重性。"

纪佳颖瞥了她一眼："你打算晾他多久？"

"一晚上。"

"滚！听你开刚说的那话不知道的还以为你要晾他一个月呢。"纪佳颖把抱枕砸过去后便不再担心这件事了，返回门口准备将买的玩偶都塞进行李箱。

躺在沙发上的赵希笑出了声："一晚上就够了，李牧赫现在一定在疯狂反思自己。"

不仅如此，赵希还给他留了台阶——橙子还在那边，明天他们还要去打九价，不可能一直不理他的。

就像赵希猜的那样，李牧赫现在正坐在沙发上，抱着橙子疯狂反思自己。

"你妈生气是应该的，我当时明知道她会生气还是关注了，而且被移除后还换号关注……"

"你妈该不会要跟我分手吧？"

"你妈一下午都没跟我说话……"

一米八几的大高个窝在沙发上，脸上是少见的丧气。

如果可以的话，他真的很想让时间倒流，在第一次被移除粉丝的时候就该见好收手，果然人还是不能太贪心。

李牧赫摸了下身上的手机，打算向赵希承认错误。但刚点开微信，他就露了怯，万一赵希把他拉黑了怎么办？

这事儿完全符合她的做事风格。

他现在满脑子都是赵希，原定于今晚的学习计划直接被他抛到了脑后，压根就想不起来，唯一还能想起来的就是橙子还没吃饭。

李牧赫将怀里的橙子"折磨"完后，为了换脑子，给橙子弄了饭，随后就开始在房间各处站着发呆。

另一边的赵希倒是因为第二天要去打疫苗，所以睡得很早，并且睡得还很好。

只不过她有睡觉拉窗帘的习惯，昨晚躺床上后一直在跟纪佳颖聊天，听纪佳颖吐槽舍友，后面忘了拉窗帘，第二天早上直接被阳光亮醒。

躺在一旁的纪佳颖早醒了，躺在床上玩着手机，见赵希转了个身，还看了过来，于是说："我点了早餐。"

"……谢谢。"赵希翻了个身，趴在了床上。

她在枕头下摸到手机，扭过头看了一眼，上面显示有几条未读消息。

她懒得抬头，等面部认证不成功后直接按了密码。

知道是李牧赫发的消息，她大概扫了两眼，看了下他发送的时间，是在大半夜。

赵希没看他长篇大论的认错小作文，倒是把他发来的橙子照片点开放大看了一遍，还保存了。

就在她准备回李牧赫时，外面的大门忽然被敲响，是外卖到了。

床上的纪佳颖飞速起身："噢耶！"

赵希打了一个哈欠，放下了手机，跟着起身，一边整理床铺，一边问外面的纪佳颖："……你等会儿几点走？"

纪佳颖的声音传了进来："中午十二点出门，我下午四点的飞机。"

"我一会儿要去打九价，不知道什么时候结束，就不送你了。"

"没事儿，这有啥好送的，快去洗漱，我点了好多！"

强烈的阳光同样影响到了李牧赫，他坐在书桌前，将百叶帘拉了下来。明明面前摆着书，他却什么也看不进去。他时不时拿起手机看一眼，但手机一直没有任何响动。

躺在床上的橙子懒散地翻了个身，还打起了哈欠。

听到它哈欠声的李牧赫回头看了一眼："……你妈这个时候醒了吗？"

橙子见李牧赫转了过来，便站到了床角，对着他叫了一声。

再过几天就要开学了，赵希在诊所的那个兼职也就结束了，她这几天就是休假，等开学后她又得到剧本杀店工作了。

吃早饭的时候赵希还在跟纪佳颖说兼职的事："大学上几年，估计就得兼职几年，保研是别想了，我现在就得开始准备考研的事儿了。"

"我就算了，我打算毕业就回我妈那儿，去祸害其他艺考生。"

"那你是要回去？"

"嗯……你呢？"

"我不回去。"

闻言，纪佳颖抬头看了赵希一眼。

她们俩的性子都稍显薄凉，也不是会主动维护关系的那种人，现在分开在两地，毕业以后可能也没什么机会再见面了，这段友谊迟早会断。

就跟她们和李敏一样，她们三个人的小群这一学期就热闹了两三回，纪佳颖现在跟赵希都是私聊，也不怎么在有李敏的那个小群里说话了。

她叹了口气，像是下了什么决心："行吧，以后我主动点。"

纪佳颖这没头没尾的一句话，赵希倒是听懂了，点头勉强道："我也努努力。"

吃完了早饭，是赵希收拾的桌子，纪佳颖则去装最后一点东西。

"等会儿你走的时候直接关门就好，我估计午饭过后就回来了。"赵希套上外套，将手机装进了包里，准备走。

"行，你走吧。"

"拜拜，等有空我去找你玩儿。"

"那我可没有房子给你住。"

"没事儿，我跟你去挤宿舍。"

"你会疯的。"

"哈哈哈，走了啊。"

赵希背着包出了门，在关上门后，直接按响隔壁的密码锁，"嘀嘀"几声后，门跟着解锁。

在卧室的李牧赫全程竖着耳朵，在听见密码锁响时，人就已经坐不住了，等听见关门声，确定赵希进来了，赶紧起身。

原本在床上的橙子比他的速度更快，在密码锁响时就已经边叫边跑向了玄关。

进了门的赵希也没换鞋，而是站在门口，手臂环在胸前，就跟昨晚拒绝李牧赫牵手时的姿势一样。

她见李牧赫出来了，表情淡淡地问了句："还打九价吗？"

"打。"在脑子做出反应前，嘴就先替他做了决定。

说完了李牧赫才反应过来，赵希这是原谅他了。

他很快就换上了稍显伤感的表情，比蹲在她脚边的橙子先一步抱住她。

当那个温温热热又瘦瘦小小的生命再次进入他的怀抱时,李牧赫才恍如活了过来。

"对不起……"他紧紧地将赵希抱住,小声地说了句。

赵希没伸手,问道:"那我现在把你移除了,你还会换号再关注回来吗?"

"不会了。"李牧赫掏出手机,展示给她看,"我也弄了个号,发的也都是粉见,你以后关注我,我还回来。"

李牧赫只展示了他的个人界面,没有给她看他发了些什么。

赵希看了一眼:"不用了。"

"不行!你得关注!"他的反应比较大,应该是特意准备了什么给她看。

赵希闻言找出手机,对着他那个账号名字搜了一下。

"起早贪黑累死自己。"她看了后轻笑一声。

等关注后再刷新一下他的主页,原本不显示的微博就出现了。

> 起早贪黑累死自己:Hi,老婆!

她这回的笑容比刚刚大了。

见赵希笑了,李牧赫跟着松了一口气。

"你等等,我去换个衣服。"李牧赫说着就往卧室走。

赵希没进去,而是抱起了橙子:"……橙子吃早饭了吗?"

"吃了!"里面的人回答。

橙子也跟着回答了一声,赵希再次露出笑容。

昨晚跟纪佳颖躺床上闲聊的时候,纪佳颖忽然感叹赵希的气质变了好多,以前在高中的时候,她的戾气很重,好像看谁都想骂几句,现在倒是一副云淡风轻的样子。

这事儿要是换成还是高中生的赵希面对,虽不至于发火,但一定会冷着脸,好几天都不说话。

赵希也觉得自己变了很多。

高中的时候,她一直觉得自己挺成熟的,跟其他同学合不来,是因为他们的想法和行为很幼稚,现在看来,自己当时也没成熟到哪儿去。

那时的她一直觉得自己思想独立,不随风而动,虽然原生家庭不太好,但她也没自卑。可现在想来,高中时她所有的沉默都来自于她骨子里的自卑,就连后来拒绝李牧赫的告白都是,她觉得自己不够好,怕耽误了李牧赫。

现在不一样了,她是真的成熟了,什么自己放过自己了的话都是假的,而是她变得更疯了。

至少赵希是这么觉得的。

以前的她总是纠结感情淡了或者李牧赫的心另有所属了该怎么办,她光是想想都很难过，现在没太大感觉了，能谈就谈，不能谈就赶紧散，他要是搞出轨那一套，那大家就别想活。

赵希现在的生存原则就是尽量多麻烦别人，少苛责自己，活着都够苦了，就别在自己身上找原因了。

玄关处的赵希站了会儿，李牧赫很快就换好衣服出来了。

他从玄关柜上取下车钥匙，然后顺手搂住赵希的腰："走吧。"

2

大学开学的第一天，各位大学生在家摆烂完后开始在宿舍摆烂，一到周末就开始满血复活，一个月的生活费恨不得就在这两天花完，犒劳了自己两天，从新上的电影到周围新开的美食店，从最近流行的衣服到最近火爆的线下店，钱如弹珠一样砸进了别人的兜里。

周末这两天和工作日每天六点过后，学校周围的商场更是前所未有的拥挤，到处都是人。晚上回学校的光景更是以往不曾见到的，虽然临近半夜，但一点也不会出现危险的情况。

周一中午吃完饭后，大家都各自回到宿舍。

把饭提回来吃的黄璃明早早就上了床，一边修昨天出去玩时拍的图，一边跟其他人吐槽："我们昨天去植物园，别提了，全是人。回来的时候更搞笑，大家都是在同一站下的。我真的很想问，是不是所有大学生都去植物园了啊？我们进去时光是排队就排了两个小时。"

李雅婷正在刷牙，听到这话，还探出个头："有我们夸张？昨天我就跟我男朋友去隔壁商场吃个米线，排了一个多小时，不知道的还以为我排的是海底捞呢。"

"海底捞更夸张好吗，我们去的时候服务员直接说要排四个小时，叫我们去吃别的。"躺在床上玩手机的葛宣也回了一句。

今天课排得满，赵希中午就没回去，而是在宿舍躺着。她听着她们三个的吐槽，没搭腔，黄璃明倒是点了一下她。

"希希，等过几天人少了，你跟李牧赫可以去植物园转转，那里真的很漂亮。"

赵希靠在枕头上，摆了摆手："他要准备商赛，最近很忙。"

李牧赫的商赛就是这几天了，她没搞冷战那一套，李牧赫倒是先下线了，最近他忙得也就晚上睡觉前能见到他。

她们俩自然而然地提起李牧赫，宿舍里的另外两个倒是愣住了。

葛宣连手机都不玩了，坐起来："……李牧赫，是那个被海底捞了无数次的李牧赫吗？"

赵希没有朋友圈，自然就没有朋友圈官宣这一说，黄璃明还是从李牧赫的朋友圈知道这件事的。

开学后她也没提过，那两个自然就不知道了。

黄璃明看了一眼赵希，显得有些小心翼翼，她都忘了赵希还没跟另外两个人说呢。

赵希倒是大方，直接承认了："嗯。"

"嗯？"

"我听到了什么！怎么回事？"

李雅婷连牙都不刷了，随便冲了一下便赶紧冲出来，生怕错过什么八卦。

李牧赫前两天还上了校园墙，有人在图书馆遇到了自己的Crush，但在图书馆里没法出声说话，那个女生递了小字条，但没得到回应，不知道是没看见还是被弄掉了，所以上校园墙喊了一声。

她这一声又惹来一群人。

△不是，你们能不能一次性把李牧赫认清楚啊？他隔三岔五地上榜，我都烦了！

△……虽然头发遮挡了一部分，但我很肯定，那是李牧赫。

△江交大唯一大Crush，李牧赫。

△看来咱们学校女生的审美都差不多。

△李牧赫有女朋友了。

本来评论区都在各种玩梗和打趣，结果中间有一条说李牧赫有女朋友的评论直接让评论数量炸锅。

要知道，李牧赫以前上校园墙时，下面他朋友的回答都是他没女朋友，但这会儿答案变了。

有人还把这条评论投了稿。

△李牧赫有女朋友了，爷的青春要开始了！

△谁？

△啊？上学期快结束的时候他还是单身啊。

△能把李牧赫拿下，那得多漂亮啊。

当时这条评论也在赵希她们宿舍炸了锅，只不过是在晚上，赵希那个时候没在。黄璃明也看到了，但没透露。

在江交大上学的几个二十六中的人都知道李牧赫和赵希在寒假的时候确定关系了，那条说李牧赫有女朋友的评论还是陆永阳发的。

现在忽然得知事件主人公就在她们宿舍，这两人欣喜得连觉都不想睡了。

"快快快，快给我说说你们怎么认识的！"

"啊啊啊，我要听，我要听！"

"谁追的谁？"

"好激动，都不想睡了！"

连知道一些内情的黄璃明也竖起了耳朵。

赵希沉默了一下。

她没想开口的，甚至这个时候也在想他们俩到底算谁追的谁。

宿舍里吵吵闹闹，都想从赵希嘴里挖出一点故事情节，甚至还不等她开口，几个人就先脑补上了。

但赵希却在此时陷入了思考。

她喜欢看小说，中考没考好就是因为初中三年她沉迷在小说的世界里。小的时候她很喜欢看言情类的网文，会把自己代入到女主角的视角，女主角发现自己是感情替身时就跟她自己被人负了一样，晚上难得地在床上辗转反侧。"霸道总裁爱上我"这类题材能火起来，她也是贡献了不少力量的。

后来即使中考没考好，还是进了一所不错的公办学校，她就更破罐子破摔了，成绩一直处于中游，但看小说的喜好却发生了变化，她更喜欢看经营类的言情了，最好是基本没什么感情线的那种。

那些曾经在深夜让她为之心动的爱恋细节也无法再动摇她的心，因为她代入的视角变了。

上了大学后更是如此，她代入的角色不再是女主角，而是主人公身旁半夜被叫醒要求订机票的助理，是男女主吵架冷战时还得看着眼色加班的苦命员工，是给站在舞台中央的主人公举起聚光灯的无关角色。

小说里的那些甜蜜情节也不会再触动她，她只会更心疼那些为男女主收拾烂摊子的打工人。

在她跟李牧赫的这场恋爱中，她代入的也不是主人公，而是旁观者。

时间还得倒回跟李牧赫表白的那天，她那天之所以脑子发热，就是前一天晚上在床上想了非常多的事情，甚至都没睡几个小时。

那晚月色朦胧，窗外没有多少光透进来，赵希也就没拉窗帘，而是借着微弱的台灯，躺在床上盯着天花板发呆。

她一直在回忆李牧赫表白那晚她为什么拒绝，但怎么也想不起具体的原因了。但要问李牧赫再表白的话，她会拒绝吗？赵希就给不出答案了。

脑子就像是被裹上了保鲜膜一样，不透气，她转了个身，想拿起手机换换脑子，不再纠结这些事，于是随便找了一本小说看。

榜单上的小说都大同小异，作者为了凑字数和情节，经常会把一件很简单的事情弄得特别复杂，好让主人公来回拉扯，达到所谓的天生一对的命运感。

赵希看的那本写的是先婚后爱，她边看边吐槽，就像是特地来挑刺的一样。

"不理解，非得结这个婚吗？"

"想不通，聚少离多见不了几面，为什么不离？"

"真无语，又是少年暗恋上位梗。"

赵希越看越没瞌睡，最后无语地来了一句：“这都不离，那就是注定要在一起啊，何必前面拐了那么大一圈。”

说完她就愣在了那儿，手机屏幕也在她的视线中逐渐模糊。

是啊，既然注定要在一起，为什么要绕那么大一圈？

李牧赫总想着法子跟她处在同一个地方，她也没有办法完全忽视掉李牧赫，既然这样，他们为什么不走近一点？

也是巧了，赵希原本想着等开学李牧赫来了，就跟他表白，结果他第二天就出现在了她面前。

赵希以旁观者的视角看清了这段关系，在这段时间的相处下也全是以旁观者的角度考虑事情。就像他偷偷关注她微博的事，这事儿不至于让她提出分手，所以她连前面的吵架和冷战都直接省去了。

何必呢，只会把自己气到。

这样是少了许多不必要的小矫情，却也少了谈恋爱的乐趣。

赵希的思绪转了一下，随后回过神，对着"嗷嗷待哺"的三个人一笑："才几天，等我有更深体会了再跟你们说。"

谈恋爱没什么好讲的，她们主要是觉得李牧赫这个人物很新奇，因为这人经常出现在校园墙上。她们本来没什么兴趣的，长再帅都跟她们没关系，但现在不一样了，他可是跟她们宿舍的人谈恋爱了，这个关注度一下子就上来了。

见赵希不想说，她们虽然好奇，但还是忍住了，于是打算等晚上偷偷去问黄璃明。

3

自开学以后，李牧赫就忙得难以在其他事情上花心思，他跟朋友一起报名的商赛在四月初正式开始，自那以后赵希就很少见到他了。

李牧赫提前给赵希发了信息。

李牧赫：我最近会很忙，晚上也不确定什么时候回去，怕晚上吵醒你，你先跟橙子回去睡，我要是回来早了就过去跟你一起睡。

已经有两次因为他回来晚了，橙子和赵希一起被他吵醒。李牧赫也愧疚，因为他知道赵希平时也挺忙的，晚上还要工作到十二点多。

因着这个原因，赵希晚上也没了跟李牧赫见面的机会，甚至微信上两个人一来一往的回复也会隔上好几天。

明明就在同一所学校，同一栋楼里住着，却过成了陌生人。

赵希不知道李牧赫每天在忙什么，李牧赫也不清楚赵希这段时间在干什么。

今天是久违的约会，但约会的地点不是在商场，而是在流浪狗救助站，这个局还是时朝裕组的。

三个人顶着大太阳忙活了一上午，最后赵希和李牧赫先走，带着只有皮肤病的小狗赶到市区宠物医院。

车上的赵希正听着李牧赫讲哥布林小时候的事，忽然兜里的手机振动了一下。

她拿起来一看，是妈妈发来的。

妈妈：你今年过年是怎么回事？

妈妈：给我回电话。

赵希的心情来了个一百八十度的大转变，身上莫名燥热，烦躁的情绪就像是被煮开了一样，不停地往上冒泡。

车子刚好停下，她拧着眉，对李牧赫说："你先进去。"说完就拉开车门下车了。

李牧赫的视线则是追随着她，有些担心，但还是先抱着纸箱子进宠物医院了。

妈妈：我今天跟你婶儿见面了才知道。赵希，你现在真是无法无天了。

妈妈：你跟你爸说在我这儿住着，过年了又说跟我回老家了。

妈妈：你是个什么情况啊？

妈妈：接电话！

屏幕上都是一条一条的语音，中间还有几个未接通的语音通话。

很显然，她撒谎的事被妈妈知道了。

赵希很清楚妈妈跟婶婶还有来往，平时有空还会一起吃个饭，但她们俩都忙，一年也不一定见到一回，所以当初赵希做那个决定时就是在赌，赌在她考上大学前不会被发现。

她舔了下稍显干涸的唇，手指敲打着手机屏幕。

习惯做万全准备的赵希在做出那个决定前就想好了如何撒谎，但让她烦躁的不是这个，而是再一次想起她那个烂到发臭的家。

赵希：我嫌他们烦，所以那段时间就在学校后面租了个房子，是我同学家的房子，那半年我都在那儿住着。

妈妈：那你为什么不跟我说？

妈妈：他们欺负你了？

赵希：没有。

妈妈：我现在就给你爸打电话骂他一顿，什么玩意儿！当初我离婚可是净身出户，他倒好，给高三的女儿摆起谱了。我告诉你，赵希，妈妈不会让他们俩好过的。

赵希看着那些语音转成的文字，过往拼命想要忘记的记忆也跟着一起挤进脑海。

类似于这样的事情发生过不少次，初中的时候还小，妈妈问什么她就答什么，以至于被妈妈发现爸爸并没有给生活费，都是爷爷奶奶给的，气得妈妈打电话过去把爸爸骂了一顿。

又或者是学校要交什么费用，爸爸跑车的钱不够，让她问妈妈要，她去要了，却拿着手机听妈妈骂了半个小时才成功拿到钱。

后来她变得不爱说话，不爱倾诉，也不爱分享，就是因为这些，无论她说什么，妈妈都会把话题拐到爸爸身上，然后臭骂他一顿，弄得大家都不开心。以至于她一想到要跟妈妈打电话，就会想起以前挂不了电话时的烦闷和被夹在中间时的烦躁。

赵希这段时间已经努力让自己成为一个情绪稳定的成年人了，但只要碰上家里的破事，她还是会忍不住情绪失控。

眼泪毫无缘故地挤进眼眶，将视线模糊。或许这就是个自保手段，让她看不清屏幕，似乎这样就不会难过了。

一件早就被安排好的事，轻易地击碎了赵希的理智。

她吸了下鼻子，将快要滑落的眼泪抹去，深呼了一口气。

赵希：我都大一了，这事儿都过去多久了，你就别再挑起来了。

妈妈：就是啊，过去一年多了妈妈才从别人口里知道。你为什么不跟妈妈说？妈妈这里没地方让你住吗？

赵希皱起眉，想要把妈妈拉黑，似乎这样就能把这件事解决。

她耐着性子，呼吸的起伏也跟着大起来。

赵希：事情已经过去了，你不要再去说些什么了。你去骂他，到时候被找事儿的只会是我。

妈妈：他敢！他要找你，你就给我打电话，什么烂人啊？

赵希拨了下额前的头发，再次努力地稳定情绪。

这时，旁边宠物医院的门忽然被推开，李牧赫看了眼站在门口的赵希，刚想把她叫进来坐着，就发现她情绪不对劲。

"怎么了？"他低下头看过去。

赵希用手挡了一下，却给了李牧赫追问的机会。他拿开赵希遮挡视线的手，发现了她红着的眼眶和鼻尖。

李牧赫顿住。

这个世界上能让赵希哭的，就只有她家那些人、那些事儿。

赵希在努力变好，可家里那些人却像是见不得她过上舒心日子一样，每次在她快要淡忘时，都要来提醒她一下那个家到底有多恶心。

李牧赫什么都没说，就跟那晚在路边一样，让她自己整理情绪。

他将赵希抱进怀里，安抚似的拍了两下她的后背。

但也只是几秒，赵希很快就把他推开了，还拨了下头发，似乎想要略过这个话题。她看了一眼医院里面，问了一句："检查完了吗？"

"医生在里面检查，我出来找你了。"李牧赫说着，还用指腹摩擦了一下她的眼下，那里还是湿的。

赵希挥开他的手："那我们进去吧。"说完，她便绕开李牧赫，拉门进去。

后面看诊的那半个小时里，都是李牧赫在和医生交流。赵希的魂儿就像是散了一样，站在后面环着手臂，垂着眼，一声不吭。

医生还以为他们俩吵架了，也不敢问什么，只是快速地说着检查结果。

"X光这个可以看出来，以前它右腿这块骨裂过，现在又愈合了，其他地方就是皮肤病和耳螨，以及没有打疫苗。我们现在疫苗是……"

李牧赫听完点头，同意打疫苗，还说："能不能先在这儿住院，家里还有一只猫，怕传染皮肤病。"

"……也行。"

这时，赵希的手机又振动一下。她还以为又是妈妈，皱着眉，拿起手机看了一眼，结果没想到是时朝裕发来的，来问小狗的情况。

她抬头看了眼医生，张嘴想问些什么，又想起李牧赫有听，想着一会儿问李牧赫就行，微信她就没有第一时间回复。

赵希强撑着精神，跟着医生出诊疗室的时候说："麻烦您了，谢谢。"

"没事，不客气。"医生带着他们到前台结账。

这个时候的赵希就像是被抽掉了骨头一样，拽着李牧赫的衣袖，整个人都靠在他身上。

李牧赫扫码付钱的同时，手还伸到后面拍了拍她，以示安慰。

她握住李牧赫的手，慢慢地修复着破碎的情绪。

她的成长过程称不上多坎坷，至少没有家暴这类身体上的折磨，但在其他孩子都能得到父母回应的时期，她所有的诉求都是在被父母驳回后自己解决的。

时间长了，赵希也就变成了现在这个样子，甚至可以做到这辈子不再联系她家里人，因为她什么事都可以自己解决了。

初高中的时候她就是如此，跟父母除了钱以外谈不了别的，甚至每次缺钱了才会找妈妈，还被妈妈说过好几次，说她是没良心的白眼狼。

但事实上，那时没什么赚钱能力的赵希除了一时间拿不出太多的钱，其余的都可以自己解决。

"生活费"这几个字就像根绳索一样拴在赵希脖子上，将她禁锢在那一亩三分地里。

想起这个，赵希忽然又回忆起她跟奶奶闹得不可开交的原因了。她奶奶性子强势，一点不如意就会骂街，她当时跟爷爷奶奶住在一起，平常被骂得最多的就是爷爷，一般骂不到她身上，除非她说了驳奶奶脸面的话。

奶奶可以肆无忌惮地骂，各种脏字眼往外蹦，也不顾这些话赵希能不能听，好似要骂到自己舒心才肯停下来。

这种时候爷爷跟她都会安静下来，不能走，也不能吭声，要不然奶奶不肯停歇。

奶奶的底气就是钱，家里所有的钱都在奶奶手上，爷爷离了奶奶就活不了。赵希更不行，下周生活费还在奶奶手上。

就是知道他们不会离开，奶奶才那样羞辱她们。

明明现在那条链条的锁已经解开了，为什么她还是很痛苦？

回家的路上，赵希任由自己消极，就这么靠在李牧赫身上，即使在这烈阳下也没有松开过他的手。

按照赵希一贯的处理方式，她现在应该是快速回家，一个人待着，直到把这股情绪忘却了才算了事。但她现在强迫自己以一个正常成年人的方式来解决，至少不要什么都不跟李牧赫说就消失。

进入单元楼后，阳光消失，楼梯间的阴冷凉风让赵希瑟缩了一下。这让她更加像只无助的幼猫，紧缩在李牧赫怀里。

而李牧赫也做不了别的，只能搂着她，让她有个支撑点。

回家后，李牧赫纵使再洁癖，这个时候想的也是先让赵希躺到床上休息，之后床单再换就好。可赵希到家后就先去衣柜找了睡衣，去了卫生间。

外面的阳光想钻进来探个究竟，但李牧赫走到窗边，将所有的窗帘都拉上了。骤然发出的声响吓了橙子一跳，直接惊醒跳下沙发。

李牧赫见状赶忙将橙子抱进怀里安慰。

浴室里响起水声，李牧赫坐在沙发上，看了眼浴室的方向，隐约地听到几声压抑的抽泣声，但他什么都没说，只是将橙子的爪子捏了捏，低下头掩饰掉有些泛红的眼眶。

在赵希洗澡期间，李牧赫也给自己找了点事儿做，他将橙子关在客厅，到卧室换了一套新的四件套，上面还有留香珠的好闻的味道。

他还拿吸尘器吸了吸，将上面的绒毛都吸走，最后打扫了一下卧室，将东西归置整齐，又找了之前赵希买身体乳时送的香烛，点了放在床头。

那边赵希在卫生间吹头发，这边昏暗的室内烛火晃动。李牧赫还将空调打开，调到了二十四度，等全都弄好了才出来。但他也没有停歇，而是给赵希泡了壶红茶。见赵希吹完头发了，他还倒了一杯递到她跟前。

橙子跟着跑进来，气势汹汹地抱着李牧赫的裤腿，似乎要报不放它进卧室之仇，嘴里"喵呜喵呜"的，应该是在骂人。

赵希瞥了眼脚下，笑了声，但她眼里却有掩饰不掉的疲惫。她接过杯子，温热的触感让她一愣。

"喝点热的，睡一会儿。"李牧赫知道赵希喜欢喝冰的，但还是倒了杯温茶给她。

她小抿一口，还问："那你要学习吗？"

眼下和鼻尖的泛红不难猜出她刚刚在里面哭了，连说话声都是沙哑的。

李牧赫见她乖乖喝了，摇头："陪你睡会儿。"

赵希闻声侧身："那你去洗澡吧。"她知道的，李牧赫外出回来后不洗澡是不上床的。

在李牧赫洗澡的时候，赵希也没去卧室，而是坐在餐桌边喝着热茶。橙子这个"妈宝猫"则是乖乖地立在另一把椅子上，眼巴巴地看着她。

李牧赫洗澡快，她茶还没喝几口，他就出来了。

"走吧，房里我还开了空调。"

"粘毛器呢？"

"在卧室。"

两人你一句我一句，谁都没去抱橙子，但没关系，橙子会自己走。

它跳下椅子，跟在两人后面，昂首挺胸，还先一步走到卧室门口等着赵希给它开门。但没想到，李牧赫却将它抱起，往身后一放。

门确实开了，但李牧赫在进去后挡了一下，把橙子拦在了外面。

没关系，它的爪子会出手。

橙子不停地抓门，还在外面可怜地叫着。它本就是个被宠坏的话痨小猫咪，见没人放它进去，就一直在外面哼哼唧唧的，偶尔还会转换一下音调。

它这样子本该是恼人才对，但躺到床上的赵希听了却一笑："你不放它进来，它能叫半个小时。"

橙子自小都是跟赵希一起睡的，喜欢睡在赵希枕边。之前晚上李牧赫没放它进来，它就真的叫了半个多小时，最后还是赵希听到它嗓子哑了才松口。

这回它打算继续耍无赖，叫到开门为止。

结果没喊两声，就看到门开了道小缝，橙子抬头看去，不是赵希。

它也没理，甩着尾巴就钻进去了，还跳上了床，在赵希枕边找到了自己的位置。

橙子就是驱散一切不好情绪的暖风，赵希将它捞进怀里，摸着它的爪垫，心情也好了许多。

李牧赫回来后看到的就是霸占了他位置的猫。

赵希抱着橙子，长舒一口气，见李牧赫重新躺下了，还跟他说："我觉得我进步了好多。"

李牧赫闻声看去，等着她的下文。

"我以前要是遇到这事，绝对是不跟任何人见面交流，安静地躺一晚上，可能还会哭，第二天甚至会冷着脸，什么话都不说，持续好几天。"

她说着，往李牧赫身边靠了靠："现在我洗个澡就好了。"

被夹在中间的橙子，用爪子抵着李牧赫的身子，努力地保持着距离。它认真它的，他们俩聊他们俩的。

李牧赫像模像样地摸了下赵希的头："长大了。"

本以为她还会说些什么来感叹一下的，然后就见她将橙子抱进怀里，转了个身："好了，睡吧。"

李牧赫看着她的背影，一时间找不出什么话说。他又看了一眼刚刚换的被套，赵希刚进来的时候貌似都没有感叹一下他的精心布置。

她这入睡的速度也太快了。

4

本以为会被打倒的赵希没想到自己不出几个小时心情就恢复了,她醒的时候,李牧赫还睡着,于是便向时朝裕了解了一下情况,还说了下她这边的检查结果。

赵希:我跟李牧赫商量好了,准备领养它,所以它的费用我来承担就好。

时朝裕:好,那我跟张姨说一声。

放下手机后,赵希看了眼旁边埋头睡的李牧赫,又看了眼已经被他收拾好的书桌。

李牧赫最近忙到基本没什么时间睡觉,他既要顾学校的课,又得抽时间参加比赛,所有的空闲时间都利用上了,从寒假忙到现在,马上快暑假了也没停歇。

这个午觉他睡熟了过去,连赵希起床出去了都不知道。

赵希下午还有兼职,就先出门了,想着李牧赫下午醒了肯定会发信息给她,所以上班期间一直注意着手机,结果她快下班了都没见微信响一下。

"也太能睡了吧……"赵希换好了衣服,看了眼依旧没有动静的聊天框。

上夜班的同事们已经来了,赵希没在更衣室多待,跟其他人打了声招呼后就提着包走了。

在电梯里的时候,她还给李牧赫发了条信息。

赵希:还没醒?

那边没回,电梯门开了,她低着头看着手机,就这么走出去,没走两步就看到有人向她走来。她刚想让开,就看到了对面人的脸。

"醒了你倒是给我发条信息啊。"赵希笑骂道。

来人怀里抱了一束花,上面还串着小灯珠,手上还提了个蛋糕。

李牧赫张开手臂展示了一下:"这不是来了吗?"

李牧赫是一个非常有仪式感的人,赵希恰恰相反,花束这些在她看来完全就是浪费。但她也没在这个时候说,只是问了句:"今天是什么日子吗?"

"今天是小朋友到家的第一天啊!"他说完指了指门口。

赵希顺着他手指的方向看过去,就看到被牵引绳定在门旁的比熊。

李牧赫解释道:"我下午醒了后就去医院看了下,医生说你下午也去了,本来想着家里有橙子,不方便把它养在家里,但后来想了下,医院病毒多,它又疫苗不全,有点危险。"

这只狗身上主要是湿疹和耳螨,湿疹不会传染,但要橙子适应一个突然到来的家庭成员,可能有点难。

见他们俩走过去,那只小比熊还摇起了尾巴。它身上的毛被剃了,就跟当初的哥布林一样,只不过它身上的红斑要比哥布林严重多了。

"哥布林肠胃弱也爱得皮肤病,照顾有皮肤病的小狗我有经验。"李牧赫还展示了下兜里装着的药袋子,"我刚去药店买的。"

赵希拿出来看了眼:"……怎么没买维B?"

"买那个干什么?"

"……容易得皮肤病的都是缺乏维B。"

"原来如此。"

"你还说你会照顾。"

"那我之前都是医生怎么说我怎么做。"

李牧赫双手不得空,所以牵狗的任务就交给了赵希。这感觉还挺神奇的,虽然遛过哥布林不少次,但跟这次的感觉稍微有点不一样,这个是她的狗狗。

"还没起名呢。"李牧赫提醒。

赵希早就想好了:"叫椰汁。"

她取名都是按照毛色来,橙子是一只橘色的长毛田园猫,而这只则是一只白色的比熊,猫咪叫橙子,小狗叫椰汁,再合适不过。

李牧赫停下脚步,看了眼小狗:"椰汁!"

闻声,小狗看了过来。

"你好聪明哦,你比……哥布林聪明多了!"他顿那一下是在想以椰汁的辈分该怎么叫哥布林,最后想不起来,直接喊名字。

他换了个手提蛋糕,腾出一只手来牵赵希:"真好,以后结婚了,晚上我们还可以带着孩子出来遛弯。"

听到这话后,赵希脸上的笑一下子就消失了,没有羞涩,没有窘迫。她看了眼旁边李牧赫有些向往的表情,最后什么都没说。

家离得不远,两个人就这么散步回去。现在天气热了,晚上连吹起的风都带着夏日独有的气息。

临近一点,周围的商场和写字楼都灭了灯,但街上的小摊倒是不少,大家都躲着城管,在这条道上卖得热火朝天。

两个人走走停停,买了不少街边小吃。

赵希回忆起来,甚至都会觉得妈妈发微信过来的这件事是几天前发生的,但其实就是今天中午的事。

他们到家后,橙子依旧是第一个冲过来的,但冲过来后看到了陌生的生物,毛一下子就炸开了,低着头开始一边后退一边叫骂。

赵希见了,将绳子递给李牧赫,然后进去把橙子抱起,还给它顺了顺毛。结果它已经急眼了,对着下面的椰汁一直哈气。

"好了好了,我们去卧室。"赵希一边给它顺毛,一边遮住它的视线。

进了卧室后,橙子就好多了,因为这里全是它的味道。橙子跳到床上后,舔了几下毛,缓解着自己的紧张情绪。

外面的李牧赫已经将椰汁牵进来了,还找湿巾给它擦了脚。

第一次来这儿的椰汁稍显拘谨,迈着小步子到处嗅着。

赵希出来后,还看到了摆在窗边的笼子和围栏,李牧赫说道:"我下午才买的，放那儿刚好，就是这段时间橙子得放卧室了。"

除了笼子和围栏，还有地垫、尿垫之类的，里面甚至还摆了两个玩具。

李牧赫没有纵容椰汁在客厅乱逛，而是放下手上的东西后就将它引到了笼子里，让它先在里面待着。

"去洗手准备吃饭吧。"李牧赫帮赵希卸下包，往门口一挂，然后带着人去卫生间洗手。

赵希的思绪还停留在刚刚回来时李牧赫说的"孩子"上，如果李牧赫对未来的规划里有小孩的话，那他们俩就不合适了。

但这个话题不适合今天谈，中午才丧过气，晚上再把气氛搞毁就有些不合适了。

桌上有他们买回来的冒菜、炒面、烤鱿鱼、臭豆腐，赵希下午就吃了个三明治，早就饿了，吃点油油辣辣的东西，再吃一口蛋糕，一下子就治愈了她一天的烦闷。

更令人开心的是，明天还是周末。

第十四章
/ 最聪明的小狗

1

六月,李牧赫的比赛结束了,他们那个小组拿了第三名。聚餐庆祝的那天晚上赵希没去凑热闹,因为全都是陌生人,她不喜欢那种场合。

也看得出李牧赫心情不错,晚上回来时身上还有酒气,就是人看上去没多醉的样子。

他深夜两点多回来时,赵希还没睡,听到门口有响动,她还暂停了电视剧。

"我回来啦!"李牧赫本来想静悄悄地进来,但看到客厅的灯还亮着,就知道赵希还没睡。

椰汁在电梯门开的时候就跑到了门口,摇着尾巴等着,橙子则是窝在沙发上,跟赵希待在一起。

赵希放下iPad走过去,还收到了李牧赫的一个大拥抱。

"宝贝,比赛结束了,我有空陪你了。"他身上的酒气很重,说话的速度也变慢了。

赵希推开他:"醉了吗?"

"没有,我就喝了一杯啤酒,是酒不小心撒身上了。"李牧赫松开她后,还去摸扒着他腿的椰汁,"椰汁有想爸爸吗?"他说着还看了眼沙发,"橙子怎么不过来?"

赵希跟着回头看一眼:"你慢慢哄吧。"

那家伙气性大着呢,之前给椰汁上药的都是李牧赫,橙子就觉得他背叛自己了,即使跟椰汁的关系缓和了也没跟他和解。这点主要体现在李牧赫回来时,橙子不再去门口迎接,以及赵希跟李牧赫坐得很近时,它就要坐赵希怀里彰显一下地位。

椰汁也是个小女生,还没做绝育,身上的湿疹已经全部好了,连毛都长出来了一点。明明同样是比熊,它就是比哥布林好看许多,性格还乖,不怎么爱叫。当然,也有可能是李牧赫的滤镜。

至于李牧赫说的有空陪她——

"你确定你有空陪我吗?马上就期末了。"赵希挑眉。

李牧赫顿了下。

离期末还有一个月的时间,但奈何他们的专业都是难度比较高的那种课程,要复习的东西很多，但非要抽出时间玩的话，还是可以的。

李牧赫拿了衣服先去洗澡，赵希则收拾她刚吃完的夜宵。

刚放下话说陪赵希，李牧赫洗澡的时候就在想要怎么陪。

赵希的社交圈子其实很小，没从她嘴里听到过什么同学的名字，相熟的几个人还是宿舍的，但也没有熟到无话不谈的程度。

她并不社恐，就是懒得社交，也没什么倾诉欲和分享欲，李牧赫要是不问的话，基本很难从她嘴里听到她的近况。

其实赵希还是挺喜欢热闹的，主要体现在她喜欢看李牧赫跟李牧语叽叽喳喳。

"哒……"李牧赫想了下，决定先带赵希认识自己的朋友，他们俩交往小半年了，她还没见过他那群朋友呢。

晚上睡觉的时候，李牧赫还在想这件事："你明天上班吗？"

"上。"赵希莫名其妙，她有哪天不上班吗？

"那我晚上去接你。"

"行。"

第一天接赵希的时候，李牧赫没有在楼下等，而是到了楼上的大厅坐着。赵希出来的时候就看到了坐在那儿低着头玩手机的李牧赫，前台的两个人还不停地挤眉弄眼打趣她。

李牧赫好好地宣示了一下主权，走的时候都是揽着赵希的。

第二天去的时候他没有空手了，还给剧本杀店的人点了奶茶。赵希本想说她跟大家没熟到那个程度，没必要，但是为了不打击他的热忱，她最后什么都没说。

第三天，李牧赫又来了，甚至还提前了一个小时到。他就那么一直在大厅坐着，赵希中间出来了一次，他还跟她打招呼，但其实这个时候她已经开始烦了。

第四天，李牧赫又来了，给大家点了比萨，现在他们已经改口称他"妹夫"了。

赵希在旁边全程尬笑。

这回她跟李牧赫说了，让他别点东西了，也别来接她了，就这么两步路，她骑着电动车能有什么危险，大不了在小区门口等她就行。

但李牧赫不同意，就是要来。

第五天的时候，赵希看向点了炒酸奶分给大家的李牧赫，不知道该怎么评价他这份赤诚的傻劲。

他这回不仅仅是来接人，而且是把人送到后就一直在这里等着，直到赵希下班。

赵希感觉自己就像是被小鬼缠上了一样，开始烦躁起来，她就是讨厌黏人的。

第六天。

今天周六，赵希下午两点就要开始上班，出门的时候她警告了李牧赫，叫他不要送也不要接。

李牧赫坐在沙发上抱着椰汁和橙子，答应得好好的，还点了头。

但一到剧本杀店，赵希就看见了在大厅坐着的李牧赫。

真是见了鬼了。

见到赵希来了，李牧赫还走了过来："你润喉糖忘玄关柜上了。"说着，他还把东西递过来。

赵希满脸无语，最后叹了口气，掏出手机后，看了一眼堵在她面前的李牧赫："你等等，我先给你改个备注，叫阴魂吧，一直不散，怪烦人的。"

许久不见赵希那张嘴发功，有些不适应的李牧赫安静了一下。

但没关系，他会自愈。

"我就是给你送个东西。"他摆上稍显委屈的表情。这招他已经用烂了，每次亲完想再延长点时间的时候，他就是这个表情。

赵希拿过润喉糖，回头看了眼，刚好电梯来了。她转过来，说道："电梯来了，赶紧走吧。"

"那……拜拜。"

见李牧赫进了电梯还一副闷闷不乐的样子，赵希无奈，只能跟着走进去，还对前台喊了句："我马上回来。"

看她进来了，李牧赫耷拉的脑袋立马复位，连嘴角都跟着不由自主地上扬："不用……"

他话都还没说，赵希就先拉住他的衣服往跟前扯，直接用行动堵住了他的嘴。

赵希算着时间松开李牧赫，不顾他脸上稍显错愕和意犹未尽的表情，直接说道："别再来了，知道了吗？"

"……知道了。"

其实李牧赫来不只是为了送润喉糖，还有别的事，但是是什么事呢？他现在想不起来，只记得赵希亲上来的感觉。

出了大楼他才想起来，晚上他朋友叫他出去吃饭，在场的也有赵希认识的人，所以他想过来跟赵希说一声，顺便来陪她上班。

本以为是一个很完美的理由，因为海底捞就在旁边，她下班后就可以一起过去，但是他话还没说呢，就被赶出来了。

无奈，他只能给她发微信说一声。

李牧赫：晚上去吃海底捞吗？罗慧玲和陆永阳他们也在。

那边的回信很快就来了。

赵希：OK。

回到家的李牧赫没事干，于是牵着椰汁下楼转了一圈，还碰到了许久未见的时朝裕。只不过他旁边有人，李牧赫也就没上去打招呼。

但他将这个消息分享给了赵希，还把自己拍到的照片给她看。

李牧赫：那个好像是时朝裕的女朋友。

赵希：我知道。

李牧赫：？

他想起来自己为什么不爽时朝裕了，因为他们聊的内容他都不知道，赵希也不会跟他说，这种感觉就像是自己女朋友跟别人有了小秘密一样，令人烦躁。

赵希直接甩过来一张截图，是她跟时朝裕的对话，内容是时朝裕让她帮忙选礼物。

赵希：我这个时候才知道的。

李牧赫看了后心情好了点，但还是装模作样地给赵希回过去。

李牧赫：不用，我又没误会。

赵希：喊。

李牧赫：……

遛完狗，李牧赫带着椰汁上楼，开始给它上课。李牧赫拿的是冻干鸡胸肉，橙子闻见了也要过来凑热闹，在训练椰汁的时候，它就不停地扒李牧赫的手，闻见味儿了就往嘴里塞。

最后没办法，李牧赫把它关到了卧室。

这下好了，橙子更记仇了。

椰汁上课的时候，橙子就在卧室鬼哭狼嚎，见没人理它最后就安静了。椰汁倒是一个注意力集中的孩子，它胆子小，刚到家那天它甚至还是立着脖子睡的。但它也是个有眼色的，即使李牧赫对它好，它也知道这个家里地位最高的是赵希，所以一般两个人都在家的时候，椰汁和橙子都喜欢往赵希身边凑。

李牧赫给椰汁上课也没上多久，主要是怕把橙子关生气了，没到半个小时课就结束了。李牧赫进了卧室，追在橙子屁股后面讨好它，把剩下的冻干鸡胸肉都给它吃了。

今天时间过得太慢，玩了一下午才四点多，离赵希下班还有好几个小时。李牧赫见状又带它们下楼遛了一圈，还推了橙子的车子。

在电梯里的时候，不少接孩子放学的家长还凑过来看了一眼，本以为是小孩儿，结果是只小猫。

李牧赫又想到小孩子了，但没几秒他就愣怔出神，赵希貌似没说自己想不想要小孩。

2

晚上李牧赫又来了，但这回他有正当理由。赵希下班的时候被一群人打趣，一开始还有些窘迫，现在已经毫无反应了。

她将包递给李牧赫，然后跟前台告别："走了啊！"

骑车的时候风很大，赵希一直都带着外套，她将衣服搭在胳膊上，然后挽住李牧赫，问了句："你来之前给它们喂饭了吗？"

"喂了，我出门前椰汁都已经不停打哈欠了，见我出去还想跟着。"

"嗯，跟你一样黏人。"

赵希这么淡漠的性子，身边却全是黏人的家伙。橙子没了赵希不行，晚上睡觉都要跟她躺一起。椰汁也一直跟在她后面，见她去卫生间都要在门口守着。李牧赫更是如此，恨不得把所有空闲时间都花在她身上。

听她这么说，李牧赫还把人搂紧了些："那没办法。"

"晚上都有谁？"赵希将话题转了回来。

李牧赫一边想，一边数："我们宿舍那三个，还有罗慧玲跟她男朋友。"

赵希顿了下："罗慧玲跟她男朋友？"她高中的时候就跟罗慧玲没多熟，上了大学后又没在一个宿舍，更没什么交集了。

"嗯，也是咱高中的，隔壁班，来过我们家。"李牧赫本来想说赵希应该有印象的，但后来忽然想起，他朋友来也是去地下一层玩，没上过二楼。

李牧赫还说："本来还叫了黄璃明的，但她要跟男朋友去周边玩。"

赵希的嘴张了张，一段时间没跟宿舍的人聊天，感觉有点脱节了。

他们俩来得算是晚的，其他人已经进去了，李牧赫跟服务员说了桌号后直接被带过去了。他们这是个大桌，挺显眼的。

还没走近就看到了一头与众不同的头发，李牧赫低头跟赵希说："那个黄头发的就是罗慧玲的男朋友。"

走近后看清了人脸，赵希就有印象了，是那个老叫李牧赫宝贝的男生，也是成绩经常排在前几的人，她记得名字。

"柯安宇？"

"你怎么知道？"李牧赫一惊，眉毛都挑上去了，直接掀开了醋坛子。

他显然是没想到赵希除了关系亲近的几个以外还认识其他男生，要知道赵希可是连班上男生的名字都记不全的人。

"来晚了，快认罚！"那个黄头发的男生看见了李牧赫，叫嚷着。

但他刚号叫一声，就被罗慧玲在背上拍了一巴掌，立马老实了。

罗慧玲虽然跟赵希没多熟络，但好歹同班过三年，她指了指对面，对赵希和李牧赫说："快坐，你们俩来得刚好，刚上菜，你看你们还想吃啥？"

"先去调料碗，然后再帮我拿一盘西瓜，谢谢！"陆永阳插空道。

左致彬则是看了眼赵希，小声跟成树感叹了句："原来李牧赫的女朋友长这样……就是怎么有点眼熟？"

成树觉得无语，也是佩服死了这个人的记忆力。

李牧赫先是打了一圈招呼，在放下包和外套后，带着赵希去调料台。

左致彬这个单身人士看了他们一眼，继续说："哟哟哟，还勾着手指！"

陆永阳和成树则是觉得很神奇，还是有些无法适应李牧赫和赵希站在一起的画面。

罗慧玲也是如此，视线一直在赵希和李牧赫身上。

高中时期他们俩站在一起的次数不少，站队的时候一起，跑操的时候一起，连座位都是前后排，即使换座位他们俩也一直是前后桌。

但是像情侣一样亲昵地靠在一起，这画面还真是有些稀奇。

"谁能想到他俩会在一起呢？"罗慧玲感叹。

"就是啊。"成树和陆永阳齐声说。

几个人看着李牧赫感叹，柯安宇则是沉迷涮肉，他把涮好的肥牛都放到了罗慧玲碗里："快吃！"

罗慧玲看了一眼，摇摇头："下午吃太多了，还不饿。"

李牧赫和赵希回来了，还带来了陆永阳要的西瓜。

这场聚餐才算是真正开始。

坐下开始聊了，赵希才知道柯安宇就是李牧赫的那个队友，两个人是一起去参加比赛的。

他的性子比李牧赫还要外放，在场这么多人就他跟赵希不太熟，他还主动做起了自我介绍："我当时是二班的，还来你们班找过几次李牧赫。"

赵希有印象，柯安宇每次来都会喊一句"李牧赫唯一官方宝贝来了"，然后就能听见李牧赫说一声"滚"。现在想来，他每次来应该不是找李牧赫的，因为最后他都会被罗慧玲赶出去。

想到这儿，赵希看了眼罗慧玲，她碗里只有调料，原本她碗里的东西都被她挑到了柯安宇的盘子里。

罗慧玲没化妆，显得脸色有些苍白，她坐在那儿安静地听大家聊天，跟她高中时有些强势火暴的性子不太一样。

陆永阳往辣锅里夹肉的时候，还看了眼罗慧玲："班长，要不给你把菜放到猪肚鸡的锅里？"

"吃点，你还是下午四点那会儿吃的，这都几个小时过去了。"柯安宇直接说道。

罗慧玲看起来有些不舒服的样子，视线跟赵希对上后，她还歪过身子解释了一下："肠胃有些不舒服。"

她手捂着胃，一副想吐的表情。

3

即使是凌晨，火锅店这种地方依旧热闹，尤其是大学城附近的，大学生们不薅点六九折的羊毛都愧对上这个大学。

李牧赫的好人缘也在这一刻再次展现。

路过了几拨人，都有上来跟他打招呼的，这个画面直接跟赵希记忆里的高中时期重合了。那时在食堂吃饭也是这样的，他们那张长桌坐了不少人，就这样还有路过的人在发现李牧赫后叫他一声,跟他打招呼。

那时没跟他交谈过的赵希还想过,自己要是男生的话,也能够像那样跟李牧赫打招呼了。

送走了一个又一个,李牧赫这才重新拿起筷子,给赵希夹了一筷子肉后还催促她:"快吃,你下午不是没吃多少。"

赵希低下头,微微勾唇,但她的动作都逃不过李牧赫的眼睛,他也跟着低下头,还小声问她:"笑什么?"还不知道缘由呢,他就先跟着闷笑起来。

一直都是这样,无论聊什么,他总是对赵希保持着最浓厚的好奇心,只要一点与她有关的事情,都能让他开心起来。

他是真的好奇,还用胳膊碰了碰她,继续问:"笑什么呢?"

"没什么。"不适合在这种场合说出来,所以赵希笑着摇头。

另一边的罗慧玲和柯安宇也在低头说着什么。

两对情侣都说着各自的话,显得坐在中间的三个人很傻,来之前怎么就忘了有两对情侣呢?

左致彬看了看两边,筷子一撂:"吃不下去了。"

"哎哎哎,吃饭呢!"陆永阳也说。

成树见状,将红锅里的肉都捞出来:"都别吃,我吃,哼!"

正说着呢,一旁的罗慧玲忽然起身。

柯安宇见了,回头说了声:"她不舒服,我过去看一下。"

他这话才让人将注意力投到他们俩身上。

赵希见了也跟着担心:"……是不是肠胃炎?"

她有段时间忙狠了肠胃也不舒服,尤其是例假来的头几天,严重的话甚至会上吐下泻,弄得她连布洛芬都吃不了,只能硬扛。

服务他们这桌的刘姐也注意到了这边的动静,过来询问。

赵希赶忙解释说没什么大事。

她刚看了,罗慧玲的筷子都还是干净的,显然是什么都还没吃。

赵希见他们一直不回来,担心柯安宇在那边不方便,于是跟李牧赫说了声,带了包纸巾过去了。

她刚到门口就看见柯安宇了,解释道:"我进去看一下吧,是不是拉肚子?"

海底捞的卫生间有工作人员,刚出来跟柯安宇说罗慧玲在干呕。

赵希到洗手台前接了杯水,又拿了漱口水胶囊,准备进去看一眼。

柯安宇有些焦急,见她愿意进去帮忙,连忙说:"谢谢谢谢!"

赵希推门进去就听到罗慧玲的声音了,扭头看到有扇门是开着的,还有工作人员给罗慧玲拍背。她赶紧把水递过去,让罗慧玲漱漱口。

"这是怎么了,中午吃坏什么了?"

罗慧玲吐得眼前冒星光:"中午就吃了在便利店买的寿司。"

寿司是冷的，估计就是这原因，她这一看就像是肠胃炎。

赵希皱着眉，提议道："要不你跟柯安宇先去医院看一下，他在外面也一直担心。"

旁边的工作人员还说要去找一下经理，赵希和罗慧玲都赶紧制止。

罗慧玲说："没事，不用不用，我来了还没吃火锅呢，估计就是中午那盒寿司的问题。"

说完，她把剩下的半杯水倒进嘴里漱口，还接过了赵希的漱口水胶囊，跟赵希说："那我跟柯安宇去医院看一下，实在抱歉，打扰你们吃饭的兴致了。"她看起来虚弱极了，跟赵希印象里的班长不一样。

"没有的事，你们赶快去，钱不够的话发消息，有什么情况跟我们说一声，好放心。"赵希安慰了几句，还给李牧赫发消息解释情况。

赵希：班长估计是肠胃炎。

出去后，柯安宇上前问情况，赵希也说了自己的猜想，让他回去拿东西，赶紧带罗慧玲去医院。

好好的一顿饭，兵荒马乱了一阵，回座位后赵希也没什么胃口了。

"班长那边什么情况？"陆永阳见赵希回来了，赶紧问道。

他刚刚本想问柯安宇的，结果柯安宇提了包就走，他嘴都来不及张。

赵希坐下后，拿起湿毛巾擦了擦手："应该是肠胃炎，她说中午吃了盒在便利店买的寿司。"

"没事儿吧？"

她摇了摇头，表示自己也不太清楚算不算严重："我让他们赶紧去医院了，说有情况的话会给咱们发消息。"

后面吃饭的时候，大家都会时不时地看一眼手机，想知道柯安宇他们那边什么情况，但到最后结账了也没见他回消息。

都准备各回各家了，忽然，李牧赫的手机振了一下。

上面还有之前李牧赫发过去问情况的消息。

李牧赫：医生那边怎么说，班长有好点吗？

最近一条隔了三十多分钟。

柯安宇：医生说是怀孕了。

这个时候陆永阳他们早就挥手走了，说是要去网吧，李牧赫看到消息后愣了下，随后就将手机递给赵希。

赵希不知道该如何评价了，有些无语，也有些愠怒："他是缺那点钱吗？"指的是安全套。

李牧赫收回手机，小心观察了一下赵希的表情，还问道："我们要不去医院看一下吧？"

赵希真的很想说这关她什么事，但是发生这种事，柯安宇和罗慧玲应该也挺慌乱的,估计脑子都成糨糊了,需要有人过去帮忙把事情掰开说。

"走吧,你问他要一下地址。"赵希脸上的怒色不减,反而更重了。

他们要过去一趟还挺麻烦的,得先把电动车骑回去,然后才能开车过去。

明明赵希跟罗慧玲的关系没多好,但她这副气冲冲的样子,不知道的还以为她们是至交好友。

等红灯的时候,李牧赫打量了一下赵希,手覆上她的手背。不知道是不是因为情绪激动,她现在手有些冰冷。

赵希并没有迁怒李牧赫,只不过表情依旧不好罢了。

"怎么了?"他明知故问。

赵希冷着脸,像是为了缓解气郁,长呼了一口气,看向李牧赫:"你要是碰到这种情况,会怎么办?"

她需要知道李牧赫跟她的看法是否一样,这甚至可能关乎他们能不能继续走下去。

听她这么问,李牧赫紧张了一下:"不可能发生,我就不是那种抱着万一想法的人。"

他绝不会因为一时爽快让赵希面临这种情况。

赵希听完后,忍不住翻了个白眼:"我是问,在毫无准备的情况下,我意外有了孩子,你会怎么办?"

"你是生孩子的那一个,一切的决定都在你,不管是留下还是怎样,都跟着你的想法来。"李牧赫给了一个很完美的答案,也是现在互联网上的标准答案了。

但赵希并不满意,而是将问题具体化了:"那我这样问你,过段时间我们打完九价了,还做了各种防护措施,但还是逃不过那百分之零点一。在我们还是大二学生,双方父母都没见过,也不知道任何生养孩子知识的时候,我慌了神,把决定权给你,这时你要怎么办?"

她显然是在这个问题上认真了,表情更是从未有过的真挚。她看着李牧赫,反握住他的手,心跳也跟着快了起来。她等着李牧赫的答案,也期待着。

李牧赫被她看得更加紧张,手心像是被羽毛扫过一样,又痒又烫。他犹豫着,舔了下唇:"……我的想法是,不留下。"

他怕赵希误会,赶紧解释:"不拿我们都还是学生这种借口说话,在任何毫无准备的情况下,他都不该来……当然,这也看你,你要是想要,我们就留下!"

赵希听完后松了口气,打鼓般的心跳也渐渐平息下来。

她松开李牧赫的手,安慰他,让他不要那么紧张:"我跟你的想法一样,任何毫无准备的情况下,他都不该来。"

她坐直身子,说:"绿灯了。"

关于以后生不生孩子,赵希心里是有答案的。

她小的时候想过无数次,为什么她要被生下来,要是她不存在就好了,或者是生到那些生活富裕、父母感情好的家庭就好了。

赵希不喜欢小孩是一方面，另一方面则是觉得既然什么准备都没有，为什么要生，那些家长只考虑怀孕那十个月要怎么做，从没想过养个孩子是件多么费时费力的事。

孩子不是小猫小狗，每天喂点吃的，陪着玩一会儿就好，要考虑的事很多。她不希望再生个自己出来，不想她的小孩跟她一样穷尽一生去想为什么父母生了自己不好好养。

就算她以后想要生孩子了，那也该是认真备孕一段时间，学习怎么做父母，怎么养小孩，也做好替孩子考虑未来，满足孩子成长的准备。

但很可惜，她讨厌小孩子，所以这辈子不打算生。

到了医院，李牧赫跟柯安宇在外面，赵希则是进去病房陪罗慧玲。

罗慧玲还没睡，倒是显得更憔悴了。

"这病房还不错，是两人间的，他晚上还能陪着你。"赵希进来后先说了点别的话题。

赵希坐到床边，安静了两秒，最后看向罗慧玲："你们俩是怎么打算的？"这个话题是逃不掉的，赵希也希望她认真考虑后再做决定。

罗慧玲性格强势，是因为她爸妈都比较宠她，在家话语权比较高，当然也跟她学习成绩有关，她学习一直挺好，是老师眼里的好学生。

她做得最出格的事估计是用脏话骂骂那些不服管教的男生，除此之外再没别的，她跟柯安宇的恋情也是高考后才确定下来的，这还是李牧赫刚刚在车上时跟赵希说的。

像她这样的人，遇到这种事，肯定是慌了神的。

赵希问完后，罗慧玲摇了摇头，显然不知道怎么办。

对于这种事，赵希只能劝导，她把自己代入进去，说如果是自己的话该怎么选，但不是所有人都认同她的观点的。

"……他都在我肚子里了，医生说已经七周了，我刚刚还听到了他的心跳声。"罗慧玲也很纠结。

赵希没有那种体验，所以理解不来，只能将话说绝，让她自己考虑清楚："李牧赫也在跟柯安宇说……但我希望你不要去考虑他怎么想，因为孩子在你肚子里，要遭的罪都是你来承受。"

赵希舔了下唇，犹豫着，也不知道自己为什么要来当这个菩萨，但好歹同学一场，罗慧玲当时也挺照顾她的，所以她继续说道："我的话可能很难听，但这都是必须要考虑的事情……万一你怀孕期间他出轨了呢，又或者你生孩子的时候出现情况了呢？你要是决定生的话，后面就得休学，之后回来上学孩子又要怎么办？你怀孕这件事又要怎么跟你父母说？最根本的一点，你相信他吗？

"相信他一辈子都会站在你这边，不出轨、不移情别恋吗？"

见罗慧玲神色微动，赵希继续说道："他会是一个好爸爸吗？会有好的收入照顾这个家吗？如果你们感情破裂，孩子又要怎么办呢？跟你还是跟他？如果你成了单亲妈妈，你有能力确保在兼顾工作的同时照顾好孩子的身心吗？"

她说的时候，也是在问自己相不相信李牧赫。

赵希所了解的李牧赫，都是当下的他，可人是会变的。

小的时候她不喜欢德克士咖喱饭里的那个红色小菜，但长大后倒是很喜欢，每次都要拌在饭里吃；以前她还想过这辈子都不要谈恋爱，也不要结婚，现在还不是变了想法。

人的口味都会随着年龄发生变化，更何况感情。

但她跟李牧赫不会那么复杂，因为他们不会有孩子，她只需要对自己的选择负责就好。

罗慧玲像是听进去了，赵希不再多说别的，她看了眼手机，是李牧赫发来的话，看完后她又对罗慧玲说："李牧赫说，柯安宇一切随你，你要是想留下这个孩子，他现在就跟父母说，然后筹备婚礼。你要是不想留下，他也随你，当然也会跟父母说你们在交往的事，还会带你去见父母。"

看得出罗慧玲很纠结，赵希便起身，准备回去了："不着急，你可以好好想想，你跟他谈就好。今天已经很晚了，早点休息吧。明天周日，你还能在医院继续观察一下。"

"真是麻烦你们了，我会好好考虑的。"罗慧玲对赵希一笑，"谢谢你跟我说这么多。"

见她像是听进去了，赵希的心也跟着回落，语气都轻松不少："行，那你早点休息，我出去叫柯安宇进来陪你。"

罗慧玲还跟赵希说了好几次"拜拜"。

柯安宇和李牧赫就在不远处的椅子上坐着，赵希没跟柯安宇说那么多，只跟他说让他快点进去陪着罗慧玲，让他们早点休息。

李牧赫跟柯安宇互道了几声再见，柯安宇还一直跟赵希说谢谢，挥别了几次才转身离开。

赵希就像是被放掉气的娃娃一样，松了肩膀，靠在李牧赫身上："累死了，我们快回去吧。"

"都快凌晨三点了，幸好明天周日。"李牧赫将人环住，把她往外带。

"我要睡到中午，你记得关你那个闹钟。"

"知道了。"

4

期末周很快来临，开始复习的时候，赵希跟上学期一样，结束了剧本杀店的工作，还跟牙科诊所的医生们说好了，暑假还过去实习。

275

每次到最忙的时候，事情都会挤在一起来，这回也一样。

李牧语的签售会这周要在海江市办，她打算提前几天飞来。

来的时候她没提前说，出发当天才跟两人提了一嘴。

李牧语：啊……期末周。

李牧语：那实在不行我自己玩儿。

赵希：你要是不着急回去的话就多待几天，考完后我陪你转转，我周四就全部考完了。

李牧语：也行，那我这几天先去找朋友。

赵希：OK！

李牧语没住酒店，因为之前赵希就说过可以住她那儿。

李牧语本想着晚上跟赵希彻夜闲聊，结果来了后才知道赵希晚上跟李牧赫一起睡。

李牧语的心情就像是自家精心养的布偶猫不小心跑出门，回来后发现有了个野猫男友一样，看向李牧赫的眼神有些无语，但又说不出什么反驳的话，毕竟人家是真情侣。

但李牧语住得还是挺开心的，因为有橙子和新的小朋友。

"怎么回事，同样是比熊，为什么椰汁比哥布林好看那么多？"李牧语真是爱死了椰汁，不仅仅是因为它性格好，还因为它真的长得很漂亮，毛虽然被剃过，但很明显有精心修剪过，像个玩偶一样。家里的哥布林虽然也做了美容，但总有一种潦草感。

椰汁就不一样，它非常白，脸上连泪痕都没有，身上的毛发软绵绵的，再加上性格好，怎么看怎么喜欢。

赵希端来果盘放到小桌上，橙子闻见了就要凑上去。她给橙子单独准备了红薯，给它掰了一小块让它吃。

椰汁则是在李牧语怀里吃着苹果，苹果被它咬得"沙沙"响，客厅里都是苹果的味道。

至于李牧赫，则是被驱逐到了厨房，给她们俩做饭。

李牧语以前经常来海江市，基本都转遍了，所以没什么好出去的，说是来玩儿，其实就是换个地方继续躺着玩手机。这几天赵希和李牧赫忙着考试，她除了跟朋友见了一次，其余时间就待在家里，玩玩猫，逗逗狗。

今天也是他们俩考完试的第一天，本来想着出去吃一顿的，李牧语提议去吃海底捞，李牧赫直接反驳了，说是才吃完，不想去。最后李牧语说了好几个地方，都被反驳掉，没办法，只能谁反驳谁做饭了。

两个女生坐在地毯上聊着八卦，两个小家伙也竖着耳朵，一副很感兴趣的样子。

后面李牧赫把饭做好了，她们还在说，只不过内容变成了明天要去哪儿转。

海江市没什么旅游景点,唯一一个乐园李牧语已经去了不知道多少次了,所以就将这个划出游玩清单。选来选去,就只能去那些网红打卡地拍照。

李牧赫势必要当那个拎包、拍照、掏钱的。

入夏后,天气也越来越好了,每天抬头都能看到蓝天白云,偶尔温度高了还会下场雨,但雨停后地上没过多久就干了。

今天早晨才下了雨,所以中午这会儿温度不是很高,三个人把椰汁和橙子也带上了,打算出去拍拍照。

难得不用吃李牧赫做的饭,李牧语提前找好了攻略,选了一家自己还没吃过的美食店。只不过这个时候大学生们都放假了,街上人还挺多的,他们去的时候正是饭点,门口排了一溜长队。

这种时候性格差异就出现了,李牧语是那种愿意排队的人,李牧赫和赵希则是一点队都不愿意排,宁愿去隔壁吃苍蝇馆子的那种。

但李牧语难得来一趟,当然是依着她来,三个人认命地在这儿排队,还因为推车里有猫猫狗狗,被围观了。

橙子是个会来事儿的,"呼噜呼噜"地还表演起了踩奶。反倒是椰汁有些胆小,缩在推车里面不出来。赵希就让周围人看了看,拍了下照,没让他们上手摸,见椰汁有些怕,还等人少点后又把遮阳罩盖上了。

排了两个多小时,终于到他们了,赵希跟李牧赫腿都快站断了,要不是后面她靠在李牧赫身上,估计很难坚持下来。倒是李牧语有些兴奋,进去就开始扫码点菜,把网上大家推荐的菜都点了一份。

这么多人来,肯定是有值得夸奖的部分,菜品的味道好坏对半开,没很差,但是不值得排这么长时间。

但看李牧语吃得这么开心,两个人都没说扫兴的话。

不着急走,他们慢慢吃,吃的时候李牧语还问他们俩:"那你们俩打算暑假不回家了吗?"来了几天了,这话她一直没问。

赵希摇摇头:"反正我没打算回去,我要实习。"

李牧语听了歪头:"现在大学生都这么卷吗,这就开始实习了?"

旁边的李牧赫则说:"还好吧,早点做打算,要不然等快毕业了再想,那才头疼。"

李牧语不敢开口,她就是临毕业才开始想的那种人。

"寒假的时候我也去实习了一段时间,这回不一样,有工资也有实习证明,以后可以放进履历里。"赵希说。

肉小也是肉,总比没有强。

李牧赫则是打算暑假期间自学金融专业的课,在哪儿都是学,所以就不打算回去了。

李牧语见两人都安排好了,只能叹气道:"我还说咱们要不出去旅游一趟呢,既然你们俩都决定好了，那就算了。"

听到这话，赵希抬头看向她："你打算去哪儿？"

"这个时候去草原一定很美！"李牧语说。

李牧赫提醒："你可别一个人去啊。"

"当然不可能一个人啦，你们要是不去的话，我就去问问其他人。要是都不去的话，我就回家老老实实准备新书。"李牧语强调道。

见赵希重新低下头，也没动筷子，李牧语坏笑着凑上前，低声问她："你该不会是在心里祈祷让我回家准备新书吧？"

赵希拿筷子的手一僵："……哪有？"

"你肯定想了！"

"没有。"

闻言，李牧语又细细瞧了瞧赵希。

明明饭点都要过了，外面仍旧有不少人排队，李牧赫见状赶紧说："走吧，你俩不是还要去拍照吗？"

出来玩的人多，停车很难，每次从一个地方移动到另一个地方要花很长时间，要不是李牧语要求，赵希和李牧赫肯定不会出来。

他们玩了一整天，李牧赫给她俩拍了不少照片。当然，李牧语也给小情侣留下不少瞬间。还没回家呢，李牧赫就把九宫格发到了朋友圈，还配文"一家四口"，勉勉强强地在评论区感谢了一下帮他们俩拍照的李牧语。

虽然李牧语规划的行程很累，但真的有出来玩的感觉。

晚上回去，他们还在路边摊买了小吃，打算回去看会儿电影。李牧语没来凑热闹了，而是拿了自己的那部分回到了赵希家。

洗漱过后，赵希累得不想动，李牧赫则是从衣柜里找出两床被子铺到了客厅，打算今晚就在这儿睡了。

见他铺好床，赵希直接扑到上面，她穿的睡裙裙摆被带起，露出了大腿。李牧赫扫了一眼，艰难地把视线移开。

他拿起被甩到沙发上的手机看了一眼，倒数日历上显示距离他们俩最后一针九价还有大半个月，那一天刚好是他生日的前一天。

李牧赫抿了下唇，回到卧室，从书桌抽屉里找到了之前纪佳颖送的礼物。

还好，离过期还早，就是他得提前拆开试试尺寸，万一不合适就完蛋了。

"李牧赫，开始了！"赵希在外面喊了一声。

李牧赫慌得赶紧把东西又塞回去，随意答道："来了！"

出了卧室，他还说："下回能不能换个称呼啊？或者不要连名带姓地叫。"每次赵希这样喊他，总让他有种自己做错事的感觉。

赵希已经躺进了被窝，买的夜宵还在边几上，她听着李牧赫说的话，眼睛却盯着投影,漫不经心地回道:"……那你想我怎么叫你?"

"宝贝?"李牧赫躺进被窝,话还没说完,嘴就先咧开了。

赵希不是那种喜欢肉麻事物的性格,稍微甜蜜点的话都会令她反感,李牧赫本以为会被反驳的,结果她开口就是:"好啊,宝贝。"

李牧赫愣了下,最后乐得把头埋进了她的肩颈。

"赶紧起来,还买了吃的呢。"赵希把人一推,就打算出被窝。

"好的,宝贝!"

后面李牧语还待了两天,也是李牧赫和赵希陪她出去玩的。等到赵希要开始去诊所实习的时候,她才开始收拾东西准备回去,最后是李牧赫送她去的机场。

走之前,她跟赵希说有快递,应该今天就到,说是送赵希的礼物。

赵希本想着下午下班后再去取的,结果刚出门就收到了李牧语的短信,说快递昨晚就被放进了丰巢,只不过她刚刚才看见提醒。

上班的时候赵希顺便就去取了,见旁边还有收纸箱的老奶奶,她直接在原地拆,还问老奶奶借了小刀。

盒子上没写内容,她也看不出来,但打开后……是安全套。

这还让她怎么拿出来?

赵希只能尴尬地转身,把东西往包里塞。

东西都塞完了,李牧语的提醒才发过来。

李牧语:记得拿回家拆。

快递柜前的赵希既窘迫又无语,怎么她的朋友都是这个样子?

5

因为要去诊所上班,赵希的作息也变成了早睡早起。

她的小电驴因为李牧赫的出现而被带薪休假,每天早上李牧赫都会开车把她送过去,然后下午又接她回来。

有的时候是李牧赫订好了餐厅,他们出去吃;有的时候则是李牧赫买好了菜,回去给她做饭。

赵希虽然不怎么过去自己的房子住了,但并没有退租。

眼看着七月份就要过完了,天气也越来越热了,在所有事情都渐渐在往好的方向发展时,梦魇一样的事又来了。

妈妈:我下周去海江市出差,你现在住哪儿啊?

看到这条短信的时候,赵希下午刚下班,她本来挺好的心情一下子阴了下去,倒不是因为妈妈要过来,而是她跟李牧赫交往的事,她不知道要怎么跟妈妈开口。

感觉怪怪的。

小的时候她父母就离婚了,妈妈是净身出户,一开始回老家打拼了一两年,后面又回来了,只不过住的地方离她很远,没什么时间见面。

赵希也不是一开始就跟现在一样没什么分享欲，她小的时候性格也活泼，每天都有说不完的话，也喜欢跟朋友在外面疯跑着玩。

爸妈离婚后赵希跟爷爷奶奶住，那个时候爷爷奶奶家只有座机，赵希想要联系妈妈就得用它。

用座机就意味着她说的话会被爷爷奶奶听到，再加上座机的音量大，也就是说她跟妈妈的交流都会被听到。

妈妈问她过得好不好，她只能答好；妈妈问她学习怎么样，她只能说还不错；妈妈问爷爷奶奶对她怎么样，她就得捂住声筒，小心翼翼地回头看。

后来她就不怎么打电话给妈妈了。

至于爸爸，那就是个没心的，基本不联系她。

等上了初中，赵希有了自己的手机，可这样也不是说她想联系妈妈就能联系的，因为在上班时间打过去她就会被妈妈吼，让她不要打电话。时间长了，赵希也就不再跟妈妈分享自己过得怎么样，也不好奇妈妈过得怎么样了。

现在突然让她跟妈妈聊聊她的感情状况，这感觉就像是突然被脱光一样，令人难受。

但她还是邀请妈妈过来住她家了，只不过李牧赫住在对门的事不能暴露，不然妈妈知道了会唠叨一大堆的。

因为要去机场接人，赵希提前说了，只不过是状似无意间提到的。

赵希：上午十一点半到是吧？我男朋友有车，刚好能一起去接你，就不用打车了。

妈妈：你什么时候谈朋友了？

赵希：才不久，这不跟你说了吗。

妈妈：行吧，妈妈帮你看看人咋样。

就在赵希要放松警惕的时候，又一条信息发过来。

妈妈：你俩没住一起吧？

赵希：说啥呢，我才多大？

发完后，赵希自己都得感叹一下自己撒谎功力真是了得。

妈妈：我跟你说，可不敢这样，你俩都还小呢。

妈妈：他也是大学生吧？不是什么上班了的人吧？

赵希：嗯，跟我同一级的，他是数学专业。

妈妈：哦哟，数学，要秃头的吧？

赵希看了眼旁边的李牧赫，还上移了一下视线。

赵希：那倒没有。

"怎么了？"感受到视线，李牧赫还看了过来。

赵希赶紧笑笑："没什么。"

她跟妈妈确定好了时间，见妈妈那边消停了，才抬头跟李牧赫说自己妈妈要过来这件事。

这下轮到李牧赫慌了:"下周吗?"下周他就要见家长了。

赵希忽然好奇起来:"你爸妈知道你谈恋爱的事吗?"

李牧赫倒是坦然:"知道啊,我朋友圈又没屏蔽我爸妈。"

赵希回想了下李牧赫之前发的朋友圈,皱了下眉。

所以说,他爸妈不仅知道他谈恋爱,还早就知道是她了。

因为赵希的妈妈要来,还要一起吃饭,李牧赫这几天好好收拾了一下自己,买了几身新衣服,还剪了头发。

虽然赵希看不出什么区别。

还因为要开车去接人,前一天他还将车送去洗了一下,里外收拾得都很干净。

这天,他一大早就起来选衣服,连戴在手腕上的表都是精挑细选过的。

赵希在旁边看着,将这一画面命名为:又见孔雀。

去的路上,李牧赫一直很紧张,是那种兴奋的紧张,还问赵希:"阿姨是个怎样的人?"

这个提问倒是让她沉默了,她说不上来。

她很讨厌她家,也知道妈妈身上有许多她受不了的毛病,喜欢把她夹在中间跟她爸干仗,但最后该给的都会给,只是不是那么容易到手罢了,拿到后还要听一堆念叨。

但其实妈妈很爱她,她也很爱妈妈。

妈妈是一个人住,也没有再找另一半,每天作息和吃饭也不规律,甚至可能患有焦虑和抑郁症。按理来说,赵希应该多找妈妈聊聊天的,可她的性格已经成型了,很难再跟父母分享些什么。

确认妈妈还好的唯一途径就是看她的微信步数,偶尔看到她的微信步数只有几百时,赵希都要看下日期,确认一下今天是不是妈妈的休息日。偶尔步数低得很离谱了,赵希就会发信息问她最近在干什么。

因为常年不住在一起,赵希一时间也说不上来妈妈是个怎样的人。

"……反正她喜不喜欢你都无所谓,我喜欢你就好。"赵希只能这么说。

或许是想到了她跟家里的关系,李牧赫收回了视线,没再继续问了。

他们比预定的时间要早到一点,车子停好后就去大厅等着。过了十一点半,赵希见妈妈还没出来,就想打电话问问,结果恰好妈妈的信息发了过来。

妈妈:刚下飞机,等行李呢。

赵希:好。

过了一会儿,就看到一个穿着长裙的人出来,赵希挥手:"妈!"

李牧赫看过去,稍微愣了下,小声道:"没想到阿姨这么高……"

赵希的妈妈个子很高,有一米七五,走起路来也是风风火火的。她拉着行李,一出来就看到了赵希和赵希身旁的人。

"阿姨好！"李牧赫主动上前接过行李箱。

赵希也顺势介绍了一下："妈，这是我男朋友，叫李牧赫，也是咱们那儿的人。"

"你好，你好高啊！"许爱仁见多了比自己矮的男人，见到李牧赫的第一眼还是比较满意的，至少外形很优秀。

李牧赫还是有些紧张，都不知道该说些什么了。他笑了下，指了指路："阿姨，我开了车，停车场在那边，我们往那边走吧。"

赵希是个寡言的，尤其是跟家里人在一起时，她更不知道说些什么，但今天要是冷场了，李牧赫估计会尴尬死。

她挽着妈妈，李牧赫在旁边带路。

许爱仁没那么难伺候，但也问了不少问题。

"你们家就你一个孩子吗？"

"阿姨，我们家四口人，我上面还有个比我大几岁的姐姐，我爸妈是搞航空的，我姐姐是作家。"

"哦，我听希希说，你学数学专业的，那你以后是要当老师吗？"

"以后的话我还会考研，考金融行业。"

"金融行业，那咱俩还是同行！"

赵希根本插不上话。

他们俩说了一路，快上车了，许爱仁才问到重点问题："你也是我们那儿的，那你暑假不回家，也要实习吗？那你住哪儿啊？"

赵希瞄了一眼妈妈，又看了眼李牧赫。

李牧赫打开后备箱，准备把行李放上去，听见问题了还继续回答，没什么不自然。

"我暑假不实习，但要学一些金融的课程，所以就不回去了。"他也没说是线上还是线下，说得很模糊，"我姑姑在这边定居，所以是住的姑姑家。"

李牧赫也没有撒谎，他确实住在姑姑家。

许爱仁听后放心了点："你姑姑在这边住啊？"

"对，我跟她说了您要来，但她最近在国外，还叫我好好招待您。"

赵希听了勾了下唇，李牧赫太会说了，一句话里有好多信息，怪不得他人缘好呢，能听懂别人想要什么，也知道怎么不着痕迹地回答。

现在刚好是饭点，回去做饭来不及，所以李牧赫提前订好了餐厅，是他们小区附近的一家私房菜馆。

他今天既表明了他们俩交往是家里知道的，也展现了一下家底儿。

这私房菜馆一看就不便宜，新中式的装修，进去后都是包厢，完全保护了隐私。

进来后，许爱仁还小声问赵希："他们家是不是挺有钱？"

"嗯……还行，是他比较会赚钱，你也知道，学金融的。"赵希也小声回应。

说完后，赵希看了一眼妈妈，感觉妈妈情绪还不错，应该是李牧赫这会儿在她心里疯狂涨分。

订了餐厅，李牧赫自然也提前点好了菜，因为这个时候再把菜单交给未来丈母娘就有些用力过猛的感觉，所以他提前选好了菜，让对方少点负担。

进来后李牧赫就跟服务员交代："可以上菜了。"

赵希跟妈妈坐在一边。

许爱仁还小声问她："你们俩经常这样吃？"

"没有，也就是偶尔。"赵希答道。

"那就好。"

刚刚在车上的时候李牧赫就跟餐厅这边联系了，说还有二十分钟到，他们三个坐下没等几分钟菜就上来了。

"阿姨，我听希希说您比较喜欢咸辣口，所以我选了这家川菜馆。您吃吃看，合不合您口味。"李牧赫说着，还将盘子往两位女士那边靠了靠。

"行，你也吃！"

李牧赫比赵希会应付这种场合，他跟许爱仁聊的时候，赵希就在愁自己的未来，以后要是见他家里人了该怎么办，光是想想就窒息。

"味道不错，这个鱼好吃，我就爱吃鱼。"

"那明天咱去吃鱼，我还知道一家做鱼比较好的鱼庄。"

"哎呀，在家吃就好了，老是去外面干什么，你们俩现在又没赚多少钱。"

"您难得来一次，当然得尝尝了，就当旅游了，旅游怎么能吃家里做的饭。"

"行，那明天阿姨请你们俩吃。"

"那我就先谢谢阿姨了，沾希希的光了。"

对面的赵希勾唇轻笑，觉得他可真会说。

李牧赫看到了，还趁着许爱仁低头吃饭的时候抬了抬下巴，逗她。

这顿饭吃得算是轻松，吃到最后许爱仁都撑了。

李牧赫是出去结账的，以免许爱仁看到账单，把礼仪做到了位。

回去的路上，因为一大早就起来，许爱仁还有些困了。

把许爱仁送回去以后，赵希没在家里多待。

"我就请了一上午的假，等会儿该过去了，你睡醒我差不多就回来了。"她是这么跟妈妈说的。

许爱仁换了衣服准备睡觉，也没管那么多："行，你去吧，哎！你下午几点回来？"

"五点下班，回来就六点了。"

"行，去吧，别迟到了。"

"那我走了啊。"

"阿姨再见！"

"再见再见！"

看着妈妈进了卧室，赵希跟李牧赫才转身走向玄关。

说请了半天假是假的，她今天本来就休假，只不过要是在这儿待着的话，她就得被拉着说好久话，她不想听，只能找借口离开。

两人出去后直接去了对门。

在关上门的那一刻，李牧赫才真正松了一口气。

他看向赵希，眼里带着兴奋，等待夸奖："怎么样，我今天的表现还可以吧？"

赵希换上笑脸："你这让我压力很大啊，之后见你父母怎么办？"

"你求我，我开班教你。"李牧赫说着，趁机要抱抱。

赵希把人推开，换好鞋后才说道："那李老师想要什么当学费呢？"她眼里带笑，只是这个表情，就足以让李牧赫沦陷。

"随便我提吗？"李牧赫眼睛亮了。

赵希没说话，反倒是转过来看了他一眼，还笑了下。

她就像那加冰的水一样，对谁都冷冰冰的，要想焐热得倒不少热水进去，可就是这么一个人，一个眼神、一个笑容、一句话，就能点燃李牧赫。

赵希回身一笑，明明什么话也没说，却让李牧赫感觉浑身都被涂上了跳跳糖一样，每个毛孔都在叫嚣。

还不等李牧赫有动作，赵希先拨了下头发，然后靠过来搂住李牧赫的脖子。李牧赫想凑过去，她却钩着脖子一闪，欲擒故纵这一招她一向玩得很好。

"他们都说是我上赶着，但其实每次都是你主动。"李牧赫揽着她的腰，抽出手拨了一下她耳旁不听话的发丝。

指腹划过她的耳郭，就像是火柴划响火柴盒一样，擦起火花。赵希感受到了耳尖的酥痒，还瑟缩了一下。

确实如李牧赫说的那样，所有的亲密动作都是赵希主动的，告白是如此，接吻也是如此，他就像那只最聪明且忠诚的犬一样，一切行动都听她的指令。

赵希摸了摸李牧赫脑后柔软的头发，在他还没反应过来时，凑上去亲了一口。她嘴边的笑更深了："我怎么觉得你有点小窃喜的样子？"

李牧赫不说话，舒服地眯起了眼。

他揽着赵希一步一步移动到沙发旁，椰汁和橙子就在他们脚边打转，见他们的目的地是沙发，两个小家伙便率先跑过去抢占位置。

在落座的那一刻，赵希抬起下巴，先主动了起来。

刚刚在车上吃的薄荷糖在此时发挥了作用，清凉的感觉在唇齿间绽开，薄荷的香气和甜味让两人忍不住探索。

李牧赫的手护着赵希的头，指腹摩擦着她的脖子，主动权很快就被他抢过来。

　　他们俩体型差较大，李牧赫有健身的习惯，他抚摸着赵希的脸时，胳膊上的肌肉也跟着雀跃起来，青筋显现，在他较白的皮肤上留下痕迹。

　　顺着他的手看过去，就能看到赵希微微透着粉意的脸颊。

　　她的个子在女生里算不错的，有一米六七，但奈何骨架很小，身子很瘦弱，跟李牧赫挨在一起时就能看出，她要比李牧赫小上三圈。

　　仅仅一个李牧赫，就能占满她眼中的所有世界。

　　在这无限暧昧与沉沦中，赵希起了玩心，她用舌尖划过李牧赫的上颌，抚着他胳膊的手明显地感受到了他的身子紧绷了一下。

　　李牧赫睁开眼，里面闪过错愕。他看着带着坏笑的赵希，问道："你从哪儿学的？"他刚刚差点就哼出了声。

　　"喜欢吗？"赵希脸上的笑容实在是太灿烂了，她像是知道李牧赫所有的心软点一样，每一个表情都精准击中。

　　他无奈地笑了声，低下头认命，还舔了下牙尖："……喜欢。"

　　再次覆上去时，他已经学会了这招。

　　要不怎么说他是最聪明的狗呢？

　　被他忍住的闷哼声从赵希的鼻间传出，像是凉风吹过一样，带起李牧赫身上的战栗。举一反三，他还知道了她下巴下面也很敏感。

　　橙子在沙发靠背上来回走着，"喵喵"叫个不停，但那两人就像是陷入了自己的世界里一样，充耳不闻。椰汁坐在沙发上，看看两个人，又看看聒噪的橙子，倒是懂事地保持安静。

第十五章
/ 蝉声和乐，又至盛夏

1

下午"下班"后，赵希是准点到家的，许爱仁也刚好在这个时间点醒来。

赵希买了点水果回来，许爱仁出来接水的时候看了眼，看到小票上的数字，她瞪大了眼睛。

"天啊——这么贵？哈密瓜六十八块钱啊？还有草莓，一百多？你让人坑了吧？"许爱仁的眉毛都跟着挑了起来。

赵希说："李牧赫买的，都是品质好的水果。你尝尝，这个哈密瓜很甜的。"水果都被切成了一块块的，赵希插起一块递到妈妈嘴边："尝尝。"

确实甜，但许爱仁还是说："那也太贵了，你俩该不会天天这样吃吧？"

"也就偶尔买一回。"

但实际就是天天吃。

她兼职的工资一个月接近两万，除去她租房的钱，每个月还有一万多，更不用提李牧赫那边了。

他的钱就像是有自己的智慧一样，花出去几万，很快就回来了，不仅填补了空缺，还多了不少。他的房租一次性付了几年，存款却比之前多了不少，才大一，存款就快五十万了。

李牧语前段时间来的时候知道这件事，心梗了好久，因为她炒股又赔了，反观李牧赫，不仅没赔，还越赚越多。

"李牧赫不来吗？"许爱仁问了句。

赵希回过头："他还得学习呢，而且我把猫放他那儿了，他还得照顾呢。"

她没敢跟妈妈说还养了只狗。

喝完水，许爱仁又扫了眼这间房："你这房租多少钱？"

"五千多，加上水电费和物业费，一个月六千吧。我就租个寒暑假，没多少钱。"她在妈妈面前说话永远都是真假参半。

许爱仁听了又瞪大眼睛："六千还没多少？你妈我一个月才赚多少？"

"这是海江市好吗，这个房租价格已经算便宜的了。"

"乖乖哟。"

赵希吃了几块水果后，掏出手机："咱晚上吃啥？"

"哎哟……我还不饿呢。"

"那就饿了再吃吧。"赵希又把手机收了回去,"明天你要去哪儿?我叫李牧赫送你。"

"行,那等会儿我把地址发给你,你发给李牧赫……刚忘了加他微信了,你把他微信推给我。"

"好,那就等明天你忙完,咱们去那个鱼庄吃晚饭,刚好我也下班了。"

赵希跟妈妈其实已经很久没见了,上次见面还是高考的时候。以往见面,她们都是一起吃饭看电影,在那几个小时里评价一下菜怎么样,电影好不好看,再就是妈妈问问赵于国最近对她好不好,然后再骂骂赵于国一家。

赵希想了想,拿起手机看了眼时间:"时间还早,要不咱们去看个电影吧?"

"行嘛,你看看有啥电影。"

暑期档上了不少新电影,赵希翻找的时候忽然顿了下,她跟李牧赫交往这么久,还没一起看过电影呢,不仅如此,他们甚至没有像大多数情侣那样约会过。

她忙着兼职,李牧赫忙着比赛,周末都是难得的休息日,他们俩只想在家待着。

"你问问李牧赫去不去。"

"他学习呢。"赵希直接帮李牧赫否决了。

许爱仁灌了三大杯水才缓过来:"……终于不渴了。哎哟,你都不知道,我是被渴醒的。"

"这个咋样,我看评分挺高的。"赵希将手机递过去。

许爱仁看了眼:"谁演的?"

"都是老演员,你肯定认识。"

"那行,就这个吧。"

小区附近就有商场,赵希和许爱仁下楼的时候刚好是迎着夕阳的。许爱仁喜欢拍照,还拉着赵希拍了几张。

等拍完照,赵希又重新挽上许爱仁的胳膊。

沿着小区的路走时,赵希忽然思绪发散,想了许多,犹豫道:"……我离毕业还有几年,但估计毕业后就留在这边了。"

"行啊,你有能力留下自然是最好的。"

"那你……要不要搬过来住?"赵希没敢看妈妈。

许爱仁提高了声调:"我搬过来住哪儿?还有,我不上班啦?我工作都在那边呢。"

"再过几年我就回老家了,我最近还叫你姐给我看老家的房子呢,到时候先掏个首付。你姥姥姥爷,还有你舅他们都在那边,你操心啥?"

赵希不说话了,虽然人都会长大,但真正认识到自己已经不小了,还是难以接受。她总说想要逃离那个家,但在面对妈妈时,却总是心软。

李牧赫：看完电影了？

赵希：嗯，还不错，过几天咱俩也来看。我下午买票的时候还在想，咱俩为什么没有一起看过电影。

李牧赫：是啊，为什么？

许爱仁在洗澡，赵希就坐在沙发上跟李牧赫发信息，她看着李牧赫发来的橙子和椰汁的视频一直笑。

橙子老是去招惹椰汁，每次椰汁要去追它，它就跑到李牧赫脚边对椰汁哈气，一副玩不起的样子。

"希希，我洗完了，你快来洗澡！"

"好——"

赵希：我先去洗澡了，一会儿聊。

李牧赫：好。

等赵希洗完出来时，许爱仁已经吹干了头发躺在床上翻着自己的小本子，她这次过来主要是学习和开会，见她在看东西，赵希还放缓了脚步。

今天的困意来得比以往还要早，赵希上床准备睡觉时还打了好几个哈欠。但许爱仁一点也没有要睡的意思，看完了自己的小本子又开始看电视剧。

就在赵希快要睡着时，许爱仁忽然开口："哎！你见过李牧赫他爸妈没？"

赵希还反应了一下："……见过，但那是高中的时候，我跟他姐关系比较好……去他们家的时候见过。"

"你俩还是高中同学？赵希，你该不会早恋吧？"

"我哪有时间？我那段时间学得天天流鼻血，哪有时间谈恋爱？"

许爱仁也不看电视剧了，跟着一起躺下来："那你爸知道吗？"

"没跟他们说。"

"那你结婚也不跟他们说？"

"不办婚礼不就好了？"

"胡说什么呢？"

其实这些事情赵希跟李牧赫都还没有聊过，她家里情况复杂，光是想想都头疼。

她其实是一个遇到事就会用逃避来解决问题的人，但为了能让自己跟李牧赫这段关系走得更长远，她也在逼迫自己不要逃避。

而她整个孩童时期，逃避最多的就是父亲那边的问题，好似这样就能少受点伤，她将对父亲的厌恶归于他的软弱和无能，甚至将自己也洗脑到信以为真。

但实际上她对父亲的厌恶，是因为父亲似乎没有把她当成一家人。

赵希看了一眼爸爸的微信朋友圈，里面其实没什么内容，大多都是些公众号文章的转发，但他朋友圈的背景图是那个女人和那个女人的儿子。

她没奢求过父爱，甚至恨不得早点逃离，可真当她看到那张背景图时，心还是一沉。

沉的是她要跟李牧赫解释她家的情况，在解释的同时还要将伤口剥开。

2

今天许爱仁去公司忙，李牧赫也跟着。

赵希上着班，焦虑的情绪一直不散。

李牧赫订好了餐厅，带着许爱仁过来一起接赵希下班。

或许是情绪低沉了一天，赵希看上去有些疲惫，上车后也不怎么说话。

她太讨厌自己这个习惯了，心情一不好就当哑巴，于是在缓了几口气后，硬逼着自己提起情绪，去跟上他们两人的对话。

"今天病人比较多？"李牧赫问。

"有点，站了一天，来回跑。"赵希将自己的沉默归到工作上。

"那等会儿吃完早点回去休息，早点睡。"许爱仁也跟着说。

赵希的疲惫有了解释，吃饭的时候胃口不佳也没人说什么，他们只是催促着她一会儿回去后早点睡觉。

到家后，她很早就上床了，但没有睡着，一直在想要怎么跟李牧赫说这件事。

第二天，赵希去上班了，李牧赫则是送许爱仁去了机场，她是下午下班后才见到李牧赫的。

这天上午的天气有些不懂事，赵希的世界弥漫着水雾，可这下午的阳光却灿烂得有些不解风情。

妈妈回去了，赵希不用再装好心情，见到李牧赫的第一时间就抱住了他，就如那天在宠物医院门口时一样，好像身上的力气都被抽离了。

李牧赫察觉到这两天赵希的情绪有些低沉，似乎只要跟她家里沾点关系，就能毁了她好几天的好心情。

他推了推赵希的肩膀："家里有蛋糕，一会儿回去吃。"

赵希也跟着深吸一口气，打起精神："走吧，刚好我也有话想跟你说。"

她的语气稍显沉重，李牧赫心里打起了鼓，该不会是她妈妈不同意他们在一起吧？

这几天他接送阿姨的时候聊过一些，但聊的都是海江市这边的风土人情和饮食差异，很少谈到赵希，似乎是阿姨有意不提。

回忆至此，李牧赫更加紧张了。

他们回的是李牧赫那儿，家里还跟往常一样，不同的是餐桌上多了鲜花和蛋糕。李牧赫时常买这些，橙子和椰汁没有出来迎接，因为餐桌上摆花了，于是就把它们放到了卧室。

听到门口有响动，椰汁还在里面扒门。

换了鞋进去后，李牧赫第一时间把两个小家伙放出来，它们俩出来后的目标也很明了,是赵希。

椰汁和橙子争先恐后地跑过去,还扒着她的腿让她抱。

赵希抱起了较轻的橙子,带着脚边的椰汁往沙发走。

李牧赫把餐桌上的蛋糕拆开,还问了句:"现在吃吗?"

"你都拆开了,还问我吃不吃?"赵希笑了下,"我不太饿,吃一小块就好。"

李牧赫将蛋糕拿出来,展示给她看:"怎么样,好看吧?我下午还去超市买了饮料回来,你要喝什么?"

"都行。"

见他切了蛋糕摆好饮料,赵希也放下两个小家伙,到卫生间去洗手。

在她洗手的时候,李牧赫看过去一眼,这才有勇气问:"……你要说什么来着?"

赵希洗完手,扯了一张纸巾擦了下,一边往外走,一边问:"班长他们那边最后是怎么解决的?"

"你要说的就是这个?"李牧赫挑了下眉,"也是巧了,刚等你的时候我也才收到消息,他们俩决定结婚。"

这下轮到赵希愣住了:"结婚?"

这个消息可太震撼了。

"嗯,先办婚礼,好像是八月底,结婚证的话,之后等年龄到了再去领。他们之前又是养胎又是跟双方家长聊这事,所以到现在才有空跟我说。"李牧赫把蛋糕推到她面前,还给她抽了两张纸。

赵希落座后,思绪还有些没回来,她以为自己当初说了那么多,班长多少会听进去一些。

大学就结婚生子,她有些不理解。

见她拿起叉子吃了一口蛋糕,李牧赫问:"怎么样,好吃吗?"

"嗯,不是很甜,是我喜欢的。"赵希给了个好评。

李牧赫听到后,露出一个笑容:"……我做的。"

赵希一愣,抬头看去。

李牧赫挑了下眉:"我做了一下午,改天带你一起。"

李牧赫这么说,赵希才注意到餐边柜上多了不少东西,应该都是他用来做蛋糕的。

"怎么突然想起自己做蛋糕?"

"第二次约会啊,我得提前预演一下,以免翻车。下个月就是我的生日了,到时候我也不要别的礼物,你陪着我一起做一个蛋糕就好了!"

"你可真好哄。"赵希笑了下,情绪也跟着缓和下来。

略过这个话题,李牧赫继续说着:"他们的婚礼就定在下个月,说是不准备大办,就邀请几个好朋友参加,都是认识的人。柯安宇说等以后孩子大点了再办正式的婚礼,孩子刚好当花童。"

"行啊。"赵希说完想了下,"为什么非得办两次?"

"班长说现在身材还过得去,她不知道自己生完孩子还有没有毅力减肥,要留下最好看的样子。"

"那不如就办一次。"

"未婚先孕,不好公开,你也别跟其他人说。"

"……知道了。"

李牧赫说了那么多话,喝了口饮料润了下嗓子,然后再次跟赵希确认:"你要说的就是这个?"说完,他又去拿杯子。

"不是,我是说咱们俩的婚礼。"

赵希忽然来这么一句,吓得李牧赫差点喷出来:"……嗯?"

赵希一向都是打直球,从嘴里冒出来的话就像坐过山车一样,带着李牧赫在天上来回打转。

她拿起纸巾擦了擦嘴,也喝了口饮料:"你不想跟我结婚吗?"说完,她还歪了下头,带着一股刻意的打趣,情绪已经比上楼前好多了,都能开玩笑了。

李牧赫闷笑两声:"我当然想啊,但是咱们还在上学……"他话锋一转,"国庆吧,我安排一下。你是想在这儿结婚还是回老家?"

再让他说下去,估计孩子在哪个医院生他都想好了,赵希赶紧皱眉打住:"谁跟你说要现在结婚了?"

"啊?不是现在啊?"李牧赫好像有些失落。

赵希放下杯子,往椅子上一靠,严肃了些:"我是想提前跟你说好,不想等到临面对了才发现我们之间的想法不一样。

"我知道你喜欢小孩,但是我不太想生孩子……因为我觉得我无法成为一个家长。"

赵希的语气淡了些,眼皮也垂了下来,似乎这样别开视线就能让她更好地说出自己的想法:"我遇事喜欢逃避,情绪不稳定,心情一低落就不想说话,这样的我没有办法养育一个孩子,可能在孩子懂事之前我就先崩溃了。

"父母那一辈大多对孩子的执念比较深,我不知道你是怎么想的,也不知道你父母是怎么想的,但是我觉得我们要继续往下走的话,这些都应该说清楚。"

她停顿了几秒,李牧赫刚想张口,她便打断了他:"婚礼,我也不太想办,我不想看到……我爸和那个女人出现在我的婚礼上。这种场合我妈肯定也要在,到时候是婚礼还是战场都不一定。"

赵希所有的恐惧和不安都来自于她的家庭,她可以自己承受,但不想李牧赫受连累。

困扰了她好几天的事终于被说出来了,赵希本以为自己会哭,但说完后却觉得也没什么大不了的。

她已经选择重新开始了，对之前发生的事，她不想画上句号，何必呢？之后都不会往来了，也无须照顾那些人的情绪，直接扔到火堆里烧毁就行。

说完后，赵希松了一大口气，连缩着的肩膀都舒展了不少。她抬眼看向李牧赫，脸上还带着淡淡的笑："你是怎么想的？"

在赵希说话的时候，李牧赫一直在看她，视线扫过她的发丝，扫过她的轮廓，扫过她低垂的眼皮，最后定在她的脸上。

他许久都没有开口，就这么看着赵希，原本不紧张的赵希又揪紧了心。

李牧赫低头，叹了一口气，然后无奈地看向赵希，眉眼柔和："赵希，我想要的只有你，其他的存不存在都无所谓。

"吓死我了，你之前表情那么严肃，我以为你要跟我分手，上电梯的时候我一直在想要怎么挽留你。"

赵希皱眉不解："好好的为什么要分手？"

"谁叫你一上来就耷拉着脑袋说有话要跟我说？"

赵希沉重的表情让李牧赫想起了当年告白被拒绝的时候，明明是大白天，却莫名跟那晚的场景重合了。

刚刚赵希说到不想办婚礼的时候，李牧赫在想能不能旅行结婚，听她说不想生孩子，李牧赫在想一会儿得去搜一下怎么延长宠物生命。

她所担心的，对李牧赫来说从来都不是问题，他不明白她为什么会因此困扰。但他还是很高兴，因为赵希将他的想法考虑了进去。

"不想办婚礼就不办，你不好开口的话，我去解决。不想生孩子就不生，把以后要给孩子花的钱都花到你身上，多买几套房，老了靠收租生活。"

说到最后，他脸上已经带上了笑意。

李牧赫歪着脑袋看向她："所以你打算什么时候跟我结婚啊？"

要不是刻意忍着，李牧赫觉得自己能把脸笑烂。

真开心，连结婚都是赵希先提出来的，嘿嘿嘿……

赵希也被他的表情逗笑，眨了眨眼睛，说道："等我博士毕业吧。"

李牧赫脸上的笑容一下子就消失了。

"你开玩笑的是吧？

"宝贝，你快说你是开玩笑的。

"希希，我今天心脏不太好，你别吓我。

"博士毕业是不是有点太久了？我们硕士毕业后就结婚可以吗？"

3

赵希跟李牧赫之间再也没有什么不能提的了，她的性格比之前好了不少。李牧赫依旧很黏人，每天下午她下班都要过来接。

那天下午谈完结婚和生孩子的问题，晚上两个人还互相透露了一下对未来的规划。

要留在海江市是肯定的。

"只要能顺利升到咱们学校的博士，落户不是问题，买房的问题也好办，我努力赚钱！"

"那我能要四房两卫的大平层吗？"

"……我努力！"

"等咱们工作后估计就没什么时间出去玩了，要不咱们过两天出去玩吧？"

"去哪儿？"

"普吉岛？马尔代夫？"

"大哥，现在是夏天。"

"我怎么是你大哥呢？"

"你说咱们去班长的婚礼要给礼金吗？"

"给吧。"

"给多少？"

"你等等，我搜一下。"

"哎，再过几周是不是就到咱们俩打最后一针的时间了？"

"嗯，我约了上午。"

"我试了下，不合适的我都扔了。"

听到这儿，赵希忽然翻身起来，垂下来的头发划过李牧赫的脸。明明还没干什么，他却因为她的动作躁动起来，就像一只听到"出去玩"的狗狗一样，眼睛都跟着亮了。

李牧赫的嘴角已经忍不住上扬了，手都要抚上赵希的腰了，结果她下一句是："差点忘了，它俩还没吃饭。"

赵希翻身下床，原本在床上窝着的橙子也跟着起身，椰汁更是在听到"吃饭"这个词时疯狂摇起了尾巴。

床上的李牧赫咂咂嘴："我还以为我的好日子要提前来了。"

李牧赫跟着起身，穿着拖鞋来到客厅，见赵希从冷藏室拿出两个小家伙的生骨肉，他还看了眼时间："咱俩要不要也点一些吃的？"

"好啊，我想吃烤串和小龙虾，现在……才九点，看个电影吧。"

"好，我来弄。"

李牧赫坐到沙发上开始翻外卖平台，赵希则蹲在地上，看看椰汁，又看看橙子，她觉得这样的日子真的是幸福极了。

她从小就对婚姻没有向往，纵使在喜欢李牧赫的那段时间里也没有过，可此刻的她却想快点毕业，快点工作，快点买房，快点结婚，过上小说里才会有的幸福生活。

或许在结婚的那一刻，她就可以写上 Happy Ending（美好结局）的字样了。

"我点好了。电影看什么？"李牧赫放下手机，准备去开投影。

见没人回答，他还回头看了一眼，就发现赵希正对着吃得很香的椰汁笑。

他停下动作，也跟着凑过去蹲下。

赵希看了他一眼，直接靠近亲了他一下。

李牧赫真是受不了她这种毫无预告的突袭，他明明心里高兴得要死，脸上却努力地忍着笑："这种惊喜可以多来几次。"

他以为赵希会怼他，但下一秒，她又凑过来亲了一下。

"再来一下。"李牧赫这回把头扭过去了，因为她前两次亲的都是脸。

预想中的拒绝再次消失，难得听话一回的赵希再次靠近，这次还直接环住了他的脖子。

今天的惊喜太多了，他的心脏真的要受不了了。

小的时候爸妈忙，李牧赫过生日时大多都是跟奶奶和李牧语一起，跟李牧语一起吃饭，无论他提出自己想吃什么，最后都是去吃了海底捞，所以对他来说，生日这一天跟以往没什么不同。

但今年不一样了。

今年生日这一天，他跟赵希要去打九价。

生日的前一天晚上，他甚至兴奋得没有睡着。赵希倒是睡得很好，她缩在枕头下面，怀里还抱着橙子，因为来回翻动，凌乱的发丝遮住了她的脸。

李牧赫在黑暗中仔细辨认着赵希的五官，就像是在观察睡觉中的小动物一样，有时甚至还会手痒，想戳一下她的脸。

橙子没睡，却老实地窝在赵希怀里，有时听到身后李牧赫的响动时，耳朵还会跟着甩一下。

夜色渐浓，可李牧赫毫无困意，一直到天际染上了薄蓝他才躺下盖好被子。但因为预约的时间在早上，他没睡几个小时就被叫起来了。

赵希穿着跟他一样的睡衣坐在一旁，见他醒了，还捏了下他的脸："你昨晚干什么呢，大半夜的不睡觉？"

"嗯？"李牧赫还困着，听到赵希这么说，脑子还反应了一会儿。昨晚赵希好像是动了几下，他以为她只是想换个姿势睡。

打了个哈欠后，李牧赫也撑着坐起来："今天不是我的生日吗，我有点兴奋，睡不着。"

听到这个答案的赵希笑了："第一次过生日啊？"说完，她便掀开被子准备下床，但刚有动作，就被身后的人捞了回去。

"今天不一样。"李牧赫说完将头埋进她的颈窝。

是不一样，他们俩都知道今晚会发生什么。

在李牧赫耍赖不起床时，橙子也挤了过来，一直冲着李牧赫叫。

"赶紧起吧，等会儿迟到了。"赵希拍了一下他的后背，将人推开。

李牧赫松开她，自己却又趴回床上，见赵希看过来，他还说："缓一下。"

赵希没管他，先去卫生间洗澡了。等她再出来时，他已经做好了早餐。

"打了豆浆，还弄了三明治。"

李牧赫说完，看了一眼她还有些湿的头发："先去吹头发，豆浆晾一会儿。"

赵希没有点亮厨艺技能，做出来的东西仅仅是能吃。李牧赫不同，他会做很多料理，所以跟他住的这段时间，赵希就没有在吃饭这方面发愁过。

他让她赶紧去吹头发，她却凑过去拿起三明治咬了一口："……好吃。"

"那你赶紧去吹头发。"

"知道了。"

今天是李牧赫过生日，他几天前就安排好了今天的日程——早上去打疫苗，中午在外面吃一顿，吃完饭后去逛街看电影，再去超市逛一圈，回家做晚饭。

他就像个小学生一样，在做计划的时候还问了赵希好几次，明明是他过生日，却都依着赵希来。

今早这个三明治也是，赵希喜欢培根鸡蛋三明治，他就做了这个，连豆浆都是无糖黑豆的。

赵希吹完头发出来后，豆浆果然没那么烫了，她还摸了摸杯子："凉得挺快啊……倒腾了不少次吧？"

她看到了桌面上滴落的豆浆。

李牧赫跟着看过去，尴尬地抽了张纸巾擦掉："快喝，温的，刚好。"

赵希却说："不用总是迁就我，下回做你喜欢的就好。"

因为李牧赫不太喜欢豆浆，也不喜欢三明治。

"知道了，快吃吧。"他点点头，也不知道听进去了没有。

早餐很快就解决完了，李牧赫去洗澡，赵希则是给两个小家伙开生骨肉。李牧赫洗澡速度快，他开门出来时，赵希正坐在餐桌旁拆糖吃。

见他洗完了，赵希将视线投过去，问："草莓还是薄荷？"

李牧赫没听懂，拿着毛巾的手还顿了一下："……薄荷。"

他话音刚落，赵希便走了过来。

李牧赫见状以为赵希是要给他糖，还伸出了一只手，但走过来的赵希却拉住了他那只手。

李牧赫挑眉。

下一秒，赵希踮起脚，亲了过来。她环着他的脖子，亲了一下："好像晚了点，而且 Morning Kiss（早安吻）……我没选对，选了草莓的，你尝尝。"

这些话在赵希嘴里永远都不带任何暧昧的色彩，就像是很平常的分享一样。但她越淡然，李牧赫就越着迷。

他吞咽了一下，视线转移到她的嘴唇上，上面亮晶晶的，像是涂了什么。

李牧赫低下头尝了尝，确实是草莓糖的味道。

就在他忍着心底的躁动想继续时，赵希又将头扭开："我刚用糖涂了一下嘴唇，你尝到了吗？"

"尝到了。"李牧赫已经有些急不可耐了，又想凑过去。

赵希却笑着向后撤离了一点，李牧赫被拿捏得死死的，身子都跟着燥热起来。

"你听。"赵希将嘴里的水果糖咬碎，发出清脆的声响，连带她呼出的气都带着一股草莓味。

这实在是太考验李牧赫了，就在他呼吸开始急促时，赵希又扭了过来，主动亲了过去。

如细沙一般的草莓糖在两人嘴里绽开，与以往的接吻触感不同，甜滋滋的味道和带着沙粒感的碎糖都给了李牧赫新鲜感。

直到所有的糖都融化了，赵希才推开李牧赫，带着胸有成竹的笑意："怎么样，印象深刻吗？"

昨晚睡前，李牧赫跟赵希分享以往怎么过生日，他说自己每年生日过得都差不多，找不出什么不同，所以没太多的印象。

他前脚刚说完，赵希后脚就给他安排了一个印象深刻的早晨。

李牧赫的嘴唇现在就跟草莓一个颜色，像是涂了唇彩一样带着光泽。

他觉得以后生日要是没有这个规格的话，恐怕是过不下去了。

难以掩饰的喜悦映在李牧赫的眼底，他捧着赵希的脸，又怜惜地亲了几下："深刻。"

赵希要松开他，他还不让："怎么办？以后生日早上要是没有 Morning Kiss，我的生日就要不完整了。"

"没想到你要求这么低，一年一次就好。"赵希逗他。

"不不不，每天早上！"

"晚了。"

"希希……"

直到身子彻底冷静下来，李牧赫才松开赵希。她催他去吹头发，自己则是进卧室准备化妆。

赵希冷却下来的态度加深了李牧赫对 Morning Kiss 的印象，他看着赵希的背影，还咂嘴回忆了一下。

他没急着去吹头发，而是看了一眼赵希摆在餐桌上的水果糖，就两种，粉色的是草莓味的，绿色的是薄荷味的。李牧赫转身，提高音量问卧室里的人："那我是不是还有一次薄荷味的 Night Kiss（晚安吻）？"

"啊？可我还有橘子味、荔枝味、苹果味的糖，你就要薄荷吗？"赵希稍显故意的语气让李牧赫乐开了花。

兴奋的李牧赫在餐桌旁压抑了好几次笑容，还在心底呐喊：为什么人不能每天过生日？

赵希在化妆，吹完头发的李牧赫进来换衣服，换好衣服后，他就开始跟椰汁和橙子一起坐在一旁盯着她，脸上还挂着笑。

赵希却说："我化了妆可就不能亲了啊，妆会花的。"

李牧赫给赵希表演了一个笑容消失术。

下一秒，赵希就转了过来："没关系，晚上回来会洗澡的。"

李牧赫又开心了。

赵希继续化妆，李牧赫则是向后一倒，躺到了床上："你真是把我的心提起来又放下去，一早上坐了好几次过山车。"

赵希轻笑一声："我是把你的心提起来了，可没有放下去啊。"

越冷淡的性格，说的情话越致命，床上的李牧赫乐得再次捂起了脸。

今天这个生日绝对会是他人生中印象最深的一次。

从起床到出门，两个人花了一个小时。在车上的时候，李牧赫的情绪才平稳了一些，他握着方向盘，看着前面的路。

坐在副驾驶上的赵希则是环着手臂，表情稍显严肃。

红灯亮起的时候，李牧赫还看了她一眼："怎么了，害怕打针？"

赵希摇摇头，表情认真，眉头微皱："我在想，晚上咱们俩要不要找个视频学习一下。"

李牧赫抿嘴。

赵希不怼他了，但说的话依旧能把他吓死。

李牧赫抬起头，表情稍有些不自然："不用，男生都无师自通的。"

泛红的耳尖已经出卖了他。

"你学习过了啊？"赵希笑了声。

李牧赫对上赵希的视线，看到她嘴角的笑意时，他马上反应过来了，她刚刚是在套话。

"咳咳，绿灯了。"这回不用赵希提醒，李牧赫自己先看到了绿灯。

赵希轻笑一声："那晚上就见识一下你的学习成果吧。"

她大胆的话语总是弄得李牧赫心跳加速，尤其是这句。

4

从寒假等到暑假，最后一针九价终于打完了。

李牧赫看了一眼捂着胳膊的赵希，她拧着眉，脸上带着烦躁与虚弱。下一秒，就听她吐槽："最后一针怎么这么疼？"

她还看过来，想让李牧赫赞同她的话："感觉就跟电钻扎进来一样。"说着，她活动了一下胳膊，"真的好痛。"

"是吗？我觉得还好。"李牧赫说着还晃动一下胳膊，表示自己一点事也没有。之前还跟他甜甜蜜蜜的赵希这时却冲他翻了个白眼："……你真棒。"

"去吃饭吧，吃完刚好去看电影。"李牧赫看了眼时间。

"走吧。"

交往这么长时间，两个人一直都没空像对普通情侣一样出来逛街看电影。也就是今天李牧赫生日，赵希特意调了个班，这才有空。

这个暑假的温度比较高，出来玩的人一点也不减少，各种小路上都是出来拍照打卡的年轻人，商场里也是人满为患，随便扫一眼，就能看到许多俊男靓女。

因为人多，到哪儿都是闹哄哄的，赵希也算是想起来他们俩为什么以前没有一起出来逛街看电影了。不仅是因为两个人比较忙，还因为赵希不喜欢人多的地方。

今天商场似乎还有什么活动，到处都是人，赵希才走了几步路，就已经叹了好几次气。

"要不换个地方吃？"李牧赫像是察觉到了她的烦躁，说话时将人搂进怀里，将她与其他路过的人隔开了一些。

赵希将他的手拉下来，挽住他的胳膊："不用。"

跟赵希在一起时，李牧赫就像是没有自己的喜好一样，一切都以她为准，见她的情绪好了点，于是他提议道："去吃日料吧，前面有一家比较安静的店。"

这层楼全是各种餐厅，火锅、烧烤的店门口全是长队，还有大喇叭的叫号声。李牧赫想着赵希喜静，于是带她拐了个弯，去了前面的日料店。

今天是李牧赫的生日，赵希努力地控制着自己的情绪，不想扰了他出来玩的兴致。

李牧赫跟赵希不一样，他喜欢人多的地方，喜欢烟火气，平时赵希要是没空的话，他都是跟其他朋友一起出来玩的，去一些景点打卡，或是多叫几个朋友一起去网吧打游戏。

进了日料店后，赵希心慌烦躁的感觉就消失了不少。两个人坐在小隔间里，一边看手机上的菜单，一边讨论。

两个人都不吃生冷的东西，最后点了一桌子熟食。

点完单后，李牧赫就直接把钱付了，赵希都没赶上。

"你付过了？"

"嗯，你要想吃别的一会儿可以再加。"李牧赫以为赵希还想点些别的。

赵希却说："你生日，应该我来付钱才对。"

"我生日，所以我请客。"

"那我过生日呢？"

"你过生日怎么能让你掏钱？"李牧赫挑眉。

赵希勾唇笑了一声："你倒是有两套标准。"

他"嘿嘿"一笑:"只对你。"

他们俩平时的花销大部分都是李牧赫掏钱,刚确定关系那两天,赵希都会固执地将她用的那一半钱转给李牧赫,但转过去后李牧赫又会用这笔钱给她买护肤品和化妆品。

后来赵希就放弃了,李牧赫想掏钱就让他掏,她在别的地方使力气。

现在两个人大部分时间都是在李牧赫那边住着,赵希搬过来不少东西,也花钱添置了许多软装和小家电。李牧赫曾让她将那边的房子退租,这样能省不少钱,但她没同意。

"万一咱们俩要是吵架了,我就可以住过去。"赵希是这么想的,所以一直没退租。那边的房子是她的底气,两人意见不合的时候,她也不至于太被动。

因着赵希这句话,李牧赫老实了好几天,生怕赵希会生气,会跟他吵架,要知道赵希还是挺强势的,很容易一点就炸。虽说上了大学后温和了不少,但那是她努力控制的结果。

但李牧赫也就装乖了那么几天,后面反应过来了,赵希不是其他女生,她很理智,不会因为一些很小的问题跟他吵架。还没确定关系的时候,见他跟其他女生一起去剧本杀店玩都不生气,还有什么能把她惹怒?

要是真有吵架的那一天,他们两人的关系基本上就算是走到尽头了。

等了一会儿,陆续有服务员上菜,赵希见状收起手机,问道:"你那蛋糕还做吗?"

"……有时间就做,没时间就不做了。"之前李牧赫想着生日这天一起做一个生日蛋糕,比较有纪念意义,但赵希对甜品不太感兴趣,而且蛋糕做起来很麻烦,如果要做的话今天就没法出来看电影吃饭,取舍了一番后,李牧赫就将它的顺位往后挪了挪。

赵希又问:"过生日没蛋糕?"

"等会儿回去买一个就好。"

"……行吧。"

跟赵希不一样,李牧赫喜欢甜食,尤其是奶油,以前赵希不吃的奶油都到了他那里。

吃饭的时候,赵希时不时看看手机,想订个蛋糕,这样一会儿看完电影回家就能拿到了。

"快吃。"李牧赫催促看手机的赵希。

"好。"

吃了饭,又看了电影,学着普通情侣过了一天,但赵希总觉得还不够满足。

走到停车场准备开车回去时,赵希忽然把李牧赫拉住:"蛋糕没订到,我们去超市买个面包吧。"她其实是想去买李牧赫常吃的那个罐装奶油。

李牧赫顺着她的胳膊牵住了她的手:"你想吃面包?"

"总得有个蛋糕……再买些水果什么的。"赵希看着李牧赫,眼睛尽显真诚。

对于赵希想要的,李牧赫从来不会多问,听她说想买点水果,于是松了手上的力气,跟她一起往超市的方向走去。

跟楼上商场对比,超市里的人不算多,两个人推着车子在里面闲逛着,每一排都要点评一下。

赵希从小就不爱吃饭,零食倒是吃了不少。到了零食区的时候,她还跟李牧赫介绍着自己小时候喜欢的饼干和薯片。她说一样,李牧赫就往推车里放一样。

到烘焙用品区时,赵希拿了两罐李牧赫常吃的奶油:"你喜欢这个对吧?"

"嗯。"李牧赫如小羊羔一样乖顺地点头,还拿起一瓶看了看日期,"日期挺新鲜。"

听到这话的赵希勾唇一笑:"没关系,放不了几天的。"

李牧赫则说:"放冰箱就行。"

卖面包的那里也有卖成品蛋糕的,但那都是用的植物奶油,李牧赫不喜欢植物奶油的口感,所以赵希没拿,而是选了吐司。

李牧赫问:"就要这个?"

"这就够了。"

在赵希面前永远没什么脑子和心眼的李牧赫也没多想,推着车子牵着她往水果区走。他挑了几个赵希喜欢吃的水果,拿到切果区让工作人员帮忙处理。

等待的时候,赵希还尝了几块。

李牧赫说:"等会儿往吐司上喷一点奶油,然后把草莓和哈密瓜放上去,也算是一个蛋糕了。"

"不至于。"赵希说着看了他一眼。

买完了东西出了超市,李牧赫提着袋子往车那边走,赵希则是背着自己的包慢悠悠地跟在后面。

李牧赫转过来时,还看到她打了一个哈欠,于是问道:"困了?"

"有点儿。"

"那就赶紧回吧,回去睡一会儿。"

李牧赫原本以为回去的时候车上肯定会有些旖旎的氛围,因为天快要黑了。但他见赵希一副困倦样,什么想法都没有了,只想让她赶紧回去眯一会儿。

回去的时候,李牧赫开得还有些快,没一会儿就到家了。

到家后,李牧赫将从超市买来的东西归置好,赵希则是去卸妆洗澡。李牧赫脑子里想的则是早上打针时医生说刚打完针还没生效,要过一段时间才起作用。

他以为赵希在听了这些话后就对晚上没想法了,毕竟她打针的主要目的就是这个。

现在天还没黑,李牧赫也在洗完澡后换上了睡衣,去陪赵希小憩。

见她是真困，不停地打哈欠，李牧赫也没闹她，而是老老实实地将人抱在怀里哄睡。

许是他满脑子都是赵希，压根就没发现进门时还甩着尾巴迎接他俩的小家伙这会儿不见了。他从浴室出来的时候没看见，进了卧室同样没看见。

此时困意也渐渐向他袭来，外面的天色一点点变暗，他也跟着合上了眼睛。

月亮躲在窗外，努力地降低自己的存在感，房间内只有空调时不时运作的声音。

李牧赫感觉衣服被扯了两下，于是挥了挥手："……橙子。"

平静了两秒后，李牧赫准备伸手去捞赵希，感觉旁边一空，身上也跟着凉飕飕的。

李牧赫勉强睁开眼，就看见在暖黄色灯光的衬托下，赵希跪坐他面前，而他身上的睡衣已经被解开了扣子。

不等李牧赫反应，赵希就拿起奶油罐子摇了摇。

她逆着光，李牧赫看不清她的表情，只能从她说的话里听出一些语气。

赵希带着笑意，问："吃蛋糕吗？"

在赵希的世界里，仿佛不存在"扭捏"这个词，怼李牧赫时是真的烦他，喜欢他的时候也会用他喜欢的行动来表达。

就比如，过生日给他做蛋糕。

蝴蝶结的缎带被扯开，连带着盒子都被掀开放到了一旁，下午在超市买了一袋吐司，本来想当作面包坯使用的，但吐司似乎有些不太合适，口感不如蛋糕坯绵软，临出超市时拿起的那两瓶罐装奶油倒是派上了用场。

"这个怎么打开？"赵希研究了一下，实在是按不出来，于是将罐子递给李牧赫。

李牧赫忽然被叫醒，脑子强制开机，CPU 差点烧掉。

房间里的空调在这时装瞎，夏夜的燥热催促着李牧赫心跳的速度，没过一会儿，他额头就冒了密密的汗珠。

他吞咽了好几下，才接受了赵希准备的这个生日惊喜。

本来买了水果想用作装饰的，但稀稀拉拉的果汁会影响蛋糕坯的口感，赵希就没从冰箱拿出来。

赵希想起了前段时间李牧赫做的那个生日蛋糕，他比她有经验多了，至少知道怎么使用这个罐装奶油，也知道怎么将它抹平。

"你来。"她说。

一直没说话的李牧赫又缓了几下呼吸。之前做的蛋糕跟今天可不一样，蛋糕坯的别样造型让他兴奋起来，他压住罐子的喷嘴，往蛋糕坯上画了几圈。

但假的蛋糕坯就是假的，吃起来不绵软，反而像是吃麻薯。这让李牧赫想起了之前有一次逛超市，他顺手提回来的麻薯套装和两罐奶油。

他那晚还做梦了，醒来后在卫生间缓了好久，而今天就像是将那个梦复刻出来了一样。

"喜欢吗？"

"赵希，你有点太疯狂了。"

她就像是顽劣的孩童，脑子里总是在策划一些奇怪的事情，本以为自己的功课做得很好的李牧赫却在今天处在了下风。

但奶油罐子在他手里，今天他才是那个甜点师。

平时话就比较多的李牧赫今天的话更多了，但更像个狗狗了，他欢快地摇着尾巴，用动作表达自己的喜悦，嘴上也没停，扰得赵希想捂住他的嘴。

"喜欢吗？

"这样呢？

"奖励一下我吧。

"亲亲我。

"是不是还有一罐？

"希希。

"我好爱你希希。

"怎么就累了呢？

"你好香啊。

"我明天可以把明年的生日提前过了吗？"

"……你能不能……安静一会儿？"赵希有些忍无可忍了，他问也就罢了，偏偏还是赵希不回答绝不罢休的那种。

她也知道李牧赫的用意是什么，就是不想让她再闭眼屏住呼吸忍着，所以总是想办法让她开口。

蛋糕被拆解完，也吃完了，盒子和缎带都被扔到了一旁，今天这个生日就算这么过去了。

收拾完后，赵希去洗澡，李牧赫这时才反应过来，两个小捣蛋鬼不在。

他在外面找了一圈，最后在隔壁电脑房听见了声响："……啊，妈妈把你们关这儿了啊？"

门打开后，椰汁和橙子跑出来，橙子直奔猫砂盆，估计是憋坏了。李牧赫看着它的背影笑了下："你妈刚也是这样。"

"什么？"赵希没洗头，进去冲了个澡就出来了，一出来就听见李牧赫提到了她。

李牧赫跟着椰汁一起凑过去，把人抱住，小声逗她："我说，橙子憋尿冲向猫厕所的样子跟你刚刚一模一样。"

赵希拍了一下李牧赫："无聊，赶紧洗澡去。"说完她还打了个哈欠。

赵希是真的累了，今天在外面走了一天，刚刚又忙活了一阵，现在全身酸软。

她裹上浴袍回到卧室，看了一眼有些不堪入目的床单，冲外面喊了句："等会儿去隔壁睡！"

"知道了，等我，一会儿一块儿过去。"李牧赫说完还不够，又把门打开说了句，"你别收拾，明天我来。"

赵希："……你能不能穿上衣服再说话？"

"你刚没看见吗？"

赵希翻了个白眼。

在接触一个新鲜事物后，人们很容易对它产生极大的热衷，头一周永远都是最上头的时候，李牧赫也是如此。

他是个好学生，自从被赵希教了还能这样做蛋糕后，他第二天就去超市买了草莓酱、蓝莓酱、炼乳这些东西回来，家里的床单基本上一天两换。赵希租的那套房子都跟着有了人气儿，因为他们俩后半夜都会住到那边去。

但赵希是那种就算是玩游戏也只有三分钟热度的人，一周过后，她说什么也不陪李牧赫一起玩儿了。

"你消停点，过几天行不行？歇一歇，明天班长他们婚礼呢，肯定累得要死。"赵希把身上的人推开了好几次。

李牧赫看了眼被赵希抱在怀里的椰汁，无奈地撇嘴，赵希可以一直陪椰汁和橙子玩，但就是不陪他玩。

见李牧赫打消了想法，赵希便问了句："明天都有谁来啊？"

"你都认识，咱们班的，还有柯安宇他们班的，都是他俩高中时玩得好的人，也就二十多个。"李牧赫说完还把手机递给她看，"柯安宇拉了个群，你也在里面呢。"

赵希根本就没加几个高中同学，所以从她的手机里看过去，基本都是不熟悉的头像和名字，但李牧赫的就不一样，他都有备注。

有了备注后，这些就全是赵希熟悉的名字，即使没见过，她也经常听李牧赫说起过这些人的名字。

"好了，赶紧睡吧。"赵希把椰汁松开，让它去睡自己的小床。

橙子就一直窝在赵希枕边，见她躺下来了，还滚了一下，把肚子露给她看。

夏凉被刚盖到身上，赵希就感觉到有只手伸了过来，钻进了她衣服里："啧，要么滚，要么收手。"

李牧赫安静地把手收了回去。

5

八月底，离他们开学没剩几周了，但在那之前还有一件要事，那就是参加罗慧玲和柯安宇的婚礼。

赵希在知道他们俩决定把孩子留下并且结婚时，没有说什么，因为这是他们的人生，她劝再多也不管用，有些南墙就是要自己撞才行。

婚礼是在一座庄园的后花园里举行的，没有接亲的环节，也没有忙乱。

午后，车子快开出海江市了，赵希坐在副驾驶上，看了眼几天前收到的邀请卡，白色的信封里有张手写信，信封上还有火漆章。

"这是他们俩做的吗？"赵希举起信封问李牧赫。

李牧赫握着方向盘，瞥了一眼："应该是，那字一看就是柯安宇的，他书法很好。"

听他说完，赵希又将邀请函拿出来看了一眼。

李牧赫见赵希认真看了起来，还不忘提一句自己："我书法也挺好，你见过的。"

赵希轻笑一声，确实是，他前几天热衷于拿着炼乳在她身上写写画画。她这一声带着其他意味的笑让李牧赫也想起什么，身子一下子燥热起来。

他伸出手捏了捏赵希的指尖，赵希却说："好好开你的车。"

午后阳光温柔，烈阳没像往日那般强势，树荫下闪过的光斑窥视着车里的人。穿过重重叠影，车子终于在路边停下。

"柯安宇家吗？"

"嗯，他家里在这边买了个庄园。"

"……我以为'庄园'这词只会在小说里看见。"

他们家这么有钱的话，确实没什么南墙可撞了。

停好车后，李牧赫牵着赵希往里面走，没走两步就看见了柯安宇。

"新婚快乐！"李牧赫高声道。

柯安宇插科打诨："从今天起，我就不再是你的官方宝贝了。"

"滚，怎么结婚了还这么恶心。"

"赵希，你现在认清他的真面目了吧？"

赵希在一旁笑了笑，没搭腔。

他们来得算是晚的了，沿着小路走了一会儿后，就到了后花园。草坪上已经摆好了椅子和长桌，桌子上还有可以随意自取的食物与点心。

赵希扫视现场，一眼就看到了被人群围着的罗慧玲，还有落单的纪佳颖。

纪佳颖似乎一直在注意着门口这边，见赵希来了，赶紧抬手叫她："希希！"

赵希也抬手回应，还对李牧赫说："我去跟纪佳颖聊会儿。"

"行，去吧。"李牧赫松开她的手。

赵希穿着裙子，面料有些硬挺，脚上还有一双绑带的高跟鞋，高跟鞋在草坪上行走多少有些不方便，她小心压着裙边，放慢脚步。

纪佳颖倒是健步如飞："终于有个熟悉的人了！"

"不熟悉你来什么？"赵希扯了扯她的衣服，示意她压低声音。

"班长说你要来啊。"

"你可真是我的真爱。"

"那可不。"

在两人说话间，李牧赫也跟自己的朋友站在了一起，只不过他们那一堆人的目光总是扫向赵希，应该是有谈到她。

李牧赫发过很多次有关赵希的朋友圈了，大家都知道他们俩在谈恋爱，今天现场除了柯安宇和罗慧玲，就数他们俩最受瞩目，甚至很多人还记得高中毕业典礼那天的闹剧。

"原来你那次是真的啊？"

初秋宛如盛夏的分身，即使日子已经跨过去了，气温不仅没有下降，反而更加高。

一阵风刮过，绿地上的草尖摇动，连带着衣角都跟着晃了两下。

烈阳下的众人聚在一起说笑着，提起的话题一下子就把大家又拉回了毕业那天。

那日李牧赫被学校女生围堵的场面直至今日都很壮观，甚至学校里还流传着这个事迹。因为他学习好，长得又好看，考的大学也是名校，所以这事儿时不时就会被老师拿出来说一下，鼓动那些学生好好学习，考上江交大去看一看李牧赫这个曾经的风云人物长什么样。

提起毕业典礼那日，令大家印象深刻的还有李牧赫冲赵希喊的那句话。

当时都以为他是开玩笑，却没想到他是认真的。

"我就说他当初的眼神不简单吧，谁当时跟我打赌来着？出来！十块钱交一下！"

"所以你俩当时是同桌吗？"

"啧，他同桌是黄璃明，赵希坐在他前面。"

"原来你们俩暗度陈仓啊……"

"说实话，我在班上的时候，从来都没有看见过李牧赫跟赵希有交流。"

"想起来了，就是你！你当初就是这么跟我说的。快！十块钱！"

一群人围在这里，李牧赫是话题中心，众人纷纷打趣他。女生那边也对赵希来了兴趣，只不过她们跟赵希是真不熟，她又跟纪佳颖远离人群，所以想问都问不到什么。

热闹了一阵后，大家的注意力就被婚礼现场的布置给吸引了，现场不仅有可以自取的餐点，还有乐队伴奏。

说是婚礼，其实更像是一群年轻人组织起来的晚宴，现场都是认识的人，没什么拘束，人差不多到齐后乐队就开始演奏一些爵士乐，充满了小资和文艺气息。

有跟熟悉的人三三两两站在一起闲聊的，也有落座后跟周围人聊近况的。柯安宇作为新郎官，也作为组织者，一直忙前忙后。

女生都会去房间里面找过罗慧玲，赵希也去了，她是等人少了点之后才去的。

罗慧玲穿着白色的礼服，头上戴着纱，虽是婚礼，但裙子更偏休闲，没有将她微隆的肚子显现出来。

赵希今天来是带了礼物的，她买了一些孕期妈妈看的书，用纸包装好，装进了袋子里。

"这是礼物。"她脸上带着和煦的笑意。

罗慧玲见到赵希原本还有些心虚，因为赵希劝了那么久，她还是选择了生下来，总有些对不住赵希的感觉。

她还感觉得出，高中时期的赵希有种很强的戾气，但现在赵希就如那春草一样，虽然仍有些冷，但多了许多柔和。

接下礼物后，罗慧玲说："感觉你自从恋爱后，整个人都变了许多，果然谈恋爱能改变人。"

"我也这么觉得。"赵希再次弯了下眼睛。

其实跟谈恋爱也有些关系，但更多的是赵希逃离了那个令她窒息的环境，就像是渴了一整个冬季的多肉被放进水中喝饱了水一样。她不是变了，而是她本身性格就是如此，只不过之前被压抑坏了。

今后她就要留在这里了，日子只会越来越好。

那一年做下的约定，她做到了。

或许是感觉到罗慧玲在面对自己时有些不自在，赵希坐在她身边，主动说道："你的选择也可能是对的，只不过我本身性格如此，喜欢将事情预计到最坏的结果。柯安宇是不是我口中的人，你肯定比我更清楚。"

赵希又看了眼罗慧玲的肚子："现在有三个月了吧？"

罗慧玲"嗯"了声，还摸了下肚子。

罗慧玲还想说些什么，但因为有人进来了，她将话题止住，还将手移开了。

进来的是柯安宇和一群男生，里面还有李牧赫。

"我就说外面草坪上怎么都没人了。怎么你们上学的时候逃体育课，现在参加婚礼了还要逃？"柯安宇说着还指了指外面，"客厅那边全是躲太阳的。"

赵希顺势起身，李牧赫也跟着走到她旁边。

罗慧玲则是回了柯安宇的话："外面又是虫子又是太阳的，哪个女生会喜欢啊？"

"是是是，是我的错。"

陆永阳和成树站在后面，眼里满是感叹。

"我连女生的手都没牵过呢，就有人步入了婚姻的殿堂，还有人已经是新郎官预备役了。"陆永阳觉得讽刺极了，他跟李牧赫和柯安宇从幼儿园起就是朋友，现在三个人里就他还单着了。

成树这个时候还要捅一刀:"幸好,我还摸过女生的手。"

两人这话被前面的人听了去,几个人看过来后,就见陆永阳咬牙切齿地看着成树:"我早就说了你应该被绞杀,你怎么还不去……呸呸呸,今天不能说这些。"

没人在意这些,罗慧玲甚至还笑出了声:"成树,你以后被暗杀了我都不会觉得奇怪。"因为大家都知道成树那张嘴。

陆永阳听到有人挺他,立刻勒住成树的脖子:"听到了吧?"

"松松松——"成树赶紧拍打陆永阳的胳膊。

在这几个人打闹间,赵希在跟罗慧玲说了一声后,就带着李牧赫出来了。

草坪上确实少了不少人,连乐队的人都休息了。

李牧赫指了下长桌:"说是蛋糕出了点问题,要晚一点开始。"他又抬腕看了下表,"快了,刚说的是晚三十分钟,现在已经二十分钟过去了。"

果不其然,李牧赫的话音刚落,就听到身后热闹了起来,原本在里面躲太阳的女生都走了出来,罗慧玲也在其中。

柯安宇邀众人落座,自己当起了主持人。他都没站到正中间,而是到长桌的花瓶上抽了一束花出来当作麦克风。

看现场的座位摆放就知道了,这场婚礼没有那么多的规矩,唯一能体现出是个婚礼现场的,也就那个拱形花环。

赵希跟李牧赫选了个离热闹较远的地方落座,那边开着玩笑,做着游戏,赵希跟李牧赫则是在角落聊着自己的。

"到时候咱们结婚也这样,只请朋友。"李牧赫说完,看了一眼周围,"不行,虫子太多了。"

他又想起一出:"或者是去教堂,去国外。"

"要不旅行结婚吧?"李牧赫再次提议。

李牧赫握着赵希的手,还低下头捏了捏她的指腹。他很喜欢这样,觉得像在捏什么小动物的爪子。

"但是我都行,依着你来,你想怎样就怎样。"他似乎是想起了之前赵希说过不想办婚礼这回事。

赵希低头看了看,李牧赫正努力地比对着两个人的手。指腹贴在一起,明显小一圈的那个就是赵希的手。

见李牧赫像个小孩一样,赵希还逗他:"不是都说了等我博士毕业后再说嘛,还早着呢。"

李牧赫一顿,还抬起头看向赵希,见她脸上挂着笑,知道她肯定又是故意逗他的,于是无奈地顺势点头:"好好好,等你博士毕业后我们再结婚。"

反正结不结都没什么区别,只不过是多了一个官方证明。

两个人正聊着，那边带着大家玩的柯安宇注意到有两个人没参与进来。

"哎哎哎！那边两个……"他还没说完，兜里的手机就振了起来，"……快到了是吧？好，我叫人去拿。"

挂了电话后，柯安宇再次拿起"话筒"："那边两个，罚你们俩去门口接一下蛋糕！"

被逮住的两个人带着歉意起身，李牧赫还双手合十举过头顶示意了一下，之后也不忘重新牵起赵希的手。

现场的男生立刻逮住空隙打趣两人："哟哟哟——"

简直就是动物园的猴山，到处都是怪叫。

两个人已经走到了门口，但离蛋糕到还得几分钟，李牧赫就揽着赵希在门口站着，什么聊天内容都没有，却被那种幸福感侵满心堂。

里面的音乐声隐隐约约传过来，头顶的太阳被高耸的大树遮挡着，只有星星点点的光斑能够在地上留下影子。掺杂着青草香的风拂过，赶走初秋的燥热。

"李牧赫。"

"嗯？"他看过去。

赵希抬着头，对他一笑，什么话也没说，但她眼里蕴含的意思，他懂。

再过了一会儿，送蛋糕的人终于来了。两个人提着蛋糕盒子进去，里面玩游戏的人已经换了场地，聚集到了拱形花环前。

罗慧玲站在台上，看到李牧赫和赵希来了，还兴奋地冲两人喊："快来快来，就差你们俩了。"

其他人也转过来冲他们招手。

李牧赫和赵希以为是等他们手里的蛋糕，还加快了脚步。李牧赫提着蛋糕，走得更快，想提前把蛋糕放到花环一旁的长桌上。

赵希刚走近人群，就听前面的人一齐放声喊：

"一——"

"二——"

"三——"

声音落下，前面原本聚在一起的人都逃散开来，这时赵希才看见他们在干什么。

手捧花被罗慧玲抛出，粉白色的花束在这满是绿意的现场非常显眼，缎带飘在后面，在空中划出弧度。

下一秒，这个被所有女生躲开的手捧花落到了赵希怀里。

"哦哦哦——"

"啊！"

一如毕业典礼那天，现场全是哄闹的打趣声，乐队也跟着凑起热闹，演奏起了 Marry You，鼓点刚一响，现场就有人高声唱了起来。

大家都没有提起那个人的名字,却非常有默契地看向了李牧赫。

因为现场的所有人都知道,他们是一对。

李牧赫红着耳尖,似是苦恼一般扶住额头,但那快要勾到太阳穴的嘴角暴露了他的好心情。

最来劲的就是柯安宇,他就是那个放声高歌的人,他甚至将没用完的礼花冲着李牧赫放了一束。

粉白色的彩纸在一声巨响后如雨般落下,如绚烂般的盛夏。

视线被彩纸挡住,李牧赫费力地将视线锁定在赵希身上。

大家也如参加什么音乐节一样,合声唱了起来:"It's a beautiful night(这是个美妙的夜晚)……"

是庆祝罗慧玲和柯安宇,也是在欢呼李牧赫和赵希。

如那天的毕业典礼一样,如那年的夏季一样。

在如花瓣般落下的彩纸中,记忆也跟着恍惚了起来。

蝉声和乐,又至盛夏。

番外一
/ 好喜欢那个夏天，好喜欢你

生活不是被美化过的影视剧，现实生活中也没有那么多美好的爱情故事，两个人能携手共度一生的概率不亚于在路边随手买的一张彩票中了奖。

大学期间是大家最眼花缭乱的时候，校园墙上有很多因为想要谈恋爱而自荐的人，所有人都热衷于酒肉爱情。

今天聊的就是最新的 Crush，大家沉浸在自己赋予对方的想象当中，再进一步就是吃饭、看电影、逛街、互送礼物，当然，这种关系很快就会因为感情流失得太快而分手。

赵希也加了校园墙，她不认为自己是独特的那一个，总有一天她跟李牧赫的感情也会趋于瓦解。

感情是需要经营的，是需要两个人共同维护的，只要有一个付出少了点，跷跷板就会立刻失去平衡。所以在李牧赫无限溺爱赵希的情况下，赵希也在努力地维护着这段感情。

但真的不是她自恋，赵希觉得她这辈子跟李牧赫好像很难分手了。

她跟李牧赫没有什么可以吵起来的话题，两个人都朝着一个目标共同努力着。赵希极易满足，仅仅是在夏天里开着空调盖着被子躺在被窝里，就能让她拥有一整天的好心情，而李牧赫更简单，只要赵希开心，他的心情也会跟着好起来。

连纪佳颖都说，他们俩这辈子应该是分不开了，因为就没见过这么容易满足的情侣。

本科期间，两个人一放假就会去旅游，国内外去了个遍。都说旅游才是真正考验情侣的方式，两人很容易因为意见不合而产生分歧，但他俩不但没吵架，甚至感情更好了。

一到放假，就能看见李牧赫的朋友圈里各种虐单身狗的照片。

两个人考研都过了，接下来有很长的假期，但李牧赫有个国外的夏令营要参加，赵希则是需要留在国内继续实习，所以他们俩分别了很长时间，每天只能通过微信表达思念。

赵希最近忙着写论文，连带着回李牧赫消息的次数也都变成了一天一次。

他就像个幼儿园放学后叽叽喳喳说着今日趣事的小朋友一样，大到听到的八卦，小到三餐吃了什么，都要跟赵希说。

李牧赫：今天我们这边下雨了，出门没带伞。

李牧赫：刚刚在草丛里发现一只蜗牛，不知道叫什么。

李牧赫：今天楼里有个中国人做黄焖鸡，把警报弄响了，我穿着拖鞋就下来了，好冷。

李牧赫：看！八刀的自助餐！

李牧赫：吃饱了。

李牧赫：我打算回去睡会儿。

李牧赫：可能是下了雨，今晚竟然能看见星星。

李牧赫：漂亮吗？

李牧赫：晚安，宝贝！

说了晚安的李牧赫并没有放下手机，他等了一会儿，不停地重新点亮手机，想看看赵希有没有回复，但手机一点动静都没有。

躺在床上的李牧赫翻了个身，窗外的月色闯进来，点亮他的房间。

睡不着的李牧赫拿起手机又拍了张窗户的照片，就在他想分享给赵希时，手机振了一下。

陆永阳：快快快，就差你没交了。

李牧赫：马上！

李牧赫这个时候才想起来，他论文忘交了。

他们的指导老师有点不一样，其他老师都是用微信来联系，但他是用QQ，李牧赫没开QQ的消息通知，每次有什么消息都得陆永阳来提醒才知道。

李牧赫这回交了论文后，老师还提醒记得要赶在答辩之前回来。

回复完老师后，李牧赫没急着退出QQ，而是将那些杂乱的消息清空了一下，又突发奇想点开了空间。现在用QQ的人已经很少了，还在更新空间的更没几个。

李牧赫刷新了下，还点开了自己的说说，最新一条是初三的时候。

　　　　终于考完了，以后我就是高中生了，哈哈。

他躺在床上捂了下脸，最终还是没有删除。

不知为何，李牧赫又想起了赵希，他从高中的班级群里找到了赵希，发了条好友申请。本想着她的空间肯定是锁着的，但点了一下后，竟然进去了。

李牧赫惊喜地从床上坐起，有种突然要穿越回去看到小赵希的兴奋感。

跟她没有开通的朋友圈不同，赵希的空间里是有东西的。

"之前怎么就没有想到呢？"李牧赫突然就不困了，翻看着赵希的空间。

但赵希空间里的东西不多，大多都是转发，要么就是分享音乐，她的青春期没有追星，没有中二病，单调得甚至让人无法从这些信息中窥探些什么出来。

这么多条说说里，只有一个原创，看时间应该是她上高一的时候，月份在上半年，是高一下学期刚开学不久的时候。

好喜欢你啊。

这条文字还配了照片，是一只流浪狗，那只狗的鼻子冲着镜头，头上还有赵希的手。

背景则是街上，甚至还能看到二十六中的校服裤子，应该是放学路上拍到的。

除此之外，再没有别的信息了。

他高涨的情绪也跟着回落，又退回去看了一眼自己的空间，对比了一下，不禁感叹："当时发这些的时候我到底在想什么？"

就在李牧赫想关了手机时，不小心误触了屏幕，页面跳转到了"我的访客"。

他的空间没有锁，所以近期还有人点进他的空间看，有大学的同学，也有高中的那些朋友，更多是许多不认识的账号。

李牧赫往下翻了下，看到了一个熟悉的名字。

"我的小猫叫橙子"。

这是赵希的昵称。

1月21日
我的小猫叫橙子 23:53 访问了你的空间。

他往下翻了翻，在一群昵称中再次找到了赵希。

2022年9月17日
我的小猫叫橙子 03:47 访问了你的空间。

是他们刚上大学那一年，开学当天。

2022年8月11日
我的小猫叫橙子 22:33 访问了你的空间。

是他表白结束后，赵希带着行李出去旅游的时间段。

这个昵称几乎每个月都会点进来一次，甚至往下翻还能看见。

高三的时候，高二的时候，甚至高一的时候。

高一下学期刚开学的那段时间，这个昵称出现得非常频繁，基本上每三天就会出现一次。

李牧赫看着这些，愣怔在床上，久久没有出声。

他忽然想到了什么，点了下赵希的昵称，进了她的空间，快速找到了几年前她那条原创说说。

照片。

照片里那双露出来的鞋子，是他的。

战栗感袭击全身，身体里的血液也跟着沸腾起来，李牧赫捂着嘴，点开照片仔细确认了一下。

真的是他。

鞋子或许有一样的，但他的校服裤子是改过裤脚的，当时在学校打篮球的时候不小心摔倒了，裤脚被其他人扯坏，所以那个地方重新被缝合过，当时家里没有白线了，因此用的是蓝色的线缝的。

李牧赫又想到了刚刚看到的访问记录，赵希的昵称在高一下学期刚开学那段时间频繁出现。

所以那张照片……是有指向性的。

在李牧赫注意到赵希之前，赵希就已经在关注他的这件事，他是知道的，几年前在找到赵希的微博小号时就知道了，可还是没有今天这件事的冲击大。

他似乎都能从那些频繁的访问记录里找出赵希的情感变化，从刚升上高一的几个月一次，到高一下学期频繁的访问，赵希对他从感兴趣变成了持续长期的关注。

这种感觉跟赵希谈恋爱时是不一样的，她是个内敛的人，不会像他一样肆意表达喜欢，只会在行动中体现出她对他是关心的。

在李牧赫看到访问记录和这张照片时，赵希对他的喜欢也在此刻变得具象化了。

就像愣神时忘记关水龙头一样，此刻李牧赫的心房已经溢出水了，说不上来是什么感觉，道不清的情绪让他的大脑跟着短暂宕机。

愣怔了几秒后，李牧赫颤着指尖，不停地划着屏幕，想要立马给赵希打一通电话。

视频电话的铃声响着，李牧赫深呼吸，想要将情绪平复下来。

近乎一分钟后，电话才被接通。

画面那头的赵希湿着头发，正拿毛巾擦着："怎么了？我刚在洗澡。"

视频接通后，李牧赫又不知道说什么了，他一时间整理不出来事件经过，嘴动了半天，最后泄气道："……我好爱你，希希。"

他这边没有开灯，赵希也没办法从昏暗的屏幕上看出什么，听他这么说，还迟疑了一下："你喝酒了？"

"没有。"

"那大晚上的发什么癫？"

李牧赫噎住，感动破坏者。

"……我就是忽然很想你。"李牧赫本来想说的，但最后忍下了，这些他要留着回去说。

视频那头的赵希拿起手机来了句:"先挂了,我刚进去把头打湿你就打电话过来了,冷死了,等我洗完澡再说。"

"那你先说一下我爱你。"李牧赫要求道。

"……我爱你。"赵希说完就挂了。

李牧赫看着他跟赵希的聊天界面上显示的通话时长,弯起嘴角笑了下。

他又发了串文字过去。

李牧赫:*我好爱你啊,希希。*

着急洗澡出门的赵希是要去机场接纪佳颖,李牧赫那边收到赵希发来的信息,看着"纪佳颖"这三个字咬牙切齿。

从高中开始,纪佳颖就一直插在两人中间,好几次赵希不想去时朝裕的书店,但是碍于纪佳颖想去,她最后都还是跟去了。以至于李牧赫每次都特地点了许多外卖想跟赵希一起吃,她都被叫走了。

上了大学后这个情况也没有好转,只要是寒暑假,纪佳颖就一定会来打扰他们俩,她不是叫赵希去她那边玩,就是来找赵希玩。

本来等着赵希把电话打过来的李牧赫最后只能收了手机准备睡觉,顺便诅咒一下远在国内的纪佳颖。

"阿嚏——嗷唔,我的心脏!"纪佳颖打了一个超大的喷嚏后,夸张地安抚了一下自己的小心脏,然后拉着行李朝赵希走过去。

环着手的赵希也在此时变更了姿势,伸手帮纪佳颖拉起一箱行李,还问道:"好好的工作干吗辞了啊?"

"啧,也没有辞,停职留薪了而已。"纪佳颖说的时候还耸了耸肩。

赵希受不了她这臭屁样,忍不住笑了一下。

纪佳颖没考研,本科毕业后也没去上班,而是回家当了"全职女儿",家里给她零花钱,她要做的工作就是在家给爸妈做饭,打扫卫生,以及按时体检。

现在她的"全职"变成"兼职"了,到手的钱则是要减半,纪佳颖也多出了半个月的时间由自己自由支配。

"在家什么都好,就是我得早睡早起,不能一直躺着,也不能一直动,真的很痛苦。"

纪佳颖说这话的时候,旁边赵希一脸无语。

纪佳颖还说:"我在家基本上干什么我爸妈都知道,想熬夜看个小说都不行,更别提跟其他朋友去小酒馆喝酒通宵了。我费劲维系的友谊,现在就剩你了。"

"那你这趟出来不容易吧?"赵希又笑了一声。

纪佳颖的身体已经好了很多了，只要不是天天泡在酒吧，几天不睡，都不会有太大问题，但她妈妈不行，她妈妈会因为她熬夜看小说这件事而焦虑，会担心得好几天都无法睡觉吃饭。

刚上大学那会儿，纪佳颖的妈妈基本上早中晚都要给她打电话，到了时间还要催她睡觉，甚至还会让她宿舍的人监督她早点睡。

当然，纪佳颖也知道妈妈的担心，所以并没有对此产生厌烦。

毕业后回去当了一年的"全职女儿"，让家里人知道她是个早睡早起，没有不良生活习惯，宅到不出门的人以后，爸妈对她的管控就松了不少。

虽然从"全职"变成"兼职"这件事她花了半年时间，但好歹是有进步。

听到赵希打趣自己这趟出门不容易，纪佳颖赶紧挥手："可别提了，我爸妈就差坐飞机跟我一起来了。我妈甚至还想让我爸跟过来，租个房子，陪我在这儿玩两个月。"

"你上学那段时间，你妈可是担心惨了。"

"嗯，她那段时间一周就得见一次心理医生。"

两个人从机场出来后，又排队上了出租车，回去的一路上都在闲聊，中间也不免提起李牧赫。

"他下个月就回来了。"赵希听纪佳颖问，于是也就回了一句。

纪佳颖摇摇头："你看他朋友圈发的，每天不是我想希希就是好想希希，一开始还有人酸他，后面连个给他点赞的人都没了。"

她还特地找出手机给赵希看。赵希没加其他人，但纪佳颖是看得到的，高中班上的那些同学，能加的她都给加上了，因为大家偶尔也会通过她问问她爸的情况。

两个人看着李牧赫的朋友圈，他真的就是每天都在挨骂，尤其是前面那几条，下面评论区的画风都很统一。

△哕……

△呕！

△呸！

△拉个屎。

后面就没人理他了，都是他自己在那里自娱自乐，在纪佳颖的朋友圈里甚至还能看见吐槽他的。

△组团去剁了李牧赫的手，谁来？

△我。

△这个为民除害是不可能少得了我的。

△加个我。

△谁去把李牧赫的网线掐了啊！

△他太远了。

△远在美国的朋友们，你们谁去一下？
△让他发地址，我现在就打飞的过去。

赵希和纪佳颖看了一路，也笑了一路。

快到家的时候，赵希还点了外卖，两个人走到电梯口的时候刚好外卖送过来。

进家门的时候，椰汁和橙子都上来迎接，本来是去接赵希的，但闻到了陌生的味道，两个小家伙就围在纪佳颖脚边一直嗅。最先想起来纪佳颖是谁的是椰汁，它很快就开始扒着她的腿跳，表达着自己的激动。

"好快乐好快乐！"纪佳颖抱起椰汁，还将鞋柜上的橙子也提了起来，"毛茸茸的，好舒服！"

赵希帮纪佳颖把行李放好，还去卧室收拾了自己早上化妆后留下的残局："等会儿我给你换个床单被套，先吃饭吧。"

"好！"

李牧赫没在家的这段时间，赵希都是住在自己这边，橙子和椰汁的东西也都搬了过来。但因为这几年里她大部分的时间都在李牧赫那边住着，所以这边的东西不多，即使把小猫小狗的东西搬过来也显得很空旷。

两个人吃饭的时候，椰汁就蹲在桌子下面，仰着脖子看着。橙子则肆无忌惮得多了，想方设法地爬到桌子上，无论被抱下去几次，它都会再次跳上去，有一次差点跳进菜里。

吃个饭就跟打仗一样，两个人速战速决，又一起收拾了餐桌，还去卧室换了新的床单被套。

血糖飙升带来的困意很快就向两人袭来。

赵希放弃了论文，转战到了床上，她还把窗帘拉上了，室内的光一下子少了很多，昏暗的环境更适合睡觉了。

但人有时候明明困得要死，但只要躺在了床上，就会想拿起手机再看一会儿。

赵希都准备睡了，纪佳颖忽然拿着手机靠了过来。

"你看。"她把手机屏幕转过去，给赵希展示。

赵希看了一眼，没看懂："什么啊？"

一张圆图上画了好多条线，赵希看完后看向纪佳颖，明显是等着她解读。

"我之前不是问你要李牧赫的生日嘛，这是他的星盘。"纪佳颖说着，又往那边靠了点，准备给赵希解读。

纪佳颖就喜欢搞这些，高中的时候还沉迷塔罗牌，一天能给赵希算八百回，连吃什么她都要算一下。大学那会儿她又迷上了算卦，但是那个东西她一直没太搞懂，也就没用到赵希身上，但星盘不一样，她在学校用这个赚了不少零花钱了。

"他的星盘简直就是大富大贵，一生都不会缺钱……但这都不是重点，重点是这个。"纪佳颖说着指了圆盘的一角，"你知道这个是什么吗？"

赵希配合地摇摇头,再次看向纪佳颖。

"这个是火天蝎。"纪佳颖说这句话的时候,眼睛都跟着亮了起来。

一脸困意的赵希不仅不懂,甚至更困了,但她还是强撑着问:"什么意思?"

"他的太阳星座是狮子,狮子配上火天蝎,那就是顶绝的恋爱脑,跟自己喜欢的人在一起时,很容易吃醋,什么醋都吃,但是那种暗自生闷气的类型。

"属于上一秒被气得要死,或者是醋得要死,但下一秒就会自我安慰,陷入自我感动当中。"

纪佳颖明明是根据这个盘来说的,但赵希觉得这简直就是李牧赫本人。

他看上去一副好脾气的样子,但真的很容易生气,有时候睡前赵希多陪椰汁和橙子玩了会儿,他也会要求赵希一视同仁,把他缺的那几分钟给补回来。

有时赵希懒得理他,他就会暗自生闷气,然后过来要求她哄哄自己,开头永远都是:"你快哄哄我。"

纪佳颖指着盘,继续说:"他的月亮星座是双鱼,典型的爱幻想爱脑补,以及非常容易陷入恋爱当中。"

"这简直就是李牧赫本人。"赵希也笑了。

纪佳颖听到后更来劲儿了:"他还有探索精神,喜欢钻研。"

赵希安静听着,倒是没再多说什么,只不过脑子一直紧跟着,心里也在不停吐槽。

李牧赫确实有探索精神,各方面的那种,而且在李牧赫的字典里,仿佛就没有"距离产生美"这句话,在家时不是要抱着她,就是要靠在她身上,连去电脑房打个游戏都要把她叫上。

赵希嫌他吵,不愿意跟去,他便忍着不开麦,就为了能让赵希坐在这里陪他。

她不喜欢烟酒味,李牧赫就不沾,有时跟其他朋友出去聚餐后会留下味道,他回家的第一件事就是洗澡。

明明两人用的是同一个牌子的洗浴用品,但对他来说,赵希身上的香味仿佛要好闻很多。

就像是赵希给椰汁和橙子洗完澡当晚要抱着它俩睡觉一样,李牧赫对赵希也爱不释手,恨不得把鼻子贴在赵希脖子上。

赵希对待家里的小动物,基本上就是抱抱亲亲,还非常喜欢捏它们身上被养出来的肥肉,尤其是橙子的肚子,捏起来就像是捏麻薯一样。赵希摸它的肚子时它还会翻个身,把肚子露出来。

看到橙子这个样子,赵希就忍不住想亲一下。

李牧赫也是如此,有时晚上把赵希抱在怀里时,听着她的呼吸声,觉得怀里的人可爱得要死,忍不住想亲亲摸摸,然后把她弄醒,挨一顿骂。

在李牧赫看来,赵希虽然时常冷着脸,却是比橙子和椰汁还要可爱的存在。

李牧赫因为难得的休息日，睡前发现了空间访问记录后，直接就兴奋得睡不着了，无论他换什么姿势，脑子都非常活跃。

　　李牧赫索性不睡了，直接起身坐到了书桌前，学着几天前看的那部电影，写起了信。

　　但这信不是要邮寄回国的，而是写给几年后的赵希。

　　"……十年后啊，算了，五年后，十年太久了，我没法忍那么长时间不拆。"李牧赫吐槽了一句，随即便提笔写了起来。

　　晚上发现的这件事，他就写到了信里，打算五年后再告诉赵希他早就知道了。

　　"我爱你"这三个字很简单，但要怎么表达这份爱，怎么让赵希清晰地知道他对她的喜欢，才是难的。

　　李牧赫趴在桌前，写了又画掉，反复了多次，直至天亮了，他才写完一份自己满意的。

　　可是这件事他根本就忍不住，写完后他就拍了张照，发给了赵希。

　　李牧赫：写给五年后的赵希。

　　李牧赫并没有把内容发过去，信是折起来的，只有下笔比较重的地方留下了一些印子，但看不出内容。

　　他想着，等天亮了后，要去买一个好看的信封，然后给这封信盖上火漆印，等五年后再拆开它。

　　而另一边，已经是下午了。

　　赵希和纪佳颖吃完午饭后聊了许久，之后就一直躺在床上睡觉。

　　纪佳颖还在睡，赵希则是在感受到了枕头下的手机振动后醒了过来。

　　她伸手一摸，最先摸到的是橙子的尾巴。

　　"喵……"橙子看过来，还扭了下身子，把头贴了过来。

　　椰汁也同样抬起了头，从床尾踩着小碎步慢悠悠地走过来。

　　赵希摸摸两个小家伙的头，然后在枕头下找出手机，眯着眼睛看了眼是什么消息，发现是李牧赫发来的。

　　她算了下时间，他那边应该还是凌晨。李牧赫今天应该是休息日，这个点他还醒着，一看就是一晚上都没睡。

　　赵希点开消息，看到李牧赫发的那句话。

　　赵希：？

　　李牧赫：晚安。

　　赵希：……

　　后面李牧赫就没有再发消息过来了，赵希捂着眼睛把手机扣上，还打了个哈欠。

　　不用想就知道，是李牧赫恋爱脑犯了。

赵希看了眼旁边还缩成一团的纪佳颖，缓着动作从床上起来，拿起手机抱着橙子和椰汁，打算去对门。

赵希轻手轻脚地出门，纪佳颖什么都不知道。

到了李牧赫那边后，赵希到他书桌前翻找了一下，果然找到了之前没用完的信纸。

这是之前李牧赫过生日的时候，赵希买来做许愿卡用的。当时她本来想买卡纸的，但买了几张，裁剪后边缘都很丑，最后她下楼又买了几张带花纹的信纸，上面还带着香味。

赵希在书桌前落座，橙子也跟着跳了上去，凑在旁边看着。

"你猜他开头会写什么？"赵希看了眼橙子，拿着笔思索。

前几天李牧赫给她分享日常生活时提到过，他又看了一遍《绿皮书》。

以她对李牧赫的了解，他一定是又看了一遍电影，然后恋爱脑上头，突发奇想，也想给她写封信。

五年后的话，那就是二十六岁的李牧赫。

To. 26岁的李牧赫

自从上了大学后，我们几乎每天都是在一起度过的，今年你因为要去美国学习，我们有四个多月没有见面了。当然，我们并没有断了联系，每天都有通话，所以我想说一些……你不知道的事。

还记得我们高中的时候是怎么认识的吗？可能你对我的印象最早能追溯到高三开学的时候，再往前估计就想不起什么了，只能依稀记得我们同班过。

但我记得，我记得跟你有关的所有事情，所以我想跟你分享一下我记忆中的你。

夏夜的蝉鸣声不绝于耳，老旧的风扇在床头"吱呀"响着，窗帘大敞开，外面的月亮代替台灯照亮了屋内。

手机屏幕上的光映在我眼底，上面的内容也在指尖下划过，我就这么看了几个小时。那个时候我就在想，怎么才能让QQ重新流行起来，这样你就能继续更新空间说说了。

这样的夜晚，我重复了很多次。

甚至你可能都没有发现，每次你在班群里的接龙，后面跟着的永远都是我，因为我把你设成了群内特别关注。

那时的我也很幼稚，想不出能跟你挨得近一点的方法，就只能这样，在群里近一点也好。

高二分班的时候，表格上的顺序也跟着变了，所有人都知道，二十六中的分班是随机的，但你不知道的是，那个顺序是我换过的。

分班考后老师叫了人去改卷子，当天就分班了，我认得你的字迹，也知道我的卷子是怎样的，所以改完后将我们俩的卷子放在了一起。就这样，我们理所应当地分到了一个班，甚至名字都是前后挨着的。

因为我也知道，老师们叫人起来回答问题的时候喜欢前后挨着叫，叫到了我，就一定会叫你，这样我们的名字又被放到了一起。

还记得我们加上微信好友的日子吗，是跳蚤市场那天，你抽中了一个铃兰灯，而我抽中的是你的联系方式。

是不是很巧？但是我的字条，是在你来之后才放进去的，因为我是最先发现你进校门的人，并且在那之前我听陆永阳说了，说要留几个让自己人抽。我很肯定我的铃兰灯字条会被你拿到，因为你有洁癖，只要是你的朋友都知道，而除了我的字条，其他的或多或少都皱了许多。陆永阳和成树熟悉你，会把最整洁的那个留给你。你更是会如此，选那个折叠整齐的。

后面真的如我所想，你拿到我的字条时，我还是有些小惊讶的，因为我没想过，我已经了解你到这个地步了。

只不过我更没有想过我会抽中你的微信，当时我是有些抗拒的，那就像潘多拉的宝盒，很可能一打开就收不住了。

以上这些都是我的自娱自乐，因为那时的我知道，我们没有什么交集，所以根本没可能在一起，只能这样给自己找点乐子。

所有人都可以熟稔地叫你的名字，但我做不到，因为我怕这样会很显眼，在你眼里像个怪胎。

到了高三，我们产生了交集，但我并没有想象中那样高兴，反而觉得很有负担，因为我知道自己是个奇怪的人，没有办法像正常人一样给予情感回应。

尤其是你越示好，我就越难以接受自己的奇怪。我们都没有在一起，我就要开始幻想以后感情淡了怎么办，这份纠结在我考到跟你同样的大学后一下子就解开了。

我去旅行的时候，以及跟你没有见面的那段时间，都想了很久，为什么我要去纠结那些。就像水会干涸，冰会融化一样，感情是一定会淡的，但是我可以想办法延缓时间，延长至十年、二十年、五十年。

我或许仍旧很纠结，依旧没法回应你同样的热情，但请你相信，我很爱你，就像我爱橙子和椰汁那样。

你是我绝对不会抛舍的存在。

我爱你，李牧赫，很爱你。

我好喜欢那个夏天，好喜欢你。

番外二
/ 换个身份吧

赵希生来就是推一下动一下的性子，连高三那么紧迫的时候她都能心安理得地坐在位置上看小说，要不是最后她爸让她把橙子送走逼了她一下，她觉得自己最后也会是那种认命继续摆烂下去的人。

自从脱离了那个令她窒息的环境，赵希也逐渐解开了自己绑在身上的枷锁。

她跟李牧赫之间的来往，只有他们俩知道。

纪佳颖不止问过一次，他们到底是怎么开始的，从哪儿开始的，怎么就突然在一起了。

赵希没有回答过，因为她自己也理不清楚。

没有被爱过的人不知道什么样是正常的爱情。

暗恋李牧赫的人那么多，赵希只是其中一个罢了。

赵希想了很久，那时她纠结，不愿意接受李牧赫，原因多在她身上，因为她觉得自己没有成为正常人的可能。

她觉得自己会这么阴暗厌世一辈子，因为她从小到大都是这么过来的。

但环境真的会改变一个人。

考上江交大，来到海江市，赵希就像是个溺水的人终于被救了一样，费劲地爬上了沙滩。呛了水的人在岸边缓了很久，才终于认识到自己不用再为下一秒会不会窒息而担心了。

拿到录取通知书的那天，赵希在马路边坐着哭了很久，跟被李牧赫发现那晚一模一样，但那时是溺水的人，这回是终于爬上岸的喜悦。

大一第一学期，赵希没有去关心李牧赫，因为她跟所有溺了水后刚上岸的人一样，努力地适应着新生活。

而一切的转变，就在寒假回家的那一次，那个寒假她明明已经跟爸妈扯了谎，可以一个人待在海江市享受假期，但她还是回去了。

因为她想见李牧赫。

回到海江市后，赵希恍惚了很久，明明都已经爬上岸了，为什么还要用困在海水里时的那些枷锁困住自己。

想清楚了这些后，赵希才真正觉得轻松了。

至此，以前那个阴郁不快乐的赵希也真正的消失了。

赵希最想感谢自己的有两件事，一件就是高三拼命努力的自己，还有一件是主动告白,这是她人生最大的转折点。

她很难想象没有李牧赫的生活,虽然同样离开了那个家,但没有李牧赫,她的生活可能会很平淡。

"到了。"

一直闭着眼睛坐在副驾驶的赵希听到李牧赫的声音,缓慢睁开了眼。跟刚睡醒的样子不同,她的眼睛里没有困倦。

李牧赫停好车后,看了她一眼:"没睡?"

"嗯,在想些事情。"赵希说完向李牧赫,视线沿着他的轮廓描绘了一遍。

李牧赫还以为她是担心行程,笑道:"放心,我都安排好了。"

听他这么说,赵希莞尔一笑,视线也跟着扫向车外。

放眼望去都是白色,三角木屋上盖着厚厚的雪,几乎要将房子掩埋,袅袅炊烟是这冬日唯一的温暖。

一直住在海江市,很难看到雪,赵希忽然冒出的一句"想打雪仗"被李牧赫听了去,这回放假他就带着赵希来了禾木。

他们这几年去了很多地方,看到了日照金山,潜入了印度洋,见过如海浪般翻滚的草原,还吃到了不少美食。

每次李牧赫出去玩时发的朋友圈都能让不少人羡慕,其他人也只能在评论区"诅咒"他们俩,并祈祷他们进入职场后忙到没时间出去玩。

但不如愿的是,他们俩都升了博,起码还能轻松一段时间。

"是这里吧……我看看,是这里。"李牧赫提着两箱行李,在木屋外的围栏上看了眼,确认了一下门牌号。

他这回订的是民宿,一整个木屋都是他们的,里面的设施也都很齐全,电暖在他们到之前就已经打开了,门一打开,里面热烘烘的暖气就扑面而来。

李牧赫在后面跟着,进去后把门关上,看了眼室内的温度表,有二十六度。

"还挺热的。"他喘着气,先把帽子和围巾给摘了。

赵希则是将行李箱摆在柜子旁,一边解外套,一边打量房子的构造。

一室一厅一卫一厨,客厅有一扇较大的窗户,能够看见外面的雪景,卫生间就没有窗户了,卧室则是为了保温,有一扇小窗。

"可惜,天已经要黑了。"赵希看了眼窗外的雪景,感叹了一句。

李牧赫去厨房看了眼,来之前他请民宿老板帮他置办了些东西,他打开冰箱,里面食材很齐全,柜子里还有好几包方便面和螺蛳粉。

赵希也跟过来看了一眼:"我以为这种地方都会把食材放到外面的,毕竟外面零下三十度了,都不需要冰箱了。"

"菜又不能冻。"李牧赫说着,还轻拍了一下她的头。

厨房的事一般都是李牧赫在管,她几乎没有下过厨,哪里会知道这些。

"吃什么?"李牧赫扭头看去。

赵希将下巴搭在他的肩膀上,眼睛在冰箱和橱柜之间来回流转着,最后撇了撇嘴,"方便面好了,吃完早点休息。"想到李牧赫开了那么久的车,她不想他那么累,"我来煮吧。"

听到这话的李牧赫则是把人挡开:"我来就好,你去收拾一下行李箱。"

赵希看向李牧赫,表示坚持。

李牧赫却突袭过来,亲了她一下:"去吧。"

"好吧。"赵希败下阵来,耸耸肩,转身去整理行李箱了。

他们俩这回出来玩,把橙子和椰汁放到了纪佳颖那儿。

纪佳颖去年来了海江市后就定居下来了,她爸妈甚至还想在海江市买套房,最后被她拦下了。他们一家人讨论出的结果就是给钱让她租房住,就租的是赵希那套,赵希也正式搬到了李牧赫那边。

她们俩住对门,纪佳颖爸妈还放心些。

平时要是赵希和李牧赫出去玩的话,椰汁和橙子就会被放到纪佳颖那边,她也闲,平时没什么事做,也就晚上写写小说。

但不是所有人写小说都会成功的,跟李牧语比起来,纪佳颖那个真的就是小打小闹,撑死算是实现了奶茶自由,一天也就赚个二三十块。

但没关系,她还有她爸妈。

纪佳颖只要做到每天早睡晚起,饮食健康,不熬夜,每个月就可以从她妈妈那儿领到八千块钱的工资。

赵希这个爱摆烂躺平人士真是羡慕极了。

在李牧赫煮方便面的时候,赵希把洗漱用品都摆放进了浴室,这里的浴室甚至还是干湿分离的,衣服也被她挂进了衣柜。

这回出来旅行,他们是要在这里住上一周的。

赵希和李牧赫出来玩,永远不是去什么热门景点打卡,而是在一个地方住几天,牵着手到处闲逛,就好像是换一个城市继续生活了。

就像今晚一样,吃完方便面后,赵希瘫在沙发上,享受着吃完碳水后快乐的感觉。

搂着赵希的李牧赫看了眼冰箱:"吃蛋糕吗?"

赵希皱眉。

"蛋糕"这个词在他们俩这里已经成了另一个意思,每次李牧赫这么问,那绝对就不是单纯吃蛋糕的意思。

看到赵希皱眉,李牧赫就知道她想歪了:"是冰激凌蛋糕,我叫民宿老板帮忙买的。"

因为考虑到他们到这里的时候已经是晚上了,所以李牧赫就给了民宿老板一些钱,请他帮忙买一些生活用品回来。老板说他们镇上有一家不错的蛋糕店,李牧赫就让他买了一个回来。

赵希是想岔了，但她不承认："刚吃完饭，吃什么冰激凌蛋糕？"她还将李牧赫推远了点，不让他靠近。

"行行行，明天吃。"李牧赫笑着点头。

不得不说，他们的运气真的很好，未来几天都没有下雪。

早上一起来，映入眼帘的就是远处撒过白雪的树林，日光被雪反射出的金光在树林间穿梭着，这个画面就是他们透过卧室的窗户能看到的。

赵希被日光扰醒，却难得没有起床气，而是枕着高枕看着窗外，享受着这份惬意。

旁边的李牧赫则是趴在床上，被子将他掩埋，半截手臂搭在床边，也不知道他这样光着上身睡冷不冷。

赵希看了眼旁边的人，脑海中忽然生出点想法。

她轻手轻脚地下床，先去卫生间洗漱了一番，本想着她出来后李牧赫肯定醒了，但她头发都吹干了，李牧赫也仅仅是换了个睡姿，继续躲在被子下面。

昨晚他们俩睡得都挺晚的，赵希是因为被李牧赫拉着吃蛋糕，而李牧赫则是结束后抱着电脑处理了点事情，他具体是几点睡的，赵希就不知道了。

赵希没化妆，找了厚衣服给自己穿上，帽子和围巾也没落下，连手套都戴上了，衣服里面还贴了好几个暖宝宝。

她看了眼还在睡的李牧赫，眯起眼睛笑了下，找出防冻贴，用笔在上面写了句话，然后将防冻贴贴到了李牧赫的手机上。

做完这些后，赵希就悄悄出门了。她不知道李牧赫什么时候会醒来，但也不急。

一年当中，除了特别忙的几天，其他时间两个人都是待在一起的，每天一起入睡一起醒来，连去图书馆两个人都坐在一起。

今天她突发奇想，想先李牧赫一步，让李牧赫跟随着她的脚步来行动。

也不知道过了多久，外面的太阳已经高挂起，雪地上也留下金色光影，李牧赫这个时候才感觉到身旁没有人了。

他伸手摸了下，没有摸到赵希，还从被子中探出头看了眼，卧室内也没人。

"希希……"他叫了一声，但没人回他。

李牧赫扶着额，从床上坐了起来："宝贝？"

依旧没人回应。

去找手机的李牧赫也在此时注意到赵希贴在上面的东西，他揭下来看了一眼。

> 我先出门了，今天来一点不一样的旅行吧。你来找找我，醒来后给我发消息，我给你下一关的地址。

"哈……"李牧赫握拳抵住额头，无奈地笑出声。

他将防冻贴粘到一旁的床头柜上,然后给赵希发消息。

李牧赫:我醒了。

那边消息很快就来了。

赵希:醒得怪早。我在这里,来吧。

她还发来了一张图,是一张街景,照片的右边是座小木屋,屋顶的烟囱冒着炊烟,而那座木屋外面挂着的牌子上写着"早餐店"。

李牧赫给她发消息说马上到,然后收了手机快速起床,去浴室洗漱。

等他出门,已经是一个小时后了。

早就离开早餐店的赵希看了眼自己刚刚拍下的馕饼、奶茶、小菜、鸡蛋照片,将图收好,等着一会儿发给李牧赫。

其实她一个小时前就吃完早餐了,现已移动到另外一个地方去了。

赵希只发来一张图片,李牧赫出门后也不知道往哪儿走,只能给赵希打电话。

"嘟嘟"响了几声后,赵希把电话接起:"喂?"

"怎么走啊?"李牧赫问。

赵希轻笑一声,然后喘着气说道:"出门后往左拐,一直往前走,走的时候要注意看啊,就能看到早餐店了。"

她那边怎么听都不像是在室内的声音,李牧赫问道:"你没在早餐店?"

"我吃完早餐了啊。"赵希在雪地上走着,脆软的白雪被踩得"嘎吱嘎吱"响。她戴着墨镜,一直盯着雪地,看着原本平整的雪面被踩碎,觉得好玩极了。

李牧赫听她这么说,直接问:"你在哪儿?我去找你。"

"你得去早餐店,你吃完早餐后问老板,她会告诉你的。"

李牧赫听着这话,再次无奈地笑了:"唉……早知道不该起这么晚的。"

赵希没挂电话,只是催他:"快去吃早饭吧,我刚吃了,真的挺不错的,馕泡进咸奶茶里挺好吃的。"

李牧赫听着她的呼吸声,只能提醒她:"那你走慢点,把围巾戴好,别吸进凉气了。"

"知道了。"

漫天雪景,时间都仿佛冻住了一样,一切都在此刻变得宁静而悠远。漫步在寂静无人的室外,只能听见脚下的踩雪声,以及自己粗重的呼吸声。

这些声音像是催眠一样,使人平静。

李牧赫如赵希说的那样,到达了早餐店,按照店里人的推荐点了早餐。咸口的奶茶让他稍稍有些不适应,但喝到后面,独特的感觉就出来了,醇香的奶茶配着馕,再配上小菜,真的是绝佳的一顿早餐。

他将自己吃完的碗拍照发给赵希,同时也收到了她发来的图片。

赵希:果然,我们就是有默契。

李牧赫:我是按照老板推荐点的。

赵希：我不是啊。

李牧赫看着信息，忍不住勾起唇，但他还记得要问老板赵希的去处，所以抬起头后，问了一句："老板，刚刚有个女生来过，你知道她去哪里了吗？"

老板给他指了出门的路，让他继续沿着这条路走就好，走到头后往左拐。

"好，谢谢。"

掀开厚重的帘子后，李牧赫再次来到雪地上，他一边走一边拿着手机拍照。

赵希此刻也在做着同样的事。

她摘下墨镜，对着远处拍着。

这里的木屋的位置没有什么规律，像是积木一样散落在这白色的世界里。

赵希在早餐店时跟人打听了，说是不远处办了个艺术展，是在室内，不会很冷，那里的咖啡也很好喝，还有书看。

她出来后就一直在往这边走，其实那个地方离他们住的地方不远，但为了不跟李牧赫撞上，只能绕路。她都绕路了，李牧赫怎么也得绕一下。

当李牧赫洗漱结束出门时，赵希就到达了那个地方，她点了杯咖啡坐在角落，手里还拿了本书。

书的内容她不感兴趣，只是很享受当下的氛围，而且她一直在猜想李牧赫走到哪里了，根本看不进去内容。

赵希的这个安排直接打乱了李牧赫的计划，以往出来玩，都是他来做计划，今天也是有出游安排的。晚上还有其他安排，所以李牧赫要做的就是快点找到赵希。

他按照指引，在雪地里走着，走的同时还观察四周，猜想赵希看到这些景色的时候会感叹什么。

喝完咖啡的赵希重新穿上羽绒服，打算去另一个地点，但估计是在里面待的时间长了，李牧赫走路速度又快，她刚出门就看到了迈着大步走过来的李牧赫。

赵希也没躲，而是一直目视着他走过来。

"你速度也太快了吧？"赵希无奈地笑了声。

李牧赫小跑过去，将赵希抱住："太痛苦了，在不上班不上学的日子跟你分开了几个小时。"

他猛扑过来，赵希还后退了一小步，衣服的摩擦声在耳旁响起，足以感觉出他抱得有多紧。

赵希还看好了好几个地方呢，结果就这么被李牧赫打断。但她并没有因此有什么情绪，而是也抬手抱住李牧赫："嗯，我刚刚也在想要不要回去找你。"

她确实这么想了，因为自李牧赫从美国回来后，除了上学上班，两个人没有分开过这么长时间。

上学上班的时候，忙得根本没有时间想对方，可现在不一样，因为没有事做，机械地重复着走路的动作，思绪也会跟着涣散，在满脑子都是对方的时候，对方却没在身边，那感觉可不好受。

李牧赫松开赵希，捧着她的脸仔细看了下："鼻子都冻红了。"

吃早饭前赵希是贴着防冻贴的，但后面她就揭下来了，改成用围巾围住脸。刚出来，围巾没围严实，她的鼻尖很快就红了起来。

他低头亲了下："都说让你把围巾围好了。"说着又帮她戴好围巾。

赵希一直看着李牧赫，满含笑意的眼睛里全是他。

整理好后，李牧赫将赵希揽住："你接下来想去哪儿来着？"

"嗯……说是有个农家乐。"

"走吧。"

"你不是做了计划吗？你的计划是什么？"

"晚上你就知道了。"

"还得等晚上？"

"嗯嗯嗯。"

后面无论赵希怎么问，李牧赫都会挡回去，弄得赵希更加好奇他准备了什么。

说是农家乐，其实就是一个山庄，有吃饭的地方，也有玩的地方。

赵希说想玩雪，李牧赫就陪她玩了一下午，还跟其他游客一起堆了雪人。到后面，很多人的手套都湿透了，幸好他们俩的手套是防水的，玩了那么长时间也没湿。

这边天黑得早，还没吃晚饭，天光就暗了点，其实现在也才六点多。

赵希和李牧赫跟着下午认识的人在这边吃了饭，后面就收拾了东西，准备走回去。

到这个时候了，赵希还没忘记李牧赫说的。

"现在是晚上了，可以说了吗？"蓝色的暮光中，赵希亮着眼睛看向李牧赫。

有时，李牧赫真的觉得赵希跟橙子很像，好奇心强到不搞清楚缘由决不罢休，能记好久。李牧赫本想着回去后再给她的，现在被一遍遍追问，李牧赫无奈地笑了下。

李牧赫捏了捏兜里赵希的手。她的一只手放在他兜里，跟他绞在一起。

他顿了下，抽出一只手指了指天空："你看。"

赵希抬头看去。

夜幕下的万顷星河如网一般铺开，那距离近得就像是抬手就能抓起一把星星一样，美得让人窒息。

日落后的室外静谧到只能听见心跳的声音，"扑通扑通"……

下一秒，赵希低头看向李牧赫的口袋。

李牧赫笑着将她的手牵出来，向她展示她手上的变化。他脸上挂着笑，在这夜色中如此耀眼。

"希希，换个身份吧。"李牧赫从十指相扣的姿势换成牵着她的手，然后单膝跪在地上,"嫁给我好吗?"

先礼后兵这一招他一直玩得很好,问之前,戒指就已经给她戴上了。

赵希想过李牧赫求婚的时候自己会是什么反应,以她的性格来说,应该是矜持地点头说"好",可现实却是她忽然酸了鼻尖,眼眶也跟着变得温热,在闭上眼睛的那一瞬间,积攒许久的眼泪也落下来。

她点点头,试图掩饰掉那颗滑落的泪珠。

"怎么哭了?"李牧赫起身,将人抱进怀中,"我以为你知道的。"

毕竟他很早之前就带她去试了各种戒指的尺寸,虽然跟她说是生日礼物,但赵希这么聪明,肯定唬不住她。

赵希不说话,也不碍着李牧赫安慰她。他将她的脸擦干,以免冻伤,还疼惜地亲了亲:"以后让你叫老公可不许拒绝了啊。"

听到这话的赵希无奈地笑出声。

"走吧,快回去吧,我还安排了烛光晚餐呢,早上花了一个小时才出门,不然我早逮到你了。"

"都凉了吧?"

"还没做呢。"

"那也叫安排好了?"

"反正我已布置好了。"

回去后,赵希被安排在外面站着,也就一分钟的时间,李牧赫很快出来了,他捂着赵希的眼睛,把她往屋内带。

房间内已经被布置好了,墙上还贴了两个人名字的缩写和各种爱心,餐桌上也铺上了红绒布,上面放着蛋糕,红酒和酒杯摆放在两边,烛台上燃着香熏蜡烛。

赵希看着眼前的一切,勾起笑:"……所以你昨天是故意在饭后问我吃不吃蛋糕啊?"

因为李牧赫知道她吃完饭后吃不下别的了,所以蛋糕才能留到今天。

"你太聪明了,喜欢吗?"

"嗯。"

"那你叫一声老公。"

"可是……"

"马上我们就合法了!"

"老公。"

"我爱你,老婆。"

"我也爱你。"

"嗯?"

"老公。"

番外三
/ 冬日暖阳，难得温柔

跟其他情侣不同，任何事李牧赫和赵希都是商量着来的，因为李牧赫知道，赵希讨厌惊喜，讨厌一切超出她计划之外的事物，连求婚他都提前在赵希面前透露过几次，还带她试了戒指，让她有个心理准备。

但婚礼是真的没办法有惊喜，按照李牧赫的想法，就算不想大办，也可以像柯安宇他们那样邀请好友们来小办一场。

可赵希连那个都很讨厌。

最后的解决办法就是回老家分别跟各自父母吃个饭，就像是她当初撒谎说跟妈妈回老家过年又或者是去妈妈那边住了一样自然，赵希在这种场合也撒谎了，真假参半。

"他爸妈都是科研人员，在戈壁滩那种没信号的地方，不方便出来，也没法见个面。"赵希跟赵于国和陈荷娜说这句话的时候，脸上的表情都没变，就像是这件事本来就是这样一样。

旁边的李牧赫握着拳，也学着赵希的样子面不改色，点头附和着："是是是，真是抱歉，我爸妈让我一定要传达到这个歉意。"为表歉意，李牧赫甚至还花一万多块钱买了好酒好烟来。

本来他还想着要不再带个护肤品套装什么的，赵希只是抬起眼看了下，让他别费那个钱了。

至于李牧赫的爸妈那边，李牧赫则是实话实说，说赵希不想跟那个家有过多牵扯，最后是许爱仁跟李牧赫父母一起吃了个饭，互相认识了一下。

至于婚礼什么的，是真的没有办，赵希从小就不是个喜欢受瞩目的人，站在舞台上对赵希来说跟猴被赶上舞台没什么区别。

最后两个人去领了证，一起约会了一整天。

他们从确定关系到现在也过去挺久了，本以为领完证后会没什么区别，但等赵希第二天醒来，那感觉真的不一样了。

房子是李牧赫掏的首付买的，两个人共同还房贷，写的是两个人的名字，车子则是赵希跟妈妈一起掏的首付，也是两个人共同还款，但这车是属于赵希的。他们本科毕业那年就买了房子，只不过才装修完通风半年了，领证前才将家里都布置好。领证的当天，他们也算是正式入住这个家了。

可能是环境有些不同，赵希醒来后望着天花板眨了几下眼睛才渐渐反应过来，他们搬到新家了,她跟李牧赫领证了。

赵希扯着被子转了个身,本想去看旁边的李牧赫,结果发现他没在床上。

她撑着床垫坐起来,又从床头找出昨晚被扯下的睡衣穿上。她本想找找橙子和椰汁,又忽然想起它们俩现在有自己的房间。他们买的房子是四室两卫,其中一间做成了宠物房,一分为二,橙子和椰汁各占一半,互不打扰,因此现在晚上已经不让它们进卧室了。

赵希穿好睡衣出去,就听见厨房那边有响动。她把卧室门一关,就看见椰汁晃着小尾巴过来了,于是弯腰将它抱起,然后走向厨房。

厨房里的李牧赫正戴着耳机,没有注意到身后的声响。

现在已经快中午十二点了,昨晚是睡得有些晚了。

赵希拉开椅子,抱着椰汁在桌子旁坐下,橙子看到后也屁颠屁颠地跑过来。李牧赫的宽肩从后面看去有一种让人放松下来的安全感,他身上还穿着居家服,衣服下摆随着他搅拌的动作摆动着。

这样的身影赵希看过无数回,但今天格外不一样。

昨天去领证,李牧赫穿得很正式,就差没把婚礼那套给搬来了,他那一身在民政局的时候还不是很突出,但之后约会时,街上行人的回头率就高得出奇。

还有人来问他们是不是在拍视频,想关注一下他们的账号。

赵希笑得说不出话,只能摆手。李牧赫倒是开着玩笑说:"看来我这长相不出道真是可惜了。"

中午吃饭,李牧赫订了餐厅,好好地享受了一下合法后的第一餐。晚上那顿就热闹多了,赵希不想办婚礼,但总得叫上朋友们出来吃个饭,所以晚上李牧赫就订了间气氛比较轻松的清吧,让老板帮忙拼了个长桌,一群人坐在一起喝酒聊天。

越是这种时候,赵希就越觉得李牧赫就是她人生中缺失的那一块拼图,他跟她完全相反,她不适应这种人多热闹的场合,李牧赫却能在照顾她的同时活跃现场气氛,还把朋友们照顾得都很好,没有冷落任何一个人。

李牧赫解开了领带和衬衣上面几个扣子,挽起衣袖,跟朋友们讲着前段时间去禾木看到的雪景,还具体形容了一下他当时求婚的场面。

当天分开的几个小时里,赵希不知道李牧赫是什么情况,所以这个时候听他讲起,觉得很新鲜。

"我当天准备求婚来着,一切都准备好了,连去哪里玩都想好了,结果一醒来,人不见了。

"醒来后我还怀疑了一下自己是不是没睡醒!"

赵希在一旁笑着,时不时接受一下其他人的调侃。

现场跟赵希关系比较好的女生也就纪佳颖,除此之外再加一个罗慧玲,三个人坐在一起,也聊了不少,更多的还是听罗慧玲聊他们家孩子。

纪佳颖都感叹，她觉得自己还像个十六岁的小孩儿，而有的人孩子都有了。没打算谈恋爱结婚生子的纪佳颖以及没有要孩子想法的赵希是没法对罗慧玲说的话产生共鸣的，所以她们俩也只能笑着应和几句。

赵希曾经担心柯安宇和罗慧玲结婚太突然，成为父母也太突然，孩子生下来后他们俩都没有心理准备，生活跟预想的不一样。不过柯安宇虽然看上去挺不靠谱的，但实际上家里的一切事情都是他来打理。罗慧玲生完孩子后就去了月子中心，准备产后修复和健身，孩子则是月嫂带。除此之外，柯安宇还专门请了早教老师来家里跟孩子做游戏，孩子大一点后两个人就一起带着孩子去上早教课。

孩子出生没多久，国外的房子就准备好了，他们打算以后带孩子出国上学，进行快乐教育。后面两个人都申请了国外的研究生，带着孩子一起出国了，目前在国外定居。这次参加婚礼也是赶巧了，他们正好带着孩子回来看爷爷奶奶和姥姥姥爷。

纪佳颖听了再次感叹："我这种自私自利只想着自己过好日子的人，真就不适合生孩子。我连谈恋爱都觉得烦，更别提养孩子了，我也就能负担起一只狗。"

她养了只陨石边牧，赵希平时会牵着椰汁去找她玩，两个人还经常一起约着遛狗。

所有人都长大了，不再是高中毕业典礼上那个凑热闹打趣的众人了。

连李牧赫都是如此，他依旧带着少年的样子，却沉稳了不少。

昨晚他西装革履招呼朋友照顾人的样子，跟他今天穿居家服做饭的背影，形成了鲜明的对比，这巨大的反差衬得此刻的幸福好像更加明显了。

其实只要遇到了能填补她空缺的那个人，爱情与婚姻也并没有那么可怕。当然，这番感悟仅仅是针对她的另一半李牧赫，要是换成别人，她可能仍旧选择远离婚姻。

李牧赫忽然转身想要去冰箱拿点东西，结果看到了坐在餐桌旁的赵希，他挑眉："醒得挺早。"他说着抬起腕表，看了下时间，"也差不多了，我预计你也就在这个时候醒。"

"你几点起的？"赵希问他。

"半个小时前。"

李牧赫说完将从冰箱里取出来的东西放到了台子上，然后催促赵希："快去洗漱吧，饭马上就好了。"

"嗯。"赵希应声后就把椰汁放到地上，准备去洗漱。

这样的早晨他已重复过无数回，但今天的幸福感好像格外强烈。

赵希真的如愿过上了自己梦想中的生活，她最初的梦想就是一猫一狗，以及一套写着她名字的房子，但现实不同的是，在她梦想的基础上多加了一个李牧赫。

李牧赫并不是她人生的必需品，却是那调味的"盐"，她的生活不再平淡如水，甚至好像还有些离不开了。

在赵希洗漱的时候，厨房里的李牧赫说："……今天也没什么事，我们一会儿可以一起整理一下书房，把书都摆出来。

"下午没什么事儿，今天不是很冷，还有太阳，可以出去转转，昨天就早上带椰汁下楼转了一圈，估计它都要无聊坏了。"

"哦！你也知道我在说你啊，椰汁！"

赵希刷着牙洗着脸，外面的声音断断续续的，只能听到一部分。

等赵希涂完护肤品，李牧赫也做好了饭。

"好了，开饭了！"

椰汁和橙子太喜欢这句话了，因为李牧赫只要这么一说，妈妈就会去厨房拿它们俩的饭。

两个小家伙仰着头看着赵希，跟在她后面，见她去厨房的不锈钢盆里拿出两袋温过的生骨肉，椰汁马不停蹄地将她往放碗的地方引。

给它们俩开了餐袋后，赵希这才回到桌边，落座前还感叹道："真丰盛！"

他们俩平时吃饭就三菜一汤，今天不仅有汤，李牧赫还另外做了五个菜，就是菜量不多，但赵希喜欢这种，因为一下子能吃到很多不同的东西。

李牧赫见赵希眼睛亮了，就知道她喜欢："那以后就都是五菜一汤了？"

"只要你不辛苦就行。"赵希笑着说。

"没关系，Give and Take（有失才有得）。"

赵希的笑容立马消失。

有失才有得，这是李牧赫常说的话，而他的"得"，无非就是床上那么点事。

吃饭的时候，他们俩的话都不多，李牧赫看了眼手机，说道："买的一些软装到了……等会儿我下去取。"

"行，那我就先去整理书房。"

"沉的或者是高处的就放着，等会儿我来摆。"

"知道了。"

吃完饭后，赵希擦了桌子和灶台，李牧赫则是将锅碗都放进了洗碗机。她在洗手的时候，李牧赫就下楼去取快递了。

赵希涂上护手霜，抱着橙子一起来到了书房："来吧，这么多纸箱呢，够你俩玩了！"

他们请的是那种日式搬家公司，不仅东西给搬过来了，还给收纳好了。但有一些东西在原本的家里时就是封在箱子里的，他们单独放到了车上，自己运了过来，也就没来得及收纳放进书柜。

这些箱子里最多的就是相册，有他们每次出去旅游时拍下的，也有平时约会时随手拍的，都被李牧赫整理成了相册。

她还翻到了前段时间去禾木玩时的照片，其中有一张是她被求婚后哭了，李牧赫先是安慰，后面就拿出来相机。她又气又想哭，试图挡住相机，却还是被他拍了下来。

除此之外，还有他们打雪仗的照片，也不知道当时明明玩得最上头的李牧赫是什么时候拍下的这些。

赵希又拆开一箱，箱子刚被打开，橙子就咬了上去，努力地当着打孔器。赵希笑了笑，还叮嘱它："小心些，别把牙咬崩了。"

她随手拿起一本相册，刚想翻开，就看到了从里面掉出的信封。她捡起来看了一眼，又看了眼敞开的相册。

这本相册里的照片是她不曾见过的，里面的背景陌生，就连李牧赫的样子也不是她熟悉的。她仔细辨认了一下，好像是李牧赫去美国参加夏令营的那段时间。

提起那个夏令营，赵希就想起了李牧赫那天的抽风，说是给她写了信。赵希无语的同时，还是学着样子写了一封，那封信的存在李牧赫到现在都不知道。

搬来之前，赵希一直将那封信放在两人合照的相框后面，现在那相框就摆在客厅沙发旁，李牧赫还很注意那个相框的卫生，经常擦，就那样也没发现。

而她手里的这个，估计就是李牧赫当时写的信了。

可现在还没到第五年。

赵希抿着唇，犹豫了一下，最后还是没有按捺住好奇心，将它打开了。

她想着，等会儿也要李牧赫去找一下她的信。

书房里的赵希坐在地上，将信打开，随即第一行就映入眼帘。

展信佳，希希。

此刻的我是五年前坐在美国的一个小公寓桌前，因为想你想到睡不着的李牧赫。每天我都很想你，但今天的想念似乎更为深刻，因为我发现了一个你的小秘密。

赵希微微挑眉，继续往下看。

今天我无意翻起我的空间，忽然间发现了你的访问记录。我还发现，你曾发过一张照片，上面有露出我衣服的衣角，它会是我想的那个意思吗？在我们还没有熟悉起来的过去，你好像已经喜欢了我很久。在深夜的频繁访问让我不禁猜想，当时的你看着我的空间又会想些什么。

越猜想，我就越空虚，要是早点跟你认识就好了，这样我们在一起的时间又能多几年。

认识你的时间越长，我对你的迷恋与喜爱就越深，连不曾惧怕过的死亡也成了我的恐惧。

我想活得久一点，这样就能陪你久一点。

我好爱你，希希，真的非常爱你。
　　希望不管是五年还是十年，我们都能继续健健康康地在一起。

爱你的李牧赫

　　赵希欲言又止："写的什么玩意儿……"
　　李牧赫从高中起那作文就写得一塌糊涂，要不是他们这边高考作文的主流是议论文，李牧赫绝对得复读。
　　这下赵希再次感叹，他们俩是真的互补，李牧赫缺少的那部分都在她这儿。
　　这时，大门的密码锁突然响起，同时还传来了李牧赫的声音："老婆——帮我把这个拿进去！"
　　赵希看过去，先将手中的信纸放下，为了防止它被橙子咬，她还放到了书柜的高处。
　　两个人在外面忙着搬东西的时候，橙子紧盯书柜上那露出来的一角，努力跳了好几下，终于将东西扒拉了下来。
　　它兴奋地竖着尾巴，扑着那张信纸玩儿。
　　外面的赵希听到书房的响动，走过去一看……
　　算了，给李牧赫一个重写的机会。
　　她将被扯花的信纸重新塞回信封，最后锁进了自己的抽屉。
　　她出来后，李牧赫还问道："怎么了？"
　　"没什么，橙子在咬纸箱玩儿。"赵希摇摇头，落座后还突然凑过去亲了李牧赫一下。
　　感到意外的李牧赫看向赵希："怎么突然亲我？"
　　"不喜欢吗？"
　　"喜欢，但是下回能不能直接亲嘴？"
　　"要求还挺多。"
　　赵希嘴上这么说，但还是补偿了他一下，还弯起眉眼跟他说："我爱你。"
　　"我也爱你。"李牧赫说着将人抱进怀里。
　　如今天一样琐碎的日常会在这个家上演无数次，区别就是，一次会比一次幸福。
　　冬日暖阳，难得温柔。

番外四
/ 致五年后的我们

又是一年夏日，今年的雨水比往年都要多，一到夜里就是雷雨，可那份凉爽又留存不了多久，太阳一出来，地上的雨水就被蒸发得差不多了。

夜里，雨点急切地敲着窗户，睡梦中的赵希被吵醒，她将夏凉被拉高了点，想要抵挡住那噪音。

察觉到被子被拉走的李牧赫也醒来了，他感觉到身上一阵凉，房间内的气温低到让他打了个冷战，这时他才反应过来睡前忘了关空调。

李牧赫在床头摸了半天，在摸到遥控器后，将空调关掉，回到床上后他将被子扯过，盖住两人，还将赵希抱入怀中。

"……啊，凉！"睡梦中的赵希再次被弄醒。

靠过来的李牧赫宛如带着凉气的冰棍，身上没了原本的温度，变得冰冰凉凉的。

她将人推开，自己带着被子滚到了另一处。

被嫌弃的李牧赫一点瞌睡都没了，无奈，他只能到衣柜里重新找一床被子。可灯一开，被子下的人就有了反应，她哼哼唧唧地滚了两下，直到把眼睛遮住才停止。

李牧赫到旁边的衣帽间去搬被子，回来后就看见赵希拉着脸坐在床上等他。

"那个被子在柜子里放了好几个月了，还没洗呢。"她说着打了一个哈欠，指挥着李牧赫，"把它放回去吧。"然后把她身上的被子掀开一角，打算分给李牧赫。

她又问："你几点回来的？"

两个人最近都忙，但赵希好歹能正常上下班，李牧赫就惨了，经常要出差。

放完被子回来的李牧赫重新躺回床上，将床头灯一关，搂着赵希躺下，还不忘回答她："刚刚回来，在客厅的卫生间洗漱的，怕吵醒你。"

赵希又打了个哈欠，也跟他分享着自己这几天的生活："最近好多来补牙的小孩，每天都吵得我头疼……"

"是吗，那快睡。"他像是哄小孩一样，还捏了一下她的脸。

赵希是打算就这么睡了的，但没过几秒，她就感受到李牧赫像个小狗一样，在她颈间闻闻嗅嗅，呼吸弄得她脖子很痒，耳朵更是像有羽毛扫过一样。她把人推开："还睡不睡了？"

"睡睡睡，睡吧。"李牧赫赶紧撤离，还安抚地拍了她两下。

距赵希醒来已经过去了小十分钟，被李牧赫这么来回一折腾，她的困意跑走了一大半。房间里安静了几秒后，囔囔着要睡的赵希没忍住，出声问了一句："你回来的时候，外面下雨了吗？"

"下了，还打了雷。"已经熟悉她的李牧赫听完她这句就知道她这是睡不着了。他先捂住赵希的眼睛，然后抬手去开床头灯，等她适应了亮光才松手。

赵希握着他的食指，还往脸上怼了怼："淋到了吗？"

"有点儿，但我回来洗了澡。"他顺势捏住赵希的脸，还亲了下。

听到这话的赵希顺势就要起身："那我去给你冲杯感冒灵。"

李牧赫一下把人拉住，不让她下床："不用了，我就想抱着你睡一会儿。"

爱就是尽力而为，但仍感到亏欠。

赵希坐回床上，看着面露疲惫的李牧赫，轻拨了一下他的发丝："睡吧。"她躺回李牧赫身边，将他紧紧抱住。

外面打扰两人的夜雨也在此刻被屏蔽，呼啸的风声和雷雨声都在此刻被隔绝在昏黄的光源之外，只有爱意在这温暖平静中肆意生长。

床头灯亮了一整晚，赵希缩在李牧赫的怀里，他的身子将刺眼的光都遮了去。

直至窗帘都遮不住阳光了，赵希才醒。

醒来时，身边已经看不到李牧赫的身影了，床头的灯也不知在何时被关掉，那里只剩下一张字条。

她将字条拿起，上面写道：做了三明治，在冰箱里。

赵希打了个哈欠，小声嘀咕："可我已经把吃早餐这一项给进化掉了。"

刚到七月份，李牧赫就出差了小半个月，昨晚才回来。

没了李牧赫督促，赵希的三餐基本上就不固定，大多都是饿了才吃，不饿就不吃，有的时候一天两顿，有的时候就是下午两三点吃一顿，一顿就能顶一天。

睡醒后的赵希通常都是不饿的，但又不想被李牧赫发现没吃早餐，只能硬着头皮去洗漱，然后去吃早餐。

她洗完脸刷完牙来到客厅，刚出来就伸懒腰感叹："久违的周末！"

沙发上的橙子立刻跳下沙发，竖起大尾巴去找赵希。它先学着赵希的样子伸了个懒腰，然后又扒起赵希的腿，让她抱。

"好吧，抱抱你。"赵希将橙子抱起后，还在客厅看了一圈，没看到椰汁的身影，于是问橙子，"爸爸带椰汁下去散步了吗？"

橙子"喵"了一声，也不知道是不是在回答。

她抱着橙子来到厨房，从冰箱里拿出李牧赫做好的三明治，还在橙子眼前晃了晃。

这个小馋猫的视线一直固定在三明治上，鼻子还跟着耸动几下，要不是赵希抱着它，它可能都要上手了。

端着盘子的赵希来到客厅的沙发上，落座前她先把橙子放了下去。

她刚准备吃，大门那边就传来了响动。她顺势看去，还没看见人呢，就听到了椰汁急切的哼唧声。她立马端起盘子，以防等会儿被扑到。

"刚起来？"进来的李牧赫看了一眼坐在沙发上的赵希，然后弯下身子给椰汁解牵引绳。

李牧赫一身运动装扮，白色的无袖衫领口湿了一大片，后背更是被染湿。赵希见了直接把盘子放在了餐桌上，然后走到门口，说："我来吧，你去洗澡，别等会儿感冒了，家里还开着空调呢。"

"没事，我来就行，你去吃早饭。"李牧赫拦下赵希的手，从柜子里找出椰汁的清理工具，开始给它擦脚。

椰汁被按在地上，还"哈哈"地喘着粗气，眼睛盯着赵希，尾巴甩得快要飞起来。

赵希见它这样，于是笑着问了一句："你们跑步去了？"

"它怎么跑？走两步就想躺下，我抱着它跑的。"李牧赫无情地吐槽。

赵希蹲下摸了摸它的头："椰汁，你该减肥了！"

"快去吃饭。"

"知道了。"

赵希回到厨房重新洗了手，这才坐到餐桌前吃早饭。而橙子则是早就蹲在椅子上等着了，见赵希过来，还想跳到她身上。

这样的日常基本上每个周末都会发生，厌恶运动的赵希会睡到自然醒，习惯早醒的李牧赫则是做好早饭后带着椰汁下楼散步上厕所。

但李牧赫消失在赵希面前的这半个月里不一样，她基本上都是睡到中午才起，然后点个外卖吃，吃完后继续躺回床上，跟椰汁和橙子一起睡午觉，一直到下午才会醒，醒来后跟大洋彼岸的李牧赫视频通话，打完电话后去洗澡，准备睡觉。

没了李牧赫的赵希就像是灵魂被抽离了一样，任何事都变得无关紧要。

她正吃着三明治，忽然想起来李牧赫生日这件事，于是转过头去问："下周就是你的生日了，想怎么过？"

那边正找吹风机的李牧赫站起身一顿："现在连惊喜都没有了吗？"

赵希赶紧把视线移开，嘴里的话也变得含混不清："都几年了……"

"就算是老夫老妻，我也想要惊喜。"李牧赫放下手中的东西，强势地说道。

"那你想要什么样惊喜？"

"你还问？"

赵希就是觉得这个样子的李牧赫很好玩，她嘴角的笑容怎么都不肯落下，而李牧赫则是被气得有些语无伦次。

"我还想着你会不会装作不记得我生日，然后等到我生日那一天跟我吵一架，再趁机端出蛋糕告诉我其实都是演戏,最后祝我生日快乐。"李牧赫已经顾不上椰汁了,他边说边朝赵希走来。

赵希脸上的笑容难掩,边笑边说:"行,你都计划好了,那我们今年就按这个来。"

"什么啊?不行!你重想!"李牧赫直接上手捏住赵希的脸,把她的脸当作面团一样揉来揉去。

"受不了你。"赵希嘴上说受不了,但表情可不是那个意思,她笑得眼睛都弯成了月牙,"你一天到晚戏挺多的,怎么还想这些?"

李牧赫忽然收了表情,手上的动作也停下,问道:"你不喜欢惊喜吗?"

对于生日惊喜,李牧赫远比赵希要执着,今年赵希过生日的时候他就准备了一个。

那个时候也赶上了李牧赫出差,他打电话跟赵希说可能没办法赶回来了,看能不能等他回来后补办一个。

赵希本就是对节日生日没什么执念的人,要是不提醒,她甚至都可以不过,所以欣然地答应了。

可生日那天刚过零点,外面就有人敲门,李牧赫说是订的蛋糕,结果赵希开门后发现是李牧赫。

李牧赫自以为这个惊喜准备得很好,但其实他打电话过来时就已经暴露了一切,他就像是在课上做小动作的学生一样,一举一动都逃不过赵希的眼睛。

要是真错过了,李牧赫会先自责半天,绝不可能说得这么淡然,甚至语气里还有隐隐的兴奋,赵希就是从这里察觉到的。

到了晚上,李牧赫还打电话过来提醒赵希签收蛋糕,那个时候赵希就觉得李牧赫的智商下线了,怎么可能有蛋糕店会开到这么晚,非得卡在零点来?

能想出这点的,除了李牧赫,也没有别人了。

开门前,赵希逗了他一会儿,装作警惕的样子让他把蛋糕放地上,自己一会儿出来拿就行。

这个是李牧赫没有想到的,从可视门铃那里向外看,李牧赫在听到这句话后很明显地僵了一下。

见差不多了,赵希才松口开门,一开门就看到了摘下头盔的李牧赫。

当时赵希就在心里感叹,李牧赫在制造惊喜这方面是认真的,连头盔都准备上了。

他有多上心,赵希就有多不在乎生日这种时刻,每年的节日里,她也就在李牧赫的生日时上点心,其余节日她基本都不过。

但在一起这么多年了,她的灵感也是真的枯竭了。

李牧赫想要来亲赵希,迫使她同意准备惊喜,但她却用指尖抵住他的唇,笑着说:"你不是都准备好了吗,我们就用你这个。"

李牧赫又说不得什么，只能生自己的闷气。

见快要哄不好了，赵希赶紧打住："好了好了，知道了，给你准备惊喜。"

听到这话的李牧赫表情才好转起来，想要凑上去把刚刚被挡住的亲亲给补回来："那我能期待吗？"

他像个狗狗一样，用鼻尖蹭了蹭她的脸。

"嗯嗯嗯，期待吧。"赵希回答的时候尽量掩去话里的敷衍，但又被李牧赫捕捉到了。

"别嗯嗯嗯，一个嗯就行！"

"知道了。"

"敷衍！"

橙子和椰汁不关心他们俩的小情趣，注意力全在赵希掉下来的那片火腿上，两个小家伙头挤头，争抢着地上的火腿片。

而高处的两人已经亲在一起了，地上也掉了更多的面包碎屑。

近日多雨，昨天海江市还因为暴雨把地势低的地方给淹了，水都没过了小腿。阴雨连绵的天气换来的就是意外的夏日回忆。以往提起夏日，所有人的印象都是酷热，今年倒是有些许独特，连一向被称为蒸笼的几个城市也是小雨不断。

今日倒是没雨，乌云密布的天空带来了些许凉意。

李牧赫坐在车上等赵希，车上放着音乐了。他摆弄了一下挂在后视镜上的茉莉花手环，又看了眼赵希下班的方向。

已经过了两个人约定的时间点，但一直没见她出来，于是李牧赫拿出手机给她打电话。

楼上的赵希将电话接通，她一边换鞋一边问："怎么了？"

"我已经在楼下了，你什么时候下来啊？"李牧赫的声音永远透着轻快，好像他的心情永远都很好似的。

赵希把鞋换好，然后直起身子："我刚换好鞋，等我两分钟，马上下来。"

确定她没遇到什么情况后，李牧赫也放松了："嗯，没事，慢慢来，我在楼下等你。"

坐了没几秒，李牧赫的思绪就开始发散，猜测赵希会给他准备什么惊喜。

早上出门时，赵希在玄关前逗留了很久，昨晚睡前还一直拿着手机跟人发消息，再比如前天，她是一个人开车去上班的，没让李牧赫送。

"哟……"李牧赫越猜越好奇。

这时，车门被打开，赵希提着两个纸袋子进来，李牧赫看了一眼那两个纸袋子，眼睛一亮。以往他都会伸手接过帮她放，但他怕今天这个是惊喜中的一部分，没敢伸手拿，害怕提前知道了什么。

赵希上车后顺手就把两个纸袋子放到了后座，还系好了安全带："走吧。"

"这个。"李牧赫用指尖点了点茉莉花手环。

赵希意外挑眉："在哪儿买的？"

一到夏季就能在地铁口周围看到一些卖自编物的老奶奶，赵希偶尔坐地铁上下班的时候会碰到，去年夏天的时候她还买过茉莉花手环。

当时李牧赫嘴上说着大男人不能戴这些，最后还是戴到了手腕上，还拍了照发朋友圈。

李牧赫扬起稍有些骄傲的笑容："之前你不是说在地铁口买的吗？我刚刚过来时就去看了一圈，真有人在那儿卖，这是最后一个了，我就买了下来。"

去年好像也是这个时间点，赵希是把它当成生日礼物送给李牧赫的，今年的话……明天才是李牧赫的生日。

将手环戴在手上后，赵希还闻了几下："真的很香，你闻。"

她把手递过去，李牧赫做样子闻了一下，主要目的是她的手心。他亲了赵希的指尖："嗯，车里都是这个味道……好了，坐好，要走了。"

赵希脸上的笑容比李牧赫还要明显，也不知道是因为这个手环，还是因为他记得她一年前说过的话。

心里甜滋滋的。

李牧赫顺势收回视线，将车子启动后，对赵希说："前天不是跟你说有家很好吃的粤菜吗？今天去吃这个，他家的虾饺很好吃。"

"好啊！"说起吃的，赵希还想起来一件事，"牧语姐前段时间不是来了吗，我几乎陪她吃了一个星期的海底捞。"

旁边的人失笑："所以这就是为什么以前我在家的时候都是我做饭，我要是不做饭的话，选择就只有海底捞。"

"牧语姐的血液里流淌的可能是火锅底料。"

"我也是这么说她的，偏偏她每年体检都没什么事，所以更嚣张了。"

赵希补充道："所以我这个星期都不想吃有味道的菜了，清淡点的粤菜反而更好。"

李牧赫看她一眼："你肯定会喜欢的。"

乌云渐浓，墨色席卷天空，还没到往常天黑的时候呢，夜色就迫不及待地出现了。天空不知何时下起淅淅沥沥的小雨，雨点轻敲在车窗上，留下一个个水花。

快到的时候，李牧赫向后看了一眼，对赵希说："后面有伞，把伞拿上。"

车子刚停稳，赵希就解了安全带。纵使车上的味道变成了茉莉花香，她还是有些难以适应。有些晕车的赵希下车后长吸了一口气，然后绕到另一边，想去接李牧赫。

李牧赫赶紧下车，用手挡着头，小跑过去："我过去就好，你在原地等我。"

见李牧赫走近，赵希赶紧把伞分他一半："小心感冒。"

"不会的。"李牧赫将人搂住，反倒担心她感冒。

赵希煞风景地来了一句："也不知道是谁因为免疫力差而年年冬天对冷空气过敏。"

李牧赫移开视线。

餐厅门口的服务员出来迎接，李牧赫将人搂紧带进餐厅，然后对服务员说："我们订了包厢，姓李。"

"好的先生，您稍等。"

店内新古典式的装修优雅中透着惬意，有木质材料做成的屏风和绿植遮挡，私人空间充足。

楼梯旁还设计出了山水用作装饰，顺着楼梯上去，二楼就跟艺术馆一样，墙上挂了不少水墨画。

上了楼后，赵希问李牧赫："那你明天想吃什么，明天就是你生日了。"

走在前面的李牧赫又是一气："什么意思，你没订餐厅吗？"

明明家里只养了一猫一狗，但赵希总觉得自己养的是三个小动物，李牧赫有时像橙子一样，一点小事就会生气，有时又像椰汁一样，摸摸头就能消气。

这会儿他又不知道抽哪门子的风。

赵希顺势挽住他的胳膊，问他："你不想吃我做的饭吗？"

李牧赫卡壳。

李牧赫对赵希事事有回应，但除了一件事，他答不上来，那就是吃不吃赵希做的饭。

赵希在做饭这方面没有一点天赋，做出来的东西仅仅是能吃，但没必要吃，所以基本上都是李牧赫做饭。

用这件事逗了下李牧赫后，赵希换个表情："或者你做饭。"

"你不想出去吃吗？"李牧赫扭过来问她。

赵希在心里回他：当然是怕你哭太惨啊，在外面多丢人。

赵希摇头回复："你回来后都是出去吃，我想吃你做的，我帮你打下手，我们一起做。"

这话把李牧赫炸起的毛全都顺了下去，他眼里的暗喜更是快要溢出来了："咳咳……那你早说啊，不然今天就回家吃了。但是没关系，今天可以先计划好明天吃什么！"

进了包厢后，李牧赫迫不及待地想要从赵希的嘴里得到答案，也不顾她在看菜单，直接问道："可乐鸡翅？"

赵希都没抬头，说："等会儿行不行？我先把今天的点了再说。"她拿着手机，把两人爱吃的菜都下了单，还问了李牧赫一句，"你吃米饭吗？"

得到的是李牧赫的闭嘴与摇头，她点头道："行，我也不吃，那就这样，你看看你有没有想加的？"

李牧赫接过手机看了一眼:"没了。"
　　这时赵希才将话题切回去:"我想吃些清淡的……烩三鲜、香菇、青菜这类,想吃菌子了,过几天休年假我们去云南那边玩吧?"
　　谈起吃的,李牧赫肯定又要无休无止,所以她很自然地将话题换了个方向。在调训李牧赫这方面,她总是最擅长的。
　　被赵希这个话题带动,李牧赫的脑子里也换成了旅游相关的事。两个人今年都很忙,还没出去玩过,听赵希这么说,李牧赫提议道:"那就去昆明,你不是喜欢那儿的鲜花饼吗?"
　　赵希点点头,非常满意这个话题的过渡,脸上还带了些许自得的表情。
　　看见她这个表情的李牧赫也猜不出她心里想的什么,只当她很喜欢自己的安排。
　　李牧赫很喜欢做计划,小的时候就知道自己要什么,并且知道通过怎样的努力才能得到。赵希则是船到桥头自然直的类型,不喜欢提前做什么预设,平时旅游或者出去玩时,都是李牧赫做的计划,赵希则是躺平被他带的那一个。
　　刚说要去昆明玩,李牧赫就看起机票了,他还核对了一下两个人的年假日期,就是后天,于是顺手订好了商务舱。
　　等他把大概的计划制定好,点好的餐也来了。
　　赵希立马高呼:"餐来啦!"

　　下午下了一场阵雨,没一会儿就停了,只不过路面又变得湿漉漉的,车辆疾驰过去会溅起水花。
　　躺在副驾驶上的赵希困意来袭,歪着头睡着了。
　　前面是红灯,车子停在了路上,等待的这几秒里,李牧赫的视线又忍不住向后看去,好奇那个纸袋里装的是什么。
　　旁边的赵希动了下,李牧赫立马收回视线,还握紧了方向盘,掩饰自己的紧张。过了今晚零点就是他的生日了,等了一周,他天天猜,今晚终于能知道答案了。
　　一想到这个,李牧赫就有些飘飘然。
　　车外的鸣笛声将赵希吵醒,她转头看了眼,刚刚不知道在愣神想什么的李牧赫这才发动车子。她扭过来换了个方向,面对李牧赫这边睡。
　　"还有多久?"她问。
　　"十分钟。"
　　听他这么说,赵希又闭上了眼睛。
　　一路上她都在听车外嘈杂的车流声,直到感觉到车子进地下停车场了,才把车椅调回来。
　　"这么困?"李牧赫去握她的手,还捏了捏她有些泛凉的指尖。
　　"晚上睡觉老是醒来。"

"因为冷吗？"

"有点。"

"那我一会儿把厚被子拿出来。"

说话间，车子也停好了。

赵希解开安全带，转过身去拿袋子，在经过李牧赫眼前时，他还特意闭上眼睛不看。注意到这一点的赵希直接被逗笑，说："里面是我的衣服，不是给你的礼物。"

"啊……"李牧赫白期待了。

下车后，李牧赫主动接过她手里的袋子，还打开看了眼："拿回来洗吗？"

"嗯，袖子脏了点，所以拿回来洗一下。"

等电梯的时候，赵希打了个哈欠，李牧赫见她真的很困的样子，于是说："等会儿回去后早点睡吧。"

赵希平静地"嗯"了一声。

她真这么回答的话，李牧赫又不高兴了，卡点祝福没了。

但赵希的身体最重要，李牧赫把自己的情绪调整好后还问赵希："要不要泡个澡，去去寒气？"

"不了，我只想快点睡觉。"赵希困得眼睛都要睁不开了。

进了电梯后，赵希就一直在打哈欠，后面跟着的李牧赫只能默默地在心里流泪。果然时间长了什么都能凑合，现在不仅没有生日惊喜了，连卡点祝福都没了。

到家的第一件事就是脱衣服准备洗澡，赵希快速去衣帽间拿了睡衣。李牧赫则是一边碎碎念，一边给两个小朋友准备晚饭。

"看你们妈妈，现在连个爱你都不跟我说了，回来后就直接去洗澡准备睡觉。"

"明天就是爸爸的生日了，你们俩有没有表示？"

"怎么这么臭？橙子，你屁股上又沾屎了？"

任劳任怨的李牧赫掀开橙子的尾巴看了一眼，把外套一脱，抱起橙子就往另一个卫生间走去。

而另一边说自己要去洗澡的赵希出来了一趟，她扫了眼客厅，听到客卫的水声后，径直走向书房，从那里的书架上抽出一个相框，拿出了一封信。

整理好书房后，她又悄无声息地回了卧室，将信放到了自己枕头底下，然后去洗澡。

这边在给橙子洗屁股的李牧赫则是嘟嘟囔囔："吃什么了啊？怎了沾尾巴上了啊？有没有沾沙发上？"

"沾了也没关系，爸爸换个沙发毯就好，你肚子疼吗？"李牧赫说着还摸了下橙子的肚子，但也摸不出什么。

给橙子洗屁股的时候，李牧赫每说一句，橙子就要叫一下，像是回应一样，惹得李牧赫话更多了。

洗完后还要给它吹干，李牧赫取下束发带戴到它头上，用束发带捂住它的耳朵，以免吹风机的声音太大，它害怕。

正吹着呢，赵希就出来了，她站在门口望了下："怎么了？"

"橙子尾巴上沾了点脏东西，没事，已经弄好了，你快去睡吧。"李牧赫回头说了一句，还不忘叮嘱道，"别开空调了啊，去衣帽间把厚被子拿出来，拿那个抽了真空的。"

赵希看了一会儿后回卧室了。

她躺下后，还摸了摸枕头下的信封，确认还在后还拿起手机定了个闹钟，定的是晚上十二点。

此时橙子吹毛也吹得差不多了，李牧赫关掉吹风机，摸了摸它腿上的毛，确定干了才摘下它的头套："肚子疼要说，知道吗？"

放走橙子后，他又去猫砂盆那儿看了一眼，确定没看见什么异常才起身。

李牧赫到衣帽间去拿睡衣，见卧室的灯已经灭了，于是他拿着睡衣到客卫洗了个澡。洗完澡的他也没急着回卧室，怕赵希才睡得浅，进去后把她吵醒了。

他在书房里翻找了一下，找出了五年前自己写的信，为了防止拿错，他还打开看了一眼。

差不多快到十一点了，他才回卧室。

怕吵醒赵希，李牧赫连开门都是小心翼翼的，但一切的努力还是在坐到床上后消失不见。

"嗯……"床上的赵希转了个身。

李牧赫吓得不敢动。

本以为她又睡着了，可谁想到赵希却忽然出声问："李牧赫？"

这话就像是解除他身上的冰冻魔法一样，原本僵住的李牧赫立刻上前，将赵希抱进怀里，也顺势躺到床上。

他还没躺好，就听赵希在迷迷糊糊间说："我知道我这几天为什么睡不好了……"

"为什么？"

"因为你不在，因为旁边没有你，所以我睡得很不安稳。"说完，赵希用头在李牧赫怀间蹭了蹭。

李牧赫在听到这句话后，心就像是被什么击中一样，良久说不出话。

他用力抱紧怀里的人，安慰道："我在呢，睡吧。"

感动破坏者赵希却在此时将他推开，摸出床边的手机，看了眼时间："都十一点多了。"

她坐起来，将床头灯打开，然后又从枕头下摸出一封信递给李牧赫："给你的生日礼物。"

李牧赫看看赵希手上的信，又看了看她。

她表情柔和，眉眼也染上了爱意："你不是给五年后的赵希写了一封信吗？"

这句话将李牧赫的记忆拉回到五年前，五年前他在美国的时候因为太思念赵希，所以写了一封信给她，只不过那是写给五年后的赵希的。

她说："这是我五年前写的，写给五年后，也就是今天的你。"

昏黄的暖光将赵希笼罩住，柔顺的发丝散落在肩头，这样的赵希是李牧赫不曾见过的。

李牧赫坐起来接过信，在打开之前，抬头看向赵希："我其实也有……本来想今年你生日的时候给你的，但那个时候太急了，也错过了时机。"

李牧赫将身后的信拿出，这几年间它一直被夹在书里，即使隔了几年再拿出来，也跟新的一样。

赵希接下，想开口承认些什么，但最后还是没有说。她抬头看李牧赫，对他说："你先看我写的吧。"

依言照做的李牧赫将信打开，满满一页的内容出现在眼前。

"二十六岁的李牧赫……"他刚想读出声，赵希就立马捂住了他的嘴，"自己看就好，别读出来！"

李牧赫笑了一下，却也听话。

在看信的时候，他脸上的表情从一开始的面带笑容变成了最后的压抑情绪。在看到"所有人都可以熟稔地叫你的名字，但我做不到"时，他的眼眶止不住地变红。

"怎么还哭了？"赵希兴奋地低头去看李牧赫的表情，还想把他的头抬起来好好嘲笑一下。

看完信的李牧赫撇着嘴，情绪在心中翻腾。他伸手轻抚赵希的脸，还不等他开口，就听赵希开口，把信上最后那两段说了出来：

"我或许仍旧很纠结，依旧没办法回应你同样的热情，但请你相信，我很爱你……就像我爱橙子和椰汁那样，你是我绝不会抛舍的存在。

"我爱你，李牧赫，很爱你。"

李牧赫一个没忍住，眼泪掉了下来。

这回轮到赵希帮他擦眼泪，她继续对他说："李牧赫，我好喜欢那个遇见你的夏天，好喜欢你。"

就在李牧赫想抱住赵希的时候，她忽然松开他："让我看看你写了什么。"

其实李牧赫的信赵希很久之前就看过了，但为了不让现在的气氛太过煽情，她拿起李牧赫的信拆开。

但刚打开她就愣住了，因为跟她之前看到的内容完全不一样。

致二十六岁的赵希：

　　了不起的小家伙，祝贺你，过上了小时候梦寐以求的生活！

你拥有了一个自己的空间，不会被别人打扰，不用看别人眼色，想什么时候洗澡就什么时候洗澡。最重要的是你给了橙子更好的生活，它不用再待在不到十平方米的小房间里啦！
　　你怎么这么了不起啊！那些令你窒息，让你难过的生活都成了过去，今后的你只会面对更好的生活！

赵希才是那个哭得最厉害的，在看到第一句话的时候，她的眼泪就砸下来了。
　　那热泪砸在她新买的四件套上，砸在她用自己的钱买的房子里，砸在一个全新且不会让她感到压抑和窒息的城市里。
　　对于原生家庭不好的她来说，真正的解脱是从自己开始赚钱，不用再畏首畏尾看别人眼色时开始，只有挣钱了、工作了，才是真正地活着。
　　长大真好，原来蛋糕不需要等到生日的时候就能吃。
　　长大真好，原来开一整天的空调也不会被骂浪费钱。
　　长大真好，原来冬天可以拥有许多件漂亮且保暖的衣服。
　　李牧赫帮赵希擦着眼泪，学着她刚刚的样子说："了不起的小家伙，你长大了……别难过，以后都有我。"
　　信上最后写着：

　　我们会有许多个春夏秋冬，你会有许多个愿望，而那些愿望我都会跟你一起一一实现。
　　不要畏惧未来，因为我会和你在一起。
　　最后，我爱你，赵希。

哭到视线模糊的赵希只能抬手去抱李牧赫。
　　他心疼地将人搂在怀里，再次强调："我爱你，赵希。"
　　赵希嘴里说着什么，但因为带着哭腔，话有些听不清。
　　李牧赫只能一遍遍轻抚她的后背，继续说着："我爱你，宝贝，我真的很爱你。"
　　十二点的闹铃响起——
　　赵希推开李牧赫，带着哭腔说道："……生日快乐，李牧赫，我爱你。"
　　这是他们人生中最平凡的一天，因为这样的日常每天都在上演。
　　夜雨将气温拉低，但爱意却在屋内升温。